윤구병 일기

1996

천년의상상

윤구병

1943년 전라도 함평에서 태어난 윤구병 선생은 아홉째 아들이라 '구(9)병'입니다. 한국전쟁 때 윤구병 선생 위에 있는 형 여섯이 죽고 말아, 아버지는 남은 자식들 공부 가르친 것을 후회하고 농사꾼으로 만들겠다고 다짐했다죠. 그러나 초등학교는 마쳐야 사람 구실을 한다는 고종사촌 형이 학비를 대주어 어렵사리 다시 학교에 들어갈 수 있었고 숱한 방황과 가출과 어려움 속에 서울대 철학과에 들어갑니다.

대학교와 대학원을 모두 마친 뒤 1972년 한국 브리태니커 회사에 들어갔고, 이때《배움나무》라는 사외보를 만든 뒤, 1976년에 한창기 선생과 함께《뿌리깊은 나무》라는 잡지를 세상에 펴냅니다. 첫 번째 편집장을 지냅니다. 1981년 충북대 철학과 교수 공채 시험에 붙어 열다섯 해 동안 교수로 일합니다. 그러는 동안《어린이 마을》《달팽이 과학동화》《올챙이 그림책》을 기획해서 펴내고, 1988년 보리출판사를 만들어 교육과 어린이 이야기를 담아내는 책을 만듭니다.

1989년 한국철학사상연구회도 만든 윤구병 선생은 서울대 교환교수로 있던 1995년에 전라도 부안군 변산면에 공동체학교 터를 마련했으며, 이듬해인 1996년부터 대학교수를 그만두고 시골로 내려가 농사꾼이 됩니다. 사람을 살리고 사람을 사람답게 가꾸는 것은 다름 아닌 농사라고 믿는 시골 할아버지로 살아가고 있습니다.

일기에는 공적인 자리에서는 할 수 없는 혹은 하지 않는 이야기까지 담깁니다. 이 책도 마찬가지입니다. 보통의 한 사내가 쓴 가장 내밀한 일기이자 그가 만난 모든 인간과 온 자연에 관한 치밀한 통찰 또한 담겨 있습니다. 윤구병은 일상과 철학, 관념과 실천이 분리되지 않는 삶을 추구해왔고, 그런 삶을 실현시키는 데 가장 적합한 시공간이 농촌이라고 믿었습니다. 그래서 철학교수직을 버리고 농촌으로 가서 그곳에서 삶으로 철학하고 땅을 통해 사유했습니다. 그래서 이 일기는 '철학'입니다. 농촌에서, 즉 땅에서 '철학'하되, '관계' 속에서 철학하고 그 사유를 실천으로 이어가는 일에 관한 기록입니다.

1996년 변산 마을

일기장을 열면서

"

같이 산다는 게 뭔지 알아?

"

같이 산다는 게 뭔지 알아? 이게 고슴도치 같은 거야. 어디서 고슴도치 한 마리가 불쑥 들어와서 이미 살고 있는 다른 고슴도치와 만나 서로 껴안는 시늉을 하는 거야. 껴안으면 어떻게 될까? 서로 찌르게 돼. 상처가 나고 피가 나지. 얼마나 아프겠어? 서로 껴안으면서 살자 하는 꿈을 꾸고 여기 들어왔는데, 도시에서 적응 못한 사람이 시골에서는 적응을 할까? 못해.

그럼 어쩌지? 서로 마음을 내면 될까? 그것도 잘 안 돼. 결국 자연이 하는 거야. 자연이 보듬어 안아주는 거지. 사람이 자연하고는 상처를 주고받을 일이 없으니까. 자연이 치료를 해주는 거야. 여기서 살다 보면 어른이고 아이고 할 거 없이 다들 활기 차. 얼굴도 밝아져. 자연이 가진 치유 능력이야.

이곳 사람들, 마음이 넉넉하고 친절해. 스스로에게 일깨움이 일어나서가 아니야. 다 자연한테서 배운 거야. 씨앗 하나 뿌리면 거기에 수백 수천 알이 열리잖아. 땅과 햇살과 물과 바람이 스물네 시간 우리에게 베푸는 거야. 한 알만 심으면 수백 알 수천 알을 준단 말이지. 그런데 그게 유기물이라서 괜히 아끼려다가는 다 썩어버리니까 다른 이들과 나눌 수밖에 없어. 자연에서 나는 건 나눠야 한다는 것을 알게 모르게 배우게 되는 거지. 농촌 사람이 도시 사람보다 특별히 착해서도 아니고 마음이 넉넉해서도 아니야. 그저 자연이 하는 대로 따라 하는 거지.

* * *

1994년이야. 여기서 처음 이야기하는 건데, 그때 정말 엄청나고 커다란 사건이 일어났지. 그즈음 내가 《우리교육》에 〈실험학교 이야기〉를 연재했어. 아무런 경험도 없고 실천도 해보지 못한 채 내 머릿속 상상만으로 쓴 글이었어. 그런데 전관유 군이 그 글을 읽었나 봐.

창전동에 있던 보리출판사로 나를 찾아왔어. 자기도 나랑 생각이 같다고, 선생님이 농사지으면 자기를 맨 먼저 불러달라고 간곡히 이야기하더라고. 관유 군은 고등학교를 졸업한 뒤 이런저런 일을 하는 중이었지. 그때 나는 그러냐 하면서 알겠다고 대답만 했어. 관유 군의 마음 깊은 이야기를 건성으로 들었는지, 강의 다니느라 분주했고 글이나 쓰면서 건달처럼 이리저리 돌아다니기만 했어. 시골로 내려가겠다는 마음은 있었지만 결단은 차일피일 미루었던 거지.

그렇다고 가만히 있었던 것만은 아니야. 건성이었지만 숨 쉬고 살 만한 땅을 알아보기는 알아봤어. 내가 직접 찾아가기도 하고 친구나 후배에게 부탁해 농사지으며 함께 모여 살 만한 곳이 있을지 봐달라고 했어. 혹 폐교된 학교가 있으면 참 좋겠다고도 했지. 지금의 변산공동체학교에서 산을 넘으면 운호리라는 곳이 있어. 그 운호리에 곧 폐교될 학교가 있다는 연락을 받기도 했지. 직접 찾아다니지는 못했어도 그렇게 내 나름의 마음을 내기는 했어.

나는 오래전부터 걸핏하면 "언젠가 시골 가서 농사짓고 살 거다"라는 말을 입에 달고 다녔어. 대학교 다닐 때도, 직장생활을 하면서도, 결혼하고 나서도, 또 운 좋게 교수가 되어서도 말이야. 언젠가……, 그 '언젠가'를 잡아당긴 이가 관유였어. 일을 저지르려면 계기가 있어야 하나 봐. 사실 가장 좋은 것은 자기 스스로 마음을 내는 것인데 나는 그러지 못하고 관유와의 만남으로 첫발을 내딛은 거지.

관유가 나를 만나고 돌아간 뒤 어느 날, 관유 군에게서 이번에는 편지가 왔어. "선생님, 저희 아버지가 남겨주신 논밭을 팔아 현금으로 갖고 있는데, 계좌번호를 알려주시면 이 돈을 보내드리겠습니다. 이 돈으로 땅을 사요" 하는 거야. 무척 당황했어. "그러지 말고 일단은 통장에 그대로 가지고 있어봐요. 내가 지금부터 본격적으로 땅을 알아보리다……" 했어. 이 일이 정말로 큰 계기가 되어 그때부터 적극 땅을 알아보러 다녔지.

태안반도에 가보니 생각과 달랐고, 변산반도에 와보니 갯벌이 있어 바다살림도 하겠고 변산국립공원이 있으니 산살림도 가능하겠구나 싶었어. 또 너른 들판도 보였어. 고부평야, 홍덕평야, 만경평야로 이어질 수 있겠구나 하는 생각이 든 거지. 그래 여기가 좋겠다 해서 변산으로 왔어.

처음에는 운호리를 갔댔어. 그런데 그곳은 땅이 너무 좁고 으슥한 골짜기에 집들이 들어앉아 있더라고. 어림잡아 마흔 가구 정도가 약초 농사를 지으면 딱 좋은 곳이구나 싶었어. 하지만 그 이상의 가능성은 없어 보였어. 운호리에서 하룻밤 자고 일어나 계곡을 따라 쭉 가다 지름박골 산길로 올라와 고갯마루에서 내려다보니 지금 우리가 사는 여기 운산리가 보이더라고. 산이 소쿠리처럼, 꽃잎처럼 땅을 감싸고 있지 뭐야. 정말 아늑하더라고. 여기가 좋겠다는 생각이 들었어.

산을 내려와 운산리 어르신께 가서는 여기서 살고 싶은데 땅은 어떻게 구하느냐고 물었지. 잠깐 기다리라며 마을 이장을 불러주더라고. 땅이 있기는 있는데 1만 2000원은 줘야 한대. 사겠다 하고 샀지. 알고 보니 이 땅은 동네 사람들이 농사지을 곳이 못 된다고 여기던 땅이었어. 그래서 동네 사람들 사이에서는 평당 1만 원에 거래되던 땅을 우리는 2000원 더 주고 산 거였어. 어쨌든 관유하고 나하고 절반씩 돈을 대서 이곳 땅 2800평을 장만했어. 그게 1995년 일이야.

* * *

1995년, 그때만 해도 일기는 쓰지 않았어. 아직 충북대 교수로 있으면서, 서울대학교 철학과 교환교수로 활동 중이었지. 서울대 철학과 석·박사 과정 학생들에게 '존재론'을 강의했어. 일주일에 세 시간 한 강좌만 맡으면 되었거든. 나머지 시간은 이곳 변산에 내려와 지냈어.

처음에는 관유 군 혼자서 농사를 지었고 나는 학교 수업 마치고 왔지. 관유 군은 지독한 원칙주의자였어. 하루는 땅 구한 거 보고 싶다는 후배하고 같이 변산을 찾았는데, 보리밥에 반찬이라고 내놓은 게 된장이랑 이것저것 아무 풀이나 뜯어가지고 상에 올린 거야. 살아생전 처음 보는 풀이었어.

"된장에 쌈하면 먹을 만할 겁니다." 그렇게 말하는데 당황스럽더라고. 손님도 있고 한데 식은 보리밥에 풀과 된장만 내놓은 걸 보니까.

"먹는 풀인가?"

"옛 어른들이 5월 단오까지는 염소가 먹는 풀은 사람이 먹어도 괜찮다는 이야기를 했습니다."

이게 첫 식사였지. 그 후로 풀을 뜯어 먹으며 생활했고 풀로 김치도 담가 먹었지. 관유 군은 무척이나 엄격한 사람이고, 타협을 모르는 불같은 사람이야. 그 때문에 관유 군을 깊이 이해하지 못하면 공동체에서 불화의 근원이 될 수도 있었지. 말을 돌려 하지 않고 직접적으로 하는 스타일이어서 상처를 주게 될 수 있으니까. 하지만 나는 관유 군에게 배운 게 많아. 자연 속에서 살아남는다는 게 어떤 것인지를 배웠지. 내게는 꼭 필요한 우정 어린 사람이야. 내 삶의 자세나 태도를 만들어가는 데 큰 도움이 되었어.

그나저나 땅만 샀지 아무것도 없잖아. 그래서 부안 김씨 재실에서 재지기 노릇을 했어. 재지기가 옛날에 어느 정도 천대를 받았느냐면 동네 꼬마들도 재지기를 부를 때는 그냥 이름을 불렀어. "누구누구야" 하고. "완규야, 우리 아버지가 오라고 하신다" 이런 식으로. 집성촌에서 재지기는 가장 밑바닥, 노비 비슷한 것이었지. 재지기는 집성촌 사람이 아니라 밖에서 들어온 사람이야. 먹고살기 힘들어 집성촌 재실에 딸린 논밭을 일구어 먹으면서 재실 관리해주고 제사 때는 음식 마련해주는 거지. 평소에는 동네 종살이도 하면서.

때마침 그 무렵 부안 김씨 재실에서 재지기를 찾고 있었어. 원래 재지기를 하던 분이 계셨는데, 물이 부족해서 크레인으로 웅덩이를 깊이 파 거기 물을 저장해놓았는데, 그 재지기 분이 술을 마시고 길을 가다가 웅덩이에 빠져 돌아가셨대. 그래서 우리가 동네 이장에게 이야기해 재지기 노릇을 하겠다고 나섰지. 재지기가 되면 재실에 딸린 논하고 밭을 공짜로 부쳐 먹을 수 있었으니까. 내 제자 부부를 불러들여 재실에 살면서 관리하게 했어. 그렇게 시작한 재지기 노릇이 1995년부터 2003년까지 9년 동안 이어졌지. 그러니까 변산공동체는 남의 집 셋방살이로 시작한 셈이야.

사실 우리는 싸가지 없는 재지기였어. 재지기는 유사儒士들이 재실에 오면 굽실굽실하고 손 비비며 공손하게 굴어야 했지. 그 쪽 입장에서도 재지기라고 하면 그저 옛날의 종살이하던 사람들 모습을 머릿속에 그렸을 거야. 하지만 정작 우리는 그런 걸 잘 모르잖아. 나는 조금 알기는 알았지만 굽실거리는 성격이 못 되고, 재지기로 들어온 제자 부부 또한 그렇고……. 부안 김씨 입장에서 보자니 이전과는 달리 재지기가 뻣뻣한 거야. 그래서 재지기 노릇을 하는 우리를 못마땅해했어. 게다가 재실을 공동체를 찾는 손님들 숙소로 썼거든. 부안 김씨 어르신들은 그 손님들하고 우리가 함께 먹고 마시고 하는 것도 꼴 보기가 싫었던 모양이야. 시간이 좀 지나자 우리가 농사짓는 땅을 빼앗으려 들었지. 유기농으로 농사짓겠다고 큰소리쳤는데 처음 하는 유기농이라 그런지 온통 피밭이었거든. 벼보다 피가 더 많았어. 그걸 본 동네 사람들이 일러바치고 부근에서 농사짓는 사람들이 농사를 저렇게 짓게 놔둬서는 안 된다 하면서 논을 달라고 하기도 했어. "그렇게는 못한다" 했지. 원래 재지기는 수확량 일부를 꼭 내야만 하는 건 아니거든. 다 자기가 갖는 거지. 넓은 밭도 딸려 있었고.

어쨌거나 그때 우리가 참 한심했지. 다들 농촌에 갓 들어온 사람들이었으니까. 나를 비롯해 대부분이 농사를 지어본 경험이 없었어. 초기에는 네 명이었지. 나, 관유, 심장섭(제자) 부부. 장섭이가 재지기로 들어왔지. 농사지을 줄을 뭘 알겠어? 게다가 그때 후쿠오카 마사노부가 쓴 《유기농 자연농법》 책을 읽은 터라 농사는 풀도 매주지 않고 그저 내버려두는 게 상책이고 그게 자연농법이다 생각했어. 고추를 심었는데 고추는 온데간데없고 바랭이풀만 잔뜩 나 있어. 밭이 죄다 이 모양이었어. 풀이 그렇게 빨리 올라올 줄은 몰랐어. 내버려두니 초봄에는 풀 자라는 속도가 더디어, 아 이런가 보다 하고 있었는데, 5월 되고 6월 되니 풀이 걷잡을 수 없이 자랐어. 뿌리가 단단히 박혀가지고 호미로는 뽑을 수가 없어. 하다하다 안 돼서 낫으로 베었어. 아휴, 이런 걸 본 동네 사람들이 오죽했겠어. 저것들이 지금 농약은 안 친다고 하지, 그라목손 2000원어치만 사서 뿌리면 2000평 논밭 풀이 다 잡히는데 그것도 안 한다고 하지, 유기농이다 자연농이다 하는데 논밭은 엉망이지, 동네 사람들이 정말 못 볼 꼴을 보았던 거지. '저것들이 여기 캠핑하러 왔나' 하는 눈빛이었어.

어쨌든 그렇게 한 해를 보내고 1996년이 되어 광식이도 오고 희정이도 오고…….

* * *

1995년 첫해 농사는 완전히 망치고, 이듬해 두 번째 농사도 망쳤지. 한 2년 그렇게 보내고 나니 "아, 잡초는 있다" 싶었어(내가 그사이에 섣부르게 《잡초는 없다》라는 책을 냈거든). 잡초가 있어. 어느 핸가는 약초까지 잡초로 바뀌어버렸어. 그다음부터는 풀을 매줘야겠다는 생각을 했어.

남자는 골반이 발달하지 않아서 여자와는 달리 오리걸음하고 밭을 매면 죽을 지경이거든. 그때 스위스에서 영농유학을 1년 반

하고 온 분이 있었어. 풀무원공동체를 운영하던 원경선 선생의 사위였어. 스위스도 우리나라처럼 산지가 많은데 경운기로는 산지 밭을 못 갈아. 그래서 사람이 주로 하는데 남자가 서서 풀매는 기계를 그분이 발명한 거야. 우리도 그 기계를 가져다가 풀을 맸어.

조금씩 풀을 잡아가며 농사를 지었어. 재실의 밭이 처음에는 굉장히 척박했어. 화학비료를 너무 뿌리고 땅심을 전부 뽑아서 쓰기만 하고 보충하지 않아서였지. 중산리에 저수지가 있어. 꽤 큰 저수지인데 물이 마를 때면 비를 타고 내려온 낙엽들이 켜켜이 저수지 바닥에 쌓여. 저수지 물이 말라 있을 때 가서 물 먹은 낙엽들을 마대에 넣어가지고 와서 재실 논밭에 깔아주기 시작했지.

동네 어른들은 "그거 영양소가 물에 다 녹아버려 거름이 안 되는 것이여. 쓸데없는 짓을 하는구먼" 하며 말렸지. 못 들은 척하고 계속 부엽토를 날라다 땅에 깔아줬어. 어떤 때는 10센티미터 두께로 깔아주기도 했어. 깔아주니 두 가지가 좋아. 하나는 풀이 안 나서 좋고 또 하나는 보습 효과가 있더라고. 햇빛이 들이치지 않으니까 땅에 습기가 유지되었어. 밭에 검은색 비닐멀칭을 해주는 것처럼.

그래서였을까. 마늘을 심었더니 마늘 농사는 거름을 주지 않았는데도 우리 밭이 제일 잘되는 거야. 마늘을 그저 심기만 했어. 마늘종 올라오면 부엽토 깔아주고. 그게 다였는데도 잘됐어. 나중에 그곳에 고추를 심었는데 고추 농사도 제일 잘되었어. 동네에 비가 많이 내릴 때면 고추들이 다 말라 죽었어. 탄저병으로.

그런데 우리가 부엽토로 기름지게 만들어놓은 밭에 심은 고추는 안 죽는 거야. 한참 뒤에는 동네 어른들이 "그것 참 희한하다" 하면서 우리 밭을 구경 올 정도였어. 그렇게 땅을 기름지게 만들어 갔지.

* * *

도시에서도 일기를 쓰기는 했지만 메모나 낙서 정도였어. 이곳에 살다 보니 나도 모르게 일기를 쓰게 돼. 그날 한 일을 중심으로……. 도시에서는 머릿속에 생각만 있고 삶이 없었어. 삶이 없으니 삶의 기록이랄 수 있는 일기도 써지지 않았던 거지. 기록할 수 없는 온갖 잡생각이 붕붕 떠다니니까. 여기 오니 자연스레 그날그날 보고 듣고 느끼고 싸우고 배운 거를 고스란히 일기에 적게 되더라고.

평화스럽게 사는 사람들이 있는 곳, 거기가 농촌이야. 인력 낭비가 없어. 법조문 검토하고 공문서 작성하고 그럴 필요가 없어. 그런 세상이 옛날부터 있어왔고 지금도 가능해. 자연과 더불어서……. 옛날 분들이 다 그렇게 살았는데 다만 기록을 남기지 않았을 뿐이지. 농촌 사람들의 이야기는, 말하자면 아주 오래된 경험으로 알고 있던 것으로, 도시 사람들에게 새삼스러운 일깨움을 줄 수 있어. 우리도 한번 그렇게 살아보자 하는 일깨움.

변산공동체를 시작할 때 그런 마음이 있었어. 우리 사는 모습을 도시 사람들이 구경하고 손님으로 와서 지내보고 스스로 몸도 놀러보고 하면서 이런 삶도 괜찮네, 즐겁네, 살 만하네, 이렇게 한번 살아볼까 하는 마음을 내보게 되면 좋겠다. 그래서 저마다 마음 내키는 곳에 가서 공동체를 이루고 유기농으로 농사지으며 살 길이 있다는 걸 느끼면, 지금은 도시에서 아옹다옹 살아가더라도 때가 되면 언젠가 농촌으로 돌아가고 싶다는 생각을 할 수 있지 않을까…….

변산공동체보다 먼저 야마기시공동체라든지 천주교나 개신교나 불교 등에서 하는 종교공동체가 있었어. 종교 교리나 특정 이념에 의지해 공동체를 이룩한 경우가 있었는데, 완전히 생활공동체로서 서로의 생각이나 이념을 간섭하지 않으면서 일할 마음만 있으면 누구든 와서 함께 살자 하는 공동체는 거의 없었던 것으로 알아. 이런 곳이 더 많아졌으면 좋겠어.

물론 이곳을 별스러운 세계, 특이한 곳으로 바라보는 이들도 많아. 나는 우리 식구들에게 자주 이렇게 이야기해. "기독교식으로 말하자면 우리는 바리새인이다. 어떤 범죄자나 흉악범, 살인자가 여기 들어온다면? 정신이 온전하지 못한 이가 여기 와서 살겠다면 어떻게 할 것이냐? 우리는 받아들이지 못한다. 받아들일 수가 없다. 그럴 형편이 아직도 안 되니까. 반면에 세상은 그런 사람들을 다 받아들인다. 세상은 사기꾼이나 강도 같은 정신적·육체적으로 심한 장애를 가진 이들을 감싸 안고 굴러간다. 그럼 그런 세상으로부터 배워야지, 세상한테 우리를 보고 배우라 할 수는 없다."

'공동체'라는 것은 아무래도 특수한 조건에서 만들어진 공간이니 공동체에 사는 사람들이 다른 사람들을 대할 때 선민의식을 지녀서는 안 된다고들 이야기해. 하지만 별수 없더라고. 나부터가 가리게 되던걸. 변산공동체는 아무나 다 와서 같이 삽시다 할 만큼 넉넉한 공간이 아니야. 한 사람이 일손을 놓으면 다른 사람이 그 사람 몫의 일을 해야 하고 그럼 그 사람은 곱절로 힘들어.

공동체를 시작할 즈음에도 고민이 많았지. 어떤 원칙과 기준을 가지고 함께 살아야 하는가? 미혼모라든지 장애를 가진 이들이 왔을 때는 어떻게든 우리 힘이 닿는 대로, 힘에 넘치는 것은 어쩔 수 없다 해도, 할 수 있는 한 끌어안고 같이 살아가야 한다는 생각을 가졌고, 실제로 행동에 옮기기도 했어.

하지만 같이 산다는 건, 그 속을 들여다보면 바깥에서 보던 것과는 많이 달라. 그리 조화롭고 화목하지만은 않았어. 갈등이 많았지. "다름을 인정한다." 말은 멋지고 그럴듯해. 하지만 속으로는 다들 '왜 내 뜻대로 되지 않을까?' 생각해. 여기서 갈등이 시작되고 끝내 미움으로 마무리되지. 다 그래. 마음과 마음이 부딪치고 아프고 상처가 되고……. 그런 일이 매일같이 일어나. 아, 그건 정말 힘든 일이었어.

난 내가 꽤 너그러운 사람인 줄 알았어. 그런데 여기서 살다 보니 전혀 그런 사람이 아니더라고. 밴댕이 같았어. 자꾸 짜증이 솟구쳤어. 어쩌면 그래서 일기를 쓴 것일 수 있어. 현실은 원하는 바대로 잘 안 되고 있지만 그렇게 하고 싶다, 그렇게 되었으면 좋겠다 하는 마음을 적은 것일지도 모르겠어. 글에서라도 내가 그리고 싶은 그림을 그려내려 했던 것이지. 모르긴 해도…… 감추고 가린 게 많을 거야.

일기라는 게 본래 하루를 되돌아보는 것, 새로운 방향을 끄집어내보는 것, 어떻게 해야겠다는 생각도 하고, 또 다른 생각도 떠올려보고 하는 것이지. 돌이켜보면 내 탓인데 일기에서는 남의 탓으로 돌리기도 하지. 이 일기장에도 아마 그런 남 탓이 숱할 거야. 내가 어리석고 내가 잘못한 것인데…….

변산에 온 지 20년 만에,

겨울 / 冬

1996년 1월~2월

-1월-

1월 1일

29일 대구고 임해연수원에서 팔봉중학교 선생님들과 교육 문제를 놓고 토론하고 하룻밤을 거기서 머물고 이튿날 30일에 변산에 왔다.

구성원들이 저마다 자존심에 상처를 입고 있는 것을 보았고 그 탓을 남에게 돌리는 모습을 보았다. 걱정이다. 당산나무신령님의 말씀을 빌려 몇 마디 했다. 누가 무슨 말을 하든 나에게는 모두 옳은 말일 수밖에 없다는 것, 그리고 섬기는 일이 이 공동체의 중심으로 자리 잡아야 한다는 것. 회의록을 금란 씨에게 작성하도록 부탁하고 녹음기가 생기면 녹음을 하자고도 했다. 31일에 보리 식구들이 가족과 함께 왔다. 차광주 식구, 이춘환 식구, 송춘남 선생님.

오늘은 새벽 5시 40분에 산에 올랐다. 신선대(알고 보니 쌍선봉이었다)에 가서 해맞이 하자는 광식이의 제안에 따른 것이었다. 차 대표, 송 선생, 광식이, 나, 쌍선봉에서 일출을 보고 내려오다

만두도 넣고 떡국을 끓여 먹었다.

돌아온 뒤로 우리가 땅을 구해놓은 저수지 위 당산나무 있는 곳에 갔다. 모두들 가고 싶어했지만 마을 사람들 눈도 있고 해서 차 선생, 춘환이, 송 선생, 민정 엄마와 나만 가보기로 했다. 다녀오는 길에 광식이가 아카시아나무 베어놓은 것을 어깨에 메고 와서 차에 실었다. 무거운 나무뭉치를 멘 모습이 십자가를 진 사람 같다 하여 그 뒤에서 오던 사람들이 웃었다.

형님으로 모시기로 한 송종만 어른 댁에 들렀으나 정읍으로 외출하셨다고 하여 식구들과 같이 재실齋室로 올라왔다. 보리 식구들과 변산 식구 중 남은 사람들이(관유는 28일에, 금란 씨와 봉선 씨는 31일에, 영숙 씨는 1월 1일 아침에 집으로 떠났다) 봉고차를 타고 내소사 구경을 가고 나와 민정 엄마만 남아 있어 이런저런 이야기를 나누었다. 밤늦게 보리 식구들이 모두 떠나면 우리끼리 모여 내일은 바다에 나가 게를 잡고 굴을 따자고 했다. 그런데 문득 정경식 씨와 한번 만나 그동안 석연치 않았던 느낌을 해소하고 싶어서 그렇게 하기로 했다.

1월 2일

아침에 일어나 통에 가득 차 있는 소매(오줌의 전라도 방언)를 지게로 날라 곰팡이 되고 썩어서 버린 고구마 위에 붓고 나머지는 밭에 끼얹었다. 민정 아빠에게 경운기 운전을 가르쳐달라고 했다. 기능 설명을 듣다가 마침 아침식사 시간이어서 식사를 하고 정경식 씨 집에 가기로 해서 길을 나섰다. 정경식 씨 집은 벽돌집으로 현대식으로 지었는데, 도시 집들이나 비슷해서 크게 볼품은 없었다. 윤봉선이 기거할 집을 찾아 바닷가 근처 빈집을 보았는데 탐탁지 않았다. 유유동에 가서 토담집을 보았는데 그 집은 마음에 들었다. 장길섭 씨가 부인만 설득할 수 있다면 들어와서 당장 살고 싶다고 했다 한다. 현실에 밝은 여자들이 늘 걸림돌이다. 돌아와서 점심을 먹고 잠시 정경식 씨 집에서 국화꽃을 따다가 굴을 따러 갔다. 나, 민정 아비, 광식이, 종현이.

세 시간쯤 굴을 땄는데 놀이 겸 생산노동이었다. 오늘저녁에는 굴을 까노라면 밤이 깊어지겠지. 굴을 따고 집에 오니 손종만 어르신(내가 형님으로 모시기로 한 분이고 변산에 왔을 때 맨 먼저 봤던 분이다. 참 부지런하고 슬기로운 분이다)한테서 연락이 왔다고 한다.

저수지 옆 산비탈 땅 500평을 평당 7000원씩 쳐서 계약이 이루어지겠으니 계약금을 들고 당장 오라는 뜻이었다. 내일 가서 계약을 하면 안 되겠느냐고 했더니 오늘저녁에 당장 해야 한다고, 계약이란 기다렸다 하는 게 아니라고, 기왕 계약하기로 마음을 먹었으면 서두르는 게 좋다고 하신다. 나중에야 심장섭 군으로부터 지난번 1600평을 계약할 때도 마찬가지였다는 말을 들었다. 좋은 조건의 계약일수록 내일 무슨 변동이 있을지 모르므로 당장 서둘러야 한다고 하시면서 밤에 계약서를 썼다고 한다. 그 1600평을 나중에 다른 사람이 나타나서 값을 더 주겠다고 해서 판 분이 잔금을 받으면서도 몹시 서운해했다는 이야기를 들었다.

손종만 형님과 함께 땅을 팔 분 집으로 가서 계약을 했다. 계약서는 형님이 써주셨다. 땅주인은 71세 남현태 씨인데 67세 난 부인과 한동네에서 자랐다고 한다. 아이들은 모두 커서 대처로 나가고 두 노인이 농사를 열다섯 마지기쯤 짓는데 부인의 건강이 좋지 않아 산비탈 땅까지 가꿀 수 없어 내놓았다고 하면서 못내 아쉬워하신다.

그렇겠지. 땀 흘려 개간하고 일군 땅인데, 딸 시집보내는 것 못지않게 서운하시겠지. 형님이 계약 성사 축하 겸 위로주를 사라고 해서 맥주 세 병을 심 군더러 사 오게 해서 마시고 집에 돌아오니 서울에서 광식이가 초청한 손님들이 와 있다. 보리 사무실이 신촌에 있을 때 가까운 곳에 '터'라는 음식점을 차렸던 연대 출신 여자와 김경관 씨는 낯이 익은데 나머지는 모르는 사람들이다.

재실 방으로 모셔 굴을 같이 까면서 이야기를 나누었는데, 겉도는 이야기가 많았다. 이 사람들 역시 구경꾼일 뿐이다. 자기 인생인데 구경꾼처럼 살아간다. 새벽 2시까지 이야기 나누었으나 가슴속에 기쁨이 없었다.

1월 4일

내가 시골에 가서 농사짓는 일을 선택한 것은 나 자신을 위해서 잘한 일이다. 도시에서 상품경제 사회에 편입되어 살다 보니는 것은 잔꾀와 거짓뿐이다. 보리출판사를 공동체로 키워가고자 노력했지만, 폭넓게 주위의 이익을 돌보기보다는 보리의 이익을 돌보기 위해서 주위를 희생시키거나 가혹하게 대한 일도 적지 않았다. 어제 있었던 일도 그 한 본보기라고 할 수 있겠지.

임길택 선생의 시집 《할아버지 요강》 제본에 문제가 생겼다. 책의 가로 폭이 잘못 잘려서 147밀리미터로 재단된 것이다. 제책 사에서 잘못을 인정하고 책임을 지겠다고 했다. 이 책들을 폐기 처분하고 다시 찍어야 할 것인지 문제를 놓고 논란이 있었다.

이에 대한 내 생각은 이중적이었다. 책 모양을 볼 때 조형이 맞지 않고 삽화가 잘려나간 것이 아쉽기는 하지만 아쉬운 대로 팔거나, 파는 것이 마음에 꺼림칙하다면 증정용이나 홍보용으로라도 쓰고, 제책사에 책임을 물어 손해배상을 상당히 받아낸다는 생각과, 아예 폐기처분을 하고 전액 손해배상을 받는다는 생각이 뒤엉켰다.

인쇄소에 오래 있어봐서 그 어려움을 아는 춘환이는 그 책을 그냥 쓰고 제본비만 제책사에서 책임지도록 하면 안 되겠느냐는 의견을 내놓았다. 책임을 묻자면 물을 수도 있지만 그동안 관계도 좋았고 앞으로도 계속해서 좋은 관계를 유지해야 하는데, 이 일을 지나치게 빡빡하게 처리하면 관계가 악화될 수 있다는 뜻에서였다.

착한 마음씨가 느낌으로 전달되었지만, 그런 방식은 책임을 묻는 것이 못 된다. 책은 기왕에 그렇게 된 것이니까 증정용이나 홍보용으로 쓰기로 하고 손해는 보리와 제책사에서 반씩 부담하는 쪽으로 일을 마무리 짓거나, 완전히 폐기하고 손해액 전액을 제책사에 부담시키거나 둘 가운데 하나를 택하도록 연락하라고 했다.

이와는 별개의 문제로 이번 일에서 보리 내부의 실수도 있었다. 일하는 가운데 본문을 151밀리미터로 재단하도록 결정하고 표지는 153밀리미터로 재단되는 것을 기준으로 해서 만들어진 것이 그 하나의 보기이다. 화를 냈다. 독자들 보기에는 큰 차이가 없을지 모르지만 좋은 디자이너는 0.1밀리미터의 차이에도 민감해야 하는 법이다. 완벽한 책을 만들지 못하고 대충대충 넘어가는 태도를 처음부터 고치지 않으면 나중에는 원칙이 무너져버린다. 인쇄소에서 153밀리미터 재단이 어렵다고 한다고 해서 일하는 도중 본문 판은 151밀리미터로 앉히는 것을 용인하고 표지는 153밀리미터 그대로 제본하여 결국 왼쪽과 오른쪽이 2밀리미터씩이나 차이가 나도록 방치할 수는 없다…… 따위의 말을 했다.

일이 서툴고 경험이 없다 보니 생기는 실수다. 오늘 아침에 이런저런 일을 생각하다가 과연 나는 원칙에 충실한 삶을 살고 있는지 매우 의심스러웠다. 《동아일보》에 쓰는 칼럼에 보리 책을 지나치게 치켜세운 것도(책 자체는 그렇게 치켜세워도 조금도 손색이 없을 만큼 좋아서 문제가 안 된다) 상업적인 불순한 동기에서 그랬다는 자책도 들고, 나와 보리의 관계를 알고 있는 사람이 있어서 자기가 관여하는 출판사의 책을 선전하는 필자를 용납하는 까닭이 무어냐고 《동아일보》에 항의한다면 담당자의 처신이 어렵겠다는 생각도 들고, 앞으로도 칼럼을 계속해서 쓰게 되면 보리와 서울무비와 푸른하늘에서 공동으로 만든 시디롬CD-ROM 타이틀에 대한 이야기를 안 쓸 수 없는데 이 일을 어떻게 해야 하나 하는 고민도 생기고……. 이런 일들이 모두 자본주의 체제에서 살아남으려다 보니 생겨나는 떳떳하지 못한 마음가짐에서 나온 것이다.

관유 생각도 난다. 주위에 부추겨주고 힘을 북돋는 사람도 필요하지만 관유 같은 비판자도 필요하다. 관유는 우리 자신을 돌아보게 하는 거울과 같은 사람이다. 이 일로 해서 관유가 따돌림을 받고 욕을 먹을지 모르지만 훌륭한 자기 몫을 하고 있는 것이다. 관유를 더 소중하게 대해야겠다는 생각이 들었다.

어제 일을 간단히 적는다.

변산에서 8시 출발. 부안에서 10시 10분 고속버스를 타고 서초동에서 내렸다. 버스표가 매진되어 9시 35분 차를 못 탔다. 2시 반쯤 사무실에 도착. 저녁에 처형이 입원한 것으로 알고 세브란스병원 방문, 그러나 처형은 입원실에도 응급실에도 없었다. 집으로 전화하니 의사들이 입원해도 소용없다고 암이 온몸에 다 퍼져서 집에 돌아가는 게 좋겠다, 손쓸 길이 없다는 뜻으로 돌려보내 집에 와 있다고 했다. 처형이 있는 처조카 집에 찾아가 병문안을 하고 집으로 돌아옴.

1월 5일

어제는 임길택 선생의 시집 《할아버지 요강》 문제로 또 회사를 벌컥 뒤집어놓았다. 어린이가 읽어야 할 책인데, 첫머리에 어린이는 읽기 힘든 시들을 배열해놓은 것을 뒤늦게야 발견한 것이다. 제본소에서 책을 잘못 제판한 것, 인쇄소에서 인쇄를 잘못하여 삽화에 손상을 입힌 것까지 마음을 상하게 해서 3000부 전량을 폐기처분하고 새로 찍자고 우겼다.

책 출고를 정지시키고 비상회의를 해서 "내일 편집위원들과 주순중 선생의 의견을 듣고 최종적으로 결정하자"라고 결론을 내렸다. 이 과정에서 현병호에게도 상처를 주고 그 밖의 사람들에게도 억압하는 분위기를 심어주었다. 나중에 술을 나누면서 맺힌 응어리를 풀려고 했지만 얼마나 개운하게 마음을 털어낼 수 있었는지 미심쩍다.

밤새 잠이 오지 않았다. 도시에서 살다 보니 이 꼴이구나. 잔소리를 하거나 화를 내지 않고도 일을 추스를 수 있으면 얼마나 좋을까. 빨리 흙에 푹 파묻혀서 농사를 통해 마음을 다스리고 서울에 올 기회를 아예 없애는 쪽으로 삶의 길을 정해야지…….

온갖 생각이 마음을 어지럽혔다. 오늘은 사무실에 나갔지만 거의 일손이 잡히지 않아 아무것도 못했다. 김경희 국장이 와서 같이 점심 먹고, 임길택 선생 오고, 주순중 선생, 이성인 선생, 김중철, 심은하 씨 차례로 와서 이야기 나누다 보니 하루가 지나버린다. 저녁에는 편집위원들과 11시가 넘도록 술을 마셨다.

《할아버지 요강》은 폐기처분하지 않기로 결정이 났다. 문제되는 것은 재판 때 모두 고치도록 하고……. 끝까지 우겨서 밀어

붙이지 못한 것은 남의 말을 존중하는 태도를 지녔기 때문만은 아니다. 절반 이상은 내가 심약한 탓이다.

1월 6일

글쓰기 연수를 시작하는 날이다. 오전에는 《불광》 원고를 쓰고 있는데 《길》 지의 신보현 씨와 경희대 한의과 박종배 씨가 찾아왔다. 저마다 고민이 있어 상담하러 온 것이다. 신보현 씨는 변산에 가서 살고는 싶은데 아직 마음이 굳어지지 않아 고민인 듯하고, 박종배 씨는 미국으로 유학 가 공중위생 쪽으로 공부해서 교수가 되고 싶은데 그 길이 바른 길인지 확신이 서지 않아 찾아온 것이다. 시간에 쫓겨 상담다운 상담도 못 해주고 주순중, 이성인, 차광주, 송춘남, 현병호, 나, 이렇게 봉고를 타고 대전에 왔다. 주제발표와 지역별 소개가 끝나고 친교 시간이 와서 술을 마시면서 이야기했다. 변산과 실험학교에 관심이 많은 선생님들이 이일 저일 물어온다. 문종길 선생, 이승희 선생, 김선희 선생, 양영자 씨…… 양영자 씨는 남편이 변산에 오고 싶어한다고 하고…….

어디서나 잔소리꾼 노릇하는 버릇을 아직 그만두지 못했나 보다. 이오덕 선생님을 가까이 모시고 있는 신정숙 씨에게 싫은 소리를 했다. 이오덕 선생님 모시면서 설령 이 선생님께서 글쓰기 회의 다른 선생님들에게 비판하는 태도를 보이시더라도 그 선생님들의 선의를 들어 신정숙 씨가 이 선생님 마음을 눅이는 데 애써 달라는 것과, 이 선생님의 말씀을 이리저리 옮겨서 회원들 사이에 오해가 있거나 마음 상하는 일이 없도록 마음을 써달라는 이야기를 했는데, 이 이야기를 하느라고 말이 무척 길어졌다. 나중에는 이상석과 황금성이 거들었는데도, 글쎄 신정숙 씨가 알아들었을지…….

1월 7일

송춘남 선생의 '아침을 여는 말씀'을 들은 뒤 오전에는 연수회 자료집에 실린 회원들의 글을 합평했다. 홍은영 선생의 시를 비평하는데, 다른 선생님도 나도 가혹했다. 이 시집 저 시집에 나오는 구절과 낱말들을 짜깁기한 느낌이 들어 감동이 오지 않았기 때문이다.

홍 선생은 〈헐리우드 키드의 생애〉라는 영화의 예를 들면서 자기도 모르게 여러 시인의 감성을 자기화하면서도 그걸 고유한 느낌으로 받아들인 것 같다고 했다. 그리고 결국에는 남편의 바람과 그에 따른 교직 사퇴, 별거로 이어진 가정생활의 어려움과 그 과정에서 입은 마음의 타격을 울면서 고백했다. 홍 선생에게는 안된 말이지만 홍 선생의 절절한 토로 한마디 한마디가 시적 울림을 지니고 있어서 그렇게 말해주었다. 연수회 자료집에 실린 여러 선생님의 글을 읽으면서 그동안 모르는 사이 글쓰기가 무척들 늘었구나 하는 느낌을 받았다. 김경희 선생, 김신철 선생, 이상

42

석 선생, 황시백 선생, 이테레사 선생의 글이 특히 기억에 남는다.

1월 8일

연수회 끝나고 부산에 있는 글쓰기연구회 집행부 선생님들(이상석, 황금성, 김숙미, 김은주, 정인숙, 노광훈)과 황시백 선생네 식구, 합해서 10명과 함께 변산으로 떠났다. 격포 채석강을 구경하고 거기서 식사를 하고 재실에 7시 조금 넘어 들어갔다(채석강에서는 폭풍으로 바람이 흉흉하고 파도가 거칠었다). 밤늦게까지 고구마술을 마셨다.

1월 9일

상석이네들(집행부 선생님들)에게 구해놓은 집터 구경을 시켜주었다. 아침에 눈이 많이 내려서 눈길을 밟고 재실에서 건넛마을로 갔다가 거기서 다시 밭둑과 산길을 타고 당산나무가 서 있는 골짜기까지 갔다. 길을 잘못 들게 해서 시백이, 광훈이, 하늬가 고생을 했다.

여럿을 함께 안내할 때는 아는 길, 쉬운 길을 택해야 함을 다시 느꼈다. 오후에는 황금성이 사는 부여로 왔다. 황시백 차의 기름탱크가 터져서 출발이 조금 늦어지고, 임시로 때웠지만 부여 오는 길에 줄곧 불안했다. 금성이 집에서 둘러앉아 노래도 부르고 농담도 하고 이 이야기 저 이야기 하면서 술을 아주 많이 마셨다.

지금 아침에 이 글을 쓰고 있는데 아직도 술이 깨지 않는다. 술을 깨고 생각하니, 또 그 버릇이 나왔다. 취하면 괜히 심각한 체하고 어렵고 부담이 되는 말을 꺼내는 버릇. 유행가 가사를 두고 사랑에 대한 가벼운 설전이 시백이와 나 사이에 있었다.

"그대 앞에만 서면 왜 나는 작아지는가"라는 구절을 두고 시백이는 이건 틀렸다. 진짜 사랑을 하면 가슴이 충만하고 자신이 부쩍 큰다고 또 크고 있다고 느낄 텐데 이렇게 사랑하는 사람 앞에서 왜소함을 느낄 수밖에 없는 사랑은 진짜 사랑은 아닌 것 같다는 요지였다. 상석이에게 어떻게 생각하느냐고 했더니, 그 가사가 반드시 틀렸다고 보기는 힘들고 뭐 여자한테 아이처럼 안기기도 하니까 하고 반농담으로 넘겼다.

나는 반대다. 이 노래에서 내가 가장 좋아하는 대목이 바로 이 구절인데, 실제로 나는 사랑을 하면서 내가 작아지는 것을 느꼈다. 그리고 내가 사랑하는 사람이 내 안에서 점점 더 커지는 것도. 내가 오랫동안 좋아해온 한 여자(마누라 말고)가 내 마음속에서 부처님으로 자리 잡는 경험을 한 적이 있음을 내세워 반박했더니, 아마 논쟁에서 이기려고 과장하는 줄로 여기는 것 같았다. 그래서 시백이에게 또 그런 말을 했다. 넌 무얼 받아들일 때 삼투막을 통해서 받아들이는 것 같다. 어떤 때는 들어오는 대로 다 받아들여도 되는데…….

시백이가 무슨 말인지 알겠다고 했고 상석이도 무슨 선문답하

44

나 하고 말머리를 돌렸다. 술김에 나는 내가 없다고 생각한다고 했는데 역시 내가 있다. 아집이 가득하고 지기 싫어하고 다른 사람에게 깊은 인상을 심어주려는 명예욕에 사로잡힌 내가.

1월 10일

아침에 늦게 일어나 금성산에 올랐다. 부여는 내가 첫 무전여행지로 잡았던 곳이다. 백마강 저편 어느 친절한 농가에서 얻어먹었던 밥 한 끼가 아직도 내 몸의 일부를 이루고 있겠지. 부여를 감돌아 흐르는 강물을 빼고 하얗게 눈에 번쩍이며 들어오는 것은 모두 비닐하우스다. 부소산, 정림사지, 궁남지가 모두 한눈에 들어왔다.

황금성, 황시백 선생은 고장 난 황시백 선생 기름 탱크를 고치려고 논산까지 가서 돌아오지 않아 부여박물관 구경을 하기로 했다. 송춘남 선생이 못 보고 가는 것을 아쉬워하는 눈치를 보였기 때문에 집에 돌아왔다 다시 박물관으로 간 것이다. 거기서 다시 속초까지 다녀오기로 했지만 입술도 헤어지고 조그마한 프라이드 자동차에 다섯이 앉아 예닐곱 시간 갈 생각을 하니 엄두가 나지 않았다. 결국 서울로 돌아오기로 했다.

1월 11일

집에는 아침에 도착했다. 몸이 많이 피곤해 쉬려 하는데 혜자 누이가 딸과 손자 세민이를 데리고 왔다. 변산으로 내려가는 나를 송별할 겸 세민이 문제를 상의하러 온 듯하다. 여덟 살 난 세민이는 올해 초등학교에 들어가는데 그동안 유치원에서 말썽꾸러기로 낙인이 찍혀 지각없는 유치원 교사로부터 학교에 들어가도 적응하기 힘든 아이로 부모에게 통보된 모양이다.

감수성이 예민하고 몸이 좀 허약한데 머리가 좋고 활동력이 강하여 답답하게 짜인 유치원의 틀에 적응하기 어려웠던 게 원인일 터이다. 아무 문제가 없는 아이라고 위로를 해주었다. 실제로도 아무 문제가 없는 아이다. 유난히 호기심이 강한 아이일 뿐. 같이 점심을 먹었는데 점심 먹는 곳을 나래 엄마가 골랐다. 내 취향에는 맞지 않는 곳이고 혜자 누이도 마찬가진 듯했다. 이것도 촌놈 감각과 도시내기 감각 사이의 어긋남에서 빚어지는 판단의 차이리라.

점심을 먹고 혜자 누이 일행과 보리출판사에 갔다. 가서 출판사 구경도 시키고 책도 몇 권 권해주었다. 그냥 주고 싶었지만 주위 눈치도 있고 해서 할인된 값으로 사도록 했다. 《작은책》 원고를 써서 넘겼다.

1월 12일

청주에 와서 학교를 보니 왠지 서먹서먹하다. 마음이 떠나서일까? 학과 연구실에 들르니 조교로 있는 이해원 군과 학과장인

정호용 선생이 반가이 맞는다. 사직원을 썼다. 개인 사정으로 사직한다고 짤막하게 쓰려고 했더니, 교무과에서 사연을 구체적으로 써야 한다고 한다. 그리고 사표 수리 기간도 한 달이 넘게 걸리리라고 한다.

그래서 변산에서 농사지으면서 실험학교를 준비하는 터를 닦는 데 전념하기 위해서 사직을 하고자 하니 허락 바란다고 썼다. 수신인은 대한민국 대통령 김영삼이다. 정교수를 임명하는 사람이 대통령이고 면직할 사람도 그 사람이니, '대한민국' 국가공무원으로서 예의는 갖추어야 할 것 같아서 처음에는 높임말을 뺐다가 나중에 '사직하고자 하오니', '허락하시기 바랍니다'로 고쳐 썼다.

쓰면서도 이렇게 마음에 없는 경어를 쓰는 내가 우스웠다. 학장에게 제출하려고 했더니 자리에 없었다. 돌아와서 최세만 선생과 정호용 선생으로부터 지난 9월에 있었던 신규 교사 채용의 경위를 들었다. 학과에서 1위와 2위로 올렸던 평가가 무시되고 총장의 자의로 순위가 바뀌어 신임 교수가 채용되면서 벌어진 사건인데, 그 과정에서 학과의 권위를 지키려는 교수와 학생들의 치열한 싸움이 있었고, 부당한 인사 정책을 밀고 나가는 데 일익을 담당했던 총장, 교무처장 그리고 내 동기인 박완규 선생에 대한 불신이 빚어낸 학과 안의 분열이 있었다. 나중에는 흑색선전이 난무해서 마치 신임 교수가 청주고등학교 출신이라서 철학과 선생님들이 청고 출신인 박 선생만 빼고는 모두 짜고 배척한다는 식의 지역감정으로 비화되는 양상까지 보였던 모양이다.

학생들은 신학기에 신임 교수와 박 선생 강의를 비하할 움직임을 보이고, 박 선생은 교환교수 신청을 해서 이를 모면하려고 하고…… 듣기 민망할 만큼 일이 얽혀 있었다. 한편으로는 그 싸움의 중심에서 벗어날 수 있었다는 게 다행이라는 느낌도 들고 또 한편으로는 내가 싸움을 거들었으면 일이 덜 꼬이지 않았을까 하는 생각도 들고. 아무튼 전국에서 가장 모범적인 학과로 불릴 만큼 모든 일을 화기애애한 분위기에서 처리할 수 있었던 전통이 무너지고 분열의 씨앗이 뿌려진 것이 무엇보다 안타까웠다. 그러고 보니 안상헌 선생, 정호용 선생의 머리가 1년 사이에 부쩍 하얗게 셌다.

짐을 정리하여 일부는 버리고 일부는 학과에 기증하여 얼추 일을 마무리한 뒤 저녁에는 '여성의 집' 책임자로 있는 제자 정은경과 YWCA의 유영경 그리고 영경이 동생 영아를 만나 같이 밥을 먹었다. 그동안은 줄곧 내가 술이며 밥을 사주었는데, 이제 자기들이 돈을 벌고 나는 곧 농사꾼이 된다 하여 그러는지 밥값, 찻값을 내가 낼 틈도 주지 않고 자기들이 낸다.

잠은 청주에 가면 자주 그랬듯 영경이 집에서 잤다. 영경이가 결혼한 뒤로 영경이 부모님 집은 영아와 영범이만 살고 있다. 다섯 명이 누워도 큰 대자로 누워서 잘 만한 방에 혼자 누워서 다시 도시 삶의 불균형함을 느낄 수밖에 없었다. 지금도 머지않은 곳에 여러 식구가 이 방의 반의반도 안 되는 좁은 단칸방에서 칼잠을 자고 있을 터인데, 이렇게 방 하나에 한 사람씩 누워도 방이

남아도는 집은 또 얼마나 많을까. 이런 삶을 서로 당연한 것으로
알고 받아들여서 지금 이 순간 불안한 평화라도 지켜지는 걸까.

1월 13일

새벽 5시 40분쯤 일어나서 옷을 챙겨 입고 영경이 집을 나섰다.
6시 15분 차를 타고 서울에 오는 동안 흩어지는 생각에 몸을 맡기
다 차에서 잠이 들었다. 집에 돌아오니 9시 조금 넘었다. 1시에
G-TV라는 유선 방송에서 어린이 그림책을 고르는 방법에 대해
학부모들과 간담하는 프로그램을 녹화한다고 해서 11시에 집을
나섰다. 버스를 타고 서대문 사거리에 도착하니 12시 10분, 30분
녹화인데 준비하는 시간에 잘못되어서 다시 하고 또다시 하느라
고 걸린 시간을 모두 합해 세 시간을 소모하고야 녹화가 끝났다.

질문이 없어서 대답하지 못하고 말았지만 김미숙 씨가 하는
질문서에 본디 아이들 그림책에 그렇게 큰 관심을 기울이는 까닭
이 뭐냐는 질문이 들어 있었다. 이렇게 대답하면 어떨까 생각했
다. "얼핏 보면 사람들이 개체로 분리되어 있어서 저마다 다른
삶을 꾸려나가는 듯이 보이지만 크게 보면 하나인 듯하다. 같이
사는 여러 다른 '나'들이 모여 공간적으로 동시대의 '우리' 곧
'나와 내 밖에 있는 또 다른 나들의 하나됨'이 이루어지고, 시간
적으로는 늙은 나를 이어줄 젊은 나, 어린 나가 있어서 커다란 생
명나무가 시들지 않고 커나가는 것 아니겠는가. 내 곁에 있는 사

람도 나의 분신이고, 어린애들도 죽어가는 나를 영속시켜줄 명줄인데 어느 누군들 소중하지 않으랴."

그러나 이것은 관념이다. 몸으로 느끼지 않으면 순간순간 나와 남으로 갈라지고 그 거리는 멀어지겠지. 내 몸을 얼마나 단단히 다지고 예민하게 만들어야 정말 몸과 마음으로 이 사람들과 이 아이들과 하나임을 느끼고 하나가 되어 살아갈 수 있을까. 흩어지는 생각, 흩어지는 느낌, 살갗을 벗어나지 못하는 몸을 추스르고 하나로 모으고 넓혀가는 데 농사일이 도움이 되겠지.

1월 14일

아침 6시에 일어나 익산행 기차를 타러 영등포로 갔다. 익산은 옛날 이리인데 이리는 '솜리'라는 우리 고유의 지명을 일본인들이 고쳐서 역 이름으로도 쓰고 지역 이름으로도 정착시켰다 한다. 그래서 최근에 다시 익산으로 고쳤다는데 나는 며칠 전에야 그 사실을 알았다.

특등칸을 탔는데, 나래 엄마의 배려다. 언젠가 같이 몽탄에 간 적이 있는데 그때 서 계시는 할머니 보기가 딱해서 자리를 양보하고 몇 시간을 서서 갔더니, 그 생각이 떠올라서 아예 서는 자리가 없는 특등칸으로 샀다 한다. 고마운 생각이 들었지만 김복관 선생님 생각이 난다. 전철을 탔는데 자리가 비었는데도 앉을 생각을 안 하시던 분이다. 앉으시라고 했더니 나중에 엉거주춤 앉으시면서 평소에는 아예 차를 타면 으레 서서 가는 버릇을 붙였더니 여러모로 좋다고 말씀하셨다. 그 말씀을 듣고 깨우친 바가 컸는데 나는 언제 그런 마음의 자세를 갖출 수 있을지…….

익산까지 신문을 조금 보다가 내내 자면서 왔다. 손종만 어르신 자제 혼례식은 1시인데 오전 10시 30분쯤에 도착했으니, 시간이 남았다. 시내로 조금 나갔다가 예식장 찻집에 앉아 예식이 시작될 때까지 기다리면서 변산에서 살 일에 대하여 이것저것 생각했다. 식이 끝나는 것을 기다려 변산으로 오는 버스를 탔는데 거기서 우연히 조찬준 씨를 만났다. 농사일에 대하여 이 이야기 저 이야기를 하다가 조찬준 씨가 토종닭을 한배에 120마리에서 1000마리까지 기른다는 것을 알게 되었다. 그런데 거기서 나온 닭똥만으로는 1000평 밭농사에도 턱없이 모자란다고 한다. 유기물질 비료 만드는 것이 큰 문제임을 깨달았다. 봄에 퇴비를 마련하는 길밖에 없다 한다.

관유가 사는 집으로 먼저 왔는데 관유도 없고 열쇠를 찾아도 없다. 재실로 올라가 봉선 씨와 금란 씨와 함께 저수지 위 당산나무를 보러 갔다. 금란 씨가 한 번도 본 적이 없다는 생각이 나서였다. 안개가 짙게 끼어서 동네 사람들 눈에 띄지 않게 갔다 왔다. 가는 길에 대밭이 있는 빈집도 다시 한 번 살펴보았다. 이 빈집이 우리의 보금자리가 되었으면 좋겠는데……. 재실에 왔더니 전주로 무쇠 욕조를 실으러 간 관유와 광식이와 종현이를 태웠던 차가 왔는데 관유는 없다. 저녁 먹으러 올라오느냐고 했더니 혼자 아랫집에서 밥을 끓여 먹겠다고 하고 갔다 한다.

신발도 벗지 않고 그대로 아랫집에 내려와 관유와 이 이야기 저 이야기 나누었다. 관유는 아예 아랫집에서 밥을 끓여 먹으면서 날이 풀리는 대로 토담집을 짓는 데 전념하겠다 한다. 위에 올라가면 마음이 괴롭다고……. 무슨 뜻인지 알겠다. 관유가 지어 주는 현미밥을 같이 먹었다. 익지 않아 선 밥인데 꼭꼭 씹어 먹으니 그런대로 맛이 난다.

저녁을 먹고 집 짓는 비용을 따로 관유가 관리하도록 이야기를 한 뒤 재실에 다시 올라갔다. 올라가서 고등학교 때 내가 꾸었던 꿈 이야기를 재실 식구들에게 했다. 내가 라마교 승려였던 시절 이야기. 그때 나를 파계시킨 화상 입은 60대 할머니와 팔목어리라는 그분의 80대 언니 이야기 가운데 그동안 서른 해가 넘도록 이해하지 못했던 부분에 대해서 관념으로만 깨우친 것을 이야기했다.

삶의 한 흐름 가운데 과거도 현재도 미래도 없고(三世가 없고), 위아래도, 앞뒤도, 왼쪽 오른쪽도, 안팎도 없다(入方이 없다)는 것을 깨우치라는 뜻이었는데, 팔모거리의 여덟 목이 없음에 대하여 여섯 30지는 얼추 짐작했는데 그동안 안도 밖도 없다는 것만을 깨우치지 못하다가 최근에 들어서야 관념으로는 비로소 깨우쳤다는 이야기였고, 삼세도 없고(시간도 없고) 팔방도 없다(공간도 없다)면 결국은 '하나'가 나타나는데, 생명이 모두 하나임을 깨우치고 삼라만상이 하나에서 비롯함을 알면, 몸으로 알면, 우리가 이루고자 하는 공동체를 이루는 데 어려움이 없으리라는 이야기를 하고, 관유가 머무는 곳으로 종현이와 광식이와 함께 왔다. 밤길은 광식이가 앞장서고……

1월 15일

새벽부터 비가 내린다. 꿈자리가 사납고 잠자리가 편치 않아 새벽에 몇 번이나 일어앉아 가부좌를 틀고 묵상에 잠겼으나 몸을 다스리는 마음의 힘이 아직 충분하지 않아 다시 눕고 다시 눕고 했다. 일어나 불을 켜고 책이라도 읽었으면 하는데, 모두 곤하게 잠들어 그럴 수도 없고…….

아침에 관유가 일어난 뒤에 뒤따라 일어나 비 오는데 오늘 할 일이 있느냐고 물었더니 없단다. 재실에 올라가 거기서도 할 일이 없으면 서울에 가서 치과에 들러 이를 고치겠다고 했더니, 없단다. 재실 아래에 사시는 할아버지(76세)와 함께 부안으로 나와 같이 서울로 왔다.

오는 길에 고속버스 안에서 이 이야기 저 이야기 하던 중에 그분이 천도교인임을 알았다. 6·25전쟁 전후에 아무 쪽도 편들지 말라고 동네 사람들을 설득하여 그 마을 사람들은 한 사람도 죽거나 다친 사람이 없었다는 것, 그래서 나중에 그 마을이 피난처로 이름이 나게 되었다는 이야기를 하셨다. 큰아들은 고등학교까지밖에, 또 작은아들은 머리가 좋은데도 국민학교까지밖에 못 보내서 두 아들이 모두 트럭을 몰기 때문에 사고 나면 어쩌나 늘 마음이 조마조마하시단다. 아들들만 고향 근처에 살고 딸들은 모두 서울로 시집갔다 한다.

일생 살면서 어르신 자신도, 두 아들도 남을 속이거나 남에게 나쁜 짓을 하거나 거짓말을 한 적이 없다는 말을 듣고 마음으로 부끄러웠다. 이 할아버지는 가끔 재실 청년들에게 도움을 청하는데 그때마다 자신이 키우는 닭을 한두 마리 주신다. 사양을 하지만 막무가내로 떠안기는 적이 많아 그동안 몇 마리 잡아먹고도 서너 마리가 남아 닭장 속에 키우고 있다. 안양까지 가신다는데 초행길이라 사무실에도 들를 겸 여동생 가져다준다고 상자에 넣어 온 닭 다섯 마리를 들어드리고 신도림역에서 내려 안양 가는 전철역까지 모셔다드렸다.

사무실에 오니 도종환 선생 부인 민경자 선생이 곧 온다 한다. 만나서 인사만 하고 치과 예약이 있어서 부랴부랴 계단을 올라 문을 열고 들어서니 김규문 박사가 반가이 맞는다. 내 소식은 나래 엄마 편으로도 듣고 신문을 보고도 알았다며 용기가 대단하다고, 나도 도울 일이 없겠느냐고, 변산에 한번 놀러 가도 되느냐고 해서, 언제든지 오시라고, 오셔서 동네 어른들이나 애들 이를 치료해주시면 얼마나 좋겠느냐고 했더니 쾌히 승낙을 한다. 욕심 없고 참 심성 착한 분이다. 농사지으러 들어가면 언제 다시 오겠느냐고 이를 꼼꼼히 치료해주시고 어금니를 금으로 씌우면 오래 가니 돈이 좀 들더라도 그렇게 하라고 한다.

수요일까지 25만 원(금값이다)을 마련해 다시 들르기로 했다.

나와 우리 가족에게는 늘 거의 무료로 치료해주셔서 마음으로 빚을 참 많이 진 기분이다. 다시 사무실에 돌아왔는데, 내가 없으니까 사무실 일이 훨씬 더 잘되는 것 같다.

차 대표와 이춘환 이사에게 변산에서 올해 달마다 평균 1000만 원 정도의 돈이 들 것 같은데 투자하는 셈치고 별도로 예산을 마련해줄 수 있는가 했더니, 예산을 잡아놓았단다. 고마운 일이다.

집 짓는 데, 또 땅 장만과 여러 식구 살림, 심 군 빚 갚는 데 쓰일 돈이다. 나도 부지런히 글을 쓰던가 해서 나머지는 메꾸려고 한다.

천도교 할아버지와 이야기 나누는 도중에 느낀 일. 이 어르신은 박정희를 참 좋은 사람으로 알고 있다. 이분이 믿는 어떤 심성 고운 분이 이분에게 박정희가 좋다고 이야기했겠지. 그리고 그분은 또 그분이 믿는 어떤 심성 고운 분에게서 같은 이야기를 듣고……. 이렇게 해서 첫 이야기를 꺼낸 심성 고운 분이 한번 판단을 그르치니까 모두 판단을 그르치게 되었겠지. 부처님이 왜 지혜를 그렇게 강조하고 예수님도 뱀처럼 슬기로워지라고 강조하셨는지 그 뜻을 알겠다. 바른 판단이 없으면 아무리 심성이 고와도 그 고운 심성이 나쁜 짓을 하는 사람에게 이용될 수 있을 테니까……. 바르게 생각하고 바르게 말하고 바르게 행동한다는 것이 얼마나 어려운가. 바른 길을 걷기 위해 여덟 가지를 구비해야 한다는 불교의 팔정도에 대해서 다시 깊이 생각해보아야 하겠다.

1월 16일

북녘까지 아우를 새로운 《어린이 마을》 기획안을 웅진 천재석 전무 앞으로 보냈다. 기획 기간 6개월, 개발 기간 2년, 40억 원 가까이 드는 기획이다. 웅진이 이 기획안을 받아들일까? 힘들 거라는 생각이 든다. 《어린이 마을》, 《올챙이 그림책》, 《달팽이 과학동화》, 이 가운데 어느 것 하나 부모들의 평가에서나 판매에서나 성공하지 않은 것이 없건만 웅진 쪽의 태도는 흔쾌했던 적이 없다. 작품의 질은 믿을 수 있지만 품값이 너무 비싸다나. 아무튼 결과를 기다려볼 일이다.

오후에 변산에서 살고 싶다는 여자분 한 분이 보리를 방문했다. 숙대 대학원을 나오고 강사도 하고 학원에서 아이들도 가르치다가 수녀원에 들어가 공장 생활 2년, 전북 함열에서 농사일 1년…… 다른 사람들과 함께 공동체를 이루어 사는 일이 무척 어려운 일이라는 것을 깨닫고 수녀원을 나왔다는데, 그래도 다시 공동체에 들어가 살고 싶다는 소망을 버리지 못한 모양이다.

신문에서 내 기사를 읽고, 《실험학교 이야기》를 읽고, 남영신 선생님이 친척이어서 그분에게 부탁하여 미리 연락을 하고 나서 나를 만나러 왔다. 15일부터는 내가 변산에 있을 거라는 이야기를 듣고 아침에 짐을 싸고 나서 변산에 연락했더니 서울에 있다고 해서 만나러 온 것이다.

올해는 날이 풀리면 토담집도 지어야 하고, 또 저수지 위의 묵은 땅을 다시 일구어 밭농사를 해야 하고, 게다가 빈 항아리에 효소며 간장·된장·고추장·젓갈 담는 일 하며, 작년부터 해온 농사를 더 짜임새 있게 하는 일 하며…… 초기에 들어오는 사람의 고생이 무척 클 거라고 이야기하고, 그런 어려움도 견디겠으면 같이 지내보자고 했다.

가는 날이 장날이라고 오늘 따라 화가들이 세 명이나 왔다. 최호철은 '전태일'을 만화로 그리는 일을 상의하러 왔고, 오랫동안 얼굴을 못 본 이원우 씨도 오고, 또 강우근 씨 얼굴도 처음 보았다. 어젯밤에도 12시 가까이까지 술을 마셨는데 오늘도 술이다. 조원이, 용란이, 태수, 나, 송 선생, 김종만, 강우근, 이원우, 최호철이 청정해역이라는 일식집(카드를 그어서 먹을 수 있는 가까운 곳이 이곳뿐이다)에서 저녁과 술을 먹고 맥주집에 가서 다시 맥주를 마셨다.

강우근은 서울대 82학번 출신인데 서노협에 소속되어 있으면서 무척 열심히 운동을 한 사람이라는 것이 이야기 사이사이에 드러났다. 노동자가 주인이 되는 세상을 이루기 위해서는 서울에 남아야겠고, 마음속으로는 나처럼 시골에 가서 농사일을 하고 싶기도 하고, 마음에 갈등이 많단다.

이것저것 꼬치꼬치 물어왔다. 시골에 가서 소공동체운동을 한다는 것이 세상을 바꾸는 일과 무슨 연관이 있느냐, 노동자와 농민이 연대를 이룰 길이 열리겠느냐, 종교에 대해서는 어떻게 생각하느냐……. 될 수 있는 대로 성실하게 대답해주려고 이것저것 말해주었는데, 그게 두 사람만의 이야기여서 주위의 분위기를 깬 것 같다.

강우근 씨가 조소과를 나와 뒤늦게 아이들 그림을 시작했는데 늘 상상력의 빈곤을 느껴서 곤란을 겪고 있다는 이야기를 꺼내자 김종만 선생이 그것은 사물을 자세히 보지 않아서, 관념으로 구체적 현실을 파악하려는 버릇이 붙어서 그런 거라고 대답했다.

그러자 강우근 씨는 자기는 미술을 해서 그래도 주위의 사물을 건성으로만 보지 않고 꼼꼼히 챙겨보려고 하는데도 역시 상상력에 심각한 제약을 느끼긴 늘 마찬가지라고 하면서 이것이 1980년대 초반에 운동을 했던 동료들 모두가 안고 있는 문제가 아닌지 모르겠다고 했다.

김종만 선생 이야기가 틀린 말은 아니다 싶어 본다는 것은 다만 눈으로 보는 것만 가리키는 건 아니지 않겠느냐 귀로도 보고 살갗으로도 보고 코나 혀로 느끼는 것도 크게 보아 보는 것이 아니겠느냐, 감각의 문이 활짝 열려야 건강한 상상력이 북돋아지는 것 아니겠느냐 하고 한마디 거들었다.

작은 마을공동체 하나를 제대로 꾸려가려고 해도, 늘 국가공동체와 인류공동체, 더 크게는 생명공동체 전체에 대한 올바른 조망이 없으면 안 된다는 말을 했는데, 강우근 씨가 이 말을 제대로 이해했을지는 모르겠다. 가장 작은 '하나'와 가장 큰 '하나'를 동시에 보면서 그 사이의 촘촘한 마디마디를 놓치지 않고 그러면서도 그 마디들이 독립된 단위가 아니라 하나의 줄이 얽혀서 이루어진 것이라는 사실을 이해하면 언젠가 내가 관악산에서 깨우쳤던 사실, 관악산에서 솟아나는 실낱 같은 물줄기가 흘러서 결국 강물이 되고, 바다가 된다는 생각에서 한 걸음 더 나아가 관악산 물과 강물과 바닷물이 이미 하나로 이어져 있다는 깨우침이 생명의 흐름을 이해하는 데도 큰 도움이 되는 지점을 찾아낼 수 있을 듯한데……

1월 17일

송춘남 선생의 환송이 있었다. 마포갈비라는 고깃집에서 있었는데 사람이 많고 끊임없이 갈비와 삼겹살을 숯불에 구워서 타기 전에 먹어야 하고…… 해서 오붓한 송별의 자리가 못 되고 말았다. 환송연을 갖기 전에 보리 평의회가 있었는데 이 자리에서 홍정희 씨가 《58년 개띠》라는 서정홍 씨의 시집을 읽은 소감을 말했다.

아무래도 자본가와 노동자 사이의 계급적 갈등 인식이 정희 씨에게는 이해하기 힘들었나 보다. 자본가라고 해서 모두 악덕한 사람만 있지는 않지 않겠느냐, 왜 모든 자본가에게 적대감을 드러내야 하느냐, 그리고 산업재해 같은 어두운 현실 이야기를 읽으면 가슴이 무거워진다, 조금 더 밝은 시가 많았으면 좋겠다고 이야기했다. 이대경 씨도 《58년 개띠》는 자기 어머니 같은 분에게 선물로 하기에는 아무래도 마음에 걸리는 대목이 있다, 그래서 선물을 못한 경우도 있다고 했다.

어느 정도 자본의 원시축적이 이루어지고 비교적 풍요한 환경에서 자란 세대의 관점이 드러나는 대목이다. 앞으로 책을 만들 때 이 사람들이 원고를 미리 읽고 의견을 말하는 것을 귀담아들을 필요가 있을 거라는 생각이 들었다.

나도 한마디 하자 하고는 이런 말을 했다. 나는 어렸을 적에 옛날이야기를 듣거나 《춘향전》, 《심청전》 같은 육전소설六錢小說을 읽고 자랐는데 늘 끝에는 "잘 먹고 잘 살았다"라는 구절로 끝을 맺더라, 그런데 국민학교 때인지 한 번 현대소설을 본 적이 있는데 이야기가 중간에서 끝나고 결말이 어찌 되었는지 밝혀놓지 않아서 몹시 충격을 받았다, 이 소설 끝부분이 잘려나간 것은 아닌가, 이 책 다음 책에서는 결말이 밝혀지려나 하는 궁금증이 오래 사라지지 않았던 기억이 있다, 옛 마을공동체에서 이야기의 결말이 그렇게 이루어지는 것은 이해할 만하다, 변화가 허용되지 않는 정태적인 공동체에서 비록 고달픈 삶이 자기의 운명일지라도 벗어날 길이 없으니 이야기 속에서나마 누군가 삶의 변화를 꿈꾸고 그 꿈이 이루어져 잘 먹고 잘 살게 된다는 결말을 얻으면 대리만족을 느낄 수 있을 테니까, 그러나 현대 도시에서 자라는 아이들은, 또 도시에서 사는 사람들은 변화의 소용돌이 속에서 나날이 살아가야 하고 그 소용돌이 속에는 온갖 자극물이 있는데 어떤 것은 기쁨을 또 어떤 것은 슬픔을, 고통을 불러일으킨다, 이 자극물을 바로 받아들이고 느끼려면 밝은 이야기, 행복한 결말만을 구하지 말고 현실을 있는 그대로 정직하게 받아들일 필요가 있다, 그래야 어두운 현실을 밝게 바꾸어내야 하겠다는 의식이라도 생겨나지 않겠는가, 현실은 어두운데 밝은 면만 보는 것으로 만족을 느끼려는 태도는 현실을 변혁하려는 의지마저 부인하는 데까지 갈 수 있다…….

이성인 선생은 '어린이도서연구회'가 좋은 책이라고 추천하는 책 가운데는 좋지 않은 책이 상당히 많이 섞여 있고, 이렇게 된 것은 연구회 성원들이 책을 읽지 않고 남의 이야기만 듣고 좋고 나쁨을 가리는 게으름을 피우는 탓도 있지만 그보다 더 큰 문제는 이주영 선생 같은 사람이 자신의 이해관계에 따라 수준에 미치지 못하는 책을 자기와 관련이 있는 책이라 하여 끼워 넣는 데 있다고 말하면서 이런 나쁜 관행이 계속되면 결국 '어린이도서연구회'의 공신력은 조만간 사라져버릴 것이라고 했다.

내가 몇 년 전부터 걱정해온 일이다. 그래서 글쓰기연구회 안에 독서지도 연구 분야를 따로 마련하는 게 어떠냐고 여러 차례 이야기했는데 그때마다 이오덕 선생님의 완강한 반대가 있었다. 아마 아이들에게 책을 많이 읽히는 것에 대한 거부감이 있으신 거라고 이성인 선생은 말하지만 나로서는 받아들이기 힘든 태도다. 좋은 책을 고르는 공신력 있는 연구기관이 빨리 세워져야 한다.

1차를 마포갈비에서 끝내고 2차는 다른 장소로 옮기자고 하는데 내가 사무실로 가서 2차를 하자고 했다. 이야기도 많이 나눌 겸, 비용도 절약할 겸.

1월 18일

계속해서 술을 마신 탓인지 몸이 불편하다. 아침을 거르고 점심에는 죽을 먹었다. 송 선생이 내일 출국을 하니까 회사를 가야겠는데 몸이 말을 안 듣는다. 회사에 나가겠다는 말을 다시 취소했다. 김준호 선생님의 책《문명 앞에 숲이 있고 문명 뒤에 사색이 남는다》를 읽다가 잠이 들었다. 일어나서 처음으로 케이블TV에서 영화를 보았다. 〈한나와 그 자매들〉. 우디 앨런의 영화인데 잘 만들었다. 아내와 이혼하고 나중에 처제와 결혼하는 남자. 아내를 사랑하면서 막내 처제와 불륜의 관계를 맺는 남자. 주제를 보면 충격적인데 내용은 그렇지 않다. 오랜만에 소설의 첫머리가 될 만한 이야기가 떠올랐다.

"난 언니가 싫어. 어떻게 저런 인간하고 그런 짓을 할 수 있지? 늙어빠진 데다가 눈은 개구리처럼 툭 튀어나오고, 게다가 담배 니코틴에 찌들어 싯누렇게 변한 의치에 숨을 쉴 때마다 시궁창에서 올라오는 악취. 뻔뻔스럽게 내 앞에서 그 짓이라니. 문만 닫으면 아무것도 보이지 않아 아무 소리도 들리지 않을 줄 아나 보지. 흥. 저 헐떡이는 소리 좀 들어보라지. 틀림없이 언니는 그 잘난 궁둥이를 허옇게 까고 저 늙은이 거시기 앞에 디밀고 있을 거야. 난 이게 뭐야. 저 인간들에게 쫓겨 이 구석방에서 마치 잠들어 있는 것처럼 불도 켜지 못하고. 써야 할 원고가 아직 산더미 같은데. 그

62

래. 오죽했겠어. 저 늙은이는 마치 거미 같아. 언니는 그 그물에 걸린 날파리고. 어쩌다 걸려들었을까. 아니야. 나도 걸려들 뻔했지. 저자에게는 여자를 마비시키는 힘이 있어. 찐득찐득한 점액 같은 것이. 썩어서 들큰한 냄새를 풍겨. 그래서 가까이 가다가 한 발 잘못 디디면 그때는 쩍 들러붙어서 그걸로 끝장이야. 들러붙은 한 발을 빼내려고 다른 발에 힘을 주면 그 발마저 쩍, 그리고 들큰하고 썩은 냄새에 마비되어 점점 몸을 움직일 수 없게 돼. 아아, 싫어. 저 소리."

저녁을 먹고 현덕의 동화를 모은 《너하고 안 놀아》를 몇 편 더 보았다. 〈토끼와 자동차〉가 무척 마음에 든다. 현덕의 동화를 읽으면 생활 동화가 어떤 것인지 알 수 있을 것 같다. 참 대단한 사람이다. 오랫동안 문체혁명을 꿈꾸어왔는데 현덕의 글쓰기에서 그 실마리가 보인다. 그러나 실마리일 뿐이다. 내 몸이 바뀌고 감각이 바뀌고 의식이 바뀌면, 그래서 텅 빈 내 안에 햇살이 들고 바람이 불고, 무엇인가 돋아나서 자라면, 그리고 그 모든 것이 내 의식의 통제를 받지 않고 저마다 자기 이야기를 시작하면 아마 그때는 살아 있는 글쓰기가 가능하겠지. 그리고 그때가 되면 사랑이 소모적인 욕정으로 변질되는 일이 없이 참된 하나를 지향할 수 있겠지.

1월 19일

공항에서 송 선생을 배웅하고 회사에 나갔다. 김근희 씨가 보낸 원고 처리 문제로 심조원, 김용란에게 한마디 했다. 이담·김근희 부부의 문제도. 김용란, 심조원의 주장은 자기들에게 자세히 말하지 않은 상태에서 내가 이담 씨를 먼저 만나 전래동화를 그리도록 일방으로 결정했는데, 밑그림을 받아보니 문제가 있더라, 앞으로 이런 식으로 일한 뒤치다꺼리를 하고 싶지 않다는 것이고, 내 주장은 어떻든 성실하고 재능 있는 사람들이어서 기대에 어긋나지는 않을 터이며, 미국으로 전래동화를 수출할 경우 출구 역을 맡을 사람들인데 장기적으로 판단해서 도울 일이 있으면 힘껏 도와야 한다는 것이었다. 두 사람 말이 맞고 내 주장도 근거 없는 것은 아니어서 심조원이 알겠노라고 대답했으나 긴장이 이런 식으로 이어지면 안 되겠다는 생각이 들었다.

《뿌리 깊은 나무》에 원고를 가지고 가볼까 해서 한 사장에게 전화를 했더니 바빠서 만날 틈이 없다고 했다. 그리고 내가 대학을 그만두고 시골로 내려가겠다고 하는 것이 '배부른 생각'이라고 슬쩍 꾸렀다. 그런 점도 있겠지. 토담집 지붕 걱정을 했더니 장수 같은 데 가서 띠집 엮는 법을 알아다 띠로 지붕을 이으면 20~30년 가지 않겠느냐고 한다. 그리고 항아리를 500개쯤 모았다고 했더니, 항아리에는 한번 냄새가 배면 좀처럼 빠지지 않으니 소매통인지 간장독인지 잘 냄새를 맡아보고, 여러 음식을 담는 게 좋겠다고 조언했다. 말투에는 문제가 있지만 도움이 되는 말을 많이 해주는 분이다.

　김근희 씨 원고를 들고 초방어린이집 신경숙 씨를 만났다. 그리고 검토해보라고, 우리 출판사에서 낼 성격의 책은 아니나 글도 그림도 아주 좋다고 이야기했다. 신경숙 씨는 KBBY(Korean Board on Books for Young People: 국제아동도서위원회 한국지부)를 만드는 일에 앞장선 사람이고, 한때 나를 KBBY 대표로 만들 생각까지 했던 사람이다(거절을 했다). 세련되고 고급 취향을 가지고 있어 초방에 가서 보면 세계에서 가장 빼어난 물건들을 모으는 호사를 부리는 것 같으나 가만히 살펴보면 그 취미가 졸부들의 과시와는 다른 점이 있다. 말이 많아서 참을성을 요구하기는 하지만 말이 자기자랑이나 쓸모없는 잡담도 아니고…… 더 지켜볼 일이다.

　세밀화를 보여주겠다며 보리로 데리고 왔다. 저녁에는 동아일보사 이진영 기자와 식사를 함께했다. 《색깔을 갖고 싶어》 시디롬 타이틀을 소개하는 기사를 썼는데, 시디롬 타이틀도 전달하고 친교도 나눌 겸……. 본성은 착한 사람인데 허영끼도 좀 있고 명예욕도 있어서 앞으로 어떤 모습으로 바뀌어갈지 조금 걱정스럽다.

1월 20일

　청주에서 충북대 철학과 선생들과 제자들이 조촐하게 송별연을 마련하기로 했다는 날이다. 강남 버스터미널로 가서 청주행 버스를 탔다. 점심을 먹고 학교에 도착하니 오후 2시다. 그때부터 짐 정리를 시작했다. 학과에 줄 책들을 주고, 나머지는 포장을 하는데 심장섭 군과 김백희 군이 도왔다.

짐을 다 꾸리고 나서 학생회관 2층에서 송별연을 가졌다. 졸업생들도 꽤 많이 왔다. 김윤수 군 같은 경우는 순천에서 왔다고 한다. 나에 대한 '청문회'도 있었고, 노래도 같이 불렀다. 그리고 선물을 받았다. 지리산 토종꿀과 삽 한 자루, 그리고 그 자리에 참석했던 제자들이 쓴 덕담을 모은 공책 한 권. 모두 귀한 선물이다. 건강하게 일 잘하고 관심 가지고 지켜보는 제자들이 있으니 새로운 시작이 열매를 맺기 바란다는 뜻이 담긴 선물이다. 8시경까지 1차를 학생회관에서 하고 2차는 식당, 그리고 유초하 선생과 최세만 선생이 합류를 했는데, 미리 너무 취해버리는 바람에 충분한 정담을 나누지 못했다. 심 군과 함께 유영아 양 집에 가서 하룻밤 신세를 졌다.

1월 21일

아침에 일어나 목욕을 하고 심 군과 청주에서 올갱이국으로 해장을 했다. 변산에 도착하니 1시가 갓 넘었다. 점심을 먹고 산에 가서 낙엽을 긁는 준비 작업으로 잡목을 베었다. 심 군이 잘못하여 손가락 세 개를 깊이 베었다. 피곤한데 일을 해서 빚어진 사고로 보는 것이 옳다.

보리밭 고랑에 낙엽을 덮느라고 지난 며칠 호되게 일한 봉선 씨, 금란 씨, 광식이 모두 몸살 기운이 있다고 했다. 얼굴이 열에 떠서 벌겋다. 그런데도 쉬라는 말을 안 듣고 오후에 다시 산에 가서 일을 한다. 심 군의 사고가 빌미가 되어 일찍 마치고 가자고 합의가 이루어졌다.

그동안 변산에는 손님들이 꽤 다녀간 것 같다. 나와 며칠 전에 만났던 조유상 씨, 그리고 서정홍 시인, 또 〈진리와 겸손〉이라는 회보를 낸 분들 넷, 이 가운데 세 분은 농사를 하고 또 한 분은 한샘 주방기구 회사에 근무한다고 한다. 관유가 사는 집에 내가 이사를 오고 광식이와 종현이는 재실로 올라갔다.

1월 22일

새벽에 두 번 깨어 가부좌를 틀고 앉았다가 다시 자리에 누웠다. 마음이 편안하다. 새벽 5시쯤에 다시 일어나 옷을 입고 저수지 위 당산나무 있는 곳으로 올라갔다. 저수지 옆 숲을 지날 때는 숲 사이로 흘러드는 별빛마저 어두워 눈은 거의 소용이 없다. 발바닥이 눈인 셈이다. 발걸음은 느려지고 몸동작은 최소한으로 작아진다. 금봉이가 따라나서 앞서거니 뒤서거니 한다. 숲을 지나면 별빛에 길이 다시 밝아진다. 이상한 일이다. 나는 이제까지 별빛이 그렇게 밝은지 모르고 살아왔다. 저수지 위의 산 그림자가 별빛 때문에 저수지 수면 위로 또렷이 비친다.

고목나무(당산나무) 밑에 가서 나무 위에 열린 별들을 올려다보았다. 그리고 나뭇등걸을 안고 나무에 볼을 댔다. 따뜻한 느낌이 든다. 몇 발자국 떨어져서 땅에 엎드려 당산나무신령님께 오체투지를 했다.

한 번, 두 번, 세 번, 그리고 반 배. 다시 떨어져서 나무를 한참본 뒤에 다시 산길을 내려왔다. 오는 도중 숲속에 가부좌를 틀고 앉았더니 금봉이가 마치 나에게 무슨 일이라도 일어난 줄 알고몸 주위를 돌면서 혀로 볼을 핥다가 앞발로 가슴을 밀거나 한다. 한번 가볍게 밀치고, 내가 오랫동안 가부좌를 틀고 앉았더니 이번에는 잠잠히 멀찍이서 기다린다.

아침에는 내변산에 가기로 했다. 구들장을 마련하려 함이다. 내변산은 곧 수몰이 되니까 이사 가서 빈집이 많고, 그 빈집 방구들을 파헤치면 쓸 만한 구들장을 얻을 수 있다 한다. 재실에서 고구마를 쪄달라고 하고 버너와 코펠과 라면을 챙겨서 금란 씨, 봉선씨, 광식이, 관유, 종현이, 나, 여섯이서 내변산으로 향했다. 가다가 쓸 만한 나무등치가 눈에 띄면 트럭에 싣고 빈집터를 찾았다.

떠난 지 오래된 집터여서 그런지 기둥 하나 남지 않고 몇 해 자랐는지 모를 잡초가 무성한 곳이 있어서 찾아가 유심히 살펴보았더니 구들장 하나가 삐죽이 모서리를 내밀고 있었다. 관유는 황새괭이로, 나는 두 갈래 난 곡괭이로 구들을 팠다. 한쪽이 나무끄을음에 새까매진 구들장이 하나둘 나온다. 무척 힘이드는 작업이다. 벽이 무너진 자리에 다시 풀이 자라고 해서 그것들을 다 걷어내고 파려니 숨이 헐떡인다.

얼마쯤 파서 웬만큼 되었다 싶자 배가 몹시 고프다. 삶은 고구마와 김치 그리고 라면으로 끼니를 때웠다. 광식이와 금란 씨와 봉선 씨, 종현이는 괭이가 없어서 이리저리 헤매더니, 노천에 드러난 구들장을 꽤 모았다. 파놓은 구들장 가운데 반반한 것만 싣고(트럭의 최대 적재량이 1000킬로그램이어서 다 실을 수 없었다) 그 위에 도중에 주운 나무토막을 가득 얹고 상서 쪽으로 향했다. 오다가 흙을 실은 트럭들을 만나면 길을 비켜주고 또 비켜주고 하느라고 지체되었는데, 양보하는 미덕이 좋은 결실을 맺었다.

한곳에 차를 세워놓고 트럭을 비켜주고 있는데, 옛날에 그곳에 집이 있었다는 흔적이 눈에 띄는 자리가 발견되었다. 가보았더니 반듯반듯한 구들돌들이 노천에 드러나 있다. 차는 이미 가득 차서 당장 실을 수는 없지만 오늘 오후나 내일이라도 싣고 가자고 하고 다시 나오는데, 관유가 원불교 성지가 있는 곳에도 빈집이 있는 것 같으니 한번 가보자고 한다. 갔더니 빈집이 두 개 있는데 하나는 반쯤 무너졌고 또 하나는 한창 허물어지려는 중이다. 동네 할머니를 만나 저 집 허물어도 되느냐고 했더니 주인의 승낙이 있어야 한다고 한다.

다시 차를 타고 오다가 기도원 쪽을 들르기로 했다. 거기도 허물어진 집터가 군데군데 눈에 띄고, 한곳은 허물어낸 지 며칠 되지 않아 버려진 가재도구가 널려 있다. 인류학자들의 현장답사 같다는 이야기를 하면서 쓸 만한 것을 몇 개 차에 실었다. 금 간

작은 옹기 그릇 세 개, 비닐 새끼끈, 모종할 때 쓰는 비닐 상자 따위다. 중계까지 오니 관유가 《우리 문화유산 답사기》를 보았더니 중계에 지석묘가 있다고 구경하잔다.

차를 세워놓고 구경을 갔다. 지석묘가 여덟 갠가 있는데 잘 보존되어 있는 것이 두 개쯤 된다. 그 지석묘 한구석에 구들돌을 쌓아놓은 곳이 보인다. 임자가 있을 성싶기도 하고, 요즈음에는 나무를 때는 집을 짓는 사람, 그것도 구들돌을 놓아서 방을 만드는 사람이 없으니, 나중에 치우려고 한 켠에 모아 놓은 듯싶기도 하다. 눈여겨보고 왔다.

재실에 와서 점심을 먹고 나무를 부리고 구들돌을 관유가 집 지으려는 곳으로 날랐다. 그리고 지석묘 자리로 가서 그 구들돌을 가져오자고 뜻을 모았다. 싣다가 임자가 있다고 하면 그만 내려놓으면 되지 어쩌고 하면서 갔더니 마침 아무도 없다. 마치 구들돌을 훔쳐 가는 사람들 모양 허겁지겁 부리나케 모두 싣고 왔다.

그 짐을 부려놓고 이번에는 고사포 해수욕장 쪽으로 갔다. 바닷물에 떠밀려 온 밧줄을 걷어 올리려고 갔는데, 하나 찾아낸 것이 해안가에 둘러쳐놓았다가 삭아서 바다 쪽으로 내다버린 철근 망에 걸려 걷어낼 재간이 없다. 포기하고 돌아오려는데, 해수욕장 소나무숲 군데군데 베어 넘긴 지 오래되어 비바람에 썩어가는 나무들이 보인다. 몇 개 주워 왔다. 나무가 너무 길어서 차에 싣기 힘들어 이 소나무와 저 소나무 사이에 끼우고 반으로 부러뜨려서 차에 실었다. 부러뜨리려고 힘을 주다가 나무가 벌어지면 같이 나

동그라지기를 여러 차례, 다행히 아무도 다치지는 않았다.

"오늘은 밥값을 했네." 광식의 말.

"윤 선생님이 오실 때마다 힘든 일을 하게 되네." 봉선 씨의 말이다.

"그게 내 팔잔 걸 어떻게." 대답하면서 웃고 말았다.

광식이에게 1000만 원을 빌려서 관유 500만 원, 식품을 맡은 봉선 씨와 금란 씨 100만 원, 그리고 재실 살림 전체를 맡은 민정 엄마에게 400만 원을 주었다. 민정 엄마가 예상하는 올해 살림 비용을 적은 메모를 보았더니 1996년 예산안이 3400만 원이다. 절약하고 또 절약할 때 그 정도 들 것이다.

보리에서 1억 원 정도 보탠다고 하는데, 그것으로 집 짓고 한 해 살림하고 식품에 투자하고, 또 땅이나 집이 나면 사들여야 한다. 1억이면 적지 않은 돈인데 빠듯하게 여겨진다. 열심히 원고도 쓰고 강연도 하고 하면 어떻게 꾸려지겠지.

1월 23일

어젯밤 10시 조금 넘어 잠이 들었는데 갑자기 마당에서 사람 부르는 소리가 들린다. 잠결에 들으니 주인아주머니가 무슨 가재도구를 들여놓는다고 오신 것 같아 후다닥 일어나서 불을 켜고 옷을 입었다. 알고 보니 이웃집 아주머니다. 서울에서 농이 왔는데 아들이 어디 가고 없어서 농을 내려놓을 사람이 없어 불렀단다.

곤하게 자고 있는 사람을 깨우는 아주머니의 무신경이 못마땅했지만 일손이 없어 그러니 어쩌랴. 밖으로 나서려는데 관유가 말린다. 혼자 갔다 오겠다고 하면서. 갔다 와서 하는 말이 이웃집 아주머니가 욕심이 많고 비위가 좋아서 그런 예의에 벗어나는 일을 가끔 한다고 한다.

이를테면 양옥을 지은 뒤 그 아주머니 집에 물이 안 나오니 관유 집에 있는 샘에 호스를 대놓고 물을 퍼 간다는 것이다. 그것만 해도 괜찮은데 아예 물이 안 나오는 자기네 우물에다 물을 한없이 받아놓고 나서 그것을 전기 펌프에 연결해 다시 길어 올린다나. 빨래는 냇가에서 하고 우물에서는 식수만 대먹던 처지에 갑자기 서울에서 돈 잘 버는 아들이 보내주는 돈으로 양옥을 짓고 세탁기를 들여놓고 목욕탕에 샤워기를 설치해서 물을 펑펑 쓰려니 물이 모자라기도 하겠지. 그렇다고 자기 편하자고 이웃집 물마저 낭비하는 처사는 아무리 새로 붙은 문명화된 버릇이라도 온당하게 보이지 않는다.

잠이 한번 깨니 좀처럼 다시 오지 않는다. 관유와 이 이야기 저 이야기를 하기도 하고 잠을 청하려고 눈을 감고 누웠는데도 새벽 2시가 넘어서야 잠이 들었다. 아침 6시 반쯤 일어나 연탄불을 보고, 하나만 갈았다.

오늘은 일찍 내변산에 가서 노천에 드러나 있는 구들돌을 싣고 오자고 했기 때문에 재실로 올라갔다. 고구마 삶은 것과 김치, 소주, 냉수를 챙겨서 광식이, 관유, 나, 셋이 내변산 쪽으로 향한 시간이 7시 40분쯤. 댐을 막는 쪽으로 통하는 길이 있을지 모른다고 그쪽으로 가보자는 관유의 말을 따라 댐 쪽으로 갔다. 경치가 참 아름답다.

길이 막혀 있어서 다시 돌아 상서 있는 쪽으로 들어가 구들돌한 차를 싣고 돌아오니 11시쯤 되었다. 식은 밥으로 참 겸 점심을 때우고, 바닷가에 떠밀려 온 밧줄도 거두어 올 겸, 굴을 따고 게도 잡아올 겸 늘 가던 바닷가로 갔다. 고사포 해수욕장 조금 못 미쳐서다. 굴을 열심히 따고 나중에는 관유가 물이 있는 곳에 있는 바위를 들추어 게를 잡는 것을 옆에서 지켜보다 조금 거들었다.

굴은 지난번 갔을 때보다 적게 땄지만 게는 아주 많이 잡았다. 밧줄도 꽤 긴 것을 네 개나 풀어서 거두어 왔다. 떡국으로 참을 먹고 쉴까 하는데 광식이가 내변산에 한 번 더 가 구들돌을 실어오는 게 어떠냐고 한다. 피곤하다고 쉬면 몸이 퍼져서 오후에는 일을 못할 것 같다나.

그러자고 하고 광유와 광식이, 나 셋이서 다시 내변산으로 갔다. 노천에 깔린 구들돌을 중심으로 싣고, 일부는 구들을 뜯어 실으니 어제보다 훨씬 많은 양을 실었다. 오늘 아침보다도 더 많이 실어서 자동차 앞바퀴가 들릴 정도다. 돌아와 짐을 부려놓고 재실에 오니 저녁 6시 30분쯤 되었다.

저녁은 오늘 낮에 바다에서 잡아 온 해물들로 밥상이 그들먹하다. 소래새끼, 게로 끓인 국, 고춧가루에 버무린 게장, 그리고 자연산 굴······.

우리가 돌을 나르러 간 사이에 집에 있던 식구들이 알뜰하게 소라와 굴을 까고 게장을 만들고 겟국을 끓여낸 것이다. 부러울 게 없었다. 내일은 아침 일찍 일어나 태백으로 가야 하기 때문에 저녁식사가 끝난 뒤에 관유랑 같이 관유가 사는 빨간 집(앞으로는 '빨간 집'으로 쓰기로 한다. 지붕이 빨간 기와로 되어 있어서다)으로 내려왔다. 소로의 《월든》을 가지고……. 아직 읽어보지 못한 책이다. 전부터 읽어보겠다는 생각은 해왔지만.

1월 24일

새벽 5시에 일어나 길 떠날 준비를 했다. 방문을 연 관유가 눈이 내린다고 한다. 나가보니 눈이 제법 많이 쌓였고 계속해서 내리고 있다. 관유에게 구들돌 나르는 일은 연기하라고 했다. 어제 광식이와 함께 세 차례에 걸쳐 구들돌을 나르기로 이야기하는 것을 들은 기억이 나서였다.

첫차가 변산 면사무소 앞에서 6시 30분이어서 6시 조금 못 되어 길을 나섰다. 금봉이가 따라 나선다. 돌아가라고 야단쳐도 막무가내다. 금봉이를 앞세워 변산 면사무소까지 왔는데 6시 30분이 되어도 차가 안 온다. 6시 47분쯤 차가 와서 운전사에게 물으니 차 시간이 바뀌었다고 한다. 부안에 나오니 대전 가는 버스는 8시에 있다고 한다.

콩나물해장국으로 언 몸을 조금 녹이고 8시 차를 타고 대전에 오니 10시가 조금 넘었다. 서부 터미널에서 동부 터미널로 가는데 40분가량, 동부 터미널에서 제천에 가는 직통버스를 물으니 없어졌다 한다. 완행표를 끊어서 차를 기다리는데 버스 회사 관계자 중 한 분이 갈 길이 바쁘면 충주 가는 무정차 버스를 타라고 한다. 그게 훨씬 빠르다고. 그런데 충주 가는 직행버스는 11시 40분에 있다.

할 수 없다. 김밥을 사서 차에 올라 반쯤 먹고 서울로 전화. 조원이를 바꾸라고 해서 회사에 별일 없느냐고 물으니 없다고 하면서 나래 엄마가 전화를 바꾸라고 한다며 전화를 바꾸어주었다. 참교육학부모회에서 2월 6일에서 8일까지 강연이 가능한지 타진하는 연락이 왔다고, 평소 같으면 거절할 일이 아니지만 서울 나들이가 너무 잦다 보면 변산 식구들에게 면목이 안 설 것 같아 거절하라고 했다.

11시 40분 버스를 타고 제천에 도착하니 오후 2시쯤 되었다. 태백 가는 버스 편을 물으니 요금이 5800원이나 되는 데다 걸리는 시간도 네 시간 반이나 된다고 한다. 태백 화광교회 강연 약속이 오후 4시인데 아찔하다. 기차를 타면 빨리 갈 수 있느냐고 물으니 더 빠르단다. 기차 시간이 어찌 될지 모르지만 역에 한번 가볼 일이다 싶어 택시를 타고 제천역으로 갔다. 마침 2시 54분에 떠나는 차가 있다 한다. 그런데 기차로도 두 시간 걸리는 거리다. 강의가 한 시간 이상 늦게 생겼다.

김종률 목사에게 전화를 하니 부인이 받고 난감한 눈치다. 새벽부터 길을 떠났는데도 그렇다는 사정 이야기를 하고 2시 54분발 열차를 타고 태백에 오니 김 목사가 역까지 마중 나와 있다. 같이 교회에 가니 아이들이 있다. 중학생 절반, 고등학생 절반에 국민학생도 몇 있다. 강의 시간이 30~40분밖에 남지 않았는데, 이 나이 또래 아이들을 앞에 두고 이야기한 경험이 없어서 무슨 이야기를 해야 할지 모르겠다. 어머니 아버지를 자랑스럽게 여겨라, 광부이신 부모님은 다만 사람에게만 추위를 이기도록 혜택을 베푼 것이 아니라 산천초목도 되살려내신 분들이다, 그리고 열심히 놀아라, 어렸을 때 잘 놀아야 커서 좋은 일꾼이 된다는 이야기를 했다.

목사관에 내려와(전임 목사가 마련한 것이라는데 너무 호사스럽다. 여기 장성광업소 부근의 광부들 주택 크기가 9평짜리가 대부분인데, 그 좁은 공간에서 평균 다섯 식구가 산다고 한다. 그런데 두 집을 사서 하나로 만들어 개조했다는 목사관은 40평이나 된다. 딱한 일이다) 만두로 요기를 하고 김 목사의 부탁으로 수요예배에서 20분 정도 설교를 대신하기로 했다.

교회에서 신도들 앞에서 설교해보기는 난생처음이다. 처음 생각으로는 자녀들 장래에 지나친 불안감을 가질 필요가 없다고 이야기하고, 실험학교 현황을 잠깐 이야기하면 되리라 싶었는데 단위에 올라가니 생각이 바뀌었다. 골드러시가 끝난 뒤의 서부 금광촌처럼 머지않아 폐허가 될 게 뻔한 곳에 남아 계시는 분들이다. 몇 해 지나지 않아 도시 달동네에서 온갖 천대 감수하면서 살아야겠지. 그동안 자기도 모르는 사이에(정말 왼손이 하는 일을 오

76

른손이 모르게 하면서) 많은 선업을 베풀었지만 사회적으로는 냉대를 받을 운명에 놓여 있는 이분들에게 따뜻한 위로의 말밖에 따로 무슨 말이 필요하랴. 나는 이교도이고 처음 이런 자리에 서 보지만 여러분이 나에게는 모두 하느님처럼 보이고 예수님처럼 보이고 부처님 모습을 보는 것 같다고 짤막하게 이야기하고 단 위에서 내려왔다.

김 목사를 따라 음식점에 가서 추어탕을 먹었다. 신자들이 돌아가면서 저녁을 사는데, 오늘이라고 해서 빠지면 섭섭하니까 같이 가자고 해서 따라나선 것이다. 이 교회의 신도는 아니지만 나를 만나고 싶어서 찾아온 선생님(교사) 네 분이 있었는데 두 분은 가고 두 분은 식당까지 동행했다가 나중에 목사관까지 따라왔다. 영어를 가르치는 신의선 선생님(남자)과 후배 여선생님이다. 10시 가까이 이야기하다가 김 목사가 황지(태백을 여기 사람들은 황지라고 부른다고 한다)에 너와집 옮겨놓은 것이 있는데 가보지 않겠느냐고 해서 연락을 했더니 너와집(음식점으로 개조했다 한다)과 긴밀한 연관이 있다고 해서 그러면 내가 왔다 간다고 연락을 해달라고 했더니 황재형 씨가 전화를 바꾸어 영업시간이 무슨 상관이냐고 빨리 오라고 한다.

가보고 입이 딱 벌어졌다. 너와집이라면 오두막으로 생각했는데 이 집은 그게 아니다. 도시의 눈썰미 좋은 대목도 이렇게 짓기는 쉽지 않으리라는 느낌이 들었다. 공들여 지은 집이고 상량문까지 있어서 연대를 측정할 수 있는데 120년쯤 전에 지은 집이라 한다. 옮겨서 지붕에 널쪽 얹는 데만 3000만 원, 복원하고 음식점 부대시설까지 갖추는 데 3억 원 정도 들었다고 한다. 알고 보니 황재형 씨는 대학에 다닐 때 아르바이트로 설계사무소에 한 3년 다닌 경력에다 건축에 관심이 많아 이 집의 복원에 '총연출'을 맡았다 한다.

제자들 셋(황재형 씨가 13년 동안 여기 살면서 길러낸 제자들이 100명이 넘는데 40명 정도가 황 화백의 뜻에 동참하고 있다고 한다. 십 대 후반이었던 학생들이 이제 서른이 넘은 주부와 노처녀, 노총각이 되어 있다)과 황재형 씨, 김 목사, 나, 이렇게 앉아 두런두런 탄광마을 이야기, 부임한 지 4개월이 된 김 목사가 앞으로 여기에서 제대로 목회 활동을 하려면 어떻게 해야 할지에 관한 이야기 등 새벽 2시까지 마가목술을 마시면서 정담을 나누었다. 술김에 김 목사에게 부인과 두 식구라면, 그리고 서울에서 15평짜리 아파트에 살았다면 지금 목사관을 부인들과 청소년들이 이용하는 공간으로 내놓고 7평짜리 아파트로 이사 가는 게 어떠냐고 권했다. 그러고 싶노라고 하는데 어떨지……. 김 목사도 같이 술을 마셔서 김 목사의 차는 너와집 마당에 놓고 그 집에 있는 봉고차로 집에 돌아왔다(황재형 씨에게 변산에 한번 놀러 와서 우리들 토담집 짓는 데 여러 가지로 도움을 달라고 부탁했다).

참, 내가 신령님으로 모시는 당산나무와 눈빛이 별처럼 빛나는 우리 민정이를 그림으로 그려달라는 부탁도 하고……. 모든 부탁에 흔쾌히 응낙을 했다.

1월 25일

아침 일찍 일어났다. 어제 잠을 이룬 때가 새벽 3시. 세 시간 정도 잔 셈이다. 다시 잠이 들면 늦잠을 잘까 봐 소로의 《월든》을 읽었다. 읽을수록 대단한 사람이라는 마음이 들고, 적당한 때에 읽기 시작했다는 생각을 한다. 김 목사의 집에서 아침을 먹고 예수회 갈대 지붕을 보러 갔다. 가까운 곳인 줄 알았는데 꽤 먼 곳에 있다. 돌로 담을 쌓고 처음에는 지붕을 갈대가 아닌 슬레이트로 덮었다가 나중에 갈대를 얹은 집이 맨 처음 지은 집이란다. 믿음과 정성이 건물 전체에서 묻어나 아주 보기 좋았다.

언덕배기를 깎아내리지 않고 경사면을 이용해서 'ㅍ'자 형태로 집 네 채를 지었는데, 나중에 황재형 씨 말을 들으니 그 집을 지은 목수는 본디 깡패 출신이었는데 그 예수원 집을 짓고 나서, 6년 전쯤 비참하게 죽었다고 한다. 날마다 점심 저녁을 국수로 때우던 때였는데, 대신부 가족(성공회 신부인 듯함)은 저녁마다 따로 몰래 고기를 구워 먹었다나. 이 목수가 고기 냄새와 대신부 가족의 육식 습성을 못 참아 대들었다가 쫓겨나 길에서 얼어 죽었다고⋯⋯. 존경받는 대신부의 허점을 드러내는 것 같아 조심스럽다는 말을 하면서, 자세한 경위는 입을 다물었다. 볼 것은 그 집뿐이었다. 샛집 지붕은 갈대를 직경 1.5~2밀리미터 사이의 동선으로 묶어서 차곡차곡 쌓았는데 물매가 완만하면 갈대가 썩기 쉽고 물매를 가파르게 해서 썩지 않으면 100년도 더 간다는 것이,

예수원에 들어온 지 3년 되었다는 분이 한 설명이다.

그 옆에 현대식 석조건물(돌을 벽에 붙이고 시멘트로 그 돌들을 고정시킨 것)은 보기에 끔찍했다. 이것은 건축업자가 돈으로 싸 바른 집으로 공동체 성원의 정성 어린 손길이라고는 어디에서도 찾아볼 수 없었다. 게다가 안으로 들어가보니 수세식 변소까지 갖추어놓았다. 가관이었다. 옛날이나 지금이나 외국에서 우리나라 같은 제3세계에 선교 활동을 하러 온다는 사람들의 의식에는 근본적으로 문제가 있는 듯하다. 토착민들과 오래 어울려 살면서 토착정서를 익히고 토착문화에 맞는 선교 방법이나 경제문제 해결책을 찾으려 들지 않고 자기네 문화, 자기네 경제구조를 이식시키기에만 급급하다. 선교사가 제국주의의 첨병이라는 말이 맞는 말이다. 그리고 매봉을 독일 기술자들이 와서 그 많은 나무들 다 베어내고 목장으로 15만 평이나 조성했다는데 이 매봉은 금강, 낙동강, 한강, 오십천五十川의 발원지라고 한다. 여기가 오염되면 남한의 거의 모든 중요한 강이 오염된다. 여기에서 양을 기르고 고랭지 채소를 기르고 송어를 기른다며 가축 분뇨와 농약으로 오염시킬 꿈을 꾸고 있으니 이거야 원. 예수원이 지향하는 노동과 기도의 합일을 통한 영성 계발이라는 구호가 아무리 그럴듯하다 할지라도 이래서는 안 된다.

너와집에서 성희직 도의원과 황재형 씨, 김 목사, 그리고 황재형 씨 후배와 점심을 먹고 황재형 씨 화실 구경을 갔다. 그림물감을 스스로 개발해 광산촌 풍경을 그리는 작업을 3년째 하고 있다는데, 그림물감은 황토와 석탄가루를 특수 접착제(?)와 함께 개서 만들어낸 것이다. 부안에 와서도 황토를 채취했다 한다.

놀랍고 반가웠다. 그리고 그런 그림도 아주 좋은 것이 많았다. 지금이라도 전시회를 가지면 어떻겠느냐고 했더니, 그렇잖아도 학고재에서 제안을 해 오는데 더 열심히 해서 만족할 만한 성과가 나온 뒤에 하려고 뒤로 미루고 있다 한다. 오후 3시 40분 버스를 타고 삼척에 와서 삼척 선생님들과 술을 마셨다. 탁동철, 김광견, 이우경, 정삼영, 김정교, 이광우 선생. 지난번 대접을 받은 일이 생각나 이번에는 내가 회를 샀다. 소주를 함께 열 병 이상 마셔서 나중에는 취해 방파제에 올라갔을 때는 몸을 제대로 가누지 못해 넘어졌다. 저녁에는 탁동철 선생 집으로 몰려가, 다른 사람들은 술을 더 마시고 나는 쓰러져 잤다.

1월 26일

아침 일찍 일어나 해돋이를 보려고 방파제까지 택시를 타고 갔는데 수평선에 구름이 많이 끼어 보지 못하고, 거기까지 따라 나온 탁 선생과 이우경 선생을 돌려보내고 속초로 가려고 버스를 탔다. 강릉에서 내려 만둣국으로 아침을 때우고 속초행 버스를 갈아 탔는데, 차에 이상이 있는지 난방이 안 된다. 떨면서 속초에 왔다.

오는 도중 해안도로 건너로 보이는 동해바닷물을 눈여겨보았다. '검푸른 바다'라는 표현이 어떻게 해서 생겨났는지 이해할 수 있겠다. 황시백 선생 집에 왔는데, 황 선생이 없다. 하늬와 김경희 선생만 반갑게 맞는다. 황 선생은 거창에 노미화, 조용명과 같이 갔다가 저녁에 이오덕 선생님 아드님 부부와 함께 온다는 연락이 왔다고.

어제 떠올랐던 생각이 기억나 간단히 적는다.

화산폭발 – 격렬하게 피어오르는 커다란 꽃송이.
꽃 – 조용히 눈에 띄지 않게 숫구쳐 오르는 화산.
球와 같은 우주 – 우주 표면의 한점 한점은 모두 보이지 않는 끈으로 우주의 중심과 이어져 있다. 빈틈이 없는 우주에서 어떻게 이런 일이 가능한가. 공간화된 우리 의식으로는 도무지 이해할 수 없는 일이다.
다른 사람 – 내 감각으로 받아들이는 또 하나의 나. 밖에 있는 나.

나나 다른 사람이나 다를 게 없고 하나인데 몸과 마음이 하나가 안 되어 머릿속으로만 그렇게 생각할 뿐이다. 아직도 길이 멀다.

오후 1시경에 홍경남 선생이 딸 수린이와 함께 비행기를 타고 속초에 왔다. 점심을 먹고 잠깐 수린이와 이야기하고 하늬를 놀려주다가 한숨 눈을 붙였다. 저녁 무렵에 시백이가 이오덕 선생님 아드님 가족과 함께 왔다. 이 선생님의 아드님인 정우 씨는 나보다 세 살 밑인데, 인생에서나 농사에서나 내 선생님으로 모셔도 될 만큼 경험이 많고 아는 게 많다. 그만큼 알차게 살아서이리라. 이 선생님이 해준 이야기 가운데 도움이 될 만한 것 몇 가지를 적는다.

① 유압잭油壓jack이라고 벽돌을 만드는 기계가 옛날에는 있었다. 짚을 섞지 않고 마른 흙만 압착해서 벽돌을 만들 수 있다.

② 선경에서 발포성 돌벽돌을 만드는데 보온 효과가 아주 뛰어나다.

③ 호박은 땅 열 평에 하나씩 심어도 된다. 둔덕이 있으면 2미터에 하나씩도 괜찮다. 구덩이를 깊이 파고 한 구멍에 똥 한 양동이를 붓고 흙을 덮어 썩혔다가 호박을 심으면 된다. 호박을 보관할 때는 꼭지를 밑으로 해서 그물 같은 것 속에 넣어 매달아놓으면 된다.

④ 감자나 고구마는 굴을 파서 보관하는 게 좋은데, 굴을 팔 때는 버팀목을 대가면서 파야 한다. 버팀목을 촘촘히 박는다.

⑤ 달래와 무릇은 농약을 한 번이라도 친 밭에서는 자라지 않는다.

⑥ 토종 씨앗이 없는 상태에서는 자연농이 힘들다.

⑦ 겨울을 이겨내는 가지와 벼가 있다고 들었는데 씨앗을 구할 길이 없다.

⑧ 도라지 씨앗을 뿌릴 때는 흙을 씨앗의 여섯 배 이상 깊이 덮으면 안 된다. 흙은 체로 쳐서 얇게 덮고, 마르거나 젖은 땅에서는 씨앗이 움트지 않으니 볏짚을 펴놓았다가 싹이 난 뒤에 걷어

주어야 한다.

⑨ 더덕은 뻗어나가는 받침대를 해주어야 한다. 더덕 잎은 더덕 맛이 난다. 도라지도 마찬가지.

⑩ 봄에 어떤 풀이든지 산 계곡에서 베어 김치를 담글 수 있다. 효소도 물론이고.

⑪ 씨앗은 제 크기의 여섯 배 이상의 깊이로 심으면 싹이 제대로 나지 않는다.

⑫ 진흙과 시멘트를 섞어서 벽을 바르면 진흙빛이 난다.

⑬ 묘목보다는 씨앗으로 가져오는 것이 좋다.

그 밖에 많은 이야기가 있었는데 기억나는 대로 다시 적겠다.

이와 연관하여 생각나는 것.

① 여러 나라 민요를 비롯해서 좋은 노래 모아 책을 만드는 일—변산 식구 위해서. 김영동, 김철수…… 등 만나서 부탁.

② 송춘남 선생에게 연변에서 여러 채소와 과일 씨앗을 있는 대로 보내달라고 할 것.

김경희, 황시백, 홍경남과 함께 이 이야기 저 이야기 하느라고 밤을 꼬박 새웠다. 아침 6시경에 눈을 붙였다 두 시간쯤 자고 일어났다.

⑭ 감자와 고구마는 얼지 않고 통풍이 잘되는 곳에 보관해야

한다. 고구마는 상하지 않게 조심해서 다루고 발로 둥우리를 만들어 그 안에 넣어두어야 한다.

⑮ 고사리는 자라는 곳에서만 자란다.

⑯ 나무뿌리를 톱으로 자르더라도 곧 진흙을 발라 이어놓고 비닐로 동여주면 다시 붙는다.

＊《산림경제》(홍만선), 《임원경제지》(서유구) 등을 구할 것.

⑰ 뽕잎으로 김치를 담가도 된다.

⑱ 쌀 맛은 말리는 데도 달렸고 베어내는 시기와도 관련이 있다

⑲ 재산을 공동명의로 등록해서 아무도 어떤 경우에도 자의적으로 처분할 수 없게 하는 것이 좋다.

1월 27일

서울 가는 비행기표를 오전 11시 50분에서 오후 4시 10분으로 바꾸었다. 황시백 선생이 들어가 살겠다는 시골 농가가 있는 마을에 가서 황 선생이 산 밭과 집을 보았다. 집은 낡았지만 수리하면 우선 살 만하다. 나도 그렇게 생각하고 지선이 아버지(이오덕 선생님 아드님)도 그렇게 생각했다. 신라시대 도의선사가 창건했다는 절터도 보고 도의선사의 사리를 모셨다고 추정되는 부도도 보았다.

방파제에 가서 파래도 뜯어서 맛보고 간단히 소주와 5000원에 황 선생이 산 멍게와 해삼 맛도 보았다. 소문난 막국수를 먹은

뒤…… 시간이 다 되어 공항에 와서 4시 10분 비행기를 홍경남 선생과 딸 수진이와 함께 탔다. 홍 선생, 황시백, 김경희 선생과는 새벽 6시까지 이야기하다 잤는데, 홍 선생은 아직도 이야기가 미진한 모양이다. 집에 돌아와 나래와 나래 엄마에게 베데스타라는 횟집에 가서 나래 엄마의 하루 늦은 생일 턱을 냈다. 돌아와 일찍 잤다. 그동안 쌓였던 피로 때문에 몸을 가누기 힘들었는지 눕자마자 잠이 들었다.

1월 28일

마산 가는 날. 작은처형이 암으로 죽은 것이 작년 4월인데, 5월부터 큰처형의 암 때문에 뒷바라지하는 나래 엄마를 혼자 마산에 보내기도 안됐고, 큰처형을 이번에 못 보고 변산에 들어가면 어쩌면 임종 때나 다시 볼지 모른다는 느낌이 들어, 함께 마산에 가기로 했다. 강변역에서 종영이가 차를 가지고 기다린다고 해서 강변역까지 전철을 타고 갔다. 종영이 차를 타고 마산에 도착한 때가 저녁 5시쯤. 마산 삼성병원 909호 독실에 입원한 처형의 손을 꼭 잡고 한참 있다가 저녁을 먹으러 만경횟집이라는 곳에 정은이, 종영이, 나래 엄마, 나, 넷이 갔다. 처가에 들르니 정은이 할머니가 술을 잔뜩 잡수시고 팔자타령을 하시며 울다가 주변 사람에게 욕을 퍼붓다 하신다. 종영이와 맥주 몇 잔 나누어 마시고 잠자리에 들었다.

1월 29일

아침 6시 못 되어 일어나 서울로 떠날 채비를 하고, 상한이 차를 타고 삼성병원에 잠깐 들렀다. 차를 타고 가는 길에 5수를 하고 있는 상한이에게 "어른들 말을 귀담아들어야 할 때가 있다. 이번에는 다시 재수할 생각을 버리고 비록 경남대에서 햇수를 넘겨서 제적을 당했지만 다시 등록할 길을 찾아줄 테니 대학에 다니는 것이 좋겠다……" 충고를 했다. 상한이가 차로 김해공항까지 데려다주어 무사하게 8시 비행기를 탔다. 서울에 내려 버스 타고 회사에 도착하니 아침 10시가 가까웠다. 현병호는 몸살 때문에 쉰다 하고 신옥희는 어제 이사를 하느라고 늦게 왔다.

시디롬 타이틀 회의, 단행본 회의, 오후 2시에 미국에서 온 이담 씨의 동화책 그림 평가, 연합TV(케이블 방송) 출연 교섭, 《말》지 인터뷰…… 따위를 끝내니 정은주·정현주 자매가 회의실에서 어느 남선생과 함께 기다리고 있다.

정은주 선생이 보충학습을 오늘로 끝내면서 보충학습비를 받았다며 술을 산다고 한다. 청정해역이라는 일식집에서 저녁을 먹은 뒤 근처에 있는 하이트호프라는 곳에 갔다. 내가 쓴 《실험학교 이야기》는 원시 시대로 되돌아가자는 뜻을 담고 있지 않느냐는 물음에 제대로 대답할 필요를 느꼈다. 그래서 상당히 장황하게 실험학교와 공동체가 함께해야 할 일들의 청사진을 설명해주었다. 이상하게도 서울에 오면 정신없이 바쁘다.

1월 30일

보리의 경영합리화를 위한 회계 업무 지침이라는 메모를 써서 차 대표와 춘환이와 이야기를 나누었다. 금전결제의 책임소재를 분명히 하고 살림 내용이 투명하려면, 10만 원 이하의 돈은 밑에서 전결을 해서 업무 양은 줄이더라도, 회사로 들어오고 나가는 돈은 대표가 모두 파악하고 있어야 한다. 《올챙이 그림책》과 《달팽이 과학동화》에서 들어오는 인세는 공익 자금으로 보아야 한다. 그 가운데 《변산공동체학교》나 《작은책》에 들어가는 돈을 빼고는 보리출판사가 차용하는 형식으로 이용할 수 있지만, 나중에는 모두 갚아야 할 돈으로 보아야 한다. 이익이 생기면, 절세를 할 수 있으면 절세는 해야 하지만 탈세를 해서는 안 된다. 언제 세무감사가 나오더라도 떳떳이 대응할 수 있고 사람에 따라 다른 이야기를 하지 않도록 간단명료하게 세무자료를 갖추어놓아야 한다…… 이런 이야기였다.

돈을 다루는 문제는 차 대표도 골치 아파해서 모든 금전 관련 업무가 춘환이에게 집중되는데, 그렇게 되면 책임소재가 불분명해서 나중에 문제가 생기면 해결이 어렵다는 생각에서 한 말인데 차 대표도 춘환이도 지나친 간섭으로 여겨 기분이 나쁠 것이다. 그러나 나중에는 이 말이 옳음을 깨우칠 날이 있을 것이다.

보리에 나오는 날은 정신이 없다. 별로 한 일도 없으면서 쓰려고 예정했던 원고도 쓰지 못하고 시간을 모두 흩어버렸다. 웅진 천재석 전무에게 전화해《어린이 마을》신판 일이 어떻게 되었느냐고 물었더니, 예산이 자기들이 생각했던 것보다 두 배나 초과해 어렵겠단다. 예산 핑계로 하고 싶지 않은 일을 않게 되어 좋겠다며 우스갯소리를 하고 보리와 웅진이 함께 일해서 책을 내면 늘 웅진의 이익이 더 컸는데 왜 않겠다고 하는지 모르겠다고 했더니, 그건 아니라고 한다. 그래서 옛날《어린이 마을》을 만들 때 박익순이가 같이 참여했는데 익순이를 불러 합리적인 개발비를 산출해 그쪽에서 제안하면 보리에서 검토하는 식으로 일을 진행하자고 했더니 일주일의 말미를 달라고 한다. 그러자고 했다.

밤에는 웅진《어린이 마을》일로 채인선 씨가 왔다. 그런데 채인선 씨와 계약한 원고 '아이들과 함께 행복해지기'에 말썽이 생겼다. 현병호 부장이 두 권의 책으로 만들자고 채인선 씨와 거의 확약을 한 모양인데 편집회의에서 한 권으로 바뀌고, 원고 가운데서도 좋은 것만 골라 소책자로 내기로 했다는 것이다. 나는 원고는 읽어보지 못했지만 글이 좋다는 현병호 씨의 말을 믿고 있었고, 이 책이 나오면 보리 살림에 큰 보탬이 되리라고 기대했는데, 환상이 깨지는 데서 오는 충격도 컸다.

그 소식을 채인선 씨 앞에서 전한 심조원 씨의 무신경도 못마땅하고, 그래서 그 자리에 있던 애꿎은 심조원 씨만 내 잔소리를 실컷 들었다. 그런 일이 있으면 먼저 필자에게 알리고 양해를 구하든지, 필자의 생각이 다르면 원고를 돌려주든지 해야 필자에 대한 온당한 대우가 아니냐, 보리에서 책을 잘 만들고 싶어한다는 거야 보리 사람도, 필자도 알지만 절차가 틀려먹었다, 그렇게 해서 어떻게 필자와 원만한 관계를 유지할 수 있겠느냐, 말이 안된다……

채인선 씨도 크게 내색은 않지만 못내 불쾌한 표정이었다. 결국 내가 밤을 새워 읽더라도 채인선 씨의 원고를 다 읽고 내일 다시 판단하자고 하면서 헤어졌다. 오늘 이담 씨 전래동화 문제로 시간을 얼마를 더 연장하더라도 완벽한 작품이 나올 때까지 출판을 미루자고 한 터에, 체제가 일본 책과 비슷하다 하여 서정오 선생의 책을 다시 3월로 출판 일자를 미룬 일…… 이런 일들로 속이 많이 끓었다. 가양동에 채인선 씨를 바래다주고 집에 와 채인선 씨의 원고에 코를 박았다. 읽어가는 도중에 편집부의 결정에 이유가 있음을 깨닫게 되고, 의심쩍었던 편집자들의 능력을 믿어도 좋다는 확신이 되살아났다.

1월 31일

변산에서 심 군과 전 군이 왔다. 박종현 군의 형 박종배 군이 유광식 군을 통해 약장과 그 밖에 한약과 연관되는 기구를 주겠다고 해서 가지러 온 것이다. 같이 점심을 먹고 황학동으로 해서 박종배 군에게 들렀다가 변산으로 가도록 일렀는데, 오후에 폭설이 내리면서 후회가 되었다. 하룻밤을 우리 집에서 보내고 가라고 할걸.

이담 씨가 그릴 동화책 그림이 걱정되어(밑그림 상태만 보고는 어떤 그림이 나올지 짐작할 수가 없어 전래동화를 담당하는 김용란은 걱정이 태산이다) 이태수 그림 그리는 과정을 보여주고, 박경진이 그린 밑그림도 보여주었다. 그리고 길벗어린이 김태완 씨를 만나러 간다고 해서 데려다주는 도중에 같은 화가가 그려도 보리에서 부탁하는 그림이 훨씬 뛰어난 이유는 이런저런 이유로 화가를 못살게 굴기 때문인데, 나중에 그 그림이 책으로 묶여 나올 때는 성과가 좋아서 화가의 가슴에 맺혔던 응어리가 사라지고 그러고 나면 결국 보리 식구들과 가까워지는 것 같다고 하면서 오금을 한 번 더 박았다. 이담 씨 부인 김근희 씨 그림에세이집을 디자인하우스 이영혜 씨가 출판해주고,《행복이 가득한 집》에 나누어 연재하자는 이야기까지 되었다 한다. 이호백 씨 소개로. 마음속으로 보리에서 출판하지 못하여 무척 민망하게 여기고 있었는데, 내 일처럼 기뻤다. 체증이 내려가는 기분이다.

이담 씨와 길벗을 가는 길에 하늘이 시꺼멓게 뭉그러지더니 눈발이 폭포처럼 쏟아져 삽시간에 거리가 눈천지가 되었다. 먼젓번 있었던 길벗을 갔더니 이사 갔단다. 묻고 또 물어 겨우겨우 찾아서 이담 씨를 무거운 가방과 함께 길벗에 인계하고 연합통신에서 하는〔YTN(연합통신 뉴스의 약자) 케이블TV에서 취학 전 어린이의 교육에 관해 이야기해달라고 연락이 왔다〕 대담에 참석해 연극 평론하는 이혜경 씨 사회로 이화여대 유아교육과 이은화 선생과 이야기를 나누었다.

이은화 선생은 첫인상이 썩 좋지 않았는데 이야기를 하다 보니 생각이 바른 분이다. 이 선생 쪽에서도 같은 느낌이었던 모양으로, 처음에는 경계하는 태도로 거의 적의에 가까운 느낌을 가지고 만났다가 헤어질 때는 다정하게 인사를 나누었다. 얼굴 보고 사람 판단하고 말 듣고 판단하고…… 하는 내 선입견을 언제 벗어버리나.

대담을 마치고 오니 길벗 김태완 씨에게 연락이 왔다.《폭죽소리》서평을 원고지 2매만 써달란다. 원고료로 30만 원을 주겠다고. 아마 전에 내가 써준 원고의 원고료를 왜 안 주냐고 했는데 그 말이 마음에 걸린 모양이다.

그런데 가만있자? 전에 내가 길벗에 원고는 써주었는데 돈을 받지 못한 일이 있던가? 아니다. 없다. 웅진 원고였다. 이런 참! 무어라고 여길까?《동아일보》에 쓴 것을 착각하고 있었던 모양이다. 이 친구 혹시《동아일보》에 호의로 소개해주었는데 사례 안 하느냐는 뜻으로 받아들이지나 않았을까? 그렇다고 구구절절 해명을 할 수도 없고…….

내일부터 내가 변산에 간다고 간단한 송별의 자리를 마련한 모양이다. 아래층에서 내려오라고 한다. 가서 보쌈과 닭튀김과 소주, 맥주 몇 잔 마시고 2층에 다시 올라와《리빙센스》라는 여성지에서 부탁한 교육수필 30매를 마무리 지었다. 변산에서 비용으로 쓸 의도가 더 컸다. 그래서 원고료가 5000원에서 8000원 사이라는 걸 장당 1만 원을 주지 않으면 안 쓰겠다고 우겨서 맡은 것이다.

—2월—

2월 1일

새벽 4시 조금 넘어 일어났다. 오늘은 풀무원식품 간부 교육이 수안보 온천에서 10시부터 있는데 눈이 어찌나 많이 내리고 날씨도 추워 온통 길이 빙판으로 바뀌어 제시간에 충주 수안보에 도착하지 못할까 하여 진행자 쪽에서 새벽 5시에 나를 데리러 온다고 한 날이다. 나래 엄마 늦잠 좀 자라고 개를 데리고 나가 산보를 시키고 돌아왔더니 4시 30분이 조금 넘었는데, 이미 풀무원 차가 편의점 쪽에 와 있다고 한다.

짐을 챙겨 차를 타고 수안보에 도착하니 오전 8시쯤 되었다. 시간이 남아 아침식사를 하고 온천탕 목욕도 시켜주어 하고 10시에서 12시까지 강의를 했다. 제목은 '시골 살림, 서울 살림'이다. 워낙 풀무원 간부 21명, 데코라는 의류 회사 간부 31명, 고려당 간부 3명, 현대백화점, 금강 합해서 3명, 모두 30명이 3주간 받는 마케팅 관련 연수인데, 내 이야기는 머리를 쉬라고 끼워 넣은 것 같다. 어쩌다 도시 살림 욕을 많이 하게 되었는데, 글쎄 내 행동을 정당화하려고 하는 짓이나 아닌지.

도시에서 사는 것을 유일한 대안으로 여기는 사람들에게는 지루한 시간이고 그렇지 않은 사람에게도 편한 시간은 못 되지 않았나 싶은데, 풀무원 간부들은 내 이야기와 변산에서 하려는 일에 관심이 많은 것 같다.

변산에도 풀무원 같은 유통망은 필요하다. 언제 한번 변산에 놀러 오라고 연락했다. 강의 마치고 밥 먹고 충주, 대전, 전주 거쳐서 부안에 도착하여 깜깜한 밤인데 변산 가는 직행버스가 없다. 눈이 내리고 길이 빙판이어서 결행인 모양이다. 그래도 혹시 몰라 직행 시외버스터미널에서 서성이다가 콩나물국밥을 사 먹고 완행으로 변산에 도착. 재실에서 잠시 이야기 나누다 관유가 있는 아랫집으로 왔다.

재실 아래에 있는 빨간 집이 2400만 원에 밭과 함께 나왔는데, 이 집을 누구의 이름으로 등기 할 것인가를 놓고 관유 군은 아무래도 내 이름으로 하는 게 좋지 않겠느냐는 의견이고, 내 생각은 내 이름으로는 어떤 재산도 변산에서 취득하지 않겠다는 것인데, 조금 더 시간을 두고 생각해보자는 것으로 이야기를 맺었다. 부안에서 변산으로 오는 도중 내내, 그리고 변산에 내려 재실로 오는 동안, 또 재실에서 아랫집으로 오는 동안 심한 눈보라가 날리고, 밤새 심한 눈보라가 갈기 세운 말처럼 울고 달리는 소리를 들었다.

* 씨네2000 유인택 군에게 용란이 부탁 건으로 전화했다. 318-2000.

2월 2일

빨간 집 계약 건과 저수지 밑 대나무 있는 집 문제로 손종만 형님 댁에 찾아갔다. 집주인이 집을 처분하는데 동네 여론을 알아보고 혹시 문제가 있으면 계약을 하지 않으려는 뜻에서였는데 형님 의견은 그런 것 고려할 것 없이 필요하면 잡으라는 것이었다. 내 생각과는 달랐지만 따르기로 했다. 당장 계약을 하기로 하고 서울에 연락해서 춘환이에게 2500을 내려 보내라고 했는데 민정이 아버지가 가더니 내일로 계약일을 미루기로 하고 왔다. 민정이 엄마가 걱정하길래 인연이 있으면 내일이라도 계약이 이루어지는 것이고 계약이 하루 늦어서 안 이루어지면 인연이 닿지 않는 것으로 마음 편히 생각하라고 했다. 털신을 4000원 주고 사 신고 아랫집에 왔다.

관유는 앞으로 집 짓는 데 들어갈 돈, 살림에 필요한 돈, 효소나 그 밖에 식품에 들어갈 돈……으로 걱정이 많은 모양이다. 나도 마찬가지다. 앞으로 살림 살 의논도 필요하고 해서 관유와 함께 재실로 올라가 회의를 했다. 내일부터 아침 7시 30분에 10분 정도 회의를 하고 저녁에는 당분간 한 시간씩 날마다 회의를 해서 여러 가지 문제를 차례차례 의논해 살림 전체의 줄기를 세워가기로 했다.

관유 군은 심 군이 주체적으로 일머리를 잡아가지 못하고 수동적으로 뒷전에 맴도는 모습을 보이는 것이 아무래도 마뜩잖은 모습이다. 의논이 큰 줄기를 잡지 못하고 미세한 일에서 맴도는 것에 대해서 비판을 하고 자기는 큰 틀이 정해지는 자리에만 참여하고 나머지는 내가 전하는 이야기를 듣겠다고 했다. 그러자고 하고 자리를 파했다.

집단의 지혜를 모으고 느낌이 하나로 일치하는 자리를 모으는 일이 하루아침에 이루어질 일은 아니다. 너무 틀로 묶으려고 서둘다 보면 자율성에 손상이 생기고, 그렇다고 방임하면 길을 찾지 못해 흐트러지기 쉽다. 결제와 안거의 늦추고 당김이 아름다운 가락을 이루려면 내 마음 조율이 먼저 잘 이루어져야겠지.

2월 3일

아침에 이장 집에 갔다. 나는 영농법인 문제를 상의할 겸, 이장은 징검다리로 운산리에서 실험학교 전초 작업으로 유기농산물 생산의 기초를 다지려는 뜻을 전하기 위해서 만난 것이다. 재실 바로 밑에 있는 집과 땅 1210평의 계약을 심 군이 무사히 마치고 왔다.

변산에 '우리 집'이 처음 생겨난 날이다. 집을 판 노철호 씨가 2월 12일까지 집을 비워주기로 했단다. 점심 전에 황토흙(장독대 바닥에 시멘트와 섞어서 깔 것)을 경운기 두 대 리어카 한 대분을 나르고, 점심을 먹고 나서 심 군과 함께 경운기 두 대분을 더 날랐다. 작업 도중 오른손 손등을 조금 다쳤다.

작업이 끝난 뒤에 글을 쓰려고 관유랑 있는 집에 왔더니 문이 잠겼다. 어쩔 수 없이 다시 재실에 올라가 고추를 다듬다가 저녁

때가 다 되어 다시 내려와서 김치찌개를 끓이고 밥을 해놓고, 부안에 목수 연장을 가지러 간 관유를 기다렸다. 달이 부엌 안에까지 환히 들어오고, 밖에 있자니 발이 시린데, 광식이와 오후 3시에 나간 관유가 돌아오지 않는다. 차가 시원찮아 변산 정비소에서 정비하고 온다고 했는데 늦어지는 모양. 모정까지 마중 나가 있자니, 한참 뒤에 트럭 소리가 들리고 관유, 광식이가 나타났다. 관유는 깜박 잊고 열쇠를 주머니에 넣고 갔는데, 대단히 미안한 모양이다. 같이 저녁을 먹고 재실로 올라가 두 시간에 걸쳐 하루 일과와 2월에 할 일을 정했다.

오전 7시 30분 아침 집회. 10분 후에 간단한 아침식사와 차. 8시부터 일을 시작하여 12시까지 일을 마치고 1시 20분까지 점심 겸 휴식, 저녁 6시에 일을 마치고 6시 30분에 식사. 월요일에는 정례회의, 목요일에는 간담회, 월요일 회의 두 시간, 목요일 간담회 한 시간.

2월 5일에는 줄포에 가서 항아리값 맡겨놓은 것도 받을 겸 문짝을 사 오고, 6~7일에 내변산에 가서 구들장을 뜯어 오고, 10~11일에 당산나무터 포크레인 작업, 그사이에 주민등록 이전, 조합 가입, 2월 중순에 유장발 선생 변산 방문, 구정 지나고 나서 고추 모종. 그리고 2월 마지막 주 안에 한마음공동체와 박문기 씨 방문. 그 사이사이 가랑잎 긁기, 어쩌면 구정에는 나 혼자 재실을 지키고 있어야 할지 모르겠다. 3월부터 올 한 해 농사 계획은 손종만 형님께 자문을 구한 뒤에 정하기로 했다. 헐벗은 감나무 가지 위로 보름달이 휘영청하다. 10시 30분쯤에 재실을 나섰다.

눈길을 밟고 달빛을 받고 산모롱이를 도는 이런 밤에는 시심이 생길 만하고 외로움도 탐직한데 그러지를 않는 걸 보니, 하루가 무척 분주하게 지난 것 같다. 아마 보리 식구들은 연수회 자리에서 즐겁게 보내고 있겠지. 김용택 시인한테서 전화가 왔다 한다.

2월 4일

오전에 산에 가서 잡목을 베었다. 땔감으로도 쓰고 말목으로도 쓰겠지만, 일차 목적은 가랑잎을 긁어모아 보리밭과 밀밭 골에 깔기 위함이다. 아침에 죽을 먹고 8시부터 일을 시작했는데 두 시간쯤 지나자 허기가 진다. 옛날 농부들이 새참을 먹는 이유를 알겠다. 생고구마로 새참을 때우고 잠시 더 나무를 베다가 포크레인을 모는 젊은이와 당산나무 골짜기를 갔다.

10~11일에 땅을 고를 예정인데 사전 답사를 한 것이다. 포크레인 두 대로 이틀을 일해야 땅이 골라지겠단다. 당산나무 밑 골짜기 물이 흐르는 곳에 200여 평의 물놀이 공간을 마련하는 작업을 포함해서…….

산을 넘어갔다가 산을 넘어왔더니 피곤하다. 재실에서 점심을 먹고 오후에는 관유 있는 곳으로 내려와 내의와 양말을 빨아놓고 낫을 들고 2800평 땅에 갔다. 밭두둑을 베고 관유와 함께 콩밭의 비닐을 걷어냈다. 작년에는 마을 어른들이 강권하다시피 하여 콩밭 일부에 비닐을 했는데 올해는 2800평 안에서는 자연농법으로 농사를 지을 예정이다. 재실 땅은 남의 땅이고, 동네 눈치가 보여서 당분간 유기농을 해야 할 것 같다. 유기질 비료(닭똥으로 만든 것)를 심 군이 꽤 많이 가져다놓았다. 60만 원어치. 전 군은 밭에서 비료값이나 나오려나 걱정인 것 같고……

6시 전에 일을 마쳤는데 많이 피곤하다. 양말을 빨고 관유가 차려주는 밥을 먹었다. 저녁식사가 끝난 뒤 장성 관유 집에서 전화가 왔다. 혼자 사시는 어머니 집에 도둑이 들었단다. 잃어버린 돈은 몇 푼 안 된다지만 어머니는 불안하셔서 남의 집에 계신다고 한다.

빨리 모셔 오자고 했더니 집이라도 지어놓고 모실 생각이라고 한다. 꼭 집을 마련하고 나서가 아니라도 모셔 오면 좋겠다. 아들 옆에 사시는 모양도 좋고 농사 경험이 많으실 테니 도움도 되고……. 전화를 받고 걱정이 되는지 관유는 장성으로 떠났다.

2월 5일

엊저녁에는 일찍 잤는데 아침이 되어도 몸이 들리지 않는다. 억지로 몸을 일으켜 재실로 갔다. 아침을 먹고 헌 문짝을 구하러 줄포로 갔다. 심 군, 광식이, 나. 심 군은 줄포 골동품상에 항아리 구입비 맡겨놓은 것 찾으러 가야 했기에 동행을 했다. 줄포에 가니 커다란 항아리가 마당에 가득 놓인 골동품상이 보인다. 조그마한 마을에 꽤 큰 골동품상이 두 개나 있는 게 신기했다. 헌 문짝 하나에 5000원, 여섯 짝 열두 개를 골라 5만 원에 흥정하고 있으려니, 주인 아저씨가 왔다.

전주에서 새로 조그맣게 골동품상을 시작한 사람이라고 너스레를 떨었더니 대뜸 말을 놓는다. 집에서 만든 보약 비슷한 것(대추, 호박, 감초, 은행……을 넣어서 만들었단다)도 내놓고 전화를 걸어서 차도 시킨다. 광식이는 옆에서 웃음을 참는 눈치다. 동이, 홀태, 삼태기, 그리고 주춧돌로 쓸 다듬잇돌 마흔한 개를 사서 차에 싣고, 커다란 항아리 열 개와 대밭에서 발굴했다는 특이하게 생긴 항아리(주인 아저씨는 그게 고려시대 것이고 처음에는 25만 원은 누구 돈을 받을지 모른다고 하더니 나중에는 17만 원만 내라고 했다) 하나 모두 열한 개를 80만 원을 주기로 하고 계약금을 10만 원 치렀다.

먼저 다듬잇돌을 재실에 날라다 놓고, 점심을 먹고 다시 가서 우여곡절 끝에 5톤 트럭을 불러 항아리 열한 개를 싣고, 우리 트럭에는 이웃 골동품 가게에서 이미 구입해놓은 항아리 작은 것 다섯 개를 싣고 재실로 돌아왔다. 무거운 몇 섬들이 항아리들을 넷이서 차에 들어 올리고 내리느라 힘깨나 썼다. 골동품 가게 아저씨의 장사 솜씨가 놀랍고, 이와 연관해서 여러 가지 재미있는 일화가 있었는데, 마음이 급하여 자세히 쓸 틈이 없다.

줄포에 두 번 다녀오고 고추김치 문제로 서울에 다녀와야 할 일이 있어서 7시 30분 막차를 타고 서울에 왔다. 아침부터 저녁까지 거센 바람과 함께 하루 종일 눈발이 날리고, 변산에서 부안으로 오는 길은 빙판길이어서 배웅해주는 광식이가 고생이 많다.

2월 6일

오전에 꽃마을에 있는 '한살림' 방문. 양재역(전철)에서 내려 성남 방면으로 나가 세 번째 버스 정류장에 내려, 길을 건너 서초우체국까지 가서 맞은편 길로 150미터쯤 가면 파란 타일을 붙인 6층짜리 건물이 나오는데 5층이 '한살림'이다. 나래 엄마와 함께 갔다. 나중에 나나 변산 식구들이 서울 나들이를 할 수 없을 때 대신해서 접촉할 사람이 필요해서다.

'한살림' 식구들이 반갑게 맞아준다. 고추김치 맛을 보이고 창고에 가서 '한살림' 상표를 얻어 회사로 돌아왔다. 오후에는 한철연 법인화추진위원회가 열려서 거기에 참여했는데 옛날과는 달리 둘러앉아 진지하게 토론하는 후배들의 말이 현실에 뿌리를 내리지 못하고 있다는 느낌이 자꾸 든다. 내가 걱정하는 말뜻도 알아듣지 못하는 것 같고……. 불로소득에서 수혜를 받는 사람은 타락하기 쉽다는 지적을 해도 크게 귀 기울이는 것 같지 않다.

한철연에 갑자기 한 해에 억대가 넘는 기금이 흘러들 전망이 생긴 것은 논리철학연구실에서 한샘출판사와 손을 잡고 학생들에게 논술고사 대비(대학) 첨삭 지도를 하기 시작하면서인데, 게으른 학생들이 돈만 내고 제대로 글을 써 보내지 않는 바람에 일손이 덜리면서 수익이 생겨나는 것이다. 이 수익금이 커지면서 법인체 등록이 긴급한 문제로 떠올랐는데, 연구소로 전환하더라도 생산자와 소비자 사이에 괴리가 있으면 여러 가지 문제가 생길 것이다. 현재 생산자는 논리철학연구실을 운영하는 사람들인데 나머지 사람들은 연구소 운영에 큰 도움이 안 되는 회비만 내고, 주로 불로소득에서 생기는 많은 돈을 연구원이라는 이름으로 소비만 하게 될 것이다. 이런 관행이 정착될 때 한철연 식구들의 의식에 어떤 변화가 올까?

2월 7일

어젯밤에는 온몸에 한기가 들어 몹시 괴로웠는데, 따뜻한 방에서 땀을 흘리며 푹 잤더니 피로가 풀린다. 목욕을 하고 집에서 〈인재제일〉(삼성 사보)의 마지막 원고를 썼다. 오후에는 보리 사무실에 나가 《동아일보》 '그림책 고르기' 원고와 《작은책》 원고를 썼다. 심 군이 고추 담은 유리병을 실으러 서울에 왔는데 만나 보지도 못하고 떠나보냈다. 같이 차를 타고 갔으면 좋으련만…… 마음이 짠하다.

원고를 끝마칠 즈음 '서울무비' 전창록 사장과 코코(서울무비 전 사장의 누님이 경영하는 애니메이션 회사다)로 자리를 옮긴 오성윤 군이 오고 '푸른 하늘을 여는 사람들' 김인중·김국종 형제가 왔다. 그리고 조금 늦게 아리수미디어의 대표가 왔다. 《색깔을 갖고 싶어》의 시디롬 타이틀 영업과 홍보 전략을 짜는 모임이다. 보리 쪽에서는 차광주 대표, 심조원 부장이 참여했다.

나는 있으나 마나이지만 지난 인연도 있고 호기심도 생기고 해서 참여했다. 《색깔을 갖고 싶어》는 내가 《동아일보》에 쓴 글을 포함하여, 《한겨레》, 《중앙일보》, 《조선일보》에서 이미 크게 다루었고, 판매도 아예 부진한 셈은 아니라고 하고, 한번 산 사람은 다른 제품에 견주어 값이 몇 배나 높은데도(5만 5000원) 비싸다고 생각하지 않고 잘 만들었다고 칭찬을 한단다. 앞으로 시사주간지와 여성월간지 그리고 TV에 보도되도록 역할을 분담하도록 하고 함께 청정해역에 가서 자정까지 정담을 나누며 술을 마셨다.

서울무비의 전 사장과 오 군은 박재동 화백, 강요배 화백과 힘을 합하여 1998년까지 4·3항쟁이 중심이 되는 '제주도 이야기'를 장편 만화영화로 만드는 꿈에 부풀어 있는데 문제는 자금이다. 문동환 목사의 따님 문영미 씨가 '새벽의 집'(문동환 목사가 방학동에서 1970년대 초에 시작한 공동체에 관한 이야기) 원고를 거의 마무리해 내일 오후에 만나서 보여주고 싶다고 전화를 했는데, 내일아침 일찍 변산에 가야 한다는 말로 약속을 미루었다. 전화를 통하여 섭섭한 기색이 전해지지만 어쩔 수가 없어 안타깝다.

2월 8일

12시 20분에 부안 가는 차를 타고 변산에 오후 4시 반쯤 도착했다. 서울 집에서 나서는 순간 진눈깨비가 쏟아지는 걸 보고 올 겨울 내내 눈을 몰고 다니려나 생각했는데, 변산에 내리는 순간 또 눈발이 날린다. 변산 면사무소에 가서 전입신고를 하려고 했더니 전입지 번지수를 알아야 한다고 한다. 전입신고는 내일 하기로 하고 전부터 궁금하게 여기던 변산문화연구소라는 데에 들렀다. 그러나 관련자는 보지 못하고 김경철 이장과 친구라는 마흔 살 먹은 지서리 토박이 한 분을 만나 이런저런 농사 이야기를 나누었다.

그 사람은 변산에 견주어 땅이 기름진 주산, 줄포 쪽에 땅을 4만 평에서 6만 평쯤을 빌려 주로 쪽파, 대파, 양파를 심어 서울에 내다 팔아 생계를 유지하고, 또 가끔 군납을 하거나 다른 사람이 농사지어놓은 작물을 사서 도시 농산물 중개상과 거래하여 차익을 얻기도 하고, 겨울 같은 농한기에는 부녀자들을 양파나 대파를 다듬는 데에 소개해서 소개료를 받아 돈벌이를 한다고 했다.

군 농촌지도소에 가면 토양 검사를 무료로 해준다는 말을 들었다. 그런데 표토가 아닌 땅밑 2미터쯤의 흙을 가져오라고 한다나. 그것은 그 사람들 사정이고 자기는 남의 땅을 부치기 때문에 토양 조사용 흙을 가져갈 때 표토를 가져간다고 한다.

어둑해져서 관유가 사는 곳으로 왔다. 같이 잠깐 이야기를 나누었다. 오늘 구들장을 두 번 날랐는데 무척 힘들었던 기색이다. 저녁은 재실에 올라가 먹고 얼마 전에 산 빨간 집에 누가 들어가 살아야 할지에 대해 이야기를 나누었다. 광식이가 거기 살겠다고 하는데, 식품 관리나 나중에 손님들이 많이 올 경우를 생각하면 아무래도 봉선 씨와 금란 씨가 거기에 거처하는 게 낫겠다 싶어 광식이를 설득했다. 반쯤은 수긍하는 듯한데 내일 대나무밭 집을 가보고 나서 최종 결정을 하겠다고 한다. 10시 30분쯤 아래로 내려왔다.

충격적인 이야기. 금봉이가 재실 아랫집 할아버지의 닭을 여섯 마리나 물어 죽이고 내장을 파먹는 걸 보았다고. 그래서 개목걸이를 사서 묶어놓기로 했단다.

2월 9일

아침 6시 50분쯤 일어나 관유 군하고 오전 8시까지 꽤 긴 시간 동안 이야기했다. 금란 씨와 봉선 씨는 말리는데도 자기 주견을 내세워 들어온 사람이기 때문에 주체로 바로서는 데 문제가 없지만 심 군과 유 군의 경우에는 강권하다시피 해서 들어왔기 때문에 주체로 바로서려면 계기가 있어야 할 것이라는 뜻의 말을 관유 군 입에서 듣고 나니 그렇겠다는 생각이 들었다. 그 밖에 여러 측면에서 관유 군의 말을 듣고 있노라면 깨우치는 바가 참 많다. 나는 역시 복이 많은 사람이다. 여기저기 도와주는 사람도 많고 깨우쳐주는 사람도 많다.

뒤늦게 재실에 올라가 아침을 먹고 새로 구한 집을 청소했다. 진흙 발로 하도 험하게 방바닥과 목욕탕을 짓밟아놓아서 방 세 개와 목욕탕을 청소하는 데 애를 많이 먹었다. 그래도 다 청소해놓으니 개운하다. 방 밖에 내버리고 간 걸레 세 개, 넥타이 하나까지 빨아서 청소하고 난 뒤에 다시 빨아 널었다.

점심을 먹고 서울에 연락하니 내일 작업할 사람이 네 사람밖에 안 된다고 한다. 대경이와 태수는 세밀화 시리즈 때문에 못 오고 또 한 사람은 사정이 생기고…… 기분이 언짢았다. 일곱 사람이 온다고 하고 충대에서도 학생들이 오리라고 여겨서 10~11일 양일 간 포크레인을 둘이나 불렀는데 충대생들은 연락이 없고 보리 식구마저 여럿이 빠지니 내일과 모레 일을 어찌해야 할지 모르겠다.

내가 언짢아하는 기색이 목소리로 느껴졌나 보다. 조원이 목소리가 바뀐다. 나중에 들은 이야기인데 내가 추궁하듯이 하는 말에 조원이가 상처를 받고 울었다고 한다. 글쎄, 내가 울 정도로 상처를 주었나?

오후에는 '줄포 골동품상에 문짝 주문하러 가는 길에 면사무소에 들러 전입신고를 했다. 아침에 한번 눈보라를 맞으며 갔는데 도장을 가지고 가지 않은 데다 다른 사람 주민등록 등본 떼러 간 것은 본인이 오지 않으면 안 된다고 하여 허탕을 친 뒤끝이다. 의료보험 카드를 만드는 데 기본 2800원에 과소득 30만 원 이하인 사람에게 해당하는 월 1000원으로 정했다. 작년에 고추 농사를 지을 때를 기준으로 한 것이다.

줄포에 가서 관유 군 이름으로 100만 원을 계약금으로 치르고 맷돌, 문짝, 솥 큰 것과 중간 것과 작은 것, 톱 같은 것을 구해달라고 부탁했다. 견물생심이라고 지난번 보아놓은 십장생 반닫이를 보니 욕심이 생겼다. 45만 원에 사다놓은 것이라는데 20만 원에 달라고 졸라대니 안 된다고 한다. 관유 군까지 옆에서 사정하여

25만 원에 구했다. 떡메와 동이 하나 공짜로 얻고 함지박 1만 원에 사고 약 써는 작두도 2만 원에 샀다.

지난번에 산 돌절구까지 싣고 고창에 있는 인촌 김성수 생가를 둘러보러 갔다. 인촌은 친일파라서 썩 달갑지 않았지만 관유 군이 집 구조나 보러 가자고 해서 간 것이다. 가서 생가에는 못 들어가보고(열쇠가 잠겨 있었다), 빙 돌아 구경하다가 샛집(갈대와 억새로 지붕을 이은 집)을 보았다. 아마 인촌의 할아버지 집이 아니었나 싶은데 나중에 얹었다고 한다. 그 집에 사는 아주머니에게 갈대와 억새 사이에 볏짚을 커커이 넣어서 물매를 가파르게 했다는 설명을 들을 수 있어서 소득이 컸다. 덕분에 눈보라가 치는 빙판길을 깜깜한 밤중에 달려서 와야 했다.

관유 군은 아랫집에서 나는 재실에 올라가서 식사를 했다. 민정이 엄마가 전화를 받았는데 오늘 보리 식구가 8명 내일 4명 온다고 하다가 나중에 또 전화 받으니 오늘 4명 내일 2명이 온다나. 안성에서 8시가 넘어서 전화가 왔다는데 이 눈길을 오자면 새벽 1, 2시나 되어야 할 것 같다.

걱정이다. 나 때문에 애먼 보리 식구들 고생이로구나 하는 생각도 들지만 이 고생을 하고 나면 올 여름이라도 애들이 물장구 치고 놀 공간이 생기지 싶어 한번 해볼 만한 고생이라는 생각도 든다. 재실에서 보리 식구 오기 기다릴까 하다가 몸이 피곤하여 아랫집으로 내려왔다.

2월 10일

아침에 당산나무 있는 곳으로 일하러 갔다. 포크레인이 뽕나무 뿌리를 뽑아내면 지게로 져다가 흙을 털어 한쪽에 모으는 일이다. 보리에서 광수, 한백이 엄마, 상수, 병호, 그리고 병호 친구가 오고, 변산 식구 중에는 심 군, 전 군, 나, 유 군이 달라붙어 일을 했다. 밭 가운데 불을 피우니 몸이 따뜻해졌다.

불을 둘러싸고 서서 불이 사회화의 매개체임을 확인했다. 우리 밭 건너편에 있는 사슴 키우는 집 아저씨가 눈길을 밟고 올라왔다. 처음에는 따지는 투였는데 어제 눈보라를 뚫고 변산 면사무소에 가는 길에 택시를 타고 가다가 나를 태워다준 분임을 알고 아는 체하자 친절하게 대했다. 나중에 당산나무 건너편에 있는 땅을 싸게 팔 수도 있다는 언질을 주었다. 밥은 비닐하우스에 멍석 두 장 가져온 것을 깔고 떡국을 끓여 먹었다. 오후 5시 30분까지 일하고 오늘 일을 마쳤다.

나와 전 군과 유 군이 주로 지게로 뽕나무 뿌리를 나르는 일을 하고 나머지 사람들은 뽕나무 뿌리에 묻은 흙을 털어 한쪽에 모으는 일을 맡았다. 포크레인 한 대가 하는 일의 뒤치다꺼리를 여덟아홉 명이 하는 셈이어서 현대 문명 이기의 효율성에 대해 새삼스럽게 놀라면서, 아 이렇게 해서 자꾸 불필요한 여가와 욕망의 증대가 생기는구나 하는 생각도 동시에 들었다. 일을 마치고 관유 군은 아랫집으로 그냥 가고 나는 재실로 올라갔는데, 마음에 걸렸다. 보리 식구가 온 핑계로 또 오늘도 전 군이 혼자 밥을 해서 외롭게 먹도록 방치하는구나. 힘이 들어서, 머리를 감고 발을 씻고 양말을 빨고 잠깐 누워 있다가, 식사를 하고 보리 식구들과 고구마순으로 담근 술을 마시고 10시까지 있다가 내려왔다. 보리 식구들은 내일 3시까지 일을 마치고 서울에 올라간단다.

참, 홍성에 풀무고등학교 학생 졸업식에 갔던 용란이가 와 있었다. 오후 4시경에 왔다 한다. 술 마실 때는 나 흉보는 자리로 바뀌었다. 용란이가 주도했는데 이야기를 너무나 재미있게 하는 바람에 내 흉을 보는 자리인데도 다른 사람은 물론이고 나도 실컷 웃었다. 변산 식구들은 아마 어리둥절하리라. 내가 변산에서는 보리에서 보였던 모습을 아직은 보인 적이 없기 때문이다. 앞으로도 그런 모습을 보일 일이 없으리라고 생각하는데, 환경이 달라서 그러는 걸 변산 식구들이 혹시 보리 식구들처럼 한 식구로 느끼지 못하고 거리를 느끼기 때문에 그러지나 않나 하고 오해할지도 모르겠다.

2월 11일

6시에 일어나 관유 군과 잠깐 당산나무 밑에서, 살 살림(주로 일할 연장) 이야기를 하고 목록을 작성하다가, 7시 20분 조금 넘어 재실로 갔다. 일어난 사람도 있고 아직 안 일어난 사람도 있었다. 포크레인 기사가 8시에 당산나무 쪽으로 간다고 해서 부랴부랴 8시

10분 전쯤 당산나무 있는 곳으로 관유 군과 함께 갔다. 일을 하는 사람보다 주인이 먼저 가서 기다리고 있어야 일하는 사람이 어려워한다는 생각에서였다. 포크레인 기사가 아직 오지 않아 불을 피우고 나는 감나무를 휘감고 올라간 덩굴식물을 걷어내고 관유 군은 당산나무 오른쪽 뽕나무 가지를 베었다.

8시 20분쯤 포크레인 기사가 오고 8시 30분쯤에 보리 식구들과 심 군과 유 군이 왔다. 새참을 먹고 나서 관유 군과 현병호 군의 이야기가 길어지더니 한 시간이 넘게 계속된다. 한편으로는 걱정스럽고 한편으로는 일 걱정도 된다. 그러나 일은 스스로 즐거워서 해야 하고 남과 비교해서 나는 부지런한데 저 사람은 어찌 저럴꼬 하고 생각하면 제대로 일하는 사람의 본모습을 잃는다는 생각에 지켜보기로 했다.

새참을 먹고 지게질을 주로 했다. 점심이 끝나고는 냇물을 넓히는 작업을 해야 하는데 그 일을 하려면 비닐하우스 옆에 지어놓은 조그마한 창고 건물을 뜯어야 했다. 그 일을 심 군과 유 군이 맡아서 참 알뜰하게 쓸 만한 것은 하나도 버리지 않고 건물을 분해했다. 관유 군은 산비탈에 뽕나무와 가시덩굴이 우거진 곳에서 힘들여 일하고 보리 식구들은 뽕나무 그루터기 털기를 다 마치고 2시 30분경에 서울로 가려고 자리를 떴다.

다시 일을 하려는데 이장이 총을 가지고 왔다. 사냥 나온 길이라는데, 글쎄 우리 일이 궁금해서 왔을 수도 있겠다. 이 자리는 장래에 학교터로 쓸 요량이고 우선은 약초 농사를 하겠다는 이야기를 하고 같이 유기농과 자연농을 하여 가공식품으로 부가가치를 높여 파는 길을 열어보자고 다시 설득했다.

마침 점심때 먹고 남은 돼지고기가 있다기에 그것을 구워 소주 한잔하자고 이장에게 권했는데, 동네 노인 한 분이 산에서 대나무를 베어 오다가 합류했다. 그 때문에 유 군과 심 군은 고기 굽는 일을 하느라고 잠시 일손을 멈추었다. 포크레인 일을 지켜보느라고 잠시 자리를 비운 사이에 관유 군이 나에게 할 이야기가 있다면서 비닐하우스 안으로 들어가잔다.

관유 군 이야기는 아무래도 유 군과 심 군과의 관계는 끊어야겠다는 것이다. 역시 주체로서 일한다고 하기에는 미흡하게 보였나 보다. 일을 즐겁게 힘에 맞게 하는 것이 중요하고 다른 사람이 얼마나 잘하는지 못하는지 비교하지 않는 것이 좋다고 했다. 눈에 거슬리는 일에 속을 끓이다 보면 결국 일을 혼자서 하는 수밖에 없고 그렇게 되면 사회성이 결여되어 결국 산속으로 들어가게 되는데, 한국 불교 1000년이 넘지만 사회 변화에 이바지한 흔적이 미미한 것도 결국 혼자 대오한 사람은 많되 같이 깨우치는 과정이 없어서라고 이야기했다.

관유 군의 술 마시는 양이 심상치 않아 미리 아랫집에 왔다. 밥도 지어 관유 군과 함께 먹고 이야기도 나누기 위해서인데, 관유 군이 곧 뒤따라와서 같이 밥을 짓겠다고 하기에 들어가서 쉬라고 했다. 밥을 다 지어 밥상을 들여오니 관유 군은 코를 골며 정신없이 잠들어 있다. 피곤한데 술까지 많이 마셨으니 그럴 수밖에 없으리라. 밥이 뜸 드는 동안 잠시 일기를 쓴다.

2월 12일

아침에 관유 군이 엊저녁 이야기 생각해보았느냐고 묻는다. 자기도, 유 군도, 심 군도 놓아버리고 봉선 씨, 금란 씨는 자발적으로 이 생활을 선택한 사람들이니까 이 두 사람을 중심으로 일을 해나가는 것이 어떻겠느냐는 의견에 대한 다짐이다.

어젯밤에는 마음에 결정된 것이 있으니 아침에 이야기하자는 말로 끝냈는데, 아침에 다시 물어서 다 흩어버리겠다고 대답했다. 어차피 나는 변산에 뼈를 묻겠다는 생각으로 온 사람이니까 여기 남을 수밖에 없지만 전 군 자네도 2800평을 아예 자네 몫으로 내놓은 땅이니까 비싼 값으로 팔아먹든 그 땅에서 농사를 짓든 산 값으로 나에게 다시 넘기든 뜻대로 하라고 했다. 그리고 어제 전 군이 자기는 목수도 농사꾼도 아니라는 말을 여러 차례 되풀이한 기억이 나서 수도를 하려거든 산속으로 들어가든가 그렇지 않으면 목수나 농사꾼으로 거듭날 작심으로 삶에 임하라고 했다.

그길로 재실에 올라가 아침 회의 때 일방적으로 통고를 했다. "여러 인연으로 이 자리에 모여 살게 되었지만 하루를 살아도 마음으로 기뻐야 하는데 요즈음 내 마음이 기쁘지 않다. 그 이유야 여러 가지 있겠지만 실마리를 따져보면 나에게 책임이 있다. 유 군과 심 군은 내가 같이 살자고 해서 목 메인 송아지처럼 끌려온 셈인데 무책임하다는 말을 들어도 할 수 없다. 심 군은 여기서 계속해서 재지기로 살아남을 길을 찾든지, 도시로 나가든지, 그 밖에 딴 삶의 길을 찾든지 하고 유 군도 마찬가지다. 유 군의 경우에는 아직 혼자 사니까 홀가분하게 결정하기 쉬울 것이다. 봉선 씨와 금란 씨는 말렸는데도 제 발로 들어왔으니 나가는 것을 결정하는 데도 큰 부담이 없을 것이다. 보리의 재원으로 구한 1200평, 당산나무 있는 곳 1600평, 그리고 저수지 건너 500평은 심 군, 유 군, 봉선 씨 이름으로 했고 그럴 만한 까닭이 있었지만, 이렇게 흩어지는 마당에 모두 내 이름으로 하거나 보리 이름으로 다시 등록해야겠다. 의논해서 각자의 진로를 결정해도 좋고 스스로 생각해서 결정해도 좋다. 마음에 기쁨이 없으면 모여 살 이유가 없다." 대강 이런 내용이었다.

8시 10분 전에 재실에서 나와 하루 종일 당산나무 있는 땅에 가서 뽕나무 뿌리를 지게로 져 날랐다. 포크레인 기사에게는 틈틈이 일을 지시하고……. 가게에서 산 오렌지주스 큰 병 2000원, 초코파이 1200원, 건빵 두 봉 400원으로 참을 때우고 점심때는 지서리에 포크레인 기사인 이근조 군과 나가 매식을 했다. 자판기에서 커피 한 잔씩 빼서 마시고 막걸리 두 병을 외상으로 샀다. 오후 쉬는 참에 근조 군에게 내가 운산리에 들어온 내력을 잠깐 이야기했다.

일을 6시쯤 마치고 지게에 연장들을 지고 재실에 왔다. 저녁을 먹고 각자 마음의 결정을 했느냐, 의논들 해보았느냐 했더니,

했단다.

들어올 때보다 나갈 때가 더 어려워졌다는 것이 민정 엄마의 말이었다. 회의록을 보여주어서 보았더니, 한마을에 모여서 살되 옛날 마을공동체 주민들이 그랬듯이 각각 자기 생계를 꾸려가면서 두레 형식으로 품앗이를 하고, 공동 작업(새 품일 같은 것)이 있으면 공동으로 하기로 했다고 한다. 좋은 생각이라고 했다. 내가 구한 땅도 도지賭地를 줄 수 있다, 다만 제초제나 농약이나 화학 비료를 쓰지 않겠다는 조건이다, 앞으로 유기농이든 자연농이든 제대로 땅을 살리고 거기에서 생산하는 농작물일 경우에만 제대로 돈이 되리라는 걸 확신한다, 땅을 살리면서 우리도 살길을 찾자, 처음에는 어렵고 초기 투자가 필요한 부분도 있을 것이다, 그 재원을 보리에서 대거나 나 개인이 투자할 수도 있다, 이렇게 이야기했다.

그리고 나는 봉선 씨, 금란 씨와 재실 아래 빨간 지붕집에서 당분간 살기로 결정을 보았다. 봉선 씨, 금란 씨는 목욕탕이 딸린 방에서, 나는 왼쪽 끝 방에서 거주하다가 당산나무 있는 곳에 오두막을 지으면 그리 가기로 했다. 손님맞이 문제가 나와서 수가 얼마 안 되면 내가 거주하는 곳에서 많으면 재실에서 맞되, 둘러보러 오는 손님은 사절하자, 적어도 며칠 동안 같이 일하면서 분위기를 파악하겠다는 손님만 맞자고 했다.

재실에서 나와 관유 있는 집으로 오는데 홀가분한 기분이 들었다. 역시 집단의 자율성이 뒷받침된 결정은 개인이 미처 할 수 없는 일을 해낸다. 일을 마치고 연장을 지고 재실에 가면서 느낀 것인데, 운산리를 둘러싼 산들이 병풍이 아니라 산봉우리 하나하나가 꽃이파리 같다는 생각이 문득 들었다. 이 산봉우리들이 꽃이파리라면 운산리는 꽃송이 안에 자리 잡고 있고, 나는 그 가운데 수술이나 암술 하나겠구나. 전 군 사는 곳에 불이 켜 있다. 아침 일로 심기가 상해 밖에 나간 줄 알았는데 안심도 되고 반갑다. 오자마자 어제 이야기가 계속된다. 다 잘되었다고 이야기했다. 구체적인 문제는 그때그때 해결되겠지. 전 군의 마음자리가 이제 차분히 갈앉아 어지러워지는 일이 없으면 좋겠다.

2월 13일

아침에 회의가 길어졌다. 작년에 농사한 작물 가운데 현금화한 것은 고구마뿐인데 거기서 생긴 돈이 350만 원이다. 종잣값, 고구마순 심은 동네 아줌마들에게 나간 돈 해서 43만 원이 투자되었고, 그동안 고구마 농사에 힘쓴 사람들에게 고루 분배할 양이면 재실에 상주하는 사람과 관유, 나까지 합해서 일곱 사람이니까 한 사람 앞에 25만 원쯤이 분배되는 몫이다.

이것은 그동안 이래저래 든 생활비를 뺀 계산이니까 생활비까지 합하면 도리어 고른 분배의 원칙에 따라 손해 부분을 보전하기 위해 한 사람당 얼마씩 따로 내놓아야 계산이 맞는다. 아무튼 이번 설에 집에 가는 사람들에게 10만 원씩 노잣돈으로 주기로 결정했다. 저마다 어제 논의에 따라 도지를 얻어서 생계유지의 방책을 세우고, 식품 사업은 공동으로 하기로 했다. 영농법인이나 식품 사업의 경우에 나와 심 군 부부가 알아보기로 하고, 총무 일은 심 군이 맡기로 결정을 보았다. 식품 사업이나 영농법인이 설립될 경우에 당분간 '대표'는 내가 맡기로 했다.

농사만 짓고 관청일이나 돈 문제는 잊어버리겠다고 생각했는데 어쩔 수 없이 맡게 된 책임이다. 참, 어쩌다 팔자를 이렇게 타고나서 이판사판 중에 이판은 물 건너가고 사판은 싫다고 해도 떠맡겨지는 참이니, 제 운명 개 못 준다는 말이 맞는 듯하다.

관유 군이 따로 고구마 농사에 들어간 돈은 받지 않겠다고 해서 한숨 돌린 것 같다. 식품에 대한 투자는 계속되어야 하므로 한동안 그 문제는 내가 해결할 수밖에 없을 듯하다. 그 밖에 차 사용 문제, 공동 울력 문제, 도지 문제 같은 여러 현실 문제가 회의에서 언급되었는데, 설이 지난 다음에 자세히 의논하기로 했다. 금란 씨가 회의록을 꼼꼼히 작성하고 있어서 회의록을 보면 오늘 무슨 일이 있었는지 확인할 수 있을 것 같다. 다른 모든 식구에게 나에게 있는 것은 돈뿐이니까 돈이 아쉬운 사람은 개별로 이야기하면 그 사람을 상대로 하여 고리대금업을 시작하겠다고 했더니 모두 웃는다. 아무튼 어제 선언이 현실화하면 나는 우리 공동체의 최대 주주가 된다. 부담스럽다.

우선 나에게는 감사의 능력이 없어서 서류를 펼쳐놓아도 머리만 아플 뿐 어디가 잘되고 어디가 잘못되었는지 얼핏 보아 알 길이 없다. 이런 사람을 믿고 흩어지지 않겠다고 결심했다니 한편으로는 한심하고 한편으로는 어깨가 무거움을 느낀다.

9시 10분 전쯤 회의를 마치고 당산나무골로 갔다. 이근조 군은 먼저 와서 일하고 있었다. 서울에서 밀린 원고 독촉이 심상치 않다. 풀무원식품 원고, 글쓰기회 원고, 장기기증본부에서 나오는 월간지에 연재하는 문제……. 이 가운데 원고료가 나옴직한 곳은 풀무원식품뿐이다. 원고 청탁이 오면 어지간하면 글을 써서 변산 살림에 보태자고 했는데, 연재 원고들이 무료일 터이니 이걸 어쩐담.

당산나무골에 가서 잠깐 일하는 것을 지켜보다가 원고 쓴답시고 집으로 돌아왔다. 점심때는 내가 밥을 지어서 관유 군과 이 군의 점심을 준비했다. 원고 세 꼭지를 쓴 마지막 순간에 시계를 보았더니 3시 반이 넘었다. 온갖 씨름을 다 한 끝에 글을 전송한 것은 오후 5시가 넘어서였다. 나하고 기계는 뭔지 안 맞는 구석이 있는 듯하다. 그러길래 보리 식구들은 하나도 빼놓지 않고 컴퓨터로 작업을 할 만한데 나는 이른바 '컴맹'이지.

원고를 전송하는 사이에 〈지성과 패기〉라는, 재벌 기업에서 펴내는 사외보의 학생기자 둘이 재실까지 찾아왔다. 민정이 엄마 말에 따르면 분명히 인터뷰는 않는다고 거절했고, 김제까지 기차 타고 와서 전화한다고 해도 서울로 되돌아가라고 매정하게 이야기했는데 얼굴이나 보겠다며 꾸역꾸역 허락 없이 온 것이다. 학생들이 먼 길까지 왔는데 빈손으로 돌려보내기 안되어서 항아리와 효소식품과 감식초 담근 것을 보여주고 당산나무골까지 데리고 다니면서 묻는 말에 대답을 해주었다. 돼먹지 않은 이야기로 이것저것 섞어서 이야기해주면서 아직도 내게 선생 버릇이 남아 있구나 하는 생각을 했다.

저녁을 먹여 돌려보내고 재실에서 잠시 탱자술을 마셨다. 몇 잔을 홀짝거렸더니 아무래도 취기가 돈다. 관유 군 사는 집으로 오면서 이런 생각을 했다. 우주는 하나이므로 유한하다. 그러나 우주에는 둘 이상의 여럿으로 된 세계가 있으므로 무한하다. 이 우주의 기운들이 어떻게 작용하여 지금 나는 이 자리에 있을까. 반짝이는 별들이여, 그대들과 나의 관계에 나는 무척 고마움을 느낀다. 나 또한 우주의 중심이거니, 구球의 모든 표면 점이 그 구의 중심이듯이. 표면의 보이지 않는 모든 점이 중심의 점과 잇대어 있으므로 우주의 중심은 하나이면서 크기 없는 무한한 다발들의 수렴처럼 어느 한곳에서 우주의 모든 기운에 감응하고 있거니.

집에다 전화를 했고 집에서 전화가 왔다. 나래 엄마가 우리 변산 식품을 위해서 헌신하고 있다. 미우나 고우나 서방은 서방이라. 내일 청주에 못 가면 '광주지킴이' 식구가 와도 좋겠다는 연락을 하라고 민정 엄마에게 이야기했다. 내가 없는 사이에 이곳저곳에서 원고 청탁 전화는 왜 그렇게 많은지.

대구 유장발 교수에게 연락했더니 구정 지나고 2월 마지막 주 일요일쯤 변산에 한번 들르겠다 한다.

조금 전에 용란이한테서 전화가 왔다. 광식이가 보리에, 내가 또 변산을 홀딱 뒤집어놓았다고, 갈 사람 다 가라고 했다고 고자질했나 보다. 실없는 친구 같으니라고. 긴말하기 싫어서 나중에 보리에 가면 이야기하겠다고 하고 전화 끊었다. 매사에 세심하고 걱정이 많은 아이다. 씨네2000 면접은 금요일에 있는데 기대는 안 한다고 한다. 그래도 잘되어 착실하게 연기 수업을 하는 기회가 되었으면 좋겠다.

2월 14일

아침에 일어나니 6시 30분쯤 되었다. 잠깐 가부좌를 틀고 앉아 어젯밤 꿈을 생각했다. 내가 아직도 한백이 아비에게 마음을 주지 못하고 있는 걸까? 아니면 한백이 아비에게 나에 대한 불신이 있는 걸까? 전자인 듯하다. 관유 군은 심 군이 혼자 살아갈 힘을 얻어야 한다고 다시 강조한다. 재실 땅에서 유기농을 하여 빚을 갚을 길이 없으리라는 점에는 나도 동감한다. 그러나 개를 50마리쯤 따로 길러서 판다든지 날품을 팔아서라도 빚을 갚으면서 생계를 유지하도록 하면 어떻겠느냐는 제안에 대해서는 아무래도 흔쾌하게 받아들이기 힘든 구석이 있다. 변산에서 영농자금을 얻거나 농어민 후계자가 되려면 어은리 농협에 진 빚을 갚고 여기 농협에 조합원으로 가입하는 절차를 밟아야 하는데 그 재원은 어떻게 마련할지. 옛날 농어민 후계자를 빚더미에 앉혀놓고 결국에는 농약 먹고 죽게 만든 살농 정책이 심 군까지 빚더미 속으로 몰아넣은 것인데, 농촌에서 그 많은 빚을 갚으면서 살길을 찾기가 쉽지 않아 나도 걱정이고 심 군 내외 얼굴에도 늘 그늘이 깃들어 있겠지.

8시 10분쯤 집을 나서 당산나무터로 갔다. 이근조 씨는 벌써 나와 개울을 파내고 있다. 아이들 물놀이터 겸 농사 지을 때 물이 모자라면 퍼다 쓸 자리를 마련하는 작업이다. 뽕나무 뿌리를 지게에 져서 두 시간쯤 나르니 따뜻한 봄 날씨라 속옷이 온통 땀으로 젖는다.

쉬는 참에 산을 넘어 동네 가게를 들러 청주로 전화를 했다. 영경이가 YWCA에 나오지 않는 날이면 내일쯤 청주로 출발할 요량이었는데 나와서 회의에 들어갔단다. 일하는여성의집 원장으로 있는 정은경이도 같이 회의 중이란다. 관유에게는 11시까지 내가 작업장에 돌아오지 않으면 청주에 간 것으로 알고 점심을 지어 이근조 씨와 먹으라고 일러놓은 터여서 청주로 갈 준비를 했다. 양말 두 켤레, 속옷, 겨울 내의 삶아서 빨고 재실에 올라가 고추김치 견본 세 병, 정품 두 병을 가방에 넣어 청주로 향했다.

변산 버스정류장 근처에서 차를 탄 시간이 12시, 전주-유성-청주로 오니 오후 5시에 가깝다. YWCA에 가서 신 총장과 영경이와 미경이 만나 고추김치 맛을 보이고, 나중에 송원식당에 가 신 총장이 사주는 저녁을 먹고 커피는 내가 샀다. 출장비를 계산해보니 변산-부안 1100원, 부안-전주 1900원, 전주에서 먹은 콩나물국밥 2500원, 전주-청주 4900원, 청주에서 YWCA까지 택시비(착각해서 도중에 내려 택시비가 많이 들었다) 2700원, YWCA 사람들 차 사준 값 1만 6600원, 내일 변산에 갈 차비 하니 약 4만 3000원쯤인 것 같다. 하루 품을 날리고 돈을 이렇게 썼으니 고추김치 몇 병을 팔아야 본전을 할까? 다행히 YWCA에서 지속적으로 변산에서 나는 식품을 팔아주겠다고 하고 청주 한살림에서도 세 상자(네다섯 병)를 주문했다. 저녁은 영경이 집에서 맥주를 마시고 오랜만에 목욕탕에서 몸을 씻었다. 영경이 내외가 내덕동에서 영아, 영범이와 함께 생활하는데 TV를 계속해서 켜놓고 있다. 재미있어하길래 보았더니 영 낯이 설다. 변산 식구들이 TV도 신문도 안 보기로 결정한 것이 어느 면에서는 참 잘된 일이라는 생각이 든다.

2월 15일

아침 6시 조금 못 되어 일어났다. 조심스럽게 옷을 입고 영경이 집을 나섰다. 다행히 아무도 깨우지 않고 문 밖으로 나설 수 있었다. 버스를 타고 시외버스정류장에 오니, 전주 가는 차는 7시 20분, 서대전 가는 것은 7시에 있다. 서대전 가면 부안에 직접 가는 차가 있으리라 싶어 7시 차를 탔는데 유성까지밖에 안 간단다. 유성에서 서대전으로 갔다. 익산, 김제를 거쳐 부안으로 가는 차가 8시 35분에 있어서 그것을 탔는데 도중에 무척 많이 서고 해서 부안에 도착하니 11시쯤 되었다. 역시 다음에 청주에서 올 때는 전주로 와서 부안으로 와야겠다는 생각이 들었다. 차비도 그쪽이 조금 더 싸다.

부안에서 콩나물해장국으로 아침 겸 점심을 먹고 11시 18분 버스를 타고 변산에 내려 걸어서 관유 집으로 오니 관유가 점심 준비를 하고 있다. 옷을 갈아입고 재실에 올라가 청주에서 YWCA와 한 살림에 물품(고추김치) 주문받은 이야기를 민정 엄마와 나누고 곁들여 개와 토종닭을 길러 소득을 올리는 방법을 생각해보자고 권유했다. 재실 땅을 유기농으로 농사짓는 것만으로는 빚을 갚고 생계를 유지하기가 힘들 것 같다는 판단이 들어서였다.

오후에는 당산나무 쪽에 올라가 일했다. 밭에 있는 돌을 모으고 섶나무를 한쪽에 치우고 일부는 땔감으로 쓰려고 낫으로 가지를 치고 톱으로 굵은 나무는 켜서 칡넝쿨로 묶어 한쪽에 쌓았다. 포크레인 작업은 당분간 더 해야 할 것 같다. 일하고 있는데 부안에서 목회를 한다는 목사 한 분이 내가 일하는 곳까지 찾아왔다. 실험학교에 관한 문의를 많이 받아서 어떻게 진행되는지 궁금하여 왔다고 했다. 실험학교는 내년이나 내후년쯤 계절학교 형태로 열 수 있을지 모르겠다고 하고 우선은 내 몸을 농부의 몸으로 바꾸는 것이 급선무라고 했다.

목사님에게서 좋은 소식을 들었다. 진흙벽돌 찍는 기계를 가지고 있는데 지금은 남원에 빌려주었지만 필요하다면 빌려주겠노라는 이야기였다. 세 사람이 하루 작업을 하면 집 한 채 지을 벽돌이 나온다는 이야기를 들었다 한다. 저녁 6시가 넘어 일을 마치고 관유 집에 와서 며칠 묵힌 식은 밥을 물에 끓여 저녁을 먹었다.

2월 16일

오늘 일을 만족스럽게 하지 못했다. 엊저녁에는 관유까지 포함하여 재실에서 회의가 있었는데, 이번 회의에서는 심 군이 관유 군과 정면으로 맞서서 자기 의견을 주장했다. 한편으로는 회의 분위기가 살벌했지만 마음속으로는 반가웠다. 말 못하여 가슴에 앙금이 생기는 것보다는 드러내놓고 싸워서 외상을 입는 것이 치료가 더 빠르다. 법인화 문제가 주제였다. 시간을 두고 알아보기로 했다. 자세한 이야기는 회의록에 있다.

아침에 일어나 재실 아래 빨간 집으로 이사를 했다. 오랜만에 혼자만 있을 공간이 생겼다. 주방을 사이에 두고 금란 씨와 봉선 씨가 함께 기거하는 곳이다. 이사를 마치고 나서 당산나무 쪽으로 갔다. 관유는 광식이와 함께 구들돌을 캐러 변산에 갔기 때문에 나 혼자 갔다. 이근조 씨가 포크레인 작업을 하고 있었다. 간단히 같이 점심을 먹으러 갔다. 닭도리탕이 나왔는데(지난번에는 돼지고기가 많이 섞인 김치찌개였다) 값은 1인분에 3500원이다. 만원을 우선 주었다. 농협에 가서야 내 현금카드가 없는 것이 발견되었다. 그 때문에 점심을 먹고 재실에 올라가 서울에 전화하고 잠깐 민정이 엄마 아빠와 빚 문제며 농협 문제, 닭과 개를 기르는 데서 생기는 어려움 등을 이야기하다 보니 3시가 넘었다. 당산나무 쪽으로 가서 이근조 씨와 참을 먹고 톱으로 뽕나무 밑동을 자르고 있는데 광주 환경단체 젊은이들이 왔다. 어른 다섯, 아이 하나다. 날씨가 추워 밖에서 이야기하기가 적당치 않아 재실로 데리고 와서 감식초, 효소 담근 것, 장독과 멍석을 구한 내력 등을 대강 이야기해주고 내 방으로 데려와 묻는 말에 이것저것 대답했다. 인터뷰와 원고 청탁을 사절한다는 조건에서였다. '사랑방'이라는 벼룩신문을 만드는 친구가 인터뷰와 사진 촬영, 원고 청탁을 원하는데 응하지 않았다.

그 친구들이 소주 두 병과 족발을 가져와 같이 마시면서 이야기하다 보니 저녁 6시 30분이 넘었다. 일을 제대로 하지 못해서인지 몸도 찌뿌듯하고 기분도 썩 밝지 못하다. 식사는 재실 신세를 졌다.

2월 17일

아침에 관유가 재실 밑 빨간 집으로 왔다. 어젯밤 변산에 온 뒤 처음으로 이사한 내 방(?)에서 자고 일어난 참이다. 구들돌 나르러 광식이에게 가는 길에 들렀는데, 당산나무에서 일할까 하다가 관유와 광식이와 함께 내변산으로 구들돌 캐러 가기로 했다. 두 차례에 걸쳐 구들돌을 나르고 일을 마치기로 했다. 재실로 올라와 머리를 깎았다. 심 군 부부가 설에 재실을 지키고 있겠다고 해서 그렇다면 서울에 가서 설 쇠고 오겠다고 했더니 광식이가 머리를 깎아준 것이다. 재주가 좋다. 나는 더부룩한 모습보다 바짝 깎은 모습이 더 보기 좋다는 여자들이 많으니 바짝 깎아달라고,

봄도 오고 하니 머리털이 적어도 상관없겠다고 이야기했더니 광식이가 웃음을 터뜨린다.

옷을 갈아입고, 그동안 흙일에 구들돌 일에 온통 황토와 검댕이로 범벅이 된 옷을 민정 엄마에게 빨아달라고 부탁하고(내가 할 수도 있지만 그쪽이 민정 엄마에게 더 편할 것 같았다), 서울로 왔다. 서울 오는 차에는 나와 다른 승객 하나, 두 명이 탔다. 길도 막히지 않았다. 변산에서 4시쯤에 출발했는데 집에 오니 8시 30분쯤 되었다. 나래 엄마와 마실 붉은 포도주와 내가 마실 흰 포도주를 사고 비디오 가게에 들러 비디오 네 편을 빌렸다. 〈개 같은 날의 오후〉, 〈음식남녀〉, 그리고 나머지는 제목을 기억하지 못하겠다.

나래 엄마에게 보리 일과 고추김치 판매에 대해 이야기 들었다. 대경이, 유경이, 정희가 얼굴이 밝아졌다는 이야기, 그 애들이 억지로 세배를 받게 해서 한 사람에게 5000원씩 주었다는 이야기, 정낙묵 군 일본 다녀온 이야기, 한백이 아비가 집에서 한백이 엄마에게 잘 못해주는 것 같다는 이야기……. 나래 엄마가 회사에 잘 적응하는 것 같아서 반갑다.

마음이 많이 편안해졌다. 여러 사람을 부처로 보살로 모시고 나는 영원한 행자 생활을 하는 것으로 하자.

2월 18일

아침에 일어나 봉길이 산보를 시켰다. 그동안 나래 엄마가 봉길이 짝이 없어 걱정하는 말을 들었는데 아침에 봉길이가 장가드는 모습을 보았다. 어제 빌려 온 비디오테이프 가운데 둘을 보았다. 하나는 〈다이하드 3〉. 서방 자본주의 국가의 가장 중요한 사회 교육기관은 언론 매체로 볼 수 있는데, 이 언론 매체가 전파하는 폭력 숭배 사상은 비인간화된 그들 삶의 반영이다. 특히 헐리우드 영화는 전 세계 청소년의 심성을 파괴시키는 반교육의 중심 매체라고 할 수 있다. 〈개 같은 날의 오후〉는 오랜만에 유쾌하게 본 우리 영화다. 여성이 겪는 갖가지 질곡이 남성 위주의 가부장 사회에서 어떤 경로로 어떻게 나타나는지를 무리 없이 잘 표현했다.

저녁에는 이성인 선생이 왔다. 같이 술을 마시면서 이명현 교수가 주도하는 교육 개혁의 성급함에 대한 이야기를 나누었다. 큰 제도의 변화는 두 가지 방식으로 일어날 수 있다. 하나는 급진적 변화, 또 하나는 점진적 변화. 급진적 변화가 성공할 수 있는 조건은 변화를 주도하는 집단이 지속적으로 지배권을 상당 기간 행사할 수 있는 안정성을 지니고 있어야 한다는 것이고, 변화의 정당성에 대해서 광범한 합의가 이루어져 변화를 저지하려는 세력의 방해 공작이 성공할 수 없어야 한다는 것이다. 그렇지 않으면 점진적 변화를 선택할 수밖에 없는데, 변화의 가시적 결과가 여론을 변화 지향으로 바꾸어내는 것까지 감안해야 하기 때문이다. 현재 교육 개혁을 주도하는 세력은 안정성도 없고, 광범하고 급진적 개혁을 뒷받침하는 여론의 힘을 이용할 수도 없다. 우선 교사들의 호응이 거의 없는 형편이고, 학교 운영위원회를 구성할

인자들의 성향이 개혁 지향적이라고 확신할 만한 근거도 없다.

술을 많이 마셨다. 설거지도 못 하고 곯아떨어졌다. 나래 엄마는 분당에 제사 준비차 가서, 혼자 잤다.

2월 19일

설날이다. 아침에 일어나 개 산보를 시키고 옷을 갈아입고 분당으로 나래, 누리와 함께 갔다. 제사를 마치고 나서 종영이가 고스톱을 하자고 하는데, 마음이 내키지는 않았지만 이번에 말레이시아 현장으로 떠나면 언제 볼지 모른다는 생각에서 누리, 종영이, 나, 셋이서 고스톱을 쳤다. 오후가 되어 집에 돌아왔다. 《출판저널》원고, 퇴짜 맞은 〈인재제일〉원고(이 원고가 퇴짜를 맞은 이유가 우습다. 1990년대에 들어서서 1월 22일에 3당 합당이 있었던 시기부터 노태우, 전두환이 감옥에 들어가는 정치의 격변이 학원에 미친 영향을 쓰다 보니 김영삼 대통령의 행적에 대한 이야기가 나올 수밖에 없는데, 대재벌 기업의 사외보에서 대통령을 비판하면 회사에 어떤 불이익이 돌아올지 모른다는 이유다), '교육 문제' 좌담회 원고…… 해서 써야 할 것이 많아, 세배 오겠다는 보리 사람들 못 오게 했는데 결국 이 원고들 가운데 아무것도 쓰지 못했다. 아무래도 나에게는 사람 만나는 일이 글 쓰는 일보다 더 즐거운가 보다.

2월 20일

지게 지고 일할 때는 몰랐는데 쉬다 보니 어깨가 무너지는 것 같다. 아직 몸이 일에 길들지 않아서 그러리라. 나래 엄마와 보리 일에 대해서 꽤 길게 이야기를 나누었다. 조합 일, 주식회사 일, 나래 엄마가 나보다 훨씬 더 똑똑한 측면이 있다. 처음부터 모든 일을 분명하게 해놓아야 나중에 가서 오해가 생기지 않는다는 점은 이해하겠다. 그러나 내가 보리에서 기대했던 것은 비교적 단순하다. 《작은책》 일은 소망대로 차츰 자리가 잡힐 것이고, 세밀화 도감 일도 앞으로 우여곡절이 있겠지만 첫발은 내디딘 셈이다. 그렇다면 더 바랄 게 없는 것 아닌가?

변산에서 내가 하고자 하는 일은 다른 게 아니다. 뭇 생명체들 속에서 살아 있는 기운을 느끼고 땅을 살리고 그 살아 있는 땅에서 살아 있는 곡식들을 길러내 나도 먹고 이웃도 나누어 먹임으로써 먼저 나를 살리고 기운이 남으면 남도 살리는 것이 목적이다.

내일 변산으로 올까 하다가 아무래도 당산나무터 작업도 거들어야 하고, 또 농사일이 있는데 다른 사람들에게만 맡겨놓는 것도 미안하여 여의도 누나 집에 잠깐 들렀다가 강남 터미널로 나왔다. 5시 45분 부안행 버스표를 끊었는데, 설밑이라 서울로 오는 차들이 밀려 5시 10분 차도 아직 도착하지 않았다 한다. 6시 30분까지 기다려 우등버스를 타고 천안에서부터 국도로 해서 부안에 왔다. 10시 15분쯤 부안에 도착하니 변산 가는 차가 끊겼다.

택시 기사에게 변산에 얼마 받고 가겠느냐고 했더니 1만 2000원 달란다. 깎아서 1만 원에 가기로 했다.

운산리 교회에서 내려 걸어서 집에까지 왔다. 재실을 올려다보니 불이 꺼져 있다. 민정이네 식구들 깨우기가 미안하여 내 방으로 왔다. 방이 따뜻하고 전화기가 놓여 있다.

무사히 도착했노라고 집에도 전화를 했다. 지난 2년 동안 암으로 언니 한 분이 죽고 또 한 분이 오늘내일 하는 와중에 병간호하고 또 큰처형 딸 정은이의 사기 결혼과 이혼과 빚 문제 처리로 심신이 피곤할 대로 피곤한 나래 엄마에게 마음으로나마 힘이 되어주지 못해 미안한 느낌이 든다.

2월 21일

아침 7시에 일어났다. 재실에 올라가 거기 있는 옷가지를 챙겨 내 방으로 내려왔다. 민정이 엄마 아빠가 세배를 왔다. 민정이의 예쁜 세배 품이 눈에 넣어도 아프지 않을 만큼 앙증스럽다. 떡 본 김에 제사 지낸다고 중산에 사는 손종만 형님께 세배 가야겠다고 했더니, 심 군 부부가 이장 집에서 떡국 떡을 얻어 왔다고, 떡국을 먹고 가잔다. 떡국을 먹고 종만 형님 댁으로 세배를 가서 술과 감주, 해파리냉채, 사과, 귤, 가오리무침을 먹고, 온실에 심어놓은 고추를 보았다. 다시 종만 형님 댁에 가서 술과 떡국으로 점심을 먹으려는데 재실에서 전화가 왔다. 전교조 이철국 선생님과 원로 선생님들께서 재실에 들렀다는 연락이다. 부랴부랴 심 군과 재실에 올라와서 우리가 담은 효소식품, 감식초, 그리고 2800평에 모아놓은 구들돌, 저수지 위 당산나무 곁의 뽕나무밭, 고사포 해수욕장 옆 갯벌을 구경시켜주고, 격포 방파제에서 쭈꾸미와 큰 조개회를 먹고 영광횟집에서 매운탕으로 늦은 점심을 먹었다.

운산교회까지 바래다주는 선생님들을 배웅하고 집에 오니 금란 씨와 봉선 씨가 와 있고 심 군 부부도 와 있다. 함께 저녁을 했다. 새해 첫 저녁부터 여자들이 저녁을 짓고 설거지를 했는데, 미안하다. 나도 3분의 1의 힘은 보태야지.

2월 22일

아침 5시 30분쯤 자리에서 일어나 교육민회 시민포럼 '인간성을 되살리는 교육: 더불어 사는 삶'의 원고를 쓰기 시작했다. 내가 발제할 부분은 사회교육 부분이다. 자본주의 상품경제 사회에서 사회교육의 모습이 어떠리라는 것은 너무나 자명하다. 토머스 홉스가 잘 표현했듯이 사람이 사람에게 늑대인homo homini lupus est 사회에서 이 사회에 가장 걸맞은 교육이란 늑대로서 동료 인간의 목덜미를 물어뜯는 데 가장 효율적인 교육일 수밖에 없다.

이 잔혹한 세상에서 아이들을 제대로 교육한다는 것은 낙오자로 만드는 길임을 깨닫고 차라리 농사를 지으면서 기초 생산공동체를 재건하자고 마음먹고 시골로 들어온 몸이 이런 발제를 맡는다는 사실이 우습지만 아무튼 하기로 한 일이니, 교육민회의 갸륵한 뜻을 가진 사람들의 입맛에 맞건 안 맞건 나 나름으로 생각하는 바를 이야기 할 수밖에.

아침에 누룽지차를 끓여준 금란 씨와 봉선 씨의 배려가 고맙다. 재실에서 챙겨 올 것이 있어 올라갔더니 '풀무원'과 〈인재제일〉에서 원고 독촉이 왔단다. 풀무원 원고는 15매인 줄 알고 썼는데 8매라고 하니 어차피 다시 쓰기로 하고, 〈인재제일〉 원고도 대통령 비위를 거스를 부분이 많다 하니, 속으로야 '문민정부 좋아하네' 뇌까릴망정 어차피 다시 써야 한다. 25매를 쓰면 50만 원을 받을 수 있으니 이 큰돈을 놓칠 수야 없지. 집에 내려와 부랴부랴 풀무원 원고를 먼저 다시 써서 고장이 자주 나 말썽을 부리는 '글 전송'으로 보냈다.

당산나무터에 포크레인이 다시 한 대 더 들어와서 작업을 하니까 가보아야 한다. 동네 가게에서 주스 한 병, 1100원짜리 빵 두 개, 베지밀 네 개, 담배 두 갑 사들고 9시 40분쯤 당산나무터에 도착해서 뽕나무 줄기를 톱으로 베고 낫으로 쳐서 칡넝쿨로 묶어 지게로 져서 한구석에 쌓는 일을 계속하다가 이근조 씨, 그리고 이근조 씨의 친구인 최영재 씨와 함께 건빵과 베지밀, 빵을 참으로 먹고 오렌지주스도 마셨다. 12시 30분까지 일을 하다가 점심을 셋이서 향촌식당에서 먹었다.

이성인, 김중철의 통장에 든 돈을 모두 빼니 60만 원, 민정 엄마에게 맡겼다 돌려받은 돈 50만 원, 내일 여비와 오늘 점심값,

참값을 제하니 117만 원쯤 된다. 100만 원은 포크레인 작업료로 따로 챙겼다. 포크레인 기사를 먼저 보내고 점심식사 뒤에 집에 돌아와 교육민회 원고를 마무리 지었다.

서울에서 나래 엄마에게 전화가 왔다.《동아일보》원고를 내일까지 써 보내야 한다는 것이다. 〈인재제일〉 원고는 서울에 전화해서 월요일 오후로 미루었다. 이래저래 오후 4시가 넘어서야 다시 당산나무터에 갔다. 밭 한가운데 쌓여 있는 가시덤불에 불을 지르는 것으로 오후 시간은 때웠다. 내일은 심 군과 아침 일찍 서울로 고추김치 싣고 떠나야 한다. 그래서 이근조 씨에게 관유 군이 혹시 내일 오지 않으면 최영재 씨와 참과 점심을 먹으라고 만 원을 주고, 내일 할 일을 일러주고, 마지막까지 남아 밭에 피운 불길을 잡고, 초승달과 샛별을 등에 지고 어두운 산길을 넘어왔다.

늦어서 민정 엄마 집에서 저녁을 먹었다. 고추김치 싣는 일을 돕고 나서 커피 한 잔까지 얻어 마시고, 농사일로 이런저런 이야기 나누다가 집으로 돌아왔다. 오늘은 충만한 느낌이다. 당산나무터에서 일을 마치고 돌아오면서 진즉 농사지으러 시골에 들어올 걸 하는 후회 비슷한 느낌을 가졌다. 오늘은 별빛이 유난히 밝다.

2월 23일

아침 5시에 일어났다. 어젯밤 2시가 넘어서 잠이 든 데다 잠자리가 편치 않아 잠을 설쳤으니 두 시간쯤 잔 셈이다. 〈인재제일〉

의 원고를 다시 쓰느라 늦게 잠든 탓이다.

6시가 조금 넘어 고추김치 스물여섯 상자(390병)를 차에 싣고 길을 떠났다. 심 군이 운전을 맡았다. 청주에 9시 30분쯤에 도착하여 여섯 상자를 부리고 서울로 향했다. 양재고개에서 길이 막히기 시작하여 시내에서만 두 시간 반 이상을 고스란히 소모했다. 오후 2시 가까워서야 보리 사무실에 도착하여, 《동아일보》 원고 쓰고, 중호와 재철이를 사무실로 불러서 보고, 문영미 씨와 '새벽의 집' 이야기에 관해 의논을 나누었다. 저녁을 먹고 용란이와 문숙이가 주동이 되어 술판이 벌어졌다. 집에 도착하니 밤 12시가 넘었다.

변산에서 신태인을 거쳐 전주로 오는 동안 구름을 보고 느낀 소감.

'구름은 어둠 속에 짓눌리는 긴 밤 동안에 얼굴이 온통 잿빛으로 바뀌었다. 햇살이 부드럽게 살결을 어루만지자 수줍음으로 구름의 얼굴은 빨갛게 달아오르고, 얼굴에 어두운 그림자가 가시면서 뽀얗게 빛나기 시작했다. 밤새 백양나무 밑에서 얼어 하얗게 질린 이슬들은 따뜻한 햇살에 몸이 달아 아지랑이로 둥실 떠오르고 있었다.'

저녁에 술자리에서 느낀 소감.

변산공동체학교에 대해 사람들이 느끼는 피상적인 인상을 하나하나 깨뜨릴 필요에 대하여.

보기: 구들돌, 토담집, 부엌 구조, 토종 씨앗을 구하는 일 등.

오랫동안 농사를 지어온 농민들조차 이제 스스로의 힘으로 씨앗을 마련할 생각을 하지 않는다. 실험실에서 만들어낸 교배종들은 수명이 1년밖에 되지 않는다. 2~3년을 같은 씨앗을 쓰면 여러 가지 질병과 잡종의 출현 때문에 생산이 고르지 않고 수확량도 적어진다. 토종 씨앗에 대한 고집.

교육은 우리의 삶을, 시간의 제약을 넘어서서 영속시키고자 하는 인간의 가장 중요한 생존전략이자 종의 보존·유지 수단이기도 하다.

생산공동체가 자신의 생명과학자들을 시급히 양성할 필요에 대하여.

많은 생각이 오갔으나 지금 당장은 정리할 시간이 없다.

2월 24일

내가 태어난 날이다. 아내가 생일선물로 겨울 아랫도리 팬티를 주었다. 요긴하지만 생일선물로는 글쎄. 한철연에 가서 논리교육연구실을 주식회사로 전환하라고 조언했다. 이정호 선생이 한철연 연구소 소장, 내가 이사장이다. 나는 조건을 내세웠다. 이름만 걸 수밖에 없고 서울에 올라올 겨를이 없다. 따라서 고무도장 노릇이라면 맡을 수 있지만 그 이상의 역할을 기대하면 맡을 수 없다. 그 대신에 소장직을 사양하는 이정호 선생은 기어이 소장으로 앉혔다.

가끔 내가 행사하는 힘에 나 스스로 두려움을 느낀다.

아침에 나래 엄마와 보리공동체와 공익사업 이야기를 나누었는데, 나래 엄마에게는 내가 갖추지 못한 장점이 있다. 매사에 철저하다. 나는 내가 맡은 역할이 내 내부에서 나오는 것으로 여기지 않는다. 누군가, 무엇인가가 내게 그 일을 맡겼고 나는 단순한 도구에 지나지 않는다는 생각을 가끔 한다. 나는 누구의 도구일까? 무엇이 나에게 이런 일을 하도록 부추길까? 이상한 생각이 들지만 끝까지 그 무엇의 정체를 밝혀내고 싶은 생각은 없다.

당산나무신령일지도 모르고 부처나 예수나 공자나 돌아가신 누군가의 넋일지도 모른다. 그런들 어떤가.

도리어 나는 내가 무엇을 한다는 오만한 마음이 생길까 봐 걱정이다. 어쨌든 좋은 일, 참된 일, 아름다운 일에만 나를 도구로 써주십사.

2월 25일

모처럼 한가하게 지낸 일요일이다. 누리 방에 쌓여 있는 만화책들을 보았다. 《소마 신화전기》 9권, 《4번 타자 왕종훈》 15권이다. 둘 다 일본 만화다. '소마'는 한국 사람이 쓰고 그린 것으로 되어 있지만 화풍이나 내용 전개가 일본 것을 그대로 본뜬 것이거나 아류라는 냄새가 물씬 풍긴다. 읽으면서 여러 가지 마음에 오가는 생각이 많았다. 읽기에 따라서는 독이 되는 책에서도 많은 교훈을 얻을 수 있다.

형성은 하나가 이루어지는 과정이고 해체는 여럿으로 나뉘는 경향이다. '여럿'과 '흐름'으로 이루어진 우주 공간의 그물 속에서 형성과 해체는 동시적인 과정이다. 먹는 것은 그 나름 하나로 통합하는 과정이고 싸는 것은 분리하는 과정이다. 나에게서 떨어져 나간 것은 누군가에 의해서 다시 모아지고 내가 모으는 것은 다른 누군가가 버린 것이다. 있을 것과 없을 것은 시간과 공간에 따라, 개체와 집단에 따라 바뀔 수 있다. '여럿'이 되면 서로가 서로에게 맞서는 측면이 생겨나는데 이 맞섬에서 생기는 모순과 갈등은 다시 '하나'가 될 때만 해소될 수 있다. 먼저 내 마음이 의식을 하나로 만들어야 한다. 하나가 된 의식은 어떤 생각도 포함하고 있지 않다. 분별심이 사라진다. "하늘이 무슨 말을 하느냐"라고 공자가 이야기할 때 아마 이런 경지를 말한 것인지도 모른다.

오늘 오후 6시 30분에 고전철학 하는 사람들인 김남두 선생, 강대진 군 등의 모임이 있어서 나에게 연락이 왔는데 우선 연락처에 관한 메모를 확인해서 정확한 장소를 알아내려 했지만 확인되지 않고, 또 마음속으로는 술을 많이 마시게 되어 내일 일을 그르칠지 모른다는 두려움도 있고, 다른 한편으론 내가 꼭 필요한 자리인지에 대한 확신도 없고, 그래서 가기를 포기했다.

사람들이 칭기즈칸이나 알렉산더나 진시황이나, 대로마제국을 건설한 시저 같은 사람을 영웅시하는 원인의 한 가닥은 아마도 그들이 '여럿'으로 나뉜 '지역'들을 '하나'로 만들었기 때문이리라. 그리고 유일신을 섬기는 까닭도 그가 이 우주를 '하나'로 만들었다고 믿기 때문이리라.

그러나 마음의 왕국, 생명의 왕국이 본디 '하나'에서 나왔고, 본질에서는 '하나'이고, '하나'를 지향하고 있다는 것이 '삶' 속에서 절로 드러나도록 살아간 사람의 모범을 따르려는 사람들은 인류 역사에서 많지 않다. 아마 그런 사람들은 삶 자체가 다른 모든 것과 하나가 되어 대상화되지 않았을 것이다. 어쩌다 우리가 역사에서 보는 그런 인물들, 부처나 프란체스코 같은 분들은 그분이 산 시대에 스스로를 감출 만한 울타리가 없었기 때문에 드러난 분이 아닌가 한다.

내일 논술에 관한 강연이 있는데 준비는 하나도 하지 않았다. 무엇인가 내 마음속에서 준비를 막고 있고 나는 그 금지 명령에 순응하기로 했다.

2월 26일

오전 9시에 전두환이 법정으로 호송되는 모습을 TV 화면을 통해서 보았다. 노태우가 구속될 때보다 훨씬 더 밝고 당당한 표정이다. 건강도 좋아 보인다. 감옥에서 저보다 훨씬 더 건강하지 않은 신체로 추위를 견디는 사람이 얼마나 많을까. 일생을 두고 생산노동은 한 번도 하지 않고, 12·12와 5·18을 주모하여 많은 사람을 죽인 뒤 권력으로 재벌과 결탁하여 천문학적 부를 축적하고, 그 부를 독재권력 유지비용으로 씀으로써 정치·경제·언론·문화…… 국가 전체를 병들게 한 자의 태도가 저렇듯 당당하고, 멀쩡한 죄수를 병원에 이감시켜 편안한 생활을 하도록 배려하는 정책 당국자가 '역사 바로 세우기'를 입에 달고 있으니, 이 땅이 언제나 맑은 기운으로 되살아나려나.

9시 7분쯤에 김혜경 KBS 아나운서에게서 다시 연락이 왔다. 요즈음 읽고 있는 책을 이야기해달란다. 전화 대담자는 김종찬 씨. 여러 차례 같이 대담도 하고 개인적으로도 알고 있는 사람이어서 마음 편하게 이야기했다. 헨리 데이비드 소로의 《월든》을 읽고 있노라고……. 19세기 작가로서 아일랜드의 풍자 작가 조나단 스위프트에 버금하는 풍자 정신과 문명 비판의 날카로운 시각을 지닌 인물이라고……. 김종찬이 짚이는 데가 있는지 이름이 상징적이라고 대꾸했다. '소로'는 슬픔이 아니겠느냐고……. 그래서 웃으면서 내 발음이 나빠서 그런데 S가 아니라 th로 시작되는 '소로'라고 말했다.

전화 대담을 끝내고 보리에 나가 오늘 YMCA에서 오후 2시에 있을 청소년을 위한 논술 특강 초고를 메모했다. 점심 뒤 오후 1시에 한철연 조광제 실장이 한샘 사람과 함께 YMCA까지 동행하자며 차를 가지고 왔다. 신문에 선전을 많이 하고 봄방학 때여서 그런지 평일인데도 사람이 많이 왔다. 1층과 2층의 좌석이 가득 차고 서서 듣는 사람도 보인다. 논술문을 잘 써서 대학 입시에 좋은 성적을 받으려는 중·고등학생이 대부분이다. 그런 목적을 가진 사람에게 이 강의는 도움이 되지 않을 것이라는 말로 강의를 시작했다.

이호철 선생의 《살아 있는 글쓰기》에 나오는 〈감〉과 〈감홍시〉를 읽어주고 두 시의 차이를 설명하는 것으로 이야기의 실마리를 삼았다. 강의가 끝나고 질문시간에 한 여학생이 내가 첫머리에 예로 든 두 시 가운데 왜 정말 좋은 시는 〈감홍시〉인데 백일장에서는 그런 시가 뽑히지 않고 가짜 시, 꾸며 쓴 어른 동시 흉내 시인 〈감〉 같은 것이 장원을 하느냐고 물었다. 날카로운 질문이었다.

이 여학생은 집이 양평인데, 내가 쓴 《꼭 같은 것보다 다 다른 것이 더 좋아》라는 책을 읽고 많이 울었다고 한다. 멀리서 내 강의를 들으려고 일부러 온 학생이었다. 식민지 시대부터 지식인들이 의식하거나 의식하지 못한 사이에 써온 '노예 언어' 탓이라고 대답했다. 정직한 글쓰기는 있는 것을 있다고, 없는 것을 없다고, 인 것을 이라고, 아닌 것을 아니라고 쓰는 것이다. 그러나 식민지 시대에 일본 제국주의 세력에 빌붙어 몸보신을 해온 지식인들은 마치 안데르센의 동화 《벌거벗은 임금님》에 나오는 비겁한 어른들처럼 진실을 말할 의지도 용기도 뜻도 없었다.

해방이 된 뒤로도 독재권력의 탄압으로 정직한 글쓰기를 하는 사람들은 핍박을 당할 수밖에 없어서 백일장 같은 데서 심사위원이 될 자리에 있을 수 없었다. 그러다 보니 허위의식에 가득한 가짜 지식인들이 그 일을 맡게 되고, 그들이 권력과 불의에 빌붙어 아첨하는 글쓰기, 원숭이 글을 모범 글로 내세워 퍼뜨리는 바람에 아이들 글조차 거기에 물들어 꾸며 쓰는 거짓 글이 좋은 글로 뽑히는 잘못된 풍토가 이루어진 것이라고 대답했다.

나중에 그 학생은 따로 연단 근처로 나와 자기 이름은 임주희이고 양평에 살며 고등학교 2학년에 올라간다고 자기소개를 했다. 편지하라고 변산 주소를 가르쳐주었다.

강의가 끝난 뒤 보리로 돌아와 공익위원 회의를 소집했다. 따로 공익위원 회의를 소집한 것은 오늘이 처음이다. 공익위원회는 그동안 보리기획과 보리출판사에서 번 돈을 공익에 맞게 쓰기 위해 만든 기구다. 《올챙이 그림책》, 《달팽이 과학동화》에서 받는 인세 소득이 주요 재원이다. 여기에는 1988년 9월부터 현재까지 내가 받지 않은 임금도 들어 있다.

공익위원은 나, 차광주, 강순옥, 심조원, 김용란이다. 《올챙이 그림책》과 《달팽이 과학동화》를 만든 사람들이다. 보리출판협동조합 조합원들을 회의에 참관시켰다. 김미혜, 박영애, 이춘환, 이태수, 유문숙. 《작은책》, '변산', '세밀화 시리즈'는 모두 공익 자금으로 지원하기로 잠정 결정을 내리고, 참관자들을 내보내고 다섯 명이 따로 연 회의에서 내가 위원장으로, 김미혜·박영애가 간사로 뽑혔다. 3월 4일까지 공익 자금이 쓰이는 모든 분야에서 사업 규모와 거기에 소요될 돈, 이미 쓰인 돈 등에 대한 자세한 보고서를 가지고 다시 모이기로 했다.

저녁에는 뒤늦은 내 생일 축하 잔치가 열렸다. 이상권, 이성인이 같이 참석했다.

2월 27일

변산에 다시 왔다. 3월 1일에 '초록바람'이라는, 도시에 살면서 농촌 살리기에 관심이 있는 젊은이들의 모임 식구 열여덟 명이 온다고 해서 이분들이 할 일이 무엇이겠는지 계획을 세우려면 일터를 둘러보아야 할 필요가 있어서 우선 재실 땅을 두루 살펴보았다.

마늘밭에 풀을 매면 좋겠고, 장독대 있는 언덕에 호박 구덩이를 몇 개 더 파서 똥을 부어놓아야 할지도 모르겠고, 재실 뒤 묵혀놓은 밭과 논을 정리해서 논에는 미나리가 자랄 조건을 갖추어줄 필요가 있겠고……. 이리저리 생각하면서 재실 주위를 도는데 관유가 배낭을 메고 모자를 쓰고 재실에 올라왔다. 아침에 전화로 3월 5일쯤에나 변산에 오겠다고 했는데 조금 뜻밖이었지만, 아마 나하고 할 의논이 있나 보다 생각했다.

예상대로였다. 윤보라 씨 문제로 한참 같이 이야기를 나누었다. 지난 8월 광주에서 윤보라 씨를 관유 군과 함께 보았는데 그때 느낌으로는 두 사람이 어울리는 짝이 아니고, 또 윤보라 씨도 관유 군과 헤어지기를 바라는 마음이 바뀔 것 같지 않았다. 관유 군에게 헤어질 것을 권했다. 그러겠노라고 대답을 했지만 관유 군은 그 뒤로도 보라 씨를 마음에 두고 있었나 보다. 그사이 두 번에 걸쳐 재판소까지 갔다가 헤어지지 못하고 돌아선 것도 아마 관유 군이 마음으로 보라 씨를 떠나보내지 못했던 탓일 것이다.

지난번에도 관유 군에게 두 가지 길밖에 없다, 하나는 윤보라 씨가 마음을 바꾸어 시골로 들어오는 길이고, 또 하나는 자네가 도시로 나가 윤보라 씨가 바라는 대로 사는 길인데, 아마 윤보라 씨는 시골에 들어올 생각이 없을 것이다, 그렇다면 자네가 도시에서 사는 길이 남는데, 그것은 자네에게는 괴로운 일일 것이다 하고 일러주었는데, 같은 말을 할 수밖에 없었다. 관유 군은 만일 자기가 윤보라 씨와 함께 도시에서 살면 정신분열을 일으키거나 알코올중독자가 될 수밖에 없으리라고 했다. 그리고 윤보라 씨가 헤어지기 싫으면 한 달에 200만 원씩 벌어다 주라고 요구하는데 한편으로는 그러고 싶은 생각도 있다고 했다. 시골 사정을 빤히 알 터인데도 그런 요구를 하는 것은 아마 그렇게라도 말하면 관유 군이 이혼에 응해주리라고 기대했기 때문일 것이다. 그래서 솔직하게 그 이야기도 해주었다.

누군가를 마음에 두고 잊지 못하는 사람에게 그 사람과 헤어지라고 말하는 것은 참 괴로운 일이다. 그래도 어쩌겠나. 서로에게 함께할 미래가 보이지 않는걸. 관유 군은 그 문제로 장성으로 가고 나는 당산나무 있는 계곡으로 가서 마무리된 포크레인 작업의 결과와 500평 산비탈 밭을 보았다. 당산나무에서 그 밭에 가는 길을 확인하느라고 꽤 많이 애도 쓰고 가시덤불길을 헤매기도 했다.

저녁은 라면을 하나 삶아 먹는 것으로 때우고 저녁 늦게 재실 식구들과 금란 씨, 봉선 씨, 광식이와 함께 재실에서 관유 문제를 놓고 이런저런 이야기를 나누었다.

마침 수관이가 저녁에 와서 같이 막걸리와 소주를 마시며 이야기를 나누었다. 그리고 변산공동체와 실험학교에서 하려는 일의 의미를 이야기했다. 수관이에게는 새삼스러운 이야기가 많았던 것 같다. 나도 이런저런 이야기를 많이 했다. 땅을 살려 우리 후손들도 살게 해야 한다는 이야기, 지금 변산에서 우리가 하려는 일이 과도기적 성격을 지니고 있다는 이야기……. 밤 12시 가까이 되어서야 아랫집으로 내려왔다.

2월 28일

아침에 5시쯤 눈을 떴지만 일어나기가 싫었다. 아마 몸이 피곤한 탓이리라. 이불 속에서 뒤척이다 일어나 잠시 가부좌를 틀고 앉았다가 다시 누웠다가 6시쯤 일어났다. 불을 켰다가 끄고 앉아 있다가 앞뒤로 문을 활짝 열었다.

찬 공기가 방안을 가득 채운다. 기분이 상큼하다. 봉선 씨, 금란 씨와 함께 재실로 갔다. 오늘은 광식이가 재실에서 중산 저수지 밑 대밭집으로 이사 가는 날이다. 이삿짐을 날랐다. 이삿짐이 어느 정도 정리되고 나서 새참을 먹고 수관이(수관이가 엊저녁에 왔다)와 함께 당산나무터에 올라갔다. 수관이는 그동안 한 번도 당산나무터에 올라가보지 못했고 저수지도 처음 본다고 한다. 일이 구체화되는 모습을 보고 마음으로 퍽 반가운 모양이다.

다시 내려와서 본격적으로 일을 시작했다. 대숲 위에 물논이 있어서 그 논에서 나오는 물이 집으로 흘러내린다. 그 문제를 해결하려고 대숲 언저리로 해서 집 뒤로 길게 도랑을 팠다. 하수도 물이 나오는 곳도 마찬가지로 물이 고이지 않도록 집 옆으로 해서 마당 둘레로 조그맣게 물도랑을 만들었다. 일은 거기에 그치지 않고 광식이가 부엌을 파서 수도관에 목욕시설로 가는(광식이는 부엌 한쪽 구석진 곳에 샤워시설을 만들기로 결정하고 오늘 그 일을 마무리하려고 마음먹었다) 파이프를 연결했다. 거기에서 나오는 하수도 물을 밖으로 빼내기 위해 얼어붙은 땅을 파서 하수도관이 묻힐 길을 만들었다. 일하는 사이사이에 이동식 어른과 이야기를 나누었다. 대밭집을 빌려 살도록 주선한 분이신데 심성이 참 맑은 듯하다. 저수지 건너편 500평 땅을 쟁기로 갈아주겠다고 하신다. 참 고마운 말씀이다.

농사일에 대해서도 이것저것 많은 이야기를 들었다. 더덕을 심었다가 쥐들이 더덕을 파서 한곳에 모아두는 바람에 손해 본 이야기, 대를 심으려면 어떻게 해야 하는지, 또 대밭에서 대를 베낼 때 그해에 자란 대는 어떻게 구별하는지, 왜 지난해에 자란 대는 베내면 안 되는지, 오래된 대를 구별하는 방법은 무엇인지…… 하나하나가 다 배워서 기억할 만한 말씀이다.

제초제와 농약과 화학비료를 쓰지 않고 농사를 짓겠다고 했더니, 시금치 같은 채소류는 화학비료나 농약이나 제초제를 쓰지 않고도 기를 수 있는 작물이고, 일찍 수확하는 콩이나 기장 같은 것도 마찬가지로 크게 일손이 가지 않아도 되는 농작물이라고 일러주신다. 당산나무 밑에는 여러 가지 채소와 주식主食 중심으로 농사를 지어야겠다고 했더니, 알 만하다고 고개를 끄덕이신다.

운산리에 젊은이들이 앞으로 많이 들어올 텐데 빈집이 없어서 걱정이라고 했더니, 2~3년 뒤면 빈집이 많이 생겨날 것이라고, 지금도 일흔 넘은 노인들 가운데 혼자 사는 분들이 많은데 곧 돌아가실 거라고 하신다. 그러면서 아들 둘 딸 넷을 낳아 키워서 딸들은 모두 시집보내고, 큰아들은 농사를 짓다가 시골에서는 장가들 수가 없어서 목동에서 보일러실 관리를 맡아 있다가 한 달 전쯤에 실업을 했는데 며느리가 시골에서는 죽어도 살고 싶지 않다고 해서 아마 쉽게 귀향하지는 못할 거라고 하신다. 작은아들은 전문대를 나왔는데 스물여덟 살이 난 오늘까지 직장이 없고……. 이분은 사슴도 아홉 마리나 기르고 운산리에 산도 6000평, 논 2500평, 밭이 그 정도…… 해서 올해 66세인데도 건장하게 잘 사시는데, 그리고 마음속으로는 자식들이 대를 이어 농사를 지어주었으면 하는 마음이 있는데, 자식들이 농사일은 마다하니 새롭게 무슨 계획을 세울 엄두가 나지 않는다고 한다.

저녁 7시까지 일하고 저녁밥은 재실에서 모두 같이 먹었다. 내가 사는 곳은 물이 나오지 않기 때문에 재실에서 머리를 감고 발을 씻고 양말을 빨았다. 내일은 고추 모종을 하고, 아니 묘판에 싹틔운 고추씨를 심고, 아침 10시쯤 금란 씨, 봉선 씨와 함께 농촌지도소를 찾아가보기로 했다. 농사 정보와 씨앗을 얻기 위함이다.

이장에게 관리기를 구할 길이 있는지 알아봐달라고 부탁했다.

올해와 내년까지 신청이 다 끝났는데, 혹시 신청은 해놓고 가져가지 않은 사람이 있으면 구할 수 있을지도 모르겠다는 대답이었다. 수관이와 함께 자기로 하고 8시가 조금 넘어서 빨간 집으로왔다. 방이 썰렁하다. 보일러를 '외출' 쪽으로 돌려놓았는데 그동안은 작동이 잘 안 되어 사람이 없는 낮에도 방안을 따뜻하게 덥혀놓던 보일러가 날씨가 추운 오늘에야 갑자기 말을 잘 들어 한참은 떨어야 할 것 같다.

2월 29일

수관이와 함께 자정 넘도록 이야기를 나누었다. 아침에 일어나서 고추씨 싹 틔운 것을 비닐하우스 묘판에 뿌리고 비닐을 씌웠다(모래를 체로 쳐서 덮어주고 나서). 10시 넘어 부안으로 갔다. 농촌지도소에 들러 인사를 하고 군청에도 들렀다. 군수를 만나려했으나 못 만나고 책(《실험학교 이야기》)만 놓고, 산업계에 가서 문경도 계장과 만나 오래 이야기를 나누었다. 성실한 사람이라는 인상을 받았다. 나중에 도움을 얻을 수 있을 것 같다.

아세아농기구 대리점에 가서 관리기를 계약했다. 농협에서 융자가 90퍼센트 나온다고 한다. 면세이고. 마음 한구석에 미안한 생각이 들었다. 쟁기질을 배우고 손으로 재배하지 못하고 기계에 의존한다는 것이 옳지 않다는 생각도 들고……. 조금 더 깊이 생각해보고 싶다. 철물점에 가서 호미와 굴 캐는 도구와 작은 삽을 사고, 집으로 돌아오려고 터미널에 갔더니 비야 엄마가 비야와 비야 이모와 함께 차를 기다리고 있었다. 같이 돌아왔다. (은행에서 140만 원 찾고 농기구값 5만 8000원, 점심 1만 5000원, 차비 6600원, 커피 1400원, 돼지고기와 막걸리, 베지밀 2만 원, 관리기 186만 1000원.)

재실로 연락하니 웅재가 왔다고 한다. 웅재와 웅재 친구가 자연농업협회 생산지 견학차 왔다면서 찾아왔다. 저녁을 같이 먹고 내 방으로 와서 우리 식구들과 함께 술을 마시면서 이야기를 나누었다. 전남 화순군 북면에서 미나리와 다래와 율무를 키우는 황용철 씨 이야기를 들었다. 토종 씨앗 채종의 중요성에 대해 많은 이야기를 나누었다. 아마 자급자족을 하는 외딴섬에나 가야 토종 씨앗을 구할 것 같은 생각이 들었다. 광식이에게 올 한 해 동안 돌아다닐 때 채종 여행을 겸하라고 이야기했다. 그 밖에 여러 이야기는 나중에 정리하기로 하자(변산에서 부안까지는 봉선 씨와 금란 씨와 같이 갔다. 오늘 부안 방문은 크게 성과는 없었으나 인사를 겸해서 간 것으로 위로 삼기로 했다).

봄
/
春

1996년 3월~5월

—3월—

3월 1일

삼일절이다. 재실 아래 사시는 할아버지는 부안에서 열리는 기념행사에 참여하신다고 한복을 입으셨다. 문간에는 태극기가 바람에 휘날린다. 아름답게 여겨졌다. 할아버지의 마음씨가.

웅재와 준호와 함께 부안에 다녀왔다. 가뭄이 들어 내가 사는 집에 물이 끊겨 재실 물을 날라다 먹는데, 오늘 오후에 '초록바람' 식구들이 열여덟 사람이나 온다기에, 오는 분들 중에 여자들은 마늘밭 김매기를 하게 부탁하고 남자들에게는 땅을 파서 수도관을 연결하게 하려고 생각하는데, 그러려면 비닐파이프와 연결고리와 그 밖에 필요한 물품을 사야 했기 때문이다.

부안에서 오는 길에 웅재와 준호에게 고사포 해수욕장 옆 바다와 당산나무 구경을 시켜주었다. 그러면서 변명 삼아 당산나무 건너편 땅이 칡넝쿨과 가시덩굴로 쑥대밭이 되도록 방치하느냐 아니면 기계라도 써서 농토로 일구느냐의 갈림길에서 어쩔 수 없이 관리기를 사야겠다는 선택을 하게 된 것을 이해시키려고 노력했다.

오후 2시에 웅재, 준호와 함께 봉고차를 타고 길을 나섰다. 오늘은 광주에 있는 청년환경단체 '지킴이' 창립총회에서 강연을 하는 날이어서 신태인까지 데려다달라고 했다. 신태인에서 정읍, 정읍에서 광주로 버스를 갈아탔다. 광주 YWCA에 도착하니 강연 시간으로 정해진 오후 5시 반이 되었다. 강연은 준비가 부족한 데다 말주변도 없고 추상적인 이야기를 피하려고 했건만 성공하지 못해 부실한 것이 되어 찜찜하다. 강연이 끝난 뒤 '지킴이' 식구들이 변산까지 배웅을 해주었다. 와보니 '초록바람' 식구들과 변산 식구들이 이야기를 나누고 있다. 변산 식구들의 구체적인 내력을 묻기에 아는 대로 이야기해주었다. 저녁은 호용수와 박수관이와 함께 잤다.

3월 2일

아침에 호박죽 한 그릇을 참으로 얻어먹었다. 오늘은 빨간 집까지 수도관을 묻는 날이다. 초록바람 식구들은 어제 오후 3시가 넘어서야 재실에 왔다는데, 땅을 꽤 많이 파놓았다. 오늘 중으로 수도관 매설 작업을 마무리하기로 하고 땅을 파 들어갔다. 어려운 작업장도 있었지만 전체로 보아 초록바람 식구들이 감당할 수 있으리라는 믿음이 생겼다.

땅 파고 파이프 연결하는 작업은 오늘로 끝이 났다. 점심을 먹고 파헤진 땅을 덮고 남는 시간에 굴도 딸 겸 손님들에게 바다 구경을 시켜주었는데, 아직 물이 충분히 빠지지 않았다. 당산나무 건너편을 구경시키고 나서 다시 오리라 생각하고, 모두 당산나무 있는 곳을 와보도록 했다.

견학(?)이 끝나고 다시 바닷가에 나가 굴과 게와 소라를 잡았다. 저녁 6시쯤 굴 따기를 마치고 집으로 돌아왔다. 저녁을 먹고, 초록바람 식구들과 이야기를 길게 나누다 보니 새벽 2시가 되었다. 재실에서는 광식이도 수관이도 장섭 군도 자지 않고 있었다. 호용수가 끝까지 나와 초록바람 이야기가 있는 자리를 함께했는데 저녁에도 내 옆에서 자려고 한다. 초록바람 식구들의 편한 잠을 바란다.

3월 3일

아침에 일어나서 보니 광식이가 옆에서 자고 있다. 술을 마시고 늦게 왔나 보다. 아침에 호박죽을 먹고 묘판에 고추씨를 하나하나 심었다. 물에 뜬 고추씨가 있기에 무심코 뜬 고추씨를 물과 함께 따라버렸는데 아직도 뜬 고추가 남았다. 그래서 수돗물을 부어서 다시 따라내려는데 민정 엄마가 깜짝 놀라 소리친다. 효소에 담갔던 것인데 그 위에 물을 부어버리면 어떻게 하냔다. 할수 없지. 밭머리에 쌓아놓은 황토흙을 깊이 파서(곁에 있는 황토흙에는 잡초 씨앗이 섞였을까 걱정이 되어서다) 밀수레에 담아 비닐하우스 안으로 나르고 황토로 묘판을 만드는데 민정 엄마가 또 걱정이다. 황토흙에 물을 주면 응고가 될 터이고, 영양도 없어서 고추씨가 제대로 싹이 터 자랄지 모르겠단다. 한번 시험해보자. 농사로 먹고사는 사람 같으면 이런 시험을 못하겠지만, 아직 시험을 할 수 있는 여유가 있으니 이럴 때 시험해보는 것도 괜찮지 않겠느냐 하고 그대로 묘판을 만들었다. 만들고 나서도 고추씨를 묘판에 붓고 대강 흩어놓지 않고 한알 한알 바둑판에 바둑알 놓듯 묘판에 놓았다. 그래야 싹이 트는 비율도 계산하고, 또 나란히 돋지 않는 것은 고추싹이 아님을 알아 제초를 쉽게 할 수 있을 것 같아서다. 우리가 재실에서 지은 고추씨를 뿌리기를 고집한 것도 토종 씨를 얻고자 함이다. 우리나라에서 자연농에 성공하지 못하는 데에는 씨앗 탓이 크다는 말을 이정우 씨에게 들었는데, 토종 씨앗이 사라졌다면 이제부터라도 만들어내야겠다는 생각이 든다. 변산공동체가 토종 씨앗을 길러내 보급하는 중심지로 자리잡으면 유기농이나 자연농으로 농사짓는 농가에 조금이나마 기여를 할 것으로 믿는다.

고추 묘판 만드는 일을 마무리 짓지 못하고, 아침에 떠나는 초록바람 식구들과 함께 부안으로 나갔다. 수관이와 동행했다. 마침 부안에서 서울로 막 떠나려는 차가 있고 좌석도 44번, 45번 마지막 두 좌석이 남아 간신히 탈 수 있었다. 운이 좋은 셈이다. 평소에는 일요일에 버스를 타기가 쉽지 않다. 서울에 일찍 도착했다. 오전 10시 45분에 탔는데 2시 반 경에 도착했으니, 네 시간이 채 안 걸린 셈이다.

집에 도착하니 나래 엄마는 자고 있고 누리는 TV에서 농구를 보느라고 내다볼 줄 모른다. 마음으로 조금 섭섭했으나 내색하지 않았다. 호들갑을 떠는 것보다야 낫지. 아직 내가 멀리 있다는 느낌을 갖지 않아서 그러는 거겠지.

그동안 일을 하다 말다 해서 몸의 가락이 흩어진 모양인지 몹시 피곤했다. 보리 일에 대해서, 또 한 달 생계비와 연관된 급료에 대해서 이런저런 이야기를 하는 나래 엄마의 말이 신경에 거슬렸다. 저녁을 먹고 일찍 자리에 누워서 아침까지 내처 잤다.

3월 4일

아침에 일어나니, 사비가 왔다고 한다. 엊저녁 9시쯤에 왔는데, 나를 깨우지 않은 모양이다. 오늘 사비의 서울예전 사진학과 입학식 날이어서 누리가 입학 축하를 해주려고 동행하기로 한 모양이다. 누리에게 3만 원, 사비에게 5만 원을 주면서 농촌에서는 아주 큰돈이니 아껴 쓰라고 했다. 한사코 사양하는 사비에게 억지로 주었다.

길이 막혀서 나래 엄마와 회사에 도착하니 10시가 넘었다. 아침 회의에 잠시 참석했다. 민호가 경인 지역 노조들을 방문하여 《작은책》 영업을 한 내용을 보고하는데 아주 재미있게 했다. 차츰 자리가 잡히는 것 같아 보기 좋았다.

회의가 끝나고 공익위원 회의를 했다. 용란이가 빠져서 차광주, 강순옥, 심조원, 나, 넷이서 했다. 공익위원회에서 공익 자금을 배분하는 원칙을 확인하고 보리출판사의 회계에 뒤섞여서 출판사의 경영을 압박하는 공익 부분을 따로 떼어내 보리출판사가 수익사업으로 빨리 전환해서 독립을 하는 데 도움을 주기 위함이다.

《작은책》, 세밀화 시리즈, 보리금고, 변산 부분을 독립시켜 여기에 소요되는 경비는 모두 공익 자금으로 충당하기로 했다. 다만 변산과 보리금고는 완전 독립. 《작은책》과 세밀화 시리즈는 보리출판협동조합 안에서 공익 부분과 수익 부분으로 내부 기능을 분화하는 형식으로 당분간 유지하기로 했다. 나는 이 기회에 완전 독립도 할 수 있으리라고 생각하지만 차광주의 제안에 따라 이런 결정이 이루어졌는데, 나중에 생각하니 차광주의 생각이 더 합리적이다.

오후 2시에 교육민회의 시민포럼에서 '인간성을 되살리는 사회교육'이라는 제목으로 발제를 해야 했기 때문에 공익위원 회의를 중도에 휴회할 수밖에 없었다. 교육민회 포럼은 실망스러웠다. 내 원고는 오자투성이가 되어 의미가 통하지 않는 곳이 군데군데 생겼고, 교수라는 사람들의 이야기에도 교육 문제에 관한 근본 통찰은 빠져 있다. 참석자들도 대체로 할 일 없는 노인들이고 발제가 끝난 뒤 열린 토론(?)에서도 전풍자 선생의 실무적 제안을 빼면 귀담아들을 것이 없었다.

끝나고 나서 차 마시는 시간이 있었는데, 나는 참여하지 못하고 《시민신문》 기자에게 붙들려 인터뷰를 해야 했다. 변산공동체학교나 생산공동체가 경제·교육·과학기술·문화에서 자급과 자율과 주체성을 지켜가려 하지만 그렇다고 해서 외부 세계와 격리된 섬으로 남기를 바라지 않는다.

의식주 문제에서 옷과 집, 농기구 등 외부에서 도움을 얻는 만큼 밖에 있는 이웃에게도 도움을 주려고 한다. 작은 하나가 잘 사는 길이 큰 하나도 잘 살리는 길이 되지 못하면 결국 작은 하나도 잘 살 수 없다.

나와 이웃, 나라와 인류, 모든 생명체와 우주가 함께 잘 사는 길을 찾는 게 중요하다는 뜻으로 이 이야기 저 이야기 했는데 알아들었는지 모르겠다.

결국 다른 발제자들과는 커피를 마시지 못하고, 인터뷰가 끝나고 보리로 다시 왔다. 잠시 공익위원 회의를 다시 열었는데 조원이가 약속이 있어서 충분한 이야기를 나눌 수 없었다. 내가 제기한 문제들에 대한 합의는 대강 끝마쳤다.

재미있는 일화. 내가 1994년 5월 22일부터 1996년 2월 말까지 보리에 무료로 봉사한 것에 대한 기여도를 금액으로 환산해 공익 자금 계정에 올리라고 했더니 한 달에 100만 원으로 하면 어떻겠느냐고 한다. 보리출판사의 빚을 줄이겠다는 생각에서 나온 궁여지책인데 섭섭하더라도 그렇게 받아달란다. 내 호주머니에 들어오는 돈이 아니고 공익사업에 들어가는 돈인데 합리적인 계산이 아니어서 당연히 기분이 언짢았다. 그러나 돌이켜 생각하니, 그렇잖아도 공익위원의 투표 지분(1년 근무에 1표. 500만 원 출자에 1표 해서 나는 61표. 나머지 네 사람의 지분을 합한 것이 64표다. 모든 의결은 출석의 3분의 2 찬성으로 이루어지도록 되어 있다) 가운데 내 몫이 많아 '전횡'을 하지 않을까 하는 두려움이 다른 공익위원들 사이에 있는데, 한 달 기여분을 높여서 내 표를 많이 늘여놓으면 더 큰 걱정이리라 싶어 그렇게 결정했겠거니…… 이해가 되었다. 나중에 문제를 한 번 더 짚고 넘어가야겠다는 생각이 들기도 하고 이 선에서 양보하는 것도 미덕이라는 생각이 들기도 했다. 그래서 그냥 고개를 끄덕이고 말았다.

저녁식사를 마치고 1층에 있는 식구들(영철이, 민호, 우균이, 상주, 유경이, 대경이, 민호 후배, 한백이 엄마, 순옥이, 광주)과 함께 막걸리를 마시는데, 현병호한테서 두 번, 김성민이한테서 한 번 전화가 왔다. '목마름'이라는 이대 근처 술집에 있는데 합세하라는 연락이다. 그래, 그 자리도 참석해야지. 9시 30분쯤 '목마름'에 가니 태수, 문숙이, 옥희, 병호가 김성민에게 《옛이야기 보따리》 삽화 때문에 고생했다고 위로주를 사고 있다. 나중에 병호의 아내 옥영경이가 합류했는데, 잠깐 누워 있느라고 온 줄을 몰랐다. 12시가 되어 영업을 마친다고 하는데, 모두들 더 마시고 싶어하는 눈치다. 방황하다가 중국집에 가서 2시 가까이 더 마시다 먼저 일어났다. 내일 아침 변산으로 출발해야 하기 때문이다.

3월 5일

강남 고속터미널에서 11시 차를 타고 오는 길에 휴게소에서 우연히 김영현 군을 만났다. 반가웠다. 얼마 전 베트남을 다녀왔다고 한다. 우리 모두가 베트남 인민에게 지은 죄를 어떻게 해서든지 탕감하려는 갸륵한 뜻에서이리라. 영현이는 가끔 흔들릴지는 모르지만 마음에 맑음을 유지하고 있다.

부안에는 2시 30분쯤에 도착해서 사단법인 한국생약협의회 부안 군사무소에 들러 두충나무 1000평을 신청하고, 작은 삽 여섯 자루를 샀다. 변산에 도착하여 면사무소에서 인감 개인改印을 하고 증명서 세 통을 떼었다. 삽을 광식이 집에 두고 재실에 오니 관유 군이 민정 아비와 술을 마시면서 이야기를 나누고 있었다.

대낮부터 웬 술이야, 의아해했는데 그럴 만했다. 관유가 윤보라 씨와 함께 살려고 도시로 가겠다 한다. 그래서 땅 2800평을 나더러 작년에 산 값으로 쳐서 항아리값 500만 원과 함께 달란다. 모두 합하면 2300만 원쯤 될 거라고……. 그러라고 했다. 술을 많이 들어 횡설수설이지만 마음에 큰 동요가 있었던 것만은 분명한 듯하다.

내 방으로 내려와 있는데, 얼마 안 돼 따라와서 봉선 씨를 불러 앉히더니 미안하다고 통곡을 한다.

'중생 하나 가운데 앉혀놓고 한 부처 통곡하고 한 부처 수심에 가득하니, 티끌 가운데 티끌 가운데 또 한 티끌로 밑바닥에 자리 잡

은 작디작은 하나여. 네 자리가 어디냐. 너 어찌 하나 됨을 지켜내
겠느냐.'

관유에게 비록 바람에 물결이 쳐서 겉보기에는 정처 없이 밀
려가는 듯하나 사실은 제자리에서 흔들리는 것이라고, 오는 것이
없는데 가는 것이 어디 있겠느냐고, 도시에서도 그 마음 그 자리
고, 여기서도 그 마음 그 자리이니 괘념하지 말고, 집에 가서 쉬
고 맑은 정신에 다시 이야기 나누자고 했다. 봉선 씨는 관유에게
여기에서 뼈를 묻겠다더니 그렇게 마음이 흔들리면 어떻게 하느
냐고, 자기는 관유 씨를 사랑하고 있고 언제나 사랑할 거라고 말
하는데, 관유는 그게 그렇게 되지 않는다고 고개를 젓는다.

관유가 나간 뒤로 봉선 씨가 이렇게 떠나보낼 거냐고 내게 묻
는다. 떠나는 것이 아니라고, 마음으로 방황하는 것보다는 몸으
로 방황하는 것이 더 낫다고 이야기하고, 관유 모자를 들고 따라
나가보라고 했다.

《월든》을 읽었다. 저녁에는 민정 엄마 아비, 봉선 씨, 금란 씨,
광식이, 나, 이렇게 모여 관유 군에 관한 이야기와 앞으로의 살림
이야기를 나누었다. 항아리에 담는 식초며 효소며, 식초 같은 식
품들은 만일에 대비하고 공동체 살림을 위하여 비축하고, 각자의
생계는 농사를 하여 충당하자는 민정 엄마의 말에 모두 동의했다.
이번에 판 고추김치에서 생긴 돈도 비축하기로 했다.

광식이는 봉선 씨가 마음이 한결같지 않다고 그동안 싫은 생

각을 가지고 있었던 모양이다. 봉선 씨가 걸핏하면 실험학교와 공동체를 들먹이는데 자기는 실험학교나 공동체와 관련 없이 주민으로 살고 싶다고 한다. 그동안 보리에서 영업을 할 때 어떤 때는 웃고 싶지 않은데도 거짓웃음을 띠어야 했고 또 걸어 다니거나 버스 타고 다닐 만한 거리도 택시로 다녀버릇한 것이 자기를 파괴하는 것 같아서 자기를 지키려고 여기 왔는데, 돈을 안 까먹고 살려면 앞으로 일을 하더라도 품삯을 받고 하고 농사짓는 일은 차츰 생각하기로 마음먹었다고……. 이런저런 이야기 끝에 한 주에 한 번씩 목요일에 재실, 우리 집, 광식이 집, 나중에 비야 엄마가 오면 그 집…… 이렇게 돌아가면서 술 먹고 자유롭게 이야기하면서 뜻을 모으기로 했다. 12시 30분쯤 지나서야 자리가 끝났다. 긴장된 시간이 있었으나 전체로 보아 분위기가 좋아지면서 모임이 마무리되어 다행이다.

3월 6일

아침에 일어나 관유 군 집에 갔다. 어제 관유 군이 취한 상태에서 한 이야기를 조금 더 맑은 정신에서 다시 하기를 바랐기 때문이다. 관유 군은 윤보라 씨가 식당 준비를 하고 있으나 같이 식당을 하면 자기가 정체성을 상실하여 온전한 정신으로 버티지 못할 것이라고 했다. 내가, 자네는 눈썰미가 맵고 좋은 옛 물건을 알아보는 타고난 미감이 있으니 옛 물건(골동품) 가게를 해보는 게 어떠냐고 했더니, 옛날에 해본 가늠이 있으니 실내장식이나 소목 일을 하겠다고 한다. 하루에 7만 원쯤 벌 수 있다고……. 재실 장 독대 일을 마무리하고 당산나무 쪽에 내 임시거처를 마련하고 나 면 광주보다는 서울(자본주의의 심장부라고 표현했다)로 가서 익명 으로 버텨볼 참이라고 한다.

그래서 돈도 모을 수 있고 보라 씨를 설득할 수 있는 날 돌아오 겠다고 했다. 관유 군이 보라 씨를 못 잊어 하는 마음을 지난해부 터 옆에서 지켜보았기 때문에 말릴 수가 없었다. 그동안 드러내 놓고 말린 적도 있고 은근히 헤어지기를 권유한 적도 있지만 소 용이 없었다.

같이 내가 있는 집으로 와서 아침을 먹고 심 군과 금란 씨를 보 증인으로 데리고 농협에 가서 관리기 융자 신청서를 내밀었다. 그러나 농협 직원은 운산리에 사는 토박이를 보증인으로 내세우 지 않으면 융자를 해줄 수 없단다. 농협 직원 중에 한 분이 내 책 을 읽었다면서 밖에까지 나와 인사를 하고 운산리 이장인 김경철 씨의 보증을 받아 오면 융자가 될 거라고 이야기해주었다. 그러 면 오늘 일을 마치기는 힘들다. 이장이 민방위 대장 회의에 참석 하러 집을 비웠으니까…….

다음날로 기약하고 상서로 씨앗을 구하러 가는 심 군 부부에 게 더덕 씨앗 한 말 값 23만 원을 주고 금란 씨와 함께 막걸리 네 병을 사 들고 집으로 왔다. 와서 빨간 집 담벼락에 세 개, 집안 감 나무 밑에 세 개, 모두 여섯 개의 호박 구덩이를 파고 똥을 퍼서 구덩이에 부었다. 오전 나머지 시간은 재실 마늘밭에서 풀을 맸다. 점심을 먹으러 집에 돌아오니, 아직도 관유 군과 봉선 씨, 금란 씨가 이야기를 나누고 있다. 봉선 씨와는 아침부터 나누는 이야기가 아직 끝나지 않은 모양이다.

막걸리 세 병을 금란 씨가 밀가루와 김치를 버무려 만든 지짐이와 함께 점심에 곁들여 먹고, 충북대에 전화를 했다. 내 사표는 2월 29일자로 수리되었다는 연락을 받았다.

퇴직금을 타려면 은행 통장과 도장, 공무원증과 의료보험증을 내야 한다고 한다. 서울에 의료보험증이 있어서 어쩔 수 없이 또 서울로 올라가게 되었다. 오후 3시 30분경에 집을 나섰다. 오늘은 서울에서 자고 내일 일찍 청주에 가서 퇴직금 관련 일을 마치고 선생님들과 작별 인사를 한 뒤 변산으로 다시 가야 한다. 변산 식구들에게는 혹시 내일 못 올지 모른다고 했지만 생각해보니, 첫 술자리가 벌어지는 날이 내일이다. 매주 목요일에 술판을 벌이자고 엊저녁에 결정했는데 이틀 앞을 못 내다본다는 말을 듣기는 싫다.

3월 7일

아침에 보리에 들러 공익위원 회의를 임시로 소집했다. (어제 나래 엄마는 정은이 엄마가 위독하다 하여 부랴부랴 마산에 갔는데 어쩌면 마산에서 큰처형의 임종을 지켜봐야 할지 모르겠다. 작은언니를 작년에 암으로 떠나보내고 다시 큰언니까지 같은 병으로 떠나보내게 될 나래 엄마의 심정을 생각하면 가슴이 아프다.)

관유 군이 내놓은 땅 구입을 누구 이름으로 할 것이냐, 심 군과
유 군 명의로 산 땅의 근저당을 어떻게 하면 좋겠느냐 의논을 해
야 하고, 보리출판협동조합 결정 이후 지난 2월까지 보리에서 내
가 기여한 바를 한 달에 100만 원으로 환산했는데 아무리 생각해
봐도 합리성이 결여되어 있어서 재심을 청구하려 소집한 회의였
는데, 김용란은 청주에서 아직 오지 않았고, 강순옥 씨는 병원에
다녀온다고 해서 김용란의 표를 심조원이 위임받아 정족수가 찬
상태에서 결국 나와 차 대표, 심부장, 셋이 회의를 열었다.

차 대표는 지난 1994년 5월까지 기여도를 월 300만 원으로 정했
을 때는 《올챙이 그림책》과 《달팽이 과학동화》로 수익이 밖으로
드러났기 때문에 그렇게 정했는데, 그 뒤로는 보리가 공익 자금으
로부터 빚을 3억 원 정도 진 데다 앞으로 수익이 불투명해서 그럴
수밖에 없었다고 이야기했다.

나는 거기에 대해 이렇게 반론을 폈다. 1994년 5월 이후로 현
재까지 보리 단행본의 매출액은 해마다 눈에 띌 정도로 늘어왔
다. 보리출판사의 빚이라는 것도 사업 확장에 따르는 투자액의
증가 때문에 늘어나는 것이고, 판권을 비롯하여 '유무형' 자산 평
가를 하면 자산 규모가 10억 원이 넘을 수도 있다. 그리고 이렇게
보리의 자산이 늘어나게 된 데는 내가 상당한 몫을 했다. 따로 내
주머니에 돈을 챙기자는 것도 아니고 그만큼을 공익 부분으로 이
전하자는 데 불합리하게 기여도를 평가하면 우리가 초기부터 경

계해왔던 소집단이기주의에 사로잡혔다는 오해를 살 우려가 있다. 또한 편의에 따라 원칙을 훼손하면 나쁜 선례가 되어 조직의 건강을 해칠 우려도 있다. 보리의 빚 가운데 공익 부분에 사용된 것을 다 탕감해주는 것은 수익을 합리적 경영의 바탕에서 올리라는 뜻이지 어느 누구의 희생을 딛고 다른 사람들이 덕 보라는 뜻은 아니다. 우리 일이 어려운 것은 자본주의적 합리성의 바탕 위에서 이윤을 남기되, 남는 이윤을 공익으로 돌려야 하기 때문이다. 공익위원들만으로 합리성을 제대로 끌어낼 수 없다면 조합원 회의에 회부해서라도 정당한 기여도 평가 기준을 끌어내주기 바란다. ─ 대체로 이런 이야기였다. 사심이 없었기 때문에 떳떳하게 말할 수 있었다.

청주에 가봐야 했기 때문에 회의는 11시 30분쯤에 마치고 고속버스로 청주에 갔다. 학교본부에 가서 퇴직금 관련 수속을 마쳤다. 의료보험카드와 공무원증 반납. 통장과 도장 확인, 서류 작성 등이었다. 시간이 많이 걸리지 않아 남는 시간에 사회과학대와 인문대 교수들에게 작별 인사를 하고 다녔다. 이승복, 정진경, 구연철, 전채린……

박완규 선생이 옛날에 졌던 해묵은 빚이라면서 봉투를 내밀었다. 정호영 선생이 부임했을 때 룸살롱에 가자고 해서 따라나서 바가지를 쓴 적이 있고, 그 술빚으로 경제적 타격을 입었던 기억이 났다. 10여 년 전 일이다. 받기가 뭐했지만 안 받으면 무안해할까 봐서 잘 쓰겠노라고 받아 넣었다. 박 선생이 시외버스정류장까지 차로 바래다주었다.

오후 5시 25분발 전주행 버스를 탔다. 부안에 도착하니 9시 가까이 되었는데 벌써 변산행 막차가 끊어졌다고 한다. 택시비를 물었더니 운산리까지 만 원 달라고 한다. 이상하게 싸다 싶었더니 운전사가 도중에 변산 해수욕장에서 옆길로 들어선다. 왜 이리 들어서느냐고 했더니 여기가 운산리 아니냐고 한다. 변산 면사무소에서 들어간다고 했더니 거기까지는 1만 3000원이란다. 1만 1000원을 주고 운산리 가게 앞에 내려서 집에 들러 가방을 내려놓고 재실에 가니 아무도 없다. 광식이에게 전화했더니 오늘 모임은 안 하기로 했단다. 다시 내려왔더니 금란 씨와 봉선 씨가 막 광식이 집에서 울력을 마치고 집에 돌아와 있었다. 잠시 이야기를 나누다가 '새벽의 집' 원고를 잠깐 읽고 자리에 누웠다.

3월 8일

아침에 일어나 재실로 올라갔다. 고추씨를 묘판에 심고 호박 구덩이를 파려고. 고추는 말린 고추를 담아놓은 자루에서 길쭉한 것 열 개, 조금 짧은 것 열 개를 잘 마르고 변색이 없는 고추만으로 골랐다. 꼭지를 따고 씨를 빼서 물에 담갔다. 하나에는 고구마 줄기 효소 찌꺼기를 조금 넣어보았다. 산에 가서 소쿠리에 부식토를 긁어 머리에 이고 와서 철사그물로 된 체에 쳐 황토흙과 섞은 다음 다시 체로 쳤다. 묘판을 가져다가 황토와 부식토 섞은 흙을 담아서 한쪽에 놓고 물에 담갔던 고추씨도 위에 뜬 것만 바깥에 따라 따로 맨땅에 뿌려 흙을 덮고 밑에 갈앉는 것은 따로 비닐에 말렸다. 점심을 재실에서 먹었다. 광식이에게서 빌려 온 예초기로 호박을 심을 둔덕을 밀었다. 효율적이기는 했으나 시끄러운 소리와 휘발유 냄새 때문에 마음이 흩어지는 것을 느꼈다. 당산나무 있는 곳에는 관리기도 예초기도 쓰지 않겠다는 마음이 든다.

점심을 먹고 고추씨를 일일이 하나하나 묘판에 줄지어 심었다. 처음에는 나무젓가락으로 하나하나 집어서 놓다가 나중에는 엄지와 검지로 놓았다. 그 위에 어레미로 다시 부식토와 황토를 쳐서 흙을 덮고 물뿌리개로 물을 후북하게 뿌리고 난 뒤에 대로 X자 형태로 비닐천막받이를 만들어 땅에 꽂고 그 위에 비닐을 씌웠다. 처음부터 끝까지 내 손으로 고추씨를 심어본 것은 이번이 처음이다. 잘 자라야 할 텐데…….

묘판 일이 끝나자 호박 구덩이를 팠다. 먼저 황새괭이로 구덩이 자리에 있는 돌을 파내고 나중에 작은 삽으로 구멍에 있는 흙을 파냈다. 열 구덩이를 파내고 나니 배가 출출하다. 민정 엄마에게 참을 달라고 하려고 갔더니 상서로 더덕씨를 가지러 갔던 민정 아빠가 와 있다. 우리가 신청한 관리기는 미리 사지 않은 게 다행이었다. 이장이 국고보조를 받는 관리기 가운데 신청한 사람 하나가 포기하겠다고 해서 남는 것이 있다고 심 군에게 알려주어 그것을 사기로 했다. 국고보조 70여 만 원, 융자 90여 만 원, 그래서 현금은 20만 원 안쪽으로 내고 구입하게 되었다. 6.5마력짜리라는데 당산나무 있는 곳에서 쓰기에는 너무 무겁고 덩치도 커서 2800평에서만 써야 할 것 같다. 심 군 이름으로 사기로 하고 심 군에게 20만 원을 주었다.

원공 스님한테서 전화가 왔다. 광식이 결혼 빨리 시키라는 이 야기. 4월까지는 도라지를 심어야 하기 때문에 천축사 무문관에 있겠다는 이야기. 위도를 한번 가보고, 금요일엔가는 위도에서 조금 떨어진 조그마한 섬에까지 배가 가니, 한번 그 섬들을 둘러 보고 집을 사두었으면 좋겠다는 이야기 들을 했다. 변산邊山이 이 제 조산造山이 되었다고 하면서. 방장스님으로 오라고 했더니, 그 렇잖아도 근처에 방장산이 있으니 거기 가면 되겠다고 능청을 떤 다. 서울 가는 기회에 한번 찾아가기로 했다.

돼지고기와 떡과 소주를 참으로 푸짐하게 먹고 다시 호박 구 덩이를 열 개 더 팠다. 모두 스무 개를 판 셈이다. 저녁때가 다 되 어 일을 마치고 연장을 챙겨 가니 민정 엄마가 어제 못한 회의를 오늘 하면 어떻겠느냐고 한다. 그것도 좋다고 했다. 민정 엄마가 오랜만에 맥주를 먹어보았으면 하기에 그러자고 하고 심 군을 시 켜서 맥주 한 상자를 사 오게 했다. 마시면서 환담을 하는데 관유 군이 왔다. 같이 마셨다. 술에 몹시 취해 민정이네 집에서 잤다.

3월 9일

아침에 관유가 와서 같이 재실에 올라가 어제 채 못 판 호박 구덩이를 더 파고 똥을 내자고 했다. 오전 내내 호박 구덩이를 파고 똥 푸는 일을 했다. 점심때 민호가 후배 홍은기를 데리고 봉고차로 왔다. 점심을 먹고 광식이 사는 대나무숲 집에서 삽을 챙기고 당산나무 있는 곳으로 민호와 민호 후배를 데리고 갔다. 비가 많이 내리기 전에 해야 할 일이 산더미 같은데 혼자 할 수 없는 일도 많다는 것을 보여주려고 관유 집에 들러 관유가 전주에서 사온 연장들을 챙겨 우리 집에 갖다놓고 다시 재실에 올라가 파놓은 호박 구덩이에 똥 내는 일을 했다.

다 마치고 똥바가지와 똥통 들을 개울물에 깨끗이 씻어 제자리에 갖다놓으니 오후 4시가 조금 넘었다. 아래로 내려와 잠깐 글쓰기 회보와 문영미의 '새벽의 집' 원고를 읽었다. 점심때 재실에서 밥을 먹었는데 저녁에는 우리 집에서 저녁을 먹는 것이 좋을 듯해서 민호와 함께 면사무소 옆 슈퍼에 가서 돼지고기 일곱 근, 소고기 두 근, 막걸리 여섯 병, 소주 한 병, 과자류 1만 600원어치 해서 모두 5만 5000원어치 장을 보았다. 소고기 한 근과 돼지고기 두 근은 민정이 집에 올려 보냈다.

저녁식사가 끝난 뒤에 술을 마시면서 여러 가지 이야기를 했다. 깡패와 양아치에서 무술하는 사람들까지. 그 밖에 불교 이야기……. 술을 많이 마셨다. 막걸리 네 병을 거의 혼자 비운 셈이다. 관유와 민호, 은기는 소주를 마시고.

3월 10일

아침에 식은 밥으로 끓인 죽을 먹고 민호, 은기, 관유, 봉선, 금란, 광식이, 나, 함께 재실로 올라갔다. 비야와 비야 어머니가 와 있었다. 나는 비야 어머니 이름도 모른다. 들었을 텐데 기억이 없다. 엊저녁 늦게 차를 타고 왔다고 한다. 차가, 까만 차가 재실 한길에 서 있는 걸 무심코 지나쳤다가 나중에야 보았다. 반가웠지만 같이 들어가서 차 한잔하면서 환영할 엄두를 못 내었다. 재실 건넌방에 아직도 잠들어 있을지 모르는 낯선 식구들에게 마음이 쓰였다.

민호와 은기는 관유와 함께 장독대 울력을 하도록 하고 나는 금란 씨, 봉선 씨와 함께 우리 집 채소밭에 넣을 부엽토를 긁으러 산으로 갔다. 부엽토를 웬만큼 긁어 돌아오는데 광식이가 경운기를 끌고 부엽토를 실어주려고 왔다. 봉선 씨, 금란 씨는 라면을 끓여 참을 마련하고 나는 광식이와 부엽토를 경운기에 실었다. 꼭꼭 눌러 담았는데도 부엽토는 경운기에 수북이 찼다.

참을 먹고 관유가 잠깐 이야기하자고 해서 따라 나섰더니 광식이와 민정 아빠가 울력에 참여하지 않는다며 불만을 이야기했다. 그러고 보니 광식이는 장작 패는 일에, 민정 아빠는 연장 걸개를 만드는 일에 열중하고 있던 일이 이상하게 여겨진다. 민정 아빠에게 점심을 먹고 나면 같이 울력을 하자고 하고 광식이에게도 그렇게 이야기했다. 그러나 둘 다 선뜻 반기지 않는 모습이다.

172

광식이에게는 장독은 공동자산이니 같이 마련하자고 했더니 자기는 그런 데 관심이 없다 한다. 뒤틀어진 말이다. 관유와 연관해서 무슨 까닭이 있는 듯하다. 관유와 일할 때 사람들 사이에 긴장이 감도는 모습이 보인다.

오전에는 나와 관유, 민호, 은기만 울력에 참여했다. 점심 전에 우리 집에 내려와보니 여자들이 뒤뜰에 채소밭을 마련할 차비로 바쁘다. 비야가 호미 끝에 허리가 반쯤 잘려나간 지렁이를 들고 나에게 보여준다. 그래, 아직 비야는 어리니까 지렁이를 겁내지 않는구나. 좋은 증거다. 같이 점심을 재실에서 먹었다. 민호와 은기에게 2800평 땅 구경을 시켜주었다. 구들돌도 보여주었다.

오후에는 내내 장독대에 매달려 평탄작업을 얼추 다 끝냈다.

끝내고 나서 관유가 장섭이와 나에게 할 이야기가 있다고 해서 재실 옆방으로 들어갔다. 울력에 대한 이야기가 나와서 결국 장섭이의 생활태도, 빚 문제까지 말이 번져나가고 격렬한 갈등이 밖으로 드러났다. 옆에서 두 사람이 하는 이야기를 듣는 것으로 내 몫을 다하는 것이라는 생각이 들었다. 그사이 이른 저녁을 먹은 민호와 은기는 고추김치를 싣고 서울로 떠나고, 관유와 민정 아빠 간의 언쟁인지 토론인지 모를 대화는 깜깜해질 때까지 계속되었다. 우리 집에서 금란 씨가 밥이 다 되었다고 내려오라고 전화를 한 뒤로도 한 시간쯤 더 계속되었을 것이다. "중생인 내 눈에는 두 사람 다 부처인데, 부처는 하나인데 무엇이 사이에 들어 둘을 갈라놓고 있는지 모르겠다. 내 눈에는 두 사람에게, 두 사람 마음자

173

리를 감싸는 투명한 기운이 보이는데, 이렇게 싸우고 있는 두 사람에게는 서로의 마음자리가 가려진 듯하다"라고 탄식을 하면서 "이야기 그만 끝내자. 이렇게라도 털어놓는 것은 마음속에 지니는 것보다야 훨씬 나은 점도 있다" 이야기하고 자리를 마쳤다.

관유와 함께 저녁을 먹고 나서 다시 관유의 이야기가 시작되었는데, 가끔은 나도 귀 기울여 듣는 데 지칠 만큼 말이 많다. 귀 담아들을 이야기들이지만 한꺼번에 너무 많이 하면 긴장이 흩어지고 짜증이 생긴다. 관유가 가고 난 뒤에야 비야네 가족 환영도 하지 못하고 첫날을 보낸 것이 마음 아프게 느껴진다. 그러나 이미 시간이 늦었다. 관유는 내 마음의 중심을 봉선 씨, 금란 씨, 자기, 이렇게 제 발로 들어온 사람에게 두라고 하지만, 나에게는 광식이나 민정 엄마 아빠도 못지않게 소중한 사람들이다. 걱정이다. 관유 말을 이해하고 싸우지 않을 사람이 이 세상에 몇이나 되겠는가. 나에게는 큰 선생이지만 다른 사람에게도 같은 모습으로 비칠지……

3월 11일

아침 먹고 가게에 가서 막걸리 여섯 병, 건빵 열 봉지를 사고 담배 88라이트 한 보루를 샀다. 오늘 관유와 봉선 씨, 금란 씨와 함께 장독대 울력을 하기로 했다. 어제 장독대 아래층 평탄작업을 했는데, 오늘은 위층 평탄작업과 장독대 아래 돌 쌓아놓은 것 치우기, 흙 모아놓은 것 깔기, 대밭에 석축 쌓기, 장독대 옆 파진 구덩이 메꾸기 등 강도 높은 노동을 했다.

태어나서 처음으로 내 손으로 석축을 쌓아보았다. 돌을 모양 좋게 반듯한 면을 앞으로 향하도록 했는데 다 쌓고 난 뒤 관유가 석축을 판판하고 넓은 쪽을 아래로 놓고 쌓아야 나중에 허물어지지 않는다고 넌지시 귀띔해주었다. 두 단밖에 안 되어 무너질 염려는 없지만 이치가 그렇다는 것이다. 석축을 높이 쌓을 때 반드시 유념해야 할 이야기다. 고맙다. 어찌 석축뿐이겠는가. 겉모양에 팔려서 좋은 면만 자꾸 남에게 보이려 들다 보면 기초가 제대로 안정되지 못하여 언제 흔들리고 무너져 내릴지 모를 일이다.

비야 엄마가 전에 종환이 있던 방에 기거하게 된 모양이다. 민정이네 옆방이 있는데 왜 시간 낭비, 나무 낭비를 하면서 따로 그 방에 있느냐고, 언제 나무를 해다가 그 큰 방구들을 데우겠느냐고, 불 한번 때려면 한 시간 남짓 걸린다고 나무라듯이 말했더니, 민정 엄마가 그러라고 시켰단다. 참 딱한 사람이다. 개인의 삶도 중요하지만 함께 살겠다는 뜻을 가진 사람이 빈방에 사람 두는 걸 꺼려 따로 불 때고 살라고 하다니, 혼자 들어온 사람이 언제 농사짓고, 언제 나무 해다가 불을 때고 그런단 말인가. 그리고 나무를 해다 땐다 한들 여자가 머리에 이고 나르는 것을 두고 볼 수는 없을 테니 경운기라도 부려서 날라야 할 터인즉 그 또한 시간 낭비가 아닌가. 바쁜 농사철은 돌아오는데, 일 하나 처리하는 것이 저러니 딱하다. 관유도 은근히 비야 엄마가 혼자 불 때고 자는 것을 그럴싸하게 여기는 모양이니, 아무리 민정이네의 사는 모습이 못마땅하고 본받아서는 안 된다고 생각할지라도 그 때문에 가장 기본적인 삶의 원칙까지 훼손해서야 되겠는가.

중노동이었기 때문에 오후 4시 30분쯤 일을 마쳤다. 민정이네와 광식이는 일이 있어 전주에 나갔기 때문에 울력에 참여하지 못했다.

봄바람

아무리 매워도
그 안에
칼끝이 들어 있지
않다.
봄바람
땅을 보면
안다.
서릿발이 안 돋아
있다.
웅덩이 물을 보면
안다.
살얼음이
없다.

3월 12일

어제저녁 중산 손종만 형님한테서 여러 차례 전화가 왔다. 서울 사람이 고사포에 사놓은 땅을 광식이에게 도지를 주는 문제로 13일 오후 3시에 서울 사람 만나기로 했는데 같이 나오지 않겠느냐, 또 작년에 묵혀놓은 동네 밭 300평이 나왔는데 부치겠다면 이야기해주겠노라고, 또 당산나무 아래쪽에 물을 막아 '오작교'를 놓은 것을 보았는데 그렇게 물길을 막아놓으면 동네 사람들 밭으로 범람하게 되니 문제가 있다고, 시골 사람들 그렇게 생각처럼 만만하지 않고 오히려 도시 사람들보다 더 영악한 구석이 있는데 특히 당산나무 아래쪽 밭을 가진 사람은 여간내기가 아니어서 속으로 벼르고 있을 것이라고……. 귀띔해주는 말마다 새겨들어야 할 고마운 말씀이다. 다른 일도 있고 하여 근일 내로 한번 뵙기로 했다.

아침에 일찍 일어나니 온몸이 뻐근하고 아프다. 당산나무터 생각을 했다. 무슨 일을 먼저 해야 할까? 냇물 막아놓은 것을 헐어낼까, 감나무 밑에 부엽토를 긁어다 거름을 할까, 500평 구해놓은 땅에 손질을 하여 거기다 더덕씨를 뿌릴까. 한참 궁리 끝에 비 오는 시기는 7~8월 이후이니 보막이 문제는 조금 여유 있게 처리해도 되고, 감나무 밑거름도 조금 뒤로 미룰 수 있고, 힘은 좀 들겠지만 500평에 더덕을 심는 작업을 먼저 하기로 했다.

아침에 당산나무신령님으로부터 받은 계시.

'가장 작은 것을 통하여 드러나는 하늘의 뜻을 이해하지 못하는 사람은 무디고 오만하여 스스로를 망치느니, 너 사람 가운데 가장 작은 사람들을 옆에 모시고 하늘의 뜻을 살피고, 신들 가운데도 가장 작은 신들을 모신 조상들의 뜻을 깊이 헤아려 배우고 본받아라. 네 오두막을 마련하거든 맨 먼저 솥 위에 손바닥 하나 넓이의 제단을 차리고 사발 하나 신들께 올리는 숭늉 잔으로 삼아 이른 새벽 정화수를 길어 거기에 놓고 비손하기를 게을리하지 말아라.'

고맙습니다. 신령님. 엊저녁에 너무 탐욕스럽게 많은 음식을 게걸스럽게 먹어 내 배 속에 모신 신령님께서 괴로워하고 계시는 뜻도 알겠습니다.

아침을 먹고 500평 땅에서 망초대를 뽑고 아카시 나무를 자르고 가시덩굴을 걷고 칡넝쿨을 뽑는 작업을 계속했다. 참은 건빵과 막걸리 두 병으로 때웠다. 봉선 씨와 금란 씨가 같이 작업에 참여했는데, 금란 씨는 막걸리 마신 것이 좋지 않았는지 토를 하며 몹시 괴로워하는 모습이다. 1시 가까이 되어 점심을 먹으러 집에 돌아왔다. 비야 엄마가 비야를 데리고 500평 땅에 일하러 따라나섰는데 아직 세 돌이 되지 않은 비야를 데리고 낭떠러지가 있는 저수지 위에서 작업하는 것이 위험하여 아침에 당산나무터만 구경시키고 돌려보냈는데, 너무 매정하게 이야기했다고 오해나 하지 않았을지 염려스럽다.

　오후에는 관유가 와서 500평 땅을 놀리고 2800평 땅에 더덕씨를 심는 것이 어떠냐고 해서 2800평 땅을 다시 돌아보고 500평 일을 계속했다. 어느 쪽에 더덕을 심는 게 나을지 판단이 잘 서지 않는다. 내일 관유와 함께 2800평 땅을 다시 보고 의논을 해야겠다고 느꼈다. 500평 땅 중간에 칡넝쿨이 우거져 밭이 두 동강난 것을 하나로 복원하려고 칡뿌리를 캐내는 일에 몰두했는데 엄지 손톱이 아프도록 괭이질을 하고 손으로 뽑고 낫으로 베고 악전고투를 했는데도 마무리 짓지 못했다.

　6시 넘어 일을 끝마치고 집에 돌아왔다. 관유와 함께 저녁을 먹었는데 비야 엄마의 생활터전을 놓고 시작한 이야기가 확대되어 2800평 땅 문제로 옮아갔다. 관유는 나에게 2800평 땅을 내 이름으로 명의이전을 하든지 근저당 설정을 하든지 하여 1000만 원을 달라고 했다가 다시 말을 바꾸어 2300만 원을 달라고 하여 종잡을 수가 없다. 관유가 술을 많이 마시고 실수도 많이 한다. 아마 비야 엄마의 생활 근거지 문제를 두고 나와 의견이 엇갈렸기 때문이리라. 내 생각에 비야 엄마는 당분간 재실에서 생활하는 것이 더 낫다, 비야가 민정이와 동무를 하면 외롭지 않고, 그건 민정이에게도 비야에게도 좋은 일이기 때문이다. 그러자면 재실 땅을 도지얻어 비야와 가까운 곳에서 일을 해야 하는데 관유는 심 군 부부에 대한 불신이 커 되도록 비야 엄마를 금란 씨와 봉선 씨가 있는 곳으로 떼놓고 싶은 모양이다.

179

나중에 비야 엄마가 비야를 데리고 왔길래 어느 곳에서 생활하는 게 좋겠느냐고 물었다. 비야 엄마의 생각도 비야와 민정이가 함께 놀 수 있는 곳에 있으면 좋겠다고 한다. 그러면서 민정엄마가 민정이를 마포에 있는 아기둥지에 보내고 싶어하는 모양이고 비야 엄마에게도 그러기를 권하는데 비야 엄마 생각은 다르다고 했다. 민정이 엄마는 민정이가 혼자 떨어져 있어서 다른 애들과 어울려 지내지 못하는 것이 안타깝고 또 민정이, 민주를 기르다 보면 농사일에 달려들 수가 없어서 급한 마음으로 그러는 모양이지만 좋은 대안이라고 볼 수 없다. 우선 마포까지 아침저녁으로 차에 실어 데려가고 데려와야 하는데 그러자면 농사일의흐름이 끊기기 십상이고, 거기에 들어가는 돈도 문제려니와, 비야 엄마의 형편으로 보더라도 감당하기가 쉽지 않은 일이다. 민정 엄마의 생각이 잘못되었다고 비판했다. 내일모레 모이는 자리에서 비야 엄마의 일과 민정이 문제를 다시 거론해야겠다.

관유가 술이 몹시 취해 무례하게 굴면서 또 2300만 원을 달라고 하기에 하고 싶은 대로 하라고 역정을 냈다. 2300만 원을 받아 여기에서 나가겠다고 막말을 하고 나에게 반말을 하는 모습을 보고 걱정이 많다. 자세한 이야기는 내일아침에 하자고, 가서 자라고 했다.

관유가 간 뒤로 금란 씨와 봉선 씨가 있는 자리에서 내가 왜 관유 문제를 걱정하는지를 자세히 이야기했다. 관유는 민중 이야기를 하면서 금란 씨, 봉선 씨, 비야 엄마를 그 범주에 넣고 심 군 부부와 유 군은 빼는데 무슨 뜻인지 알지만 편벽되게 사태를 보는 것은 온당치 않다고 여겨 심 군 부부와 광식이가 어쩌면 민중에 더 가까운지도 모르겠다고 한 이야기에 관유의 비위가 거슬린 모양인데, 광식이와 심 군 부부에 대한 관유의 비판이 지나친 부분이 있어 그 이야기가 한 입 건너고 두 입 건너 유 군이나 심 군 부부에게 전해질 때 오해만 불러일으킬 뿐이라는 걸 왜 모르는지.

윤보라 씨와 세상에 대한 원망이 유 군, 심 군, 나에게 돌려지지 않을지 걱정이다. 그렇다면 온통 적으로 둘러싸이게 될 터인데 그렇게 되어 입을 깊은 상처를 어떻게 감당하려는지……. 봉선 씨에게 내 뜻을 관유에게 잘 전하라고 부탁했다.

3월 13일

관유 문제로 새벽 일찍부터 아침 6시가 넘도록 뒤척였다. 그리고 당분간 관유와 직접 이야기 나누기를 피하기로 마음먹었다. 할 말이 있으면 서로 봉선 씨를 통해 전하기로…….

어제 관유가 나에게 소유욕이 없느냐고 물었는데, 소유욕이 없다고, 돈은 잘못하면 독이 된다고, 내가 돈을 모으기로 마음먹었으면 많이 모았으리라고 대답했으나, 과연 나에게 소유욕이 없을까? 모든 것을 다 버릴 수 있을까? 즐거운 마음으로? 글쎄.

운산리에서 구한 땅은 그것을 사는 돈이 누구의 주머니에서 나왔든지 상관없이 여기에 들어와 사는 사람들의 땅이다. 그렇게 되어야 한다. 소유는 내 명의로 해놓고 도지를 준다면 지주에 불과한 것이지 어떻게 평등한 주민의 한 사람이 될 수 있겠는가. 그리고 노인들만 남고 그 노인들도 기력이 부치거나 병들어 죽어가서 놀리는 땅이 많은 터에 기왕 도지를 얻어 농사를 지으려면 조건이 더 좋은 그분들의 땅을 얻을 것이지 무엇 때문에 경운기도 들어가지 못하는 땅이나, 제초제도 화학비료도 농약도 못 쓰게 하는 까다로운 조건이 붙은 땅을 얻어 부치려고 하겠는가.

공동체의 땅은 공동체 자산으로 남아 누구나 자유롭게 일굴수 있는 틀이 만들어지거나, 공동체의 합의에 따라 주민들에게 나누어주어야 한다. 그래서 아무도 땅을 소유하지 못하고 경작권만 갖는 법인 형태를 모색했던 것인데 관유는 시기가 아니라는 이유로 반대한다. 그리고 모든 땅을 내 소유로 등기해 이 공동체의 실제 주인으로서 일을 끌어나가라고 한다. 그것이 모든 사람의 뜻이라면 여러 문제가 있어도 그 부담을 짊어질 뜻이 있다. 그러나 그것은 나에게 즐거운 일이 아니다. 나는 소유욕이 없는 사람이 아니라 소유욕을 억누르려고 노력하는 사람일 따름이다.

아침에 관유가 와서 내가 하려는 공동체나 실험학교를 위해서는 형틀이 있어야 하는데 내가 짜는 형틀이 무엇인지 보이지 않는다고 이야기한다. 엊저녁 이야기의 연장이다. 아침에 봉선 씨와 금란 씨가 있는 자리에서 앞으로 관유와 직접 이야기하고 싶지 않다, 엊저녁에도 마지막에 짜증을 냈는데 잘못하면 같은 사태가 반복될까 두렵다, 관유에게 내가 하고 싶은 이야기는 봉선 씨를 통해 전하겠으니, 관유의 이야기도 봉선 씨가 잘 들었다가 나에게 옮겨주기 바란다고 이야기하고 관유와 연관된 이야기를 길게 나눈 터라, 굳이 말대꾸를 하고 싶지 않았으나 공동체를 짜는 틀에 관한 말이 나와서 이렇게 말했다. 공동체는 틀로 짜는 것이 아니다. 문영미가 쓴 '새벽의 집' 이야기를 읽어보면 알겠지만 공동체 생활에서 어른들 사이에는 이견과 갈등이 있을 수 있으나 아이들에게는 한결같이 공동체 생활이 즐거운 기억으로 남아 있고, 그 아이들이 건강하고 균형 잡힌 인격체로 자라는 데 큰 힘이 미친 것을 볼 수 있다. 따라서 공동체 생활은 아이들에게 어른들이 무슨 프로그램을 가지고 하루하루 다잡아 교육을 시켜 성과를 보기에 유용한 삶의 형태로 보아서는 안 된다. 도리어 공동체 안팎을 둘러싼 주변 환경이 아이들에게 자유로운 놀이 공간과 주체적으로 사유하고 행동하는 버릇을 길러주는 것으로 보아야 한다……. 이런 식으로 꼭 필요한 대답만 하고 그 밖의 이야기는 봉선 씨에게 들으라고 했다.

500평 땅에 밭일을 하러 가기 전에 재실에 들러 민정 엄마에게 비야 엄마와 당분간 재실에서 거주하면서 안심을 시켜주고 비야와 민정이가 좋은 동무가 되도록 배려해달라고 부탁하고, 레미콘 작업의 울력 체계에 신경 써달라고 민정 아비에게 부탁했다.

그리고 중산에 가서 잠깐 광식이에게 들렀다. 10시가 가까운데 아직 아침을 먹지 않았다고 한다. 여전히 속이 불편한 모습이다. 이따 점심때 나와 함께 우리 집에 가서 밥을 먹자고 했더니 싫다고 한다. 그리고 내가 점심때 자기 집에서 밥을 먹겠다면 점심을 짓겠다고 한다. 그러라고 했다. 500평 땅에서 칡넝쿨, 가시덩굴을 걷어내는 작업을 두 시간가량 했다. 땀이 비 오듯이 흐르고 어제 난 팔뚝의 상처에 더해 미세한 칼자국이 왼손 팔뚝에 무수히 새겨졌다.

점심을 광식이 집에서 먹고 재실로 올라가 관리기 배달된 것을 보았다. 그리고 재실 마루 바람이 닿지 않는 곳에 몸을 누이고 30분쯤 잤다. 2시에 광식이와 함께 손종만 형님을 만나러 갔다. 형님은 경운기로 밭을 뒤집고 있다가 나와 광식이를 반갑게 맞아 도지를 얻을 묵은 밭을 보여주고 중산 김성식 어른께 소개를 해, 싼 값으로 도지를 얻게 주선해주었다. 300평 땅을 1년 도지 쌀 일곱 말에 부치기로 결정했다.

3시에 향리다방에서 마포 땅을 내놓은 분과 약속이 있어 형님을 모시고 광식이와 함께 갔다. 마포 논을 보니 유기농을 하기에 적합한 땅이 아니다. 완곡하게 거절하고 지서리에 와서 땅 내놓는 분과 형님과 음식점에 가서 맥주를 마셨다. 무척 싸다. 안줏값은 받지 않고(도시라면 만 원어치도 넘을 땅콩을 안주로 내놓았다. 그밖에 반찬과 배추뿌리 안주도 나왔다) 맥주 다섯 병에 원래 1만 2500원을 받는데 1만 원만 내라고 한다.

거기에서 김병을 씨를 만났다. 경운기 사고로 다리 하나가 잘려 의족을 한 분인데 사고가 나기 전까지는 늘 농사짓는 데 남에게 한 번도 뒤지지 않았다고 한다. 지남리에서 개 20마리, 소 30마리를 기르는 것으로 요즈음은 소일하고 있다고……. 형님께서 서로 좋은 벗이 될 터이니 사귀라고 말씀하셔서 그러기로 했다. 괄괄하지만 열정이 있고 조신해 보인다. 나이는 나보다 두 살 어린 쉰둘인데 열아홉에 결혼하여 서른둘 난 딸이 있다고 한다. 나중에 서로 내왕하기로 했다.

면사무소에 차를 세워두었는데 그 덕택에 형님 고등학교 친구인 부면장님을 만나 소개받았다. 형님을 모시고 처음으로 재실에 올라와 장독과 효소 식초를 구경시켜드리고 고구마술을 마셨다. 그리고 우리 집으로 모시고 와서 저녁을 먹고 바래다드렸다. 우리 사는 모습이 형님께 실망을 드리지는 않은 것 같다. 형님께 운산리 이장 경철이와 함께 식품가공 영농법인을 만들자는 제안을 했는데, 뒤에서 돕겠다는 말씀만 하신다. 나중에 공동체학교 정관을 가지고 한 번 더 상의를 드리기로 했다.

형님 모셔다드리고 재실에 왔더니 용란이가 와 있다. 우리 집으로 잠깐 내려와 집을 구경하고 고구마술을 소주잔으로 두 컵 마시고 보리 근황과 사고 친 이야기를 하고 재실로 올라갔다. 용란이 사고 친 이야기가 심상치 않아 걱정이다. 일시적인 게 아닌 듯해서 더 염려스럽고……. 사랑은 죄가 아닌데. 춘환이에게 용란이는 내가 각별하게 아끼는 아이이니 잘 돌보아달라고 하면 내 말뜻을 알아들을까, 아니면 용란이에게 들었는데 어른스럽게 잘 처신하고 판단하라고 할까. 결국은 우리 사회의 관행 때문에 비극으로 끝맺을 관계인데…….

3월 14일

새벽 3시쯤 일어나 뒤척이다가 불을 켜고 시계를 보니 3시 반
이다. 비봉출판사에서 보내준 《경쟁을 넘어서No Contest》의 번역
자 서문을 읽고, 지난달 3월의 일기를 검토하고 나니 한 시간이
흘렀다. 변산공동체의 이념과 조직에 관한 초안을 어제 잠깐 생
각해보았는데 그것을 구체화해보면 어떨까? 창 밖에는 바람이
거세다.

● 변산공동체학교 구성의 초안

1. 목적

다른 대부분의 생명체와는 달리 인간은 본능에 의존해서만은
삶의 문제를 해결할 수 없다. 양육과 교육은 인간이 인간으로서
인간답게 살아가는 데 꼭 필요한 일이다. 자녀의 양육은 먹이고
재우고 입혀 일정한 기간 동안 목숨을 유지시키는 것을 넘어서서
바람직한 사회화 과정까지 포함하는 것이므로 경쟁보다 상호 의
존과 협력이 가능한 공동체에서 이루어져야 하고, 교육은 마치
식물의 씨앗이 땅에 묻혀 알맞은 땅속의 자양과 수분과 미생물의
도움을 얻어 싹트고 햇볕과 공기를 맞아 자라고 열매를 맺듯이
평생을 통하여 사회와 자연환경이 조화로운 균형을 이루는 곳에
서만 제대로 이루어질 수 있으므로, 변산공동체학교는 자녀의 양

육과 주민들의 평생교육을 통하여 모든 사람이 사람의 모습을 지니고 사람답게 살기 위한 삶터를 만들려는 사람들이 모여 이루는 교육과 양육의 마당이자 삶의 현장이다.

2. 공동체학교의 구성

공동체학교는 공동체를 이루는 '일하는 사람들'과 이 사람들 사이에서 태어나는 아이들로 이루어진다. 어른들에게는 '공동체'를 건설할 일이, 아이들에게는 그 안에서 사람답게 자랄 '교육'이 우선한다. 따라서 크게 보아 변산의 자연환경과 그 안에서 이루어지는 마을이 모두 교육의 마당이지만 작게 보아 '공동체'는 그 안에 사는 성인들이 지향해야 할 목표이고, '학교'는 그 안에서 자랄 아이들을 제대로 사회화하는 것을 목표로 삼는다.

이 목표를 달성하려면,

첫째, 공동체 주민들이 공동체를 이루려는 뚜렷한 목적의식을 지녀야 한다. 이 목적의식은 초기 구성원들의 자발성에 바탕을 둘 수도 있고 교육을 통한 가치관의 전환을 통하여 길러질 수도 있다. 따라서 '공동체학교'의 초기 구성원들은 착하고 성실하고 부지런하면서도 마음이 넉넉하고 슬기로운 사람들을 중심으로 이루어져야 한다.

둘째, 이 공동체 주민들에게 공동의 삶터가 필요하다. 함께 생활할 집과 함께 일할 일터와 다 같이 교육을 하고 교육을 받을 넓은 뜻의 학교가 있어야 한다. 이 공동의 삶터를 마련하기 위해서 돈이 있는 사람은 돈을, 재주가 있는 사람은 재주를, 일할 힘이 있는 사람은 그 힘을 아끼지 말아야 한다. 이렇게 마련된 삶터는 공동의 소유다.

3. 공동체 구성원의 자격

1) 공동체 구성원은 스스로 판단해서 변산에 이주하여 살려고 온 사람들과 이미 자리 잡고 사는 마을 주민들 가운데 굳은 공동체 의식을 가진 사람들과 자녀들로 이루어진다. 처음에는 저마다 독립된 가계를 구성하고 살다가 차츰 공동생활의 마당을 넓혀간다.

2) 구성원의 가입과 탈퇴는 자발성에 기초를 두되, 공동생활을 하는 가운데 공동체와 학교에 큰 피해를 끼치는 사람은 공동체 주민의 자격에서 마을 주민의 자격으로 자격 요건을 바꾸는 것이 공동체 주민의 합의에 의해서 이루어질 수 있다.

3) 공동체에서 탈퇴하고자 하는 사람에게는 그 사람이 기여한 몫을 공동체 자산에서 나누어 줄 수 있다. 다만 공동체의 삶터를 이루는 일터와 시설과 그 밖의 고정자산은 분배의 대상이 되지 않는다. 탈퇴자의 기여분을 결정할 권한은 공동체 운영위원회에 있다.

4. 공동체의 자산

1) 공동체의 자산은 구성원들이 공동체에 자발적으로 내놓는 여러 형태의 물질 자산과 구성원들이 일해서 마련한 유형·무형

의 자산으로 이루어진다.

2) 공동체의 자산은 공동자산으로 아무도 이것을 제 몫으로 주장할 수 없다. 공동체가 해체되는 경우에 이 자산은 국가에 귀속하거나 공동체를 이루려는 뜻있는 사람들의 집단에 증여한다.

3) 이 자산이 공동의 것이라는 것을 분명히 할 법인 설립이 이루어져야 하고, 이 법인은 공동체의 공익위원회가 관리를 맡는다.

5. 공동체 사업

1) 공동체의 유지를 위하여, 또 발전을 위하여 여러 가지 사업을 공동체 구성원들의 합의로 벌일 수 있다. 이 사업은 산과 들과 바다에서 나는 것을 가공하는 것이 중심이 되고, 공동체 내부의 필요에 의해서 개발된 기술의 축적이 바탕이 된 것도 포함한다(태양열 집열판, 풍차, 조력 발전기, 여러 형태의 개량된 기계나 기구 등).

2) 사업의 주체는 공동체 구성원이 될 수도 있고, 공동체의 뜻을 이해하는 마을 주민이나 마을 밖 사람이 될 수도 있다. 공동체 구성원과, 공동체 학교와 연관해서 이루어지는 사업의 주체가 공동체의 성원이 아닐 때 사업자는 일정한 지분을 공동체 몫으로 내놓아야 한다.

3) 공동체에서 생산되는 모든 것은 엄격한 품질 검사를 통과해야 한다. 농산물의 경우에 제초제, 농약, 화학비료, 방부제 등 인체나 주변 생명 공동체에 해로운 일체의 인공 물질은 사용되지 않아야 한다. 수산물이나 공산품의 경우에도 같은 기준이 적용된다.

4) 공동체 사업에 포함되는 모든 일은 반드시 공익에 봉사하는 것이어야 한다. 목적사업과 수익사업은 일치해야 한다.

5) 모든 공동체 생산물은 일정한 과정을 거쳐서 공동체가 자체적으로 마련하는 동력으로 만든 것이어야 한다. 따라서 수제품이 중심이 되어야 한다.

6. 공동설비

1) 공동체는 공동식당, 공동옷장, 공동경작지, 공동어장, 공동임야, 공동놀이터, 공동작업장, 공동사업장, 공동체학교 등 모든 설비를 주민들의 손으로 갖추어야 한다. 우선순위는 공동체 회의에서 결정한다.

2) 공동주택이 필요한 경우에 필요를 느끼는 사람들이 집의 형태를 합의로 결정하고 공동체에 재원을 요청할 수 있다.

3) 공동체 성원은 적어도 하루에 한 번은 '밥상공동체'의 일원으로서 공동식당에서 함께 밥을 먹어야 한다.

4) 속옷을 뺀 나머지 옷은 공동옷장에서 마음에 드는 대로 골라 입을 수 있다. 다만 입고 난 뒤에 원래의 상태로 공동옷장에 되돌려놓아야 한다.

7. 공동체의 생산물

1) 공동체에서 생산하는 것은,

① 공동체 생활에 필요한 기초 물품,

② 공동체 형성을 돕는 눈에 보이거나 보이지 않는 사람들의 기초생활에 필요한 물품(이를테면 옷, 신발, 농기구, 배, 목공기구 같은 초기 공동체에서 생산할 수 없으나 공동체 생활에 필요한 것들을 만들어내는 분과 그 밖에 공동체 주민들의 건전한 문화생활에 요구되는 것들을 제공하는 분들에게 제공할 몫),

③ 그 밖에 이웃이나 나라나 인류의 삶의 질을 높이는 데 기여할 것들로 국한한다.

다만 ②와 ③은 지나치게 확대 해석되거나 축소 해석될 수 있으므로 생산위원회에서 생산을 결정할 때 반드시 공동체 운영위원회와 공익위원회의 심의를 거쳐야 한다.

8. 공동체학교

1) 공동체와 공동체를 둘러싸고 있는 자연환경 전체가 학교다.

2) 학교의 기본 설비는 여러 종류의 작업장이다.

3) 일터가 놀이터이자 교실이다.

4) 산과 들과 마당과 그 밖에 공동체의 공동설비가 모두 학교의 운동장이다.

5) 기초교육, 중등교육, 고등교육, 연구 등을 위한 설비를 따로 둘 수 있다.

6) 모든 구성원과 구성원의 자제가 학생이면서 동시에 교사다.

7) 연령 차이에 따르는 학년 구별을 따로 두지 않는다. 다만 제도 교육기관에서 교육을 받는(어쩔 수 없이) 초기 구성원들의 자

녀의 경우에 방과 후 따로 교육이 이루어져야 한다.

생각나는 대로 쓰다 보니 어느새 아침 6시가 되었다. 책을 읽을까 하다가 불을 끄고 자리에 누워 왜 마음이 이렇게 아플까를 생각했다.

만남은 하나가 되는 기쁨이고 헤어짐은 둘이 되는 슬픔이다. 하나 됨은 늘 우리에게 충만의 느낌으로 다가오고 갈라섬은 결핍의 아픔으로 가슴을 때린다. 가장 작은 것으로부터 시작해서 차츰 하나 됨을 쌓아나가 마침내 온 우주와 하나가 될 때까지 참된 기쁨은 없다. 하나가 되는 척해도 소용없다.

몸과 마음 하나, 생각과 느낌 하나, 너와 나 하나, 이 하나를 하나로 완전하게 봉합하는 관계의 끈은 무엇일까. 생명? 아니, 그보다 다른 무엇. 기? 아니, 그것도 아니야. 왜 하나가 되게 해주십사 하고 누구에겐가 빌까. 내 경우에는 현재 당산나무신에게 비는 셈인데, 당산나무는 무엇을 상징하고 있을까?

사랑, 믿음과 소망과 사랑이 소중한데 그 가운데서도 사랑이 가장 으뜸이라고 한 성경 말씀이 생각난다. 믿음은 과거와 연결되는 끈이고 소망은 미래와 연결되는 끈인데 사랑은 늘 현재와 연결되어 하나를 이루는 끈이다. 예수 ─ 참 큰 통찰력을 지닌 사람이다.

아침밥을 먹고 있는데 관유가 늦게 식사를 하러 왔다. 관유가 밥을 먹는 동안 말없이 일어나 재실로 올라갔다. 재실에서 용란이를 데리고 500평 비닐 걷고 가시덩굴 베내는 작업을 하러 갔다. 가시를 제거하면서 내 마음의 가시들을 보았다.

아침에 관유가 밥 먹는 동안 일어나버린 것은 평소 관유가 다른 사람 앞에서 보여 다른 사람들에게 무시당한 느낌을 주고 상처 입게 한 모습을 그대로 나라는 거울에 비춰 보인 것이지만 내가 그런 모습을 보여준 것이 과연 관유에게 깨우침을 주었을까?

아니다. 십중팔구는 다른 사람들이 관유의 그런 행동으로 상처를 받았듯이 나 또한 관유에게 상처를 준 데에 지나지 않을 것이다. 방법이 틀렸다. 이런 방법으로는 깨우침을 주지 못한다. 참 나는 사랑이 부족한 사람이다. 용란이와 금란 씨와 봉선 씨와 쉬는 시간에 그 이야기를 고백했다.

점심은 광식이 집에서 먹었다. 새벽에 잠을 이루지 못한 데다 오전 일이 힘들었는지 점심 먹고 한숨 눈 좀 붙인다는 게 2시 반까지 잤다. 뒤늦게 일어나 500평 땅의 가시덩굴과 칡넝쿨을 다 걷어낸 게 5시 반쯤.

집에 돌아와 발을 씻고 방에 들어왔더니 관유가 그동안의 일을 사과하고 처음 들어올 때 자세로 다시 생활하겠다고 한다. 처자식을 부양하는 시골 사람들은 신명이 나지 않아도 자연에 순응하여 해 뜨면 일어나 들에 나가고 해 지면 돌아와 자고, 씨앗 뿌릴 때는 뿌려야 하고 곡식 거둘 때는 때 맞춰 거두어들여야 한다, 그런 점에서 처자식을 거느린 심 군이 자네보다 훨씬 더 생활태도가 건강할 수 있다, 건강하게 살려고 그래서 그런 것이 아니라

처자식을 굶기지 않으려는 절박함이 그렇게 만드는 것이다, 자네는 지금까지 손해만 보고 있다, 남의 이야기를 귀담아들어야 지혜가 생기는데 자네는 도무지 자기 이야기만 할 줄 알지 남의 이야기를 귀담아듣는 적이 없다, 내가 한마디 할 때 자네는 열 마디 하는데 나라고 할 말이 없어서 잠자코 있는 게 아니다, 나는 자네 이야기를 귀 기울여 듣는 동안 자네로부터 많은 것을 배운다, 이렇게 말해주었다.

오늘 밤에는 우리 집에서 술자리를 마련하는 날이어서 금란 씨, 봉선 씨가 수고하여 술상을 차렸다. 나는 몸살기가 있어서 잠시 누웠다가 변산 식구들이 모두 모인 뒤에 일어나 오늘 새벽에 생각나는 대로 적은 공동체학교 구상을 발표했다.

오늘은 심 군과 특히 유 군이 많은 말을 했다. 상처를 터뜨리는 과정이다. 차츰 건강을 되찾는 길이 보이는 듯하다.

11시에 나는 몸살기를 빙자하여 내 방으로 돌아왔다.

3월 15일

어제저녁 일터에서 돌아올 때부터 부슬부슬 내리던 비가 밤새 내리더니 아침에도 내린다. 처음에는 용란이만 서울에 보내 씨앗을 가져오려고 했는데 《작은책》 문제, 동네 어른들 모시는 데 필요한 안내장 문제, 송춘남 선생님의 연락처 문제, 그 밖에 농사와 집 짓는 데 필요한 자금 문제를 의논하려면 아무래도 나도 가야 할 것 같아서 아침에 부랴부랴 상경을 했다. 부안까지는 전주에 농기구와 옹기를 구하러 가는 관유와 심 군의 트럭을 타고 왔다.

회사에 들러 《전자신문》에 난 시디롬 타이틀 기사를 읽고 이것저것 궁금한 것들을 확인했다. 오늘은 마침 정낙묵 군과 심조원, 강우균 군의 생일잔치가 있는 날이어서 이성주가 아이를 가졌다고 사 온 맥주 한 상자와 시루떡, 닭튀김을 먹었다.

호용수 군에게 지급하던 자료위원 급료를 중단할 것을 현병호 군에게 이야기했다. 간디학교에 전념하려면 우리 일은 끊어야 할 것 같아서 전에 그렇게 결정했는데 깜박 잊고 현 군에게 말을 못한 기억이 나서다.

자리를 마치고 문숙이, 태수, 민호와 함께 생맥주집에 가서 12시가 넘도록 이런저런 이야기를 했다. 태수가 이야기 도중에 보리의 중심은 용란이라고 하는 이야기를 귀담아들었다. 무능하고 우유부단하고, 똑 부러진 곳이 없는 듯하지만 용란이가 참여한 일 가운데 실패한 것이 없는 것으로 보아 맞는 말 같다고만 이야기했다. 내 생각도 태수 생각과 같다. 용란이에게는 아무도 갖추기 힘든 맑음과 밝음이 있다.

3월 16일

아침에 회사에 나가 운산리 어르신들을 모시는 글을 복사기로 복사하고 《동아일보》 칼럼 '그림책 고르기'를 써놓고, 11시 40분 차를 타고 변산에 왔다. 오고 얼마 안 되어, 정농회 회장으로 계시는 김복관 선생님을 모시고 정경식 씨와 새로 정농회 사무국장이 된 장길섭 씨가 비를 많이 맞으면서 우리 집에 찾아왔다. 김선생님을 모시고 정 선생과 장 선생과 함께 여러 가지로 환담을 했다. 장길섭 씨는 아주 맑은 사람이다. 정경식 씨는 부지런하고 끈질긴 인상이고……. 김복관 선생님은 지하철을 타도 빈자리가 있으면 남에게 양보하고 아예 앉을 생각을 하지 않는 분인데(나이 일흔 살이 넘도록 이런 마음가짐을 유지하고 계신다) 젊어서부터 공동체 생활 개척에 앞장을 서온 분이시고 이상적인 삶이 있는 곳이라면 아무리 먼 곳도 마다치 않고 다니는 분이신 걸 언뜻언뜻 비치는 이야기를 통해 알 수 있었다. 야마기시즘의 좋은 점 가운데 하나는 되도록 그 공동체 사람들이 부지런히 일하고 합리적으로 경영하고 자기희생을 하여 자기들이 생산한 것을 싼 값으로 다른 사람들에게 먹이려고 하는 희생정신, 보시정신을 지닌 것이라는 말씀을 하셨다. 그리고 야마기시공동체에서 기른 닭이나 소는 죽음의 자리에 들 때(도축될 때) 몸짓이나 소리로 기쁨의 느낌을 나타내는데, 그것은 곧 자기들이 죽는 순간 사람으로 바뀔 수 있음을 알기 때문이라고……. 나중에 잡아먹을 동물이라도 그만큼 사랑과 배려 속에서 돌본다는 것이다.

정경식 씨는 풀무원공동체에서 5년 가까이 생활하면서 농사일을 배우고 공동체정신을 익혔는데, 그리고 공동체에서 현재 부인을 만나 결혼했는데, 합리적 사고방식을 지니고 도시물을 많이 먹고 머리가 좋은 사람들이 모일수록 공동체정신이 적어지고, 단순무지한 사람일수록, 공동체의 삶밖에 딴 삶의 길을 찾기 힘든 사람일수록 그 정신이 확고하게 박혀 있다는 것을 경험을 통해서 알았다고 한다. 지혜로우면서도 단순하고, 합리적이면서도 이타적인 사람들을 어떻게 길러낼 수 있을까가 관건일 것이다. 장길섭 씨는 공동체생활을 하면서 부인들 사이의 갈등과 가족이기심 때문에 무척 고통을 받았다고 한다. 그래서 개별 가족이 생계를 따로 꾸리면서 느슨하게 두레공동체를 이루는 것이 바람직하지 않은가 생각한다고, 김준권 선생의 뜻도 그렇다고 전한다.

한 주에 한 번씩 우리가 술자리를 만들어 그 자리에서 정을 나누고 일을 의논하고 서로 가르치고 배우며 잔치를 벌일 생각으로 있다고, 앞으로 가능하면 적어도 하루에 한 번은 한자리에서 모두 모여 밥을 함께 먹는 밥상공동체를 이루었으면, 그리고 밥 먹는 자리가 조그마한 잔치자리가 되었으면 좋겠다고 했더니 김복관 선생님은 좋은 생각이라고 격려를 해주셨다.

긴 편지를 보냈던 안용무 씨 부부가 아이들을 데리고 김 선생님 일행이 온 뒤 얼마 안 되어 승용차로 왔는데, 잠깐 인사만 하고 재실에 부탁하여 거기에서 식사를 하도록 했다. 저녁 9시가 넘어 술을 가지러 재실에 올라갔더니, 밖에 나가서 자고 아침에 오겠다고 하면서 떠났단다.

김 선생님 일행을 광식이가 모시고 정경식 씨 집으로 간 뒤에 관유 문제로 심 군과 금란 씨와 잠시 이야기를 나누었다. 나중에 민정 엄마와 비야 엄마도 잠시 다녀갔다.

3월 17일

아침에 민정 엄마한테서 전화가 왔다. 사슴목장 아저씨가 전화를 했는데 어젯밤 비로 당산나무 밑 다리를 놓아둔 곳 옆길로 물이 쓸려 내려 길이 다 파였으니 가보고 길 보수를 해야겠다는 연락이 왔다는 이야기였다. 민정 아비가 그 말을 듣고 먼저 출발한 모양이다. 나도 식사를 마치고 황새괭이와 삽을 들고 급히 당산나무 쪽으로 가는 길에 민정 아비를 만났다. 생각보다 피해가 적다는 이야기였다. 그래도 내 눈으로 확인할 필요가 있어서 당산나무 쪽으로 산 넘어 갔다. 다행히 포크레인이 들어간 길도 사태가 나지 않고, 집터를 닦아놓고 아직 보완하지 못한 둔덕도 큰 피해가 없다. 당산나무 아래 시냇물은 물 흐르는 구멍이 적어 길 옆으로 물이 범람하고 있었다. 임시로 급히 길 쪽으로 석축을 쌓고, 다리 한쪽을 파서 물길을 따로 내고, 흙이 쓸려 내려갈 만한 곳은 큰 돌을 거기로 옮겨 보완했다.

길 아래쪽을 점검해보니 군데군데 흙이 씻겨 내려 파인 곳은 있으나 크게 보수할 곳은 없다. 금란 씨, 봉선 씨, 관유 군이 뒤늦게 왔다. 임시조치를 해놓은 터여서 같이 500평 땅으로 가보자고 했다. 세 사람은 거기 머물러 비닐을 걷어내기로 하고 나는 오늘 김복관 선생님 일행과 안용무 씨 가족이 재실로 다시 오겠다고 한 말이 생각나서 재실로 올라갔다. 두 일행이 다 어제 머물던 곳에서 출발했다는 연락이 왔는데, 안용무 씨 가족이 먼저 도착하고 뒤이어 김복관 선생님 일행이 왔다. 장독대, 효소실, 식초실, 2800평 땅과 구들, 당산나무터와 500평을 두루 보여드리고 광식이 집에서 차를 마시고 재실로 왔더니 점심 준비가 미처 안 되었다. 두 일행을 배웅하고 재실에서 점심을 먹었다.

집으로 내려와 안용무 씨 가족 중에 애아버지만 빼고 온 가족이 서울 집을 처분하여 변산에 거주하고 싶어한다는 뜻을 안봉선 씨와 김금란 씨에게 알렸다. 이야기가 자연스럽게 관유 이야기 쪽으로 넘어가서 다시 관유 문제를 둘러싸고 세 사람이 고민을 나누었으나 뾰족한 해결책이 안 보인다.

저녁 5시 가까이 되어 모종을 심는 비닐포트를 사려고 면사무소 쪽 농약상에 갔는데 포트가 골고루 있지 않아서 부안까지 나갔다. 포트를 구하고 농기구를 사러 가는 길에 순댓집에 들러 소주 2홉들이 한 병, 순대, 튀김, 김밥 합해서 5800원어치를 금란 씨, 봉선 씨, 심 군, 나, 넷이서 나누어 먹고, 물뿌리개와 호미 각각 두 개씩 2만 원에 사고 변산에 와서 돼지고기 1만 원, 막걸리 3500원, 소주 4000원 과자류 1500원어치를 샀다. 시장에서 따로 산 순대류 4000원어치는 재실로 올려 보냈다. 집에 도착하니 7시 30분쯤 되었다.

관유를 불러 저녁을 같이 먹었다. 관유는 그동안 1000만 원이니 2300만 원이니 하는 이야기를 과거로 돌리고 2800평을 근저당 설정을 한 뒤 그 터에다 집을 짓는 일에 몰두하겠다고 한다. 회심인지 변심인지 모르겠으나 관유의 마음이 처음 나를 만났을 때의 자리로 돌아오는 징조로 보면 크게 반가운 일이다. 본인도 그렇게 이야기하고 있고…….

같이 술을 마시고 있는데 재실에서 비야 엄마가 왔다. 재실에서 돼지족발을 삶고 있는데 술이 없다, 아까 변산에서 술을 사 올 때 일부는 재실에 준 줄 알았는데 다 우리 집으로 챙겨 간 바람에 광식이와 민정이네 식구가 섭섭해하고 있다, 그래서 돼지족발은 자기들끼리 먹겠다고 한다는 말을 전했다. 물론 농담이지만 그 안에는 농담 아닌 것도 섞여 있다.

'공평하게 나눔'의 어려움이 새삼스럽게 느껴진다. 만남으로 우리는 하나가 되는데 만남의 끈은 사랑이다. 그런데 사랑은 어떻게 움트는가. 나눔을 통해서다. 하나는 뭉침인데 이 뭉침이 단단하려면 나눔이 제대로 이루어져야 하니 여기에도 하나와 여럿의 변증법이 작용하는 셈이다. 예수의 밥상공동체(잔치다)와 빵과 포도주로 상징되는 살과 피의 나눔이 생각난다.

종일 비구름에 가렸던 하늘이 맑아지면서 별들이 하늘을 수놓는다. 술을 들고 민정이를 안은 관유가 앞장서고 우리 식구 모두 재실로 올라갔다. 족발이 제대로 되려면 한 시간쯤 더 솥에 삶아야 한다는데, 그사이 술을 마시면서 광식이와 관유 사이에 일품을 놓고 품삯 다툼이 벌어진다. 광식이는 돈으로 받겠다고 하고 관유는 품앗이로 갚겠다고 한다. 광식이 마음도 관유 마음도 이해할 만하다.

광식이는 그동안 관유의 말과 행동으로 알게 모르게 입은 상처의 아픔을 관계 단절 선언을 통해서 치료하려 하고 있고 관유는 그동안 끊어졌던 관계를 회복하고자 광식이의 마음을 달래려는 것이다. 그 자리에 더 있기가 거북해서 일찍 내려와 자리에 누웠다.

3월 18일

아침에 재실에 올라가 모종을 심을 상토 작업을 했다. 황토를 실어 날라 비닐하우스에서 체에 치고 부엽토도 날라다 쳤다. 오전 11시 30분경에 사슴목장 아저씨를 만나러 갔다. 오늘 아침에도 당산나무 아래 물막이 공사를 원상복구 해놓으라는 연락이 왔다고 민정 엄마가 말했는데, 원상복구를 당장이라도 해놓고 싶지만 농사철이어서 포크레인을 부를 수 없으니 수작업을 할 수밖에 없는데 그러려면 혼자서는 힘드니 사람들이 오고 난 뒤에 하겠다고 양해를 얻기 위해서였다. 그러나 사슴목장 아저씨가 집에 없었다. 내려간 김에 중산리 손종만 형님 댁에 찾아갔다. 숙지황 찌는 법과 더덕 심는 법을 배우고 술(조니워커다)을 몇 잔 얻어 마셨다. 뒤늦은 점심을 먹고(수제비) 재실에 올라갔다. 상토 작업도 계속하고, 윤봉선이가 아내와 애들을 데리고 왔다고 해서 만나보려고. 잠깐 부엽토 치는 작업을 끝내놓고 봉선이와 잠깐 2800평 땅과 당산나무와 바닷가를 다녀왔다. 봉선이는 얼마 전에 줄포로 이사 왔는데 화실을 꾸미는 작업을 마치는 대로 변산 식구들을 초대하겠단다.

저녁 6시 가까이 되어 도랑에 빠진 광식이의 경운기를 꺼내주러 심 군과 금란 씨와 나갔다 왔다.

관유와 함께 저녁식사를 마치고 이야기를 나누는데 광식이가 어제 만든 족발을 썰어서 왔다. 광식이는 감초가 너무 많이 들어가 실패했다지만 그런대로 맛이 있었다.

광식이가 간 뒤로 관유와 꽤 긴 시간 이야기를 했다. 늘 되풀이되는 이야기 같지만 짜증스러울 때보다 그렇지 않은 때가 많은 걸 보면 관유 이야기를 통해서 내가 깨우치는 바도 많고, 스스로를 돌이켜보는 기회가 되기도 하기 때문이다.

오늘은 관유에게서 받았던 좋은 인상을 이야기했다. 버리는 고무쓰레기를 주워 온다거나 사금파리를 모아 온다거나 하는 걸 보면 남이 못 쓴다고 내버리는 것을 소중히 여기고 그것의 쓸모를 찾아내는 특별한 능력이 있다. 사람관계에서도 마찬가지 마음이 있다고 믿는데, 그 소중한 마음자리를 잘 간직하여 이 공동체가 세상에서 버림받는 사람들의 쓸모를 잘 헤아려 알뜰하게 챙기는 데 앞장서는 사람이 되었으면 좋겠다는 뜻이었다.

3월 19일

새벽에 일어나니 속이 안 좋다. 어제 형님 댁에 가서 양주를 마시고 저녁에는 소주와 막걸리, 무엇보다도 돼지고기를 많이 먹어 과식을 한 탓이다. 얼마 전에도 과식을 해서 속이 안 좋았는데 또 식탐을 내다가 이 모양이다. 살면서 편안함을 찾지 않고, 먹되 배부름을 바라지 않는 경지에는 언제 이르나.

아침을 거르고 6시 반이 조금 지나 재실로 올라가 어제 마무리 못한 상토 작업을 마무리했다. 8시쯤 집으로 내려와 금란 씨, 봉선 씨와 함께 광식이 밭에 망초대를 뽑으러 갔다. 500평 우리 밭이 그렇듯이 두 해를 묵혔다는 광식이 밭(공짜로 도지를 얻은 것인데, 두 해 묵힌 것으로도 벌써 밭을 칡넝쿨이 꽤 침범하고 밭둑에는 아카시아나무가 한참 자랐다. 주인 처지로 보면 더 묵히는 것보다 공짜로라도 부치도록 하는 것이 이익이리라)에도 망초대가 삼밭처럼 빼곡히 서 있다.

왜 망초라는 이름이 붙었는지, 초나라가 망할 때 온 밭과 들에 망초꽃이 하얗게 피었다는데 왜 그랬는지 알겠다. 전쟁이 일어나면 농사지을 장정들이 모두 싸움터에 끌려 나가 밭을 돌보는 사람이 없을 테니 온 밭이 쑥밭 아니면 명아주밭이 되거나 망초로 가득 찰 게 뻔하다. 두 해 넘게 묵히면 영락없이 망초가 온 밭을 다 차지한다.

초나라는 오랜 전쟁으로 산하가 황폐하여 망초꽃이 온 들에 하얗게 피었다고 이해할 수 있으려니와, 눈길이 닿는 산비탈 밭(경운기가 들어갈 수 없는 곳)마다 망초대와 칡넝쿨이니 우리는 지금 어떤 전쟁판 속에 놓여 있는가. 나라 망해가는 꼴이 흰 망초꽃으로 피어나니, 망초대를 뽑으면서 마음이 착잡하다.

광식이는 이 밭에다 땅콩을 심을 거라 한다. 중산리 형님이 전에 이 밭을 부칠 때 땅콩을 껍질까지 해서 여섯 가마를 거두었다 한다. 이 밭에 땅콩을 심으라는 것도 중산리 형님 권유이고, 어제 저녁 광식이가 망초대째 밭을 갈아 엎어버리려는 걸 옆에서 같이 뽑아주면서 썩어 거름 되지 않으니 뽑아서 태우라고 일러주신 분도 중산리 형님이다.

망초대를 뽑아 둔덕에 놓고 거기까지 불을 지르고 새참을 먹으려고 집으로 돌아왔다. 오전에 비닐포트에 상토를 담았다. 크고 작은 비닐포트에 흙을 채우고, 관유와 장섭이와 면사무소에 가서 주민등록 등본을 떼어 왔다. 관유 2800평 땅과 심 군 이름으로 된 1200평 땅을 근저당 설정을 하려고 김기태 씨가 하는 대서소에 갔더니 문이 잠겨 내일로 미루고 되돌아왔다.

점심 무렵에 장독대 레미콘 작업을 할 사람 셋이 어디로 들어가면 좋을지 길을 보려고 사전 답사를 했는데 아무래도 보리밭을 거쳐 들어가야 한다고 해서 오후에는 레미콘 들어올 길을 가로막는 흙무더기를 치우고 길옆 장독들을 옮기는 작업을 했다. 남는 시간에 마늘밭 풀을 매다가 집에 오후 5시쯤 돌아왔다.

점심때 금란 씨, 봉선 씨, 관유 군에게 앞으로는 될 수 있으면 오후 4시쯤 들일을 마치고 공동체와 실험학교의 기초 구성안을 짜는 일에 시간을 할애하고 싶다고 했기 때문에 일을 일찍 마친 셈인데, 오늘은 광식이 생일(음력 2월 초하루)이라 우리 변산 식구 모두가 반찬 한 가지씩 해가지고 광식이 집에 가기로 한 날이어서 야간작업을 할 수 없을 듯하다.

지난번 '공동체학교 구성안' 초안을 만들 때 공동체 내부의 자율문화를 어떻게 형성해갈지에 대한 이야기도 빠지고, 공동체에 관심이 있는 사람 또 실험학교 터 닦기에 참여할 생각이 있는 사람을 어떻게 맞이하여 어떤 이야기를 나누고 일을 어떻게 할지에 대해서도 구체안을 세우지 못했는데, 김복관 선생님 말씀마따나 손님들이 전국 각지에서 하루가 멀다 하고 찾아들면 그 사람들 접대하느라고 농사는 제대로 못 짓고 살림도 거덜 날 형편이라, 어서 구체안을 마련하여 이런 불행한 사태를 미리 막는 것이 필요하다.

우선 생각나는 대로 적어보면,

1. 방문객은 방문 날짜를 미리 정해서 그 날짜에 오도록 한다.

2. 방문객은 경우에 따라 며칠에서 몇 주 또는 몇 달을 머물 수 있는데 각각의 경우에 대비하여 숙박비와 연수 비용을 내도록 한다.

3. 연수 일정을 짜서 각각의 경우에 교육시킬 것, 현지답사, 노력 봉사의 일정과 시간을 정하고, 그에 따라 연수를 시킨다.

4. 이 사실이 널리 알려지도록 팸플릿을 만든다(흑백으로 만들거나 단색 인쇄를 하되 장독대, 2800평 땅, 당산나무, 500평 땅, 우리 집과 1200평 땅, 바닷가의 모습은 이태수나 윤봉선에게 스케치를 하도록 하여 현지답사 코스에 집어넣도록 한다).

5. 연수 비용은 비싸게 책정하여 그저 놀러 오는 사람들을 걸러내되 정말 뜻있는 사람이 연수 비용 때문에 오지 못하는 일이 없도록 융통성을 둔다.

6. 전국 어디에서나 농사를 짓는 분, 특히 땅과 생명을 살리는 농법에 관심이 있는 분에게는 숙식비나 연수 비용을 따로 받지 않고 따뜻한 손님 대접을 한다.

7. 학생들을 위한 여름 연수 과정이나 겨울 연수 과정은 따로 둔다. 이 경우에 연수 날짜는 일주일 이상으로 하고 숙식비와 연수 비용은 실비로 책정한다.

8. 여름철에 숙식 장비를 마련해서 온 사람들에게는 노력 봉사의 의사만 타진하여 무료로 받아들인다(특히 농촌 활동을 하러 오는 중고등학생이나 대학생의 경우).

9. 윤구병은 일반 연수일 경우에 여러 사람이 함께 모인 자리에서 한 번 강사로 참여하고, 각 부분별 연수는 나누어 맡는다.

10. 연수를 위하여 따로 프로그램과 간단한 내용이 담긴 소책자를 만든다.

11. '변산공동체학교 통신'이라는 회보를 낸다. 회보는 처음에는 부정기적으로 여유가 닿는 대로 내되, 나중에는 월간으로 낸다.

12. 연수생의 주소와 전화번호, 그 밖의 연락처를 꼭 기록해두어 회보를 보내고, 나중에 변산에서 생산되는 가공식품의 견본을 보내거나 싼 값으로 제공할 방도를 찾는다.

13. 방문객이나 연수생의 숫자가 많아서 변산공동체학교의 인

연으로 이 지역에 거주하는 사람들의 일터에서 다 감당하기 어려운 경우에는 지역주민들의 일터에서 일하도록 하되, 손종만 어른 댁, 이동식 어른 댁, 김경철, 이장 집…… 연로하거나 몸이 불편하거나 혼자 된 분으로서 경제능력은 없고 일손은 크게 아쉬운 순으로 일손을 배정한다.

14. 일손의 배정은 공동사업을 우선으로 하고(효소, 식초, 그 밖의 가공식품, 집 짓는 일, 1200평 농사, 1600평 농사, 500평 농사, 2800평 농사 등) 개별 주민들의 일은 나중으로 돌리되 형편이 어려운 집 순서로 일손을 배정한다(예를 들어 비야 엄마, 민정이네, 광식이네 등……).

15. 연수 과정에 산과 바다에서 풀베기, 게나 조개나 굴 채취하기, 약초나 약재 채취 등의 과정을 반드시 포함해(겨울에는 부엽토 긁기, 나무하기 등도 포함) 연수생들이 산과 들과 바다 살림을 고루 맛보도록 한다.

16. 위도 근처의 섬을 답사하여 알맞은 집이나 어장, 농토를 발견하면 싼 값으로 구입하여 집중적으로 뭍과 격리된 상태에서 스스로를 되돌아보기도 하고 바다살림을 익히도록 이끈다.

17. 연수생들이 다양한 농작물이나 약초 재배에 관심을 갖도록 적어도 1600평이나 2800평이나 1200평 자리, 그리고 가능하면 500평 자리에까지 다품종 소량 생산 체제를 갖춘다.

18. 모든 작물이나 가축은 장기적으로 토종으로 전환한다.

19. 우리 공동체가 원시 공동체가 아님을 보여주면서도 기계

나 외부에 의존하는, 여러 의식주에 필요한 물품을 줄여가고자 어떤 노력을 기울이고 있는지 다양한 방법으로 보여준다.

20. 전통 옷을 생활에 편리하게 개량하기 위해서 재봉틀을 구하되 두꺼운 천을 기울 수 있는 튼튼한 재봉틀, 손이나 발로 하는 재봉틀 등을 구해 시간 나는 대로 우리가 입을 옷을 우리가 지어 입고, 장기적으로는 연수생이나 방문객을 통하여 널리 보급한다. 그러려면 천연물감 연구도 뒤따라야 한다. 옷 짓는 과정도 연수에 포함할 날을 앞당긴다. 목화 재배, 모시나 삼 재배, 누에 기르기도 생각한다.

21. 교육용 완구를 변산에서 나는 목재로 만들기 위한 목공 기구들과 작업실을 빨리 갖춘다.

22. 가공식품을 담아내고 생활에 필요한 용기도 값싸게 생산해낼 수 있는 자체 그릇가마를 열효율 좋은 것으로 만들고, 도자기 굽는 사람을 이주시키되 당장에 힘들면 농한기에 모셔와 기술 지도를 하도록 하고, 그분에 대한 보수는 연수 비용에 따로 포함해 해결하도록 한다. 죽염, 목공, 대장간 일도 이에 준한다.

23. 아이들에게 과자 대신 줄 간식을 우리가 생산한 것으로 만들어줄 채비를 하루 빨리 갖춘다. 여름에 빵가마를 만들어 윤나래에게 기술 지도를 하도록 한다든지, 겨울철 한 달쯤 마산에서 한식 정과를 만드는 분을 초청하여 배운다든지 한다. 여기에 필요한 비용도 연수 비용에서 충당하고 연수생도 기술을 익히는 자리에 참여하도록 한다.

24. 이 모든 것을 어느 한 사람이 다 감당하기는 힘들고 현재 구성원만으로도 감당할 여력이 부족하므로 공동체 식구, 마을 주민, 연수생(장기)을 늘리는 일을 게을리하지 않는다. 그리고 일의 우선순위를 정해, 우리 힘으로 할 수 있고 너무 힘들지 않고 농사와 살림과 병행할 수 있는 것이 무엇인지를 잘 따져, 그리고 저마다 취향과 재능과 전문 분야를 따져 일을 분담한다.

25. 이 모든 일이 궁극적으로 내가 살고 땅이 살고 이웃이 살고 나라가 살고 인류가 살고 뭇 생명체가 사는 길로 모아져야 함을 잊지 않는다.

26. 아이들 교육 프로그램, 탁아방, 국민학생과 중고등학생이 학교 밖에서 참교육을 받는 방법을 본격적으로 모색한다. 이 일은 글쓰기교육연구회 선생님들과 긴밀하게 유대관계를 맺고 준비한다. 그리고 이를 위하여 이번 여름방학 때 글쓰기회 선생님과 자녀들 중심으로 소규모 여름캠프를 당산나무터에서 윤구병의 주관으로 마련한다.

27. 우리 나름의 필요한 좌우명을 정해서 집이나 공동체 건물 안팎에 쓰거나 그리거나 새기거나 하여 마음에 스며들도록 한다. 이를테면 '어른들께는 믿음을, 우리끼리는 사랑을, 아이들에게는 바람(소망, 희망)을' 식으로.

28. 자연과 일은 갈등을 해소하고 사랑의 싹을 키우는 가장 좋은 밑거름이므로 생명의 눈에 보이는 형태인 자연과 더불어 살고, 함께 일하는 기회를 자주 가져 우리끼리 사이좋게 지내고 거

기서 자란 힘으로 이웃과도 사이좋게 지내는 길을 찾자.

29. 같이 둘러앉아 밥을 먹고 술 마시면서 환담하는 것이 잔치이지 따로 잔치가 없으므로 지금은 한 주일에 한 번인 잔치마당을 날마다 한 번씩 갖자. 그렇다고 해서 매일 술을 마시면 경제에도 건강에도 좋지 않으니, 가능하다면 가까이 있는 이웃끼리라도 하루에 한 번은 서로 초대하여 밥상머리에 같이 앉자.

30. 변산에 사는 주민들의 일은 모두 우리 일이라는 마음으로 일에 임하자. 내 일, 남의 일을 나누는 것은 일시적 방편일 뿐이다.

31. 저마다 자기 마음속에 가장 편하고 영험한 신을 모셔 조용히 있는 시간이면 그분에게 기도하고 어려운 문제가 있으면 해결할 힘을 달라고 빌자(내 신은 당산나무신령님).

저녁 7시 반쯤 재실 식구, 관유, 봉선 씨, 금란 씨와 함께 광식이 집에 갔다. 같이 저녁을 먹고 생일축하를 했다. 광식이와 민정 아비는 밥을 먹고 난 뒤 중산리 분들에게 떡을 나누어 주러 나갔다. 노인들만 20가구쯤 살고 있는 동네다. 이동식 어른이 광식이를 안내하여 온 동네를 돌았다고 한다.

10시가 조금 넘어 술자리를 마치고 집으로 돌아와 서울로 나래에게 전화를 했다. 엄마가 없는 동안 나래, 누리 집 건사 잘하고 잘 지내는지 안부를 묻는데 나래가 갑자기 "아빠, 마산에는 언제 가?" 하고 묻는다. 불길한 예감이 들어 큰이모에게 무슨 일이 있느냐고 물었더니 저녁 8시쯤에 세상을 떠났다고 한다. 마산에 전화했더니 영옥이가 전화를 받는다. 어머니께는 아직 알리지 않았다고 한다. 내일 첫차로 출발하겠다고 하고 전화를 끊고 나래 엄마에게 전화를 했더니 연락이 닿지 않는다. 새벽 일찍 일어날 셈으로 자리에 누웠는데 12시가 넘어서야 나래 엄마에게서 전화가 왔다. 흰 와이셔츠가 있느냐고 묻는데 있다고 대답했다. 사실 옅은 연두색인데 번거롭게 만들고 싶지 않아서 그렇게 대답한 것이다. 검정 넥타이는 마산에 있노라고 한다.

나래에게서 처형이 죽었다는 소식을 듣고 한참 가부좌를 틀고 앉아 명복을 빌었다. 모두가 이렇게 왔다가 이렇게 가는 것을……. 목숨을 일찍 놓지 못하고 끝까지 삶에 대한 미련과 집착 때문에 고통을 겪다 간 처형을 보니 마음공부 많이 해야겠다는 느낌이 든다. 죄 없는 사람이 고통 속에서 일찍 죽어가는 데에는 하늘의 어떤 뜻이 있을까?

3월 20일

새벽 4시쯤 일어났다. 닭이 홰치는 소리에 눈을 뜬 것이다. 시계를 보니 너무 이른 시간이다 싶어 잠깐 다시 누웠다가 어지러운 꿈을 꾸었다. 다시 몸을 일으키니 4시 40분. 세면장 겸 목욕실로 꾸며놓은 따뜻한 물이 나오는 우리 집 간이목욕탕에서 목욕을 하고 머리도 감고 위아래 내의를 빨고 새 내의로 갈아입었다.

첫차를 타고 부안, 전주, 대구를 거쳐 마산에 도착한 것은 오후

3시경. 집에서 출발한 지 여덟 시간이 걸려서 왔다. 그나마 대구 톨게이트에서 내려 마산행 버스를 갈아탔기에 망정이지 보통 하던 대로 했다면 아홉 시간이 넘었을 것이다. 일일생활권이라지만 서울을 중심으로 하는 말이지 지역 간의 교류를 두고 하는 말은 아니다. 새삼스럽게 지난번 변산에서 태백까지 가는 데 열두 시간 걸렸던 것이 생각났다.

삼성병원에 도착하니, 나래와 누리가 와 있었다. 나래 엄마의 얼굴이 피곤에 찌들어 있다. 작은언니 병구완 2년, 큰언니 병구완 1년, 3년을 간호에 몰두한 데다 종영이가 말레이시아로 가 있는 상태에서 언니 죽음에 대비해 재산 문제를 포함하여 모든 문제를 혼자 뛰어다니며 해결했을 터이니, 몸이 성하다면 오히려 이상했을 것이다. 안쓰럽다. 고인의 명복을 빌고 집에서 혼자 죽은 자식 가슴에 묻고 울고 있을 장모를 위로하려고 처가로 왔다. 나중에 이재규도 오고 처가 친척도 많이 왔다. 한참 슬피 우는 장모님 곁에 앉아 있다가 마음이 불편하여 병원으로 갔다. 저녁때 보리에서 차광주가 왔다. 미안했다. 저녁은 근처 여관에서 차광주랑 함께 보냈다.

3월 21일

아침 5시에 일어나 여관을 나와서 길 건너에 있는 삼성병원 영안실로 갔다. 상한이 친구들만 고스톱을 치면서 밤을 새우고 있고 정은이, 상한이, 나래, 누리, 나래 숙모, 이모부…… 모두 영안실 방 안에서 잠들어 있다. 향을 피우고 잠시 묵념을 한 뒤에 책을 읽다가 밖으로 나왔다.

병원 구내를 산책 삼아 거닐면서 휴지와 담배꽁초를 주웠다. 내 살림과 남의 살림 따로 없고 작은 살림과 큰살림이 하나라는 생각은 점차로 확고해지는데, 몸이 따라가지 못하고 마음이 하나로 모아지지 않는 게 안타깝다.

어제 '연애소설'이나 하나 쓸까 하고 버스를 타고 오면서 이런저런 구상을 했는데, 주인공은 60대 초반의 뇌암에 걸린 전직 대학교수 남자와 그 남자와 서른 해 차이가 나는 여자이고……. 이렇게 쓰다 보니 통속이라는 느낌이 드는데 써나가다 보면 그렇지는 않을 것 같다. 변산공동체의 재원 마련도 마련이고, 사랑에 대한 내 생각을 정리하면서 새로운 문체를 실험하는 계기도 되지 않을까 하는데, 모르겠다.

종영이가 10시가 조금 못 되어 도착했다. 말레이시아에서 싱가포르를 거쳐 스물네 시간 걸려 오는 길이라 했다. 발인을 하는데, 제법 비가 많이 내린다. 장지는 가파른 산비탈을 깎아 축대를 마련한 곳에 만든 공원묘지다. 이렇게 가파른 데까지 엄청난 돈을 들여 산을 발가벗겨 묘지를 조성할 수밖에 없는지, 우리 장례 제도를 심각하게 반성할 시기가 온 것 같다.

기독교식으로 장례 절차를 마치고 관리소에서 점심을 먹고 집으로 왔다. 한일타운아파트 7층, 이 집은 큰처형이 약국을 할 때 마련한 것인데, 큰처형은 30대 초반에 이혼한 뒤 약국을 경영하여 돈을 모으고 자녀들을 키우는 데에만 삶의 목표를 두어왔다. 처가 친척들이 많이 왔는데 나래 엄마가 그분들에게 모두 변산 고추김치 한 병씩을 선물로 주었다. 물론 자기 돈으로 사서 주는 것인데, 겉으로는 내가 농사지어 그냥 주는 것처럼 꾸민다. 참.

술을 마시고 계속해서 우는 장모님의 모습 가운데 달라진 점이 있어 경계가 된다. 틀림없이 알코올중독에 따른 정신분열이 상당한 정도로 진행된 것 같은데 이 일을 어찌 대처해야 할지……

저녁에는 종영이와 재규 동생과 술을 마셨다. 리우스의《쿠바 혁명과 카스트로》라는 만화도 다 읽었다. 멕시코 태생 리우스의 만화는 그림 선은 거친데 풍자와 해학이 섞인 지문이 참 좋다. 나래 엄마는 혼자 장례 비용을 계산하느라고 정신이 없는데, 병날까 걱정이다.

3월 22일

아침 9시 20분 버스를 타고 대전으로 왔다. 대전에서 오후 1시 차를 타고 전주로, 전주에서 2시 30분 차로 부안으로, 부안에서 4시 차로 변산으로 왔다. 부안에서는 농기구를 구했다. 서로 다른 종류의 긁개 두 개, 바지락 캐는 기구인 것 같은데 부엽토 긁기에 좋을 것 같아서 손쇠스랑 두 개. 재실로 전화하니 아무도 받지 않는다. 걸어와서 재실 장독대에 가니 관유가 무너진 장독대 벽을 고치고 있고 바닥은 레미콘 작업이 끝나 있었다.

어제 하루 종일 비가 왔다는데 당산나무 쪽이 궁금했다. 장화를 신고 둘러보러 갔는데, 다른 것은 크게 피해가 없으나 운동장 겸 집터로 다져놓은 데가 금이 가고 땅이 물러져 있어서 그대로 두면 안 되겠다. 빨리 석축을 쌓아야지. 둘러본 김에 500평 땅까지 살펴보았다. 저수지 물은 어제 비로 만수위가 넘었다. 토착 미생물 덩어리를 채취해 내려오는 길에 광식이 집에 들렀다. 못자리 끈을 빌리려고.

길을 떠난 줄 알았던 광식이가 집에 있다. 같이 이런저런 농사 관련 이야기를 나누고 있는데 민정이네가 정경식 씨 집에서 빵 굽는 기술을 배워가지고 돌아오면서 연락을 했다. 오늘 재실에서 모여 이야기를 나누는 날이라는 걸 상기시켜주려고…… 금란 씨는 아버지 생신을 맞아 서울로 갔다 한다. 25일에 돌아온다고…… 봉선 씨와 관유, 나, 이렇게 저녁을 먹고 재실로 올라갔다. 술이 없는 것 같아서 광식이와 함께 변산슈퍼에 가서 베지밀 한 통 4500원, 맥주 한 상자 2만 4000원, 소주 한 상자 1만 6000원, 돼지고기 5근 1만 5000원, 막걸리 네 병 2800원, 그리고 오다가 동네 가게에서 오징어와 양파링, 건빵 7000원어치를 샀다.

잠시 집에 들러 일기장을 챙겨 올라가는데 관유가 내려온다. 아마 재실 자리가 불편했던 모양이다. 다시 데리고 올라갔는데, 그리고 앞으로 공동체학교와 연관된 일을 상의하는데 반응들이 예사롭지 않다.

광식이와 민정 아비가 다시 관유의 과거 일머리 잡는 방식을 비판하고 나섰던 것이다. 관유는 도중에 견디지 못하고 자리를 박차고 일어나고 비야 엄마도, 봉선 씨도 나중에 일어섰다. 지난 2월 12일에 개별 주민으로 살자고 논의가 되었는데 그 결의가 무시되면서 나와 봉선 씨, 금란 씨, 관유, 네 사람이 한상에서 밥을 먹으면서 우리끼리 공동체를 한다는 인상을 준 데서 문제의 실마리가 풀리지 않고 도리어 얽힌 것 같다.

이런 오해를 어떻게 풀어야 할지, 상호 불신 문제를 어떻게 해소해야 할지 참 큰일이다. 설득으로 되는 단계를 이미 넘어선 것 같고……. 비야 엄마가 우리 집 문간채를 고쳐 들어오겠다고 하는 이야기도 예사롭지 않다. 새벽까지 이야기했으나 결론이 없었다.

일본 야마기시공동체에서 이계천 씨가 편지를 보냈다.

3월 23일

모두 주민으로서 자기 살림을 하는 게 마음이 편하다고 하는데 나는 자꾸 공동으로 일하는 게 좋다고 우기고 있으니, 아직도 내게 집착이 너무 크게 남아 있어서 그럴까? 아침에 결정을 내렸다. 광식이 말대로 작년에 고추김치 담은 것, 감식초와 효소 모두 고루 분배하고 올해부터는 당분간 내가 품을 사서 효소도, 식초도, 그 밖에 모든 가공식품도 하기로……. 재실에 올라가서 그렇게 되면 여기 있는 사람들의 권리가 모두 없어지고 말지만 서로 신뢰가 축적되지 않아 그쪽을 편하게 여기니, 어쩔 수 없이 개별 가구로 살기로 하자고 했다. 손님이 오더라도 모두 내가 맞이하고 그 손님들 접대할 일이 있으면 내가 돈을 주고 식사나 그 밖에 필요한 것을 부탁하기로 하겠다고……

번거롭기 짝이 없는 일이고 길게 보아 효율성이 떨어지겠지만 어쩔 수 없는 일이다. 광식이와 민정이네가 작년 한 해 동안 관유와 관계가 너무나 나빠졌기 때문에 사소한 일에도 오해가 쌓이고 서로 말도 하지 않으려고 드니. 내 일이 엄청나게 많아져 바빠지겠지만 그것도 운명인 걸 어쩌랴.

10시쯤 500평에 황새괭이, 삽, 긁개, 톱, 낫, 제초기, 그리고 봉선 씨가 싸준 빵과 부침개를 싸들고 갔다. 점심은 빵으로 때우겠다고 점심 준비는 할 필요 없다고 말했다. 가서 아카시아나무를 뽑고, 베어내고, 가시덩굴에 가로막힌 아래밭으로 통하는 길을 트고, 또 밭과 산길 사이의 나무를 베어내 새로 길을 만들고, 빵으로 점심을 먹은 뒤에 비닐끈으로 밭 폭과 고랑을 직선으로 줄을 만든 뒤 밭두둑을 새로 만들었다. 제초기로 풀을 매려면 직선으로 만들 필요가 있기 때문이었다. 내일모레까지 일을 해야 밭을 얼추 다 일구어 씨 뿌릴 채비를 갖출 것 같다. 오후 4시경에 일을 마치고 당산나무터로 가서 호박 구덩이 팔 만한 곳을 살펴보았다. 집에 왔다가 재실에 올라가니 관유가 아직 장독대 일을 하고 있다. 봉선 씨와 함께 연변에서 온 씨앗을 뿌린 묘상에 비닐덮개를 만들어 씌우는 작업을 하고, 아침에 천규 씨가 두릅밭에서 두릅을 다 캐내 다른 데로 옮길 준비를 한 뒤라서 재실 뒷밭이 비어 있기에 살펴보았다.

군데군데 덜 캐낸 두릅묘목이 보인다. 저걸 모아서 한쪽에 심으면 꽤 많은 두릅나물을 딸 수 있겠다. 재실 문 옆에 동네 아줌마들이 두릅뿌리를 자르는 작업을 한 뒤 쓰레기로 남은 뿌리들 중에서 쓸 만해 보이는 것과 너무 작아서 버린 두릅묘목 몇 개를 주워 우리 집 담장 밑에 심었다.

3월 24일

비가 내린다. 《산림경제》를 읽고, 자전거 타고 지서리에 가서 돼지고기 1만 원어치, 막걸리 여섯 병, 과자류 해서 5300원어치 사 싣고 왔다. 관유는 장독대 일을 하러 가고, 나는 밭일을 할 날씨가 아니다 싶어 글쓰기 회보에 실을 '변산통신 2'와 풀무원 사보에 실을 글을 썼다. '비닐 이야기'와 '토종 찾기'다.

점심을 먹고 나서 관유와 꽤 긴 이야기를 했다. 봉선 씨도 자리에 끼었는데 유쾌한 대화였다. 관유는 《조그마한 내 꿈 하나》를 다시 읽고 있노라고 했다. 점심을 먹고 풀무원 사보 글을 마무리 지어 전송하고 관유는 이야기를 마치고 다시 장독대 작업을 하러 가고 나는 500평 밭으로 갔다.

참으로 막걸리 한 병, 빵 한 조각, 건빵 하나를 들고 갔는데, 일을 하다 보니 다시 비가 내린다. 5시를 넘기면서는 제법 많이 내

218

렸다. 6시 조금 못 되어 끝마치고 돌아오는 길에 광식이 집에 들 렀다. 밥을 짓고 있었다. 저녁을 먹고 올라가란다. 혼자 밥 먹을 게 안돼 보여 그러자고 하고 봉선 씨에게 기다리지 말고 관유와 밥을 먹으라고 전화 연락을 해두었다.

광식이와 밥을 먹으면서 1600평 땅을 내 이름으로 등기 이전을 하겠다고 (그 편이 마음이 편하겠다 하니) 하고 돈 1000만 원은 은행 이자를 쳐서 곧 갚겠으니 땅이 나면 네 돈으로 곧 구입을 하라고 했다. 같이 심 군 건강을 염려하고 관유에 대한 이야기도 잠깐 나왔다. 유 군 말은 관유가 읽는 책이 너무 관념적이어서 문제가 있다는 것인데, 나는 곧 집을 짓게 되고 그러면 집에 연관된 실용서도 읽고 해서 사고에 균형을 갖추게 될 것이라고 했다.

비를 맞으면서 집으로 돌아왔다. 광식이가 우산 갖고 가라는 걸, 이미 몸도 머리도 젖었고 빨리 가서 머리 감고 옷 말리는 것이 낫다고 하면서…… 집에 오니 관유가 봉선 씨와 술을 마시면서 이야기를 나누고 있다. 니코스 카잔차키스의 《그리스인 조르바》에 대한 이야기를 나누고 있다고 했다. 본받을 인간상이라는 데 의견을 모았다. 봉선 씨가 금란 씨와 광식이를 맺어주는 게 어떠냐는 이야기를 꺼냈는데 관유는 금란 씨와 광식이는 잘 안 맞는 점이 있다. 차라리 용란이가 광식이와 맞는다고 한다.

술을 많이 마셨다. 결국 아침에 사 온 막걸리 가운데 나머지 세 병을 다 마셨다. 관유는 심 군이 지하 형이나 마찬가지로 귀기가 있다고 무섭다고 했다. 나는 심 군이 심취해 있는 김용옥 선생의 생각 방향이 틀렸다고 여기기 때문에 곧 심 군과 논쟁을 벌이겠노라고 했다. 부처와 귀신의 차이에 대해서 더 생각해볼 일이다. 어느덧 밤 12시가 넘어섰다.

3월 25일

오전에는 행정서사 김기태 사무실에 가서 2800평 땅 근저당 설정(설정액 3500만 원)과 1200평 땅을 내 명의로 이전하는 서류를 꾸몄다. 근저당 설정에는 채권 값 35만 원까지 합해 약 57만 원, 그리고 1200평 명의 이전에는 양도소득세가 꽤 많이 나올 거라고 한다. 어쩔 수 없다. 내 명의로 된 땅을 한 평도 갖지 않겠다고 뜻을 세웠으나 도리어 그런 마음가짐이 공동체 구성원들 사이에 친소親疏관계로 작용하여 불신을 낳으니 어쩌랴.

오후에는 장독대에 쓸 시멘트 20포(6만 원)를 사서 광식이 차편으로 실어 재실에 올려 보내고 500평 땅으로 가서 더덕 네 골을 심고, 밭두둑 한 골을 만들었다. 처음 심어보는 것이어서 얕게도 심어보고 깊게도 심어보고 배게도 심어보고 성글게도 심어보고, 흙을 덮을 때도 일일이 구멍마다 손가락으로 흙을 몽글게 비벼서 넣기도 하고 긁쟁이로 긁기도 하고 대강 덮어보기도 하고, 또 그 위에 덮은 가리개도 망초대를 꺾어 덮기도 하고 가랑잎을 덮기도 하고 밭에서 반쯤 삭은 풀을 덮기도 하고 맨땅으로 두어보기도 하고, 이런저런 실험을 해보았지만 어떻게 될지 결과는 두고 보아야 할 것 같다.

저녁 6시쯤 일을 마치고 집에 돌아왔다. 돌아오는 길에 산길과 냇물에 쌓인 낙엽을 눈여겨보았다. 더덕씨를 500평에 다 뿌리는 것이 좋을까, 그렇지 않으면 당산나무 산비탈에 뿌리고 저절로 자라는 모습을 보는 것이 좋을까 생각이 오락가락했다. 금란 씨가 돌아와 있었다.

저녁식사를 마치고 중산리 형님 댁에 갔다. 27일에 중산리 어르신들을 모시고 집들이 겸 인사를 올리기 위해서다. 집들이를 하자면 운산리 주민들도 모셔야 하는데 이장을 만나 상의했더니 누구는 초청하고 누구는 빼놓는 것은 모양이 좋지 않으니 마을모임이 있을 때 자연스럽게 인사하는 것이 좋으리라고 한다. 그래서 운산리 분들에게는 떡을 두 말쯤 해서 돌리기로 하고, 초청장은 중산리 분들에게만 내기로 했다.

손종만 어른이 한 사람 한 사람 이름을 봉투에 직접 썼다. '어르신께'라고 써야 할 것을 '깨'라고 쓰는 것을 보고 받아보는 분들 가운데 대학교수라는 자가 맞춤법도 모른다고 생각할 분이 있을지도 모르겠다는 걱정도 되었지만 너무나 정성스럽게 쓰는 것을 보니 내가 직접 쓰겠다고 나설 수도 없었다.

마치고 맥주 두 병을 마시면서 "중산리에 길을 넓히는 과정에서 어느 집 쪽 나무를 베어야 하는데 윤 교수에게 그 나무가 쓸모가 있을 터이니 가져가라" 하신다. 장독도 내놓는데 하나에 3만 원 정도에 사면 어떻겠느냐고도 하고……. 형님 뜻이 옳다고 장독을 두 개에 6만 원, 그리고 나무 한 그루 값에 2만 원씩 모두 4만 원 해서 10만 원을 주인에게 드리겠노라고 했다. 밤인데도 구태여 나무를 확인하러 가자고 해서 그 집에 가서 나무를 보고 장독도 보고 재실로 왔다. 운산리 김경철 이장이 재실에서 심 군과 함께 술을 마시며 기다리고 있었기 때문이다.

아침에 심 군과 면사무소 있는 곳으로 가면서 산이 살아 있다고 이야기한 적이 있는데 밤에도 마찬가지 느낌을 받는다. 오늘은 초승달이 떠 있는데 달도 별도 물기에 젖어 있고 마을을 감싸는 공기도 물을 머금어 불빛이 함께 젖어 있는 듯이 보인다.

밤 12시가 넘도록 술을 마시며 경철이 이야기를 들었다. 장애아 딸 현아 이야기도 듣고, 변산국민학교에서 컴퓨터 특활 강사를 구하는데 우리가 도와줄 수 없느냐는 이야기도 들었다. 그리고 비가림 하우스가 변산면에 150개 더 배정되었는데 재실과 우리가 신청하면 주선할 수 있으리라는 이야기도 해서 다섯 동을 부탁했다. 2800평에 하나, 1200평에 하나, 당산나무터에 하나, 재실 하나, 광식이 몫 하나……. 한 동이 180평을 차지한다니 대형이고, 정부보조 50퍼센트 융자 30퍼센트 자부담 20퍼센트라니 잘 이용하면 괜찮겠다 싶었다.

3월 26일

아침에 중산에 가서 나무를 베고 항아리를 싣고 왔다. 항아리

하나는 금이 간 것이었다. 나무를 베기 전에 나무에게 합장을 했다. 광식이에게는 전기톱보다 손톱으로 베어야겠으니 관유를 시켜서 베게 하겠노라고 아침에 이야기했다. 동네도 시끄럽겠고, 여러 해 된 나무를 기계톱으로 베는 게 어쩐지 무례하다고 여겨졌기 때문이다.

오후에는 500평에 가서 더덕씨를 뿌렸다. 밭 주변 산에도 뿌렸다. 오는 길에 당산나무터에 가서 호박 구덩이 팔 자리와 부엽토 많은 곳을 유심히 보아두었다. 저녁 7시에 집에 돌아왔다. 밥을 먹고 재실에 올라가 식초와 효소, 고추김치 판매 대금을 분배하는 의논 자리에 끼었다. 서로 의논하는 모습을 지켜보기만 했다. 내일 광식이에게 곰소에 가달라고 부탁하면서 칡넝쿨은 내가 대신 걷어주겠다고 했다. 광식이가 도지를 얻은 밭에 칡넝쿨이 많아 경운기로 밭을 갈기가 힘든데 한나절 품을 내가 빼앗는 셈이라 그렇게 이야기한 것이다. 민정이네 차를 빌리는 것은 봉선 씨가 하루 품앗이를 하든지 돈으로 계산하든지 민정이네가 정하는 대로 하기로 했다. 개별 가구로 분리되어 주민으로 살기로 뜻을 모은 결과가 이렇게 나타나고 있다.

오늘 관유가 나더러 "고여 있는 물"이라고 했다. 지난번에도 그랬는데 그때는 기분이 언짢았던 것 같다. 그러나 오늘은 그 말이 귀에 거슬리지 않는다. 점심을 먹고 금란 씨와 이야기하는 중에 관유가 무슨 뜻으로 그러는지 다는 모르지만 조금은 알 듯하다고 했다.

물은 흘러야 자기 정화가 된다. 한자리에 가만히 있으면 불필요한 것들까지 끌어안게 되어 썩기 마련이다. 고여 있어서 내 안에 있는 다른 사람들의 관계까지 해치게 되고 버리지 못함으로써 자율성을 침해하고 의존하게 하여 나중에는 나를 원망하는 지경에까지 이르게 해온 것이 그동안 내가 이른바 '배려'라는 이름 아래 저질러온 잘못이 아니었던가 싶다.

금란 씨에게 이제 사람들의 말이 귀에 들리기 시작한다고 했다. 나이나 학식이나 성별에 상관없이 주변 사람들의 말을 귀담아듣고 배울 마음의 준비가 어느 정도는 이루어지는 것 같다. 9시 30분에 우리 집으로 내려왔다.

재실에 있는 동안 손종만 형님한테서 내일 아침 6시까지 중산리 노제에 참여하라고 전화가 왔는데 그러려면 5시 30분쯤 일어나야 하겠기에 자리에 누우려고 하는데 관유한테서 전화가 왔다. 송광사에서 스님 세 분이 왔는데 나를 잠깐 보러 오고 싶어한다는 것이다. 그러라고 했다.

오신 스님은 송광사 비구 한 분과 여수에서 온 비구니 두 분이다. 쓸데없이 절집 비판을 했다. 조선 불교가 겉으로는 대승임을 내세우고 있으나 소승이라는 등 탁발의 전통도 울력의 전통도 없어져 스님들이 공부한답시고 거지 노릇만 하고 있다는 등 조계종이 이승만을 등에 업고 비구 대처 싸움을 벌여 절집의 좋은 전통마저 깡그리 없애는 데 앞장섰는데 깡패들을 동원해서 싸움에 이겼기 때문에 그 깡패의 무위도식하던 못된 버릇이 일 않고 밥 먹는 요즈음 절집의 무위도식으로 이어져 내려오고 있다는 둥…….

듣다 못한 송광사 스님이 교육 문제로 이야기를 돌린다. 장광설을 늘어놓다 보니 밤 11시 30분이다. 비구니 스님들이 자고 싶어하는 눈치가 역연하다. 머리 다시 기르고 여기로 출가해서 농사짓지 않겠느냐는 말을 하려다 참고, 비구니 스님들은 여기서 유하시라고 하고 내 방으로 건너왔다.

3월 27일

아침에 광식이가 재실 차를 가지고 곰소를 갔다. 오늘 광식이가 공짜로 부치게 된 묵정밭에 칡넝쿨을 걷어내는 날인데 중산리 어르신들을 초청하기 위한 찬거리 구입에 일손을 빼앗겼으니 내가 대신 칡넝쿨을 걷어주기로 했다. 아침 5시에 일어나 머리를 감고 중산리 길 닦는 고사에 참여하고(고사 부좃돈 5만 원을 냈다) 돌아와 광식이 밭에 갔다. 가서 칡넝쿨을 걷어내면서 일의 차례가 얼마나 중요한지 깨달았다.

몇 해 묵은 밭은 산비탈에 있을 경우에 십중팔구 칡넝쿨이 깔리기 마련이다. 칡넝쿨을 걷어내려면 먼저 망초대 같은 풀대를 뽑아낸 뒤 땅에 깔린 칡넝쿨을 걷어내야 한다. 칡넝쿨은 감고 올라갈 나무가 없으면 땅 위로 뻗으면서 마디에 뿌리를 내려 자신을 고정시킨다. 그리고 그 뿌리내린 마디가 여러 해면 그곳에서 새로운 넝쿨을 뻗는다. 이 마디뿌리들을 뽑아내거나 잘라내서 칡넝쿨을 걷어내야 하는데, 광식이는 밭 가운데 있는 감나무 뿌리를 캐는 데만 정신이 팔려 망초대를 걷어 밭 가운데 놓고 태운 뒤 (이것도 잘못이다. 망초대는 칡넝쿨을 다 걷어낸 뒤 태워야 불에 탄 칡넝쿨을 걷어내느라 번거롭지 않게 된다) 감나무 큰 뿌리를 캐느라고 밭 이곳저곳에 흙을 쌓아두었기 때문에 칡넝쿨을 걷는 데 아주 애를 먹었다. 10시쯤 칡넝쿨을 다 걷지 못하고 참을 먹으러 집에 오는데 아무래도 어깨와 목이 심상치 않다. 어제 때죽나무 벤 것을 어깨에 얹어 날랐는데 잘못 올려 탈이 난 모양이다.

건빵과 막걸리로 참을 때우고 목과 어깨가 아파 자리에 누웠는데 점심때까지 일어날 수가 없었다. 별수 없이 점심을 거르고 누워 있는데 나중에 오줌이 마려워서 일어나려고 해도 일어날 수가 없다. 이대로 누워 있다가는 오늘 손님 접대는커녕 며칠을 앓아누워야 할지 모를 정도로 아플 것 같다. 몸을 이리 굴리고 저리 굴려서 겨우 일으켰다. 다시 누우면 일어나지 못할 것 같다.

일을 해서 몸을 풀기로 작심하고 오후 2시쯤 당산나무터로 올라갔다. 포크레인으로 칡넝쿨과 가시덩굴을 밀어낸 산비탈 밭에 더덕씨를 뿌리고 일부는 긁쟁이로 긁어 떨어주고 일부는 덮지 않고 그대로 두었다.

더덕씨로는 어지간한 시험은 다 해본 셈이다. 5시가 넘어 집으로 돌아왔다. 7시에 손님이 올 것으로 알았는데 중산리 길 공사가 아직 끝나지 않아 8시 30분쯤 되어야 오겠다고 연락이 왔다 한다. 조합장 대신 변산농협 김영기 씨가 와서 둘이 먼저 식사를 했다. 김영기 씨는 이 마을 사람인데, 내《실험학교 이야기》를 읽었노라고 얼마 전 농협에 갔을 때 인사를 극진히 하던 사람이다. 고구마술을 대접하고 먼저 보냈다.

중산리 어른들은 밤 9시 30분쯤 되어서야 오셨다. 마을 골목길 포장공사 울력이 9시쯤 끝났다고 한다. 고구마술과 맥주를 내놓았다. 밥과 반찬에 거의 손대지 않은 분이 많다. 특히 굴에는 손을 대지 않는다. 너무 오랫동안 상을 놓아두고 새로 음식을 내지 않아 정성이 상에서 달아나버려 음식 맛을 보기도 전에 맛이 없음을 알아서일까. 다음부터는 번거롭더라도 상을 다시 차려야겠다. 12시쯤 되어 손님들이 모두 돌아갔다.

중산리 이장 백문옥 씨의 말이 기억에 남는다. 당신과 나는 소망이 다르다. 당신은 시골로 들어와 살고자 하는데 나는 도시로 가고 싶다. 당신은 농민이 되기를 바라지만 나는 대학교수가 되기를 바란다. 할 수만 있다면. 길 가는 사람 모두에게 물어보아라. 대학교수가 더 바람직한 직업인지 농사일이 더 바람직한 일인지. 이 사람들을 설득할 길은 하나밖에 없다. 여기에서 잘 살아 보이고, 이 사람들도 잘 살게 하는 길. 어떻게 해야 그 길을 닦을 수 있을까.

3월 28일

원공 스님의 전화가 나를 자리에서 일어나게 했다. 하루 종일 누워서 몸을 다스린다는 생각이 잘못되었음을 원공이 멀리서 보고 있었던 것일까? 관유가 《생명의 농업》을 읽어보았느냐고 묻는다. 당장이라도 읽어보라는 뜻이겠지. 오전에 우리 집 변소에 가득 찬 똥을 풀까, 아니면 관유 집도 똥통이 차 있을 텐데 그것을 풀까 생각하다가 관유의 권유를 따르기로 했다. 내의를 빨고, 오전 중에는 《생명의 농업》을 읽는데 시간을 바치기로 했다. 후쿠오카 마사노부가 쓴 것인데 40쪽에 이런 이야기가 나온다.

"자연농법은 아주 간단하고 분명하다. 가을에 벼를 베기 전에 벼 이삭 위에 클로버 씨앗과 보리 씨앗을 뿌려놓는다. 그런 다음 몇 센티미터로 자란 보리를 밟으면서 벼를 베어 사흘쯤 말린 뒤 탈곡을 한다. 그리고 이때 나온 짚은 모두 그대로 논바닥에 뿌려놓고, 닭똥이 있으면 그 위에 뿌려놓는다. 그다음에는 정월이 되기 전에 볍씨를 흙경단으로 만들어 짚 위에 뿌려놓기만 하면 된다.

이것으로 보리 농사와 볍씨 뿌리기가 모두 끝나며, 보리를 벨 때까지는 아무것도 하지 않아도 된다. 수확을 할 때를 빼면 10아르당 1인 또는 2인의 일손이면 충분하다.

5월 20일쯤 보리를 벨 때는 발밑에 클로버가 무성하고, 그 속에 있는 흙경단 속에서 볍씨가 몇 센티미터 정도의 싹을 틔우고 있다. 보리를 베고 말려서 탈곡을 한 후에 거기서 생긴 보릿짚은 모두 논바닥에 뿌려놓는다. 그런 다음 논두렁을 손보고 나흘이나 닷새 동안 물을 대주면 클로버가 약해지면서 볍씨에 싹이 트게 된다. 그 다음 6, 7월 동안은 물을 대지 않은 채로 그냥 내버려두었다가, 8월이 되면 열흘이나 한 주에 한 번씩 물을 대었다가 빼면 된다."

이상으로 전혀 땅을 갈지 않은 채 벼와 보리 농사를 동시에 짓는 자연농법의 개요는 설명한 셈이다. 30년 동안 논을 한 번도 갈지 않고, 화학비료를 준 적도 농약을 친 적도 없는데 이 농사법만으로 보리와 쌀을 10아르당 600킬로그램 가까이 수확하였다고 한다. 이 글에서 눈여겨보아야 할 점은 농사 방법이 아니라 마사 노부의 생각이다. 생각을 놓치고 방법만 따르려다가는 백이면 백, 실패로 끝날 것이다.

오후에는 당산나무터로 갔다. 처음에는 늘 하던 대로 산을 넘을까 했으나 이장네 뒤꼍에 있다는 3000평이나 되는 묵힌 땅(서울 사람 소유라 했다)이 궁금했다. 그것을 구경할 겸 이장네 집 뒤로 해서 광식이네 집 뒤를 거쳐 저수지 위쪽으로 올라갔다. 이장네 집터를 둘러싸고 웅덩이가 세 개나 있는데 모두 이장네 집보다 위에 있거나 옆에 있다. 연못 밑에 집이 있다는 게 마음에 걸린다. 현아의 발육이 정상에 못 미치는 것도 집터 영향일지 모른다는 생각도 들고……

부엽토를 긁어 등에 매고 올라가는 도중에 사슴목장 아저씨를 만났다. 중국에서 수입해 온 떡갈나무를 지게에 지고 사슴목장으로 나르고 있었다. 50킬로그램의 마른 떡갈나무 한 등치에 1만 6000원 친다고 한다.

부엽토를 긁어 외바퀴 삼태기에 담아 나르기도 하고 지게에

져 나르기도 하고 내일 비가 온다기에 냇물을 막아놓은 '오작교' 한쪽을 허물어 둑을 쌓기도 하고 하다가 6시쯤 농협 비닐포대기에 부엽토 쌓인 것을 긁어 집으로 돌아왔다. 돌아오니 윤봉선 씨 집에 가기로 약속한 날이라 한다. 밤에 식사를 마치고 가자고 했다가 생각해보니 바닷가도 보고 집 위치며 화실까지 보려면 아무래도 낮에 가는 게 좋겠다는 판단이 들어, 마침 내일 비가 내린다고 하니 내일 점심때 가자고 미루었다.

저녁에는 건너편 할아버지댁 며느리가 놀러 와서 봄철 고사리 꺾는 일을 이야기했다. 국민학교 3학년 다니는 딸이 엄마를 찾아왔는데 변산국민학교 3학년 학생은 모두 12명이라고 한다. 엄마는 눈매가 어글어글한데 딸은 눈매가 서늘하다.

두 모녀가 돌아간 뒤에 내 방으로 돌아와 모처럼 여기저기 전화를 했다. 집에도 하고, 오늘이 편집회의 날인 것이 생각나 회사에도 전화해 이성인 선생과 원종찬 선생을 바꾸어달라고 해서 기획일도 물었다. 이성인 선생은 이호철 선생 반 아이들 산문집을 먼저 내기로 하고, 원종찬 선생은 박홍규 선생이 쓴 열린학교 원고를 맡아 교열 보고 빠진 부분을 보완하기로 했다고 한다. 문영미 씨는 오재길 씨 인터뷰 원고를 끝마치고 김성재 선생에게도 재미있는 이야기를 들어서 그것을 보충하고 싶다고 했다. 그리고 삽화도 직접 그려보고 싶다고 해서 그러라고 했다. 김광견 선생에게 전화했다. 작년에 이어 국민학교 5학년 학생들을 맡았다고 한다. 용란이네도 전화를 했는데 아무도 집에 없다.

3월 29일

윤봉선 씨 집에 갈 사람들을 결정했다. 관유와 안봉선 씨가 집에 남기로 했다. 순서로 보면 비야 엄마가 남아야 하지만 이쪽이 자연스러울 것 같아서다. 《생명의 농업》을 읽었다. 한꺼번에 후딱 읽어치울 책이 아니다. 이 책은 서둘러 읽으면 그만큼 손해라는 생각이 드는 책이다.

우리가 생산해낸 것을 분배하는 문제.

쌀 한 가마(100되)를 수확했을 때 분배는 어떻게 해야 할까. 내가 먹고 다음 농사에 대비할 양은 먼저 남겨두어야겠지.

다음부터가 나누어 먹는 기준인데, 농사일에 거든 사람들(직접 나와 함께 농사짓는 사람은 빼고), 이를테면 옷을 만들고 신발을 만들고 농기구를 만들고 그릇을 만들고 수저를 만들고……. 내가 현재 이용하고 있으나 내 손으로 빚어내지 않은 것들을 만든 사람들(자연에 되돌리는 것이나 동물들에게 되돌리는 양은 빼고 생각하더라도)에게 나누어 줄 몫을 먼저 생각해야겠지. 빚은 갚아야 하니까. 그 몫으로 반쯤 나누어 주면 그 나머지가 자유롭게 처분할 양이 되는데, 순서는 우리의 영원한 스승인 장애자들이 가장 앞서고, 그다음이 고아, 노동력 없는 노인네들, 일손이 없어 제 먹을 것 못 챙기는 주변의 과부, 홀아비…… 소득이 적은 도시 날품팔이…… 순서일 것이다.

그런데 이렇게 되면 다른 문제는 없어지는데 눈에 안 보이는 사람들에게 내주는 몫, 옷과 신발 따위를 만드는 도시 사람들에게 나누어 줄 반이 문제가 될 듯하다. 어른들만 생각하면 생산에 참여하지 않고 빼앗기만 하는 사람들 몫은 하나도 없는데, 아이들에게는 무슨 죄가 있나. 그 아이들도 먹여야 하고, 사람답게 살 길을 알려줄 필요가 있는데, 그러려면 우선 간단하게 부자에게는 한 되에 어떤 때는 수억, 수천만, 수백만 원을 받아야겠고, 가난한 사람에게는 상징으로 십 원이나 오 원을 받아야겠고, 그런데 이런 교환에는 한계가 있을 것이므로 부자에서 가난한 사람을 소득을 기준으로 해서 생계비에 지출되는 평균 소득을 20퍼센트로 치면 한 해 소득이 1억인 사람에게는 2000만 원을 내도록 하고 한 해 소득이 300만 원인 사람에게는 60만 원을 내도록 해야겠지. 실험학교에 보내는 아이들의 학비를 받는 것도 소득 기준으로 해야겠고, 받는 비율도 계층별 인구 구성비에 따라 장애자 몇 퍼센트, 도시노동자 몇 퍼센트, 중산층 몇 퍼센트, 부자 몇 퍼센트가 되어야 하지 않을까. 그렇게 하면서 많이 내는 집 아이가 특권의식을 갖지 않도록 하는 길도 찾아야겠지.

10시쯤 당산나무터에 올라가 넓혀놓은 냇물에 쌓인 낙엽을 갈퀴로 긁어 땅 위로 퍼 올렸다. 비가 내리면 떠내려 가버릴까 봐 부엽토를 만들려고. 12시 가까이 되어 빗방울이 듣기 시작한다. 일을 마치고 집에 돌아와 윤봉선 집에 가자고 재실로 연락을 했다. 관유와 봉선 씨를 남겨두고 재실 식구 모두와 광식이, 금란 씨, 나 해서 어른 여섯 아이들 셋이 함께 봉선이 집에 갔다.

줄포에서 차로 2분쯤 걸리는 데 있는 집인데 방이 셋에다 화실을 꾸밀 창고 하나까지 있어서 봉선이 가족이 거처하면서 작업하기에 안성맞춤인 집이었다. 아귀찜 곁들인 점심을 먹고 봉선이 차를 타고 곰소 항구에 나가 쭈꾸미 산 것 2만 원어치와 갓 죽었다는 것 1만 원어치를 사고 막걸리 두 병 소주 두 병을 사서 봉선이 집에 다시 돌아와 쭈꾸미 데친 것과 회로 술을 마셨다.

4시 30분쯤에 자리에서 일어나 줄포 골동품상에 가서 문짝 열여덟 벌, 솥(무쇠) 두 개를 싣고 있는데 봉선이 가족이 따라왔다. 함께 재실로 와서 저녁을 먹고 광식이와 민정이네가 산 해삼, 멍게, 홍합을 곁들여 술을 마셨다. 관유와 봉선 씨도 함께 재실에서 저녁을 먹고 술을 마셨는데 민정이 엄마가 몸이 으슬으슬하다고 자리에 누웠다고 한다. 분위기가 편치 않다. 집에 내려와보니 내 방 뒷문과 주방 뒷문이 다 열려 있다. 누군가(두 명이?) 내 발자국 소리를 듣고 뒷문으로 황급히 나갔는지 모르겠다. 나는 열쇠가 따로 없어서 봉선 씨, 금란 씨 방 열쇠로 문을 채우고 재실로 올라가 문이 열렸더라고 이야기했더니, 그렇지 않아도 앞집 할아버지가 문 걸고 다니라고 충고했단다.

잠깐 앉아 윤봉선이의 노래와 봉선 씨 노래 듣고, 광식이가 '기러기'를 부르라고 하길래 불렀다. 그래도 자리가 편치 않다. 술 취한 것을 빙자하여 내려왔는데 열쇠를 봉선 씨에게 주어 방에 들어갈 수가 없다. 토방에 앉아 빗소리, 바람소리를 귀 기울여 들으면서 봉선 씨와 금란 씨가 오기를 기다리는데, 아마 내가 노래를 부르느라 그 모습을 보지 못할 걸로 알았는지 관유와 봉선 씨가 집 앞을 지나 관유 집으로 가는 것 같았다.

그래도 잘못 봤는지도 모르지 싶어 토방에 앉아 있는데 갑자기 '봉선아' 하는 목소리가 들린다. 재실 언덕길로 두 사람이 내려오는데 한 사람이 다른 사람 등에 업혀 있다. 광식이가 금란 씨를 들쳐 업고 가는데 금란 씨가 다급해서 부르는 소리 같다. 금란 씨가 가지 않겠다고 뻗대는 모양인지 광식이는 금란 씨를 어깨에 들쳐 업고 길을 내려간다.

심상치 않아 보여 "봉선 씨, 봉선 씨요, 열쇠 주고 가야지요" 하고 큰 소리로 말을 걸면서 밖으로 갔다. 저만치 앞으로 금란 씨가 들쳐 업힌 자세로 가는데 우산을 놓쳤는지 우산이 밭으로 나뒹군다. 그런데도 광식이가 금란 씨를 들쳐 멘 채로 간다. "광식아 광식아" 하고 불렀더니 광식이가 금란 씨를 내려놓는다. 금란 씨가 주저앉아 울음을 터뜨린다. 우산을 주워 받쳐주는데 광식이가 "나 갈게요" 하고 집으로 간다.

금란 씨를 달래고 있는데 저만치 가던 광식이가 그 자리에 서서 움직이지 않는다. 오라고 불렀다. 금란 씨는 뒤따라오게 하고 광식이와 먼저 앞장서 오는데 광식이 말은 "여기서 공동체의 일원으로 살기 위한 최후의 수단을 선택했다"라는 것이다. 결혼을 해서 가정을 이루고 싶은데, 그리고 결혼상대로 금란 씨가 좋은데 청혼을 해도 자꾸 싫다 하니 보쌈하는 기분으로 들쳐 메고 간 것이겠지. 광식이는 금란 씨와 맺어지도록 도와주지 않는 나에게 원망이 많은 모양이다. 그러나 일이 그렇게 진행되어서는 안 되지, 서로 인격을 존중하는 바탕에서 일이 성사되어야지 이게 뭔가. 열쇠를 찾으러 광식이는 봉선 씨가 가 있는 관유 집으로 가고 곧이어 금란 씨가 왔다. 금란 씨 말에 따르면 광식이가 "미쳤다".

심상치 않아서 재실에 올라가 심 군을 불러오라고 했다. 광식이가 관유 집에서 열쇠를 가져와 문을 열고 있는데 금란 씨를 찾으러 가겠단다. 그리고 지금까지 두 사람 다 소식이 없다. 우리 집 전화는 비가 오면 불통이다. 막걸리를 꺼내 건빵과 함께 먹으면서 빗소리를 듣고 있다가 일기를 쓴다. 윤봉선이 가족은 재실 옆방을 치우고 거기서 자는 모양이다.

이 일이 원만하게 해결되지 않으면 중요한 두 사람을 잃게 된다. 광식이도 일이 뜻대로 안 되면 운산리를 떠나겠다 하고, 금란 씨도 오늘 같은 일이 되풀이될 가능성이 있으면 떠날 수밖에 없을 것이다. 어찌해야 할지. 두 사람은 아직 오지 않고, 비는 줄기차게 내리고 있고…….

3월 30일

한국철학사상연구회가 재단법인 한국철학연구소로 전환하는 날이다. 간밤에 바람이 몹시 불고 비가 내려 당산나무터 개울 막아놓은 것과 터 닦아놓은 데가 걱정되어 아침에 당산나무터로 올라갔다. 가면서 바람에 펄럭이는 비닐 소리와 대숲과 소나무숲에 스쳐가는 바람소리를 견주어 들었다.

　'땅에서 자라는 풀과 나무가 바람을 맞이하여 부르는 노래 들어보았니? 땅을 덮어 싸고 있는 비닐들이 바람에 떠는 소리를 들어보았니? 즐겁게 노래하는 소리와 찢기는 두려움에 떠는 소리가 어떻게 다른지 마음으로 느껴본 적이 있니?'

　다행히 바람소리와는 달리 비는 많이 내리지 않아 당산나무터는 무사했다. 당산나무에 합장하면서 마음속으로 빌었다. "금란에게도 광식에게도 나에게도 모두 마음에 평화가 깃들도록 도와주세요."
　다시 산을 넘어오는 동안 솔바람소리가 시냇물 흐르는 소리와 무척 닮았다는 것을 알았다. 이 둘은 왜 닮은 소리를 낼까. 산길을 걸으면서 문득 이런 생각이 들었다. 바람이 마음이 바빠 어서 이 나무하고도 춤추고 싶고 저 나무와도 뒹굴고 싶어서 들판을 가로지르고 고개를 넘을 때 게으름뱅이 아카시아는 편한 땅 부드러운 겉껍질에만 뿌리를 내리고 스스로를 일으켜 세우기 때문에 바람이 와락 몸을 던져 껴안을 때 뒤로 벌렁 누워버리는 건 아닐까. 또 늦잠에서 깨어난 소나무는 미처 균형감각을 회복하지 못한 몽롱한 상태에서 바람이 반가움에 못 이겨 와락 껴안을 때 그 힘을 견디지 못해 허리가 부러지는 건 아닐까.
　윤봉선이 7시 반쯤 내려왔다. 변산 면사무소까지 차로 데려다

236

달라고 부탁해서 8시 55분 차를 타고 부안에 나와 9시 35분 차를 타고 서울로 왔다.

보리에 들러 점심을 먹고, 《작은책》 4월호와 서정오 선생의 '옛이야기 보따리' 시리즈 책 《두꺼비 신랑》을 보고, 점심을 먹고 한철연 총회에 참석했다. 이사장으로 선임해놓고 인사를 하란다. "농사일을 방해하지 않는다는 조건으로, 고무도장이라는 조건을 붙여 이 직책을 받아들이기로 했다. 내가 농사에 관련된 책을 이것저것 읽고 있는데 후쿠오카 마사노부가 쓴 《생명의 농업》이라는 책을 읽어보니, 자연농법에 대한 이야기가 나오는데 씨를 뿌리고 낟알을 거두는 것밖에 어떤 일도 하지 않는 것이 자연농법이더라. 땅을 갈지도 않고, 거름을 주지도 않고, 잡초를 뽑지도 않고……. 그렇게 해서 땅을 살리고 그 살아 있는 땅에서 자연이 곡식을 길러주는 것이 자연농법의 기초인데, 나도 이사장으로서 그런 자리를 지켜내려고 한다" 이야기했다.

회의는 저녁 8시 가까워서야 끝났다. 돼지갈비집에서 저녁을 먹었다. 후배들의 따뜻함이 마음으로 전해오지만 알맹이는 없다. 관유는 곁에 있으면 껄끄러운 순간이 많지만 일깨움을 얻는데, 왜 나를 좋아하고 나를 존경하는 이들은 나에게 일깨움을 주지 못할까?

3월 31일

왜 나는 사랑이 죄가 되는 시대에, 또 그런 곳에서 태어났을까. 조그맣게 울타리 쳐진 가정, 지아비와 지어미, 자식과 부모 사이로만 한정된 사랑은 '애정', '자애'로 불리고, 그 밖의 사랑은 '불륜'이나 '자선'이나 '바람끼'로 배척되어버리고 만다. 나는 여러 여자를 좋아할 수도 있는데, 이 여자에게 사랑이 식지 않고도 저 여자를 따뜻하게 대할 수 있는데, 만일에 이런 마음속 생각을 밖에 드러내거나 행동으로 보이면 '반인륜적'이고 '패륜'한 사람이 되어버리고 만다. 조그맣게 가정 안으로 움츠러들어버리거나 살의 매개가 없이 관념이나 종교로 빛바래버린 사랑이 아닌 '그리스인 조르바'의 사랑이 용납되는 세상에 살고 싶다.

아침에 《동아일보》 원고, 비룡소 번역 원고를 쓰고 나래 엄마와 함께 검토를 마치고 오후 3시 25분 차를 타고 부안으로 떠났다. 어젯밤 제대로 자지 못해서, 혀가 뻣뻣해지도록 마신 술의 후유증과 함께, 또 지속되는 왼쪽 어깨의 통증과 함께 몸을 제대로 가눌 수 없어서 눈을 감은 채 휴게소까지 왔다. 휴게소에서 《조선일보》를 사서 보노라니 그제야 정신이 맑아져온다.

연애소설 쓸 생각을 다시 한다. 편지의 형태로 쓰는 것이 좋겠다. 편지를 받을 사람은 O가 좋겠고……. 남자는 고고학을 하는 사람으로 하고 여자는 연극배우로, 이승과 저승을 약초향과 약초즙을 통해서 넘나드는 것도 좋겠고…….

처음 시작은, 그래.

그래. 내 마음은 피어오르는 뽕잎 연기를 따라 다시 그 자리로 가고 있다. 온 세상의 빛이 모두 모여 한자리를 비추던 그곳. 그곳만 빼고는 온 우주가 빛을 잃던 순간으로. 어떻게 그럴 수가 있었을까. 가장 강렬한 빛에서 가장 섬세한 빛까지 빠짐없이 모여들더니 그 안에서 하나의 모습이 떠오르기 시작했다. 대학로 조그마한 극장 현관 앞. 비가 내렸던가, 오후였던가. 떠오르는 그 여자를 보는 순간 내 의식과 감각을 나이테처럼 감싸고 있던 시간의 껍질들이 하나씩 둘씩 벗겨져 나가 나는 서른다섯 해 전 열여섯 살 어린 소년이 되어 있었다. 그 여자를 둘러싼 빛이 내 눈을 찌르는 순간 내 안에 세워졌던 그 많은 철근콘크리트와 벽돌과 겹겹의 창들이 폭탄을 맞은 듯이 와르르르 허물어져 내렸다. 불꽃으로 내 가슴 한복판에 새겨져 그 뒤로 끊임없이 타오르는 그 여자의 모습. 그것이 그 여자와 첫 만남이었다.

"쟤, 참 멋져, 안 그래요 현 선생."

조그마한 목소리가 내 옆구리를 찔렀다. 내 눈길을 붙들어 매던 무대 벽이 뒤로 물러서고 하얀 옷이 앞으로 온다. 아래와 위가 하나로 된 무명천, 느슨하게 묶인 무명실이 그 옷 아래와 위를 갈라놓고 있다. 아니다. 저 색은 너무 밝아. 옥양목일까. 화학탈색제로 표백시킨 저 옷은 어울리지 않아. 에게의 햇살은 저렇게 창백한 색을 빚지는 않는다. 하얀 천 위로 자라난 저 긴 목. 그 위에서 소리가 울려 나오고 있다.

저 목소리, 기름기가 없다. 메마르지도 않았다. 달거나 맵거나 쓰지 않다. 시지도 짜지도 않다. 양념 치지 않은 저 목소리. 이른 봄에 자라는 풀이나 나무 빛깔과 맛이 우러나는 저 목소리. 찔레순을 입 안에 넣으면 저 맛이었나? 아니면 송기, 아니면 띠뿌리, 잘 모르겠다.

오오, 저런, 그 여자다. 안티고네, 3000년의 세월을 뛰어넘어 무대 위에서 서성이며 모두를 바라보면서 아무도 보지 않는 저 캄캄한 눈.

"쟤, 누구죠?"

나는 고개를 젓는다. 내 가슴에 새겨진 불꽃이 타오르기 시작한다.

저 모습은 바람이다. 이른 새벽 동트기 전, 동해바다 그 진초록 바다 깊은 곳에서 솟아오른 태초의 바람. 그 바람이 내 가슴속 불꽃에 입을 맞추고 있다.

(안티고네의 독백 대사가 여기 들어가야겠지.)

그것이 그 여자와 두 번째 만남이었다…….

버스 창밖으로 흐르는 봄 들판이 낯익다. 그래, 정복자 펠레의 눈에 비치던 그 모습이다.

부안에 내려서 집으로 전화를 했다. 봉선 씨가 받는다. 필요한 것 없느냐고 물었더니 돼지고기와 막걸리를 사 오란다. 달빛이 환한 밤길을 한 손에는 가방을 한 손에는 막걸리 네 병과 돼지고기 만 원어치 담긴 시장가방(부안에서 2000원에 샀다)을 들고 집으로 왔다.

관유가 술을 마시면서 기다리고 있다. 꽤 취해 있다. "야, 윤구병이, 너." 웃고 자리를 피했다. 가서 자라고 말하고……. 마음이 언짢지는 않다. 봉선 씨를 딸려 보내는데 태련이와 경진이가 윤봉선이와 함께 왔다. 어젯밤에 변산에 도착했는데, 당연히 있을 줄 알았던 내가 없어서 재실에 잠깐 왔다가 봉선이 집에 가 있었단다. 춘천에서 짓기 시작한 집 문제로 내일 떠나야겠다고 한다. 11시쯤 갔다.

-4월-

4월 1일

성숙하지 못한 남녀 간의 사랑은 강아지 두 마리가 뛰노는 것과 같다. 강아지들은 어른 개들의 흉내를 낸다. 사랑의 행위까지도. 그러나 그것은 진짜 관계가 아니다. 일종의 놀이다. 사랑이 현재와 연관이 있고 둘이 하나 되는 과정이라면 그리고 그 하나가 완전한 것이 되려면 성숙한 의식이 필요하다. 나이가 의식을 성숙시켜주지는 않는다. 어떤 사람은 여든이 넘어도 의식은 강아지 수준에서 벗어나지 못한다. 아니, 모두 그렇다고 보아야 할까. 사랑의 절대성을 나는 언제나 깨우칠 수 있을까.

아침에 《생명의 농업》을 읽다가 10시쯤 당산나무터로 올라갔다. 광식이가 태워준 차를 탔다. 재실에 올라가, "관유가 여러분에게 보이는 모습, 그로 말미암아 여러분이 마음에 입는 상처는 사실 나로부터 말미암는다"라는 점을 분명히 했다.

장독대 만드는 데 필요한 시멘트 20포, 방수액, 황토흙 나르기에 참여해달라고 부탁한 것은 아침 9시쯤, 12시 반에 정경식 씨

집에서 유기농 생산자와 소비자 모임이 있는데 와달라는 연락이
있어 12시까지는 일을 마치고 재실로 올라가기로 했다. 저수지
오솔길에 깔린 부식토를 한 자루 긁어서 당산나무터까지 갔다.
엊그제 물에서 꺼내놓은 가랑잎이 윗부분은 바람에 말라 흩어지
고 있어서 모두 거두어 퇴비 쌓은 곳으로 옮기고 그 위에 켜로 부
엽토를 뿌린 뒤에 자루를 칼로 찢어서 만든 보자기와 비닐하우스
안에 있던 누에 기르는 데 쓰고 남은 천막조각을 가져다 덮었다.
일을 마치고 집으로 돌아오는 길에 산 너머 오솔길에서 솔잎이
많이 섞인 부엽토를 긁어 자루에 담아 메고 왔다.

　봉선 씨와 금란 씨는 그릇을 사러 부안으로 가서 아직 돌아오
지 않았고, 어젯밤 많이 마신 술 때문에 아침을 거른 관유가 점심
을 먹고 있었다.

　정경식 씨 집에 가는 길에 정경식 씨 처남인 전세철 씨 밭을 둘
러보았다. 유기농으로 농사짓겠다고 재작년 가을부터 마포에 와
서 밭에다 가랑잎과 푸나무를 깔기 시작했는데 삭고 마른 것으로
쳐도 10센티미터는 되는 것 같다. 나중에 들으니 처음에는 30센
티미터 두께로 덮어놓았는데 갈앉아서 그렇다 한다. 보리씨와 밀
씨를 뿌려서 돋아 올랐는데 자라는 모습이 신통치 않다. 마늘도
여느 밭에 있는 것보다 줄기가 마르고 잎도 건강하지 않고 키만
크다.

　차라리 밭에 풀이 자라게 하여 땅을 살리는 것이 낫지 않을까.
풋거름을 두텁게 깔아 그것이 썩어서 그 미생물로 지렁이와 두더

지가 차례로 살길을 찾기를 기다리는 과정보다, 풀씨들이 아직 땅에 살아남은 미생물들을 이용하여 싹트고 자라서 햇빛과 바람의 힘을 빌어 광합성을 해서 땅을 기름지게 하는 방법이 아무래도 더 빠를 것 같다.

정경식 씨 집에서 전주 사람들인 소비자들, 그리고 변산반도 지역 유기농 농가에서 온 농민들과 함께 점심을 먹고 한마디 하라기에 평소 생각하고 말해왔던 것을 15분쯤 걸려 이야기했다. 그것으로 밥값은 한 셈치고 광식이와 민정 아비와 함께 솥을 실으러 줄포로 갔다. 솥 하나에 1만 원씩 쳐서 모두 스물여덟 개, 문짝 여섯 개(3만 원), 그리고 지난번에 보아놓고 왔던 무자위(염전에서 썼던 것인 듯하다) 하나를 싣고 집으로 돌아왔다.

저녁이 늦었다. 금란 씨와 봉선 씨가 장독대 황토 나르는 울력을 하고 와서 저녁 준비를 했기 때문에……. 저녁을 먹고 나서 막걸리를 마셨는데 관유와 주고받는 이야기가 늦어져 밤 11시 반이 넘어서야 자리를 파했다.

4월 2일

화순 동복에서, 일급수가 흐르는 곳에서 미나리 농사를 짓고 있다는 황용철 씨를 만나기로 한 날이다. 광주 고속터미널에서 내려 광주은행 앞에서 광주 환경운동 청년단체 '지킴이' 회원인 김경일 씨를 오전 11시에 만나기로 약속했기 때문에 아침 7시 30분에 집을 나섰다. 승용차로 가면 여기서 광주까지 두 시간이 채 안 걸린다는데 부안, 정읍으로 해서 가려면 차 바꿔 타는 시간까지 합해서 네 시간은 걸리리라고 예상했기 때문이다. 그리고 그 예상은 틀리지 않았다.

오전 11시가 조금 못 되어 광주에 도착해서 광주은행 현관에서 김경일 씨를 기다리는데 30분이 지나도록 오지 않는다. 나중에 알고 보니 광주은행이 최근에 옮겨서 김경일 씨는 옛 광주은행 자리에서 기다렸다고 한다.

건강식품점을 하는 김경일 씨 후배 집에서 따뜻한 점심 대접을 받았다. 김경일 씨 친구와 그 후배와 함께 봉고차로 화순 동복으로 향했다. 이 젊은이들은 나를 배려하여 송강이 옛날에 살았던 곳과 김덕령의 사적이 있는 곳을 지나서 동복으로 간다. 동복에 가서 황용철 씨와 최근휴 씨를 만났다. 황용철 씨의 미나리농장은 규모가 무척 컸다. 율무와 엿기름으로 만든 조청 맛도 보았다. 엿기름을 25퍼센트 섞었다는 데 맛이 옛날 어려서 먹어본 그 맛이었다.

동복은 좁고 긴 골짜기 마을인데 많은 사람이 모여서 살기로는 좀 답답한 곳이고 사람을 편안하게 감싸주는 곳이 아니다. 나중에 듣자 하니 6·25전란 때 많은 희생이 쌍방에서 났던 곳이라 한다. 그래서 그런 느낌이 들었을까, 아니면 그런 느낌이 드는 곳이어서 그렇게 희생이 많았을까 잘 모르겠다.

황용철 씨는 본격적으로 농업 자본가의 길로 들어서 있었다.

내가 기대했던 모습이 아니다. 미나리 효소는 전량 일본으로 수출되고 율무 조청도 대량으로 만들어 시장에 낼 준비를 갖추고 있었다. 율무 조청만도 한 해에 10억쯤 팔겠다고 한다. 그렇게 소득을 얻으려면 율무를 얼마쯤 심어야 하느냐고 물었더니, 30만 평쯤 심어야 한다고 한다. 황 씨는 그동안 미나리 농사를 지어 줌으로 팔려다가 손해를 많이 보았다고, 김경일 씨가 귀띔한다. 동네 사람들에게도 미나리 재배를 권유하다가 시장 개척을 못하여 고스란히 썩히는 바람에 손해를 많이 입히고, 그 손해 가운데 일부는 황 씨가 보전해주어 빚이 많다고 한다.

그래, 일을 크게 벌려 환금작물에 투기성 농사를 짓다가 빚을 지면 그 빚을 갚으려고 더 크게 빌릴 수밖에 없고, 이런 악순환 끝에 열에 아홉은 빚더미에 올라앉고, 하나쯤 성공을 한다 하더라도 그때는 이미 농민이 아니라 농업 자본가가 되어 땅 위에 세워지는 여러 가공 공장에 파묻혀 살다가 낡은 가건물들만 남기고 죽게 되는 거지.

최근휴 씨는 부지런하고 착하고 성실한 전형적인 농부다. 소를 여섯 마리, 개를 백 마리쯤(?) 기르고, 트랙터로 동네 논을 다 갈아주고 꼭두새벽부터 해질녘까지 한시도 쉬지 않고, 밤에도 무슨 일인가 쉬지 않고 하는 사람인 듯하다. 겨울에는 산에 돌아다니면서 사냥을 하고…… 그렇게 뼈가 휘게 일하는데도 광주로 유학 보낸 자식들 뒷바라지하느라고 살림은 펼 줄 모른다. 모든 땀이 도시 사람들 뒤치다꺼리에 바쳐지고 있는데 본인은 그것을 운명이려니 여긴다. 그렇게 해서 도시에서 편히 자라는 아이는 머지않아 아버지를 배신하겠지. 비극적인 농촌 주민의 전형적인 보기를 만난 것 같다. 하룻밤 자고 오려고 했는데 그럴 필요를 느끼지 못했다. 변산행 버스를 타고 다시 돌아오고 말았다.

4월 3일

아침부터 장독대 일을 했다. 관유 혼자 해왔던 일이다. 진흙과 시멘트를 1.5대 1로 섞은 흙으로 벽을 재벌 바르고, 장독대 위칸에 마련한 반원형 누대에 균형 잡는 일을 했다. 두 번이나 허물어내려 비뚤어진 누대의 토대를 보강하여 안전하고 모양도 좋은 누대를 빚어내는 데 성공했다. 저녁에는 윤봉선의 집에 갔다. 세밀화 그리는 태수, 권혁도 씨, 이재오 씨가 조원이, 대경이, 용란이와 함께 봉선이 집에 있다는 연락을 받았기 때문이다.

저녁을 먹고 갔는데, 봉선이 집에서 술자리가 마련되었다. 광식이 차를 타고 갔기 때문에 불편은 없었다. 막걸리를 많이 마시고 세밀화와 관련된 이야기를 이것저것 나누었다. 생물학 도감식 분류 방법을 벗어나 우리와 밀접한 식물, 곤충, 동물을 그리되, 개체 개체를 따로 떼어 의미 없는 학문 분류 방식에 따라 기계적으로 그릴 것이 아니라 생태계 전체의 유기 연관을 염두에 두고 우리 나름의 분류 방식을 따로 세워 그리자고 했다. 12시쯤 해서 자리에 누웠다.

4월 4일

아침에 일어나 권혁도 씨와 줄포 소나무숲에 가서 썩은 소나무 둥치를 긁어내 부식토를 얻었다. 아침을 먹고 차를 마시고 세밀화 시리즈 담당 식구들을 데리고 곰소에 가서 안주 겸 찬거리를 샀다. 게 1만 원어치, 홍합 한 자루 5000원어치, 쭈꾸미 2만 원어치, 아귀 세 마리 1만 원어치, 그리고 조기새끼 1만 원어치를 이태수가 샀다. 해안도로로 해서 격포를 구경시키고 재실에 와서 함께 장독대 일을 했다. 점심을 먹고 세밀화 팀에게 구들돌, 당산나무터를 구경시켰다. 오후 3시쯤 재실로 되돌아와 장독대 일에 매달렸다. 저녁 7시쯤까지 장독대 일을 했다. 세밀화 팀은 오후 4시 30분쯤 이태수 차를 타고 돌아가고 용란이와 대경이는 남았다. 오늘밤에는 광주 부부, 낙선이, 민호가 온다고 한다. 저녁식사는 홍합국을 곁들이고 막걸리도 곁들여서 맛이 있었다.

4월 5일

오늘 새벽 2시 지나 보리 식구들이 왔다. 한백이 엄마 아빠와 한백이, 김민호, 정낙선…… . 나는 어젯밤 피곤이 겹쳐서 일찍이 앓아눕다시피 잠이 들었다가 보리 식구들 기다리느라고 잠을 자지 못하는 용란이가 옆방에서 달그락거리는 소리에 잠이 깼다. 용란이도 며칠 밤 잠을 자지 못한 데다가 보리 식구들은 밤늦도록 안 오고, 변산 식구들은 고된 일에 못 견뎌 늘 하던 대로 일찍 곯아떨어져 혼자 기다리고 있으려니 신경질이 난 모습이다. 3시가 넘도록 한담을 하고 술 한잔 나누다 잠이 들었다가 아침 6시 30분쯤 일어났다.

오늘 여자 식구들은 고추 모종을 묘판갈이 하고 2800평 땅에서 비닐 걷어내는 작업을 했다. 남자들은 모두 장독대에 달라붙어 바닥에 흙 바르는 일을 했다. 레미콘 작업으로 바닥을 마감했는데 토담으로 쌓고 시멘트와 황토를 섞어 마무리한 벽과 어울리지 않아 흙의 느낌을 살리려고 시멘트와 황토를 섞어 바닥에 바르는 일이다. 오후 3시가 넘어 대우조선 사보편집팀 사람들 4명이 와서 당산나무터에 데리고 가 쌓아놓은 물막이 허는 일을 하도록 시키고 차 선생을 거기에 참여시켰다. 나머지 식구들은 저녁 7시까지 장독대 일에 맞붙어 아래쪽 중앙 계단만 빼고는 다 완성했다. 내일 오후쯤 장독대 올리는 일만 남은 셈이다.

본디 오늘 서울에 올라가기로 했는데, 평택에서 황간모 군이 부인과 함께 포도나무를 가지고 왔고, 또 대우조선 사보편집팀과 얼굴만 잠깐 보고 헤어지기도 예의가 아닌 것 같아 피곤하지만 내일 새벽에 떠나기로 하고 주저앉았다.

저녁을 먹고 막걸리를 마시고 있는데 중산리 형님한테서 전화가 왔다. 팔선주八仙酒가 있는데 서울에서 제자들도 왔다고 하니 방문하고 싶다는 의사표시였다. 광식이와 함께 봉고차를 타고 모시러 가서 형수와 형님 두 분을 모시고 올라왔다. 형님이 거나해져 있었던 데다 정낙선이 막걸리에 많이 취해 예의에 어긋날 정도로 재롱을 부려 마음이 조마조마한 가운데도 무사히 형님을 보내드릴 수 있었다.

나중에 우리끼리 술을 마셨는데 밤늦도록 고성방가하고 노는 모습이 동네 사람들에게 어찌 보일까 조마조마한 기분이 들어 한백이 엄마의 노래를 마지막으로 자리를 파하자고 제안했으나 모두 귀담아듣는 자세가 아니다. 술자리가 취기 때문에 많이 흐트러져서 나중에는 짜증 섞인 어조로 이제 그만 자자고 했다. 그런데 조금 더 일찍 마쳐야 할 걸 시기를 놓쳤나 보다.

술 취한 관유가 광식이에게 "광식이 너 임마……" 식으로 나오고 광식이도 화가 나서 욕을 해 주인도 손님들도 모두 어색한 상황이 빚어지고 말았다. 마음이 무척 울적했다. 자리에 버티고 앉아 가지 않으려는 관유를 봉선 씨 딸려 보내고 나니, 용란이가 맥주 있으면 한 잔만 더 하자고 한다. 민호와 자리를 깔고 부엌방에 누워 있다가 저것도 내 마음 풀어주려는 배려인데 하는 생각이 들어 억지로 몸을 일으켰으나 술맛이 날 리가 없다. 자꾸 이야기를 길게 끌어가려는 용란이에게 짜증을 부리다시피 가서 자라고 하고, 민호와 함께 자리에 누웠다.

4월 6일

아침 일찍 광식이한테서 전화가 왔다. 5시 40분쯤.

첫차로 서울에 올라가야 할 텐데 부안까지 봉고차로 바래다주

251

겠단다. 그러라고 했다. 대경이, 민호와 함께 부안까지 왔다. 호주머니에 돈이 없어서 아침은 휴게소에서 내가 사기로 하고 민호가 표를 끊었다. 서울에는 오전 10시쯤 도착했다.

보리 사무실에 들러 점심을 먹고 교보문고에서 세종문화회관 별관을 빌려 하는 강연에 나갔다. 비가 와서인지 사람이 많지 않다. 강연 제목은 논리 교육에 관련된 것인데, 도리어 중학교 3학년이 되기까지 아이들에게 특별히 논리 교육을 따로 시키는 것은 좋지 않다는 이야기만 했다. 강의를 마치고 강연장까지 오신 나이 많은 선생님들과 함께 소주를 한잔했다.

지난번 이수호 선생님과 함께 변산에 들르셨던 선생님 두 분, 그리고 그때 오고 싶었지만 시간이 닿지 않아 못 오셨다는 분 한 분인데 이 분은 내후년에 정년이라고 하니 올해 예순셋인 셈이다. 전교조 활동도 하고 교육 문제에 관심이 많은 분들로서 나중에 실험학교가 열리면 자기들도 낄 자리가 있느냐고 묻는다. 노인들이 잘 익은 과일처럼 아름답게 빛나는 공동체가 자연의 질서에 맞는 공동체라고 믿고 있다고 대답하고 언제든지 오시라고 했다. 나이든 분들이 특별히 관심을 가져주시는 것은 기분 좋은 일이다.

간단하게 소주 두 병을 마시고 헤어져서 집에 돌아오니 마침 나래도 누리도 집에 있다. 아내는 마산 큰처형 산소에 갔는데 9시 비행기로 온다고 한다. 뉴스에 국회의원 선거 이야기가 나오는데 SBS도 MBC도 KBS도 은근히 신한국당 편에서 뉴스를 편성하고 있다. 비무장지대에 북한군이 정전 협정을 위반하고 중무장하고 들어왔다는 뉴스를 일부러 크게 키우는 것도 속이 들여다보이고……

변산에 전화를 했더니 모두들 힘을 합해 장독을 장독대에 날라다 놓았다고 한다. 고마운 일이다. 장독대에 모두 270개쯤 장독을 들여놓은 모양이다. 아마 우리나라에서 가장 크고 아름다운 장독대이리라. 그리고 이만큼 아름다운 숨 쉬는 옛 항아리들을 다른 곳에서는 찾아보기 힘들리라. 버림받는 항아리가 우리 새 공동체에서 살아 숨 쉬어 공동체 번영의 바탕이 되면 얼마나 기쁠까.

4월 7일

어젯밤 10시가 넘어서 나래 엄마가 마산에서 비행기로 왔다. 우산을 들고 마중 나갔다. 막걸리와 맥주를 마시면서 마산 이야기를 들었다. 나래 외할머니가 많이 안정되었다고 한다. 다행한 일이다. 알코올중독 증세가 있어서 걱정이 컸는데……

오전 10시쯤 집에서 나왔다. 새 일기장도 사야겠고, 만년필 심도 제대로 나오지 않아 문방구에 들렀는데, 칸이 좁게 쳐진 노트를 찾을 수 없다. 꽤 큰 문방구들에도 없다. 별수 없이 칸이 조금 넓은 것으로 샀다. 칸이 좁은 것도 있었는데 미국 제품이다. 편지지 대용으로 하나 사면서도 속으로 찜찜하다.

영화를 보았다. 〈라스베이거스를 떠나며〉. 알코올중독에 걸린 시나리오 작가와 라트비아에서 신세계를 찾아 이민 온 창녀 사이

의 사랑 이야기인데, 감독의 역량이 돋보이는 작품이다. 빠른 속
도로 장면을 바꾸고 장면 전환을 암전으로 처리하는 것이 단순하
면서도 인상 깊다.

　로스앤젤레스의 영화판은 꾸민 무대장치 위에서 남의 역할을
대신해서 사는 것을 자기 삶으로 여기면서 사는 사람들이 이루는
껍데기만의 삶이다. 여기에서 만들어지는 가장 좋은 영화라는
〈흐르는 강물처럼〉 같은 영화조차 진실은 제대로 드러내지 못한
다. 남자 주인공은 '돼지들의 강'이라는 시나리오를 쓰고 난 뒤
해고를 당한다. 한때 '잘나가던' 작가가 진실에 눈을 뜨면서 이
껍데기만의 세계를 못 견뎌 하지만 다른 삶을 선택할 조건은 주
어져 있지 않다. 술을 마셔서 의식을 마비시키는 수밖에…….

　과거의 동료들은 가짜 삶의 공범이기를 거부하는 이 주정뱅이
로부터 하나둘 등을 돌린다. 남자 주인공은 라스베이거스로 가서
술에 파묻혀 4주 동안만 살고 죽으리라고 결심하고 자기의 과거
를 깨끗이 정리한다. 헤어진 아내와 아들 사진(그동안 애지중지 아
껴온 마지막 물건)마저 불속에 집어넣어 태운다.

　라스베이거스는 사막 위에 세워진 환락의 도시다. 가짜 삶을
살면서 돈을 번 사람들이 그 돈을 탕진하려고 모여드는 곳이다.
여기 오는 사람들은 가장 모범적인 모습을 지닌 체하는 위선자조
차 크게 보아 범죄자다. 모두가 공모해서 먹이사슬을 이루고 살
아간다. 미래도 없다. 촉망받는 미식축구 선수로서 미국 젊은이
들의 우상인 가장 모범적인 미래세대(고등학생?)조차 집단으로

창녀를 강간하고 폭행하는 곳이니까.

이 라스베이거스에 소련이 몰락하고 난 뒤 배금주의가 복음이 되어버린 소련의 변방 라트비아에서 온 젊은 부부가 자리 잡고 사는데 남자는 이 멋진 신세계가 정글의 법칙이 지배하는 곳이라는 데 눈을 뜬다. 범죄와 폭력만이 살길임을 체득한 이 남자는 아내에게 돈을 벌어 오라며 폭력적으로 길거리로 내몬다. 이렇게 해서 창녀가 된 여자 주인공은 남자를 만족시키는 일에 '도사'가 된다. 사랑이 없는 사랑의 기술자가 된 것이다. 이렇게 되다 보니 사랑이 뒷받침되어야 할 부부관계마저 폭력적 욕구 충족의 행위로 변질되어버린다. 남자는 청순했던 옛 아내와 나누었던 과거의 사랑이 떠오를 때마다 이미 더러워진 아내의 몸에 칼질을 한다. 그리고 밤을 새우고 돌아와도 좋으니 돈만 많이 벌어 오라는 말까지 한다.

가짜 삶의 대가로 받은 마지막 한 푼까지 탕진하고 라스베이거스로 죽으러 온 남자 주인공과 라스베이거스 호텔 로비에서 몸을 사줄 상대를 찾는 여자 주인공은, 음주운전을 하다가 신호등을 무시하고 달려든 남자 주인공의 자동차에 치일 뻔한 여자 주인공이 훈계를 하게 되면서 그 우연한 만남 끝에 서로를 좋아하게 된다.

철저한 악당이 되지 못해 범죄자들 사이에서 배신자의 낙인이 찍힌 남편이 살해당하자 여자 주인공은 싸구려 호텔에서 술에 빠져 살던 남자 주인공을 자기 집으로 들이려 한다. 남자 주인공은 "술을 끊으라는 말을 하지 않는다면"이라는 조건으로 이 제의를 받아들인다. '있는 그대로' 자기를 받아들일 것을 요구한 것이다. 그러겠다고 했지만 정이 깊어지자 남자의 발작 증세에 깊은 우려를 하던 끝에 여자는 '의사'를 찾아가보는 게 어떠냐고 넌지시 말을 꺼낸다. 남자는 그 길로 보따리를 싸서 집을 떠난다. 다른 창녀를 집에 불러들여 여자로 하여금 정떨어지게 만들어 헤어짐의 상처를 줄이는 배려를 하면서.

여자는 남자를 다시 찾아 헤매지만 만나지 못하다가 남자가 마지막 죽어가는 순간 건 전화를 받는다. 이때는 여자도 만신창이가 되어 있을 때다. 여자는 죽어가는 남자가 처음으로 발기한 모습을 본다. 그리고 남자의 말을 듣는다. "너만 생각하면 이놈이 이렇게 서." 여자는 젊은 애들의 집단 성폭행으로 갈기갈기 찢어진 성기를 남자의 성기 위에 밀착시킨다. 그리고 남자는 죽고 여자는 라스베이거스를 떠난다. 상품과 쾌락의 도구로 전락했던 성이 사랑과 생산의 기능을 복원하는 것이다.

4월 8일

아침 일찍 집을 나서 처음으로 우장산 전철역에서 5호선을 탔다. 까치산에서 갈아타고 신도림에서 갈아타고 교대역에서 갈아타고 했더니 한 시간쯤 걸린다. 600번을 타고 갔으면 6시 50분 첫 버스에 맞출 수 있었을지 모르는데, 늦어서 7시 40분 우등버스 표를 끊을 수밖에 없었다. 8시 30분까지 기다리면 일반버스를 탈 수 있었지만 빨리 변산에 가는 게 나을 것 같아서 그냥 우등을

256

타기로 했다.

변산에 내려 집에 전화해서 필요한 게 없느냐고 했더니 술을 들고 오면 무겁지 않겠느냐고 한다. 면사무소에서 도장을 찾고 술도가가 가까워서 주인을 찾았더니 턱수염이 난 남자가 나온다. 이 사람이 이 집 막내아들 최싱렬 씨인데 나이는 50세다. 대뜸 술한잔 같이 하자고 한다. 정육점에서 콩나물과 두부를 사가지고 다시 오겠다고 했다. 부엌(입식)에 들어가니, 낙선이에게 과자를 한 봉지 사서 주시던 할머니께서 밥도 함께 먹으란다. 봉선 씨, 금란 씨, 관유가 기다리고 있을 것 같아서 밥은 집에 가서 먹겠노라고 하고 술만 두 잔 마셨다. 최싱렬 씨가 마침 상갓집에 갈 일이 있으니 운산리까지 바래다주겠다고 한다.

그저 술도가 주인이기만 한 것 같지는 않다. 내가 변산에서 하려는 일도 어느 정도 알고 있는 듯 보이고, 도울 일이 있으면 돕겠다고 한다.

나중에 재실 구경시키고 집에 와서 술을 한잔하면서야 보통 사람이 아님을 알아보았다. 좋은 지기가 생긴 것 같다.

저녁을 먹고 보리 효소, 밀 효소, 장독대 문제로 재실에 올라갔다. 보리 두 고랑, 밀 두 고랑을 나에게 달라고 하고 밭에 있는 장독들은 그 자리에 두었으면 좋겠다고 했다. 비야 엄마가 어제 이삿짐을 옮겼는데, 짐이 많아서 봉선 씨와 금란 씨가 무어라고 하는 바람에 속이 많이 상한 것 같았다. 오후에 금란 씨에게 고추 모종을 비닐포트에 다시 옮겨 심으면서 대강 사정을 들었는데,

봉선 씨와 금란 씨와 나와 관유가 한 동아리가 되어 나머지 사람들을 따돌리는 것으로 여기는 듯했다. 민정이 아빠 엄마의 입장도 마찬가지고…….

꽤 오랫동안 그 문제로 이야기하다가 김용옥 선생의 책에 대한 이야기로 말머리를 돌렸다. 몇 십 쪽이나 되는 분량을 자기 가계 자랑이 섞인 시시콜콜한 이야기로 때운 책을 한 권도 아니고 여러 권씩 내면서 고유한 사상은 서문의 서문도 제대로 전개하지 못하는 엉터리 철학책에 사람들이 빠지는 이유를 모르겠다.

밤 1시까지 이야기를 나누다 왔다. 민정이 아빠도 비야 엄마도 나를 독재자로 만들고 내 명령에 따라 행동함으로써 자유인이 져야 하는 책임을 벗어나려는 듯하여, 그래서는 안 된다고 이야기했다. 권위에 의한 갈등의 조정은 미봉책일 뿐이다. 스스로 부딪쳐 깨지면서 상호 갈등을 풀어나가야 한다.

집에 돌아와 김준권 씨에게 부탁하여 구입한 씨앗 뿌리는 기계를 조립했다. 이 간단한 기계를 30만 원 가까이 주고 산 것이 아깝다. 그러나 어쩌랴, 우리 농기구를 개량해서 일손을 덜려는 노력이 부족했으니 감수할 수밖에.

4월 9일

어제 술김에 최싱렬 씨가 나무를 심는다고 해서 울력을 해주기로 약속했는데, 아무리 술 먹고 한 약속이라도 약속은 약속이어서 아침 6시경에 전화를 했더니 8시까지 술도가로 오라고 하면서 무척 미안해한다. 새벽 5시가 되기 전에 관유가 찾아와서 꽤 긴 이야기를 하고 난 터라 어젯밤에는 두 시간 반 정도 잔 셈이다.

8시에 금란 씨, 봉선 씨, 관유, 나, 넷이 나무 심으러 술도가를 찾아갔다. 산벚나무를 마포에 있는 최싱렬 씨 밭에 심어야 하는데 오전에 200평 조금 못 되게 심고, 술도가에서 점심을 먹고 오후 5시 넘도록 나무를 심었다. 밭이 길가에 있어서 유기농을 하는 마포 사람들이 자주 왔다. 정경식 씨, 김복원 씨, 박형진 씨, 조찬준 씨……

마포 최싱렬 씨는 그 사람들에게 막걸리를 권하고 나보고도 쉬었다 일하라고 한다. 오전에 마신 술이 과해서 관유는 오후 4시가 넘도록 산에 올라가 잠을 잔 탓에 관유 몫까지 일을 하려면 마냥 노닥거릴 수가 없어서 손님들이 술을 마시는 동안에도 일을 했다. 오후 5시 30분쯤 되어 최싱렬 씨가 일을 마치자고 한다. 우리에 대한 특별 배려다. 산벚나무 작은 것 200그루를 선물로 받아 싣고 최싱렬 씨 막걸리 배달차로 집으로 왔다.

최싱렬 씨는 알수록 재미있는 사람이다. 머리가 아주 좋은 사람이라는 것과, 사람들을 널리 알고 사람들에게 인심을 잃지 않은 사람이라는 것 외에 덴마크인지 스웨덴인지 거기서 1년 동안 영농유학을 하면서 스모그햄을 만드는 경험도 한 사람이고, 막걸리를 여러 가지로 맛이 다르게 시험할 뿐만 아니라 소주도 내리고, 거기에 과일을 섞어 과일주도 만들 줄 아는 사람임을 알았다.

참 숨어 있는 보물이다. 앞으로 잘 사귀면 좋겠다. 그런데 변산 유기농을 한다는 젊은이들이 왜 이분을 스승으로 모시고 본받으려고 하지 않았을까?

어머니는 독실한 불교 신자이고 아내도 글씨 쓰는 걸 보면 인텔리 같은데 최싱렬 씨는 이런 아내에게서도 못마땅한 구석을 발견하나 보다. 참 수수께끼 같은 사람이다.

4월 10일

오늘은 당산나무터에 가서 칡넝쿨과 가시덩굴을 포크레인으로 걷어내 다시 밭을 일궈 그 땅에 최싱렬 씨가 준 산벚나무를 심었다. 이 땅은 더덕 씨앗을 뿌린 곳이기도 하다. 관유, 봉선, 금란 씨와 함께 200그루를 심고 일을 마치고 나서 관유는 비닐하우스 안에 모아놓았던 칡뿌리를 지게에 지고 나는 부엽토 두 포대를 긁어서 밀차에 싣고 집에 돌아왔다.

오후에는 집안에 들어앉아 밀린 원고를 썼다. '한살림' 원고는 항아리와 장독대에 관해서 썼고, '공동선' 원고는 묵은 밭 일구기에 관해서 썼다. 《북매거진》에 서정오 선생의 《두꺼비 신랑》을 소개하는 짤막한 글도 썼다. 소득으로 따지면 강연 한 번 나가거나 방 안에 앉아 글을 쓰는 것이 밖에서 밭을 갈거나 장독대에서 흙일을 하거나 나무를 심는 것보다 훨씬, 어쩌면 수십 배나 높은데, 그런 비교와 상관없이 편히 앉아 노는 것 같은 느낌이 들어 우선 우리 변산 식구들에게 미안하고, 나 자신도 합리화나 정당화를 시키지 않으면 마음이 편치 않다. 농사철에 환한 대낮에 방안에 들어앉아, 그것도 멀쩡한 몸으로 이게 무슨 짓이냐 하는 자괴감이 드는 걸 어쩌랴.

저녁을 막 끝마치고 커피를 마시려는데 최싱렬 씨가 술과 담배 한 보루와 돼지고기를 가지고 왔다. 어제 나무를 심고 나서 삽을 두 자루 빌려주고 왔는데 그걸 가져다주러 온 것이다. 함께 술 만드는 일에 관해서 잠깐 이야기를 나누었다 오늘은 최 선생이 막걸리를 한 잔만 마시고 안 마신다.

최 선생을 보내고, 내친김에 최 선생이 가져온 돼지고기를 안주로 삼아 막걸리를 세 되나 마셨다. 관유와 내가 거의 다 마신 셈이다. 평소 같으면 관유는 이만큼 마시면 취하는데 오늘은 취하지 않는다. 심 군에 관해서 많은 이야기를 나누었다. 모르는 사람이 들으면 헐뜯는 말로밖에 안 들릴 것이다. 그러나 헐뜯는 이야기는 아니다. 심 군과 그 가족을 살리자는 간절한 뜻이 담겨 있다. 오늘도 관유를 스승으로 모시고 많이 배운 날이다.

관유가 돌아가고 난 뒤에 봉선 씨에게, 나나 관유나 금란 씨에게는 퇴로가 없지만 당신에게는 퇴로가 있다, 많이 힘들면 돌아가도 좋다고 이야기했다. 언젠가 돌아가겠지.

관유는 심 군이 안개와 같은 사람이라고 했다. 명료한 구석이 없다고. 나에게도 그렇게 여겨진다. 심 군에게도 부처의 자리가 있는데 그 자리가 내 마음의 눈에 드러나지 않는다. 아직 공부가

261

모자라서 안 보이는 것이겠지. 관유가 나에게 늘 직언을 하는 것과 심 군이 내 말을 수용하고 때로는 앵무새로 여겨질 만큼 되풀이하는 것 사이의 거리는 얼마나 될까. 한때 귀에 거슬렸던 관유의 직언이 귀에 거슬리지 않고 심 군이 내가 한 말을 내 앞에서 인용하는 것이 거북하게 여겨지는 까닭에 대해서도 더 깊이 생각해보아야겠다.

오늘 관유는 끝까지 흐트러지지 않은 모습으로 집에 돌아갔다.

4월 11일

아침에 재실밭에 있던 장독 나르는 일을 했다. 그 자리에 비야 엄마가 고추를 심어야 하기 때문이다. 오전 중에 일을 마쳤다. 거의 네 시간 반이 걸려서였다. 점심을 먹고 내가 사는 집에 항아리를 날랐다. 그리고 뒤꼍에 임시로 장독대를 마련하여 장독을 정리하고 오후 4시 반이 조금 넘어 국회의원 선거 투표를 하러 갔다. 오는 길에 밭에서 일하고 있는 손종만 어른과 잠깐 이야기를 나누었다. 올해 쪽파값이 안 나가 평당 1300원이라고 한다. 200평이면 26만 원이다. 쪽파는 거름을 많이 주고 농약도 많이 뿌려야 하는 작물이라는데, 그렇게 많은 비용을 들이고 땅을 망가뜨려가며 겨우내 지은 농사에서 생기는 소득이 26만 원이라니, 차라리 농사 안 짓느니만 못하다는 생각이 드는데, 형님은 무심하다 싶을 정도로 태연한 모습이다. 술을 마시고 가라는 걸 피곤하다고 그냥 올라왔다. 와서 장독 뚜껑을 밀차로 한 번 더 나르고《생명의 농업》을 읽는데 눈이 감긴다.

저녁을 먹고 술 한잔 마시면서 이런저런 이야기 나누고 있는데 광식이가 왔다. 광식이와 함께 서울에서 있었던 일을 이것저것 묻고 수작을 하였다. 그런데 그 꼴이 관유 눈에는 몹시 걱정스럽게 비추어졌던 모양이다. 따로 내 방에 가자더니, 비야 엄마를 우리 집으로 내려오게 하는 걸 재고하면 어떠냐, 아직도 나에게 도시적 감수성의 찌꺼기가 남아 있다, 이렇게 되면 믿음자리가 생기지 않으니, 자기는 당분간이라도 도시에 나가 익명으로 사는 수밖에 없다, 심 군이 민정이와 민주를 볼모로 잡고 나와 거래를 하려 하고 있다, 심 군에게는 공동체도 실험학교도 없다…… 이런 이야기를 했다.

아차 하는 생각이 들었다. 내가 광식이와 주고받는 수작 중에 관유가 애써 금란 씨와 봉선 씨의 마음자리를 잡히게 한 것을 뒤흔들어놓는 흔적을 본 것이다. 고맙다. 내 작은 스승이여. 빌미는 다른 사람의 행동을 잡지만, 실제로는 모두 나의 사려 없음과 즉흥적이고 자기 과시적인 행동을 공격한 것이다. 관유가 나를 대신해서 십자가를 지고 있는 모습이 눈물겹다.

관유는 나에게 너무 포괄적이라고 이야기했지만 그 말은 중심이 확실치 않다는 말과 통한다. 나는 나를 믿으라고 강변했지만 정말 내가 믿을 만한가?

4월 12일

아침부터 장독대 일을 하고 있는데 우리 집 이웃에 사는 이천규 씨가 재실에 놀러 왔다. 이천규 씨로부터 들은 이야기.

국민회의가 서울에서 참패를 했단다. 이종찬도 떨어지고 정대철도 떨어지고…… 민주당은 국회의원 당선자가 9명에 지나지 않는다고, 무소속까지 합해서 겉모습은 여소야대가 되었지만 내용으로는 신한국당의 승리다. 다행히 김근태, 추미애, 제정구, 김민석 같은 사람이 당선되었다지만, 박계동도 떨어진 선거다. 서울 시민들이 민주당과 국민회의의 분당을 엄혹하게 심판했다는 생각이 든다. 부안에서는 고명승이가 당선되는 줄 알았더니, 운산리 이장 말마따나 '피 묻은 손'을 들어주는 사람이 그래도 적어서 김진배 씨가 당선되었다 한다. 김대중 씨도 국민회의에서 전국구 공천 14번이었는데 떨어졌다고……. 전라도 출신에, 상고 출신에, 진보 성향까지 가지고 있으니, 대통령 선거 백번 나온들 당선되겠느냐는 어떤 사람의 시니컬한 발언이 생각났다.

오후에는 한전 사보 담당 송미화 씨가 왔다. 같이 구들돌과 절구를 날랐다. 취재와 인터뷰를 온 사람치고는 괜찮은 사람이다. 처음 오겠다고 할 때는 단호하게 거절했는데, 우겨서 온 사람이다. 오자마자 할 일 없느냐고 대들더니 장독도 나르고 구들돌도 밀차에 실어 앞장서 끌고 가려고 한다. 구들돌과 절구와 연장을 모두 나르고 나니 5시 가까이 되었다. 송미화 씨에게 2800평 터와 당산나무터와 저수지를 두루 구경시켜주었다. 내일 작업할 일터를 미리 보여준 셈이다.

저녁을 먹고 막걸리가 없어서 맥주 남은 것과 소주를 마셨다. 송미화 씨는 나이가 서른일곱인데 아직 결혼은 안 했고, 고향이 전주이고, 집안이 가난해서 여상을 나와 취직해 있다가 뒤늦게 학비를 모아 우석여대(현재 우석대)에 수석으로 합격해 대학을 마친 뒤 한전에 들어갔다고 한다. 한때 한전은 임금 높은 곳으로 부러움을 샀는데 현재는 아니라고……. 1년에 1700만 원쯤 받는다고 한다. 그래서 봉급이 적다는 송미화 씨에게 웃으면서 이야기를 했다. 당신 봉급이 한 달에 130만 원이라고 치자, 그보다 더 많지만. 지금 쪽파 값이 밭떼기로 한 평에 1300원이니까 200평 한 마지기에 26만 원, 반년 농사니까, 농약과 비료 값을 빼고 6으로 나누면 아마 한 달에 3만 원 수입쯤 될 것이다, 이것도 후하게 쳐서 그렇다, 당신 수입은 밭농사 마흔 마지기 하는 농부보다 더 높다…….

농민과 도시 주민의 소득 차이가 이러고서야 나라살림이 잘되기를 어찌 기대할 수 있으랴. 밤늦게 광식이한테서 전화가 왔다. 술에 취한 관유를 봉선 씨가 데려다주러 가고 난 뒤 일이다. 재실에 올라갔더니 민정 엄마 아빠, 비야 엄마, 광식이 함께 술을 마시고 있다. 요즈음 나와 식사 한번 할 수 없다고 불만을 토로한다. 나를 보고 싶고 식사에 초대하고 싶으면 자연스럽게 전화를 해서 오거나 오라고 하면 되지 않겠느냐고 했다. 재실 물 이용에

265

쓰이는 전기값, 장독대와 비닐하우스 대여료, 관리기 문제, 비야 엄마가 나 사는 곳으로 내려올 때 셋방살이를 하게 되는데 밥을 따로 지어 먹는 문제…… 모두 이야기했다.

내려오는데 하늘에 구름인지 안개인지 모를 것이 끼어 있어서 별 중에 밝은 별 하나만 희미하게 나타났다 자취를 감추었다 한다.

4월 13일

오늘은 500평 땅 밭가에 모아놓은 비닐을 한군데 모아 태우기로 했다. 관유는 재실에 올라가 금이 간 장독대 윗부분을 손대고 싶어했지만(강회와 석회를 섞어서 발라보는 방식은 완전한 실패로 돌아갔다. 바르자마자 다 들고 일어나서 이틀 작업이 모두 수포로 돌아갔다), 재실 봉분을 다시 하는 날이어서 재실 관계자들이 왔다 갔다 하는 데서 나나 관유의 모습이 자주 눈에 띄는 것이 좋지 않을 듯 싶어 비닐을 걷어 태우는 일을 하자고 했다. 관유는 시멘트 여섯 포대와 술 한 말을 사서 리어카로 끌어다 놓고 오겠다고 해서 봉선, 금란, 송미화, 나, 넷이 산을 넘어갔다. 오늘도 부엽토 한 포대를 긁어 지게에 졌다. 비닐을 모아 한군데 밭 중앙 칡넝쿨과 아카시아와 가시덩굴을 걷어낸 곳을 둥글게 파서, 부엽토를 한군데로 치우고 거기에서 불을 태우기로 했다. 뒤늦게 관유가 왔는데 아마 이렇게 한군데에 놓고 태우면 오래 걸린다고 여겼나 보다. 밭 가운데 여기저기 비닐을 쌓아놓고 태운다. 혼자서 조금씩 태우면

266

바람길을 따라 역한 냄새를 맡지 않고 태울 수도 있고 마음이 바빠지지 않아 차근차근 태울 수 있는데, 그럴 수가 없다. 마음으로 짜증이 생겼지만 기왕 벌어진 일이다. 오전 중으로 다 태우지 못했다. 술이 과했던 탓인지 비닐 연기 때문인지 점심을 먹고 나자 정신이 없다. 잠시만 쉬었다 일하자 한 것이 일어나 보니 2시 반이 넘었다. 한 시간 반 이상 낮잠을 잔 것 같다. 변산에 와서 아마 처음인 것 같다. 정신 잃고 낮잠 자기는.

오후에 재실에 올라가 비닐하우스 묘판에 물을 주고 굴 따는 도구들을 챙겨서, 쑥 캐는 송미화 선생과 자전거를 타고 광식이 집에 갔다. 거기다 자전거를 세우고 저수지 위로 올라가니 관유 혼자 비닐을 태우고 있다. 밭에 가서 비닐 불태운 자리에서 타다 남은 폐비닐 찌꺼기를 모아 한곳에 치우고 남은 비닐 잘 타도록 뒤적여주고, 관유와 송미화 씨와 같이 내려왔다. 송미화 씨에게 바닷가 구경을 시켜주려 함이다.

술과 빵을 가게에서 송미화 씨가 샀다. 마침 썰물 때여서 바닷속에 있는 굴과 따개비로 뒤덮인 바위들이 다 드러났다. 거기에 앉아 굴을 따서 연방 입에 넣으면서 소주를 마셨다. 해 질 무렵에 자전거 타고 돌아오다가 술도가에 들렀다. 최싱렬 씨는 일하다 말고 열무김치와 사발을 들고 온다. 어지간히 막걸리를 마시고 최 선생이 모는 트럭을 타고 오는데 차 뒤칸에 앉아 있던 송미화 씨가 비명을 지르고 이어서 관유 군이 차 앞 유리창에 발과 몸을 붙이고……. 관유 군이 지나치게 취했다. 이상하다. 왜 최싱렬 씨 앞에서 거푸 실수를 하는 걸까. 관유가 송미화 선생을 처음 본 순간부터 호감을 가지고 있다는 느낌은 받았지만 그것을 나타내는 방식이 서툴다. 서툴다 보니 나중에는 거칠어진다.

내 방에 관유를 재우고, 송미화 씨와 잠시 더 이야기하다, 봉선 씨가 부엌으로 내 이불을 갖다주기에 부엌에 이불 깔고 잤다. 오른손, 왼손, 번갈아 마비 증세가 온다. 어제 비닐 태우며 연기를 많이 마셔서 그러나? 과로? 술? 모르겠다. 손이 뚱뚱 부어오른다.

4월 14일

오전에 재실에 올라가 장독대 마무리 작업을 하는데 12시쯤 이규숙 씨(아내의 대학친구)가 익산에서 어느 은행 지점장을 하는 남편과 남편 친구 부부와 함께 왔다. 장독대, 효소실, 감식초 담은 데를 구경시켜주고 당산나무터도 구경시켜주었다. 지서리 향촌식당에서 같이 식사를 하고 올라왔는데, 봉선 씨가 밥을 안 먹고 기다리고 있다. 관유와 송미화 씨가 아직 재실에서 내려오지 않았다고 해서 데리러 갔더니 두 사람이 마침 내려오고 있다.

어제에 이어 관유가 또 취했다. 주전자 가득 가지고 올라간 술을 송미화 씨와 이야기하면서 다 마신 모양이다. 송미화 씨에게 자꾸 너 너 하면서 지분댄다. 송미화 씨는 당혹해하고…… 저 술버릇을 언젠가 고치도록 이야기해주는 게 좋을지 그냥 지켜보는 게 좋을지 판단이 서지 않는다. 이야기를 하다 보면 괜히 본의 아니게 격해져서 관유에게 상처 줄 말이 튀어나올지도 모르고, 그냥 두자니 관유의 인간관계에 손상이 생길 것 같고.

오후 3시 가까이 되어서 송미화 씨에게 짐 잘 챙겨서 가라고 하고 당산나무터로 올라가 넓혀놓은 계곡 물에 쌓인 낙엽을 갈퀴로 긁어 한곳에 모았다. 6시가 넘도록 그 일을 하고 나니, 물이 장화를 넘어서 들어와 오른발이 시리다. 가는 길에도 부엽토를 긁어서 갔는데 오는 길에도 조금 긁어 왔다. 집에 오니 봉선 씨가 혼자 있다. 관유는 오후 일을 쉬고 일찍 밥 먹고 집으로 갔다고 한다. 송미화 씨에 대한 지나친 호의의 표현이 술주정으로 나타나 송미화 씨가 가는 마지막 순간까지 애를 먹은 모양이다.

관유를 좋아하는 봉선 씨가 마음에 상처를 많이 입은 것 같아서 마음이 아프다. 봉선 씨는 그런 모습을 보아도 모성애만 생겨나고 밉지 않다고 한다. 다행이다. 현재 관유에게 자유롭게 말할 수 있는 사람은 봉선 씨뿐이다. 나는 관유의 말과 행동을 내 마음의 거울에 비추어보고 그 뜻을 알기에 바빠서 아직 이렇다 저렇다 말하는 것을 삼가고 있다.

저녁을 먹고 재실에 올라갔다. 아직 밥을 안 먹었다고 한다. 식사가 끝나기를 기다려 쑥차와 효소를 얻어 마시고, 내일 재실 식구들이 부안에 나간다고 해서 하우스 비닐 한 통(12만 원인데 당산나무 집터 조성해놓은 곳 축대 경사면이 비가 오면 파일까 봐서 비닐로 덮어놓아야겠다)을 부탁하고, 사방 열두 자짜리 방수포 세 개(3만 원)도 부탁했다. 오늘은 일찍 자려고 했는데 어느덧 11시가 가깝다.

4월 15일

떠오르지도
갈앉지도 않는
바닷속 어디쯤에 쉬고 싶다
몸을 웅크려
조그맣게 조그맣게 오무라들다
마침내
흔적 남김 없이
사라지고 싶다.

나
정화수 담은
빈 항아리로
이 새벽 맞이합니다
하늘에서 내려오는
빛으로 내려와 안기는
별들을 담으려고 그럽니다
이슬이 되어 내리는
별들을 담으려고 그럽니다

가끔 눈으로 내리고

가끔 비로 내리는
별들을 담으려고 그럽니다

　새벽 5시가 채 안 되어 관유가 찾아왔다. 지금 피곤하니 6시 이
후에 오라고 했다. 잠은 깨어 있었지만 관유가 할 이야기를 귀담
아들을 마음의 준비가 필요했다. 6시에 봉선 씨 방에 있는 관유
를 불렀다. 무슨 이야기인지 물었더니, 송미화 씨에게서 이상에
맞는 아내의 모습을 발견했다는 것이다. 송미화 씨도 싫어하지
않는 것 같으니 청혼을 하겠단다. 송미화 씨를 처음 본 순간부터
관유가 좋아한다는 눈치는 있었지만, 너무 느닷없는 이야기라 뭐
라고 대답하기가 망설여졌다.

　사람마다 절대의 지점이 있고 자네는 직관력이 있어서 그것을
남보다 빨리 알아보는 편이지만 살다 보면 어제 본 모습과 오늘
본 모습을 견주게 된다, 운수행각을 하는 중들이 한자리에 이틀
을 머물지 않는 까닭 중에 하나는 어제와 오늘이 나뉘어 과거와
현재를 가리는 분별지가 생기고 어제오늘에 비추어 내일을 그리
는 망상을 없애기 위해선지도 모른다, 송미화 씨와의 관계도 마
찬가지다. 지금은 가장 뜻에 맞는 반려로 여겨지지만 하루 이틀
살다 보면 뜻에 어긋나는 말이나 행동을 보게 되고 그렇게 되면
자네는 윤보라 씨에게 그랬듯이 자기 뜻을 고집하게 될 것이다,
그리고 자네 뜻에 따르지 않으면 자꾸 뜻에 따르라고 강요하게
되고 그렇게 되면 자네가 이제까지 사람들 관계에서 그래왔듯이

그 사람이 자네를 싫어하거나 두려워하게 될 것이다, 송미화 씨를 그렇게 좋아한다면 처음부터 끝까지 한결같이 대하기 바란다, 자네한테 모자라는 것이 있다면 한결같음이다, 대체로 이런 뜻의 이야기를 했다.

아침을 먹고 봉선 씨가 있는 자리에서 다시 송미화 씨 이야기를 했다. 봉선 씨가 참담해 보여서 넌지시 여기를 떠나고 싶으면 떠나도 된다, 마음의 고향으로 생각하고 언제든지 오고 싶을 때는 부담 없이 오라고 했다. 그랬더니 봉선 씨는 자기는 끝까지 관유를 포기할 수가 없다고 대답했다. 관유가 재실로 장독일 마무리 짓기 위해 올라간 뒤에 봉선 씨가 아까 하려다 만 이야기가 있는데, 자기는 비록 첩실의 처지를 감당하더라도 관유 옆에 있고 싶다고 한다. 관유는 자기더러, 같이 살면 자기를 가두게 될 것이라고 자꾸 이야기하는데 첩실의 위치에서는 어쩔 수 없다, 언제 다시 본부인에게 돌아갈지 모르니까 자꾸 붙잡아두려는 마음이 생기지 않겠느냐 했다.

마음이 무척 아팠다. 관유는 오전에 사흘 말미를 얻어 떠났다. 비야 엄마가 들어와 살 방과 부엌 공사를 해야 하는데, 현재 관유의 마음속에는 송미화 씨만 있으니 붙들어둘 수가 없다. 아마 서울로 가서 송미화 씨를 만나 청혼을 하겠지. 점심 전에 관유가 떠났기 때문에 봉선 씨와 식사를 했는데 식사 도중 봉선 씨가 말을 전했다. 관유가 송미화 씨에게 전화했는데 송미화 씨가 다른 도울 일이라면 몰라도 관유를 개인적으로 볼 일은 없다고, 윤보라 씨와 봉선 씨에게 잘해주라고 하고 전화를 끊었다는 것이다. 관유가 봉선 씨에게, "그런 식으로 복수를 하다니" 하고 말했단다.

오전에 당산나무터에 가서 가랑잎을 걷어 올려 부엽토와 섞어 쌓은 데 이어 오후에도 당산나무터로 올라갔는데, 점심을 먹고 막걸리를 조금 많이 마신 후유증으로 잠시 자리에 누웠다 가는 바람에 3시가 넘었다.

가는 길에 김관수라는 운산리 사람을 만났다. 자기 밭 1380평을 사지 않겠느냐고 묻는다. 평당 2만 원 정도 주었으면 좋겠다고. 생각해보겠노라 대답하고 손종만 어른에게 찾아가 의논을 했다. 그 땅이 내가 앞에 산 1200평과는 달리 땅이 별로 안 좋다고, 2만 원이면 값이 좀 센 것 같다고, 1만 8000원 정도가 적당하지 않겠는가 말씀하신다. 안용무 씨 집터도 알아보았는데 땅이 마땅한 것이 나지 않는다고 자기 땅(소나무 있는 곳)을 내줄 수는 있다고 하신다. 고맙다고 이야기하고 당산나무터에 올라가 오후 7시가 조금 안 되어 낙엽 긁어 쌓는 일을 마쳤다. 집에 돌아오니 광식이가 와 있다. 금란 씨는 손종만 어른 뵈러 가는 길에 오는 걸 보았다. 아버지의 유언을 듣고 와서 기분이 착잡한 모양이다. 병환이 계신 것은 아니고 마음정리를 하려고 가족들을 불러 모으셨던 모양이다.

저녁을 먹고 봉선 씨가 간장독에 넣을 숯이 필요하다기에 재실에 전화했더니 마침 참나무를 땐 뒤여서 아궁이에 숯이 있을 거라 한다. 밀차를 밀고 올라가 숯을 벌건 채로 가져와 간장독에

273

넣고 뚜껑을 닫아 숯 연기가 나오지 못하게 했다. 민정 엄마가 어디 책을 보았더니 그렇게 하는 것이 좋다고 해서…….

청주에서 은경이에게 전화 왔다. YWCA에서 꼭 강연을 해달란다. 거절했는데, 농사철이 바쁜 걸 모르는지, 한번 길을 떠나면 이틀 일을 못한다고 해도 막무가내다. 참.

4월 16일

비야 엄마가 내려오면 구들을 고치고 부엌에 부뚜막을 마련하고 솥을 걸어야 하기 때문에, 건너채 방에 놓아둔 내 책짐을 치워야 한다. 비야 엄마가 도서대여점을 하다가 책과 책장을 모두 변산으로 옮겨 왔는데 그 책장 가운데 두 개를 비야 엄마 승낙을 얻어 내 방에 들여놓고 짐을 정리하기 시작했다. 오전 내내 그 일을 하고 오후 시간도 이삿짐(때늦었지만) 정리에 썼다. '사랑의장기기증운동본부'에서 이달 원고 마감이 15일인데 원고가 도착하지 않았다고 독촉 전화가 왔다. 이삿짐 정리를 마치고 원고를 썼다. '광대나물' 이야기를 썼다. 저녁에는 봉선 씨와 금란 씨와 함께 술을 마셨는데 봉선 씨가 많이 취했다. 그럴 수밖에 없으리라.

오늘은 바깥일을 하지 않아 마음으로 미안한데 저녁 무렵부터 비가 내리기 시작한다. 일기예보에 따르면 4월 말에나 비가 내린다는데 이상하게도 내 마음에 곧 비가 내리겠다는 예감이 들면 실제로 비가 내린다. 그래서 어제 냇물 속에 쌓인 가랑잎 긁어내느라고 그렇게 무리를 해서 새벽에 온몸이 쑤시고 다시 손이 부어올랐는지도 모른다. 다행히 가랑잎 일부는 긁어서 뭍에 내놓았기에 빗물에 쓸려갈 염려는 없지만, 마음은 그래도 불편하다.

용란이한테서 전화가 왔다. 김근희 씨 그림 원고를 퇴짜 놓았다는 연락이다. 잘했다고 말했다.

4월 17일

새벽에 조금씩 내리던 빗발이 굵어지면서 천둥번개를 동반한 비가 간헐적으로 양을 달리하면서 내린다. 비가 내리는 날은 바깥일을 할 수 없다. 그래서 마음이 먼저 길을 떠난다. 금란 씨는 오늘 하루 쉬면서 밀린 원고를 쓰는 것이 어떠냐고 했지만, 청주 가겠다고 했다.

빗발이 긋기를 기다리면서 광식이가 부안 나가는 길에 데리러 오는 사이 봉선 씨와 금란 씨와 차를 마시면서 이 이야기 저 이야기 나누었다. 이야기 도중에 로트레아몽이 한 말을 실마리로 삼아 내 마음 한 자락을 내보였다. "사막은 아름답다. 인간의 사막은 더 아름답다"라는 말이 화두가 된 셈이다. 내 마음은 두려움에 눈이 가려서 아직 사막, 특히 인간의 사막의 아름다움을 보지 못하고 있다. 나에게 사막은 아직 두려움의 대상이다. 옛날 장삿길이 사막으로도 열리고 바다로도 열렸던 것은 바람이 몹시 불거나 길을 잃지 않는다면 그 길이 가장 편했기 때문이리라.

그런데 나에게는 사막의 길이 보이지 않는다. 사막을 저마다 마음속에 떠올려보아라. 아마 사진이나 영화에서 보는 완만한 능선과 계곡으로 이루어지고 바람이 불 때마다 모습을 바꾸는 황토빛 부드럽고 아름다운 사막이 떠오를지도 모르겠다. 그러나 내 마음속에 떠오르는 사막은 그런 사막이 아니다. 사막화 과정이 떠오른다. 가벼운 잔모래부터 바람에 날려 어디론가 떠나가고 점차 바람이 거세지면서 큰 모래와 작은 자갈마저 날려가고 온통 돌밭으로 바뀐 사막의 모습이……. 그 모습을 보는 것이 두렵다. 나에게 그 모습은 아직 살벌한 것으로 떠오른다. 사람의 사막도 마찬가지다.

내가 왜 두려워하는지 알겠는가. 금란 씨가 두려움을 없애려면 두려움을 주는 것에서 눈을 돌리지 말고 그것을 바로 보아야 하지 않겠느냐고 했다. 두려워서 눈을 돌리고 보지 않으려는 것인데, 그것이 두려움의 정체인데, 바로 본다는 것은 이미 그 두려움을 없앴다는 이야기인데…… 하면서 웃었다.

봉선 씨는 내가 가끔 이야기 도중에 눈길을 돌리는 것을 보고 사람이 싫어서 그러는 줄 알았는데, "선생님은 무엇이든지 다 환히 꿰뚫어 보고 있어서 두려움이 없는 줄 알았는데, 이제 보니 그 때문에 눈길을 돌리는군요" 하고 말한다. 나는 모르는 것투성이라고, 오늘 내가 길을 떠날 마음을 지니고 있기 때문에 천둥번개가 치고 비가 내리는지 비가 내리기 때문에 길 떠날 마음을 내게 되었는지도 모른다고 했다.

이 이야기에 앞서 봉선 씨와 금란 씨에게 모든 풀과 나무가 몹시 아파하는 모습을 보이는 때가 있는데, 나무와 풀의 아픔이 참혹하게 여겨질 만큼 마음을 울리는 때가 있는데, 그때가 언제인지 아느냐고 물었다. 보아주는 사람이 없을 때라고 금란 씨가 대답하고, 봉선 씨는 생각에 잠겼다. 아니, 하나의 풀이나 나무 말고, 모든 풀과 나무가……. 스스로 묻고 스스로 답했다. 새 움이 터 오를 때야. 새순이 돋을 때. 그때 가장 아파. 가장 아파해. 그게 나에게 전달되어와.

여느 사람이 들으면 돌았다고 여길 이런 말들을 주고받다가 이제 그만하고 싶다는 마음이 드는 순간 광식이가 데리러 오고, 뒤이어 마을 이장이 왔다. 면장이 이장 집에 다시 찾아와 언제 나와 이야기하고 싶다고 했다는 전갈을 갖고……. 내가 면장을 만나야지, 만나서 같이 술을 마시면서 편하게 이야기하자고 했다.

길을 떠나는데 비가 그쳤다. 비는 그쳤지만 밭일은 할 수 없다. 비 오고 난 뒤 곧 밭에 들어가면 땅이 굳어서 밭을 망치기 때문이다.

어디에 머물지 않으려고 길을 떠났다.

4월 18일

이상한 여행이었다. 충동에 따른. 마음에 이곳과 저곳이 없고 과거와 현재와 미래가 없는 한결같음을 지니려고 떠난 길이었는데, 발길 닿는 곳마다 시간과 공간으로 마음이 갈라져 나갔다. 도시는 이미 나에게 맞지 않는다. 짧은 기간이었는데 이렇게 도시가 낯설게 여겨지다니 놀랍다. 대낮에 걸어 다니는 송장들, 그 송장들을 담고 토해내는 관들, 눈길 닿는 곳마다 알맹이가 없는 너덜거리는 포장들. 나에게 가장 정겹던 사람들마저 낯설다. 여기에서는 참된 사람이 커갈 길이 없다. 결핍의 충족 행위가 있을 뿐. 해가 뜨면 같이 일어나 들에 나가고 해가 지면 긴 그림자 끌며 다시 집에 돌아오면서 침묵 속에 확인하는 뿌듯함이 없다.

길 가다 아이 옷 하나 주웠다. 멀쩡한데 길가에 버렸다. 버리는 것이 어디 옷뿐이랴. 땀과 피가 어린 모든 것이 그 생명에너지를 길게 간직하지 못하고 버려져 발길에 밟힌다.

이제 소중한 인연을 찾아 도시 거리를 방황하지 않겠다. 보고 싶으면 불러야지. 도시에서 며칠을 보내는 것보다 당산나무 그늘에 한 시간 앉아 흐르는 시냇물 소리에 귀 기울이는 것이 인연의 좋은 열매 맺는 데 훨씬 더 큰 도움이 된다.

밤에 재실로 올라갔다. 시제를 마치고 남은 음식으로 술을 마시고 있었다. 우리들에 대한 부안 김씨 문중 사람들의 평가는 대체로 호의적인 듯했다. 장독대와 효소실과 감식초가 있는 비닐하우스는 장터처럼 붐볐던 모양이다. 심 군 부부를 '재지기'로 깔보는 사람은 하나도 없었던 듯하다. 도리어 학사 출신 부부가 뜻이 있어서 시골에 들어와 산다고 놀랍게 여기고 어떤 사람은 심 군을 '심 사장'으로 부르기까지 했다 한다. 아무튼 한 해의 큰 행사가 무사히 끝난 셈이다. 김밥을 600개 맞추었는데 10개 정도밖에 남지 않은 것으로 보아 500명이 훨씬 넘는 사람이 밀어닥쳤던 모양이다.

장독이 하나 깨져 있어서 이야기했더니 그렇지 않아도 종친회 회장이 장독값으로 3만 원을 물어주고 갔다고 했다.

12시 가까이 되어 집으로 돌아오는데 민정 엄마가 잠깐 할 말이 있다며 따라 나섰다. 비각 앞에 앉아 이런저런 이야기를 나누었다. 어제아침 광식이와 부안으로 나오는 길에 보리밭 중간에서 두 고랑을 골라 베어내 효소 담근 일을 두고, 광식이나 내가 '농사꾼'이 아니어서 그런 생각을 하게 되었다고 하길래, 내가 어떤 일을 결정해서 하는 데 그렇게 허투루 생각하고 기분에 따라 하는 사람은 아니라는 걸 알 텐데 왜 폭 좁게 생각하고 있는지 모르겠다고 민정 엄마 걱정을 했더니, 그 말이 전해지고 또 마음에 걸렸던 모양이다. 민정이 교육 문제로 마포에 보내는 일에 대해서도 나는 생각이 다르다고 했다.

집에 돌아와 신종범이라는 젊은이가 보낸 긴 편지를 읽었다. 무척 성실한 젊은이라는 인상이 들어 한번 이삼일 지내다 가라는 답장을 썼다.

4월 19일

오늘은 4·19 날이다. 봉선 씨, 금란 씨에게 신종범 씨 편지와 내 답장을 보여주고 어쩌면 금란 씨 신랑감인지도 모르겠다고 놀렸더니 금란 씨 얼굴이 빨개진다. 그 모습이 순진하고 우습다. 재실에 올라가 편지 돌려 읽으라고 주고 온 뒤에 알루미늄 사다리를 가지고 내려와 하루 종일 탱자나무 울타리를 전지했다. 처음에는 오전 중으로 끝나지 않을까 예상했는데 뜻밖에 시간이 많이 걸려 저녁 5시까지 했는데도 다 마치지 못했다. 손이 뻣뻣해지고 피곤하여 나머지는 내일로 미루기로 하고 손을 씻고 방에 들어왔더니 나래 엄마가 전화를 했다. 아침에 공구를 부쳤다는 전화에 이어 두 번째다.

《동아일보》 원고 독촉이어서 책상에 붙어 앉아 부랴부랴 원고를 써서 전송했다. 그제 서점에 들러 보았던 사계절출판사의 책 《누가 내 머리에 똥 쌌어?》에 대해서 썼다.

'건치협'(건강사회를 지키는 치과의사협의회)에서 취재 오겠다고 며칠 전 연락이 와서 이삼일 일손을 도우면서 취재를 하겠다면 응하겠다고 한 적이 있는데 토요일에 오겠다던 기자가, 일정이 바뀌어 지금 부안에 와 있다고 저녁 7시 5분에 부안에서 변산으로 가는 버스를 타겠다는 연락이 왔다. 여자이고 밤길이어서 마중을 나갔다. 저녁을 먹이고 같이 막걸리를 마시며 묻는 말에 대답을 했다. 이것저것 묻고 대답하는데, 이상하게 이 사람, 영혼에 울림이 없는 사람이구나 하는 느낌이 들었다. 내 말은 물론이고 봉선 씨와 금란 씨가 진지하게 하는 이야기도 이 여자의 두꺼운 가슴 벽을 뚫고 깊이 스미지 못하고 거품처럼 뜨는 듯하다. 11시가 조금 넘어 그만 자자고 했다.

울산에서 이재관 씨가 현중 노보와 편지를 보냈다.

가시나무를 자르면서 생각난 것. 산딸기나 찔레나 아카시아나 탱자나무같이 가시가 있는 나무는 대체로 뿌리가 얕게 뻗는다. 그리고 순이 연하고 달큰해서 짐승들의 좋은 먹이가 된다. 가시라도 달고 있지 않으면 아마 뿌리째 뽑혀서 먹히고 말리라.

4월 21일

아침에 중산리 형님댁에 갔다. 오늘이 형님 생신인데 같이 아침식사나 하면 어떠냐는 연락이 어젯밤에 왔기 때문이다. 서정오 선생의 《두꺼비 신랑》을 선물로 가지고 갔다. 형님 댁에는 아들 둘, 딸 둘, 사위 둘, 며느리가 와 있고 손주들도 다섯이 와 있었다.

조카들 절을 받고 말을 놓기로 했다. 형님이 줄포로 놀러 가자고 하시는 걸 집에 구들을 뜯어놓아서 그 일을 해야 하기 때문에 집에 가보아야 한다고 했다.

뒤늦게 기억을 더듬어 어제 일기를 먼저 정리해야겠다.

4월 20일

어제 하다 만 탱자나무 가시 자르는 일을 했다. 관유 군이 돌아와서 우리 집 옆채에 방 들이는 일을 하느라고 구들을 다 뜯었다. 탱자나무 가시 자르는 일은 오전이 다 가도록 끝나지 않아서 점심을 먹고 30분쯤 더 하여 다 잘라냈다. 오후에는 '건치협' 기자와 함께 2800평, 당산나무터를 구경시킬 겸 나섰다. 당산나무 터에서는 전에 건져놓고 퇴비장으로 미처 옮기지 못한 가랑잎을 옮겼다. 집에 돌아오니 3시쯤 되었다. 관유 일을 도와주려고 했더니 혼자서 충분하다고 한다. 오늘은 안용무 씨가 오기로 한 날이기도 해서 전화를 기다릴 겸 원고를 쓰기로 했다. '한살림' 회보 원고를 다시 썼다. 그리고《실천문학》원고를 쓰기 시작했다. 저녁을 먹고 계속해서《실천문학》원고를 써서, 새벽 3시 반까지 썼다.

4월 21일, 이어서

형님이 조카를 시켜 집까지 다시 데려다주었다. 수박 한쪽, 바나나와 참외 한 개, 떡이 든 봉지를 건네주었다. 철이 든 수박과 참외 맛을 보았다.

비야 엄마가 가지고 온 짐들을 재실로 옮겼다. 장, 책장, 그리고 대여점 할 때 청계천에서 무더기로 산 듯한 덤핑 책이 많이 끼어 있는 책들을 날랐다.

오후에는 봉선 씨와 금란 씨와 재실 묵은 땅을 보러 갔는데 도중에 똥이 마려워서 금란 씨와 봉선 씨는 먼저 2800평 있는 데로 나무 캐러 가라고 하고 집으로 돌아왔다.

집에 온 지 얼마 안 되어, 풀무학교 김현자 선생님과 복직한 해직 교사인 남편 민병성 선생이 봉고차로 두 아들과 함께 집에 왔다. 화장실에 들르러 오지 않았다면 못 만날 뻔했다. 재실 장독과 효소실, 당산나무터, 바닷가를 고루 구경시켜주었더니 두 시간 남짓이 흘렀다. 2800평까지 데리고 가서, 거기서 떠나보냈다. 민 선생은 해직 이후부터 논농사 900평을 농약도 제초제도 화학비료도 없이 지어왔는데 김매기가 무척 힘들다고 한다. 복직이 된 뒤에도 토요일과 일요일은 농사일에 매달리느라고 다른 일은 못 한다고 한다.

민 선생을 보내고 금란 씨, 봉선 씨와 함께 머윗잎을 뜯었다. 관유가 반찬으로 맛이 좋겠다고 이야기하고 머윗잎이 있는 곳을 가리켜 알려준 덕이다. 어젯밤을 거의 새웠더니 피곤해서 《실천문학》 원고만 마무리 짓고 자리에 누웠다.

4월 22일

아침에 관유, 봉선 씨, 금란 씨와 함께 리어카로 재실 장독대 옆에 쌓아놓았던 돌을 날랐다. 재실에서는 쓰레기더미처럼 쓸모없이 버려진 돌이지만 방구들 놓고 부엌에 부뚜막과 필요한 설비를 하는 데 필요했기 때문이다. 무거운 돌을 여섯 차례에 걸쳐서 날랐다. 땀이 구슬처럼 맺혔다 뚝뚝 떨어진다. 마지막에 리어카에 관유가 커다란 돌을 몇 개 싣고 가다가 도중에 한눈을 파는 바람에 우리 집 앞 다리께에서 바퀴가 빠지면서 리어카가 주저앉았다. 큰 돌을 밀차에 옮겨 하나씩 나르고 리어카를 고쳤는데 아무래도 바퀴 균형이 잘 맞지 않는다. 쉬는 시간에 전우익 선생님, 이강산 선생님 같은 여러 고생한 선생님들 이야기를 하면서 막걸리를 마셨는데 조금 지나치게 마셔서 돌을 나르는 데 특별히 조심해야 했다.

쌍용 사보 〈여의주〉에 200자 원고지 2매짜리 짧은 글을 송신했다. 실험학교 재원 마련 때문에 사보 원고라도 부지런히 써야 한다. 원고료를 많이 주기 때문이다. 내일은 대교 CATV에 가서 글쓰기에 관한 녹화를 하고 모레아침에는 기독교방송 〈양희은의 정보시대〉에 나가 45분 동안 대담을 해야 하기 때문에, 내일 길을 떠나면 모레저녁에나 다시 변산에 오게 되는데, 낮에 원고 쓰는 일이나 이렇게 이른바 '문화 활동'을 하는 일이 아무래도 마음에 내키지 않는다. 식구들에게도 미안한 마음이 들고……

오후에는 지서리 농협에 가서 농협 통장에 돈을 280만 원 옮겨놓고 전화요금 자동납부 수속을 했다. 그리고 바랑을 매고 금란 씨와 당산나무 계곡을 올랐다. 이 계곡으로는 두 번 내려와보았지만 올라가보기는 처음이다. 당산나무에서 그리 멀지 않은 곳에 바위가 널찍한 곳이 나타나 경관이 아주 좋았다. 금란 씨 왈 "안 변산 같아요."

여러 가지 풀을 캐서 집에 가져와 뒤뜰에 심었다.

목사 세 분이 나 없는 틈에 찾아와 나를 찾았다 한다.

4월 23일

오늘은 대교 방송 녹화 날이다. 집에서 아침 7시가 조금 넘어 출발해서 서울에 12시쯤 도착했다. 사당동에 내려 이발소를 찾으려고 골목길에 들어섰더니 옛 모습이 하나도 남아 있지 않다. 사당동은 옛날에 동서가 살던 곳이어서 골목을 잘 안다고 생각했는데…… 이발소를 하나 찾기는 찾았는데 들어가보니 동굴처럼 칸막이로 되어 있는 곳이다. 아무래도 이상하여 이발을 하느냐고 물었더니 한다고 한다. 값이 얼마냐고 물었더니 이발, 면도 합해서 1만 5000원이라고 해서 두말없이 나왔다. 한 사람에게 물었더니 조금 멀리 걸어가면 경찰서 구내 이발관이 보인다고 한다. 결국 방배경찰서 구내 이발관에 가서 7000원을 주고 이발을 했다.

점심을 먹고 대교 방송에 갔더니 김현숙 씨가 문에서 기다리고 있다가 건물로 데리고 가는데 문이 잠겨 있어서 카드를 넣고 그으니 열린다. 영화에서나 보던 방범 문을 실제로 들어가보는 셈이다. 녹화를 마치고 보리에 오후 4시 30분쯤 도착했다. 이런저런 의논을 하고 저녁을 먹고 사무실에서 현병호, 이태수, 유문숙, 이춘환, 심조원, 강순옥, 이상주…… 들과 술을 마셨다. 12시경에 가려고 했더니, 갈 형편이 아니다. 몸이 힘들어 차사랑방에 가서 누웠는데 문숙이가 현병호 씨를 붙들고 그동안 쌓였던 불만을 싸우듯 털어놓는다. 어디서나 보는 풍경이다.

이태수가 나를 집까지 바래다주면서 그동안 쌓인 내력을 간단하게 이야기해주었다. 《아이와 함께 행복해지기》 책표지를 문숙이가 했는데 그것이 탐탁찮게 여겨져 현병호 씨가 직접 표지 디자인을 한 모양이다. 옛날에 내가 《과학동화》를 만들 때, 또 《당신 참 재미있는 여자야》의 표지 디자인에 손댈 때 하던 일을 현병호가 답습한 모양이다. 그때 이효재 씨 기분이 이해된다.

4월 24일

아침에 기독교방송에 나가 9시 45분부터 10시 35분까지 '수요공개토론'에 참석했다. 서울대특별법에 대한 이야기인데 다른 대학 출신이 그것을 비판하면 열등감이나 시기로 비칠 우려가 있고, 또 서울대 출신으로 기득권이 있는 사람에게 부탁하자니, 속이야기를 제대로 하기 힘들다고 거절하기 일쑤고, 그래서 농사짓는 나에게 부탁하게 된 거란다. 방송을 마치고 보리로 왔다. 나래 엄마와 함께 변산에 가기 위함이다. 아침 11시 30분쯤 보리에서 출발하여 고속터미널에 왔더니 12시 40분쯤이 되었다. 도중에 2호선과 3호선이 교환되는 서울 교대역에서 송미화 씨를 우연히 만났다. 안부만 주고받았다. 점심을 짜장면과 김밥으로 때우고 오후 1시 차를 타고 부안으로 왔더니 격포 가는 차가 도착해 있어서 그 길로 타고 변산에 내려, 콩나물 2000원, 두부 다섯 모, 김 두 톳을 사고 슈퍼에서 돼지고기 2만 원어치, 베지밀 한 통, 우유 두 통 큰 것 사서 재실에 전화했더니 아무도 받지 않는다. 택시를 불러 올라가려고 했더니 가게 아저씨가 조금만 기다리면 아들이 올 터이니 아들 차를 타고 올라가라 한다. 기다리는데 어떤 청년이 프라이드를 타고 왔다. 주인 아들은 아닌 듯한데 주인이 나를 '모셔다'드리고 오라고 부탁한다. 나래 엄마와 그 차를 타고 재실 밑 할아버지 집 근처에서 내려 기왕에 택시를 타고 오려고 했으니 돈을 받으라고 했더니 펄쩍 뛴다.

재실에 나래 엄마와 함께 올라가 돼지고기 일부와 베지밀을 전해주고 나래 엄마에게 재실 구경을 시켜주고, 당산나무터를 산을 넘어가 구경시켜주고, 저수지 있는 곳으로 내려와 광식이 사논 집 구경을 시켜주고 집으로 왔다. 저녁 먹고 금봉이를 재실에 데려다주었다. 나래 엄마가 부주의한 자비심을 발휘해서 금봉이를 풀어주었는데 풀어주자마자 말썽을 부렸기 때문이다. 그 상태로 방치하면 지난겨울에 그랬듯이 금봉이가 할아버지 댁 닭을 몇 마리나 더 잡아먹을지 모른다.

관유가 끈을 가지고 와서 개를 달래 목줄에 걸고 겨우 데려다주었다. 관유가 개를 달래 줄을 다시 매는 걸 보고 깨우친 바가 많았다. 사나운 개 목끈 매기. 개를 불러 앉혀놓고 목에 끈을 매고 개가 매인 것을 싫어하여 으르렁거리거나 끈을 앞발로 자꾸 눌러 엉키게 하면 개의 목을 불끈 쳐들어 목이 졸리게 하여 길들인다. 길들일 자신이 없으면 개 목끈을 애초에 풀어놓지 말 일이다.

4월 25일

아침에 일어나 밥을 먹고 재실로 올라갔다. 호박이 비닐하우스 포트에서 너무 웃자라 밖에 내놓을 필요가 있어서 민정 엄마, 비야 엄마와 함께 비각에 내놓았다. 나래 엄마와 봉선 씨, 금란 씨는 포트에 키운 상추와 쑥갓을 2800평에 일부, 1600평에 일부 심는다고 먼저 갔다. 2800평에 가보았더니, 작년에 감자 심은 곳에 일부 심어놓고 1600평으로 이동한 모양이다. 남의 밭들을 가로질러 포크레인이 간 길로 해서 1600평에 갔다. 쑥갓과 상추 심는 것을 지켜보다 나래 엄마와 500평 땅에 들러 더덕씨가 나왔는지 살펴보았더니 아직 싹이 안 났다. 중산리로 오는 길에 형님 댁에 들렀다. 술을 얻어먹고 땅콩과 비닐(땅콩을 비닐 없이 심으면 까치와 꿩과 들비둘기가 다 파 먹는다고 굳이 가져가라고 한다)과 담배 모종을 얻어 돌아왔다. 재실에 올라가 비닐하우스에 담배 모종을 넣어두고 물을 주었다. 민정 아비는 모판을 마련하고 있었다. 점심을 먹고 몹시 피곤하여 나래 엄마와 금란 씨, 봉선 씨가 나물 캐러 간다는 데 따라가지 않고 방에 드러누워 있었다. 3시 반쯤 되어 자전거를 타고 지서리에 가서 막걸리를 샀다. 최싱럴 씨가 없어서 큰딸이 막걸리를 담아주는데 곧 최 선생이 왔다. 한잔하고 가란다. 나래 엄마가 5시에 출발한다 하여 곤란하다고 했다. 구태여 재실까지 차로 막걸리와 나를 실어다주겠다는 바람에 술을 한잔했다. 최 선생 어머님(내 어머님이기도 하다)께서

288

감기 기운이 있어서 최 선생이 약을 사 온 걸 잡수시고 상추와 밥 한 그릇까지 내놓으시며 먹으라고 하신다. 정성을 거절할 수 없어서 한 숟갈 뜨고 술을 두 사발째 마시는데 최 선생을 찾는 사람이 밖에 왔다. 그사이에 농협에 들러 자전거와 돈을 찾으려고 했더니 현금지급기가 고장이라서 찾지 못하고 돌아왔다. 술도가에 최 선생 친구들이 두 사람 와서 사이다 두 병에 막걸리를 타서 먹으려고 한다. 사이다에 막걸리를 타서 마시면 맛이 썩 좋다고 타놓고 나한테도 마시라고 하는데, 나는 그냥 막걸리가 좋아서 한입만 대고 말았다. 최 선생이 집까지 바래다주었다. 아내에게 최 선생 인사를 시켰다. 최 선생이 떠나고 난 뒤 아내를 닭두 마리 들려 보냈다. 앞집 할아버지 댁에서 두 마리를 잡아달라고 했는데 세 마리를 주셔서 한 마리는 점심때 삶아 먹고 두 마리는 보리 식구들 먹으라고 들려서 보낸 것이다. 지서리로 걸어가는데 광식이가 차를 몰고 왔다. 아마 재실에서 지켜보다가 떠나는 걸 보고 내려온 모양이다. 그 차로 지서리에 도착했더니, 곧 차가 있어서 나래 엄마 태워 보내고 광식이가 술 사러 간 술도가에 따라갔다. 최 선생이 아직 위도로 가는 배에 술을 배달하지 않고 있다가 자리를 막 끝내고 배달을 나서는 참이었다. 다음을 기약하고 광식이와 함께 재실에 올라와 막걸리를 마시고, 비닐하우스에 물을 주고 내려왔다.

오늘은 참 이상한 날이다. 몸도 좋지 않은데 술을 마시고 흠뻑 취하고 싶다. 봉선 씨와 금란 씨에게 "우리 각시 종달새 같지요?"

하고 물었더니 웃는다. 내가 나래 엄마를 좋아하는 건 어떤 감정일까? 부부로서? 친구로서? 부부라면 살로 가까운 점이 있어야 하고 친구라면 뜻으로 가까워야 하는 점이 있어야 하는데, 둘 다 아닌 것 같고……. 이 둘과는 다른 감정인데 무엇인지 아직 알지 못한다.

4월 26일

중산리 형님이 주신 땅콩을 심으려고 2800평 땅에 갔다. 땅콩을 두 줄 심고 있는데 대구교대 3학년 학생 둘(박화순과 박은주)이 삽을 들고 막걸리 주전자와 김치를 곁들여서 왔다. 나를 찾아온 모양인데 관유가 가서 일을 도우라고 보낸 듯하다. 오전에는 땅콩 두 줄을 심고, 싫은 비닐 덮기를 하고(비닐은 정말 쓰기 싫은데 바로 산 밑이어서 그냥 놓아두면 산비둘기, 까치, 꿩이 다 파 먹어서 농사를 지을 수 없단다), 집으로 돌아와 교대생들에게 재실 효소실과 식초 담근 데를 구경시켜주었다. 심 군이 밭에 모판 작업을 하고 있는데 그 모습에 정말 화가 났다. 물이 다 스며버려서 가둘 길이 없는데 전기모터를 돌려 계속해서 물을 퍼대는 모습도 농사꾼답지 않고, 지서리와 기온 차이가 보름이나 난다는 땅에 비닐하우스와 비각이 그늘을 지우고 있어서 일조량도 부족할 것 같고, 포크레인을 동원하여(비록 공짜라지만 다른 일에 도움을 받을 수도 있는데 모판 만드는 일에 품을 낭비한 것도 생각이 모자란 탓이다) 땅을 파냈다고 하지만 지하에서 끌어올린 물은 차가워서 그게 며칠씩 새지 않고 햇볕을 받아 더워지면 모르겠으나 날마다 이래저래 물이 새면 그때마다 새 물을 뿜어 올려 물대기를 해야 할 판이니 냉해를 입기 십상이라, 누가 볼까 두려운 생각이 든다. 제 논이 못자리하기 힘들면 다른 사람에게 부탁하여 함께할 길은 찾지 않고 단순히 집이 가깝다 하여 며칠 품을 버려가면서 그 짓을 하고 있으니……. 보다 못해 민정 엄마에게 볍씨 새로 담가 저 노릇에서 볏모를 키워내다 실패할 것을 대비하라고 했더니 민정 엄마는 자기는 그런 이야기를 못하니 직접 하란다. 결국 직접 했는데 알아듣지 못한다. 아무리 밭이라 해도 로터리를 쳐서 물을 가두면 논이 된다는 논리다. 하도 딱해서 누가 물으면 일반 논은 제초제와 농약으로 뒤덮여 있어서 그 자리에 못자리를 하기가 꺼려져서 다소 무리가 있지만 살려낸 밭에서 하고 있노라고 대답하고 그 시험을 계속해보는 것은 상관없으나 혹시 모판이 잘못되어 농사를 망치면 안 되니 보험 드는 셈 치고 따로 모판을 마련해두라고 일렀더니 무척 언짢은 표정이다.

　오후에는 학생들을 데리고 당산나무터로 가서 땅콩을 심었다. 포크레인으로 다져진 땅이라 두둑을 치기가 힘들었다. 괭이로 땅을 파는데 손바닥에 물집이 잡혔다. 봉선 씨와 금란 씨가 심어놓은 감자도 너무 얕게 심어 비 온 뒤에 알이 드러나서 들쥐가 일부는 물어다 갉아 먹고 일부는 물어가다 팽개친 것이 눈에 뛴다. 흙을 더 덮어주었다. 일을 하다가 잠시 쉬면서 막걸리를 마시고 있는데 밖에서 누가 부르는 소리가 들린다. 곰소에서 산다는 젊은이(최광석이라고 했다) 한 사람이 딸을 업고 땀을 흘리면서 올라왔다. 서울에서 살다가 곰소로 3년 전에 돌아왔는데, 아내는 다른 대학을 졸업하고 뒤늦게 원광대학교 한의학과에 입학해서(1학년) 다닌다고 한다. 해산물을 다루는 일을 한다고 해서 반가웠다. 성실해 보이는 사람인데, 마침 갯살림 할 사람 하나쯤 있으면 싶다 한 소망이 이루어지는 것 같다. 한 시간쯤 이야기하다가 땅콩 심은 밭에 비닐을 덮고 그 친구가 타고 온 1톤 트럭을 타고 학생들을 바닷가로 데리고 갔다. 가서 소라게도 잡고 조개껍질도 주웠다. 학생들이 무척 좋아한다. 걸어서 돌아오면서 지금은 들일이 한창이어서 이런 때 한가하게 바닷가에 나가 소라나 주웠다고 하면 동네 사람들이 욕한다, 지금 저녁 7시가 넘도록 일하는 사람들 모습을 보아라, 내가 외부에서 사람들 오는 걸 싫어하는 이유가 있다…… 그 사연을 길게 이야기했다. 그리고 길가에다 뽑아다 내버린 쪽파를 크게 한 단쯤 주워 왔다. 학생들이 파전을 부쳐 먹었으면 좋겠다고 해서였다. 쪽파와 대파 값이 똥값이라 뽑아서 한구석에 버리는 판인데 심을 때도 일손, 뽑을 때도 일손이 드는 데다 비료 값, 농약 값 따지면 모두들 복장이 터질 것이다. 이 악순환이 언제쯤 끝날까. 농약이라도 안 쳤으면 효소나 담그지.

저녁을 먹고 재실에 올라가 마음먹고 비야 엄마와 민정이 아비를 야단쳤다. 술을 많이 마시면서 야단쳤다. 비야 엄마는 남의 무덤 가까운 곳에 호박 구덩이를 대중없이 많이 파서(여남은 구덩이를 팠다. 세 구덩이만 파도 충분하다고 했는데 말을 듣지 않고 그렇게 한 것이다) 야단맞았고(다른 이유야 제쳐놓더라도 그 호박 줄기가 무덤가와 무덤 위를 덮는다면, 그리고 그 모습을 무덤 주인이 본다면 무어라고 하겠는가), 민정 아비는 모판을 밭에다 만든 것 때문에 야단을 맞았다(다른 이유도 많지만 도대체 먹는 우물물을 전기를 돌려 끌어다가 논물로 쓰는 사람이 어디 있는가).

4월 27일

아침에 재실로 올라가 밖에 내놓은 호박 모종에 물을 주고 민정 엄마에게 어차피 고추 농사는 환금작물로 짓는 것이니 거름을 충분히 해서 제대로 농사지으라고 했다. 비야 엄마도 광식이 경우도 마찬가지다. 내가 시험하는 것만 제대로 길러보자는 생각이 들었다. 교대 학생들은 아침에 떠나보냈다. 앞집 아주머니 집 비닐하우스에 가서 병아리 기르는 모습을 보았다. 열을 내는 전등을 달아 비닐하우스 안 온도를 맞추는데 너무 추워도 병아리가 죽고 너무 더워도 죽는다고 한다. 두 달 되었다는 병아리는 어느새 중병아리가 되어 있었다. 한 마리에 3000원씩 판다고 한다. 오전에는 당산나무터에 가서 노는 땅을 일구었다. 어제 물집이 왼손 검지 밑에 잡혔는데 오늘은 가운뎃손가락과 약지 밑, 그리고 새끼손가락에까지 잡혔다. 점심 먹으러 오는 길에 고사리가 보여서 꺾었는데, 무덤가에 많이 났다. 제법 크게 한 줌이 될 만큼 꺾었다. 집에 와 점심을 먹으려는데 매거진《호남평야》를 낸다는 사람이 원고 청탁 겸 들렀다며 찾아왔다. 마뜩잖았지만 점심시간에 온 손님을 그냥 보낼 수 없어서 같이 식사나 하자고 하고, 원고는 마지못해 실험학교 기금으로 쓸 요량으로 사보에나 쓴다고 하면서 청탁을 거절했다. 사진을 찍는다기에 재실에 올라가 장독대나 찍고 가라고 이르고 당산나무터로 다시 갔다. 가는 길에 고사리를 좀 꺾었다. 어제 술이 과했는지 몸 상태가 좋지 않다. 한숨 잤으면 싶은데 비닐하우스 안 멍석에 누웠는데도 잠이 오지 않는다. 그렇게 한참 누워 있다가 다시 땅을 파기 시작했다. 오늘은 연장 하나를 망가뜨렸다. 끝이 뾰족한 곡괭이인데 땅속에 있는 돌에 부딪혀 끝이 자꾸 휘길래 돌멩이로 바로 잡는다고 내리쳤더니 발이 하나 떨어져 나갔다. 그리고 나머지 발들도 이리저리 휘었다. 힘이 들어 어제 한 땅콩밭 크기만큼만 땅을 일구고 오후 4시 이후부터는 냇가에 있는 덩굴식물과 가시덩굴을 베어내고 거기 있는 부엽토를 지게로 져 날랐다. 6시가 넘어 일을 마치고 산언덕 쪽으로 가고 있는데 안용무 씨 가족이 찾아왔다. 같이 손종만 어른 댁에 갔더니 내외분이 모두 집에 없다. 저녁을 먹고 오리라 마음먹고 집에 올라가 저녁을 먹자고 했더니, 굳이 식당에서 먹잔다. 그러자고 하고 향촌식당에 가서 백반을 먹고 다시 손종만 어른 댁으로 갔다. 집터 부탁을 하고 거래는 안용무 씨 가족과 형님이 알아서 하도록 자리를 비켜주고 집에 왔더니 금란 씨가 왜 이제야 오느냐고 한다. 9시가 채 안 된 시간이고 나 나름으로 빨리 온다고 왔는데 웬일일까 했더니, 관유가 금란 씨 방에서 나온다. 그리고 "구병이 너⋯⋯" 하고 주 정하는 품이 오늘도 술을 많이 마셨다. 아마 금란 씨가 관유 주 정 때문에 곤혹스러웠던 모양이다. 전화로 광식이와 살벌하게 싸웠다는 이야기를 들었다. 광식이가 지서리 나가는 길인데 부 탁할 것이 없는가고 물어서 '프림'을 좀 사다달랬는데, 그걸 사 가지고 와서 금란 씨에게 재실에 와서 찾아가라고 전화를 한 데 서 발단이 된 모양이다. 관유는 술이 과하면 실수를 하는데 소주 를 많이 마신 모양이다. 지금 취해서 내 방에서 자고 있고, 나는 부엌에서 일기를 쓴다. 금란 씨는 광식이 마음을 달래주려고 재 실에 올라갔다.

4월 28일

결혼기념일. 저녁에 나래 전화를 받고서야 알았다. 아침에 재 실 밭에 깔린 황포와 타르 드럼통을 나르느라고 땀을 좀 뺐더니 바람이 무척 상쾌하다. 이마와 등과 겨드랑이의 땀을 식혀주는 바람의 상쾌한 맛을 오랜만에 만끽하는 것 같다. 오전에 당산나 무터에 올라가 밭 귀퉁이에 쌓아놓은 나뭇가지와 억새뿌리를 치 우고 냇가에서 부엽토를 긁어 어제 일군 밭에 뿌리고 있는데 안

용무 씨 가족이 찾아왔다. 손종만 어른이 부르신단다. 가서 안용
무 씨 집터와 텃밭(400평이 조금 넘는다) 계약을 하는 데 입회를
했다. 평당 5만 원. 집터로 쓰일 땅이라서 값이 조금 높지만 긴
안목으로 볼 때 잘 산 터다. 거래를 마치고 안용무 씨가 풍천장
어로 점심을 대접하겠다고 해서 형님 부부를 모시고 선운사 입
구까지 갔다. 점심 값이 한 사람당 1만 5000원, 술 한 병 1만 원.
점심을 먹고 선운사 구경을 했다. 만세루가 인상적이었다. 그렇
게 마구 지었는데도 크게 그르치지 않고 지은 절집 건물을 처음
보았다. 그 집을 지은 목수는 무척 자유로운 정신을 지니고 있었
으리라.

집에 돌아오니 얼추 6시 가까이 되었는데, 제자가 왔다고 금
란 씨가 말한다. 재실에 올라가보니 철학과에 다니다가 교통사
고로 정신이 조금 이상해져 학교를 그만둔 학생이 와 있다. 집에
서 쉬고 있는 모양이다. 재실 뒷밭에서 이장이 트랙터로 밭을 갈
고 있다. 민정 아비는 거기다 호박을 심을 생각을 하는 모양인
데, 호박을 밭에 심는 경우는 아직 못 보아서 신경이 쓰여 고추를
심는 게 어떻겠느냐고 이야기했다. 조 군에게는 조금 매정하게
들렸겠지만 "연락 없이 불쑥 찾아온 손님은 설사 제자라도 맞이
하지 않기로 했다. 그리고 농사철이 한창 바쁠 때 왔으면 적어도
이삼일 머물면서 일손 도울 생각을 해야 한다"라고 말했다. 심
군이 옆에 있다가 조 군이 안돼 보였는지 자기가 전화를 직접 못
받았지만 오겠다고 연락을 하긴 했다고 얼버무렸다. 그냥 집으

로 내려왔다.

저녁을 먹는데 삶은 닭이 있다. 앞집 아주머니가 주었다고 한
다. 누가 주문을 했는데 찾아가지 않아서 남은 것이라고…… 돈
을 치르면 어떻겠느냐고 했더니 관유 군이 일품을 좀 팔았다고
한다.

오늘은 관유 군이 일찍 갔다. 풀과 나무, 약초 들을 눈으로는
분명히 보고 있으나 이름도 모르고 약효도 모르는 것이 거의 전
부라서 답답하여 《동의학 사전》과 《한국의 수목》, 《한국의 야생
화》를 들추어 보았으나 한두 번 보아서 알게 될 일이 아니다. 산
에 갈 때 책을 끼고 가서라도 확인해야겠는데, 사진이나 흑백으
로 된 그림의 한계를 다시 느낀다.

4월 29일

아침식사 후에 비가 많이 내려서 밭일을 포기하고 줄포와 부
안에 나가기로 했다. 민정 엄마에게 우리 집에 수도 설치 문제를
이장에게 부탁해달라고 일러놓고 금란 씨, 광식이와 함께 심 군
의 1톤 트럭을 타고 빗길에 줄포로 먼저 갔다.

맷돌(주춧돌로 쓸 것)을 사러 갔는데 비가 몹시 내려 포기하고
참고가 될 만한 민속 돌들, 먹통, 종이로 만든 거북병(나중에 물을
담아보니 샌다), 목각 불상, 저울, 솥 등이 눈에 띄어 그것만 샀다.
그리고 지난번에 예약해놓은 목수연장도 챙겼다. 부안에 가서 봉

덕상회에 가 여러 가지 씨앗(열일곱 종류)을 구했다. 참깨, 들깨, 콩, 팥, 동부, 기장, 율무, 결명자, 옥수수, 메밀, 조, 강낭콩 등이다. 점심은 계화식당에 가서 백합죽을 먹었다. 철물점에 들러 쇠스랑 큰 것 세 개, 작은 것 세 개, 긁개 세 개, 나사 조이고 푸는 것 등을 샀다. 홍농종묘상에 가서 오이와 토마토, 애호박 씨앗도 구했다.

집에 와서 잠깐 쉬고 있는데 비가 그쳤다. 오후에 다시 광식이와 줄포에 가려고 하는데 이장이 친구 두 명을 데리고 왔다. 고구마순주를 마시러 왔다고 했다. 일이 있는데 이렇게 연락도 없이 불쑥 찾아와 난감하고, 버릇이 되어서는 안 된다는 생각이 들어 줄포에 볼일이 있어 술을 같이 마시지 못해 미안하다고 하고 재실로 데리고 올라갔다. 고추모를 돌보던 민정 엄마에게 접대를 부탁하려고 했는데 다행히 술 한 병만 달라고 해서 돌아갔다.

자고 있는 광식이를 깨워 줄포로 가서 맷돌 예순네 개, 문짝 열한 개, 솥 두 개를 싣고 돌아오는 길에 곰소에 들러 홍합, 삼치, 조기를 샀다. 그리고 변산에 들러 두부와 콩나물도 샀다. 7시 15분쯤 경남 산청에서 김진탁 씨라는 분이 왔다. 관유 군이 몹시 좋아하는데 술에 많이 취해 잘 모르는 사람이라면 적이 당황스러워할 방법으로 그 애정을 표현한다. 산청에서 전주까지 두 시간 반이 걸렸다고 한다. 말수가 적은 사람인데, 편안한 느낌을 준다.

'달다.
어젯밤 꿈속엔 듯
꽃으로 피어오르던 네 몸'

'바람, 밀들을 간지럼 태우면서
마구 밀밭을 뛰어다니니까
밀들이 우스워서
간지러워 간지러워 하고
온몸을 흔들면서 웃는다'

4월 30일

아침에 다시 내린 비가 오전 내내 내렸다. 오다 그치다 할 비 같고 빗줄기가 가늘어서 금란 씨와 함께 당산나무터에 가기로 했다. 오가며 고사리도 꺾고 옥수수와 완두콩도 조금 심었으면 하는 마음이 들어서……. 고사리를 꺾는데 금란 씨는 영 못 꺾는다. 나중에야 금란 씨가 근시여서 그럴지도 모른다는 생각이 들었다. 고사리를 제법 꺾었다. 김진탁 씨는 관유 군이 안내를 하기로 했는데 비탈밭에서 고사리를 꺾는 도중에 진탁 씨와 관유 군이 우리 있는 곳으로 왔다. 관유 군은 진탁 씨를 안내해서 바닷가까지 가보겠다고 한다. 김진탁 씨가 사는 산청 집 구들을 파버리겠다고, 2500평 땅을 당신 앞으로 등기 이전해주겠으니 여기서 같이 살자고, 산청에 사놓은 땅 값은 대신 지급해주겠다고, 관유 군이 주정 삼아 이야기할 만큼 각별한 애착을 가지고 있어서 나도 김진탁 씨가 관유와 함께 이곳에서 살면 좋겠다는 생각이 들었다. 금란 씨가 참을 먹자고 부침개를 구웠다. 막걸리를 곁들여 참을 먹었다. 관유 군은 취한 모습으로 진탁 씨와 함께 점심때쯤 왔다. 점심을 먹고 진탁 씨는 떠나고 관유 군이 배웅을 했다. 오후에는 날이 개어 일을 해야 하는데 쉬다 보니 시간이 흘러 오후 4시가 되었다. 재실에 올라가 고추와 호박에 물을 주고 밀 당절임을 뒤집고 재실 뒷산에 올라가 쇠스랑 자루로 쓸 나무를 베었다. 나무를 하나 찾는 데 꽤 힘이 든다. 얼핏 보아 똑바른 나무도 옆으로 가서 보면 뒤틀어져 있다. 또 똑바른 나무라도 아래위가 굵기 차이가 너무 큰 것도 많고, 굵기가 마땅한 것이 잘 눈에 띄지 않는다. 얼추 비슷한 것 여섯 개를 겨우 베어 왔다. 쇠스랑이 여섯 개이기에…….

　관유 군이 술 먹고 중산리 길바닥에 쓰러져 자다가 관수 씨가 죽은 줄 알고 걱정되어 부녀자들까지 불러서 일으켜 세워 재실까지 왔다는데, 관유 군은 취해서 관수 씨에게 이 자식, 저 자식, 형님 하면서 두서가 없다. 겨우 관유 군 돌려보내고 심 군이 관수 씨와 술을 한잔하면서 관수 씨 마음 달래는 일에, 모판 일까지 포기하고 매달려 있는 모습을 보면서 말없이 돌아섰다. 관유 군은 산청에 가겠다고 하고 비틀거리면서 내려갔는데, 집에서 편히 자고 내일 맑은 정신으로 깨어나면 좋겠다.

청주 용란이 집에 전화했다. 용심이가 받았다. 어머니는 아직 깨어나지 못하고 계신다고 한다. 낮에는 용란이와 용심이가 간호를 하고, 밤에는 용우가 간호를 하는데, 아버지가 가장 상심하고 있다는 용심이의 말.

—5월—

5월 1일

아침에 관유 집에 전화를 했더니 집에 있었다. 같이 아침을 먹는데 그사이 산청에 다녀왔다고 한다. 잘 믿어지지 않는다. 왕복열 시간이 넘는 거리라……. 그래도 믿는 수밖에. 아침에 재실에 올라가 호박을 심고 있는데 조유상 씨가 아이 하나 데리고 왔다. 조유상 씨는 수녀 생활을 3년 하다가 그만두고 나온 사람으로 지난번 남영신 씨 소개로 변산에 며칠 있다가 간 사람이다. '진리와 겸손' 회원이면서 한샘가구에 있다가 보령으로 농사지으러 들어갔다는 사람이 계화도 사는 사람과 함께 왔는데, 연락 없이 왔길래 호박 심는 일이 바쁘다고 밭둑에서 인사만 하고 돌려보냈다. 그 사람들이 가고 난 뒤에 호박을 다 심고 10시가 넘어서 관유 군만 빼고 조재형 군, 조유상 씨까지 포함하여 식구들을 전부 불러 모아 이야기했다.

조 군이 제자이지만 연락 없이 왔기에 한 번도 내 집에 오라고 하여 밥을 먹거나 술자리를 같이하지 않았다. 그제 이장이 친구들을 데리고 왔을 때도 마찬가지다. 찾아오는 손님을 일일이 내가 접대하고 동네 사람들과 어울려 술을 마시기 시작하면 농사지을 시간이 없다. 그리고 말로 바람 잡아 사람들을 현혹시킬 뿐 실험학교니 공동체니 제대로 준비할 겨를이 없다. 이제까지 변산에서 이루어진 일이 있다면 그것은 모두 기왕에 변산에 있었던 것이거나(2800평 땅도, 당산나무터도, 바닷가도) 돈으로 이룬 것뿐이다. 작년 그리고 올 들어 우리는 동네에서 농사짓는 다른 분들과 견주어 더 잘해낸 것이 없다. 그런데 무엇 때문에 사람들이 찾아오는가. 나에 대한 환상을 가지고 오는 경우가 대부분일 것이다. 그러나 환상일 뿐 나라는 사람은 없다. 돈과 변산이라는 지역만 있을 뿐이다. 돈으로 무슨 일을 해낼 수 있다면 실험학교니 공동체니 하는 것을 가장 잘할 사람은 재벌 그룹 사람들일 것이다. 지금 문전박대한다고 오해하고 욕할 사람도 진짜 우리가 열심히 해서 무엇인가를 이루어낸다면 오해를 풀고 칭찬을 할 것이요, 지금 오는 사람마다 반갑게 맞아 밥 먹이고 술 먹여 인심을 사놓더라도 우리가 게으름을 피우고 입만 가지고 바람을 잡는다면 그 사람들 다 등 돌리고 돌아설 것이다. 김복관 선생님 말씀이 잊히지 않는다. 함석헌 선생님과 함께 지난 1950년대부터 공동체 운동을 해온 사람들이 한 번도 경제적으로 자립한 적이 없다고 말씀하셨는데 당연히 그럴 수밖에 없다. 어디에서 공동체를 한다니까 너도나도 호기심이 생겨 그곳을 방문하는데, 워낙 마음씨 좋은 사마리아인들이어서 손님을 문적박대하지 못하고 맞아들여 밥 먹이고 술 먹이고 같이 진지한 이야기를 나누느라고 일할 틈도 내지 못했을 터이니, 그 공동체들이 자립할 길이 어디 있었겠는가. 내 후배 가운데 대학에 몸담은, 꽤 똑똑한 후배가 있는데 이 사람이 얼마 전 학생들 데리고 변산에 견학 올 수 없겠느냐, 농촌 현실을 학생들도 알 필요가 있고, 공동체 삶의 전망에 대해 알아둘 필요가 있다고 해서, 그럼 그 학생들과 며칠 변산에 머물면서 낮에는 일하고 저녁에는 이야기를 나눌 시간을 갖는 게 어떤가 이야기했더니, 학기 중이어서 그건 어렵고 몇 시간 구경만 하다 가면 안 되느냐고 하기에, 그럴 수는 없다고, 그렇게 해서 무슨 얻어가는 게 있겠느냐고, 그저 놀러 다니는 것에 불과하다고 했는데, 엊저녁에 김희동이라는, 대구에서 국민학교 교사를 하면서 '민들레 만들래'라는 여름학교를 꾸리는 사람이 전화 연락을 했는데 이 사람 이야기도 마찬가지더라. 오월 둘째 주인지 토요일에 아이들과 함께 와서 변산 바닷가 생태를 연구하고 갔으면 좋겠는데 하룻밤 머물고 식사를 할 수 있게 준비를 해 줄 수 있느냐고 해서, 첫째 오월은 농번기여서 아무도 그 아이들을 안내할 겨를이 없다, 둘째 나도 겨를이 없다. 셋째 그 아이들을 먹이고 재울 공간도 능력도 없다고 매정하게 거절하고, 전화를 끊었다. 우리나라에서 가장 앞섰다는 사람들이 이런 정신 나간 부탁을 할 정도니 보통 사람들은 어떻겠느냐. 앞으로 연락 없이 우리 승낙 얻지 않고 오는 사람은 아는 체도 하지 말자. 그리고 비록 나를 만나고 싶어 왔다 하더라도, 그리고 내가 코앞에 있더라도 없다고 해라. 나는 농사지으면서 거기에서 생기는 재원과 힘으로 실험학교나 공동체를 하려는 것이지, 이 사람 저 사람에게 잘 보이고 얼굴을 팔아서 기금을 모아 실험학교나 공동체를 이루려는 것이 아니다. 오늘 온 손님들도 오해가 많았겠지만 앞으로는 더 많은 사람이 더 자주 찾아오고, 그 사람들은 욕하면서 떠날 것이다. 그리고 사람들 만나면 변산과 윤구병에 대해서 좋지 않은 소리들을 해댈 것이다. 차라리 그렇게 해서, 호기심만 있고 몸으로 동참할 뜻은 없는 사람들은 걸러지는 것이 훨씬 낫다. 한 사람에게 잘해주면 그 사람이 가서 변산에 가니까 변산 사람들 참 친절하더라, 밥도 주고 술도 주고 귀담아들을 얘기도 해주더라 하고 주위 사람들에게 떠들어대 온갖 떨거지들이 다 모여들 터이니, 그러고서야 무슨 일인들 제대로 할 수 있겠는가…….

이런 말로 내 뜻을 전했다.

점심을 먹고 나서 당산나무터에 가서 호박을 심었다. 심고 나서 옥수수와 완두 씨앗을 심으려고 했는데, 먼저 씨앗을 가지고 갔으리라고 생각했던 금란 씨가 와 있지 않았다. 500평 땅에 가는 길에 쇠스랑 자루를 보아두었다. 어제 베어 온 것들 가운데 관유 군이 보기에 하나만 쓸 만하고 나머지는 죄다 못 쓸 것인 모양이어서 관유 군이 베어 오겠다고 했지만 관유 군에게만 맡길 수는 없는 노릇.

오다가 광식이 사는 집 돌담 밑에 자란 머위를 뜯어 왔다.

오늘이 메이데이여서 직장이 휴일이라는 걸 낮에 변산농협에

306

들러서야 알았다. 보배소주 1리터짜리 열 상자, 맥주 한 상자 해서 모두 18만 4000원어치 술을 샀다. 광대나물, 보리, 민들레 효소 찌꺼기에 설탕이 아직 많이 배어 있어서 그냥 퇴비하기 아까워 술을 부어보려는 뜻이다.

저녁에는 조유상 씨를 아래로 내려오라고 하여 밤 12시 가까이까지 이야기했다. 관유 군이 말을 많이 했는데 술을 마시지 않고 이야기해서 그런지, 상대가 편안한 느낌을 주어서 그런지 줄거리를 세워서 이야기를 아주 잘 풀어나갔다. 나는 의도는 그런 것이 아니었는데, 이상하게 광식이와 민정 엄마 아빠, 비야 엄마에 대해서 비판하는 말꼴이 되어버렸다. 조유상 씨가 오늘 오전에 야단친 일로 미루어 재실 식구들이 나를 두려워하는 것 같다는 인상을 받았다고 하여 의존적일 때는 두려움을 느낀다고 했는데 그 까닭의 한 단면을 예를 들어 설명한다는 것이 그렇게 되었다. 비야 엄마가 쑥을 캐라고 일렀는데도 효소에 많이 매달리는 문제(쑥이야 캐서 말리면 일품만 들 뿐 돈은 안 드는데 효소는 발효시키려면 설탕을 써야 하고, 효소 한 항아리 큰 것 담으려면 설탕이 몇 포가 필요한데, 만일에 효소를 잘못 만들어 실패로 돌아갔을 때는 꽤 큰 손해를 보게 되니 이것도 따지고 보면 투기영농의 일종이다), 지난번 세 구덩이만 파라고 분명히 이야기했는데 무덤가에 여남은 구덩이가 넘게 호박 구덩이를 파놓고 야단맞은 문제, 내가 보리밭을 중간에서 두 고랑 베어 효소를 담갔더니 민정 엄마가 나더러 농사꾼이 아니라서 농사꾼 마음을 모른다고 한 문제, 민정 아비가 밭에다 수돗물을 써서 모판 만든 문제, 광식이 효소 담는다고 설탕을 한꺼번에 100포나 사다 쌓아놓은 문제…… 이런 문제들은 어찌 보면 사소하지만, 어른이 말을 꺼냈으니, 왜 그런지 모르겠으면 물어보면 될 일이거늘 묻지도 않고 지레짐작으로 오해를 하고 원망을 쌓아가는 모습이 마음에 걸려 털어놓은 것인데, 조유상 씨에게 혹시 가까운 사람을 보이지 않는 곳에서 욕하는 옹졸한 어른이라는 인상을 주었을지도 모르겠다.

관유 군이 무슨 일이든지 신명으로 하면 쉽다고, 농사일도 어려운 일이 아니라고, 욕심을 버리면 즐겁다고, 농사일도 결국 자기표현이라고 한 말이 기억에 남는다.

이야기를 나누면서 눈여겨보니 조유상 씨는 맑은 사람이라는 느낌이 든다.

5월 2일

오전에 조유상 씨가 데리고 온 김재형 씨의 딸 평화와 조유상 씨에게 관유 자는 곳, 2800평, 당산나무터, 저수지, 광식이 집을 구경시키느라고 일을 못했다. 공을 들인 것이다. 여기 머물게 하려고……. 오후에는 금란 씨와 함께 당산나무터에 가서 율무씨를 뿌렸다. 밭이 굳어서 처음에는 다 파내느라고 애를 썼는데 나중에는 골만 파도 된다는 것을 알았다. 일이 한결 쉬워졌다. 일을 마치고 금란 씨를 먼저 보내고 연장 자루를(어제 보아두었던 것이

다) 일곱 개 베어서 왔다. 저녁을 먹고 쉰 막걸리를 마시면서 관유 군, 나, 금란 씨, 유상 씨, 평화, 함께 화기애애한 분위기로 덕담을 나누었다.

관유가 가고 난 뒤에 술을 더 마셨는데 쉰 술 남은 것은 채소에게 주고 새 술을 마셨다. 마시면서 취해오는 것을 느꼈다. 이야기가 심각해지면 내가 취했다는 증거다. 김재형 씨 지렁이농장 이야기를 다시 했다. 쓰레기, 버리는 것을 이용해 지렁이를 길러내어 약용으로 내다 팔아 소득을 얻는다지만, 그것은 정말 생명체와 올바른 교섭의 방식이 아니기 때문에 3년을 버티지 못할 것이다. 지렁이는 사람이 키울 수 있는 것이 아니다. 다른 모든 것이 그렇듯이 생명체는 자연 속에서 저절로 크도록 해야 하고, 햇볕, 물, 공기…… 이런 것들로 가시화하는 생명의 기운들이 서로 만나 자라는 것이다. 사람은 옆에서 거들 뿐이다. 그런데 땅속에서 장애물만 제거해주면 저절로 크는 것인 지렁이를 인공으로 키워 결국에는 약이라는 이름으로 집단학살하겠다고?

5월 3일

내 앞에 관유 군이 어제오후에 쌓아놓은 돌담이 있다. 참 이쁘다. 관유는 이것을 일로서 한 것이 아니라 그냥 아이처럼 논 것이다. 마당에 만들어놓은 아궁이도 관유가 논 흔적으로 남아 있다. 관유는 일이 힘들면 신명나지 않으면, 않고 떠난다. 관유는 그것을 '작업', '노동'으로 생각한다. 노동은 생명을 깎아먹는다. 놀이 삼아 하는 일만이 신명나고 생명을 기른다. 일을 하게 되면 성과가 나타나고 그 성과는 누군가의 소유물로서 집착의 대상이 된다. 그러나 아이들은 하루 종일 바닷가에서 모래성을 쌓다가도 싫증이 나면 떠나고 그 모래성을 다시 돌아보지 않는다. 아무리 정교하게 지어놓았다 할지라도 바닷물이 그것을 허무는 것을 아까워하지 않는다. 놀 때의 즐거움이 가장 큰 소득이었기 때문이다. 아침도 웃음으로 열고 저녁도 웃음으로 닫을 수 있는 나날이 삶이 되는 길을 걷자.

오전에 더덕과 산벚나무를 심은 비탈밭 둘레에 울타리를 두르듯이 옥수수 씨앗을 심었다. 오후에도 옥수수를 심고, 참외와 수박을 심기 위해서 밭골을 팠다. 줄을 치고 뾰족한 괭이로 팠다. 오후 5시쯤 신종범 씨가 당산나무터로 와서 같이 밭골을 파고 나서 저수지 있는 곳으로 해서 집에 돌아왔다.

저녁에 집에 와보니 봉선이 가족이 와 있다. 유승희 씨는 파를 다듬고 있었고 봉선이는 위에 올라가 재실 못자리판 만드는 일을 돕고 있었다. 저녁을 먹고 막걸리를 마셨다. 막걸리가 취한 끝에 심기가 불편했던 관유가 내 얼굴에 술을 끼얹고 나는 그러는 관유 머리에 홍합국물을 뒤집어씌웠다. 둘이 물놀이를 한 셈이다. 옆에서 본 사람은 기겁을 했겠지만, 그리고 십중팔구는 관유 군이 무례하다 해서 입방아를 찧겠지만, 둘은 그냥 물놀이를 한 것이고 그것 이상도 이하도 아니다. 유승희와 봉선이가 재실과의 관계를 하도 걱정하는 눈치여서 관유 군이 가고 난 뒤 재실에 올라갔다. 아마 비야 엄마가 우리가 벌인 놀이를 재실에 이미 전한 모양이다. 고소해하는 분위기였다. 비야 엄마에게 '촉새'라고 야단을 쳤다. 좋은 이야기는 전하고 나쁜 이야기는 가슴에 묻어두라고 이른 지 며칠 안 되는데 쯧쯧…… 광식이의 태도가 유별나다. 다시는 나를 안 보겠다고 하는데 누군가 (아마 민정 엄마일 것이다) 광식이를 격동시킨 게 틀림없다. 민정 엄마를 나무랐다. 민정 엄마의 얼굴에 맑은 구석이 없다. 원망이 쌓이고 있는 증거이리라. 관유 군만 감싸고 나머지 재실의 민정네 식구, 광식이, 비야 엄마를 따돌린다고 생각해서이리라.

새벽 3시 반까지 신종범 씨도 있는 자리에서 이야기했는데, 마음으로부터 서로 멀어져가는 느낌만 점점 강해졌다. 드디어 '놓아버릴' 때가 온 것인가? 이천규 씨라는, 마을에서 별로 신임을 얻지 못하는 사람의 예를 들어 마을의 여론이 관유에게 비판적인 것처럼 꾸미는 태도가 영 마음에 들지 않았다. 유승희, 신종범 씨에게 들으라고 하는 이야기겠는데…… 내가 참지 못하고, 그 이야기를 하는 사람이 마을에서 어떤 위치에 있는지 밝히고 그런 이야기를 전해야 듣는 사람이 판단을 그르치지 않을 수 있지 않느냐고 이야기했다. 가까이하면 넘보고 멀리하면 눈 흘기고…… 이렇게 되면 근원으로부터 다시 관계를 되비추어볼 수밖에 없겠다.

5월 4일

세 시간쯤이나 잤나. 오전 6시 반이 안 되어 일어났다. 이 싸움에서 모두 이기는 길은 없을까. 두 우악스러운 어미가 한 팔씩 끌어당기는 통에 가슴이 찢어지는 아이 꼴이다.

당산나무신령에게 빌어도 내 우둔한 머리를 깨우쳐줄 것 같지 않다는 예감이 든다. 7시쯤 관유 군이 와서 어제 일을 사과한다. 사과하고 나서 다시 "나를 쫓아내십시오" 아니면 "광식이와 민정이네 손을 놓으십시오"다. 그 사람들에게도 내가 붙들고 있는 게 도움이 안 되고 자비행도 아니란다.

신종범 씨와 바닷가에 나갔다. 오가는 길에 처음 여기 들어올 때 사연부터 비교적 소상히 이야기해주었다. 이곳에 관심이 있어 오고 싶어했던 사람이 우리의 벌거벗은 모습을 미리 보게 되었으니 환상이 있었다면 이미 사라졌겠지만 객관적 정황을 오해 없이 알고 가는 것이 좋겠다는 생각이 들어서였다.

집에 오니 관유 군이 금란 씨가 부쳐주는 부침개에 곁들여 술을 마시고 있다. 줄포에는 앞집 아저씨 차를 타고 가기로 했는데 차가 안 와서 그렇다고 한다. 같이 술을 마시는데 민정 엄마가 왔다. 500만 원 융자 받는데 연대보증을 서달라고 온 것이다. 인감도장을 내주고, 자네나 광식이에게 내가 지나친 간섭을 해서 마음에 상처를 입히는 모양이니 앞으로 아무 말 없이 그저 지켜보겠네, 효소도 자네 나름으로 담고 싶으면 그렇게 하게, 하고 일러

보냈다. 점심을 먹고 신종범 씨와 관유 군은 구들돌을 실으러 줄 포에 갔다. 신종범 씨는 서울대 서양사학과를 졸업한 스물여덟 살의 총각이다.

오후에는 낮잠을 좀 자고 줄포에 다녀온 신종범 씨와 관유 군과 함께 금란 씨가 만들어준 부침개를 안주 삼아 술을 마셨다. 저녁에는 원광대 김재철 교수가 맥주 열 병을 들고 왔다. 1991년에 운산리 산자락에 감나무밭을 만들고 수업이 없는 날에 와서 열심히 유기농으로 감나무를 길러온 분인데 나보다 나이는 두 해 밑이다. 아주 부지런하고 성실한 분인데 마을 사람들과 너무 허물없이 지내서 마을 사람들로부터 무례한 대접을 받기도 하는 분이다. 어쩌면 그 무례함은 가까움의 표시일지도 모른다. 김 교수가다시 그 말을 했다. "당신은 농사를 짓지만, 나는 농업을 한다. 내가 더 불순한 동기로 농사에 임하고 있다. 나는 늘 경제성을 생각하는데, 경제학 교수라서 그렇다." 왠지 부업을 하는 자신을 전업을 하는 나에 견주어 비겁하다고 여기는 것 같다. 심성은 착한 사람이지만 같이 술을 많이 마시면 주정을 받을 것 같아서 욕먹을 셈 치고 내 방에 들어와 누워버렸다. 술 마시고 취하면 내 주정이 세 가지 형태로 나타나는데, 하나는 괜히 말이 어려워지는 것, 또 하나는 어디론가 떠나버리는 것, 마지막으로는 자버리는 것이라고 이야기하고 난 참이기도 했다.

김 교수가 떠난 뒤 일어났더니, 신종범 씨가 끝까지 김 교수를 접대하고 있다가 김 교수 표정이 섭섭한 기색을 띠고 있더란 말을 전했다. 나중에 김 교수가 옷을 가지러 왔다. 여러 집 다니면서 술을 마신 모양이다.

5월 5일

신종범 씨가 아침에 떠났다.

당산나무터에 가서 수박 구덩이를 파고 부엽토를 넣었다. 다 파고 씨앗을 찾아보니 씨앗이 없다. 연변에서 수박씨도 보냈다고 금란 씨가 착각을 한 모양. 어쨌거나 팠으니, 지서리에서 수박씨를 사다 심더라도 심을 수밖에. 참외 구덩이도 파고 연변에서 보낸 세 종류의 참외를 심었다. 마침 제사를 지내고 내려오던 중산리 형님이 일하는 내 모습을 보고 개울을 건너와 수박과 참외를 심을 때 그리고 키울 때 주의해야 할 사항을 자세히 일러주셨다. 수박은 한 구덩이에 씨앗을 서너 개씩 넣고 길렀다가 수박이 열리면 두 개만 남겨놓고 줄기를 잘라주고 나중에 속잎이 나올 때 또 마저 하나 가위로 잘라주고(뽑아내면 나머지 것의 뿌리가 흔들리기도 하고, 또 잘라준 것의 뿌리는 썩어서 거름이 되기도 하니까) 하나만 남겼다가 본줄기를 짚어주면 거기서 일고여덟 개의 넌출이 뻗는데 세 개만 남기고 잘라주고, 마지막에는 넌출 하나에 수박 하나만 남겨놓고 다 잘라주면 큰 수박이 열린다. 참외도 마찬가지인데, 참외는 멧방석처럼 길러야 하고 한 그루에서 일고여덟 개를 따게 조치를 취하면 된다.

오이는 물을 많이 요구하는 작물이고 넝쿨식물이니까 물가에 심고 지주대를 세워주면 나중에 지주대를 타고 올라가면서 오이가 달린다. 오이 구덩이를 파서 반은 오이, 반은 긴 오이를 심으려고 했는데 금란 씨가 깜박 잊고 오이(1)이라고 쓰인 것을 모두 오이 밭에 뿌렸다. 내일 새 구덩이를 파서 다시 긴 오이를 심기로 하고 금란 씨 먼저 보내고 나는 감나무싹이 아직 오르지 않는 죽어가는 가지를 톱으로 썰어내고 돌아왔다.

저녁을 먹고 금란 씨와 솔잎을 땄다. 점심 전에 잠깐 산에 올라가 큰 소나무를 타고 올라 가지를 베어 지게에 지고 내려온 것인데 효소를 담그려고 그랬다. 밤 10시 30분까지 솔잎을 땄더니 손가락이며 손바닥이 온통 새까매졌다.

5월 6일

아침에 중산리 형님 댁에 들러 씨앗과 수박 모종 다섯 개, 참외 모종 다섯 개 포트에 담긴 것을 얻었다. 씨앗은 찰벼 한 되 넘게 얻고 결명자, 녹두, 동부, 푸른 콩, 팥 두 종류, 얼룩 줄기 콩, 강낭콩이었다. 마침 형님의 누님(내 누님이기도 하다. 66세시라는데 아직 무척 젊어 보였다)이 어제 제사를 지내고 아직 안 떠나고 계셨다. 형님에게 술 두 잔을 얻어 마시고 고추모까지 25개 든 포트하나 얻어 재실에서 지게로 져 온 고추모와 함께 당산나무터에가지고 갔다. 형수님께서 참으로 하라고 이것저것 싸주시고 술까

315

지 한 병 챙겨주셨는데 나중에 보니, 바나나 한 개, 참외 한 개, 딸기, 사과 그리고 생선전과 생선, 참 알뜰히도 챙기셨다.

　오늘은 일부러 아침에 시계를 풀어놓고 갔다. 금란 씨가 월간지 《단》에 나온 내 사진을 보았더니 농사꾼 손목에 시계가 있는 것이 영 안 어울리더라는 말을 하는 것을 듣고 느낀 바가 있었기 때문이다. 그림자와 배 속의 상태를 보고 시간을 맞추리라고 생각했는데 결국 점심때를 못 맞추어 금란 씨와 관유 군을 2시까지 점심을 못 먹게 하는 결과를 낳고 말았다. 관유 군은 시계를 버린 지가 오랜데 시간을 정확히 알아맞힌다. 해가 있을 때는 해자리나 그림자를 보고 그런다 치고 비가 내릴 때나 날이 흐린 날은 어떻게 맞히지? 관유 군 왈, 한낮에는 산속에서 새나 풀벌레도 울지 않아 정적이 감돈다나. 그야말로 정오의 침묵이구나.

　오전에 연변에서 온 고추모와 형님이 주신 것 심고, 또 긴 오이밭 구덩이와 고랑을 파고 부식토를 플라스틱 삼태기로 날라 구덩이에 넣고 씨를 뿌렸는데, 오후에는 금란 씨도 와서 지난번 내가 힘들여 일구어놓은 밭(포크레인이 다져놓아 돌덩이로 변한 것을 악전고투해서 손바닥만 하게 일구어놓은 것)에 상추, 쑥갓, 봄배추 씨앗(연변에서 온 것)을 뿌리고, 나는 밭을 새로 일구어 금란 씨가 기른 고추 모종을 내고, 내가 작년에 심었던 고추 가운데 씨를 빼서 온실에서 키운 것(우리가 키운 것은 모두 손가락 반 마디 정도밖에 자라지 않고 그나마 요즈음에는 도리어 시들고 오그라든 상태다. 형님 말씀으로는 물을 충분히 주지 않았거나 상토가 너무 성글어서 그렇다는데 두 가지 원인이 다 있는 것 같다. 황토와 산에서 긁은 부엽토를 섞어 상토를 만들었는데 아무래도 이 실험은 실패로 돌아간 것 같다)을 옮겨 심었다. 남은 밭 구덩이에는 가지씨와 토마토씨(연변에서 온 것)를 뿌렸다. 그렇지 않아도 집에 돌아오는 시간이 늦었는데 오는 도중 대밭집 동네 어른을 만나 길에서 이야기하느라고 더 늦었다. 어제 민정 엄마 말이 동네에 논을 열두 마지기(2400평) 도지를 줄 사람이 있고 광식이가 부치고 싶어하는 마음이 있다고 하던데 바로 이 어른의 논이다. 우리 땅을 고르느라고 산으로 포크레인이 들어갈 때 아카시나무를 많이 다쳤는데, 이 나무를 심으신 분도 이분이라는 이야기를 오늘 듣고 알았다. 처음에 벌을 50통쯤 길렀는데 중국 벌이 옮겨 온 병으로 다 죽고 지금은 6통밖에 안 남았단다.

집에 오니 벌써 8시다.

오늘 점심때 늦은 바람에 나에게 전화가 많이 왔는데 못 받아서 연락처를 남겨놓은 강수돌 군과 조유상 씨에게 전화를 했다. 조유상 씨로부터는 씨앗 뿌릴 시기를 놓치면 안 되니 택배로라도 부쳐주겠다는 연락과 함께 《녹색평론》에서 번역을 부탁받은 원고를 끝내는 대로 변산에 오겠다는 전갈이 있었다. 강수돌 군은 독일에서 하이데라는 자기 지도교수가 왔는데, 나를 꼭 만나보고 싶어해서 8일 저녁이나 9일 오전에 그분과 함께 찾아오겠다는 사연을 알려왔다.

5월 7일

당산나무터에 올라가 알락콩과 강낭콩을 뽕나무 바로 밑에 한 줄로 나란히 심었다. 그리고 포크레인으로 밀어놓은 숲속 빈터에서 부엽토를 긁어서 퇴비 모은 곳에 쌓았다. 오늘은 흐려서 햇볕이 나지 않는데도 점심때 때맞추어 집에 왔다. 점심 후에 다시 당산나무터에 가서 부엽토를 세 지게 긁어다 부려놓고 있으려니 부슬부슬 빗방울이 든다. 잠실蠶室 청소를 하기로 하고 연장을 한군데 가지런히 모아놓고 전 주인이 버리고 간 양잠 기구들을 정리해서 한곳에 모았다. 일이 거의 끝나려는데 안용무 씨 가족이 목수 두 분을 데리고 형님과 함께 올라왔다. 형님은 내가 심어놓은 고추대를 보더니 사이가 너무 배다고 걱정하신다. 다행히 오이와 참외는 알맞은 간격으로 심었다는 말을 들었다.

안용무 씨 땅 계약 문제로 형님 댁에 갔다. 땅에 약간 문제가 생겼다. 처음에 439평으로 알았는데 지적도를 떼어보니 1963년과 1987년에 도로로 편입된 땅이 46평이나 되어 실제로는 393평밖에 안 되는 것이다. 형님이 땅을 내놓는 것을 아까워하고 400평 값을 그냥 받기를 바라는 것 같아서 안용무 씨에게 그냥 400평 값을 쳐드리는 게 어떠냐고 권유해서, 그렇게 되었다.

안용무 씨 일행은 부안으로 집 짓는 데 필요한 서류를 떼러 가고 나는 다시 일하던 곳으로 올라와 하우스 안에 있는 쓰레기들을 태우고 미나리씨 뿌릴 산자락 물 고인 땅에 가서 찔레넝쿨과 산딸기뿌리들을 캐냈다. 땅이 단단하여 쉽게 논으로 바뀔 것 같지 않아 오늘은 그것만으로 일을 마치기로 하고 나머지 시간에는 참순과 고사리를 꺾었다.

집에 돌아오니 김진탁 씨에게서 편지가 와 있다. 길고 넓은 종이에 쓴 것이다. 저녁을 먹고 금란 씨와 관유 군에게 편지를 읽어주었다. 관유 군이 듣더니 김진탁 씨 마음에 불투명한 구석이 느껴진다고 평했다. 나에게도 그 편지가 주는 느낌이 별로 없었다. 이것은 신종범 씨 편지를 읽을 때와 견주어보면 큰 차이인데 원인이 무엇인지 잘 모르겠다. 관유 군은 집으로 가고 나와 금란 씨는 부엌에서 남아 있던 솔가지를 가져다가 11시 가까이 솔잎을 땄다. 다 따지 못하고 조금 남았는데 피곤하여 다음으로 미루기로 했다.

내일 할 일을 적어보았다. 지서리에 가서 수박씨와 건빵과 돼지고기(세 근)와 두부와 콩나물을 사고 마늘을 가져오고 미나리, 들깨, 고추씨를 파종하고 재실 논을 둘러보아야 한다. 형님이 고추 모종을 700그루 주시겠다고 해서 재실 민정 엄마에게 필요한가 물었더니 처음에는 필요하다더니 유안과 약을 쳐서 기른 모종일 거라며 필요 없다는 연락이 다시 왔다. 내일 형님에게 전화해서 다른 사람에게 주라고 해야겠다. 그러나 순수 유기농을 고집하는 민정 엄마의 마음이 한편으로는 반갑기도 하고 또 한편으로는 걱정스럽기도 하다. 가족과 함께 먹고살 길을 동시에 찾아야 하는 민정 엄마의 처지 때문에……

5월 8일

아침에 전 군이 〈아닌 게 아니라 없는 것이 없다〉라는 내 원고
가 실린 《문제를 찾아서》라는 책을 읽고 산속에 사는 할머니 할
아버지도 다 아는 문제 가지고 무슨 대단한 사상인 것처럼 포장
한 파르메니데스나, 그것을 해석한답시고 날마다 책상머리에 붙
어앉아 콩이야 팥이야 떠들어대느라고 세월 보내는 지식인들에
대한 조롱이 담긴 논평을 하기에, 그리스 아테네의 역사에 대한
나 나름의 해석을 들려주었다.

소크라테스 이전부터 클레이스테네스 개혁 이래로 아테네에
직접민주주의가 실시되는데, 그 이후로 정치에 야심 있는 사람들
이 맨 먼저 학원(요즈음 학교)에서 배운 것은 다른 사람은 졸보이고
자신은 돋보이게 만드는 논쟁술과 사람들에게 말로 감동을 주려
는 '웅변술'이었다. 이렇게 상대방의 티를 잡고 자신은 똑똑하다
는 것을 증명하려는 말싸움과 겉으로 말로만 번지르르 꾸미는 웅
변술에 몰두하다 보니 정작 생산에 필요한 기술을 자연으로부터
배우지도 못하고(그것을 배울 위치에 있는 사람들은 대부분 노예였는
데, 이 노예들은 지혜롭게 사는 길이 원천부터 봉쇄되어 있었다), 또 참
스승을 만나 지혜롭게 살아갈 길을 배울 수도 없었다. 소크라테스
도 이 새로운 교육제도의 폐해를 벗어날 길이 없었는데, 소크라테
스는 이른바 '변증법'을 통하여 상대방의 논리에 숨어 있는 약점
을 들추어내고 자신이 그들보다 더 슬기롭다는 것을 증명해 보이

는 많은 악덕을 저질렀고, 그 결과 일흔 나이에 사형선고를 받게 된다. 플라톤과 아리스토텔레스 시절까지 지식인 사회는 이렇듯이 밥 먹으면 입씨름과 말 꾸미기로 날을 새웠으니 어찌 그 사회가 통합력을 유지하고 사람들에게 지혜롭게 사는 길을 제시할 수 있었겠는가. 아테네와 그리스 사회 전체의 몰락은 지식인 사회의 이러한 불필요한 현학에도 큰 탓이 있다.

나도 그 가운데 한 사람이었지만, 생산공동체가 이렇게 몰락하고 미래의 세대는 자연으로부터 유용한 정보를 얻을 길도, 교육기관에서 지식 대신 지혜를 배울 길도 막혀 있는 상황에서, 지식인들은 도끼로 콩알을 쪼개고 머리칼 하나를 몇 십 등분 할 수 있느니 몇 백 등분 할 수 있느니 사소하고 지엽말단에 지나지 않는 일을 가지고 서로 싸우거나 으스대고 있으니, 나라가 망하고 세계가 망하지 않으면 도리어 이상한 일이다.

당산나무터로 가는 산길을 걸으면서 거미줄에 걸린 빗방울들이 보석보다 훨씬 아름다움을 느꼈다. 눈에 보이지도 않는 작은 거미들이 땅에서 갓 돋아 오르는 풀과 풀에 줄을 치고 어쩌면 그렇게 앙증스러운 집을 지어 빗방울들을 크고 작은 형태로 매달려 빛나게 하고 있는지.

아무도 다니지 않은 길이라서 얼굴에 가는 거미줄이 걸리는 미세한 감각의 신경줄을 확인할 수 있었다. 누구에겐가 이렇게 일러주고 싶었다. '이른 아침 산길을 걸을 때 볼에 거미줄이 닿는 느낌을 받으면 네가 이 길을 처음 걷고 있음에 뿌듯한 마음과 경건함을 느끼도록 하라. 그리고 거미줄이 걸리지 않거든 누군가 네 앞에 그 길을 걸은 사람이 있음을 알고 이슬을 털어주고 거미줄을 치워준 그분에게 감사하라. 그러나 거미줄이 볼에 걸리지 않는 길이 일상적이라고 여겨 편히 여기지 말아라.'

오전에 물이 고인 맨 위 땅을 골라 미나리씨를 뿌렸다. 작은 논이었지만 괭이로 다 파는 데 땀을 많이 흘렸다. 배가 고파서 집에 돌아왔는데 12시 15분 전이었다.

> 메뚜기 한 마리가 조그마한
> 달을 타고 앉아서
> 이건 너무 작아. 먹을 수 없어.
> 나는 억센 이빨을 가졌는데
> 이건 쪽배로나 쓰자.
> 허공을 나는
> 메뚜기 한 마리가
> 아주 조그마한 달을 타고 앉아서
>
> 나는 그 메뚜기와 달을
> 담배 재떨이에 버렸다.

오후에는 수박과 애호박을 심고, 산까치가 밭 근처에 많이 날아와 씨앗을 다 파 먹어버릴까 걱정스러워 비닐끈을 감나무 사이로 얼기설기 걸어놓았지만 산까치를 막지 못했다. 연변에서 온 고추씨 네 종류를 뿌리려고 밭을 일구고 있는데 사람이 하나 찾아왔다. 나중에 들으니 조희만이라는 사람인데 민기와 김제에서 농사를 짓기도 하고 운동판에 끼었다가 6년 동안이나 수배를 받는 동안 먼 산골에서 남의 집 머슴도 살았다고 한다. 부인은 미대(서울대)를 나오고……. 시골에서 살고 싶어 터를 보러 다니는 도중에 들렀다고 한다. 김준권 씨와도 잘 아는 사이라고 했다. 고추두둑을 치는데 일이 서툴다고 하길래 인정을 할 수밖에 없었다. 도와주겠다고 나서서, "당신이 내 일을 방해하고 있으니 가라" 하고 쏘아 붙였는데 움쩍도 하지 않고 계속해서 일을 돕는다. 그리고 고추는 두 대를 심을 때 나란히 심지 말고 지그재그로 심으라고 하고 씨앗을 뿌리기 전에 부엽토는 미리 눌러주고 씨앗을 뿌려야 들뜨지 않는다고 하여 고맙다고 했다.

저녁에 저수지를 끼고 내려와서 같이 저녁을 먹었다. 봉선 씨가 돌아왔다. 저녁상을 물리고 어제 따다 남은 솔잎을 땄다.

5월 9일

새벽 2시 반이 넘어서 강수돌 군이 독일 경제학자 홀거 하이데 씨와 함께 왔다. 두 사람용 이불을 깔아주고 나는 식당에서 잤다. 비야 어머니에게 잠깐 재실에서 기거하는 것이 좋겠다고 해서 짐을 재실로 옮기도록 창고에서 꺼냈는데 양이 참 많다. 아이 하나

키우는데 짐이 이렇게 많나 싶다. 냉장고, 세탁기, 옷장, 살림…….

강 군과 하이데 씨에게 우리가 자리 잡은 터를 이곳저곳 구경시켜주고 술도가에서 막걸리 한잔하겠느냐니까 그러자고 해서 최싱렬 씨한테 갔는데 최 선생은 없고 부인이 있다가 바가지로 술을 퍼 주고 안주까지 간단히 차려내준다. 한잔 또 한잔 하면서 이 이야기 저 이야기 하는데 나중에 최 선생이 농사짓는 친구 분과 함께 왔다. 같이 술을 마셨다. 일어서려는데 최 선생이 점심상 준비가 되었노라고 먹고 가라고 한다. 상추쌈을 하이데 씨가 곧잘 먹는다. 오후 2시경에 둘을 보내고 당산나무터에 봉선 씨와 금란 씨와 함께 가서 토란 심을 자리에 잘 자란 쑥이 있길래 밭 정리 겸해서 쑥을 캐고, 또 찔레넝쿨도 걷어냈다. 금란 씨와 봉선 씨는 토란과 들깨를 심고 나는 돌덩이처럼 딱딱해진 땅을 괭이로 일구느라고 땀을 뺐다. 저녁에는 윤봉선 부부가 새로운 방식으로 담은 식혜를 가져왔는데 맛이 그럴듯했다. 고춧가루를 물에 담가 빨간 물을 우려내어 고춧가루는 버리고 그 물에 생강즙을 넣고, 고두밥으로 지은 찹쌀을 엿기름을 넣어 배게 하고, 당근과 배 같은 것을 넣고 해서 만든다는데 봉선 씨에게 만드는 법을 잘 기억해두라고 했다. 오후에 힘든 일을 해서인지 오한이 생기고 몸이 좋지 않다. 하이데 씨에게는 당신 내부의 자연과 외부의 자연을 응시하면 일부러 사람 찾아다닐 필요가 없을 텐데 쓸데없이 먼 길을 찾아왔다고 한마디 했다. 도끼로 콩알을 쪼개는 지식인들의 사소하고 지엽적인 연구 성과나 논쟁에 대해서도 한마디 하고…….

홀거 하이데 씨는 한때 다니엘 콩방디와 함께 학생운동을 지도했고, 학생 시절에는 근본주의 경향을 지니고 있었으나 나중에 사민당 쪽으로 노선을 옮겼고, 브레멘 대학에 사회 개혁의 열풍이 불 때 대학 당국의 적극 요청에 따라 초빙되어 교수가 되었는데 죽은 녹색당의 캘리와도 친분 관계가 있었다고 한다. 그러나 살아 움직이는 생명의 역동성을 강령의 틀 속에 묶으려는 녹색당의 경직된 정치노선에는 회의를 느끼는 듯하다. 혼자 여행을 자주 한다는데 집은 시골에 있고 양을 일곱 마리 기르고 과일나무와 채소를 손수 가꾼다고…….. 최근에 쓴 논문 두 편을 나에게 주고 갔다.

한국 문제에 관심이 많아 5·18 문제를 잘 알아보고자 그동안 두 차례 한국에 온 적이 있단다. 무척 겸손한 사람이고 내 말에 주의 깊게 귀를 기울이는데, 말할 때보다 침묵으로 더 많은 것을 가르쳐주는 사람이다. 나를 대하는 게 편한 듯 내 주소를 달라고 해서 가지고 갔다. 나에게는 독일 야생초로 만든 차와 커피를 주고 갔는데 나는 그이에게《실험학교 이야기》를 주었다.

하이데 교수와 주고받은 말 가운데 기억에 남는 것. 내가 소련을 비롯한 동구 사회의 붕괴 요인에 대해서 홀거 교수에게 했던 '도발적'(강수돌의 표현) 문제 제기 가운데 이런 것이 있었다. 동구 사회에서 '정치경제학'이 '철학'을 대신해서 인민구제의 복음으로 전파되었는데 '정치경제학'의 한계가 무엇이라고 생각하느

325

냐? 생산력과 생산관계의 도식에 따라서 동구 사회는 아이들에게 노동 교육은 그런대로 충실하게 시켰으리라고 본다. 그러나 농업보다는 공업 발전이 우선해야 한다는 생각(이것은 인간의 힘이 자연의 힘보다 더 강하고 더 생산적이라는 전제에서 나온 어리석은 그리고 교만한 생각의 일종인데)에서 인민의 삶터를 급속도로 도시화하고 도시 노동자들을 공장의 벽 속에 가두고 아이들을 자연과 격리시키는 부작용을 가져왔는데, 그 결과로 아이들의 마음에 깃든 자연(본성)이 외부의 살아 숨 쉬는 자연으로부터 생기를 마음껏 받아들여 안팎의 자연이 일치하도록 교육시키는 데 실패했기 때문이라고 보지 않느냐? 이런 질문을 했는데 하이데 교수가 고개를 끄덕였다. 또 하이데 교수가 저수지 옆 숲길에 떨어진 라면 봉지를 주우면서 쓰레기를 도시 아이들이 함부로 버리는 데 대한 도덕적 비난을 통해서 교육시키기보다는 그 쓰레기와 자연이 얼마나 부조화를 이루는지 느끼도록 해서 버리지 않도록 해야 할 것이라고 이야기한 데 대하여, 나는 도시 아이들에게 쓰레기를 버리지 않도록 교육시키는 것은 불가능하다고 대답했다. 도시 사회, 특히 상품경제 사회에서는 확대재생산만이 살길인데, 확대재생산이 가능하려면 옛것은 낡은 것, 비효율적인 것이라 하여 끊임없이 버리도록 사람의 심성을 유도해야 한다. 따라서 새것만이 좋은 것이라 하여 오래된 것은 사람이든 물건이든 마구 버리도록 사회 전체가 교육을 시키고 있는데, 또 이른바 선진국이라는 제국주의 국가들은 자기들이 쓰지 못할 낡은 기계와 물건과 기술을 제3세계에 내다버리고(제3세계의 쓰레기하치장화, 난지도화), 제3세계 민중이 피땀 흘리며 길러낸 가장 싱싱한 피를 빨아 가는데, 그리고 그것을 본받은 제3세계의 조무래기 제국주의자들이 국내 식민화에 앞장서서 마찬가지 짓을 저지르고 있는데, 그렇게 자란 아이들에게 쓰레기와 자연이 어울리지 않으니 버려서는 안 된다고 백번 교육한들 그 말이 먹히겠는가. 차라리 여기 들어오는 아이는 자연 상태로 들어와야 한다 하여 자연 상태에 가깝게 쓰레기가 될 만한 어떤 것도 지니고 오지 못하도록 하고, 그 아이들에게 도시사회에서 길든 죽은 문화의 찌꺼기 대신에 살아 숨 쉬는 자연의 선물들을 사려 깊게 제공하는 것이 더 올바른 길일 것이다. 이것이 내 대답이었다.

5월 10일

아침에 일어났더니 몸이 좋지 않다. 그래도 일이 있는데 어쩌나. 오전에 고추 심을 구덩이를 파고 부엽토를 그 구덩이에 부으려고 날랐다. 외발 달린 밀차로 한 차 나르고 나머지는 지게로 날랐다. 참, 아침에 광식이한테서 연락이 와서 광식이 집에 들렀는데 광식이 왈, 민정 엄마 아빠도, 비야 엄마도 나를 무서워하기 때문에 자기가 나에게 대드는 악역을 맡기로 했단다. 광식이에게는 한 번에 한 가지만 이야기해야 한다는 사실을 잊고 꽤 많은 이야기를 했다. 아마 이 이야기들 가운데 대부분은 거두절미되고

327

광식이 머리에 선명히 남는 것만 몇 마디 민정이네와 비야 엄마에게 전달되어 또 오해의 빌미가 되겠지.

점심을 먹고 잠깐 드러눕는다는 것이 2시 반이 넘었다. 빠진 곡괭이 자루를 관유 군이 다시 해주어서 그걸 들고 당산나무터에 갔다. 부엽토 나른 것이 모자란다. 다시 지게로 져 날라서 구덩이마다 다 부었다. 저녁 무렵이 가까워와서 부엽토 나르는 일이 끝나자 쑥을 캤다. 꽤 많이 캤다. 쑥을 캐면서 올해 고추 농사 하느라고 이렇게 많은 시간과 힘을 쏟으니 차라리 쑥을 캐서 말리는 것이 더 잘하는 농사일 터인데…… 하는 생각을 했다.

저녁에 나래 엄마에게 전화했더니 집에 없고 누리가 받는다. 전화번호를 몰라서 어버이날에 전화를 못해 미안하다나. 참 싱거운 놈이다. 누나나 엄마에게 물으면 당장 알 수 있을 텐데. 그래도 그런 변명을 하는 것이 크게 밉지는 않다.

나래 엄마한테서 나중에 전화가 왔다. 1톤 트럭 하나가 필요하다고 했다. 할부로, 변산에 내려 보내는 돈에서 탕감하는 조건으로…….《조그마한 내 꿈 하나》인세 30만 원을 부쳤는데,《까막아이》번역료는 집에서 쓰겠다고 한다. 그러라고 했다. 집안일에 관심이 없다는 불평을 듣고 웃었다. 새삼스럽기는…….

5월 11일

오전에 2800평 터에 가서 고추를 심으려고 고추 모종 가운데 좋은 것만 골랐지만 우리가 비닐하우스 안에서 화학비료도 안 주고 약품 처리도 안 하고 길러낸 고추 모종이라는 것이 거짓말 안 보태고 새끼손가락 반만 해서 올해 고추를 따 먹을 수 있을지 걱정스러울 정도다. 운산리만 해도 비닐을 이중으로 씌우고 고추모를 전기로 모판을 덥혀가면서 일찍부터 한 뼘도 넘게 키워 일찍이 모종을 끝낸 터라, 이렇게 더디 키워서 더디 밭에 낸 고추가 없다. 어쨌거나 작년에 고춧값이 좋아서인지 너도나도 고추 농사에 매달려 올해 고춧값은 일기에 큰 문제가 없다면 폭락할 가능성이 크다.

몸이 안 좋아서인지 고추 모종을 옮겨서 좋은 것만 고르는데 짜증이 났다. 호박 구덩이를 둘러보았더니 온실에서 웃자란 호박들이 아직 몸살을 하고 있는 모습을 띠고 있어서 더 그럴까? 연장과 고추모를 지게에 지고 봉선 씨와 금란 씨와 2800평 땅에 갔다. 봉선 씨와 금란 씨는 고추 모종을 낼 구멍을 밭에 파고 나는 부엽토를 긁으러 담양 전씨 산소가로 갔다. 부엽토 세 지게를 긁어 날라주고 쑥을 캤다. 점심 뒤로는 오한이 나고 몸이 안 좋아 이불을 덮고 누웠는데 3시 넘도록 잤다. 오후에도 마대를 들고 가서 쑥을 캤다. 쑥을 캐면서 어머니의 삶을 생각했다. 사는 데 참 진실했던 분이라는 생각이 들었다. 그리고 어머니의 삶에 견주어 내 삶이 부끄러웠다.

내가 누군가에 대해서 생각의 끈을 놓치면 다시 붙들며 오래 생각했다. 알 수가 없다. 내가 없다.

저녁을 먹으면서 술을 마시기 시작하여 밥상을 물리지도 않고 술자리로 이어졌는데, 많이 마셨다. 그리고 식구들(관유, 봉선, 금란)에게 《라일라》 이야기를 하자고 했다. 《라일라》의 주제는 '질'인데, 따지고 보면 '질'도 '양'도 없는 것이라는 관유 이야기. 나는 내가 '질'이 나쁜 놈이라고 했다. 무엇인가 좋은 일을 한다 하더라도 그것은 내가 한 것이 아니고 무엇인가에 씌어서 그렇게 하는 것이다. 불교의 대승과 소승에 대해서도 이야기했다. '승'을 흔히 수레라고 하고 수레 하면 무엇인가 싣고 간다는 연상을 하기 쉬운데 사실은 타는 것이다. 크고 작은 기운을 타는 것. 그 래서 크고 작은 살림을 하는 것. 그런데 내 살림은 어디 있나?

청주에 전화했다. 용심이가 받는다. 어머니 병세는 크게 호전되지 않은 모양이다. 몇 차례 전화했지만 용란이와 통화는 못했다. 마음 아프다. 보리에서 지냈던 세월이 용란이에게 보람 있고 행복한 것이었을까. 방황하는 모습이 마음에 잡힌다.

나래 엄마와 다시 긴 통화를 했다. 나래 엄마에게 회사에서 매사에 겸손하게 대하라고, 그래야 다른 사람에게 상처 안 주고 본인도 상처를 받지 않는다는 말을 했더니 그 말이 실마리가 되어 회사 일에 대해서 이런저런 이야기가 나와 길어진 것이다. 차광주가 착하다는 것. 젊은 애들이 너무 오랫동안 보리 일에 매달려 안타깝다는 것. 정 부장이 성실하다는 것. 대경이가 당찬데, 내가 대경이 좋아한다고 했더니, 대경이는 나를 좋아하지 않는단다. 젊은 애들에게 잘 대해주고 있다는 것. 조원이가 지나칠 만큼 회사 살림을 절약한다는 것. 정 부장과 이태수 집 살림이 쪼들리리라는 것⋯⋯. 착한 여자다.

내가 누군가.

맥주 두 병을 꺼내 한 병을 마시고 한 병을 남겼다. 맥주를 마시는 내가 누군가. 자기가 누군지도 모르는 놈이 실험학교니 공동체니 사기를 치고, 다른 사람 앞에서 마치 도통을 한 듯이 그럴듯한 말을 꾸며대어 감동을 주고 환상을 심어? 너 도대체 누구야?

5월 12일

아침에 일찍 일어났다. 식전에 두엄을 밭에 마련한 똥구덩이에 옮기고 아침을 먹고 나서 똥을 퍼 두엄 위에 부었다. 그 위에 다시 두엄을 얹었다. 집 안 감나무 밑에 마련했던 퇴비장이 밭으로 옮겨 간 셈이다. 여기에 쌓이는 두엄으로는 1200평 땅 농사를 지을 작정이다. 퇴비를 다 내고 예전에 형님한테서 얻어놓았던 담배 모종을 당산나무터로 옮겨 가서 그중에 조금 나은 걸로 스물세 개를 심었다. 집에 돌아오는 도중에 더덕을 캐고 또 예쁜 꽃봉오리가 맺은 야생초를 보고 그것을 캐다가 탱자나무 밑에 심고 있는데 최성렬 씨가 관유 군과 함께 온 모양이다. 반갑게 맞아 툇마루에 마대를 깔고 앉아 막걸리를 마시고 있는데 이번에는 부안 군청에 있다는 젊은이 두 사람이 왔다. 한 사람은 비서실에 근무한다고 하고 다른 사람은 어디에 근무하는지 모르겠다. 연락 없이 불쑥 찾아온 것이 마뜩지 않았지만 점심을 같이 들자고 했다. 최 선생과 부안 군청 사람 둘과 점심을 먹고 부안 군청 사람들에게 재실과 구들장 있는 곳, 그리고 지름박골 당산나무터를 보여주었다. 저수지 상류에서 군청 사람들에게 잘 가라고 인사를 하고 당산나무터에 올라가 시들시들한 수박밭과 채소밭 그리고 고추밭에 물을 주고 넓혀놓은 냇물에 쌓인 가랑잎을 갈퀴로 긁어 냇가 쪽으로 옮겨놓았다. 집에 오기 전 밭에서 쑥을 캤다. 말릴 쑥이다. 집에 돌아와보니 김진탁 씨가 와 있다. 얼마 전에 왔다 한다. 장독 뚜껑을 닫고 쑥을 넣어놓고 있는데 봉선 씨와 금란 씨가 지서리에서 쑥떡을 해가지고 왔다. 쌀 한 말 가지고 가고 어제 내가 캔 쑥을 가지고 가서 해 왔다. 떡값으로 2만 원이 들었단다. 배가 출출해서 쑥떡을 한 개 반(시루에 찐 것이다. 백설기 사이사이에 쑥을 둘러서)을 먹었더니 배가 부르다. 이대로 눕고 싶다. 오늘은 쉬고 싶었는데 지치도록 일을 했다. 누가 시키는 일도 아닌데…….

5월 13일

김진탁 씨에게 관유 군이 아직 인연이 아니니 아침 먹고 그냥 떠나라고 엄중하게 말했다. 김진탁 씨는 좀 어눌한 편이다. 그동안 줄곧 자기표현이 없다고 관유 군이 말했는데 자기표현이 억눌려 있어서일까. 아침을 먹고 김진탁 씨와 함께 당산나무터로 가서 낙엽을 물에서 건져 올리면서 이런저런 이야기를 했다. 관유 군에 대해서 오해할 사람이 많을 것이다, 관유 군도 다른 사람으로부터 구차스럽게 이해받고자 하지 않는 측면이 있다, 관유 군의 좋은 점은 안팎이 따로 없다는 점인데 사람들은 그런 사람을 견뎌내지 못한다, 아마 백 사람 가운데 아흔아홉은 관유 군과의 관계에서 상처를 입고 원수가 될지도 모른다, 그러나 관유 군은 자신을 비추는 거울이다, 김진탁 씨를 각별히 믿는 점이 있는 것으로 안다, 농사일을 맡기겠다고 했는데 그것은 다만 곡식이나 남새를 가꾸는 일만 뜻하지는 않을 것이다, 좋은 시절 만날 때까지 때를 기다리자……《실험학교 이야기》를 한 권 주었다. 땀 흘려 일하고 나서 막걸리로 목을 축이는 기분이 그럴듯했다. 지서리까지 김진탁 씨 배웅을 하고 농협에 들러 돈 120만 원을 찾고 두부 세 모, 콩나물 1000원어치, 철사를 두 종류로 30미터씩, 로프 30미터, 담배 두 보루, 흰 고무신 하나 사가지고 걸어오는데 중산리쯤 오니까 밀차를 산 아주머니를 태우고 철물점 주인이 지나가다가 차를 세운다. 그 차를 타고 가게 앞에까지 왔다.

점심을 먹고 지게 지고 산에 올라 솔가지를 몇 개 쳐서 솔잎효소 담글 솔잎을 져 날랐다. 저녁에 딸 셈으로(결국 내일로 미루었지만). 오후에는 당산나무터에 가서 아침에 건져 올린 낙엽을 두엄터에 모두 삼태기로 나르고 새로 나머지 낙엽을 건져 올리느라고 땀을 뺐다. 해 질 무렵에 마대를 들고 쑥을 캤다. 더덕 심을 산비탈과 애호박과 토란 심은 돼기밭에서 제법 자란 쑥을 효소용으로 캤다. 솔잎과 섞어서 담을 것이다. 솔잎은 즙이 거의 없어서 섞어서 하면 좋다는 말을 김진탁 씨에게서 들었다. 저녁을 먹고 택배로 부친 책을 관유 군이 서해슈퍼에서 찾아왔는데 무거운 상자가 두 개나 되어 고생이 많았다. 70만 원어치 책에다가 보리 책들, 그리고 내 옷가지와 조유상 씨가 보낸 씨앗, 나래 엄마가 보낸 미역, 표고버섯, 넙적멸치가 들어 있었다. 몸이 계속해서 불편해 조금 혹사함으로써 이겨낸다는 것이 잘 안 되는 모양이다. 저녁에 술을 마셨다. 밥상머리에서 막걸리를 마시고 또 맥주 세 병을 마셨다. 정신 잃고 곯아떨어지는 한 방편인데…… 글쎄…….

5월 14일

아침에 빗방울이 후드득거려서 급히 일어나 비 맞을 물건들을 챙겨놓는데 비는 내리지 않는다. 가뭄이 들라나. 불길한 생각이 든다. 지금쯤 비가 내려주어야 하는데……. 수박 모종이 타들어가고 고추 모종도 시들어서 이틀째 물을 주고 있는데……. 오전에는 당산나무터에 갔다. 조유상 씨가 진도에서 가져온 흑미씨와 산도씨를 뿌릴 다랭이논(밭)을 일구려고……. 가서 보니 쑥이 있고, 벌레 먹은 구멍이 많은 풀이 무더기로 난 곳이 보인다. 자연이 나 대신 씨를 뿌리고 가꾸어준 것인데 그대로 갈아엎어버리는 것이 죄스러웠다. 그래서 쑥을 알뜰하게 캐고, 그 풀(아직 이름을 모른다)도 손으로 뜯어 따로 챙기고 나서 괭이로 땅을 일구었다. 포크레인으로 다져진 데다 띠뿌리까지 퍼져 있어서 괭이질이 힘들다. 그동안 풀들의 생리를 몇 가지 알아낸 것이 있다. 쑥과 씀바귀는 단단히 다져진 땅에서 잘 자란다는 것. 톱밥 같은 목질의 부엽토가 묻힌 곳에서는 콩과식물이 자생한다는 것. 더덕은 보기보다 훨씬 쉽게 아무 데서나 자란다는 것. 먹는 쑥에도 무척 종류가 많다는 것 등이다. 다랭이논에서 공짜로 수확한 쑥은 내일 청주에 선물로 싸 가기로 했다. 청정한 땅에서 자란 것을 정성 들여 캤으니 좋은 선물이 되겠지.

집으로 돌아오는 길에 효소실 일이 급하다는 생각이 들었다. 날씨가 더워지면서 비닐하우스 안에 묻지도 않고 놓아둔 효소들이 알코올발효를 한다는 봉선 씨와 금란 씨 말도 있고, 또 풀과 나무들이 부쩍부쩍 자라고 있는데 백초효소를 담그려면 현재 효소실이 비좁기도 하고, 민정이네와 비야네가 따로 효소를 담그고 있으니 곧 효소실이 없어서 작업을 못할 우려도 있고…….

얼핏 떠오른 생각은 재실 호두나무 아래를 파서 거기에 지하 저장고를 만드는 것이었다. 그러나 거기에 대해서는 관유 군의 저항이 만만찮을 것 같다. 아니나 다를까. 관유 군과 상의했더니 서로 불편해할 거라는 의견이었다. 그러면서 마늘밭에 효소실을 만들면 어떻겠느냐고 한다. 그것도 좋은 생각인데 해결해야 할 일이 한둘이 아니다. 마늘 심은 사람 이름을 알아내고 전화번호를 확인하여 양해를 얻는 일에서 앞집 할아버지가 밭에 언제 씨를 뿌리는지 알아서 빈 밭으로 포크레인이 들어가는 것을 허락받는 일, 마늘밭 보상을 타결 짓는 일……. 오후 내내 그 일에 매달렸으나 성과가 없다.

아침 일찍 내일 청주 간다고 용란이에게 연락한 데 뒤이어 청주 YWCA로 전화해서 연경이에게 고추김치 값 처리 문제도 의논하고, 지남리 김종덕 씨와 김성수 씨를 찾아 마늘밭 보상 문제를 의논하려 했지만 집에 없고, 기다리는 동안 《동아일보》 원고를 썼다. 분도출판사에서 낸 레오 리오니의 그림책에 관해서인데 모두 김영주 군이 번역한 것이다. 그림책의 고전이라 할 만하다. 보리로 원고를 전송하고, 홍순옥이 자연농업협의회에서 나오는 월간지에 칼럼을 써달라고 해서 그 전화 받고⋯⋯. 환한 대낮에 방 안에 있으려니 아무리 불가피한 일이라지만 죄스럽고 좀이 쑤신다. 저녁 후로 마늘밭 건을 미루기로 하고 부엽토 긁을 만한 곳을 확인할 겸 기역 자 모양의 자귀 자루도 벨 겸 근처 산도 답사할 겸 지게를 지고 나섰다. 기역 자 나무가 좀처럼 눈에 띄지 않는다. 그래도 혹시나 하여 꺾인 각도가 좀 크고 비뚤어진 것이나마 벤 것이 두 개, 솔잎효소를 담을 솔가지도 꺾고 해서 집에 돌아왔더니 해가 막 떨어지고 있다. 연장 자루는 관유 군으로부터 퇴짜를 맞았다. 적당한 나무가 한 산에 하나 있을 둥 말 둥이라는 이야기를 들었다. 저녁을 먹고 재실에 올라가 광식이한테 서울 갔다 온 품삯과 부안 갔다 온 품삯 합해서 10만 원을 주었다. 그리고 이장에게 전화해서 김종덕 씨가 친구라 하니 마늘밭 문제를 타결해달라고 했다. 나중에 이장에게서 전화가 왔다. 평당 5000원을 쳐달라는 것이다. 원래 3000원을 받기로 하고 미리 밭떼기로 넘겼

336

지만 되어서 나에게 처분권을 넘기려면 그만한 돈을 받아야겠단다. 올해 마늘 농사가 풍년이어서 밭가에 내다버릴 전망인데 급하게 서둘다 보니 못 쓸 마늘을 비싸게 사야 하는 꼴이고 그 약점을 이용하여 약삭빠르게 이문을 붙이려는 사람들, 인심도 각박하다고 여겼지만 어쩌랴. 50평을 사기로 했다. 25만 원을 그냥 날릴 판이다. 시골에서는 큰돈이다. 돈 140만 원을 농협에서 미리 찾아 100만 원은 봉선 씨에게 맡겼으니, 내일 그 돈으로 마늘값 치르고 포크레인 불러 일 시켜도 넉넉하겠지. 밤늦도록 전화가 줄을 잇는다. LG 사보와 대우가전 사보에서 청탁받은 원고를 쓰고 (오로지 실험학교 기금을 위해 쓰는 것이지만 허투루 쓸 수는 없다) 있는데, 청주 은경이, 완목이, 나래 엄마…….

나래 엄마는 12시 가까이 되어 무슨 생각이 들었는지, 바쁘다는 사람이 청주에 병문안은 웬일이냐고 시비조로 힐문한다. ─ 고추김치 문제, 16일 청주 Y사람들 변산 방문 문제, 학교 방문 겸해서 병문안을 간다고 했더니 용란이가 마누라나 되느냐, 왜 그렇게 챙기느냐 하는 투다. 어처구니가 없다. 나중에는 짜증스러워 언성을 높이고 말았다. 쓰다 만 원고를 다시 쓰려고 했지만 정신이 집중되지 않는다. 아, 여자, 여자들이여.

5월 15일

아침에 일어났더니 5시 반이다. 6시가 조금 못 되어 이장에게 평당 5000원에 50평 분량을 사기로 통보하고 돈은 언제든지 받으러 와도 좋다고 전하라고 일렀다. 그리고 금란 씨에게 작업해야 할 일을 일러주었다. 오늘 중으로 마늘을 뽑아내고 내일은 포크레인을 부르고…… 나 없는 사이에 또 다른 사람들 바쁘게 생겼구나.

어젯밤 광식이가 부안에 데려다주겠다고 하면서 현대중공업 노보를 빌려가더니 6시쯤 되어 집에 왔다. 봉선 씨가 아침이나 먹고 길을 떠나라는 걸 아침부터 광식이와 관유가 마주쳐서 기분 좋을 일 없으리라 여겨 그냥 일어섰다. 광식이는 나를 데려다주면서 하고 싶은 이야기가 있었던 모양인데 내가 매정하게 부안에 따로 볼일 없이 나를 바래다주는 것이 목적이라면 나는 여기서 내려 걸어가겠다고 했더니 마음에 상처를 입었는지 부안까지 오는 동안 내내 입을 다물었다. 부안에서 광식이와 헤어져 6시 50분 차를 타고 전주로 왔다. 전주에서 8시 40분에 청주 가는 버스가 있는데 20분쯤 시간이 있어서 콩나물국밥으로 아침을 때웠다. 3000원, 그리고 불가리스 한 병 700원, 부안에서 전주까지 차비 2100원, 전주에서 청주까지 5000원, 유성에서 15분간 쉬는 시간에 파리바게뜨라는 빵집에서 호두 박힌 카스테라 5000원, 그리고 찹쌀떡 튀김 500원, 청주에 와서 용란이에게 전화해서 같이 병원에 갔다. 용심이가 간병을 하다 밥을 먹고 있었다.

용란이는 어머니가 중환자실에서 일반병실로 옮겨 오는 오늘까지 혼자라는 생각에서 무척 마음이 아팠던 모양이다. 가족의 책임과 장래까지 혼자 짊어진다는 중압감도 있었고…… 한참 이야

338

기를 하고 인문대 선생들을 보러 갔다. 전형준, 정호영, 전채린, 유초하, 최세만, 안상헌 선생을 차례로 만났다. 그리고 병실에 돌아와 용란이 부친이 와 계셔서 인사를 처음으로 드렸다. 용란이 모친은 발과 눈의 움직임, 그리고 소리에 반응하시는 것으로 보아 분명히 회복기에 접어드신 것 같다. 건강이 뒷받침되어야 할 텐데……. 연경이한테 연락이 왔다. 운천동 우체국 맞은편에서 은경이와 저녁식사를 하기로 했는데 8시까지 와달라는 전갈이었다.

빛의 사람인 너 어둠으로 들어섰다
다시 너 빛으로 서는 것을 본다

새싹 한 잎 돋아도 바람이 일고
꽃 한 송이 피어도 바람이 이는 것을
바람 따라 마음 가면
그것이 고요인 것을

몸 앞장세워 놀면
마음이 뒤따라 참 편할 텐데
마음이 앞서니
흩어지고 또 흩어져
발길이 어지럽구나

간절한 기도가
의타심이 되기도 하고
자비행이 되기도 하는 것이니
어떤 때
기댐이고
어떤 때
베풂인고

8시 15분 전에 운천동으로 가려고 병원을 나서는데 보리 식구들이 왔다. 태수, 영애, 조원, 병호, 옥희, 이렇게 다섯이다.

나중에 보기로 하고 신토불이라는 음식점을 운천동 우체국 맞은편에서 찾는데, 애를 먹었다. 가보니 은경이가 기다리고 있다. 스승의 날이라고 선물을 받았다. 조관우 노래와 비발디의 〈사계〉 테이프. 녹음기가 없다고 했더니 사주겠다고 해서 웃었다. 신문도, 텔레비전도, 녹음기도 보고 듣지 않는 우리 뜻을 아직 모르겠구나. 산에서 일하다 보면 새소리가 참 아름답더라는 다소 엉뚱한 말로 그 제의를 거절했다. 한참 기다리고 있으니 영아와 영경이가 왔다. 낙지볶음으로 저녁을 먹었다. 나는 병원에서 용심이가 점심때 먹다 남긴 밥을 용란이와 나누어 먹었기 때문에 술만 마셨다.

9시 30분쯤 보리 식구와 용란이가 있는 충대 후문 까치식당이라는 데서 합류하기로 해 택시를 기다리는데 좀처럼 잡히지 않는다. 겨우 하나 잡아서 까치식당에 갔다. 용란이가 술을 많이 마시고 제 설움에 겨워 울었다. 그동안 어깨에 얼굴 묻고 울 사람이 없는 것이 그토록 가슴에 맺히더라는 이야기를 하더니 술기운을 빌려 터뜨린 것이다. 11시쯤, 아니 11시 반쯤일까? 보리 식구들 서울로 가고 은경이, 영경이, 영아, 용란이와 생맥주집에 가서 한잔 더 마시고 용란이를 집에 바래다주고 근처 여관에 들었다. 2만 원 달라는 여관비를 여행하는 길손이라고 1만 8000원에 깎아서……

5월 16일

아침 5시가 조금 넘어 눈을 떴다. 여관집 주인에게 7시 반쯤 깨워 달라고 했던 게 우습다. 오랜만에 따뜻한 물에 몸을 담갔다. 용란이에게 위로의 편지를 썼는데 위로가 될지 모르겠다. 8시 조금 못 되어 청주체육관 버스정류장에 내려 밥을 먹었다. 8시 30분에 출발한다는 차가 아직 오지 않았고 사람들도 오지 않아서 YWCA 글쓰기. 독서지도 1기생 어머니들을 태운 관광버스는 9시가 되어서야 출발했다. 출발하자마자 김밥을 나누어 준다. 알고 보니 아침을 먹고 온 사람은 나뿐이다. 웃음이 나왔다. 벌써 생활 감각이 이렇게 달라졌나. 우리는 변산에서 아침 6시 반이면 밥을 먹기 때문에 8시경에 아침을 먹으면서도 대단히 늦었다고 생각했는데, 이 사람들은 아침식사 시간이 다르구나. 하긴 나도 도시에서 살 때는 그랬지. 출근 시간이라는 인위적인 시간표가 생체리들을 지배하니까. 해가 일찍 뜨고 늦게 뜨고는 문제가 안 되지. 12시쯤 변산에 도착해서 바닷가에 갔더니 밀물 때라서 갯벌을 볼 수 없었다. 그래도 손님들은 좋은 모양이다. 재실에 도착한 것은 1시 가까이 되어서. 민정 엄마와 비야 엄마가 상을 차려냈는데 모두 우리가 농사지은 음식에다 쑥국. 소박해서 좋았다. 모주까지 내놓았다. 점심을 먹고 장독대, 효소실, 감식초실, 우리 집, 그리고 당산나무터까지 돌아 강행군을 시키고 다시 우리 집으로 내려오게 하여 '기르는 문화'와 '만드는 문화', 세계의 식량 위기와 우리의 농업 정책 부재, 아이들을 잘 기르는 것과 곡식을 잘 기르는 일 사이에 본질의 차이가 없다는 점 등을 이야기하고 실험학교와 변산공동체의 전망을 밝혔다.

돌려보내고 나서 배가 고파 김밥(동네에서 가져다준 것)을 별식 삼아 막걸리 두 잔 들이켰더니 피로가 몰려온다. 잠시 자리에 누웠다 일어나니 저녁시간. 저녁을 먹고 피곤한 김에 앓아누울까 하다가 그러면 걱정할 것 같아 부러 벌떡 일어나 커피 한 잔 마시고 '무협소설'을 두고 이야기했다. 모두 재미있어한다. 언젠가 내가 동네 아이들에게 임동규 선생님을 모셔 18반 무예를 가르칠까 하고 말을 꺼낸 적이 있는데 관유 군은 기를 강하게 한다고, 강한 기운은 부드러운 기운을 이기지 못한다고 걱정한다. 일리가 있다. 오늘은 함께 있는 시간을 줄이고 관유 군이 자기 집으로 일찍 돌아갔다. 소쩍새 소리가 정겹다.

5월 17일

오전에 창고를 치우고 당산나무터에 갔다. 봉선 씨와 금란 씨는 유광식 군과 함께 부안으로 살림에 필요한 여러 가지 기구를 사러 갔다. 몸이 피곤하여 잠시 멍석에 누웠다가 냇물에서 가랑잎 건져 올리는 작업을 하느라고 오후 1시가 넘어서야 집에 돌아왔다. 관유 군이 점심을 먹지 않고 기다리고 있어서 미안했다. 안용무 씨한테서 연락이 왔다. 이충세라는 사람이 오늘 변산에 올 터인데 지난번 집 지을 책임자라 해서 데려왔지만 흙살림연구소와 문제가 있어서 그 사람과는 일을 못하겠으니 그렇게 알고 가능하면 손종만 어른에게도 그렇게 전해달란다. 형님에게 연락했더니 집에 없다.

오후에는 지게에 땅 고를 도구들을 지고 500평 밭에 갔다. 개망초 새싹과 칡넝쿨이 밭을 뒤덮고 있다. 사람들이 왜 제초제를 쓰는지 이해할 만하다. 밭둑에 앉아 쉰 막걸리를 마시면서 이 칡과 개망초를 이용할 길이 없을까 곰곰이 생각했다. 원래 참깨와 들깨를 심으려고 했던 밭인데, 차라리 칡과 개망초 농사를 지어 효소식품을 만들까. 결심이 서지 않아 기계는 거기 두고 삼태기만 들고 일어섰다. 내년에는 개망초가 올라오기 전에 밭을 덮을 수 있는 작물, 이를테면 밀이나 보리나 그 밖에 잘 자라는 무엇인가를 심자는 생각을 했다. 운반이 문제인데…….

당산나무터에 돌아와 건져 올린 낙엽을 두엄터로 날랐다.

땀이 나고 몸이 개운해진다.

집에 돌아왔더니 이충세 씨가 와 있다. 거두절미하고 안용무 씨에게서 연락을 받았노라 짐을 챙겨서 떠나라고 했다. 밤에 중산리 손종만 어른한테서 전화가 왔다. 이충세 씨와 함께 나를 찾아왔다가 우리 집에서 술을 한잔한 모양인데, 그리고 포크레인과 흙 50차와 목수를 밥 해먹일 사람 소개와 거처할 집 소개로 언질을 받은 모양인데, 내가 그 사람 해고당했다고 하니 어리뻥뻥하신 모양이다. 나중에 안용무 씨에게 전화를 하고 나더니 연락이 한 번 더 왔다. 이충세 씨와 내일 흙과 포크레인 작업 약속을 해서 벌써 차 네 대는 지서리에 와서 자고 있는데 손해가 70만 원쯤 나겠다고 업자가 난색을 표한다는 것이다. 부탁한 것도 아닌데 미리 나서서 주선을 하니까 그런 곤경에 빠진 것 아니냐는 생각이 들었지만 안용무 씨에게 다시 전화해서 그 사연을 알렸다.

내일부터 21일까지 관유 군이 장성 집과 서울에 다녀오겠다고 한다.

김준권 씨 댁에도 찾아가서 변소도 견학할 겸 막걸리 한잔하고 관유 군 보내고 봉선 씨와 금란 씨에게 자비희사慈悲喜捨의 순서, 백척간두진일보百尺竿頭進一步의 의미 등 나 나름으로 느낀 것을 이야기했다. 이런 이야기를 하다 보면 나중에는 마음이 슬퍼진다.

베풂보다는 같이 슬퍼하는 마음이 더 귀하고, 같이 슬퍼하는 마음보다는 같이 기뻐해주는 것이 더 귀하고, 그보다 더 귀한 것은 자기를 버리는 것이다. 백척간두진일보라 하면 낭떠러지에 떨어질 것 같은 두려움이 생기는데 그 두려움의 정체가 무엇인가.

5월 18일

아침을 먹고 집 앞 개울 건너에서 소루쟁이를 베었다. 효소를 담가보려고. 약이 되니까. 내친김에 다른 것이 더 없을까 하고 산길 따라 가다가 묵정밭에서 칡순도 걷었다. 그리고 다시 할아버지 집 뒤꼍에서 소루쟁이를 더 베었다. 맛이 좋은지 거기 있는 소루쟁이는 집 앞에 있는 것에 견주어 벌레구멍투성이고 까만 벌레들이 붙어 있다. 나중에 소루쟁이를 저울에 달아보았더니 40킬로그램이 훨씬 넘는다. 그 일을 끝내고 참을 가지고 500평 밭에 갔다. 참깨 심을 땅을 고르려고 갔는데 아무래도 칡순을 걷어내는 게 먼저인 것 같아서 밭에 있는 칡넝쿨을 거두면서 칡순을 베었다. 나중에는 큰 것만 우선 베었는데도 한 지게가 되었다. 그것을 지고 집에 오니 오후 1시가 조금 넘었다. 점심을 먹고 있는데 윤봉선이가 왔다. 식물 그림 그리려고 이 근처에 있는 식물들을 살피러 왔다 한다. 차 한잔하고 효소를 직접 담가보겠다는 생각(금란 씨가 부추겨서인데)으로 재실 효소실에 올라가 작년에 고추와 고구마순효소를 담그고 나서 항아리에 밴 고추와 고구마순 찌꺼기와 맛을 없애려고 물을 부어놓았던 항아리를 깨끗이 씻었다.

항아리에 가득 든 물을 못자리에 날라다 붓느라고 시간이 꽤 걸렸다. 설탕을 40퍼센트 비율로 섞어야 한다고 해서 소루쟁이를 앉은뱅이저울에 달고 설탕을 달아 항아리에 한창 효소를 담고 있는데 금란 씨가 올라왔다. 소루쟁이 두 항아리, 칡순 두 항아리 당절임을 내 손으로 했다. 꽤 힘이 드는 일이다. 그동안 금란 씨와 봉선 씨가 효소일을 맡아서 고생이 많았음을 새삼스럽게 느꼈다. 마치고 돌아오니 오후 4시 35분, 500평 땅에 가서 땅을 일구려니 피곤해서, 쉬자고 했다. 비 올 것을 대비해서 새로 구들을 놓은 방 창문에 압정으로 비닐을 대고 봉했다.

한국자연농업협회에 있는 홍순옥이 청탁한 원고를 쓰기 시작했다. 반쯤 쓰다 저녁을 먹고 술을 마셨다. 내일이 금란 씨와 봉선 씨가 도서전시회장에서 나를 만난 일주년이라고 해서 조촐한 기념 잔치를 열기로 했다. 지서리 빵집에 가서 빵이라도 사 와야겠다.

5월 19일

아침에 원고를 쓴다고 꾸물거리고 있는데 장독대 옆에서 삽과 괭이로 작업하는 소리가 들린다. 문을 열고 보았더니 봉선 씨가 관유 군이 쌓아 놓은 돌담 밑에 큰 구덩이를 여섯 개나 파놓았다. 무얼 할 거냐고 물었더니 하눌타리와 박씨를 심을 거란다. 그거 안 된다고 탱자나무 아래 다시 파라고 했다. 타고 올라갈 나무나 받침대가 있어야 하는데, 덩굴식물이라서 그냥 맨땅에서는 자라지 못하는데, 경험이 없어서 탱자나무 아래 심자니 탱자가시에 찔려 박 모양이 이지러질 것만 걱정한 모양이다.

원고를 다 쓰고 이미 파놓은 구멍을 그대로 메꾸기가 그래서 재실에 올라가 재실 담장 밑에 새로 돋아나는 접시꽃 모종을 갖다 심기로 했다. 그런데 아주 작아 보이는 접시꽃도 뿌리가 뜻밖에 깊이 박혀 있어서 파내는 데 애를 먹었다. 옮겨 심어도 제대로 살아날 것 같지 않다. 그래도 한번 시작한 일이라서 일곱 개를 파와서 심었다. 시드는 속도가 무척 빠르다.

집에 와서 9시쯤 지서리에 나갔다. 맛나당빵집에서 봉선 씨와 금란 씨 상봉 일주년 기념행사(?)용 빵을 사러 갔는데 일요일이어서 그런지 빵집 문을 닫았다. 할 수 없이 서해슈퍼에 가서 비닐포장된 공장 빵들을 사고 팥빙수도 나와 있길래 사 왔다.

산행은 10시가 넘어서 했다. 처음에는 당산나무 계곡에 가서 놀고 오기로 하고 갔는데 자꾸 올라가다 보니 결국에는 본격적인 등산이 되어 일곱 시간에 걸쳐 운호리로 내려왔다. 작년 2월 첫 주일에 내가 처음 살펴보고 터가 좁다고 여겨 산 넘어 운산리로 왔는데 이번에는 거꾸로 길을 되짚어 간 것이다.

차를 기다리는데 오지 않는다. 겨우 지나가는 승용차를 세워 마동까지 왔지만 마동에서 변산 가는 차가 없단다. 한 시간 넘게 길에서 시간을 허송하다가 안 되겠다 싶어 무모한 부탁을 했다. 마동에 들어와 쉬는 시내버스 운전사에게 택시비를 줄 터이니 변산까지 차를 대절하자고 한 것이다. 사정이 딱해 보였는지 잠시 망설이다 그러자고 한다. 밤 8시 반경에 지서리 입구에 도착해서 분식집에 가 김밥 2인분, 어묵 하나, 국수 한 그릇을 시켜 저녁을 먹었다. 집에까지 걸어가자고 했는데 지친 탓인지 봉선 씨와 금란 씨가 추위를 타서 택시로 가기로 했는데 택시도 안 보인다. 할 수 없이 서해슈퍼 총각에게 맥주 한 상자 살 터이니 배달 겸, 또 집에 있는 빈 맥주 상자 세 개도 실어 갈 겸 우리를 집에 실어다달라고 해서 그 총각 차를 타고 집으로 왔다. 돌아와서 맥주 네 병을 마셨는데 내가 세 병을 혼자 마신 셈이 되었다. 상봉 기념행사치고는 참 거창한 것이었다. 그리고 벌인 일의 무모함 덕에 변산 전체 모습을 높은 데서 조망하는 기회를 한 번 더 가졌다. 내일 아침에는 9시까지, 서로 밥 먹으라며 방해하지 말고 쉬기로 했다.

5월 20일

눈뜬 시간은 여느 때와 같이 5시쯤. 밖에 바람소리가 크고 새 우는 소리 자지러진다. 저 새는 무척 작은 새일 것 같은데 무슨 일로 저렇게 절박한 울음소리를 낼까?

문득 내가 나 자신을 속이고 있지 않나 하는 생각이 들었다. 넌 왜 절실하지 않은 일을 벌이고 있는 거지? 정말 마음에 내켜서 하는 일이 뭐야? 결국 그 절실하지 않음에서 시작된 모든 일이 주변 사람에게 상처를 주는 결과를 빚지나 않는지 잘 따져볼 일이다.

흐트러지는 기를 모으는 일이 왜 그렇게 힘이 드는지. 오늘 부안 세무서에 가기로 했는데 내일로 미룰까. 어제 서해슈퍼 총각이 내일 비가 내린다고 했는데…….

아침 6시 20분경에 나래 엄마에게 전화가 왔다. 세무서 다녀왔느냐는 전환데 오늘 가겠다고 하고 끊었다. 그러나 세무서에 가는 일은 내일로 미루었다. 500평 땅 일부를 이용해 참깨를 뿌려야 하는데 비가 온다면 비 오기 전에 밭을 일구고 씨를 뿌려야 하기 때문이다. 어제 등산으로 나도 피곤하고 금란 씨, 봉선 씨도 피곤할 것 같아 9시까지는 나를 깨우지 말라고 했는데 7시쯤 부엌에 들어가보니 옆방 금란 씨와 봉선 씨가 일어나 이야기 나누는 기척이 있다. 오늘 참깨를 뿌려버리자고 했다.

앞집 할아버지 댁에서 사료용 멸치를 한 포대에 5000원씩 네 포대 값을 주고 다섯 포대를 받아왔다. 하나는 공짜로 주는 거란다. 현숙이(할아버지 손녀 딸) 읽으라고 《엄마의 런닝구》와 《왜 나를 미워해》를 보냈다. 9시쯤 500평 땅으로 건너가 밭을 일구는 작업을 하는데 개망초가 밭을 가득 덮고 있어서 어떻게 손쓸 엄두가 안 난다. 봉선 씨와 금란 씨가 호미를 들고 개망초 어린 싹을 일일이 캐고 있는데, 저렇게 해서 어느 세월에 다 캘 수 있겠나 싶어 긁쟁이로 긁어보고 칼날긁쟁이로 캐도 보고 김중권 씨가 만든 제초기로 밀어도 보다가 두 골은 제초기로 밀었다. 제초기 쓰는 솜씨가 아직 손에 익지 않아 그렇지 효율성으로 따지면 호미보다는 몇 배나 빠르다. 긁쟁이로 땅을 파서 개망초 뿌리를 드러내는 것도 한 방법이라는 걸 깨달았다. 이래저래 밭 일곱 이랑을 제초하고 만드는 데 시간이 꽤 걸려 집으로 점심 먹으러 와보니 오후 4시다. 봉선 씨와 금란 씨가 점심 준비를 하고 있는데 면장이 군에서 홍보과장으로 인기가 있다는 정재현 선생의 매부 되는 분과 함께 다시 찾아왔다. 군청 직원도 한 사람 같이 오고……

차 한잔 마시면서 이 이야기 저 이야기 나누었다. 면장은 이번 심 군이 500만 원 농협 융자(2년 거치 3년 상환이니까 조건은 좋은 셈이다)를 얻는데 "과장님이 힘을 썼습니다" 한다. 관료들의 생색내기다. 국민 세금으로, 그것도 융자로 빚을 주는데도 이렇게 유세를 하니 참 딱하다. 그렇잖아도 일머리가 안 잡히고 일손이 서툴러 농사일을 잘 몰라서 밭 일구고 씨 뿌리는 시기를 놓쳐 술 한 잔도 못 나눈 걸 아쉽게 생각하고 있다고, 비 오는 날은 밭일을 쉬어도 되니까 비 오기만 기다리고 있는데 봄 가뭄이 오래 가서 인사를 못 드렸노라고 핑계 겸 변명으로 얼버무렸다. 그러나 면장은 사람은 좋은 사람이고 우리가 하려는 일을 도울 마음도 큰 것 같다.

때늦은 점심을 먹고 다시 500평으로 갔다. 나는 오전에 채 정리 못한 이랑을 정리하고 봉선 씨, 금란 씨는 깨씨를 뿌렸는데 다 마치고 집에 오니 밤 8시가 넘었다. 오랜만에 몸 씻고 머리 감고 내의와 작업복도 빨았다. 작업복은 너무 오래 입어서 빨다 보니 땟국물이 엄청나게 나왔다.

5월 21일

번개가 치고 천둥이 울면서 빗방울이 바람과 함께 쏟아지는 소리가 들려 일어났다. 불을 켜고 시계를 보니 자정이 조금 넘은 시간이다. 창문을 열고 뒤꼍에 쌓아놓은 물건들을 살폈다. 항아리 위에 채반에 담아 처마 밑에 둔 고사리 말린 것과 고추장 담글 메주 말린 것이 걱정되어 만져보았더니 다행히 젖지는 않았다. 방에 들여놓을까 하다가 처마 안쪽으로 바짝 붙여놓는 것으로도 될 것 같아 그렇게 했다.

날씨가 그래서인지 꿈자리가 사납다. 돌아가신 문 목사님도 보이고……. 꿈을 꾸지 않을 만큼 마음에 평화가 깃드는 날은 언제쯤일까. 오른쪽 다리 관절이 조금 이상해진 것 같다.

금란 씨가 우리 집 담벽 벽돌 사이를 들여다보더니 새 한 마리가 벽돌 사이에 빠진 것 같다고 한다. 꺼내주라고 하다가 아무래도 이상한 생각이 들어 더 자세히 확인해보라고 했다. 확인해보더니 새 새끼 세 마리가 거기에 있다는 것이다. 아주 작은 새가 울타리 옆 석류나무 가지에 자주 앉아 있는 모습이 보이더니, 시멘트 벽돌 구멍에 둥지를 틀고 알을 깐 모양이다. 간밤에 비가 들이쳐 새끼들이 죽지나 않았나 걱정스러워 들여다보았더니 괜찮은 것 같다. 자세히 보니 엄마새와 아빠새가 부지런히 구멍으로 드나든다. 주위를 조심스럽게 살펴보다 재빠르게 들어갔다 나와 거기에 둥지가 있다는 사실을 모르는 사람에게는 그 동작이 눈에 띄지 않을 것 같다. 하긴 우리도 어린 새가 그렇게 크기까지 그 사실을 모르고 있었으니……. 봉선 씨에게 관유 군이 혹시 담에 황토를 바르겠다고 하면 새 둥지를 조심해서 작업하라고 일러두라 했다.

8시쯤 재실에 올라가 효소실 파놓은 것 잠깐 구경한 뒤 세무서에 가려고 부안으로 나갔다. 그러나 부안에는 세무서가 없고 김제에 있다고 한다. 김제까지 가서 세무서를 찾아가니 김제 세무서는 소득세 신고 기간 동안 부안에 장미예식장을 빌려 출장소를 마련하고 거기에서 소득 신고를 받는다고 하는데 나는 기왕 왔으니 확인해보자고 하더니, 자료가 없단다. 그러면서 대학에서 소득증명서를 떼어서 다른 소득 근거와 함께 제출하라고 한다. 충북대 이해원 군에게 증명서를 보내라고 전화하고 집으로 돌아왔다. 오는 길에 빵집에 들러 빵을 만 원어치쯤 사고 담배 세 보루를 샀다.

점심을 먹고 내처 쉬기로 했다. 책을 읽었다. 《나는 왜 아버지를 잡아먹었나》. 집 뒤에 말린 쑥 같은 것을 걸어두는 못을 여러 개 치고 쑥도 다시 펼쳐 말리고 멸치(사료용)도 말렸다. 저녁에는 불쑥 누가 연락도 없이 나타나 인사를 하는데 낯익은 얼굴인데도 누군지 모를 사람이다. 나중에 금란 씨가 이용재 군과 같이 왔던 사람이라고 이야기하여 김군호 군인 것을 알았다. 부인과 애와 함께 불쑥 봉고를 타고 나타났는데, 자연농업협회는 10일에 그만두고 농사지으면서 살 터를 살피려고 그동안 해남, 광주, 정읍, 산청 등을 돌아다녔다고 한다. 애가 애기부처같이 생겼다. 이제 6개월이라는데 웃을 때는 천진하고 눈빛이 아주 진지하다. 저녁을 국수로 먹고 막걸리 남은 것을 마시면서 많은 이야기를 나누었다. 같이 살았으면 싶은 마음이 드는 사람들이다. 부인도 서울 출신이라는데 퍽 순박하게 생겼다.

5월 22일

아침에 일어나 사료포대를 구하러 돼지와 닭을 키우는 집에 갔다. 너무 빨리 갔는지 주인이 없다. 자고 있겠지. 그냥 돌아왔다. 김군호 씨 부부와 이수를 데리고 당산나무터와 바닷가를 구경시켜주고, 막걸리 한 말과 두부 네 모를 사서 김군호 씨 봉고차에 싣고 오다가 돼지막에 들러 사료포대를 샀다. 한 장에 20원씩 50개 묶음 네 개를 4000원을 주고 샀는데 한 묶음 더 준다. 돼지 키우는 사람과는 오늘 처음 인사를 했다. 시골까지 와서 늘 닭똥과 돼지똥 냄새만 맡으면서 산다고 마음속으로 동정도 하고 비웃기도 했는데 얼굴을 보니 순박하다. 김군호 씨 데리고 지게를 지어 당산나무터로 갔다. 광식이 집 뒤 묵혀놓은 논에서 미나리가 자라고 있는 걸 보았는데 그걸 캐서 연변에서 온 미나리 씨앗 뿌린 곳에 옮겨 심으려고 먼저 거기에 들러 호미로 미나리를 캤다. 그걸 옮겨 심고 집에 오니 1시 10분 전이다. 점심을 먹고 김군호 씨 부부는 보내고 당산나무터에 다시 갔다. 영천에 사는 최종은 씨가 보낸 야콘이라는 뿌리식물 모종을 심으려고, 땅을 일구고 심을까 하여 봉선 씨와 금란 씨도 함께 갔는데, 산도를 심으려고 일구어놓은 곳에 그냥 심기로 했다. 금란 씨와 봉선 씨는 모종을 심고 된장을 담그려고 집으로 돌아갔다. 산도를 심으려면 따로 땅을 일구어야 하는데, 일구려는 땅에 쑥도, 찔레덩굴도, 칡도, 씀바귀도 있다. 찔레덩굴만 뽑아서 버리고 쑥과 씀바귀는 캐고 칡은 순을 지르고 나서 나머지 덩굴은 낫으로 베어버렸다. 저녁 시간이 가까워 흙 파는 일은 뒤로 미루기로 했다. 그 대신 씀바귀를 더 캐기로 하고 씀바귀를 밭에서 찾는데 고사리들이 눈에 띈다. 고사리를 꺾었다. 제법 많은 양이 되었다. 야콘 모종을 담았던 종이상자에 쑥과 씀바귀와 칡순과 고사리를 담아 집에 오니 기독교방송에서 온 유영혁 씨가 당산나무터로 나를 찾으러 갔다고 한다. 발을 씻고 기다렸더니 7시 30분쯤에 어느 여자 분과 함께 들어왔다. 같이 온 줄 알았는데 도중에서 만난 사람으로 차를 태워 왔을 뿐이라고 한다. 20분에 걸쳐 유영혁 기자와 인터뷰를 마치고 손님 둘과 저녁을 먹었다. 김말순이라는 여자 분은 올해 경북대 생화학과를 졸업하고 광동 건강식품회사에 4개월을 근무하다 바른 삶의 길이 아니라 여겨 그만둔 뒤 《단》이라는 책에서 내 기사를 읽고 찾아왔다 한다. 연락 없이 오는 손님은 받지 않는다는 원칙을 이야기해 준 뒤에 유영혁 씨 가는 길에 기차역까지 데려다줄 테니 저녁만 먹고 떠나라고 했다. 그런데 그렇게는 못하겠단다. 결국 유영혁 씨가 혼자 9시 조금 넘어 떠나고 김말순 씨는 남았다. 봉선 씨와 금란 씨와 함께 이야기 나누라고 하고 내 방으로 건너오고 말았다.

5월 23일

아침에 옥수수 씨앗을 다시 비닐하우스에서 길러 당산나무터에 심으려고, 꽂을 대와 비닐을 가지러 재실에 올라갔다. 가는 길에 보니 방가지똥이 무성하게 자랐는데 아직 베어서 효소를 담지는 않았다. 눈여겨보았다가 떡 본 김에 제사 지낸다고 큼직한 자루를 재실 창고에서 꺼내고, 왼낫이 눈에 띄기에 재실에 왼손잡이가 있느냐고 물었더니 없다고 해서, 내 낫인 걸 확인하고 그 낫으로 재실 주변과 할아버지 댁 근처 그리고 표고버섯밭 근처의 방가지똥을 모두 베기 시작했다. 다 베어서 집에 있는 작두로 썰어 재실 효소실에 가서 저울에 달았더니 모두 12킬로그램이다. 설탕 4킬로그램과 섞어서 당절임을 했다. 어제 왔던 김말순 씨가 가지 않고 있기에 주변에서 맴도는 모습이 안돼 보여 마당에 사료용 멸치를 널기 위한 사전작업으로 천막에 묻은 흙을 걸레로 닦아내는 일도 시키고 효소 담그는 일의 잔심부름도 시켰다. 오전은 이렇게 해서 흘러가고 남는 시간은 부산대학교 학보사 원고 15매를 쓰는 데 보냈다.

점심을 먹고 애를 먹어가며 부산대 학보사에 글을 전송하고(네 차례나 다시 보내야 했다), 떠나는 김말순 씨 보내고 당산나무터에 상토를 지고 비닐과 묘판과 댓가지를 지게에 얹어 낑낑거리면서 올라갔다. 가는 도중에 세 번을 쉬었다. 개울에서 부엽토를 긁어 집에서 가져간 유기질 상토와 섞어 묘판에 붓고 비닐하우스 자리를 고르고 묘판에 옥수수 씨앗을 심고 있는데 학다리중학교 3년 후배라는 교사가 다른 남자 선생님 한 분과 여자 선생님 네 분과 함께 당산나무터에 올라왔다. 우리 집에 들러 내가 여기 있다는 말을 듣고 찾아왔다 한다.

하던 일을 잠시 멈추고 인사를 하고 나서 일을 마저 끝내고 우리 집에 가자고 했더니 오늘은 그냥 돌아가겠다고 한다. 그 선생님들 도움(?)을 받아 옥수수 씨앗을 심고 비닐하우스를 치고 당산나무 밑 평상에 앉아 묻는 말에 대답하다 보니 결국 '기르는 문화'와 '만드는 문화' 이야기까지 나오게 되었다.

그 선생님들 보내고 당산나무터에 심은 작물들 자라는 상황을 점검했다. 다 신통치 않다. 하늘이 뿌려주신 씀바귀만 여기저기서 잘 자라 조금 더 기다리면 효소 항아리 하나쯤 채울 양이 될 것 같다. 산새들과 전쟁이다. 씨앗을 다 파 먹으니 무슨 수를 내긴 내야겠는데 산새들을 해치지 않으면서 이놈들에게 금욕을 하도록 하여 한 구덩이에 씨앗 하나쯤 남겨놓고 파 먹게 할 방법은 없을까. 얼핏 본 뒤의 판단이기는 하지만 비닐끈을 씨앗 뿌린 골 위에 똑바로 쳐놓은 곳은 그래도 피해가 조금 덜한 듯하다. 경험을 통해 배우는 길밖에 없는데 경험 한번 쌓으려면 한 해 농사는 망쳐야 하니 시골 어르신들이 새로운 모험 대신에 가장 안전한 옛 경험을 중시하는 까닭을 알겠다. 산을 넘어오는 길에 논에서 일하는 이장을 만났다. 농약 발라 씨앗 뿌려두면 그중에 먹고 죽는 놈이 생겨 그다음에는 새들이 밭에 안 온다는 말을 한 귀로 흘려든고 왔다. 새들을 죽이려고 씨앗에 농약 바를 생각은 아직 없다. 저녁을 먹고 있는데 관유 군이 막 도착했다고 해서 어서 와서 같이 먹자고 했다.

관유 군과 막걸리 마시고 맥주도 몇 병 마셨다. 관유 군이 간 뒤로도 맥주를 조금 더 마셨더니 취기가 돈다. 내 방으로 건너와 자리에 누웠다. 내일은 부처님 오신 날인데 무안에서 송순섭 군이 오겠다는 연락을 했다. 부안 유촌초등학교의 전순옥 선생도 오겠다고 연락을 하고…….

5월 24일

부처님 오신 날, 산새 소리를 들으면서 잠에서 깼다. 아침 5시쯤 되었을 게다.

아침을 먹으러 온 관유 군이 닭장 속의 닭들을 눈여겨보았던 모양으로 닭들이 병들어 있다고 한다. 앞집 할아버지 댁에서 항생제라도 갖다 먹이는 게 어떠냐고 하는데 마음에 내키지 않아 채소밭 걱정이 되기는 하지만 닭들을 닭장에서 해방시키자는 쪽으로 마음을 정했다. 관유 군이 닭장 속에 들어가 한 마리 한 마리 붙잡아서 밖으로 내던졌다. 닭장 문이 높이 달려서 하게 되는 수고다. 콩기름 바른 방(구들부터 다시 놓고 돼지 치는 집에서 사료포대를 가져다가 천장과 벽과 바닥까지 사료포대 안에 있는 누런 종이를 오려 발랐다. 금란 씨, 봉선 씨가 애를 많이 썼다)에 콩기름이 고여

357

있는 자리를 휴지로 빨아낸다고 들어가 그 작업을 했는데 후회를 했다. 콩기름 고인 곳이 너무 많아 휴지 낭비가 심해서 그 휴지를 물이 질척거리는 닭장 속에서 다 태웠다. 닭들이 설사를 하는 데다 주는 물까지 마구 엎질러서 습기가 많아 그걸 조금이나마 없애고 소독도 겸해서.

당산나무터에 가서 《나는 왜 아버지를 잡아먹었나》를 마저 읽었다. 구석기시대 인간들을 등장시켜 현대문명을 풍자한 책인데, '기르는 문화'와 '만드는 문화'의 상호관계에 대한 성찰이 충분하지 않다. '만드는 문화'가 '기르는 문화'의 내부에 어떻게 통합되느냐 하는 문제는 두고두고 성찰의 대상이 되어야 할 것 같다. 책을 읽고 밭에 난 풀들을 베기 시작했다. 살갈퀴는 일부러 남겨두고 칡넝쿨과 멍덕딸기, 개망초, 사초, 쑥, 그리고 가끔 보이는 붉나무순, 고사리는 꼼꼼히 베어냈다. 씀바귀는 아주 많이 눈에 띄는데 더 자라게 내버려두었다가 나중에 효소를 담그려고 베지 않았다. 벤 풀들을 자루에 담으니 한 자루다. 지고 집에 오니, 송순섭 군이 왔다가 나를 찾으러 갔다 한다. 작두로 풀을 썰어 효소 담글 준비를 하는데 송 군이 왔다. 같이 근무했다는 젊은이 한 사람 그리고 여자 한 분과 아이들 둘(그 여자 분 아이들이다)과 함께 왔다. 숫자가 많아 당황했다. 미리 그렇게 다른 사람들과 함께 온다고 연락했으면 좋았을 텐데, 일하다 말고 따로 이 손님들 점심 장만하느라고 부엌에 매달려 있는 봉선 씨와 금란 씨에게 미안했다. 그리고 내심으로 농번기 시골 살림에 무신경한 손님들에게도 화가 났다. 자기들이야 모처럼 주중에 쉬는 날이어서 차를 타고 놀러 와 점심도 얻어먹고 구경도 하고 좋겠지만 농사일 제쳐놓고 접대해야 하는 농사꾼 처지도 생각해야지. 같이 앉아 한가롭게 이야기하지 못하고 잠깐 기다리라 해놓고 해야 할 일 마저 하고 오후에도 효소를 담가야 한다는 사정을 이야기했다. 그리고 연락 없이 오는 사람들은 냉대한다는 말도……. 그렇지 않으면 공동체나 실험학교는커녕 농사일을 해서 먹고살 수도 없고 그저 호사 취미를 누리는 건달로 전락할 수밖에 없다는 이야기도 했다. 눈치가 보이는지 점심을 먹고 일어서겠다고 해서 선선히 배웅을 했다. 송 군만이라면 같이 당산나무터에 올라가 풀이라도 베면서 이런저런 이야기를 나누겠지만 여자 손님에 아이들 둘까지 움직이는 게 쉽지 않을 것 같아서였다. 섭섭하겠지만 그럴 수밖에 없다. 오후에 재실로 올라가 백초효소를 담갔다. 17킬로그램. 관유 군과 솥을 여섯 개 날라 우리 집에 부려놓고 효소를 담그고 당산나무터에 다시 올라가니 시간이 꽤 되었다. 나머지 밭에서 풀을 베어 지고 오니 저녁 7시쯤 되었다. 오자마자 작두로 풀을 썰어 재실로 가지고 올라가 당절임을 하고 내려왔다. 19킬로그램. 당분간 백초효소를 하루에 두 항아리씩 담그게 될 것 같다. 저녁에는 식사 후 술을 마셨는데 너무 마신 탓인지 몸이 피곤한 탓인지 관유 군이 더 이야기하고 싶어하는 눈치인데 내 방에 와 드러누웠다.

5월 25일

오전에 당산나무터에 가서 망초를 베는 작업과 칡넝쿨, 산딸기순, 쑥, 사초, 그리고 개울과 밭이 통하는 길을 막고 있는 나뭇잎들까지 베어 왔다. 작두로 썰어서 효소실에 가지고 가 저울에 달아보니 24.3킬로그램쯤 된다. 항아리 하나가 그득하다. 점심을 먹고 피곤해서 눕는다는 게 잠깐인 줄 알았는데 한 시간 반 이상 쉰 것 같다. 오후에 말린 쑥을 자루에 담고 말린 사료용 멸치를 비닐포대에 담고 느지막하게 다시 당산나무터에 지게 지고 올라갔다. 집터 위 산벚과 더덕이 자라고 있는 곳에 쑥과 칡넝쿨이 우거져 있어서 이번에는 쑥과 칡넝쿨을 섞어서 베어 효소를 담가보면 어떨까 하고 밭매기 겸 칡넝쿨을 먼저 걷어내기 시작했는데 칡넝쿨만으로 포대 하나가 가득 차서 그걸 지고 왔다. 오기 전에 옥수수 비닐하우스에 물을 주고 야콘에도 물을 주었다(야콘은 배 맛이 난다는데 그래서 땅속의 배라나). 집에 돌아와보니 웬 스님 한 분과 수관이가 와 있다. 같이 온 줄로 알았는데 따로 온 모양이다. 스님은 송광사에서 왔다 한다. 몸이 땀에 절고 내의도 더러워져서 목욕을 하고 내의를 빨고 나를 기다리며 정좌하고 있는 스님을 마주했다. 송광사에서 여기까지 오는데 예닐곱 시간 걸렸다 한다. 야단을 쳐주기로 마음먹고 호되게 야단쳤다. "너 이놈, 지금 어느 땐데 한가하게 놀러 다닌단 말이냐. 송광사는 옛날부터 절 땅이 많아 그 땅을 직접 가꾸려면 지금 눈코 뜰 새가 없을 터인데 소작인들에게 죄다 맡기고 허여멀건 얼굴로 소매 늘어진 도포자락 펄럭이면서 남의 시간 뺏고 음식 축내고 잠자리 불편하게 하려고 와? 당장 지금 떠나거라. 너한테 줄 밥도, 재워줄 방도 없다. 네 절집 방장이 누구냐. 일각이라고? 너 일각한테 가서 내가 이러이러해서 윤구병이를 찾아갔는데 이렇게 쫓겨 왔습니다 하고 일러라. 그리고 당장 방장질 그만두라고 해라. 자기 밑에 있는 놈 이렇게 건달로 만드는 놈이 방장질 해서 뭣 하겠느냐. 이곳은 너희들 같은 건달들 놀다 가는 놀이터가 아니다. 땀 흘려 농사지어 우리 먹고 남는 것 알뜰하게 아껴서 땅도 사람도 살리려고 뜻을 품고 밤낮없이 일하고 있는데 너희들 같은 밥버러지들이 그 밥을 축내려 들다니 어림없다." 대체로 이렇게 야단을 쳤는데, 그런 야단 듣고 그런 뜻 새기고 농사짓고 싶어 왔다고 한다. 밉지 않아서 같이 저녁을 먹자고 했다. 옆얼굴을 보니 허튼 중놈은 아니다. 그래서 넌지시 송광사 불사를 빗대어 '법문'(?) 한 자락 펼쳤다. "내 들으니 조선 불교가 원효에서 동이 터서(元曉는 한자로 첫 새벽이다) 보조普照에서 한낮을 맞고 서산西山에서 날이 저물기 시작해 이제 한밤중인데, 한밤중에 절집을 짓는 것은 도깨비들 살라고 그러는 것이다. 여자들이 얼굴에 분 바르고 입술에 연지 찍고 태깔 고운 옷을 입는 것은 몸을 팔아 살길 찾으려고 그러는 것이다. 그래도 그건 좀 낫다. 제 몸을 파는 것이니까. 그런데 너희들은 절집을 지어 온갖 단장을 다 해놓고(그것도 돈으로 목수들을 사서 온갖 천대를 다 하며 지었으니, 서까래며 기둥 하나하나에 목수

361

들의 원망과 욕설이 가래처럼 발라져 있는 집을 말이다) 승복이랍시고 놀고먹는 사람이나 입는 늘어진 소매 달린 갈보 옷 차려입고 제 몸 파는 대신에 부처님을 팔아 놀고먹으니, 이런 부도덕한 갈보들이 어디 있단 말이냐. 마음밭 가는 것도 농사 아니겠느냐? 면벽하고 새벽에 일어나 잠 오는 것 수마라 하여 억지로 참고 꽈리틀고 앉아 있다고 해서 그것이 마음밭 가는 일인 줄 아느냐. 그 짓은 뱀도 한다. 그리고 억지로 그런 짓을 하고 있으니, 몸에도 마음에도 온갖 병들이 다 생겨 그럴듯하게 선문염송깨나 자기 식으로 풀어 애송이 중들을 꼬이는 놈들은 밑에 행자나 상좌들을 거느리고 떵떵거리지만, 그러지 못하는 일반 중들은 엉덩이가 무르도록 앉아서 세월 보내다가 몸에 병이 생기면 치료받을 병원 하나 없어 원공 스님 같은 분이 원력을 세워 병원 하나 지으려 해도 못 이루는 판인데, 이게 다 너희들 같은 사기꾼들이 어리숙하고 돈 많은 중생들 꾀어 도깨비집을 짓느라고 재물을 탕진하고 있는 탓이다. 몸으로 하는 농사가 마음밭 가는 일과 둘이 아니거늘 무슨 허튼 소리냐."

나이는 서른셋이고, 성균관대 국문과를 졸업하고, 군대 갔다와서 보험회사에 다니다가 3년 전에 출가인지 가출인지 했다는데 법명은 보원이라고 한다. 넓을 보 둥글 원을 쓰느냐고 했더니, 보배 보 둥글 원이라 한다. 기생 이름 치고는 잘 걸맞게 지었다고 웃었다. 날더러 법명 하나 지어주겠느냐고 묻는데, 또 내가 송광사에 갔던 것도 가출이었느냐고 묻는다. 법명 짓는 것은 김봉수

362

에게나 찾아가라고 속으로 욕하고, "암, 가출이었지" 하고 껄껄 웃고 말았다.

수관이가 뒤늦게 재실에서 밥 먹고 왔는데 관유 군이 봉선 씨에게 돈을 빌리더니 수관이 시켜서 사 온 연장 값 갚아주고, 서울 왕복 차비 주고, 수관이를 위해서 애써 그동안 장만했던 목수 연장은 오늘은 줄 수 없으니 나중에 보자고 그냥 빈손으로 돌아가라고 매몰차게 말한다. 관유 군의 그런 모습이 좋다. 수관이 녀석 그 뜻을 알까? 아마 모르고 마음에 상처만 받겠지.

관유 군이 돌아가고 난 뒤에 요즈음 광식이 하는 일을 빗대서 너 지금 몸 팔러 다니는 댄서냐, 여기에 뭐 하러 왔느냐, 관유 군에게 목수 일 배우려고 왔지 사교하러 온 것 아니지 않느냐, 그런데 지금 네 태도가 뭐냐, 밤늦은 시간이라서 관유 군 집에 가더라도 문을 안 열어줄지 모르지만 마루에서 자더라도 관유 군 집에 가서 자라, 그리고 네 잘못을 빌어라 하고, 보원 스님과 내 방에 들어와 자리를 펴고 잤다.

5월 26일

보원이는 첫 새벽에 바랑을 지고 도망가고(언젠가 다시 오겠지. 쓸 만한 애니까), 수관이 녀석은 어젯밤에 관유 집에서 자지 않고 재실에서 잔 모양이다. 광식이가 재실에서 자자고 다시 오라는 말에 그러겠노라고 덜렁 약속을 해놓아서 그 약속을 어기기 어려웠던 모양이다. 글쓰기연구회에서 온 편지를 뜯어보았더니, 이오덕 선생님께서 글쓰기회 회원들을 준열하게 꾸짖는 긴 편지 복사본이 들어 있다. 읽으면서 역시 내가 사람 보는 눈 하나는 타고났나 보다, 이오덕 선생님 같은 분을 만날 수 있어서 얼마나 고마운 행운인지 모르겠다 하는 마음이 들었다. 관유 군에게 자네하고 마음자리가 꼭 같은 분이 여기 있으니 한번 읽어보게 하며 그 편지를 건네주었다. 관유 군이 다 읽고 나서 봉선 씨와 금란 씨에게도 읽어보라고 건네준다. 금란 씨가 읽고 나더니 감명을 받은 모양이다. 우리도 이오덕 선생님의 뜻을 따라서 소수만으로라도 처음부터 단단하게 살림을 꾸려가는 게 어떠냐고 한다. 연구단체로서는 그러는 것이 좋다, 그러나 당신 말대로 이오덕 선생님을 다 두려워하는데 그렇게 되면 사람이 모이겠느냐고 했더니, 모이지 않으면 어떠냐 그리고 무섭더라도 마음의 평화만 있으면 바른길 걷지 않겠느냐, '선생님'도 이오덕 선생님처럼 무섭게 되면 좋겠다는 뜻을 비친다. 내가 보리에서 그 역할을 맡은 적이 있는데 그래서 얻은 별명이 '밴댕이', '쉰숙주'다(이오덕 선생님은 한결같은 분이니까 '쉰숙주'는 아니지), 아마 주변 사람들에게 상처를 많이 주게 되겠지, 그렇지만 그게 옳은 길이라면 그렇게 해야겠지, 하는 말로 얼버무렸다. 오늘 오전은 집에서 보내기로 했다. 관유 군은 자기 집 풀 뽑으러 가고 금란 씨와 봉선 씨는 내가 어제 걷어와서 아침에 잘라놓은 칡순을 가지고 재실 효소 담그러 간 모양이다.

재실에 올라가 민정 엄마에게 야단을 칠까? 어제저녁에 수관이가 올라갔으면 저녁 먹고 가라고 붙들기 전에 나와 저녁 먹기로 했는지 먼저 확인하고 그러기로 했다면 아무리 그냥 보내기 아쉬워도 내려보냈어야 하지 않겠는가. 관유 군과 수관이 관계를 그르친 것이 심히 못마땅하다. 민정 엄마한테 전화가 왔다. 어머니 생신인데 수안보에 오늘 갔다가 내일 와야겠다는 전화다. 민정 엄마에게 전화로 어제 왜 수관이를 내려보내지 않았느냐고 따졌더니, 수관이에게 그렇잖아도 내려가 밥을 먹으라고 했더니 금봉이 밥이라도 남아 있으면 먹고 가겠다고 해서 거기에서 저녁을 먹은 거란다. 수관이를 바꾸라고 했다. 아직까지 자고 있다고 한다. 지금 몇 신데 시골에 와서 아직 자고 있단 말이냐, 아침도 안 먹었다고 하길래 당장 내려오라고 야단을 쳤다. 귀여운 녀석인데 정이 많고 마음이 여려서 탈이다. 수관이가 내려왔길래 아침을 차려주고 나서 어제 일기와 오늘 일기를 보여주고 당장 관유 군 집에 가서 같이 풀을 뽑으면서 손이 발이 되도록 빌라고 쫓아 보냈다.

풀 뽑으러 갔던 관유 군이 수관이랑 함께 와서 목수 연장 만지고 있길래 문제가 잘 풀렸구나 싶어 지게 지고 당산나무터에 올라가 산비탈 더덕과 산벚 심어놓은 서쪽 땅에 가서 풀을 베었다(어제는 남쪽 땅을 벴다). 자세히 보니 더덕이 칡넝쿨과는 사이좋게 자라는데 쑥과는 상극이어서 쑥이 자라는 곳에서는 제 빛을 잃고 오므라들다가 자취 없이 자라지고 만다. 쑥과 칡넝쿨과 산딸기를 중심으로 풀을 베어 집으로 왔다. 점심을 먹고 오전에 베어 온 풀을 작두에 썰고 있는데 광식이가 와서 손종만 어른 집에 불이 나서 집이 몽땅 탔다고 한다. 효소실에 가서 당절임을 마치고 중산리에 내려가본다는 것이 항아리 두 개 새로 썻고 또 충북대에 있다가 전북대로 온 이재현이라는 토목과 교수가 다른 동료 한 분과 그 부인들과 애 둘을 데리고 오는 바람에 접대하느라고(연락 없이 와서 냉대를 한 셈이지만) 늦었다. 중산리에 가보니 형님 집이 완전히 다 탔다. 누전에서 생긴 화재라는데 삽시간에 타버려서 집에서 문서 하나 꺼낼 겨를이 없었다 한다. 형수님은 큰아들 부부가 와서 뒤늦게 점심 먹으러 작은집에 갔다가 오고 있는 길이었다. 집터에 한참 망연하게 앉아 있었더니 손종만 어른 동생분이 집으로 가자고 한다. 할 일도 없고 형수님 걱정도 되고 해서 따라가 칡술과 밥을 내놓기에 물리칠 수 없어서 그냥 먹었다. 다시 집터에 가서 동네 어른들 추억담을 듣는다(이 집은 형님 부친이 살아 계시고 지금 예순에 가까운 마을 어른들이 군대 가기 전, 그러니까 1958년경에 지었다 한다) 마음이 심란해서 다시 오겠다 하고 집에 왔다. 몸도 마음도 갈앉아서 방에 잠깐 누웠는데 오한이 생긴다. 저녁식사가 준비되었다고 해서 억지로 몸을 일으켜 저녁을 먹고 다시 일찌감치 자리에 누웠다. 저녁에 두 차례 전화가 왔는데 다 받지 않았다. 봉선 씨와 금란 씨가 번갈아 받는 모양이다. 한참 떨다 자다 하고 있는데 부엌에서 달각거리는 소리가 들린다. 일어나 부엌문을 열고 보니 금란 씨가 자다가 깨어 책을 읽겠다고 차 한잔 끓이고 있는 중이다. 나도 뜨거운 차 한잔 마시고 싶다고 하고 자리에 누워 있는데 차가 준비되었다고 한다. 부엌에 가서 차를 마시면서 이 이야기 저 이야기 하다 보니 잠이 다 달아났다. 술 한잔 마시면 그 기운에 다시 잘 수 있을까 하여 냉장고에 있던 맥주 한 병 마시고 고구마순 술을 조금 꺼내 마시고 있는데 손종만 어른이 동생과 아들을 데리고 오셨다. 저녁 9시에 집에 와보니 집이 그 모양이어서 참담하고 허탈해 나에게 상의하러 오셨다 한다.

어차피 집을 새로 짓기로 하셨으니 그 작업이 빨라졌다고 생각하고, 집에 불이 나면 살림이 불붙듯이 잘 편다고 하니 자제분들 집에 행운이 깃드는 징조라고 생각하고, 형수님이 걱정인데 형님 몸 편히 쉬시도록 각별히 신경 쓰시라고 위로 삼아 말씀 드리고 고구마순술을 따라드렸다. "너만 믿는다"라고 말씀하시는 품이 마음에 기가 많이 꺾이신 모습이다. "형님 일이 내 일입니다" 하고 편히 쉬시라고 배웅해드렸다. 마음이 착잡해서 금란 씨와 함께 이 이야기 저 이야기 하느라고 시간을 보내다 보니 어느덧 3시 가까웠다.

5월 27일

아침에 중산리 형님의 불탄 집에 갔다가 농협에 들렀다. 180만 원을 찾아 100만 원을 형님 댁 위로금으로 건네고 80만 원은 봉선 씨에게 맡기면서 올 연말까지 다달이 관유 군 집에 어머니 용

돈으로 10만 원씩 부치라고 했다. 관유 군이 싫어할지 모르지만 관유 군에게 어머니라면 나에게도 마찬가지다. 관유 군이 우리 공동체 일에 매달리느라고 수입이 없으니 그렇게라도 해서 어머니를 안심시켜드리자는 뜻이다.

농협은 도장을 가지고 가지 않고 또 조흥은행 통장카드로는 돈이 안 나와 두 번 걸음을 했는데, 오전은 그렇게 보냈다. 효소실 당절임 뒤집는 나무 곡괭이 하나 낫과 자귀로 깎아 만든 것이 오전에 한 일이라고나 할까.

오후에는 당산나무터에 가서 산비탈 더덕 심어놓은 곳 풀을 매 지게에 지고 왔다. 17킬로그램. 작두로 썰어 재실에 가서 당절임을 하고 항아리 작은 것 하나, 새우젓독 하나, 장독 뚜껑 두 개, 시루를 싣고 내려왔다. 춘환이와 태수와 조원이가 함께 온다고 해서 기다리다 우리끼리 저녁을 먹고 치웠는데 차 소리가 들린다. 책과 종영이 집에서 실어 온 물건, 이부자리를 내려놓고 보리식구들 밥 먹이고 같이 막걸리와 맥주를 마셨는데 광식이 이야기가 나와 춘환이와 관유 군 사이에 기묘한 대화가 계속되었다. 춘환이는 관유 군과 관계를 편하게 가지려고 말을 놓고, 관유 군은 공석이니 관유 씨라고 불러달라고 하고……. 도중에 관유 군이 마음속에 생각하고 있는 뜻을 전하려고 애를 써보았지만 나중에는 내버려두기로 했다. 관유 군도 과음하고 춘환이도 과음했다. 관유 군은 끝까지 예절을 지키려고 애쓰는 모습이 역력하다. 춘환이는 너무 마셔서 밤에 식당방에서 자는데 토하는 소리가 들린

368

다. 이부자리나 안 버렸는지 모르겠다.

수관이는 오후에 갔다. 아침에 김군호 씨가 변산에 와 살고 싶다는 연락을 해 왔는데 관유 군과 함께 김군호 가족을 맞을 얘기를 나누었다. 조유상 씨는 당분간 금란 씨, 봉선 씨와 지내도록 하고, 관유 군 집은 도배를 해서 군호 가족을 거기에 들이고, 새로 구들 놓은 방에 관유 군이 들어오기로 대체로 말을 맞추었다. 그리고 아침에 안용무 씨에게 연락해 형님 집이 불탄 이야기를 하고 같이 한옥으로 집을 짓는데, 그러면 비용이 좀 절약될 터이니 그 이익이 형님한테 돌아가도록 배려해달라고 부탁했다. 군호 씨는 수요일에 1차 한번 들리기로 했다. 저녁에 서울에서 건축설계 사무소를 한다는 예순 넘은 분이 내 글을 읽고 방송을 들었다며 꼭 한번 보고 싶다고 30분이라도 일을 끝마친 저녁시간에 이야기 나누자고 해서 목요일에 만나기로 했다. 그리고 청양에서 지역운동 하는 분이 연락을 해서 6월 3일에 일곱 명쯤 와서 낮에는 일하고 저녁에는 같이 이야기 나누면 안 되겠느냐고 하기에 처음에는 거절했다가 같이 검정콩 심으면서 이야기 나누면 되겠다 싶어 그러자고 했다.

아침에 일어나서 경황이 없으면 어제 일도 잘 생각나지 않는게 요즈음 내 머리 상태다.

보리 일을 이것저것 점검해보니 안심해도 좋을 만한 상태다. 한백이 아비 건강이 조금 염려되지만 잘 지키겠지. 연변 송춘남 선생님한테서 초청장이 세 장 왔다고 한다. 8월에 왔으면 좋겠다고…… 상담을 하려면 내가 가야 할지도 모르는데……. 나래 엄마가 가도 좋겠다는 생각도 들고, 차 사장과 함께…….

당산할매의 젖꼭지

당산할매는 젖꼭지가 참 많다
해도, 바람도, 흙도, 물도
그 젖꼭지 물고 젖을 먹는다

햇볕이 따뜻한 것도
물맛이 단 것도
바람이 싱싱한 것도
흙이 부드러운 것도
다 당산할매가 젖 먹여 키워서 그렇다

내가 당산할매한테
"할무이, 나도 젖 좀 줘"
했더니,
"다 큰 놈이 무슨 젖 타령이여,
저리 가"
한다

5월 28일

아침에 일어나 재실에 올라가서 당절임을 모두 뒤집고, 새로 당절임 할 백초(산야초)를 썰고, 닭에게 모이를 주고 하니 7시가 가까웠는데도, 보리 식구들은 일어날 줄 모른다. 어제 술이 과했던 탓이리라. 조원이와 함께 다시 재실에 올라가 수박과 고기(보리 식구들이 사 온 것)를 전했다.

우리끼리 먼저 아침을 들었다. 조원이, 봉선 씨, 금란 씨, 나. 뒤늦게 일어난 춘환이, 태수가 아침 먹기를 기다렸다가 같이 광식이 집으로 해서 당산나무터로 갔다. 광식이는 집에 있다. 요즈음에는 재실에서 아침을 먹지 않는 모양이다. 어젯밤 관유 군이 광식이 같은 사람은 세상이 바뀌면 아무 문제 없이 잘 살 사람이라고 다시 이야기한 것이 기억난다. 착하고 성실하고 부지런한 천품을 타고났는데 무엇을 어떻게 해야 할지 스스로 결정하지 못하여 옆에서 늘 일과 시간을 정해주어 이것 하라 저것 하라 시켜야 움직이는 사람이라는 게 문제다. 날마다 그러자니 자율성 없이 의존적이 되고 그렇다고 손을 놓아버리면 혼자 허둥대다 엉뚱한 일을 하거나 남을 원망하게 되고……. 광식이 집에 갔더니 텃밭에 물을 주는 중이었다. 뒤껼 머위는 잎이 자랄 대로 자랐다. 저 머위 네가 시험 삼아 효소를 담아보거나, 그러기 싫거든 내가 베어가겠다고 했더니 마음대로 하라고 한다. 그리고 장독대에 빈 채로 있는 작은 독들을 이용해서 효소를 담글 수 있다고 했더니,

남의 독인데 어떻게 쓰느냐고 한다. 저번에 미나리를 집 위 밭 묵힌 데서(묵혀놓은 논에서 다른 풀들과 자생한 것인데) 캐다가 재실 묵힌 논에 가져다 심으면 어떻겠느냐고 했더니 남의 논에 있는 걸 어떻게 그럴 수 있느냐고 했던 태도와 같다. 춘환이도 답답한 모양이다.

당산나무터에 올라가 조원이는 고사리를 꺾고 나와 태수는 쑥과 칡넝쿨을 베었다. 춘환이는 어제 술 때문에 아직 시달리는 모양으로 무덤가에 누웠고……

12시가 조금 넘는 시간에 칡과 쑥을 포대에 담아 지고 내려왔더니 윤봉선이가 부인과 함께 차를 타고 오는 모습이 보인다. 같이 점심을 먹었다. 관유 군은 아침에도 오지 않더니 점심시간에도 나타나지 않는다. 아마 어제 춘환이가 무례하게 굴어 마음이 단단히 상한 모양이다. 나중에야 관유 군이 뒤늦은 점심을 먹으러 왔다. 나는 오전에 베어 온 칡순과 쑥을 썰어 당절임을 해놓고 내려왔다.

오후에 봉선이 차 태워 보리 식구들 보내고 당산나무터에 뒤늦게 올라가 옥수수 묘상에 물을 주었다. 옥수수 싹이 제법 올라온다. 야콘에도 물을 주고 산길에 거치적거리는 여러 가지 나뭇잎을 베어 포대에 담아왔다.

저녁에는 관유 군과 술을 마시면서 관유 군으로부터 보리 식구들에 대한 걱정을 들었다. 대체로 바른 평가다. 관유 군은 조원이를 높이 평가했다.

5월 29일

《중앙일보》 김경희 기자가 오겠다고 연락을 한 날이다. 오전에 당산나무터에 가서 칡넝쿨과 쑥을 베어 지고 오니 김 기자가 와 있는데 중앙일보사 차로 왔다. 이상하게 여겼는데 사진기자가 또 왔다. 웃기는 일이다. 쉬러 온 줄 알았는데 그게 아닌 모양. 점심을 먹고 재실에 당절임 하러 가려는데, 짐이 무거운데 지게 지고 가지 않겠느냐는 사진기자의 말을 듣고 이 친구들이 취재하러 왔구나 하고 눈치챘지만, 끝까지 김 기자는 그 이야기를 않는다. 당산나무터로 가는 길에야 털어놓는데, 월요판 와이드 인터뷰란이 있단다. 회사에서 보내서 어쩔 수 없이 왔다 한다. 김 기자에게 다시는 만나지 않겠다고, 변산으로 올 생각은 하지 말라고 했다. 김 기자와 바닷가에 갔다 왔더니, 신혜자 누이가 남편과 막내 신의, 그리고 나래 엄마와 함께 막 왔다 한다. 뒤이어 김군호 군 가족이 봉고차로 왔다.

김군호 군을 만난 관유 군이 꽤 오랫동안 같이 이야기한 뒤에 자기 집을 내주지 않기로 했다고 한다. 여기 오기로 결정하기 전에 대학 선배인 김윤칠 군과 김진탁 군을 만나 의논을 나누었다는 사실이 영 마뜩잖게 여겨진 모양이다. 관유 군이 집으로 가고 난 뒤에 신의와 함께 이야기를 나누었다. 고등학교만 나온 뒤 일본에 갔다가 미국으로 가서 6년 동안 살았는데, 제힘으로 산 지는 1년 남짓, 나머지 기간은 계속해서 혜자 누이가 돈을 보낸 모양이다. 마음밭이 많이 거칠어진 것 같아 험한 생활을 한 흔적이 눈빛과 태도에 드러난다. 만나서 이야기해보니 걱정스럽다. 당장 한국에 돌아와 여기서 마음잡고 사는 게 좋겠다고 이야기했다. 지금 민병대인지 뭔지 조직하는 일에 관심이 있는 모양인데, 그렇게 되면 제명에 죽기를 기대하기 힘들다. 자기도 알고 있다 한다. 그동안 깡패조직에도 들어가 중간보스 역까지 맡았던 모양이다.

신의와 이야기를 하는 중에 김군호 군이 관유 군 집에 갔다가 관유 군과 함께 왔다. 관유 군 뜻이 내 뜻이라는 말을 분명히 하고 치열하지 못한 삶의 태도를 꾸짖었다. 그리고 환상을 가지고 오려거든 운산리에 들어올 생각 아예 하지도 말라고 했다.

5월 30일

김군호 군이 일찍 일어나는 바람에 나도 덩달아 김 군과 부엌방에서 자다가 일어나니 오전 5시쯤이다. 재실에 올라가 당절임을 뒤집어엎고 와서 소루쟁이 어제 베어놓았던 것을 작두로 썰었다. 닭 먹이와 물을 주고 6시쯤 일어나 밖으로 나온 혜자 누이더러 산보를 하자 하고 2800평 땅으로 가는 길에 신의가 아무래도 험한 길을 걸어온 느낌을 받았는데 한국으로 돌아오게 하는 게 좋겠다고 했다. 신의는 1년 동안만 집안의 보탬을 받지 않으며 자기 나름으로 살고(그때는 갱 조직에 들어갔던 모양이다), 나머지 기간은 줄곧 집에서 송금을 받아 살아온 모양이다. 횟집을 한다고 6만 달러를 가져가서 탕진했다는 사실도 들었다. 신의가 걱정스럽다. 아침을 먹고 혜자 누이의 차로 2800평, 바닷가, 당산나무 터를 두루 구경시켜주고 집에 돌아와 있는데 파출소(변산) 차석이라는 사람과 순경 한 사람이 찾아왔다. 어제 《중앙일보》 기자가 나를 찾아오는 길에 파출소에 들렀던데 무슨 일로 왔느냐고 묻는다. 기분이 상해서 앉으라는 말도 없이 같이 마당에 서서 묻는 말에 마지못해 대답하고 있는데 마음 좋은 신의 아버지가 막걸리를 내놓는다. 나한테도 마시자는 걸 안 마시겠다고 했다. 여기 몇 명이 사느냐, 몇 명이 왔느냐, 인터뷰 내용이 무어냐고 묻는데 건성건성 대답했다. 선 자리에서 그냥 막걸리 한잔 마신 뒤 가게 했다. 잠시 자리에 누웠다. 어제오늘 별 일을 안 한 것 같은데 여러 가지로 신경을 써서 그런지 몹시 피곤하다.

점심을 먹고 나래 엄마와 혜자 누이 일행을 보냈다. 군호는 서울 가는 봉선 씨와 함께 아침에 떠나보냈으니 집에 세 식구만 남았다. 밥 먹고 또 누웠는데 나래 엄마한테서 여산 휴게소에서 전화가 왔다. 호두과자를 어제 사서 먹고 남은 걸 검정비닐 속에 넣어 냉장고 위에 얹어두고 온 것 같은데 찾아 먹으라는 전화다. 그 전화에 완전히 깨어 김군호에 관해서 관유 군과 이야기를 나누었다. 어젯밤 관유 군이 한 이야기가 이해되어 둘 사이에 아무 문제가 없다는 것이 다시 확인되었다. 용란이에게 위문편지를 보내고 2800평 밭으로 가기 전에 《동아일보》 그림책 이야기(이번에는, 탐탁지 않았으나 '백두산 이야기'를 썼다) 원고 써서 보리로 팩스로 보냈다.

밭에 가서 빙 둘러가며 할 일을 점검했는데 만만치 않다. 먼저 가죽나무 잎이 눈에 띄어(오늘 아침 혜자 누이한테서 저수지 오솔길에 있는 가죽나무 이야기를 듣고 직접 나무를 보고 확실히 안 나무다) 그것을 꺾어 지게에 얹고 올콩 심을 밭에 있는 씀바귀 먼저 캐기로 했다. 반 자루쯤 캐고 가죽나무 가지를 꺾어 집에 오니 흐뭇하다. 며칠 동안 땀에 절어 살았기 때문에 머리 감고, 목욕하고, 내의를 빨았는데, 흰 내의에 풀물이 들어 있다. 꽤 많이……. 그사이 풀을 만진 것으로는 나뭇잎 베어 효소 담근 것을 빼면 대체로 칡과 쑥이고 오늘은 가죽나무와 씀바귀인데, 이 가운데 물감으로쓸 만한 게 있을 것 같다. 풀물이 많이 들었고, 색깔도 연보라에 가까운 색이다. 금란 씨에게 씀바귀를 점검해보도록 했다. 씀바귀는 김치를 담그고 가죽나무는 나래 엄마가 서울에 도착하는 대로 전화를 해서 조리법을 물어보아야겠다. 저녁에 서울 불광동에 사신다는 김학석이라는 분이 찾아왔다. 수박과 참외 그리고《뇌내혁명》과《공해시대건강법》이라는 책을 주고 한 시간 반쯤 이야기하다 갔다. 고구마순효소 한 병과《실험학교 이야기》를 드렸다. 참 착하고 맑은 분이다. 한양대 건축과를 중퇴하고 공무원 생활을 오래했는데 한때 건축업을 하기도 하고, 현재는 은퇴하여 건축 사무소 대표로 있다고 한다. 62세 김학석 씨와 이야기하고 있는데 최성렬 선생이 고구마 모종을 들고 찾아왔다. 같이 술을 마시다 내일 술 담글 준비를 해야 한다며 간다간다 하면서도 계속 머무른다. 부인에게 미안해서 전화를 해 곧 보내겠다고 했는데도 미적거린다. 관유 군이 밖에서 한참 기다리다 결국 같이 갔는데 나중에 일 끝내놓고 또 왔다. 1시가 넘게 술을 마셨는데 보내려 해도 막무가내다. 쫓아내다시피 해서 보냈다.

5월 31일

어제 뜯어 온 나뭇잎이 가죽나무가 아니란다. 맛을 보니 소태처럼 쓰다. 혹시 소태나무인가. 하긴 가죽나무도 소태나무과니까. 오전 시간은 목이 아프도록 식물도감과 약초도감을 보느라고 다 보내게 됐다.

오후에는 종합소득세 신고 마지막 날이라고 나래 엄마한테서 연락이 왔길래 부안으로 나갔다. 가는 길에 변산 막걸리집에 잠깐 들렀더니 최 선생 부인이 막걸리를 병에 담아 차에 싣고 있는 중이다. 최 선생을 오래 붙들어두어 미안하다고 하니 새벽 4시 반에 돌아왔더라 한다. 그러니까 우리가 새벽 4시가 넘도록 술을 마셨나 보다.

부안 장미예식장에 임시로 차려놓았다는 세무서 출장소에 들러 신고를 했더니 종합소득세가 32만 3810원이 나왔다. 주민세 3만 2380원까지 다 내고, 장판용 니스, 고무줄, 태피터천 다섯 마, 순대, 생강을 사고 변산에 와서 흰 비닐 두 통을 샀다.

집에 돌아와 순대와 라면과 막걸리를 마시면서 관유 군과 이야기를 시작한 것이 저녁식사 이후로 이어져 밤 12시 가까이 진지한 이야기판이 되었다. 관유 군은 내 흔들리는 마음자리를 바로잡아 주고자 기력을 탕진하며 혼신의 힘을 다하는 모습이 역력하다.

내 마음자리가 소승적이라는것, 최성현 씨는 마음에 확실한 지점은 확보했는데 사회가 없고, 나는 사회는 있으나 마음자리가 확고하지 않다는 것. 나에게 체體는 있으나 용用이 없다는 것, "세상이 불타고 있는데 어쩌려느냐?" 하는 질문에 깨우침도 없이 입에 발린 말로 "나는 물이니까 물로 끄면 되지" 식으로 고민 없이 이야기하고 모르면 묻기나 할 일이지 묻지도 않는다는 것. 하도 답답하니까 관유 군이 자기에게 꼭 같은 질문을 해보라 한다. 그래서 내가 "세상이 불타고 있는데 어떻게 하겠느냐?" 하고 물었더니 "앗 뜨거, 앗 뜨거" 하겠단다. 그리고 "세상이 물바다가 되었는데 어쩌려느냐" 하는 질문에는 "어푸, 어푸" 하겠단다. 내가 큰 배를 띄우겠다고 허풍 친 데 대한 대답이다. 이야기 자리에 금란 씨가 있어서 나를 향한 관유의 가차 없는 공격이 사실은 나를 위함인지 깨닫지 못하고 관유 군에게 저항감을 가질까 봐 내 자리가 관유 군 자리에 훨씬 못 미친다고 일러주고 있는데, 집에 가겠다던 관유 군이 다시 와서 잔을 내밀며 "이게 뭐냐?" 하고 묻는다. 가끔 아무에게나 잔을 불쑥 내밀면서 "이게 뭐냐?"라고 묻는데, 나에게 물을 때는 그동안 말없이 술을 따라주곤 했으나 그것도 답이 아니라는 것이 밝혀졌다. 관유 군이 한 말들을 깊이 새겼다. 최성현 씨와 어제 60분 동안 통화를 했는데 최성현 씨가 주곡 농사를 짓겠다는 말에만 관심을 기울이더라 했다. 어찌 곡식 농사뿐이랴. 사람 농사도 그러해야 하거늘……. 달이 휘영청한 밭둑에 앉아 이야기하다가 관유 군 모습이 부처님이라 무릎을 꿇고 절을 올렸다. 관유 군이 2800평 땅을 반으로 나누자, 자기와 봉선 씨, 금란 씨를 익명으로 놓아두어라, 나를 따라간다는 것이 두렵다, 현재 내가 보이는 모습이 자기들을 일깨우는 데 아무런 도움이 되지 못한다, 왜 내가 윤 선생이 할 일을 도맡아 하면서 화살의 과녁이 되어야 하느냐, 자본주의 사회를 원시반본原始反本하려는 당신의 방법이 무어냐, 길이 보여야 따를 것 아니냐…… 이런 말들에 대한 대답이 생각나지 않는다. 내일 길 떠나겠다고 하는 관유 군에게 대답해줄 말미가 오늘저녁밖에 없다.

여름

/

夏

1996년 6월~8월

—6월—

6월 1일

새벽꿈에서 글을 읽는데 '나'라는 글자가 너무 크게 써 있는 바람에 그것을 넣어야 바른 문장이 되는 줄도 모르고 자꾸 빠뜨리고 이상한 형태로 왜곡되는 문장을 읽다가 뒤늦게야 그 큰 것이 글자인 줄 알고 그걸 넣어서 읽었더니 바른 문장이 되는 현몽을 했다. 마음이 갈앉는다.

일찍 일어나 닭들에게 모이와 물을 주려다가 그만두고 밖으로 나갈 길만 터주었다. 효소실에 올라가 당절임을 뒤집어주다 금란 씨가 어제 내가 꺾어온 소태 잎사귀들을 썰어 당절임 해놓은 것을 보았다. 내 뜻을 읽었구나. 효소실에서 내려와 당산나무터로 갔다. 야콘은 이제 물을 주지 않아도 될 만큼 기운을 얻은 것 같다. 옥수수 묘판에 물을 주면서 월요일쯤 옮겨 심고 반짝이줄을 여러 방법으로 쳐볼 생각을 했다. 나중에 뿌릴 콩들을 산새들이 죄다 파 먹지 못하게 하는 방법을 찾으려고…….

산 넘어와서 관유 군 집에 들렀다. 그동안 관유 군 집에 들르는

데 저항감이 있었는데 오늘은 편하다. 어젯밤 관유 군이 한 말들을 하나하나 되짚어 물으면서 내가 얼마나 어리석은 중생인지 새삼 뼈저리게 느꼈다. 관유 군과 집으로 와 아침을 먹었다.

내 마음 이리 성글음으로도
네 입김 태풍 되어 흔들리는데
촘촘한 마음들
펄럭이고 찢기는 게
무엇이 이상하랴

신들이 둘러싼 이 세상
감나무 잎 위에
나 한가로이 앉아 있네
감꽃 벙그는 유월 초하루

아침을 먹고 글쓰기 회보를 조금 읽었다. 조현열 선생의 〈산속의 집〉은 무척 좋은 글이었다. 그림책으로 만들어도 좋겠다는 생각이 들었다. 밭(2800평)에 나가 올콩 심을 밭을 맬 겸 씀바귀를 뜯었다. 효소를 만들려고……. 당산나무터에만 씀바귀가 많은 줄 알았는데 여기도 밭 하나에는 무척 많이 돋아 있다. 씀바귀를 부엌칼로 캐면서 하얀 즙을 흰 러닝에 부벼보았다. 그제 빤 내 러닝에 들어 있는 풀물이 바로 씀바귀 물이 아닌가 해서였는데 생각대로다. 방가지똥도 캐서 흰 물을 러닝에 부볐다. 같은 색 물이 든다. 식물성 염료를 하나 발견했다는 생각에 가슴이 뿌듯해진 다. 한나절 캔 씀바귀가 자루에 거의 가득 찼다. 지게에 지고 집 으로 돌아와 금란 씨에게 풀물 든 내 러닝 내놓고 씀바귀를 짓찌 어 물 한번 들여보고 나머지는 효소를 만들라고 부탁했다.

점심을 먹고 자전거를 타고 중산리 형님 댁에 들렀더니, 교사 하다가 육아 휴직한 막내딸과 형님 부부가 마당에 쭈그리고 있다. 어깨 너머로 보았더니 도장과 반쯤 탄 통장들을 들여다보고 있다. 도장은 하나도 타지 않고 통장도 반쯤 타기는 했지만 그런대로 증 거품은 되겠다. 형님이 맥주 한잔하고 가라고 붙드는 바람에 같이 세 병을 나누어 마셨다. 형님 말씀이 암송아지 한 마리 길러 코를 뚫고 길들여 쟁기질 할 만큼 되면 선물하시겠단다. 그러지 말라고 말려도 막무가내여서 마음속으로만 고맙다고 말했다.

지서리에서 2시 출발 직행버스를 타고, 부안에서 2시 54분발 직통버스, 그리고 전주에서 유성 가는 4시 20분 버스를 탔다. 유 성에서 내려 동학사 가는 좌석버스를 탔다. 그 차에 이오덕 선생 님이 타고 계셨는데 나중에 내릴 때야 알았다. 저녁을 먹고 회의 를 했다. 이상석, 노광훈, 이민언 선생이 부산에서 왔고, 김동수, 황시백, 김용근 선생이 속초에서, 서정오, 이호철, 윤태규 선생이 대구, 주중식 거창, 보리에서 차광주, 현병호, 신옥희가, 서울에 서 이성인, 이오덕, 신정숙, 김신철, 인천에서 홍경남, 강승숙, 조 용명, 노미화가 왔다. 사람들과의 만남이 예전만큼 즐겁지 않다.

왜 그럴까? 이야기를 나누는데 몸이 피곤하여 누웠다가 황금성 선생이 한산 소곡주를 꺼내는 바람에 일어나 술을 마셨다. 밤늦게까지 밖에 나가 마시다 김신철과 노광훈을 남겨놓고 들어왔다. 보리 차광주가 당도측정기를 사 왔다.

6월 2일

아침에 차광주 군에게 보리 사정을 물어보았다. 채인선 씨 문제가 자꾸 걸리는 모양이다. 그래서 창조력과 상상력이 작용하는 것은 오른 뇌 중심의 기능이고, 이념의 옳고 그름을 판단하는 것은 왼 뇌의 기능인데, 상상력이 뛰어난 사람에게 그 상상력을 마음껏 발휘하도록 자유롭게 놀 공간을 확보해주지 못하고 이념 주입을 섣불리 하려 할 때 기가 꺾이는 일이 있으므로 주의해야 한다고 이야기했다. 먼저 놀도록 하고 그 모습을 보고 나서 이념으로 문제 되는 지점을 지적해주면 되지 않겠나 하는 생각에서.

아침을 먹고 이오덕 선생님과 모두 앉은 자리에서 내가 변산에서 겪고 생각한 것을 조금 이야기했다. 김종만 선생 문제와 연관해서 나온 것이다. 비닐 문화가 약탈영농의 소산이라는 것, 대부분의 작물은 집에서 먹을 것을 중심으로 기를 때 비닐을 쓸 필요가 없다는 것, 이야기가 번져나가서 문체 문제까지 언급되었는데 산문의 문체가 점점 나빠지고 있는 것은 사람들 사이에 느낌과 생각을 주고받는 길이 점차 험해지고 막히고 거칠어지는 것을 반영하므로 '문체혁명'은 다만 글을 잘 쓰고 못 쓰는 문제가 아니라 점차 독백으로 전락되고 있는 말과 글을 공동의 느낌과 생각과 뜻을 모으는 수레로 제 기능을 하도록 되살려내는 문제와 연관되어 있다는 이야기였다.

헤어져 집으로 돌아오려는데 황시백이가 술 한잔하고 가란다.

김종만 선생이 이오덕 선생님의 비판을 받고 글쓰기회를 떠나고 학교도 그만두겠다는 편지를 이상석 앞으로 보낸 걸 이상석이 보여주어서 읽었는데 그 문제와 연관이 있겠지 짐작하고 있었는데, 나중에 황금성 선생한테 들으니 문제는 그것뿐만 아니다. 주중식 선생 부인의 가출 문제를 처음 들었다.

다음 집행부 문제를 다시 거론하기에 사단법인으로 등록하면서 이오덕 선생님께 회장을 다시 맡아달라고 부탁하든지, 조용명 선생이 적당하지 않으면 황시백을 회장으로, 이성인을 총무로 하든지 하라고 했다. 이성인 선생을 다음 회장으로 하는 게 어떠냐는 이야기를 해서 아직 젖비린내가 가시지 않아 어렵겠다고 이야기했다. 능력이 문제가 되는 것이 아니라 관계의 어려움을 빗대서 한 이야기다.

그리고 보리 식구들에게 글쓰기 회보를 보리에서 내겠다는 생각을 버리라고 했다. 아직 상황이 아니라는 느낌이어서, 몇 차례 강조해서 이야기했다. 이상석 선생은 어안이 벙벙한 모양이었다. 글쓰기 회보는 글쓰기회가 사단법인으로 등록한 뒤에 그 기관지로 나오는 게 여러 가지로 좋을 것 같다는 느낌이 들어서인데, 그리고 보리가 떠안을 어려움과 아직 그것을 감당할 능력이 없음을 감안해서인데, 갑자기 말을 바꾸는 것으로 비치겠지.

술을 많이 마시고 마신 김에 함부로 칼자루를 휘둘렀다.

이상석 선생에게 간장 종지를 세 번 내밀면서 "이게 뭔가?" 하고 물었더니 처음에는 "간장이요" 하고 대답하다 점점 낯색이 변한다. 익숙하면 관념화하고 그렇게 되면 상황을 새로 점검할 주의력이 안 생기니, 조심하라는 뜻으로 묻고 또 묻는다고만 이야기해주었다.

헤어져서 집에 오는데 술을 너무 많이 마신 탓인지 곯아떨어져서 유성을 지나쳐도 한참 지나쳤다. 택시를 타고 유성에 가니 3200원이나 나왔다. 전주로 해서 부안으로 왔는데 차표 끊은 생각도 안 난다. 부안에서 변산행 차를 타고도 종점인 격포에 와서야 잠에서 깨어 변산으로 되돌아왔다.

집에 오니 관유 군이 콩기름 바른 방바닥에 니스 칠을 하자고 내가 무심히 한 말의 부작용 때문에 고생을 많이 한 모양이다. 관유 군은 빗대서 나에게 흙이 되어야 한다고 했다. 아직도 나에게는 처세가 강하게 남아 있다. 과시하는 버릇도……. 언제 입에서 젖비린내가 가실지. 사람 사람에 맞추어 상황을 판단하고 때와 곳을 잘 가려야 할 텐데……. 흙에 관한 명상을 시작해보자. 화생토火生土. 내가 물이라고 했더니 불의 열정을 지닌 관유 군이 나를 도울 길을 열려는 것이다.

6월 3일

아침부터 비가 내렸다. 관유 군과 오랫동안 이야기하느라고 당절임 뒤집는 것도 잊었다. 이야기를 나누는 도중에 어린 시절 내 마음을 사로잡았던 미지의 여인, 깊은 숲에서 아무의 눈에도 띄지 않고 산다는 가장 아름답고 지혜로운 여인, 목아지(목)가 여덟 개가 없어서 '팔목어리'라고 불리던 여인의 모습, 그 여인이 거기 있다는 것만으로도 숲이 온통 향기로 가득 차 있다는, 그러나 그 누구도 언제 어느 곳에 있는지 몰라 가본 적이 없다는 여인의 모습이 가슴을 채워왔다. 철저한 '익명', 위도 아래도, 앞도 뒤도, 왼쪽도 오른쪽도, 안도 밖도 없는 세상의 상징인 그 여인의 마음자리가 내 가슴을 채웠다.

큰 하나와 작은 하나가 분별없이 하나로 통일된 구의 중심과 표면의 각 점들. 너무 큰 바람인가?

이야기를 나누는데 건너편 길가에 사는 이천규라는 사람과 똘개 양반이라는 사람이 불쑥 찾아와서 술을 내라고 한다. 관유 군이 벌떡 일어서서 "당신들이 뭔데 아침부터 무례하게 선생님 허락도 없이 남의 집에 쳐들어와 술 사라 뭐라 건방지게 그러느냐" 하고 삿대질을 하며 나선다. 그 상황과 뜻을 알기에 속으로 웃으면서 자리를 비켜 내 방으로 건너와버리고, 관유 군이 그 두 사람을 쫓고 난 뒤에 다시 술을 한잔 마셨다. 관유 군은 이장을 만나 2800평 들어가는 길 문제를 타결 짓겠다고 일어서고 나도 손종만 어른이 어제 전화했다길래 중산으로 갔다. 가서 맥주 한잔 얻어 마시면서 형님 새로 집 짓는 일 조언을 했다. 사위가 있어서, 형 님에게 내가 지나치게 세세한 점까지 간섭한다고 느껴서인지, 반 발을 한다. 그 젊은이와 다투기 싫어 집에 가야겠다고, 점심 손님 이 기다리고 있다고 하고 자리에서 일어섰다.

집에 와보니 관유 군이 와 있는데, 그 잠깐 사이에 관유 군과 김경철 이장 사이에 드잡이질이 있었나 보았다. 관유 군이 이장 집에 찾아가 이장 노릇 잘못한다고 마룻바닥을 치며 힐책하고, 그 말에 열이 받은 이장이 나에게 하소연하러 왔다가 나는 못 만 나고 돌아서는 길에 관유 군이 이장에게 욕을 하고…… 그 말을 듣고 이장이 관유 군 멱살을 잡자 관유 군이 밀쳐버리고, 그러자 이장이 나이 많음을 내세워 관유 군 따귀를 때리고, 그러자 관유 군도 맞받아치고, 이장이 관유 군 발을 걸어 진흙탕에 눕히 고……. 대강 그런 사연이었다.

관유 군을 집으로 보내고 이장 집에 가서 관유 군이 술 마시면 가슴에 불길이 지펴서 무례하게 보이는 행동을 하는 경우가 가끔 있는데, 그래도 마음으로 우러나와 '형님'이라고 부르며 믿는 사 람은 이장뿐이니, 관유의 뒤끝 없는 행동을 이해하기 바란다고 양해를 구했다. 그리고 앞으로 나를 찾는 언론기관이나 그 밖의 사람들이 많을 터인데, 나에 대해서 물으면 "모른다, 여기 없다. 서울 간다더라" 하는 말로 냉정하게 따돌려주었으면 좋겠다고 이야기했다. 그래야 내가 자격 있는 교사로 거듭나 이장 집 아이들을 비롯하여 동네 아이들을 제대로 길러낼 몸과 마음의 준비를 갖출 수 있겠노라고……. 지서리에 가서 술 한잔하자는 걸 작취미성昨醉未醒임을 들어 완곡히 거절하고 집으로 왔다. 지서리 최싱렬 선생한테 비오는 날 한번 찾아가겠다는 약속을 했기 때문에 반쯤은 의무로 자전거 타고 양조장 가는 길에 집에서 돌아오는 안봉선 씨를 만났다.

술도가에 가보니 최 선생이 없다. 잘된 일인지 모른다고 두부 세 모만 사가지고 집에 오는데, 땅바닥에 떨어진 두부가 비닐담개 안에서 박살이 났다. 집에 와 잠깐 앉아 있다가 농협에 배우자 카드를 만들려고 갔다. 비밀번호를 확인하고 그 길로 술도가에 갔더니 최싱렬 씨가 배달을 마치고 왔다. 어머니께서 거처하는 방에서 최 선생과 술을 마시며 내 어렸을 때 자라며 겪은 일이며 집안 내력을 대강 이야기했다. 그리고 최 선생 모친이 어린 시절부터 겪었던 삶의 역정을 간단히 들었다. 머리가 썩 좋지 못한 네 오빠 밑에 막내로 자라면서 천자문을 배우러 서당에 간 일(나흘 만에 할아버지가 알아서 못 다니고 말았지만), 그리고 갓 혼인을 하고 나서 남편이 "내가 정말 좋은 여자, 예쁘고 사랑스러운 여자를 아내로 맞을 수 있었는데 부모님이 강제로 당신과 만나게 했다"라고 투정을 하자 "서방님 처복이 없어 나 같은 못난 사람 만났으니, 남 탓할 일이 아닙니다"라고 해서 다시는 그런 말을 입 밖에 내지 못하게 했던 일, 유복하게 자라 근심걱정 없이 살면서도 집 문간에서 각설이패들이 부르는 '타령'을 동정 속에 귀담아들어

391

아직도 외고 있다는 사연…… 가난하게 자란 서방님이 너무 엄격해서 주변에 사람이 없었는데, 자기가 손이 커서 서방 몰래 이 사람 저 사람에게 있는 대로 퍼주어 인심 후한 집으로 알려지게 된 내력…… 이런 이야기를 아무 과장 없이 이야기하신다. 최 선생도 마음공부는 어느 정도 되었다지만 어머니에게 견주면 아직 어린애다. 어머니를 노인 취급하여 어머니 말씀을 귀담아듣지 않고 건성으로 대하는 최 선생이 마뜩지 않아 정색하고 나무랐다. 최 선생이 어머님께 3년만 더 사시면 아들이 돈 많이 버는 모습 볼 수 있으리라고 오래 사시라고 하니 스스로 일해서 먹고살지 못하고 자식 신세 지는 밥버러지가 하루 더 살면 하루만큼 더 지옥에 머무는 것인데, 너는 그 무슨 악담이냐, 내일이라도 죽는 게 복이라고 말씀하신다. 정말 대단하신 분이다. 여든이 훨씬 넘으신 분이 어떻게 저렇게 곧은 자세를 잃지 않으실까. 최 선생이 어머님 총기가 대단하셔서 귀담아들은 옛날이야기며, 노래며, 살아온 내력을 많이 기억하고 계신데 녹음을 해두고 싶어도 가족에게는 잘 말씀하려 들지 않으신다, 우리 식구 가운데 일주일에 한 번, 한두 시간이라도 어머님과 함께 이야기를 나누면서 그 내용을 녹음해줄 분 없겠느냐고 하기에 평소에 그런 일을 누군가 해야 한다고 오래전부터 생각해왔던 터라 선뜻 그러자고 했다.

한 잔만 마시고 일어선다는 것이 그만 한 됫병으로 두 병을 비웠다. 차로 데려다주겠다는 최 선생을 뿌리치고 자전거로 돌아왔다. 와보니 전화가 여러 통 왔단다. 다 오늘 《중앙일보》에 실렸다는 대문짝만 한 기사 탓이다. 이놈의 허명 때문에 '익명'이 보장되어야 할 마음공부가 자꾸 더뎌지는구나 생각하니, 두터운 업장業障 무게가 어깨를 누른다. 내가 지은 걸 누굴 원망하랴. 나래 엄마에게 부탁하여 전송으로 보낸 기사를 훑어보았다. 다행히 크게 문제 될 부분은 눈에 띄지 않는다.

원광대 학림사에 있는 손정길 학생에게 전화가 왔고, 또 서울에서 4학년 1학기까지 학교를 다녔는데, 변산에 와 같이 살고 싶다는 학생한테서도 전화가 왔다. 손정길 학생은 수요일에 와서 일요일까지 일하고 가겠다 하길래 그러라고 하고, 서울 학생한테는 편지를 먼저 보내라고 이야기했다. 그리고 또 한 사람한테 온 전화는 전화 목소리가 불성실하여(술 취한 듯했다) 윤 선생 없다고 언제 집에 올지 기약할 수 없다고 잡아뗐다. 황간모 군에게 언제 한번 놀러오지 않겠느냐고 전화했더니 모레 오겠다 한다.

내일은 아침 일찍부터 달아나야지. 밭에 붙어 일하겠으니 전화가 오면 모조리 따돌리라고 봉선 씨와 금란 씨에게 당부했다.

관유 군이 한 말 가운데 이 말이 기억에 남는다. "선생님은 아직 교학적이다. 선문답을 하는 데 너무 인색하다." 맞는 말이다. 앞뒤 재고 가려 충분한 설명을 논리적으로 하려는 내 버릇 때문에 자주 문제의 핵심은 가려지고 관념과 추상의 세계로 상대방을 이끄는 잘못을 가리키는 말이겠지. 다 갖추어 있으면 무얼 하나. 그 관계의 고리들을 풀고, 맺고, 늦추고, 당기는 일을 할 힘이 아직 부족한 걸……. 내 무능력이 능력으로 전환되려면 역시 '익명'의 자리로 내려서는 길밖에 없다. 그것이 바로 흙이 되는 길이다.

6월 4일

아침에 당산나무터에 올라가 채소밭에 풀을 맸다. 풀을 매면서 일어나는 심리 변화를 체험하고 지켜보았다. 내가 심어 오랜만에 싹터 오르고 느리게 크는 듯이 보이는 채소나 곡식 싹과 어느 틈에 빨리 자라 내가 심어놓은 농작물의 성장을 방해하려 드는 듯이 보이는 '잡초'들. 내가 심고 키우는 것을 보호해야겠다는 맹목적 보호본능(?)이 '잡초'들을 마구 뽑아버리는 잔인한 '제거 본능(?)'과 연결되어 '자연이 키우는 것에는 잡초가 없다'라는 구두선을 여지없이 짓밟았다. 한참 뒤에야 정신이 들어 아하, 이렇구나, 이렇게 해서 농부들이 '잡초' 싹이 보이는 대로 긁어버리거나 제초제를 뿌려 말려버리는구나 하는 생각이 들었고, 약초를 발견한 분들의 마음자리와 일반 농사꾼의 마음자리가 어디에서 구별되는지도 느껴졌다.

채소밭에 명아주만 뽑아 계곡물에 씻어 삼태기에 담고 씀바귀를 베어 자루에 담아 지고 집에 왔다.

점심을 먹고는 2800평 땅에 고구마순을 심으러 봉선 씨, 금란 씨와 함께 갔는데, 나는 망초대만 대강 뽑아주고 나서 씀바귀를 뽑기 시작했다. 씀바귀를 뽑으면서 잡념에 휘둘렸는데, 생각해보니 일의 속도와 연관이 있는 것 같다. 씀바귀와 대화하면서 뽑는 여유가 있었으면 잡념도 없었으리라. 그냥 빠른 시간에 많은 양을 거두겠다는 생각에서 씀바귀 마음에 내 마음을 일치시키지 못해 떠도는 기운이 잡념을 불러일으킨 게 아닌가.

똘개아짐이 밭에 와서 한참 관유 군 이야기를 하고 갔다. 온 동네에 이장과 싸웠다는 소문이 번진 모양인데, 소문이 퍼지는 곳은 가겟집이다. 걱정스러웠다.

냇물에 씀바귀를 씻고(뿌리째 뽑아 물에 씻어야 했기에), 그 씻은 것을 포대에 담아보니 두 포대나 된다. 씻는 도중에 이 마을에서 스물다섯까지 살다가 서울에 가서 운전을 하면서 결혼도 하여 국민학교 6학년과 4학년 아이를 두었다는(서울 생활 14년이라 한다) 분과 이야기를 나누었다. 다시 농사지으러 식구들과 고향에 온 사람이라는데 인상이 순박하다. 그분의 아내는 옆에서 빨래를 했다.

다음을 기약하고 지게를 지고 오는데 관유 군이 손님이 왔다고 한다. 만나보니 모르는 분이다.

문세복 씨라는 분인데 속초 태생으로 어릴 때부터 음악에 재능이 있어 고학하다시피 해서 대학을 졸업하고 영등포공고에서 12년 동안 교편을 잡고 있다가 작년에 그만두고 사업을 하다가 실패한 즈음이라고 한다. 신문을 보고 찾아오고 싶었다고 하는데, 처음에는 내가 연락을 하고 오지 않는 손님은 맞지 않는다고 뜨악하게 말했더니 미안하다며 곧 돌아설 태세였다. 저녁이나 같이 먹자고 붙들고 이야기해보니 건실한 분이다. 같이 저녁을 막 끝마쳤는데 내일 온다던 황간모 군이 왔다.

지서리에 문 선생 차로 나가 막걸리를 반 통 받아 오랫동안 이
야기를 나누었다. 황 군은 구리철사로 수맥 찾는 법을 익힌 모양
이다. 술을 마시고 나자 관유 군이 황 군의 수맥 찾기에 시비를
걸었다. 자연에서 자라는 풀이나 나무 그리고 우물이나 지세를
보면 구태여 수맥을 찾지 않아도 드러난다는 이론인데 황 군이
수맥 찾기에 '빠질까 봐' 걱정되어 하는 말이겠지 하는 뜻으로
이해했다.

문 선생은 구태여 차에 가서 자겠다고 한다. 처음에는 말리다
가 내 자리를 부엌에 펴고 누웠다.

6월 5일

일어나니 아침 5시가 조금 넘었다. 문세복 씨가 세워놓은 차에
서 작게 부르릉거리는 소리가 들려서 보니 그 안에서 자고 있는
모양이다. 깨울까 하다가 그냥 가는데 잠에서 깨었는지 차 문을
열고 나온다. 입술이 새파랗다. 새벽에 몹시 추웠노라고 한다. 고
집이 어지간한 사람이다. 기어코 차 안에서 불편한 잠을 청한 모
양이다.

재실에 올라가 감식초와 효소실과 장독대를 같이 보고 내려왔
다. 아침을 먹고 당절임을 뒤집고 어제 솎아서 씻은 씀바귀 당절
임을 했다. 관유 군과 재실에 올라가 당산나무터에 집 지을 준비
겸 필요한 것을 비닐하우스로 된 창고에서 이것저것 챙겨서 새로

산 차에 싣고 내려왔다. 운전은 황간모 군이 하고…….

황 군과 관유 군과 문 선생은 차를 타고 짐 싣고 저수지 아래로 먼저 떠나고 나는 밀차를 끌고 뒤따라갔다. 솥을 실으러 차를 다시 돌린 틈에 나는 멍석을 지게에 지고 당산나무터로 옮겼다. 처음에는 길사정도 알 겸 하나만 졌고, 다음에는 두 개를 져서 날랐다. 땀이 흐르고 더워진 몸에 바람이 와 닿아 '아, 살 것 같구나, 바람이 이리도 좋구나' 하는 생각이 저절로 들었다.

당산나무터를 우리에게 판 분이 남겨두고 간 뽕들을 톱으로 베어 챙기고 있다. 다시 내려가는데 문 선생과 간모 군과 관유 군이 올라온다. 같이 다시 올라와 당산나무터를 판 분에게서 우리 땅을 둘러싼 산과 다른 분들 소유의 땅에 대한 자세한 이야기를 들었다. 이상도 하지, 내가 포크레인 기사를 시켜 칡넝쿨과 가시덩굴을 밀어버리도록 한 곳이 대부분 국유지가 아니라 당산나무터 1600평에 포함된 곳이라고 한다. 알지 못하고 하는 일이 맞아 떨어지는 이 조화는 무슨 조화일까.

꽤 오랫동안 그분과 이야기 나누고 있는데 젊은이 하나가 온다. 눈빛이 순하고 해맑은 사람이다. 나중에 알고 보니《동아일보》사진기자 김철한 씨인데 취재하러 온 것이 아니라 며칠 동안 땀 흘려 일하러 왔다고 한다. 같이 점심을 먹으러 내려오는 길에 광식이 집에 들렀다. 광식이가 집에 있다. 밭에서 쑥갓과 상추를 뽑아다 먹으라는데 너무 배게 심고 숨지를 않아 쑥갓과 상추들이 자기들끼리 몸을 부딪쳐 창백하게 썩어들기 일보 직전이다(도시의 밀집된 지역에서 사는 사람들도 마찬가지 꼴이겠지).

상추와 쑥갓을 뜯어 집으로 왔다. 점심을 먹고 관유 군은 황간
모 군과 전주로 물건을 사러 가고, 문 선생은 떠나고, 나는 김철
한 씨와 함께 농협에 들러 관유 군에게 100만 원을 찾아주고 콩
나물과 두부를 사고 막걸리 반 말을 싣고 돌아왔다. 그리고 김철
한 씨와 2800평 터에 가서 씀바귀를 뽑는데 원광대 원불교학과에
다닌다는 손정길 군이 밭으로 배낭을 맨 채로 찾아왔다. 같이 씀
바귀를 뽑았다. 그리고 어제 봉선 씨와 금란 씨가 심어놓은 고구
마순에 물을 주고, 씀바귀를 모아 지게에 지고 냇가에 와서 씻었
다. 집에 오니 아직 관유 군과 황 군이 안 왔다. 우리 먼저 저녁을
먹고 막걸리를 마시고 있는데 어두워져서야 관유 군과 황 군이
와서 같이 짐을 부려놓고 다시 술상을 마주했다.

관유 군의 법문이 다시 시작되었다. 손 군과 김철한 씨를 어떻
게 어떤 과정을 통해 맞을 것인지에 대한 법문인데, 말은 손 군과
김 씨에게 하고 있지만 법문은 온통 나에게 일깨움을 주는 내용
으로 채워졌다. '방목放牧을 하자.' 손 군에게도 김철한 씨에게도
말이 화살이 되는 모양이다. 괴로움이 없는데 무슨 마음공부가
있느냐. 이야기를 듣는 내내 참 내가 어쩌자고 이렇게 무딜까, 세
상이 불타고 있는데 나는 왜 뜨거움을 못 느낄까, 내가 문둥병에
라도 걸린 게 아닐까 그 비슷한 생각이 들었다.

관유 군이 간 뒤로 김철한 씨가 아무 데서나 땀 흘려 일을 하겠
으니 다음에는 관유 군 이야기 같은 이야기 듣고 싶지 않다고 하

398

소연한다. 참 어리다. 도리어 손 군이 의젓하다. 등산을 좋아해서 에베레스트에도 가고 우리나라 산 가운데 안 올라본 산이 없는 것으로 보이는 김철한 씨에게 관유 군이 "당신 산에는 뭐 하러 가요? 당신 아들이 산꼭대기에 서서 살려달라고 부릅디까? 산에 가서 뭘 주워 와야 생활이 됩디까?" 하고 직격탄을 쏜 것이 가슴이 아픈 모양이다. 마음 같아서는 당장 자리 박차고 일어나 집으로 가거나 산으로 가고 싶겠지. 관유 군이 황 군과 자기 사는 집으로 간 뒤 마당가에 서서 손 군과 김 씨에게 잠깐 이야기했다.

"당신들 착하고 뜻도 좋은 젊은이들이다. 그리고 아무 조건 없이 여기 일손 도우러 왔다. 우리도 일손이 부족한 판이다. 당신들을 잘 구슬러 며칠 동안 일 부려먹고 좋은 말로 돌려보내면 우리도 좋고 당신들도 좋은 기억을 간직하고 떠나겠지. 그렇지만 그것은 겉모습만 다른 착취, 노동력 수탈의 한 형태다. 관유 군이 한 말의 뜻을 잘 새겨라. 그리고 여기까지 왔으면 자기 살림 밑천은 어느 정도 챙겨 가야 하지 않겠느냐." 대강 이런 이야기였다. 반은 알아듣고 반은 못 알아들은 표정들이다. '교학'의 한계가 바로 이것이다. 떠나든 말든 이해하든 오해하든 스스로 알아 하게 하는 큰 사랑이 아직 나에게는 없다.

6월 6일

아침에 일어나 손정길 학생과 함께 재실에 올라갔다. 한번 둘러보게 하고 어제 캔 씀바귀를 바구니에 옮겨 물이 빠지게 했다. 당절임을 뒤집어주고 집에 내려왔다.

아침식사가 끝난 뒤 관유 군이 여러 사람 앞에서 다시 '익명'이라는 말로 끝나는 법문을 했다. 어느 하나에 사로잡힐 빌미가 되는 일, 자신을 고정시키고 능력의 일부만 발휘되게 할 위험이 있는 일은 되도록 피하라는 이야기고, 자기가 무엇이다 하는 생각을 하는 순간 그것이 되어버리니까, 그러면 갇히게 되니까 그냥 살도록, 흐르도록 자신을 관념으로도 현실로도 규정하지 말자는 뜻이다. 내가 금란 씨, 봉선 씨에게 수지침을 가르쳐주어 동네 어른들 몸치료를 해주도록, 그리고 그보다 치료 효과보다 더 큰 것이 마음을 어루만져주는 것이니 그렇게 하면 어떻겠느냐고 했더니, 그렇게 되면 너도나도 찾아올 테니 돈을 받을 수도 안 받을 수도 없고 자기 일을 못하고 매이게 된다, 가르치지 말라고 한다. 옳은 생각이기도 하다. 조금 더 생각해보자. 관유 군은 간모 군과 부안과 줄포를 들러 목수 일에 필요한 자재와 효소 만드는 일에 필요한 자재(항아리)를 사러 가고 나는 김 기자와 손정길 학생과 함께 당산나무터에 가서 묘판에서 반쯤은 썩어서 걱정스러웠던 모종을 옮겼다. 나중에 김 기자가 묘판 흙이 너무 성근 곳에 심어놓았던 옥수수 싹이 피해를 당한 것 같다고 한다. 좋은 지적이다. 고추모가 저렇게 시원찮은 이유도 거기 있는지 모르겠다. 다 심고 일부 모종 위에는 흰 비닐끈을 직선으로 쳐놓았다.

다 하고 나니 시간이 늦어 1시가 훨씬 더 넘어서야 집에 돌아

400

와 점심을 먹었다. 관유 군과 간모 군은 줄포에서 조그마한 단지들과 문짝을 사 와서 우리 오기만 기다리고 있었다.

점심을 막걸리 곁들여 먹고 관모 군과 김 기자와 관유 군은 목재를 사러 가고(간모 군은 어제 집에 가야 하는데 못 가고 오늘 갔다), 나와 손 군은 잠시 쉰다는 것이 꽤 오래 낮잠을 잤다. 늦어서야 500평 땅으로 가려고 당산나무 있는 고개를 넘어 오전에 심은 옥수수 모종 심은 것을 유심히 보며 갔더니, 줄을 쳐놓지 않은 곳에는 벌써 새들 손 탄 곳이 몇 군데 된다. 며칠 더 기다려보아야겠다. 500평에 갔더니 지난번에 걷어내지 않은 칡넝쿨이 많이 우거져 있다. 해가 질 때까지 걷어서 손 군과 함께 나누어 지고 집에 돌아왔더니 8시가 넘었다. 낮에도 식구들을 기다리게 하고 저녁 식사도 기다리게 해서 미안하다. 낮에는 곰소에 사는 최광석 씨가 와서 이야기하고 갔다. 곰소에 최 군 외에도 두 사람 젊은이가 더 있다 한다. 갯살림을 시작할 씨앗들로 여겨진다. 내일모레가 '조금'인데 그러면 배들이 제법 들어올 것이라고 그때 한번 곰소에 오라고 그래서 그러자고 했다. 밤에는 피곤하여 10시쯤 자리에 누웠다. 김 기자는 관유 군이 "우리 집에 가서 자자" 하고 권하여 관유 군 집으로 자러 갔다.

6월 7일

아침에 곰소 최 군한테 연락이 왔다. 배가 많이 들어왔는데 와서 구경하라는 것이다. 7시 전에 오면 좋겠다 한다. 아침에 비가 내리더니 배들이 하루 앞당겨 들어온 모양이다. 관유 군에게 빨리 건너오라는 연락을 하고 기다리는데 6시 20분쯤이다. 손 군에게 운전할 줄 아느냐고 물었더니, 학교에 들어가기 전에 2년 동안 원불교 교당 재무부에서 쓰레기 치우는 일을 했는데 그때 차를 몰아보았다고 한다. 운전 경력은 6년이라고⋯⋯. 잘되었다 싶어 먼저 밥 얼른 먹고 트럭으로 같이 가고 나머지 식구들은 김 기자 차를 타고 오라고 했다. 곰소에 가니 이미 수협 공판장에서 거래가 이루어지고 있었다. 중개인이 긴 장대 끝에 달린 갈고리로 상자에 든 고기를 "백조기 열 짝, 상자가 2만 9700원⋯⋯" 이런 식으로 낙찰가를 부르며 거래하고 있다. 가만히 보니 한편에서는 고기를 경락할 사람들이 손가락으로 가격을 부르고 있고 중개인이 그 손가락들을 유심히 둘러보면서 가장 높은 가격을 부르는 사람에게 낙찰을 시키고 그 가격을 부르는 소리다. 가격을 부르면 낙찰된 사람도 자기 수첩에 그걸 적고 중개인을 보조하는 사람도 적는다. 말 한마디 없다. 말은 중개인만 한다. 그것도 생선 이름과 몇 마리인지, 몇 상자인지, 상자 하나의 낙찰가가 얼마인지만 이야기한다. 백여 종이 넘는 고기 종류를 낙찰시켜나가는데 굉장히 속도가 빠르다. 그것을 보면서 저런 식으로 자체에서 민주적으로 거래 가격이 형성되도록 하는 데 오랜 세월에 걸친 시행착오와 때로는 살인과 폭력까지 곁들인 엄혹한 질서화 과정이 있었겠구나 하는 생각이 들었다. 공동체의 민주질서를 세우는 데

도움이 많이 될 것 같아 손 군에게 우리가 본 것을 나중에 다 같이 이야기해보자고 했다.

얼추 구경을 끝내고 아주머니 한 분이 파는 산고기들을 큰 대야째 3만 원을 주고 샀다. 갑오징어 한 마리, 모쟁이 비슷한 것 한 마리, 쭈꾸미, 장어 등이 섞여서 헤엄치고 있는 것을 산 것이다. 최광석 씨에게 가겠다고 연락하니 점심때쯤 일 끝내고 놀러 온다고 했다 한다. 올 때는 해안도로를 타고 왔다.

돌아와서 관유 군은 갑오징어와 장대(양태)와 쭈꾸미를 회를 만들고 나머지는 모두 넣어서 매운탕을 끓였다. 회와 모과주 담가둔 것을 먹고 있는데 곰소에서 최광석 씨가 왔다. 참, 점심 후에 왔지. 최 군이 병어 열 마리와 갑오징어 한 마리를 가지고 왔는데, 병어 네 마리는 회로 만들어 먹고, 갑오징어도 회를 쳤다. 오전에 우리가 먹은 살아 있는 고기에 견주어 회 맛은 떨어진다. 관유 군은 새로 구들을 놓은 옆방에 가서 쉬고 나머지 사람들이 같이 술을 마시면서 이야기했는데 최 군에게 곰소에 조그마한 가게 터라도 얻어 횟집이나 만둣집을 하는 게 어떠냐고 제안했다. 그리고 말린 갑오징어와 냉동한 갑오징어가 있는데 판로가 없다고 해서 말린 갑오징어 140마리는 7000~8000원에 팔아주기로 했다(100만 원쯤 되는 돈이다). 곰소에 대한 투자분으로 생각했다.

술기운이 많이 오르고 그만하면 이야기할 것도 어지간히 했다 싶어 관유 군과 김 기자가 부안에 나간 뒤 옆방에 자리를 펴고 잠깐 쉰다는 것이 잠이 들었나 보다. 저녁식사 시간이 되었다고 금란 씨가 불러서 일어났더니 김 기자와 관유 군이 와 있다.

저녁에 손종만 어른한테서 전화가 왔다. 집 문제로 마음이 오락가락하는 모양이다. 딸들은 그냥 쉽게 양옥집으로 지으라고 하는데 아들 내외는 한옥을 권하는 모양이다. 양옥은 평당 170만 원, 정읍 사는 한옥 목수에게 물었더니 한옥은 평당 300만 원을 달라 한다. 안용무 씨가 집을 짓는 걸 보아가면서 결정하는 게 어떠냐고 했다.

풀무원 회보와 장기기증운동본부 원고를 쓰고 나니 12시가 되었다. 자리에 누웠는데 홍차 섞인 '정주영 버섯'인지 뭔지를 마신 데다 커피까지 한 잔 마셨더니 잠이 오지 않는다.

6월 8일

5시 반쯤 일어나 손 군과 함께 효소실에 올라가 당절임을 뒤집고 내려와 아침을 먹었다. 차를 마시면서 곰소 최 군에게 갑오징어 팔아주기로 한 결정이 잘된 것인지 확신이 없어서 관유 군에게 물었더니 너무 쉽게 돈으로 도움을 줄 수 있다는 모습을 보인 것이 최 군에게도 우리에게도 좋지 않은 영향을 끼치리라 한다. 맞는 말이다. 그러나 약속을 해놓았으니 지킬 수밖에 없다. 갑오징어 말린 최 군의 정성이 지극하니 최 군도 우리 식구로 보고 변산에 오는 손님 가운데 마음을 전할 고마운 손님이 있으면 한 마리씩 선사하는 건 어떻게 생각하느냐고 했더니 그것도 바른 길이 아니라 한다. 감잎을 따서 말려 한 봉지씩 주는 것이 더 뜻있지 않겠느냐고……. 그것 또한 맞는 말이다.

어제 곰소에서 본 경매장 모습을 두고 여러 사람의 느낌을 한 사람 한 사람 들어보았다. 투기판의 모습이었고 사람관계가 투기 이익을 둘러싼 각축장 같았다는 게 일반 의견이었다.

경매장에 질서가 수립되는 과정에서 생겼음직한 여러 사태 분석을 통해 합리적 질서가 어떻게 성립하는지 의논하고 싶었는데, 그러한 분석이 급하지 않다, 일을 통해 마음자리에 있는 사량분별 思量分別을 끊어내는 것이 더 중요하다는 것이 관유 군의 논지다.

지구 축이 기울어 사계절이 생겨나고 거기에 따라 머리 쓸 일이 늘어나면서 사량분별이 늘고, 채취경제에서 기르는 문화가 싹트면서 자연에서 나는 먹이 가운데 선택하여 기르는 관행이 자리를 잡고, 그러다 보니 사람의 먹이가 고착되고 한정되어 가뭄이 들거나 홍수가 일어나 농작물을 망치면 굶주린 사람들이 사방으로 떠돌게 되고, 그러면서 약탈의 관행이 나타나고, 호미와 낫이 창과 칼로 바뀌고…… 이런 어려움을 극복하는 길 하나는 먹이의 영역을 넓히는 것인데 옛날 흉년이 들었을 때 고구마, 감자, 마 같은 것이 구황식물로 편입되었다가 오늘날 중요한 농작물로 자리 잡았듯이, 산과 들과 바다에서 나는 자연의 산물들을 부지런히 관찰하고 맛보아 편식의 습관을 고쳐내는 것이라는 결론으로 논의를 일단 중지하고, 관유 군과 김 기자는 부안으로 가고(어제 현충일이라 쉬는 곳이 많아 물건을 못 산 것이 많아서), 손 군에게 칡넝

405

쿨을 쓰는 방법을 가르쳐주어 썰게 했다(그제 일인데 어제 일로 착각하고 썼다). 김 기자가 부안에 가기 전에 손 군과 효소실에 올라왔기에 내가 한 항아리에는 직접 효소를 담가 보이고 다른 항아리 하나에는 두 사람이 담가보게 했다. 두 사람이 부안에 간 뒤 가랑비가 내려 들일을 할 수 없기에 오전에는 고추 말린 것 꼭지를 따고 곰팡이 슨 부분을 도려냈다. 오후에는 관유 군이 부안에서 사온 물건들을 지름박골 당산나무터로 나르기로 했다. 저수지 밑에 차로 실어놓은 것을 지게로 나르는데 다 나르고 나니 저녁 8시가 넘었다. 차가 진흙탕에 빠져 그대로 두고 집에 와 시계를 보니 8시 40분이다. 어지간히 늦었다. 관유 군은 피곤하다고 옆방으로 가 눕고 나는 중산리 형님이 조카들을 데리고 오신다기에 기다렸다. 며느리와 큰아들 병표만 오는 줄로 알았는데 아들 셋과 막내딸, 며느리, 그리고 막내사위에 애 둘까지 데리고 와서 '당숙'이라 부르며 큰절을 시키신다. 맥주 한 상자, 토마토 한 상자, 영지천 두 상자를 들려서 왔다. 12시까지 환담을 하고 가셨다.

6월 9일

아침에 김 기자와 손 군과 함께 효소실에 올라가 어제 썰어놓은 칡넝쿨 효소를 만들었다. 첫 항아리의 당절임은 내가 하고 나머지 한 항아리는 김 기자와 손 군이 해보도록 맡겼다. 아침을 먹고 중산리 안용무 씨 집 목재도 볼 겸 형님 댁 포크레인 작업 해놓은 것도 보고 또 경운기로 차를 빼달라고 부탁도 할 겸, 중산리로 김 기자, 손 군, 관유 군과 함께 갔다. 소나무는 한국산 육송이 아 니라는 것이 관유 군 판단이다. 형님 댁은 포크레인으로 불탄 집 을 밀어놓고 땅 평탄작업을 해놓은 것으로 그쳤는데 앞으로 흙을 많이 돋우겠다고 한다. 진흙탕에 빠져 있던 차를 경운기로 빼놓 고 당산나무터로 올라가 새로 비닐하우스 옮길 자리를 점검했다. 내가 보기에 가장 쉽기로는 당산나무 건너편 위쪽 중간에 놓는 것이다. 관유 군은 뽕나무밭 옆이 좋다고, 그래야 자연경관을 해 치지 않는다고 하는데 그걸 하려면 땅을 평탄하게 만들기가 무척 힘들고 또 한 동이 다 들어설 것 같지도 않다. 한쪽이 높고 위아래 로만 경사가 심할 뿐 아니라 옆쪽으로도 경사가 급해서 포크레인 을 동원하면 모를까 엄두가 나지 않는다. 그러나 관유 군은 단호 하다. 괭이와 삽으로 평탄작업을 하고, 비닐하우스는 두 동으로 분리해서 위아래로 앉히면 된다는 것이다. 그 말이 옳은 말이어 서 당장 비닐하우스 길이와 폭을 재고 땅을 까부수는 일을 시작 했다. 무척 고된 작업이다. 땀이 비 오듯 한다. 일을 하다가 손 군 을 시켜서 라면을 끓여 참으로 먹었는데 그것이 점심이 되고 말 았다. 점심시간이 가까이 된 것 같아서 작업을 중지하고 집에 왔 더니 12시라 한다. 손 군은 전주로 가는 김 기자와 관유 편으로 부 안까지 데려다주라 하고, 재실밭가에 있는 조뱅이를 효소 담글 생각으로 한 자루 베어 집에 돌아오니 사촌매형 유철근 씨가 와 있다. 이야기를 들어보니 집은 현숙이 누이 이름으로 되어 있고 딸 희원이와는 의절을 해서 오가지 않고, 발목이 부러지는 바람에 돈 1800만 원을 날리게 되어 빈털터리가 되었고, 그래서 당장 숙식 문제가 해결되지 않아 그동안 주유소도 두 군데 전전했는데 젊은 애들과 같이 지내는 과정에서 젊은 애들이 불편해하여 못 있게 되어 돌일 하는 곳에 사흘 있었는데 너무 힘들어 나오고…… 변산에서 받아들여주면 마당에 풀이라도 뽑고, 음식은 할 줄 모르지만 그 밖의 여자가 하는 정도의 일은 감당할 수 있으니, 변산 식구들과 의논하여 받아들여주었으면 좋겠다, 이제 이 나이에 이르러 자선으로 살 수밖에 없는 자신의 처지가 구차하여 죽을 생각도 해보았다는 것이다. 참 답답하다. 목포여고 선생으로 있다가 좌익 활동에 연루되어 북쪽으로 9·28 수복 이후 올라가다가 국방군 소위였던 매형에게 붙잡혀서 평생 아웅다웅하면서 살던 누이가 말년에 혼자 서겠다고 독립을 선언하니, 사람은 좋지만 제 돈과 남의 돈 구별도 없고, 평생 허랑하게 살아온 사촌매형으로서는 오갈 데가 없이 되어버린 것이다. 그 고통이 마음으로 전해져오고, 집안 사정으로 보면 진보 성향의 형들과 그 영향을 받은 사촌누이, 육사 8기로 우리 집안과는 적대관계에 섰던 사촌매형이 나에게 말년을 의탁하려고 한다는 사실이 인생유전의 한 단면을 보는 것 같아 온갖 생각이 오락가락했다.

오후에는 한숨 자고 변소의 똥을 푸고 동네 가게에 가서 벌써 동네 어른들과 술 한잔을 나누고 두유 두 상자를 사 온 매형 하소연을 듣고 하느라고 호박 심은 데 풀 베어주는 일은 다음으로 미룰 수밖에 없었다.

관유 군과 차를 타고 나가 밤 11시에 돌아온 김 기자와 술을 나누다 보니 새벽 2시가 넘었다. 내일 일찍 일어나는 대로 같이 서울에 가자고 약속하고 금란 씨에게는 내일 내 통장에서 10만 원을 찾아 매형에게 주면서 내가 바쁜 일이 있어 새벽에 길을 떠났다고 전하라고 했다. 변산 사정으로 보아 매형을 맞아들일 형편이 안 되는데 얼굴을 마주 대하기가 괴롭기도 하고 또 김 기자를 새벽에 혼자 보내는 것이 걱정스럽기도 하여 길을 떠나기로 한 것이다.

6월 10일

김 기자가 자고 있는 방에 같이 누웠다가 눈을 떠보니 새벽 5시 10분이다. 김 기자와 함께 부랴부랴 김 기자의 차를 타고 빗길에 서울로 향했다. 서울 톨게이트에는 9시 전에 도착했는데 거기서부터 차가 한없이 밀려 보리 사무실에 도착한 것은 11시가 넘어서였다. 엊저녁에 두 시간 남짓 자고 새벽길을 떠나서 몸이 몹시 피곤하다. 점심만 먹고 집으로 와서 자리에 누웠다. 오후 5시쯤 일어나 누리와 이야기를 나누었다.

우리 아이들이 내 책을 안 읽고 내가 쓴 글을 안 읽는 줄은 알고 있었지만 주변에서 아버지의 생각이 어떤지 물어볼 때 뭐라고 대답할지 자못 궁금하다. 틀림없이 얼버무리겠지. 아니나 다를까 아버지가 지금 변산에서 무슨 일을 어떻게 하고 있는지, 앞으로 어떤 일을 계획하고 있는지 도무지 깜깜이다. 대강 설명해주고 말았다. 제법 의식이 깨어 있다는 내 아이들조차 이런데 일반 아이들이야 오죽하랴.

저녁에 집에 돌아온 나래 엄마와 나래, 누리, 나, 오랜만에 한 가족이 식탁에 앉았다. 나래 엄마는 또 종달새처럼 재재거리는데 이제는 보리 출판사 일이 화제다. 조합원이 아닌 젊은 애들 편에 서려고 애쓰는 모습이 보기 좋다. 나래 엄마를 통해서 평의회 의장에 유문숙이 당선되었다는 것과, 평의회장이 당연직 이사가 되는 규정이 폐지되고 그 대신에 비조합원과 조합원이 다 같이 투표에 참여하여 평의회장을 뽑는다는 것을 알았다. 관계가 잘못되어 경영진과 평사원(?) 사이에 결이 나면 노동조합이 결성되는데…… 흥미 있게 지켜볼 일이다.

6월 11일

아침 일찍 나래 엄마가 밥 먹고 가라는 걸 뿌리치고 첫차로 가는 버스를 6시 50분에 탔는데 봉선 씨가 앉아 있다. 봉선 씨는 어제 변산에 가려고 했는데 어머니의 만류로 하룻밤 더 서울에서 머문 모양이다. 부안에서 내려 봉선 씨는 금란 씨와 함께 장을 보기로 약속이 되어 있어서 금란 씨를 기다려야 한다기에 미리 봉선 씨 짐을 받아 들고 변산에 왔다. 봉선 씨 짐이 무거워 집까지 걸어오는데 땀을 좀 흘렸다. 오다가 송종규 씨를 만났다. 양도소득세를 대신 내주기로 약속한 것이 생각나 오는 길로 곧 통장과 도장을 챙겨 들고 농협에 갔다. 비밀번호 문제가 해결되지 않아 카드는 못 쓰고 통장으로 200만 원을 찾았다. 15만 원을 중산리 형님에게 맡기고 형님 댁에서 점심을 먹고 집에 올라오니 금란 씨와 봉선 씨가 와 있다. 관유 군은 점심을 싸서 지름박골로 일하러 갔다 한다. 재실에 올라가 씀바귀 효소를 짰다. 전에는 탈수기를 깨끗이 헹구어 그것으로 짰는데, 감식초를 짜느라고 탈수기에 찌꺼기가 많이 묻어 손으로 짠다는 금란 씨 말을 듣고, 빨래 짜듯이 짜는 금란 씨의 짜는 모습이 미덥지 않아 내가 짜보았더니 여간 힘들지 않다. 작년에 감식초를 짤 때도 손으로 짰다 한다. 씀바귀 세 항아리를 짜는데 무척 힘들어서 당장 탈수기 하나를 사야겠다는 생각을 했다. 솔잎효소와 소태효소 짜는 건 내일로 미루자고 금란 씨에게 이야기하고 부안에 나가려고 자전거를 타고 가다가 한철연 총무부 간사로 있는 이한오 군이 프라이드를 타고 오는 걸 보았다. 차를 돌리라 하여 농협에서 50만 원을 찾아 이 군의 차를 타고 부안으로 갔다. 신일탈수기 6.2킬로그램짜리를 8만 원에 사서 싣고 오는 도중에 술도가에 갔더니 최 선생은 없고 부인만 텃밭에서 상추를 뜯고 있다. 막걸리 한 바가지 퍼 먹겠다고 하고 이 군과 도가 안으로 들어가 막걸리를 한 바가지 퍼서 나누어 마신 뒤 집에 왔다.

재실에 탈수기를 올려다 두고 내려와 다시 막걸리 한 주전자를 이 군과 나누어 마셨다. 그리고 이 군을 데리고 지름박골로 갔더니 관유 군이 혼자 황새괭이로 생땅을 파서 하우스 터를 고르고 있다. 이 군이 30분 동안만 땅을 파고 가겠다는 걸 몇 번 해보게 시키고 나도 땅을 조금 파다가 그만두고 저녁을 먹자고 했다. 이 군이 바쁜 것 같아서 가게 앞에서 돌려보내고 집에 오니 관유 군이 바로 앞에 가고 있다.

저녁을 먹고 관유 군이 다시 강조하는 변산 식구 맞이 마음 준비에 대한 이야기에 귀를 기울이는데 중산리 형님한테서 전화가 왔다. 장조카 병표가 한의 조제 시험에 합격했다 한다. 관유 군이 간 뒤에 모과주를 오지병에 담아가지고 자전거를 타고 형님 댁에 갔다. 술 한잔 형님과 같이하면서 축하 덕담을 하고 한 시간 만에 집에 돌아왔다. 돌아와 1시가 넘도록 김정덕 할머니의 《황토 건강법》을 읽었다. 참고 되는 점이 많았다.

6월 12일

아침에 재실에 올라가 당절임을 뒤집고 내려와 밥을 먹고 2800평 땅을 금란 씨와 봉선 씨와 함께 가서 둘러보고 콩을 어디서부터 어떻게 심을지, 작업 체계는 어떻게 세울지 의논했다. 밭들이 서로 이웃해 있는데도 밭마다 돋아난 풀의 종류가 다르다.

씀바귀가 지배하는 밭이 있는가 하면 망초 떼가 가득 돋아나는 밭도 있고 여뀌 종류가 판을 치는 밭도 있다. 콩 심는 일이 만만치 않을 듯하다. 씀바귀를 지난번에 거두다 조금 남겨둔 것을 셋이 뽑았다.

비가 내린 뒤라서 뿌리에 흙이 가득 달라붙어 있어 털어도 잘 털리지 않는다. 이번에 거둔 것은 모두 김치를 담가서 보리 식구들에게 보내자고 했다. 지게에 지고 내려와 냇가에 지게를 세워놓고 참을 먹으러 집에 왔다. 금란 씨와 봉선 씨는 효소실 일을 하라 하고 나는 다시 냇가에 나가 씀바귀 뿌리를 씻었다. 김치용이므로 하나하나 뿌리를 씻느라고 시간이 꽤 걸렸다. 씀바귀를 씻으면서 물소리에 귀를 기울인다. 당산할매의 말이 들려온다. '큰살림 하려거든 이것저것 야박하게 돈 받고 팔 생각 말어. 그냥 나누어 줘. 대가로 뭘 받을 생각 말어. 그냥 나누어 줘. 땀 흘려 일해서 얻은 것은 다 나누어 줘. 그리고 섬겨. 사람도 섬기고 땅도 섬기고, 들도, 벌레도 섬겨. 나눔과 섬김이 큰살림의 바탕이여.'

다 씻어 집에 돌아오니 1시가 넘었다. 세 시간 가까이 씀바귀를 씻으면서 당산할매의 이야기를 들은 셈이다.

점심을 먹고 나서 차를 한 잔 마시면서(아니구나, 막걸리를 한 되쯤 혼자 마셨구나) 금란 씨와 봉선 씨에게 당산할매한테서 들은 이야기를 해주었다. 아까 참을 먹으러 오면서, 나누기는 나누되 서로 주고받는 것이 있어야 할 게 아니냐, 물물교환이 좋은 나눔의 형태이기는 하지만 도시 사람에게는 사용 가치가 있는 것이 하나도 없고 교환 가치만 있는 돈 밖에 없으니 돈을 받으면 어떠냐,

마음을 주고받는 매개체로서 돈밖에 없는 사람들이 돈을 내놓겠다고 하면 받는 게 자연스러운 일 아니냐 하고 봉선 씨와 금란 씨에게 이야기했는데, 그 이야기에 대해 당산할매가 노발대발하시더라는 이야기도 했다. 절집에서 불사를 할 때 불사에 참여하는 사람에게 돈으로 받지 않는다, 기와 몇 장으로 받는 식이다, 돈으로 물건 값을 계산하려는 태도는 마음으로 나누지 않겠다는 뜻이 반영되므로 그럴 때는 그냥 주어버리되 돈은 받지 마라, 그리고 나누고 섬기는 사람들이라는 소문이 퍼지면 아무것도 나눌 생각이 없고 누구도 섬길 마음이 없는 사람들이 가끔 찾아와 눌어붙어 일도 하지 않고 살림을 축내는 경우가 없지 않을 것이다, 그래도 그 사람들에게 끝까지 나누어 준다, 섬긴다는 생각이 없이 지극한 정성을 기울이면 큰 마음공부가 될 터이므로 기꺼운 마음으로 받아들여라…… 이런 말을 들었노라, 작년에 우리가 담가놓은 효소도 우리에게 일품을 나누어 준 사람들을 먼저 차례에 올려다 나누어 주자, 현대, 대우, 보리 사람들에게 효소를 보내되 현대와 대우 분들에게는 보리를 통해서 나누어 주고, 금란 씨, 봉선 씨도 필요하다 싶은 사람에게는 마음에 거리낌 없이 아끼지 말고 나누어 주어라, 식초도 마찬가지고 앞으로 담글 술과 효소도 마찬가지다, 그걸 만드는 데 들어간 우리 것이 아닌 것만 빼고는 우리의 땀의 성과는 우리가 먹고살 최소한의 것만 남기고 다 나누어 주자…….

오후에는 호박 구덩이 옆 풀을 베어주는데 재실에 있는 큰 자루로 두 자루, 우리 자루로 두 자루를 베어냈는데도 일을 마치지 못했다. 쉴 겸 참을 먹으러 집으로 내려왔더니 오후 6시다. 그리고 몹시 피곤하다. 자리에 누웠는데 일어나보니 저녁 9시 가까이 되었다. 라면으로 저녁 끼니를 때우고 다시 잠이 들었다. 잠자리에 들기 전에 크리슈나무르티의 《자유에 대하여》를 읽었는데 거기에 자유롭지 않은 사람은 사랑도 거래하듯이 한다. 내가 너를 사랑하니 너도 그 대가로 나를 사랑하지 않으면 안 된다는 식으로 사랑을 표현하는데 이것은 사랑이 아니다. 이것은 상대방에게 내적인 의존 상태에 놓여 있다는 사실을 반영하는데, 모든 의존 상태는 노예 상태다. 자유가 없으면 사랑도 없다는 내용의 글이 담겨 있었다. 자유와 사랑의 관계가 머리에 선히 떠오르지 않아 관유 군이 지어놓은 방에 가서 마음으로 느껴보려고 했는데, 잠이 먼저 찾아왔다.

6월 13일

오전에 재실 비각 옆 둔덕에 심어놓은 호박 구덩이에서 베어낸 풀들을 작두에 썰어 당절임을 하고 다시 나머지 풀들을 베었다. 오후 1시쯤 일을 마치고 점심을 먹고 잠시 쉬고 있는데 김희정 군이 찾아왔다. 점심을 먹이고 같이 호박 심은 데 풀을 베어 자루에 넣었더니 큰 자루로 네 개, 거의 100킬로그램 가까이 된다.

그것을 작두로 썰고 빈 항아리를 깨끗이 씻어 당절임 네 항아리를 담았다. 일을 마치고 집에 오니 아직 고추밭 매러 간 봉선 씨, 금란 씨가 돌아오지 않았다. 마중하러 가는데 집 뒤 밭머리에서 만나 같이 왔다. 7시 20분이다. 닭들이 배추를 쪼아 먹어 김치 담그기는 그른 것 같다. 명아주를 꺾어 닭장 안에 넣어주었는데, 글쎄 그렇다고 배춧잎이 성할지.

김희정 군은 소를 100마리쯤 키우는 선배가 있는 곳(나주군 동강면)에서 농사를 지으려고 갔다는데 거기서 유기농을 하는 사람은 아무도 없다고 한다. 소도 사료와 짚을 먹여 기른다는데 짚도 농약과 제초제를 뿌려 그 성분이 남아 있는 데다 사료도 항생제, 성장촉진제를 섞은 것을 먹이니, 말이 한우이지 그 고기가 온전할 리가 없다. 딱하다.

6월 14일

재실에 올라가 당절임을 뒤집고 밥을 먹고 난 뒤에 당산나무 터에 김 군과 함께 올라가 감자밭에 북을 주고 참외, 수박 심어놓은 곳에 돋아난 풀과 칡넝쿨을 걷어주고, 배추와 상추를 솎고, 옥수수가 제대로 자라고 있는지 둘러보면서 대강 풀을 뽑아주고 하다 보니, 시간이 꽤 흘렀다. 제초기를 지게에 얹고 긁쟁이 두 자루를 얹고 솎은 상추와 배추를 얹어 집에 돌아와 참을 먹었다. 어제 금란 씨와 봉선 씨와 함께 오후에 2800평 땅에서 거둔 명아주와 망초를 썰어 효소실에 날라다 놓고 봉선 씨와 금란 씨에게 효소를 담그라고 빈 항아리도 네 개 씻어놓고 돌아오니 어느덧 점심시간이다. 점심을 먹고 김 군과 지서리에 가서 소주 스무 상자와 멸치액젓을 사고 막걸리 한 통을 받으려고 술도가에 갔더니 술이 거의 떨어졌다고 한다. 조금 남아 있다고 해서 통에 담으니 두 되 남짓 되는 것 같아 술도가 어머니께 2000원을 쥐어드렸더니 한사코 1000원만 받는다신다. 비 올 때 벗어두고 왔던 밀짚모자를 챙겨주서서 그걸 받아 쓰고 빵집에 가서 빵을 1만 500원어치 사 집에 돌아왔다.

오후에는 김 군과 함께 2800평 밭에 나가 이번에는 밭에 보이는 파란 풀은 모두 거두어 백초즙을 담그리라 마음먹고 일을 시작했다. 해가 넘어가도록 풀을 베었더니 큰 자루로 거의 한 자루씩이 된다. 지게에 지고 와서 거친 풀을 작두에 썰어 다시 자루에 담고 나니 저녁식사 시간이 가까웠다. 관유 군이 돌아왔다. 오랜만에 목욕을 하고 내의도 빨고 밥상 앞에 앉아 있는데 관유 군이 오지 않는다. 전화를 했더니 빨래를 하고 있었노라고 한다.

저녁을 먹고 관유 군과 꽤 오랫동안 증산도에 대해서 이야기했다. 관유 군은 내가 우리가 땀 흘려 생산한 것을 죄다 나누어주고 세상이나 자연을 섬기는 삶을 사는 것이 어떠냐고 했더니 반대란다. 그리고 재실 보리밭 베는 일도 지나치게 간섭을 했다고 나무란다. 민정 엄마가 걱정을 해서 우리도 보리 추수 방법을 익힐 겸 울력을 하면 어떨까 하고 의논을 했는데, 민정 엄마한테서 저녁에 전화가 와 울력 날짜를 정하자고 해서, 우리 형편으로 콩 심는 일이 바빠 당장 울력은 어렵고 곧 비가 온다는데 장마가 그치고 난 뒤에나 가능하다고 했다. 그래서 콤바인이나 다른 기계를 이용해서 베는 게 어떠냐고 했는데 그게 관유 마음에 걸린 모양이다. 밤 12시까지 술을 마시고 자리에 들었다.

6월 15일

아침에 금란 씨가 효소실 걱정을 한다. 날씨가 더워지는데 효소실 안이 너무 더워 효소들이 부글부글 끓어오른다는 것이다. 애써 담근 효소들이 전부 변질될 우려가 있다는 말을 들으니 당장 조처를 취해야겠다는 생각이 들었다. 창고에 넣어둔 여러 효소의 '나머지' 건더기로 담근 술들을 항아리째 꺼내 그늘진 감나무 밑 처마 쪽으로 옮기고 그릇들도 처마 밑에 쌓기로 하고 다 꺼냈다. 그리고 차를 가지고 효소실로 올라가 서른 개 남짓한 효소 단지며 작은 항아리들을 모두 차에 싣고 새는 항아리를 땅에서 파내고 새 항아리들을 묻고 흙을 돋우었다.

점심 전에 차 목사라는 분이 음성에서 왔는데 관유 군이 있다가, 내가 "없다" 하라고 일렀는데도 마음에 들었는지 한번 만나보란다. 알고 보니 옛날에 월악산에서 목회 활동과 농촌 선교를 한다고 석정자 양이 회보를 보내주던 그 목사다. 밭을 7000평쯤 (남이 사준 것) 가지고 공동체를 해보려고 했는데 잘 안 된 모양이다. 같이 땀 흘려 일해야 할 사람이 밖으로 나돌고 일은 다른 사람들에게만 시키니 그럴 수밖에 없을 것이다. 술을 마시고 관유 군이 차 목사의 태도가 마음에 안 드는지, 평소 술 마시면 하던 버릇대로 너나들이를 한다. 모르는 척 내버려두었다. "너 여기 들어와서 목사 때려치우고 우리와 함께 살래, 그렇지 않으면 당장 꺼질래" 식이다.

차 목사를 보내고 오후에는 재실에 심어놓고 가랑잎까지 두텁게 깔아 정성을 들인 보리를 울력으로 베기로 했다. 비야 엄마, 민정 아비, 김희정 군, 금란 씨, 나, 이렇게 다섯이 오후 내내 매달렸는데도 4분의 3쯤밖에 베지 못했다. 보리를 베고 있는데 날씨가 찌는 듯이 덥다. 오후 5시쯤 조금 시원해질 만하니까, 오후참을 먹는데 안용무, 오두한 부부가 하얀 소나타를 타고 나타났다. 기다리라 해놓고 해질 무렵까지 보리를 베고 집에 돌아와 손발을 씻고 있었더니 안 씨 부부가 내려온다. 6월 말쯤 변산에 이사와 집이 지어질 때까지 한 달쯤 남의 집에서 살아야 하는데 적당한 집이 났는지 알아보려고 온 것이다. 전화로 재실과 광식이 집도 생각해볼 만하다고 반쯤 언질을 주었던 터라, 또 중산리 형님이 빈방이 있다고 해서 가보았더니 맘에 안 들더라고 재실에 있었으면 하고 은근히 바라는 터라 난처했다. 얼핏 관유 군 집을 쓰면 되겠다 싶어 의논을 했더니 관유 군도 그럴 수 있다고 한다. 그런데 오후에 관유 군이 술을 많이 마신 것이 빌미가 되어 안용무 씨와 오두한 씨 부부와 함께한 밥상머리에서 드디어 문제가 터졌다. 내 방에 와서 《동아일보》 '그림책 고르기' 원고를 쓰다가 들으니 관유 군이 오두한 씨에게 잔을 내밀며 "당신 이게 뭐요?" 하고 자꾸 묻는 소리가 들린다. 나중에는 안용무 씨에게 '잡년'이라는 욕까지 하고, 오두한 씨에게 "당신 아내와 데이트하고 싶은데 그래도 돼?" 하는 지경에까지 이르렀다. 두 사람 다 몹시 불쾌해서 당장 자리를 떨치고 일어날 기세이나 내 체면 때문에 엉거주춤하는 꼴이다. 관유 군이 술을 더 가지고 오라는 걸 내가 "자네 집에 가서 마시고 쉬게" 하고 짜증 섞인 말로 한마디 하고 안용무 씨 부부를 데리고 밖으로 나왔다. 관유 군 집에 있게 하려는 애초 계획을 수정할 수밖에 없다. 안 씨 부부에게 저 사람 자기가 관심을 두는 사람에게 하는 애정표현이 가끔 저런 형태로 나타나니 괘념하지 말라고 위로하고 광식이 집에 같이 갔다. 그쪽 빈방을 보고 싶다고 해서이기도 하고 광식이가 나를 면담하고 싶다고 여러 차례 이야기하고 오늘도 민정네 편으로 보고 싶다고 해서 겸사겸사 간 것인데, 광식이 집 방문을 열어보더니 빈방을 보고 괜찮다고 한 달만 여기서 신세 지면 안 되느냐고 한다. 거절할 명분이 없어 광식이와 의논하라고 했다.

기분이 아직 풀리지 않은 모양인지 자꾸 밖으로 가서 술 한잔하자 한다. 지서리에서 술을 마신 적이 없고 근처 술집도 모른다고 했는데도 간청을 해서 격포로 가서 횟집에서 회를 먹고 소주를 마셨다. 광식이도 함께 갔다. 돌아오면서 다시는 밖으로 데리고 나가 술 먹일 생각 말라고, 이것으로 마지막이라고, 오늘은 관유 군 때문에 미안한 생각이 들어 거절할 수 없었노라고 알아듣게 이야기했더니, 그러겠노라고 한다. 집에 12시쯤 들어왔다. 모두 잠들어 있다. 참, 저녁에 조유상 씨가 배낭을 메고 나타났다. 내가 사람은 안 오고 웬 수다스러운 보고서 적은 것만 두툼하게 부쳤느냐고 했더니 분명히 그 안에 서신을 함께 동봉했는데 못 받아보았느냐고 당황해하면서 묻는다. 금란 씨와 봉선 씨가 안 들어 있었다고 하는데도 믿기 어려운 모양이다. 조유상 씨 얼굴을 보면 편해진다.

6월 16일

5시 반에 일어나 문을 열고 환기를 하고 있는데 김철한 씨가 불쑥 나타났다. 새벽 2시에 변산에 도착했는데 잠 깨우기 미안하여 차에서 잤다 한다. 나무라고 나서 자리를 깔아주고 잠깐이라도 눈을 붙이라고 하고 효소실에 올라가 당절임을 뒤집었다. 열두 항아리를 뒤집고 나니 등에서 땀이 흘러 어제 마신 술독을 씻어 내린다. 집에 내려왔더니 김 기자가 자리에서 일어났다. 관유 군 집에서 잔 김희정 군과 새 식구(김 기자, 조유상 씨)들이 자리를 채우니 얼마 전에 산 큰 상이 꽉 찬다. 아침죽을 먹고 어제 베다 남겨둔 보리를 마저 벴다. 나는 조금 일찍 일을 시작한 터라 《해인》지 원고 밀린 것도 쓸 겸 어제 쓰지 못한 일기도 쓸 겸 조금 먼저 내려왔다. 뒤따라 일을 마치고 내려온 식구들과 참을 먹고 오전 일거리를 정했다. 관유 군은 유광식 군 집에 가서 대를 베어

오는 일을 하기로 하고, 김 기자와 김희정 군은 탈곡을 돕고 여자분들은 콩 심을 밭에 가 풀을 뽑기로 하고 나는 집에 남아 원고를 쓰기로 했다. 그런데 얼마 안 있어 비야 엄마가 찾아왔다. 보리 탈곡을 하는 데 일손이 부족하다는 것이다. 탈곡일 일머리는 이장이 와서 잡고 있다 하고……. 점심밥 마련하러 온 봉선 씨를 다시 밭으로 보내 여자 식구들 불러오라 하고 나만 먼저 재실밭으로 올라갔는데 정말 눈코 뜰 새 없다. 모두 참여하여 부슬부슬 내리는 빗속에서 땀에 멱을 감으며 보릿단을 날랐다. 덕분에 점심은 오후 3시 반이 되어서야 먹었다. 점심을 먹고 나서 오후에는 모두 쉬자고 했다. 나는 자리에 누워 낮잠 한숨 자는 둥 마는 둥 하고 《해인》 원고와 글쓰기 회보 원고를 썼다. 《해인》 원고는 그쪽에서 정해준 대로 '내가 꿈꾸는 공동체'라는 제목을 붙이고 글쓰기 회보에는 '나눔과 섬김'이라는 제목으로 단상을 썼다. 바람이 많이 불고 마을은 온통 지붕까지 내려온 구름에 잠겨 있다. '운산'이라는 이름이 이 마을에 붙은 까닭을 알겠다.

6월 17일

오늘은 새벽 4시에야 잠이 들었다. 12시가 넘어 조유상 씨를 떠나보내기 전에 해야 할 말이 있을 것 같아 데이트(?) 신청을 했다. 둘이 밤길을 걸어 저수지까지 갔다. 가면서 조유상 씨의 가정 형편을 들었다. 노부모가 애써서 모아놓은 재산을 벽돌대리점을 하는 아들 둘이 사업을 실패하는 바람에 다 날리게 되었다는 것. 산도 집 두 채도 다 경매에 넘어가 언제 노부모가 길거리에 나앉을지 모른다는 것. 그렇게 되면 자존심 강한 부모님으로서는 죽음을 생각할 거라는 것. 자기가 옆에 있어 지켜주면 좋겠지만 무력하다는 것. 풀무학교 홍 교장선생님이 풀무출판 일을 맡으면서 박봉일 터이니 나머지 시간에는 된장 공장 일을 보아주고 웬만한 월급이 되면 그것으로 생활(부모님 봉양이겠지만)할 수 있지 않겠느냐고 제안하더라는 것. 듣자 하니 딱하다. 저수지 숲길을 걷는 동안 반딧불을 여럿 보았다. 아름답다. 깜깜한 숲속에서 잠시 자리에 앉으라고 했다. 그리고 어둠을 응시해보라고 했다. 내가 어둠이 얼마나 풍요한 색채를 지니고 있는지 발견했던 계기에 대해서도 이야기해주었다. 당산나무까지 구태여 갈 필요가 없을 것 같았다. 어둠 속에 한참 앉아 있다가 다시 내려가자고 했다. 우리 앞에 또 반딧불이 날고 있었다. 조유상 씨에게 저 반딧불이 어디로 가는지, 왜 이 밤중에 저렇게 날고 있는지 아느냐고 물었다. 모른다고 대답해서 나도 모른다고 했다. 오늘밤 조유상 씨와 이렇게 걷는 이유도 모른다고 했다. 그처럼 우리는 어떤 행동을 하는데 그 이유를 모르는 것이 많다, 누군가가 무엇인가가 우리를 그렇게 끌어가는 것이라고 생각하고 겸손하게 그 뜻을 따르는 것이 훨씬 좋은 경우가 있다, 나는 내가 이렇게 불쑥 조유상 씨와 데이트하고 싶은 마음을 가진 것을 당산할매의 뜻으로 본다, 조유상 씨 사정이 하도 딱하고 이곳에서 조유상 씨의 편한 마음자리가 필요해서 당산할매에게 어떻게 했으면 좋을지 물으려고 했다, 큰살림을 하고자 길을 떠난 사람이 작은 살림에 매달려 있는 모습이 참 안타깝다고 속으로 또 일부는 조유상 씨 들으라고 겉으로 드러내어 말했다.

집에 돌아오니 새벽 2시. 맥주를 한 병 꺼내 마시고 있는데 조유상 씨가 발을 씻고 들어온다. 시계를 보니 3시가 멀지 않았다. 조유상 씨도 자는 걸 포기한 모양이다. 맥주 두 병을 더 가지고 와서 조유상 씨 한 잔 따라주고 혼자 마시고 있는데 김철한 기자가 일어나 서울로 출발할 차비를 한다. 맥주 한 잔 권하고 두 사람을 아쉬움 속에서 떠나보냈다. 새벽 잠자리에서 이상한 꿈을 꾸었다. 점쟁이인지 관상쟁이인지가 나타나 내 얼굴을 이리저리 종이쪽 같은 것을 맞추어 그 사이로 보기도 하고 그냥 보기도 하더니 내가 이미 올해 죽은 사람이라 내 미래가 보이지 않는다는 것이다. 처음 그 말을 듣는 순간 기분이 나빴다. 원공 스님과 박성은 씨 걱정이 마음에 집히는 바가 있어서 이미 어느 정도 각오는 되어 있었지만 '너는 이미 죽은 목숨이다'라는 선고를 듣는 순간 마음이 흔들렸겠지. 어느 틈에 옆에 있던 아내가 벌떡 일어나며 관상쟁이에게 마구 욕설을 퍼부으며 내 소매를 잡아끄는 걸 달래면서 그러면 내가 무엇으로 죽었느냐고 물었다. 폐암일 수도 있고 뇌일혈일 수도 있다고 한다. 알았노라고 했다. 이 관상쟁이가 돈벌이로 이 짓을 한다면 지극히 경솔한 말을 입 밖에 낸 셈이다. 이 업을 때려치울 수밖에 없다. 그러나 이것은 관상쟁이의 입에 발린 거짓말은 아니다. 관상쟁이의 명예를 걸고 진실을 이야기한 것이다. 밖에 나왔는데 내 가방이 졸지에 떨어져 물에 잠기고 신발도 한 짝 벗겨진다. 확인하니 다 물에 떠내려가지는 않았다. 다시 주우면 된다는 생각이 들었다.

자리가 어수선하여 일어났는데 아침 8시가 넘었다. 모두 아침을 먹었다 한다. 뒤늦게 아침을 먹었다. 하루 종일 비가 내린다. 글쓰기회에 원고를 전송하고, 사보 원고도 전송하고, 용란이에게 위문편지 쓰고, 홍성 박선희라는 분에게도 편지 쓰고…… 이러면서 오전을 보냈다. 봉선 씨와 금란 씨가 고추를 다듬고 있는데 그 모습이 보기 좋았지만 거들지는 않았다. 아까운 고추를 희나리(하얗게 빛바랜 고추)라고 하여 자꾸 잘라서 버리는 것이 눈에 거슬려 마음이 불편하고 간섭을 하면 두 사람 마음을 불편하게 할까 봐서.

점심을 먹고 다 같이 앉아 이야기를 나누는 과정에서 관유 군이 내 태도의 못마땅한 점을 지적하다가 그냥은 안 되겠는지 술을 가져오라고 한다. 본격적인 전투 준비인 셈이다. 관유 군이 하는 이야기에 맞는 점도 있고 틀린 점도 있지만 대체로 나에게 큰일깨움을 주기 때문에 하나하나 정신 차려 귀담아듣는 습관이 나에게 붙었다. 그러나 기가 상승하여 주체하지 못하고 책상을 친다거나 주위를 몹시 불편하게 하는 모습은 거슬린다. 그래서 상을 주먹으로 내려치는 순간 "자네 이제 술 그만 마시게" 하고 짜증스러운 어조로 언성을 높였다. "법력이라니요?" 다시 묻는다.

《해인》지에 원고를 쓰면서 쓴 말인데 어제 돌려 읽혔더니 관유 군이 거기 있는 표현 가운데 눈에 거슬리는 것을 일일이 교열을 보다가 마음에 접어둔 표현이다. 글쓰기 회보에 보낼 글을 아직 전송을 하지 않았기 때문에 관유 군이 지적해준 표현 가운데 둘을 고쳐 보냈다. '살벌'이라는 표현과 '집단학살'이라는 표현이 그것이다. 내가 도식화하고 죽어버린 말을 아무 반성 없이 쓰는 것에 대한 좋은 일깨움이라 여겼다. 그런데 '법력'을 문제 삼는 것은 이해가 되지 않았다. 그래서 "법력이라는 표현이 무엇이 문젠가?" 하고 물었다. 그랬더니 "하심下心이 없어요. 공부가 모자라서라고 써야지요" 한다. 맞는 말이다. 법력이라는 말이 주장자 짚고 연대나 대좌에 올라 설법하는 공부 많은 선지식의 모습과 동일시되는 지점이 있으므로.

어제 보리타작하는 것을 두고 내가 일을 추스르는 자세도 문제가 되었다. 나는 밀린 원고를 쓰겠다는 핑계로 희정 군과 김 기자만 올려 보내고 관유 군은 저항이 심해서 혼자 대 베는 일을 했는데 사실 내가 그렇게 일을 놓아버린 것은 좋지 않은 태도였다. 이장이 와서 일머리를 잡고 탈곡기를 돌려 보리타작을 무사히 끝낸 것만 기뻐할 일이 아니라는 것이 관유 군의 주장이다. 일머리를 빼앗긴다는 것은 그 사람에게 주도적 지위를 내주고 종속된다는 말인데 일을 늦추더라도 주도면밀하게 일의 앞과 뒤를 헤아려 주체적으로 일할 준비를 먼저 갖추었어야 했다는 이야기다. 이를 테면 이장이 와서 일머리를 잡으려고 할 때 "나 일을 모르니까 내가 해보게 일을 좀 가르쳐주게. 경운기는 여기에 놓는 것이 옳은가? 피댓줄은 어떻게 걸지? 동력의 조절은 이렇게 하면 되는가? 보릿단은 이렇게 넣으면 괜찮겠는가?" 하고 스스로 앞장서서 배워서라도 일머리를 뺏기지 않겠다는 자세로 달라붙어야지, 비 오기 전에 일 끝내주는 것만 좋아라고 해서 일을 맡겨버리면 앞으로 밀타작은 어떻게 하고 내년, 내후년 보리농사는 어떻게 하겠느냐는 준엄한 추궁이다. 애써 씨 뿌리고 가꾸어놓은 것을 마지막에 가로채이는 꼴이라는 뜻이다. 백번 옳은 말이다. 이야기가 한 걸음 더 진전되어 조유상 씨와 김 기자와 황간모 군 같은 사람이 와도 안정을 못할 거란다. 배에 싣기는 실었는데 키를 잡는 사람이 없으니 서로 우왕좌왕하거나 배 안에서 패거리 지어 싸우다가 배가 어디로 가는지 모르게 표류하거나 난파하기 십상이라는 이야기다. 사실 그 이야기도 옳다. 나에게는 일사불란하게 이 사람들의 관계를 조정할 힘이 없다. 싸우면 말리다가 안 되면 떠나는 대로 내버려두거나 내가 떠나겠지. 이래서야 일이 어찌 제대로 풀리겠는가. 참담한 기분이다. 관유 군이 2800평 땅 문제로 봉선 씨에게 문서 가져다달라고 하는 이야기를 하는 틈에 문밖으로 나왔다. 관유 군은 내 일하는 방식, 쓸데없는 동정심이 도리어 사람들을 의존적으로 만들고 마음공부를 가로막는다는 점에서 불신하고, 이 사람 옆에서 같이 살다가는 '청지기' 노릇밖에 못하겠다, 큰 배를 띄우기 힘들겠다 생각하고 자기 살림이라도 온전하게 건사하겠다는 뜻일 텐데, 그런 점이 없지 않다는 생각을 하면서도 더 있다가는 이제까지 마음으로 무릎 꿇고 받아들인 소중한 일깨움까지도 흩어져버릴까 두려워서 길을 걸으며 생각을 정리하고 싶었기 때문이다.

재실에 올라가 당절임을 뒤집고 다시 집으로 오려다가 발길을 돌려 광식이 집에 갔다. 오전에 머리 깎으러 오겠다고 했는데(미용실에 갈지도 모른다는 단서를 붙였지만) 오후가 되어도 나타나지 않으니 기다릴까 하여 갔는데 광식이는 전화를 받고 있다가 도지언은 재실 논에 물이 벙벙하여 지금 물꼬를 터주러 가야겠다고 한다. 그러라고 하고 저수지 위로 해서 당산나무터로 올라갈 수 있을까 하여 숲길을 걸어 냇가에 이르렀더니 물 흐름이 거세다. 저수지 물도 그동안 논에 물을 대느라고 반나마 빠졌었는데 어느새 거의 가득 차 있다. 밭길을 돌려 논둑길을 걸어 집으로 오다가 다시 산 너머로 당산나무터에 가보자는 생각이 들었다. 우거진 칡넝쿨에 바지를 다 적시면서 산을 올랐다. 오솔길로 흐르는 물이 아주 시원하게 발을 적신다. 비가 많이 내려서 냇물이 범람하여 건너편에 있는 남의 밭에 생채기를 냈을까 걱정되었는데 다행히 물이 높이 막아놓은 우리 밭 쪽 둑까지 넘어 흐른 흔적이 있고 길가로 범람한 흔적도 있지만 밭은 무사한 것 같다. 무엇이든지 확인하고 검증하는 게 중요하다는 사실을 다시 깨우쳤다. 관념으로 옳게 여겨지는 것도 현실에서는 아닌 것으로 나타나는 게 있으니, 관념에 기대서 일하지 말고 검증하고 또 검증하자.

집에 돌아오니 관유 군은 옆에 새로 마련한 방에서 잔다고 하고

428

희정 군은 관유 군 집에 갔다 한다. 저녁에 관유 군은 밥상머리에 나타나지 않았다. 술이 과했던 모양이다. 희정 군만 전화로 불러 같이 저녁을 먹고 곧 내 방에 건너와 자리에 누웠다. 잠이 잘 오지 않고 자꾸 뒤척이게 되는데 그렇다고 책을 읽거나 정좌하고 앉아 있을 기분이 아니다. 거센 바람소리 들으며 밤새 뒤척였다.

처음에는 두려움을 일으키던 바람소리가 차츰 정신이 맑아지 면서 편안한 소리로 바뀌었다.

6월 18일

아침에, 어제 쓰지 못했던 일기를 썼다. 관유 군 집에 가서 자 는 희정 군과 관유 군이 아침식사 시간이 넘었는데도 오지 않는 다. 전화를 했더니 희정 군만 왔다. 금란 씨도 어제 바람과 그 밖 의 다른 일로 무섬을 많이 탔는지 아침을 거르겠다고 하여 봉선 씨, 희정 군, 나, 셋이 밥상에 앉았다. 밥을 먹고 나서 책을 읽고 있다는 금란 씨도 불러내 차를 마시면서 새벽에 바람소리 들으며 마음속으로 정리했던 불과 물의 차이에 대해 세 사람에게 이런저 런 이야기를 들려주었다.

불과 물은 서로 보완되는 점도 있지만 갈등하고 상극하는 점 이 더 많다. 불의 정화작용과 물의 정화작용은 서로 다르다. 한번 타오르기 시작하면 불은 끊임없이 일렁이기는 하지만 그 본질에 변함이 없다. 찬연하게 빛을 발하면서 타오르기 때문에, 그리고 태우는 속도가 빠르고 번지는 속도도 빠르기 때문에, 그러면서도 한결같기 때문에 '돈오돈수', 치열하게 자기 몸을 태우고 정신을 태워서 일시에 자기를 정화해낸다. 불의 세례, excrematio. 그러나 불이 오래 타오르려면 나무가, 그것도 어느 단계에 이르기까지는 말라서 물기가 빠진, 불과 가까이 동화된 나무가 필요하다. 불은 끊임없이 '도반', 자기와 함께 타오를 불기를 머금은 나무를 요구하는데, 그것이 때로는 함께 타지 못할 것에 대한 배제를 뜻하기도 한다. 불의 정화는 타 '오른다'. 상승하는 것이 불의 특성이다. 가장 높이서 타오르는 불길이 가장 순수한 불길이다.

그러나 순풍이 옆에서 도우면 불은 태워야 할 것만 태우지만 역풍이 불면 태워서는 안 되는 것까지 태우는 위험이 있다. 김 기자가 복사해다 준 유나바머Unabomber 이야기를 돌려 읽었는데, 불에 의한 정화 작용에 일정한 조건(주변에 마른 나무가 많아야 한다. 서로 밀착하여 마찰하는 열이 상승하는 정도가 일정 수준을 넘어서야 한다)이 주어지지 않으면 스스로 마찰과 갈등을 극한까지 끌고 가서 자신을 태우는 길밖에 없는데, 우리는 이것을 자기정화라 부른다. 자기정화의 궁극 단계에 대한 점검은 죽는 자리에서 나타난다. 결가부좌하고 앉아서 죽음을 맞이하는 그 자세 같은 것에서. 또 죽고 나면 사람들은 그 시체를 다시 불에 태우는 정화 작업을 하여 사리를 얻어 정화의 정도를 점검한다. 유나바머도 불에 의한 세상의 정화를 전략으로 선택한 사람으로 볼 수 있다. 불은 해체의 가장 빠른 길이다. 모든 것을 흔적 없이 태워버릴 수 있다. '만드는 문화'의 물적 토대인 산업문명의 경제적·기술적 기초를 해체함으로써 현대문명을 '야생의 자연wild nature' 상태로 되돌려 인간과 생명계에 자유와 해방을 가져오겠다는 신념으로 과학기술문명을 주도하는 세력의 상징이 되는 인물들에게 폭탄을 우송하여 그들을 살상하는 것도 불에 의한 정화의 한 상징이다. 그리고 《뉴욕타임스》나 《워싱턴포스트》에 장문의 글을 싣도록 압력을 가한 것도 그런 작업을 통하여 불기를 머금은 장작들을 많이 만들어 세상을 태우자는 전략의 한 고리로 볼 수 있다. 그러나 이 방식은 성공하면 한순간에 세상을 바꿀 수도 있지만, 그렇지 못하면 일시적으로 찬란하게 타오르면서 어둠 속에 잠깐 빛을 발해 추한 세상의 모습을 사람들 마음에 각인할 수 있을지언정 온 세상을 일시에 태워버리지 못하고 꺼져버릴 수 있다. 유나바머가 과학기술과 상품경제의 토대를 흔들겠다고 큰일을 꾀했으나, 젖은 나뭇가지 치고 타지 않을 것을 배제하는 과정에서 한 일, 다시 말해 좌파 운동에 대한 신랄한 비판 같은 것은 불의 정화에 한계가 있음을 뜻하는 것이다. 탈 수 있는 것은 잠재적인 불이지만 그것 자체가 곧 불이라고 할 수는 없다. 그것들은 불길이 닿아야 타오른다. 따라서 불에 의한 세상 정화는 스스로 불인 소수의 혁명가를 요구하고, 이 소수의 혁명가는 스스로 정화된 사람으로 규정된다. 나머지는 몸에 불길이 닿기를 기다리는 객체로 남게 된다. 이것도 불에 의한 정화의 큰 한계다. 물론 큰불이 나면, 마찰과 갈등이 극한까지 고조되면, 타오르면서 타지 않을 것까지 말려서 태우고, 마침내 쇠나 바위를 녹이고 물까지 말릴수도 있다. 그러나 그것은 궁극으로 블랙홀에 이르는 과정이다. 그렇게 해서 모든 것이 하나가 될 수 있지만 그것은 생명의 세계라고 보기 힘든 측면이 있다.

물에 의한 자기정화와 세상의 정화도 있다. 물은 모여야 폭도 넓어지고 깊이도 생긴다. 물이 모이는 원리는 간단하다. 밑으로 흐르는 물의 지향성이 물을 모이게 하고 이렇게 흘러내려 모이면서 물은 자기정화를 하고 이웃도 정화시킨다. 통 속에 담긴 맑은 물이 많아서 거기에 흙탕물을 조금 붓는다 해도 맑음을 잃지 않는 것은 정화가 아니다. 같이 흘러내려야 한다. 불은 주변에 모인 것은 태워 없애서 하나의 불길로 바꾸지만 물은 서로 모여 하나가 되어 흐르면서 더러운 것들을 밑에 가라앉힌다. 따라서 가장 멀리, 가장 밑으로 흐르는 물이 가장 정화된 물이다. 지하수가 가장 깨끗하고 심해의 물이 가장 푸른 것은 그것이 가장 밑에서 흐르기 때문이다.

나는 물 같은 사람이고 관유 군은 불 같은 사람인데 우리 주변에 있는 사람들은 좋은 쇠로 벼려질 수 있을 것이다. 불에 달구어 물로 식히는 과정에서 좋은 쇠가 벼려지니까. 벼려진 쇠는 좋은 낫과 호미와 삽이 될 수도 있다. 보리 출판사를 예로 들면 그곳은 불 같은 사람들이 모인 집단과는 거리가 멀다. 상품경제 사회의 인력 충원 구조라는 측면에서 보면 형편없이 취약한 점이 있다. 서울대 출신은 나 하나고 나머지는 물론 일류라고 일컬어지는 대학을 건성으로 다닌 사람도 몇 있지만 지방대 출신 그리고 대학을 못 나오거나 다니다 만 사람도 많다. 그러나 상품경제 사회에서 살아남았을 뿐 아니라 그보다 더 힘든 일 '목적사업'과 '수익사업'을 일치시키고, 나무 한 그루를 베어 이 책을 만들 가치가 있을까 하는 데 자신 있게 그렇다고 대답할 수 있는 책만 만들어 (물론 채인선 씨의 《아이와 함께 행복해지기》가 그런 범주에 들지 의심이 가지만) 팔아서 그 수익의 일부를 가치 있는 일, 공익사업에 돌리고 있다. 나는 그 비결이 한데 모여 물을 이루면서 자기정화와 집단정화를 해낸 데 있다고 본다. 보리에서는 누구의 글이든지 누구나 마음에 안 들면 거침없이 고칠 수 있다. 내 글(내 속으로는 아깝다고 여겨지는 글, 고친 결과가 때로는 더 나빠졌다고 나에게는 여겨지는 글)도 난도질당하고 쓰레기통에 폐기된 경우도 많다. 그러나 그런 과정을 통해서 집단의 지혜가 개인(어떤 뛰어난 개인)의 지혜보다 문제 해결에 더 큰 도움이 된다는 것을 서로 배웠다. 불은 그 겉모습이 일렁거려도 본질은 항상 변함이 없고, 그 변함없는 모습이 눈에 환히 들어오기 때문에 한결같지만 물은 그렇지 않다. 물에는 본디 제 모습이 없다. 둥근 그릇에 들어가면 둥글어지고 네모난 그릇에 들어가면 네모가 된다. 샘에 들어 있으면 샘물, 논에 대면 논물, 오물이나 폐물과 섞여 있으면 오염된 물 폐수가 된다. 발전소에 가면 모터를 돌리고 내를 지나면 냇물이 되어 물고기들의 놀이터가 된다. 그렇지만 이럴 때는 이렇게 저럴 때는 저렇게 모습을 바꾸는 듯 보이는 물에도 뚜렷한 목표가 있

433

다. 맨 밑으로 흐르려는 것, 맨 밑에서 수평을 이루어 균형을 찾으려는 것이 물의 목표다. 어떤 커다란 댐으로도 물을 영원히 담아둘 수는 없다. 가장 밑바닥, 가장 깊고 넓은 곳만이 물의 흐름을 멈추게 할 수 있다. 아니, 거기서조차 물은 미세한 온도 차이만 있어도 끊임없이 움직인다. 표면도 움직이고 내면도 움직인다. 물이 되어 세상을 본다는 것은 맨 밑에서 세상을 본다는 것이다. 물에게 가장 높은 상승의 경지는 맨 밑바닥이다.

관유는 나에게 저 높은 곳에서 전체의 조망을 잡으라고 한다. 불에게 최상승의 경지는 가장 높은 곳이다. 맨 꼭대기에서 불은 가장 순수하게 정화된 모습으로 타오른다. 그러나 물의 눈으로 하는 조망은 다르다. 관유는 가장 높은 곳에서 나는 가장 낮은 곳에서 세상을 보고 그것이 조화를 이루면 말할 나위 없이 좋은 것이다. 그러나 그것이 안 될 때는 나는 내 본성을 따를 수밖에 없다. 어쩌다 불에 덥혀져 하늘 위로 올라가더라도 그 자리는 본디 물의 자리가 아니니까 불길이 식으면 밑으로 떨어진다. 물을 영원히 공중에 붙들어둘 수는 없다. 어떤 완강한 댐도 나의 흐름을 막을 수 없다. 반드시 모여서 댐 위로 넘쳐흐르거나 댐의 미세한 구멍을 찾아 그곳을 통해 밑으로 흐른다.

어제 관유에게 내가 '법력'이라는 말을 썼다고 핀잔을 받았는데 아직 내가 충분히 밑에 머물지 못하고 어정쩡하게 높은 곳에서 군림하려는 태도를 보인 점을 질타한 점에서는 옳다. 그러나 법력이라는 말 자체는 틀린 것이 아니다. 법이란 무엇인가. 흐르는 물이다. 법력은 말 그대로라면 흐르는 물이 지닌 힘이다. 법은 가장 완고하고 고정된 사회의 규범인 것 같지만 흐르지 않으면 법도 없다. 법은 바뀌어야 하고 거기서 힘이 생긴다. 앞으로 여기에서, 나는 모으고 관유 군은 흩어버리는 일이 당분간 반복될 것이다. 조유상 씨가 오고 황간모 씨가 오고 김철한 씨가 와도 나에게 몸은 있지만 쓸 공력이 없어서 힘이 되지 못하고 그들 자신이나 주위 사람들에게 큰 도움이 되지 못하리라는 것이 관유 군의 판단이지만, 나는 그 사람들이 모여 의논하고 싸우면서 집단의 지혜를 모아내면 길이 열리리라고 본다.

나는 무능한 사람이라서 농사일부터 모든 일을 스스로 익혀 가장 잘하는 사람으로서 다른 사람에게 모범을 보이고 지도를 할 힘이 없다. 그렇다고 노력도 안 하고 남을 말로만 부리겠다는 뜻은 아니다. 그것은 내 본성에도 어긋난다. 다만 그럴 힘이 없다는 것이다. 새지 않음無漏, 그것은 나에게는 어울리지 않는 말이다. 나는 끊임없이 새고 흐른다. 그러면서도 모아서 함께 흐르는 동안 힘을 키워나갈 것이다. ㅡ 대체로 이런 이야기였다.

관유 군은 심 군과 유 군이 큰 장애라고 보는데 불의 입장에서는 그럴 것이다. 그러나 물의 관점에 서면 반드시 그렇지만은 않다. 치열한 싸움의 조짐이 보인다. 그러나 그 싸움을 통해서 전사들을 단련해낼 수 있다면, '만드는 문화'를 '기르는 문화'로 바꾸어내고 '만드는 일'을 '기르는 일'에 봉사할 수 있게 할 수 있다면 그 싸움은 값진 것이다. 관유는 배수의 진을 친다. 나는 그 뒤에서 넓고 깊게 흐른다. 그러면 된다. 나에게는 최승언 씨의 상승 경지에 있는 마음공부가 없다. 그러나 내 주변에는 끊임없이 같이 살려는 사람들이 있다. 마음공부는 어떤 때는 출가가 필요하지만 많은 경우 '함께해야' 가능하다. 그래야 사회화가 된다. 고립은 나에게는 죽음이다. 어제 꾼 꿈 이야기도 했다. 과거에 나는 좋은 인연을 맺을 원인으로서 작용하지 못한 점이 많다. 아내와의 관계에서도, 자식들과의 관계에서도 그렇다. 그래서 기댈 데도 없다. 그 점에서 내 미래는 없다. 그런 관계에서 보면, 그런 관점에서 보면 죽은 몸이다. 내 미래는 텅 비어 있고 아무것도 씌어 있지 않고 안개 속에 묻혀 있다. 그러나 다른 관점에서 보면 나는 모든 인연에서 자유롭다. 모든 인연이 끊어졌다. 앞으로는 내가 걷는 한 걸음 한 걸음이 새로운 길이 되고 새로운 원인으로 작용하여, 거기에서 관계, 연緣이 맺어지고 거기에서 열매가 생겨날 것이다. 나는 자유로운 사막의 한복판에 서 있다. "사막은 아름답다. 인간의 사막은 더욱 아름답다"라는 로트레아몽의 말이 어렴풋이 이해되기 시작한다.

10시쯤 희정 군과 지서리에 나가 빨랫줄, 콩나물, 두부를 사고 세금을 냈다. 빵집은 문이 닫혀서 희정 군만 미리 보내고, 나는 면사무소 총무과에 가서 우리 집 문제를 알아보았다. 노철호 씨가 우리에게 땅을 팔았는데 그 아버지인 노재열 씨 이름으로 집 등기가 되어 있다. 노재열 씨도 노철호 씨도 죽었으므로 건물은 노철호 씨 형제들과 자제들에게 상속된다 한다. 이것을 명의이전하려면 까다로운 절차가 필요하다. 명의이전은 포기하기로 했다. 면장에게 인사하고 가려고 했더니 손님이 와 있다 해서 그냥 농협으로 갔다. 비밀번호 때문에 문제가 생겨 카드로 돈을 찾을 수 없었는데 해결이 되었다. 빵집 문이 열리기는 했는데 식빵은 없다. 다른 빵들만 6500원어치 사가지고 걸어서 왔다. 관유 군은 아침에 이어 점심도 거르겠다고 한다고 희정이가 전한다. 틀림없이 어제 일로 고민을 할 것이다. 어젯밤에는 바람이 미친 듯이 불고 비도 내려 꿈자리도 사나웠을 것이다. 관유 군과 나 사이에 갈등이 극화되면……? 그때는 서로 제 갈 길을 가면 된다. 2800평 땅 집터에 관유 군은 죽염가마와 집을 짓겠다며 나에게는 나머지 땅에 저장고를 짓고 옹기가마와 목공실을 세우라고 어제 이야기했는데, 관유다운 생각이다. 바닷물에서 불(햇빛이나 그 밖의 과정)로 물기를 없앤 것이 소금이고, 그것을 다시 대에 넣어 불을 여러 차례 때 구워내는 것이 죽염이다. 죽염은 위장병을 비롯해서 많은 병을 고칠 수 있다. 대장간에는 불과 물이 함께 자리해야 한다. 도자기 가마에도. 목공실은 중립이다. 냉암소는 흙이다. 죽염을 빼면 나머지는 모두 꽤 많은 비용과 기술문명의 성과와 유통 문제가 따른다. 관유 군의 뜻이 그렇다면 그러는 것도 좋겠다. 관유 군에게서 일깨움을 얻는 것이 많지만 그 일깨움이 나를 구속하는 멍에가 되어서는 안 된다. 나는 자유롭다. 어떤 점에서는 이미 죽은 몸이니까 산 사람들의 눈은 나를 보지 못한다. 그야말로 땅 밑으로 스미거나 흐르는 물이다. 그리고 정상의 경우라면

437

땅 밑으로 흐르는 물은 가장 맑은 물이다.

6월 19일

어제저녁에 최싱렬 선생이 막걸리 됫병으로 여섯 병과 이런저런 안주를 푸짐하게 가지고 와서 같이 마시다 최 선생이 취한 것 같아서 김희정 군에게 최 선생 차를 운전하라 하고 고추효소 한 병 들고 같이 술도가로 갔다. 어머님 생신이시라는데 인사도 드리고 싶어서 따라 나섰는데 밤이 깊어서인지 조용하다. 효소만 얼른 놓아두고 최 선생이 다시 바래다준다고 할까 봐서 김 군과 걸음을 빨리하여 술도가를 빠져나와 초등학교 돌담을 지나서 지서리 안마을로 오는데 최 선생이 차를 타고 쫓아온다. 돌담 옆에 숨어서 지나쳐 가도록 했다. 아마 교회 있는 곳까지 갔겠지. 돌아나오는 길에 만나서 최 선생에게 앞으로 이러면 최 선생 집에 가지 않을 테니 그냥 돌아가라고 하고 김 군과 걸어왔다.

어제 일기를 쓰지 못했는데 정리해두어야 할 것 같아서 일기를 썼다. 그리고 김 군과 함께 2800평 밭으로 가서 지난번 베다 다 못 벤 풀을 오전 중으로 다 베기로 했다(관유 군은 아침에도 오지 않았다). 김 군이 오후에 떠나기 때문에 바짝 일을 다잡아 했더니 점심시간 무렵이 되어 큰 포대로 한가득히 두 포대의 풀을 베는 걸로 밭 정리는 끝났다. 짐이 어지간히 무겁고 피곤하기도 하여 점심을 먹은 뒤 한숨 잤더니 그사이에 김 군은 떠났다. 효소를

438

짜고 온 봉선 씨, 금란 씨와 콩을 심으러 나서는데 관유 군이 왔
다. 잠깐 할 이야기가 있다고 해서 봉선 씨, 금란 씨 먼저 밭에 가
게 하고 이야기를 나누었다. 관유 군은 재실 심 군 부부와 비야
엄마 그리고 유광식 군 문제로 심적 고통이 무척 큰 모양이다. 이
해할 수 있었다. 개인의 사익을 취하기 위한 것도 아니고, 일부러
일을 방해할 생각이 있거나 해코지할 마음이 있어서도 아닌데,
공동체 앞날을 생각하면서 하는 말과 행동 하나하나가 재실 사람
들의 적개심을 불러일으키니 견디기 힘들고 한편으로는 나에게
원망도 쌓이리라. 엊그제 보리타작 건만 해도 그렇다. 울력을 하
자 해놓고 보리 말리는 일에 참여를 못했으니 심 군도 내심 앙앙
불락일 것이고, 참여 못한 사람은 또 그 사람들대로 마음이 불편
하고……. 보리와 밀을 다 심 군에게 주어버리자는 관유 군의 말
이 합당하게 여겨졌다. 그리고 심 군과 비야 엄마와 유 군에게 실
험학교니 공동체니 하는 환상을 심어주어 사사건건 심적으로 물
적으로 제약을 주고, 한편으로는 막연한 기대감에 따르는 의존성
을 키워준 것에 대한 사과를 하라는 말도…….

　생각을 좀 해보겠노라고 말하고 지게 지고 밭에 갔더니, 봉선
씨와 금란 씨가 긁쟁이로 밭두둑을 만들어 콩을 심고 비닐끈으로
심는 자리 위에 줄을 치고 있다. 한 두둑에 한 줄씩 심는 것이 일
은 편하겠지만 조금 낭비인 것 같아서 한 두둑에 두 줄씩 심게 두
둑을 쳤더니 힘이 많이 든다. 그리고 콩 사이의 거리는 25센티미
터, 두둑 사이의 거리는 60센티미터씩 띄우라고 책에 나와 있다

는데 두둑 사이의 거리가 좁아지는 게 흠이다. 비가 뿌리고 시간이 늦어져 금란 씨, 봉선 씨 먼저 보내고 늦도록 밭둑을 만들면서 바랭이풀을 긁어내면서 관유 군 말에 대해 꽤 오래 생각했다. 지게 지고 내려오는 길에 보니 관유 군 방에 불이 켜져 있다. 같이 저녁 먹으러 가자고 담 밖에서 외쳤더니 오늘 저녁에는 그냥 집에서 쉬고 싶다 한다. 그러려니 싶어 집에 왔는데 곧 관유 군이 뒤따라왔다. 금란 씨는 참으로 먹은 것이 배에 그득하여 저녁을 먹지 않겠다고 하여 셋이 앉아 저녁을 먹었다. 그러고 난 뒤 밥상을 한쪽으로 물리고 금란 씨도 나오라 하여 세 사람 앞에 무릎을 꿇고 큰절을 올리면서 사과를 했다. 마음에 확신도 없이 사람 맞아 안돈시킬 대책도 없이 그럴듯하게 책에 환상을 심어줄 말들을 꾸며대서 적어놓은 바람에 관유 군이 그걸 믿고 아버님이 물려준 고향 전답을 팔아 이곳에 온 뒤로 나 때문에 많은 심적 고통을 받은 것에 대해 먼저 사과했다. 윤보라 씨와 잘 살 수도 있었는데 실험학교라는, 공동체라는 강박관념 때문에 빨리 시골에 안 들어온다고 윽박질러 공포심을 심어줌으로써 부부관계를 파탄지경에 이르게 한 것도 따지고 보면 내 탓이다, 봉선 씨, 금란 씨에게 들어오라는 적극 권유는 없었지만 신문에 그럴듯한 인터뷰 기사를 내어 여기 들어와 고생을 하게 한 것도 죄송하다, 무릎을 꿇고 사과를 하는데 눈물이 쏟아진다. 관유 군이 불편하다고 그러지 말라고 하는데도 끝까지 사과를 했다. 그리고 재실에 올라가 심군 부부에게 무릎을 꿇고 사과했다. 형편이 조금 어렵더라도 서

440

울에서 두 부부가 열심히 일하고 살았더라면 마음에 고통이 없고 자립의 기반을 마련할 수 있었을 텐데 공동체, 실험학교를 빌미로 이곳에 오라고 강요하고, 또 와서도 나 때문에 관유 군과 다투면서 마음에 상처 입은 것에 대해 사과했다. 서로 좋은 이웃으로 지낼 수 있었을 사람들이 실험학교, 공동체라는 명분을 놓고 의견이 갈라지는 바람에 척을 지고 살게 되었으니 모두 내 잘못이다. 비야 엄마에게도 사과했다. 비록 직접 들어오라고 권유한 바는 없지만 책과 신문기사를 통해 환상을 심어주어 비야를 데리고 오도록 한 뒤에 늘 잘 사는 모습 보이지 못하고 불안하게 지내게 하여 미안하다고 했다. 광식 군에게 사과하려고 했더니 재실 민정네 옆방에서 자고 있다 한다. 문을 열어보니 곤히 잠들어 있어 깨우지 못하고 사과를 뒤로 미루었다. 한참을 재실 비각 앞에 앉아 그동안 일을 돌이켜보니, 나 자신을 속이고 세상을 속인 죄가 참으로 크다.

집으로 돌아가자니, 세상에 내가 머물 곳이 없는 것 같아 최 선생과 만나 술이나 마실까 하여 지서리 서해슈퍼에 가서 과자 몇 봉지 사 들고 술도가에 찾아갔다. 밤이 늦어서인지 최 선생 부인이 막 마루방 불을 끄고 방으로 들어간다. 그냥 돌아설까 하다가 문을 두드렸다. 어머님 생신 축하인사를 드리고, 바지춤을 올리며 자리에서 일어나 나온 최 선생과 부엌에서 막걸리를 마시면서 이런저런 이야기를 나누었다. 우리가 담근 효소를 막걸리에 섞어 맛보자는 이야기에서 언제 배를 빌려 위도와 상왕도·하왕도를 다녀오자는 이야기까지, 그리고 식량자급률은 해마다 떨어지지만 물건들을 밖으로 내다 팔아 식량 걱정 없이 사는 요즈음 형편이 바람직하냐 안 하냐까지 두서없이 이야기가 이어졌다. 바래다주려는 최 선생을 만류하고 걸어서 집에 왔더니 토방에만 불이 켜져 있고 방에는 모두 불이 꺼져 있다. 안심이 되어 새로 구들놓은 방에 들어가 자려는데 부스럭거리는 소리에 잠이 깼는지 부엌방에 불이 켜진다. 금란 씨가 차를 끓이고 있다. 이래저래 마음이 아직 격동되어 있어서 금란 씨 붙들고 새벽 3시가 넘도록 술을 마시면서 주정을 했다.

금란 씨에게 세상을 속이고 자신을 속인 죄에 대한 가장 큰 벌이 무엇이냐고 묻고 이런저런 대답하는 것을 죄다 틀렸다고 면박을 주고, 죽어서야 화탕지옥에 떨어질지 무간지옥에 떨어질지 칼산지옥에 떨어질지 알 바 아니지만 살아생전에 받을 가장 큰 벌은 아마도 더는 세상을 속이지 못하게, 자신을 속이지 못하게 하는 벌일 거라고 자문자답을 했다.

3시가 넘어 금란 씨에게 잘 자라고 하고 구들방에서 누웠다.

6월 20일

아침에 비가 내려 밭에 갈 수 없다. 일어난 시간이 8시 반쯤이니 부끄럽게 늦잠을 잔 셈인데 관유 군과 봉선 씨는 먼저 아침을 든 모양이고 금란 씨도 일찍 일어난 눈치다. 날이 조금 빤해지는 시간을 기다려 어제 김 군과 베어 온 백초효소를 썰었다.

관유 군이 술을 마시겠다고 하여 재실에 맡겨놓은 술을 가지러 갔다. 두 병은 내 몫으로 남겨놓으라고 했을 텐데 다 마셨다 하고 주전자에 넣어 따로 보관해놓았던 듯한 술을 내놓는다. 조금 언짢았지만 내색을 하지 못했다. 마늘 농사에 대해서만 몇 마디 하고 왔다. 씨앗으로 들어간 것만 셈해서 달라는 것과 내다 팔 마늘이 있으면 나에게 현 시세대로 넘기라는 말을 민정 아비에게 하고 왔다. 그리고 광식 군에게 조만간 올라가 사과하겠다는 말 전하라는 말도 덧붙이고…….

집에 돌아와 관유 군과 함께 술을 마시는데 관유 군이 나에게 '단(끊음)'이 없어서 불만이란다. 그래서 물줄기는 끊어지면 생명을 잃는다고 했다. 금란 씨와 주고받은 이야기가 생각난다.

불에도 눈이 있다.

바람에도, 흙에도

물에도 눈이 있다.

불은 정수리에

바람은 목에

흙은 배에

그리고 물은 발바닥에 눈이 있다.

모두 눈이 하난데

사람만 눈이 둘이다.

그리고 불행하게도 머리통에 달려 있고
그나마 머리 앞쪽에 나란히 붙어 있다.
모든 것이 둘로 보이고
머리가 흔들리면 눈도 흔들린다. 사람은

중산도를 향한 관유 군의 관심이 정상을 벗어나는 듯하여 걱
정이다. 중산도에는 샛길이 많으니까 조심해야 한다고 했는데 알
아들었는지 모르겠다. 조선 땅 백성 중에 450만만 살아남는다는
이야기를 진심으로 받아들이는 것 같다. 내가 나무랐다.

우리 몸속 세포가 6조 개가 넘는다는데 이 세포들이 서로 유기
적으로 연관을 맺어 우리의 몸과 마음을 움직이고 의식이 있는
것도 이 협동의 산물이다, 우리 몸 하나 살아남아 이것저것 생각
하고 이런저런 느낌을 갖는 데도 이만큼 많은 것이 서로 연관을
이룬다, 따라서 올바른 협동 정신만 있으면 세계의 인구 60억이
서로 좋은 관계를 맺어 이 지상을 낙원으로 만드는 일은 어려운
일이 아니다, 그 일의 복잡성은 우리 몸을 이루는 세포들이 맺는
관계의 복잡성의 100분의 1 정도밖에 안 된다, 따라서 지금 우리
인구 6000만~7000만이 너무 많다 하여 450만만 남고 다 죽는다
는 식으로 미래를 예측하는 건 옳지 않다, 45억, 4조 5000억이라
도 많지 않을 터인데 450만만 살아남아 이룰 살림을 생각하다니
그런 생각으로 어찌 뭇 생명들과 화합해 살 생각을 할 수 있겠느
냐, 그리고 나래를 변산에 빨리 오게 해서 땅이며 보리 재산을 나

래 명의로 이전하라는 것도 문제가 있다, 나와 지하 형이 '하나'냐 '둘'이냐를 두고 논쟁을 벌일 때 어린 나래가 옆에 있다가 "둘다 바보야, 한 쌍이라고 하면 되지" 하고 말한 적이 있는데 이 어린애의 직관을 현재 나래의 깨우침 상태와 동일시해서는 안 된다, 증산도에서 후천개벽을 이끌 사람으로 '여장부'를 이야기했지만 그것은 하나의 상징으로 보아야 한다, 불교에서 보살들을 모습으로 빚을 때 대체로 여자의 형상으로 빚지만 원리상 그렇다는 것이지 보살은 여자도 남자도 아니다……

관유의 생각이 차츰 병적 집착으로 바뀌는 것 같아 걱정이다. 이러다가 올 여름 글쓰기 회원들 열 가족 거처할 자리 하나 마련을 못하는 것 아닐까. 차라리 관유 군에게 마음 내키는 대로 바깥세상에 돌아다니도록 하는 것은 어떨까. 관유 군과 나 사이에 긴장이 높아진다는 느낌이 강해진다. 정말 '단'을 해야 할 때가 가까워진 것일까. 관유 군은 저녁 때 밥상 앞에 나타나지 않았다. 효소 당절임 네 항아리를 하고 온 뒤에도 구들방에 있었는데 온다 간다 말도 없이 제 집으로 간 모양이다. 한 닷새 더 돌아다니다 오겠다고 했다 한다. 참 딱한 사람이다. 봉선 씨에게 오랜만에 의구심을 이야기했다. 믿고 무슨 일을 같이 계획하고 실천하기 어렵게 상황을 끌고 가고 있다, 일이란 하고 싶을 때 하고 하기 싫으면 안 하는 그런 성질의 것이 아니다, 혼자 몸으로 날품 팔아 때우는 사람도 그렇게 일하지는 않는다, 일에 대한 관유 군의 태도가 바뀌지 않으면 결국에는 아무 곳에도 발붙일 자리가 없을

445

것이다…….

유난히 모기가 많아 모기에 잘 물리기로 유명한 나와 금란 씨가 동시에 고통을 받고 있다가 재실에 작년에 쓰다 둔 모기장을 가지러 갔다 와서 내 방과 금란 씨, 봉선 씨 방에 각각 모기장을 쳤다. 오늘밤은 조금 편하게 잘 것 같다.

원공 스님한테서 전화가 왔다. 내일모레 결재潔齋에 들어가 8월 말까지 방 안에만 있기로 하고 방문을 안에서 걸어 잠갔다고 한다. 전화도 원공 스님이 하고 싶을 때만 송신하게 되고 수신은 안 되는 것으로 바꾸었다고……. 태백의 김종률 목사한테서도 밤늦게 전화가 왔다.

6월 21일

아침에 일어나 재실에 올라가 당절임을 뒤집었다. 애초에는 여덟 개 다 뒤집을 생각이었으나 어제 담은 다섯 개는 그럴 필요가 없을 것 같아 세 개만 뒤집었다. 집에 돌아와보니 관유 군이 오지 않았다. 봉선 씨가 혹시나 하여 관유 군 숟가락을 상에 놓았는데 마치 제사상에 놓은 것처럼 을씨년스러웠다. 밥을 먹고 금란 씨와 봉선 씨에게 관유 군과의 관계를 두고 이야기하고 있는데 나래 엄마에게서 전화가 왔다. 엊그제 평의회를 했는데 젊은 사람들이 보리 경영진의 임금 동결에 불만이 많다는 것이었다. 경영이 투명하지 않은 탓에 생기는 부작용이다. 이삼일 내로 보

446

리에 들러 모두가 모인 자리에서 보리의 연혁과 현재 상황에 관해 자세히 이야기하겠다고 했다. 나래 엄마는 비조합원인 아이들의 낮은 봉급과 상대적으로 높은 자기 봉급을 두고 한편으로는 미안하고 다른 한편으로는 불안한 마음이 드는 모양이다.

봉선 씨에게 단도직입적으로 말했다. 두 사람이 다 나에게 상의가 없어서 먼저 말을 꺼내기가 안되었지만 짚이는 바가 있어서 말하는 것이다, 두 사람 다 고민이 되겠지만 배 속의 아이는 어떻게 하기로 했느냐 했더니 봉선 씨가 관유 군에게 처음에는 짐이 될까 봐 지난 4월에 몸에 이상이 있는 것을 알고 지우겠다고 했는데 관유 군이 생명체를 마음대로 지울 권리가 없다, 낳아라 해서 혼자 아이 키우는 게 자기 운명이려니 하고 관유 군과 상관없이 낳아서 기르기로 했다고 한다. 봉선 씨와 금란 씨에게 관유 군을 놓아버리기로 했노라고 했다. 2800평 땅은 관유 군 명의로 된 땅이니 관유 군이 원한다면 1400평씩 분리해도 되고 분리를 할 때 관유 군이 먼저 차지하고 싶은 땅을 차지해도 된다, 그러면 그 땅은 제쳐두고 나머지 땅은 우리가 마음먹은 대로 농사를 지을 수 있다, 관유 군은 자연농이든 유기농이든 금비농법이든 하고 싶은 대로 하라고 하고 나머지 땅에는 어떻든 유기농으로 작물을 기르되 그 땅은 봉선 씨가 아이와 함께 살 터라고 생각했으면 좋겠다, 관유 군의 현재 불안정한 상태로 보아 무엇을 함께해내기가 어렵다, 글쓰기회 열 가족을 오라고 했는데 그 가족이 올 때까지 당산나무터에 비닐하우스가 제대로 설 수 있을지 확신을 할 수 없다, 관유 군은 당분간 자기 하고 싶은 대로 하도록 내버려두고 관유 군이 없는 셈 치고 일을 꾸려나가는 수밖에 없다, 나는 당산나무터 1600평과 산비탈 500평 그리고 우리 집터에 붙어 있는 1200평 농사를 짓겠다, 그런데 이 농사를 혼자 힘으로는 지을 수 없다, 동네에서 젊은이들과 공동생활을 하려고 들어왔다는 사람이 늘 혼자서 지게 지고 왔다 갔다 하는 걸 이상하게 생각하고 있다, 광식 군과 심 군 부부가 있고 경운기 다룰 기술도 지니고 있는데 다른 사람에게 밭을 갈아달라고 하기도 꼴이 우습다, 그동안 관유 군 마음이 상할까 봐 한마을에서 사는 사람이 평소에 갖는 친분만큼도 못한 관계를, 나로 말미암아 들어온 유 군과 비야 엄마, 심 군 부부와 맺고 있었는데, 이 부자연스러운 상태를 더는 방치할 수 없다, 그리고 증산도를 향한 관유 군의 갑작스러운 경도도 받아들이기 힘들다, 증산도도 곁길이 많은데 사람들 있는 곳에서 450만밖에 살아남지 못하느니 어쩌느니 하고 그것이 세상을 구제할 유일한 길인 것처럼 이야기하면 사람들이 우리를 특정 종교집단과 동일시할 염려가 있다, 관유 군은 밖에 나가서 돈을 벌든 혼자 자기 땅에서 농사를 짓든 마음대로 하라고 해라, 나는 이틀 전에 여러 사람에게 사과하면서 마음에서 모두를 놓아버렸다…….

이야기를 마치고 나서 지게를 지고 당산나무터에 가서 사슴목장 주인이 길이 파인다고 불평을 하던 원인인 나무를 포크레인으로 밀어서 개울 한쪽에 쌓아놓은 것을 치웠다. 올 때는 길을 가리고 있는 칡넝쿨과 풀을 베어서 한 마대 담아 왔다. 집에 오니 관유 군이 와 있다. "자네 왔는가" 한마디 하고 내 방에 들어왔다. 점심을 같이 먹으면서도 한마디도 하지 않고, 먹고 나서도 마당에 앉아 있는 관유 군에게 관심을 보이지 않고 변소에 갔다 내 방으로 들어와버렸다.

오늘은 편지가 네 통이 왔다. 두 통은 미국에서 낯모르는 사람들이 미주판 《중앙일보》를 보고 보낸 것이고, 과분한 기대와 칭찬이 들어 있는 편지들이다. 함께 살고 싶다는 분은 69세 난 노인이시고, 방문해서 함께 살 길이 있는지 알고 싶다는 분은 40대 가장이다. 아이들 사진도 동봉했다. 세 아이가 모두 귀여웠다. 그리고 하나는 전주 전북대학교 도서관에 사서로 있는 분이 보냈는데 필요한 자료가 있으면 연락하라며 도움을 주겠단다. 또 하나 '함께 크는 우리'라는 좋은 책 읽기 운동을 하는 단체의 김영숙 씨한테서 온 것이다. 모두 고마운 분들의 격려다. 마음이 울적하던 차에 무척 힘이 된다. 강렬한 기가 내 안에 흘러드는 것 같다.

관유 군이 봉선 씨와 구들방에서 이야기하고 있는 것을 보고 재실에 올라가 당절임을 하고 내려오려는데 유광식 군이 이야기 좀 하자고 한다. 마침 유 군만 사과 대상에서 빠져 그러자고 하고 먼저 유 군에게 나를 믿고 변산까지 왔는데 안정된 생활터전도 없고 마음이 잡히지 않아 일손을 놓게 되는 모습을 보니 미안하다고 했다. 유 군은 재실 사람들 빼고 우리끼리(봉선 씨, 금란 씨, 나, 관유 군)만 공동체를 하는 듯하여 대단한 소외감을 민정·민주 엄마 아

449

빠, 비야 엄마, 자기, 모두 느끼고 있다고 한다. 떨어져서 살 빈집
이 나지 않아 그러는 것뿐이지 1년 동안 각자 살림을 하자는 뜻에
도 변함이 없다고 했다. 그리고 '실험학교'는 민정이, 민주, 비야
같은 아이들을 위한 것이지 이미 기존 교육에 물든 부모세대를 위
한 것은 아니라고 했다. 유 군이 이동식 씨를 한번 만나보라고 해
서 그러자고 했다. 안용무 씨 집 문제도 있고, 지난번 대를 베어 물
의를 일으킨 것에 대한 사과도 해야겠다는 생각에서…… 유 군이
이동식 어른 말을 듣기로는 관유 군이 내가 시켜 대를 베었다고
이야기했다고 하고 관유 군은 내 이야기를 하지 않았다고 하
고…… 도무지 누구 말을 믿어야 할지 모르겠다. 아무튼 대를 벤
것이 내 뜻에 따른 것이라는 걸 이동식 어른이 안 이상 가만히 있
을 수 없게 되었다.

유 군은 도시에 나가 사는 문제를 심각하게 고려하고 있다 한
다. 알아서 하라고 이야기했다. 도시에 나가 결혼을 하고 나서 들
어오는 것도 한 방편일 것이다. 또 유 군은 재실 사람들과도 두
주일에 한 번이나 일주일에 한 번 보았으면 좋겠다고 하여 그것
도 고려해보자고 했다. 민정 엄마가 씨앗 뿌리는 기계를 빌려달
라 해서 집으로 내려왔는데 아직 부엌방 문이 열려 있다. 구들방
도 열려 있는데 관유 군 모습이 보이지 않는다. 봉선 씨에게 관유
군과 무슨 이야기를 나누었는가 물었더니, 내가 한 이야기를
봉선 씨 말처럼 해서 전했다고 한다. 그리고 관유 군은 이동식 어
른 만나고 당산나무터에 가서 일한다고 갔다고 한다.

당산나무터에 가서 일하는 것은 포기하기로 했다. 그리고 봉선 씨에게 내가 하는 이야기를 그대로 관유 군에게 전하라고 했다.

성속일여聖俗一如, 사람들과 더불어 살면서 성스러움을 찾아야 지 그렇지 않으면 결국 자기수행으로 끝난다. 우리 불교의 역사 가 그것을 증언하고 있다. 그런데 관유 군은 자꾸 사람들을 배제 하고자 한다. 이 길은 내가 가고자 하는 길은 아니다.

불치하문不恥下問, 얼핏 생각하면 손아랫사람에게 묻는 것을 부 끄러워하지 않는다는 뜻으로만 새기기 쉬우나 더 깊이 들여다보 면 생각이 어린 사람의 말도 귀담아듣고 배우는 자세를 갖는다는 뜻이 있다. 아무리 어리석은 사람이라도 어느 한구석에 진리의 편린을 감추고 있는 법이다. 같이 모여 이야기를 나누고 그 과정 에서 집단의 지혜를 이끌어낸다는 것은 바로 사람마다 간직하고 있는 진리의 조각들을 모아내 하나의 전체 진리상을 드러낸다는 것과 다름없다. 내 생각은 그런데, 그래서 보리에서 일하는 방식 도 자세히 이야기했는데, 관유 군은 알아들은 것 같지 않다. 갈림 길이 있는데 서로 가고자 하는 방향이 다르면 각자 가고 싶은 길 을 가야 한다(합의를 이루려고 무던히 애썼지만 이제 놓아야 할 순간 이다).

관유 군 2800평에는 발을 딛지 않겠다. 1400평씩 나누어 땅의 경 계가 분명해지면 내 용도로 지정된 땅만 내 마음대로 이용하겠다. 그 대신에 관유 군도 내 허락 없이 우리 집에 오거나 1600평 땅, 500평 땅, 1200평 땅에 발을 디디는 걸 용납하지 않겠다. 죽이 되든 밥이 되든 내 뜻대로 해야 내 계획에 맞추어 일을 추스를 수 있겠다. 관유 군이 도반으로서, 이웃으로서 나와 환담할 생각이 있으면 먼저 전화하고 오도록 해라. 나도 그러겠다. 그리고 관유 군은 자기 집에서 밥 해 먹고 무엇을 하든지 자기 땅에서 자기 집에서 하도록 내버려두겠다. 울력이 필요하면 서로 연락해서 시간이 맞으면 하고 그렇게 못하면 못하는 것이다. 지난번 모두에게 사과하는 순간 나는 모든 사람을 다 놓아버렸다. 어떤 사람에게는 방편으로 사과하고 어떤 사람에게는 진심으로 사과하고······. 이런 짓 나는 못한다. 나는 모두에게 진심으로 사과를 하고 저마다 살길 찾으라는 뜻을 전했다. 관유 군 경우도 예외는 아니다.

이야기를 듣더니 봉선 씨가 난감해한다. 그래서 봉선 씨가 그 뜻을 전하기 난처하면 내가 전하겠다고 했다. 그랬더니 관유 군에게 집 짓는 용도로 준 300만 원은 어떻게 할까 하고 물어서 그동안 품삯으로 계산할 수도 있고, 관유 군이 더 요구할 수도 있는데 그 요구가 합당하면 들어주겠노라고 했다. 그리고 우리 집에 놓아둔 아시바도 관유 군 집으로 가져가라 이르라고 했다.

때로는 관유 군의 직관과 신명 나서 한 일의 아름다운 결과가 아쉽기도 하겠지만 그보다는 집단의 융화가 더 급선무다.

집에 머물면서 고구마효소 특징을 소개하는 글을 써서 보리에 전송하고, 용란이에게 위문편지를 쓰고 빨래를 했다. 관유 군이 와서 할 이야기가 있는 듯이 어정거리길래 내 방에 들어와 문을 안으로 걸어버렸다. 저녁식사 후에 관유 군이 또 왔다. 길게 이야기하겠다고 해서 할 일이 있다고 30분 안에 끝내라고 했다. 그리고 이야기가 길어질 것 같아 내가 먼저 봉선 씨에게 전하라고 했던 말을 직접 전했다. 관유 군이 항의할 뜻을 비치고 2800평 경계 없이 그대로 두자는 걸 소유권은 분명한 게 좋으니 자네가 먼저 차지하고 싶은 곳을 차지해라, 그다음에 나는 가건물을 짓든지 냉암소를 짓든지 하겠다, 그리고 아시바도 자네 집이든지 2800평 중에 자네 땅에 갖다두어라, 그 물건 싫다 했더니 얼굴빛이 변한다. 선생님이 '통일 전사'를 기르자고 했지 않느냐고 해서 어처구니가 없어 "아니 이 사람아, 내가 '사랑의 전사'를 기르자고 했지 언제 '통일 전사' 운운하던가" 쏘아붙였다. 돌아가고 나서 재실에 《함께 크는 우리》 한 권을 갖다주려고 갔더니 모두 잠들어 있어서 책만 건넌방에 넣어두고 내려왔다.

결단을 내려 관유 군을 놓아버리기로 했지만 마음이 무겁다. 맥주를 다섯 병이나 마시고 2시가 넘어 잠자리에 들었다.

6월 22일

어제저녁에 박선희 씨가 홍성에서 오늘 찾아오겠다고 전화했다. 아침에 늦게 일어났다. 7시. 아침을 먹고 커피 한잔하고 재실에 올라가 당절임을 뒤집고 지름박골 당산나무터로 지게 지고 올라가 냇가에 쌓아놓은 나무 가운데 썩혀서 부엽토가 될 만한 것은 밀차로 날라 쌓고 나머지는 불을 질렀다. 불길이 대단하다. 멀찌감치 떨어져 내내 타오르는 불길을 보았다. 불길은 하늘에 치솟아 바람 따라 일렁이기도 하고 공중에서 걸레처럼 찢기기도 한다. 나중에 보니 냇물 건너편에 서 있던 나무 한쪽이 불길에 닿아 잎이 다 말랐다. 밀차에 연장들을 정리해 둑 쌓아놓은 곳에 갖다 두고 지게를 지고 산을 넘어오다 밭둑과 논둑 사잇길을 가로막는 칡넝쿨과 억새를 베어 한 포대 지고 왔다. 1시쯤 되어 왔는데 봉선 씨와 금란 씨는 미리 참을 가지고 가지 않아서 일찍 점심을 먹었다고 한다.

풀을 베면서 관유 군이 그동안 했던 말과 보였던 행동을 곰곰이 생각했는데 그대로 두어서는 안 되겠다는 마음이 들었다. 집에 돌아와 함께 커피를 마시면서 봉선 씨와 금란 씨에게 단도직입적으로 "관유 군 나쁜 놈"이라고 말했다. "450만이라니, 억조창생과 함께 살자는 큰살림을 벌이자는 판에 그래 고작 제 몸 세포 수의 100분의 1도 미치지 못하는 사람만 태우자는 식이니 그런 좁쌀 같은 마음가짐으로 어떻게 큰 배를 띄우겠는가. 제 몸뚱이 안에 있는 세포들 마음 씀보다 더 좁은 놈이다. 그리고 강증산이 차경수, 차천자를 후계자로 속으로 내인가를 했으니, 차천자의 신도가 600만이었느니, 나래에게 내 명의로 된 땅을 다 넘겨 고수부로 만들자느니, 이자가 내 소유로 하기 싫어 다른 사람 명의로 일부러 샀던 땅을 부득부득 우겨 내 소유로 바꾸어놓더니, 속셈은 나를 이용해 유사 종교를 만들어 교주가 될 꿈을 꾸고 있지 않은가. 어떤 종교에 빠지면 편견이 생겨 사물을 있는 그대로

454

보기 힘든 법인데, 스스로 종교가 아편이라고 부르짖을 때는 언제고, 그렇게 증산도에는 샛길이 많아 잘못하면 바른 길을 벗어나기 쉽다고 경고했건만, 걸핏하면 목사 앞에서도 동학이 어떻고 증산도가 어떻고 하지 않나, 정중하게 대해야 할 손님에게 막말을 해대지 않나, 물건을 훔쳐 내 집에 갖다놓지를 않나, 많은 사람 버리고 많은 사람 죽일 놈이다. 말에 좀 두서가 없었지만 제법 졸가리가 있는 것 같고 손을 보니 일꾼의 손이어서 손을 믿고 같이 일하자고 했더니, 머리를 굴리고 불교 서적 나부랭이나 읽고 그것이 마치 자기 생각인 것처럼 속이고 남의 말 귀담아들을 줄 모르고 기고만장 혼자만 되지 않은 소리 지껄여대고, 이놈과 함께 일하다가는 큰일 나겠다. 관유 보거든 봉선 씨가 내 말 그대로 전해라. 오늘 점심 후에 나를 찾아와 이야기를 나누자고 했다던데 나 그런 놈 안 만난다. 할 이야기 있으면 봉선 씨 통해서 전하도록 하고, 그것이 싫다면 글로 적어 보내라고 해라. 그리고 앞으로 머리도 쓰지 말고 책도 읽지 말고 말도 하지 말고 일만 해서 마음을 다스리라고 해라. 불교 식으로 하면 묵언의 계율인 셈인데, 그 계율 지키지 않으면 나와 만날 자리가 없다. 관유가 그나마 남의 말을 귀담아듣지 않고 말에 두서가 없어 다른 사람을 설득할 입담을 타고나지 못한 것은 본인을 위해서나 다른 사람들을 위해서나 크게 다행한 일이다. 봉선 씨도 관유 믿지 마라. 틀림없이 버릴 놈이다."

봉선 씨, 금란 씨가 다소 어안이 벙벙한 모양이다. 내가 이렇게

455

말하는 것은 언제 관유에게 봉변을 당할지 몰라서 미리 해두는 말이라고 했다. 관유 군이 왔는데도 문을 닫아걸고 만나지 않았다. 봉선 씨가 관유 군에게 무슨 말을 한 모양인데 알아들었는지 모르겠다. 한참 누워 있다가 관유 군이 떠난 뒤에 일어나 풀을 작두에 썰어 재실로 당절임 하러 갔다. 내려와서 봉선 씨에게 관유 군으로부터 무슨 이야기 들었느냐고 물었더니 2800평에 트랙터를 불러 밭을 갈고 놉을 얻어 콩을 심어놓고 2~3년 밖에 나가 돈을 벌어 오겠다고, 콩 농사 지어놓는 것은 나누어 먹으라고 했다 한다. 그래서 봉선 씨에게 1400평 땅만 트랙터로 갈든지 콩을 심든지 하고 나머지는 내 마음대로 하게 남겨두라는 이야기를 전하라고 했다. 봉선 씨는 벌써 관유 군이 가여워지는지 감싸고돈다. 이 기회에 마음공부 다시 하지 않으면 기회가 없다고 이야기했다.

박선희 씨가 늦어져 혹시 당산나무터에서 기다리나 하여 안용무 씨 집터에 일이 시작되었는지 볼 겸 중산리 형님 댁으로 해서 당산나무터로 올라갔다. 박선희 씨는 안 오는 모양이다. 내가 마음으로부터 맞을 준비가 안 되어서인지도 모르겠다. 일이 손에 잡히지 않아 오디를 따고 다슬기를 잡고 밭에 풀을 베어 한 포대 져 오는 것으로 오늘 일을 끝내고 집으로 돌아왔다. 돌아오니 아직 금란 씨와 봉선 씨가 안 돌아와 있다. 오는 도중 광식 군이 막걸리와 두부를 가지고 집에 와보았더니 문이 잠겨 있더라고, 시골에 살면서 방문을 그렇게 열쇠로 채울 게 뭐냐고 해서 까닭이 있다고만 해두었다.

노천에 둔 막걸리가 쉴 것 같아서 조금 주전자에 따라놓고 재실에 나머지는 갖다주려고 하는데 앞집 할머니가 우리 집 닭을 쫓는다. 고추밭에서 고추꽃을 따 먹는다고 내놓지 말라고 했는데 내놓았다고 속으로 나무라시는 눈치다. 아마 관유 군이 닭장 문을 열어놓은 모양이다. 닭들을 몰아 닭장 안에 먹이를 주고 물을 주어도 잘 들어가지 않는다. 겨우 달래서 들어가게 하고 재실에 술을 들고 올라갔더니 마당에 방수포를 깔아놓고 민정네와 비야네가 나와 있다. 간단히 내가 그동안 관유 군 병을 고쳐보려고 애써보았는데 잘 안 된다, 관유 군이 당분간 밖에 나가게 될 것이다, 동네에서 관유 군 때문에 쌓인 오해가 있으면 병이 있어서 그렇다고 이야기해달라고 했다. 저녁을 먹고 술 마시러 올라가기로 했다. 집에 돌아왔는데 8시가 넘어 밖이 어두워지는데도 금란 씨와 봉선 씨가 올 기척이 없다. 베어 온 풀을 작두로 썰어 다시 포대에 담아놓고 방으로 들어왔다. 마중 나가고 싶은 마음도 없지 않으나 관유 군과 얼굴 마주치기가 싫어 그만두기로 했다. 봉선 씨와 금란 씨는 8시 20분쯤 되어서야 집에 돌아왔다.

저녁을 먹고 재실에 올라가 관유 군이 치료차 잠깐 밖으로 나간다는 이야기를 했다. 6개월 동안 같이 있으면서 상기하면 나타나는 분열 증세를 고쳐보려고 무척 노력했지만 잘 안 되어 손을 놓기로 했다. 그런데 관유 군이 2800평 땅 중에서 냉암소를 마련하고 가건물이라도 지어 효소나 젓갈을 담을 공간을 자기 몫으로 한다고 하니 재실 뒤 냉암소를 당분간 이용할 수밖에 없다. 콩 심는 일이 끝나는 대로 재실 뒤편에 냉암소 만드는 일을 서둘자고 했다. 그리고 비야 엄마에게는 안 쓰는 냉장고를 빌려달라고 했다. 우리 집 냉장고가 작동을 하지 않아 불편했는데, 관유 군이 비야 엄마와도 관계를 끊자고 해서 말을 못 꺼내고 있던 터였다. 재실에서 술을 12시까지 마시고 내려왔다.

6월 23일

오늘도 늦게 일어났다. 어제에 이어 연 이틀째다. 이래서는 안 되는데…….. 백초 당절임을 하러 효소실에 갔다가 지게를 지고 중산리 형님 댁에 갔다. 집이 들어설 자리와 방향을 보아달라고 해서 갔는데, 송종규 어른도 집에 가서 커다란 지남철을 가지고 왔다. 지관들이 가지고 다니는 것으로 자세한 간지가 다 씌어 있는 것이다. 나는 그걸 볼 줄 몰라서 그냥 집의 기능과 또 마루에 앉아서 밖을 볼 때 마음이 편해지는 느낌만 살려서 방향을 정해 주었다. 정동남향으로 간방間方이라고 한다. 막걸리 한잔 얻어 마시고 큰조카며느리가 싸 주는 케이크 한 조각 들고 당산나무터로 갔다. 당산나무 평상에 앉아 한참 동안 물소리와 새소리를 듣다가 평상에 누웠다. 잠이 살포시 들었었나. 인기척이 나서 깨어 일어나 채소밭 풀을 베고 콩 심을 데도 풀을 베어 큰 포대에 담고 손으로는 땅을 쇠스랑으로 팠다. 땀이 부쩍 나면서 어제 몸에 스몄던 술독이 조금이나마 빠져나가는 것 같다. 정오가 된 듯 새소

458

리가 잦아들어 지게에 풀을 지고 집에 왔는데 봉선 씨와 금란 씨가 아직 돌아오지 않았다. 베어 온 풀을 썰어 다시 자루에 담고 있으니 그제야 온다. 아침에 먹고 남은 죽을 점심으로 먹고 재실에 전화해 민정 아빠와 함께 비야 엄마의 냉장고를 가지고 내려왔다. 전 주인이 놓고 간 냉장고는 수명이 다해 제 기능을 못하고, 새로 사자니 재실 마루에 비야 엄마가 쓰지 않는 냉장고가 흉하게 서 있는데 낭비인 것 같아, 어제 비야 엄마에게 양해를 구해 갖다놓는 것이다. 봉선 씨 표정이 떨떠름해지는 것으로 보아 아마 관유 군 말을 의식하고 있는 것이리라.

두부가 눈에 띄어 두부를 잘라 간장을 끼얹어달라고 금란 씨에게 말했다. 그 두부를 거의 혼자 다 먹었다. 그리고 재실에 올라가 당산나무터에서 골고루 베어 온 백초를 당절임 했다. 그리고 이번에 비야 엄마와 유 군이 도지를 얻은 재실 묵은 밭과 논으로 가보았다. 무엇을 어떻게 심었나 궁금하기도 하고, 또 억새풀만으로 효소를 담글 생각을 오래전부터 했는데 그곳에 억새가 많이 자라던 기억이 났기 때문이다. 억새밭이 된 묵은 터의 억새는 아직 자라는 중이고 길가와 논둑에는 억새가 많이 자랐다. 벌초 겸 억새만 베어 집에 돌아와 작두로 썰어 다시 재실에 올라가 무게를 달아보니 38킬로그램이나 된다. 당절임을 하고 이번에는 재실밭 아래에 있는 무덤 위와 무덤가에 꽃이 되어 있는 엉겅퀴들을 베었다. 처사촌집 장인 무덤 벌초하듯이 무덤 위에 난 엉겅퀴를 베면서 무덤 위에서 돋아나는 큰 나무 종류만 베어주었다. 엉겅퀴를 베어보니 얼마 안 된다. 집에 와서 동의학 사전에서 엉겅퀴의 약 성분을 확인하고 작두로 썰어 포대에 담았다. 오늘도 봉선 씨와 금란 씨는 어두워서야 집에 돌아왔다. 나는 어제 그제 마신 술로 속이 좋지 않아 잠시 누웠다가 저녁밥을 아주 조금 먹었다. 봉선 씨가 죽염을 물에 풀어주었는데 한 사발 먹기가 고역이었으나 다 마셨다. 문득 냉암소에 둔 쉰 술 생각이 나서 낮에 벤 억새 잎을 한줌 넣어두었는데 나중에 금란 씨와 관유 군에 연관된 이야기를 따로 나눈 뒤 집에 돌아와 그 술을 가져다 소주병에 따르면서 맛을 보니 쉰내가 많이 가셨다. 한 병은 냉장고에 넣고 나머지는 마셨다. 한 되쯤 마신 것 같다. 내 방에 모기장을 쳐놓았으나 거기서 자는 게 내키지 않아 따로 이부자리를 깔고 구들방에서 잤다.

6월 24일

아침부터 비가 내린다. 5시 반쯤 일어났으나 오늘은 비가 내리니 아침을 조금 늦게 먹자 하고 다시 자리에 누웠다. 7시 반쯤까지 관유 군 문제로 이리 뒤척거리고 저리 뒤척거리고 했다. 관유 군 마음자리를 편하게 해주자니 살림이 안 되고 살림을 제대로 하자니 관유 군에게는 내가 하는 일이 모두 '감상적'인 생각(그동안 관유 군의 표현이 바뀌어온 경로가 재미있다. 처음에는 '자비심'이 너무 많다고 하더니, 그다음에는 쓸데없는 '동정심' 때문에 일을 그르친다고 하고, 이제는 그것마저 값싼 '감상'으로 바뀌었다)에서 나온 것으로 보여 하나하나에 제동이 걸리게 된다. 참 딱한 일이다. 7시 반쯤 빗소리가 더 커져서 문짝 사놓은 것 덮어놓은 방수포 길이가 충분치 않다는 데 생각이 미쳐 벌떡 일어나 방수포 위에 비닐을 덮고, 비닐우비를 입은 뒤 보리똥을 따기 시작했다. 처음에는 하나하나 일일이 손으로 따다가 손이 닿지 않는 곳에 있는 것은 긁쟁이로 가지를 걸어 손 닿는 곳으로 휘게 한 뒤에 땄다. 그보다 더 위에 있는 것은 긁쟁이로 걸어 가지를 흔들어 떨어진 보리똥을 바구니에 주워 담았다. 흙에 떨어진 것을 주워 담고 있자니 참 어리석은 방법으로 보리똥을 따느라고 시간을 많이 허비했다는 생각이 든다. 보리똥 나무 밑에 깨끗한 방수포나 비닐을 넓게 깔아놓고 가지를 흔들어 떨어지는 것을 한자리에 모으면 모두 따는 데 30분도 안 걸릴 일을 이렇게 미련스럽게 하고 있다니……

어제 주전자에서 꺼내 마당에 버렸던 억새와 낮에 흘린 억새가 다르다. 낮에 마당에 흘린 억새는 빛깔이 변하지 않았는데 주전자에 담은 쉰 술을 중화시킨 억새는 거뭇거뭇하다. 봉선 씨와 금란 씨를 불러 억새를 직접 보게 한 뒤에 앞으로 최싱럴 씨 술도가에 억새와 떡갈나뭇잎 같은 것을 베어다가 주고 여러 가지로 실험해보도록 하고, 우리도 알코올 발효가 많이 진행되어 신맛이 나는 효소에는 여러 가지 나뭇잎이나 억새 같은 것을 시험 삼아 넣어보자는 이야기를 했다.

계속 비가 내려 집에 있어보았자 들일을 할 수 있을 것 같지도 않고 냉암소 만드는 일을 할 수 있을 것 같지도 않고, 차라리 오전 중으로 서울로 떠나자는 마음이 들어 광식이 집에 전화를 했다. 유 군이 나를 부안까지 바래다주기로 일전에 약속을 했기 때문에 따로 할 이야기가 있으려니 해서였다. 그제 온 건축 공사판에서 일하던 친구들이 어제는 땅콩밭을 매고 오후 늦게는 바닷가에 같이 갔는데 아직 떠나지 않았다 한다. 그래서 그 손님들 잘 접대해 보내라고, 나는 먼저 서울로 가겠다 하니, 잠깐 기다리라고 하더니 우산을 쓰고 곧 나타났다.

유 군이 모는, 새로 구한 우리 차를 타고 오는 동안 관유 군 이야기를 꺼냈다. 여러모로 나를 일깨워준 훌륭한 선생님인데 날이 갈수록 분열 증세가 격화되어 내 형편으로 그 치료에 모든 시간을 바칠 수도 없어서 밖에 나가 2~3년 바람 쐬고 오라고 했다고 했더니 유 군이 걱정을 한다. 그 사람이 어디 가서 마음 붙이고 오래 견디겠느냐는 염려다. 유 군다운 착함의 발로다. 11시 30분에 떠나는 서초동 남부터미널이 종점인 버스를 탔다. 보리에 도착하니 4시 반 가까왔다. 차 사장에게 변산과 연관된 일을 간략히 이야기했다. 중국 송 선생 초청으로 연변에 가는 것은 춘환이와 차 사장이 동행하는 것으로 결정했다고 한다. 인쇄단가 문제도 알아볼 겸 인쇄시설도 둘러볼 겸. 조금 마뜩잖았지만 그렇다고 내가 동행할 수도 없으니 마땅한 대안이 없다.

보리 조합원과 비조합원 사이에 갈등이 있다는 말을 나래 엄마로부터 전화로 자세히 들어서 전체 모임에서 내가 보리 연혁을 이야기하고 싶다고, 밝힐 것은 밝히는 게 좋지 않겠느냐고 했더

462

니 차 선생은 조합원과 비조합원 사이에 서로 달리 자리를 마련하는 게 어떻겠느냐고 한다. 차 사장다운 조심성이다. 그러자고 해서 6시가 넘어 차 사장 방에서 들어온 지 얼마 안 되는 사람을 중심으로 보리 연혁을 간추려 이야기했다. 경영진의 입장을 이해시키기 위해 공익 자금 조성 경위와 연관해 이런저런 이야기를 조금 강한 톤으로 이야기했더니, 금방 거부반응이 생기는 모양이다. 신옥희 씨로부터 나중에 꼭 부모가 자식들에게 우리들 자랄 때는 어떻게 고생했는데 너희는 뭐냐는 식으로 이야기할 때 같은 느낌을 받았다고, 아무리 잘한 일이더라도 본인이 생색을 낼 때는 거부감을 느끼기 마련이라는 핀잔을 받고 옳은 말이라고 여겼다. 저녁을 먹고 사무실에서 술을 마시면서 이야기했는데 12시가 넘도록 이야기를 나누었다. 결국 보리 신입사원 교육용 사규와 보리 조합정관에서 평의회 의장의 위치를 어떻게 규정하느냐하는, 명문화된 문건을 마련하는 것이 필요하다는 것으로 이야기가 귀착되었다.

12시가 넘어 민호와 문숙이와 함께 포장마차에 가서 관유 군 이야기를 조금 귀띔해주었다. 지난번 조원이와 태수, 춘환이가 왔다 가고 나서 심각한 딜레마에 빠져 이야기를 않더라는 말을 전하면서 문숙이가 그때 무슨 일이 있었느냐, 자기가 아는 나는 무슨 일을 그렇게 처리하는 사람이 아닌데, 관유 군 영향이 아니냐고 해서 관유 군으로부터 배울 점도 많았고, 한편으론 관유 군을 편하게 하면서 다른 사람들을 보호하기 위한 불가피한 조처로 내가 본의 아닌 결정을 한 것이 그렇게 비친 모양이라고 했다. 관유 군의 분열 증세가 주기적으로 되풀이되어 거기에 매달리다가는 살림이 거덜 날 지경이어서 별수 없이 손을 놓기로 했다는 말을 했다. 택시 타고 집에 돌아오니 3시가 훨씬 넘었다.

6월 25일

새벽에 이상한 꿈을 꾸었다. 관유 군과 동료인 듯 보이는 사람들이 모두 검은 옷을 입고 무리를 이루어 다닌다. 날품일도 하고 건축 공사장 일도 하는데 본디 하는 일은 어떤 일정한 목표를 가지고 이리저리 다니면서 어둠 속에서 무엇인지 금지된 일들을 저지르는 일종의 전복 단체에 속하는 사람들이 하는 일인 것 같다. 관유 군으로 말미암아 이 사람들에게 쫓기는 신세가 되었는데 어느 막다른 길로 들어섰더니 중년 사나이가 한 사람 여기 이 마당에 여덟 팔(8)자로 길을 먼저 그려라, 그러면 차례로 그 길 중간중간에서 너를 심판할 시험관들이 나타날 텐데 네가 그 난관을 다 돌파하면 살려 보낼 것이요, 그렇지 못하면 죽은 목숨으로 알아라 한다. 그 난관을 극복한 자세한 과정은 꿈속에 묻혔는데, 그 가운데 난관 셋을 거친 것만 생각이 난다. 여섯 번째, 일곱 번째 지점에 이르렀더니 보랏빛에 황금 무늬가 놓인 장삼과 가사를 입은 노스님이 발우에 밤색이 짙은 조금 부드럽게 다진 나물과 조금 거칠게 으깬 고구마 비슷한 것을 놓고 한 분은 "나는 이걸 먹고 싶은데 먹어도 되겠느냐, 네 생각은 어떠냐" 하고 묻는다. 그 스님에게 "그것 말고 조금 거친 것을 드시지요" 하고 거친 음식 쪽을 가리켰더니 고개를 끄덕인다. 그걸 보더니 옆에 있던 스님 이 "그럼 나는 어느 쪽을 먹으면 좋겠느냐" 하고 묻는다. 나는 옆 에서 지켜보고 있는 우두머리에게 고개를 돌리고 그 사람을 크게 꾸짖었다. "이게 뭣들 하는 짓이냐. 이 스님에게는 이런 음식을 공양해서는 안 되는 줄 빤히 알고 있으면서 이런 음식을 드리다 니 이 무슨 해괴한 짓이냐. 당장 다른 음식을 갖다드리지 못하겠 느냐" 그랬더니 그 스님도 고개를 끄덕여서 여섯 번째와 일곱 번 째 관문을 무사히 넘었다. 마지막으로 길을 벗어나려는데 한 사 람(아까 내가 꾸짖었던 우두머리인 듯하다)이 길을 막아선다. 그리 고 나를 죽이겠다고 해서 "이런 고얀 놈, 네가 어찌 내 길을 막을 수 있단 말이냐, 내 길을 막을 수 있는 자는 없다"라고 대갈大喝을 했더니 움찔한다. 그사이에 그 사지를 벗어나 달아났다. 이상한 꿈이다. 7시쯤 일어나 봉길이 산보를 시켰다. 그리고 다시 누워 있으려니 일하시는 할머니도 계시고 일기도 써야겠고, 심조원이 와 기획일 상의해야겠다는 생각도 들어서 다시 자리에서 일어나 주섬주섬 이것저것 챙겨 길 떠날 채비를 하고 누리 방(누리는 농 촌 봉사 활동 사전 답사를 갔다 한다. 그래서 어제 집에 돌아오지 않았 다) 책상에서 잠깐 어제 못 쓴 일기를 쓰고, 나래에게 변산에 빵 을 구워 한번 오라고 부탁하고 집을 나섰다.

심조원과 기획에서 문제되는 것을 의논했다. 조원이는 용란이가 일손이 야무지지 못하고 마음이 여려 자기 판단으로 그림책을 제대로 추스르지 못하는 걸 걱정하고, 휴가가 끝나면 그림책과 세밀화 파트를 함께 묶어 같이 일했으면 하는 생각을 가지고 있는 모양이다. 좋은 생각이다. 세밀화로 할 수 있는 다른 일들 이야기를 나누는데 이태수가 왔다. 같이 이태수가 그릴 세밀화 그림책 '봄'과 '가을'에 연관된 것들을 이야기하고, 또 "세밀화 어떻게 그릴까" 하며 책 이야기도 하다가 점심때가 되어 조합원들을 모두 모이라 해서 용란이와 정낙묵 군을 뺀 나머지 조합원들과 함께 냉면집에 가 점심을 먹으면서 변산의 관유 군과 연관된 이야기를 해주고, 어제 비조합원들에게 들었던 이야기를 대강 했다. 그리고 보리 조합원 정관을 조금 손질해서 사규를 만들 필요가 있다는 것과, 보리 조합원 평의회 의장의 지위가 보리 평의회로 바뀌면서 친목단체장 비슷하게 되어버렸는데 어떻게 하든지 경영진에 참여할 수 있는 길을 모색해보라고 이야기했다. 채인선 씨가 나를 만나겠다고 점심 전부터 기다렸다고 해서 만나, 지금 보리의 기획력에 차질이 있고 경직된 측면이 있어서 현병호 씨나 채인선 씨의 부드러운 감성을 수용할 채비가 아직 갖추어지지 않은 것 같으니 다른 마음에 맞는 출판사와 같이 일할 길을 모색해보라고 했다.

오후 3시 25분 차를 타고 변산에 오니 저녁 7시 반쯤이 되었다. 빵을 사고 돼지고기 목살도 사고 차를 부르기 번거롭고 걸어가기에는 짐이 많아 서해슈퍼에서 맥주 한 상자를 사서 그 배달 차로 집에 오니 원불교학과 학생 둘(남학생 하나 여학생 하나)이 와 있다. 그제 쉬어서 억새로 다시 순화한 막걸리에 다시 쉰 맛이 돌아 효소를 섞어 마시면서 이야기를 나누다 10시 30분쯤 여학생은 봉선 씨, 금란 씨 방에 함께 유하도록 하고 내 방은 남학생에게 내주고 나는 구들방에 가서 누웠다.

6월 26일

어제 구들방에 누워 잤는데 새벽에는 방 안에 가득 찬 습기 때문에 많이 뒤척였다. 그래서 군불을 때기로 하고 원광대 학생들에게는 보리똥을 따라고 했다.

아침을 먹고 학생들을 데리고 효소실로 올라가 당절임을 뒤집고 재실을 두루 구경시켰다. 오늘부터 울력을 해야겠다고 마음먹고 있는데 마침 가랑잎을 깔아놓아 풀도 돋지 않고 땅이 질지도 않은 재실 앞밭에 콩을 심어도 되겠다는 민정 엄마의 연락을 봉선 씨가 받았다. 민정 아비와 나는 효소실 옆을 터서 통풍시키는 작업을 하기로 하고 다른 사람들은 모두 콩 심는 울력을 했다. 원광대 김 군에게 효소실 일을 맡기고 나는 당산나무터로 올라가 길이 얼마나 파였는지 살펴보았다. 비가 많이 내려 길이 중간에서 꽤 파여 있다. 광식이가 몸이 불편해 울력에 참가하지 못해 내려오는 길에 들렀더니 이미 재실에 올라갔는지 집에 없다. 밭 귀퉁이에서 썩고 있는 장다리무를 챙겨 포대기에 담고 형님 집 일

467

이 궁금하여 갔더니 밭머리에서 콩밭을 매고 있던 형수님이 자꾸 허리와 관절이 아파 아무래도 빨리 양옥으로라도 집을 지어 들어가야겠다는 뜻을 비친다. 형님은 운산리 논에 피사리를 하러 가셨다 한다.

집으로 오는 길에 피사리를 하는 형님과 만나 한참 이야기를 했다. 한옥으로 번듯하게 집을 지으려면 돈도 1억 가까이 들어가려니와 빠르면 6개월 길면 1년 이상 걸려야 공사가 끝나는데, 그렇게 짓더라도 사는 데 불편한 구석이 여러 가지로 있을 것이 예상되어 형수님 건강도 걱정되고 하니 양옥으로 지으면 어떨까 한다는 말씀이었다. 그렇게 하시는 게 좋겠다고 하고 재실로 올라갔다. 마침 참때가 지난 듯하여 집에서 어제 사놓은 빵과 미숫가루를 만들어 올라가고 민정네는 막걸리와 효소물을 내왔다.

참을 먹고 광식이와 함께 지서리에 나갔다. 돈을 은행에서 찾고, 협동카드 신고도 하고(내 카드는 나래 엄마에게 주었다), 막걸리와 두부와 고기도 샀다. 돼지고기는 그동안 한 근에 3000원이었는데 500원이 올랐다. 아마 국제 곡물값이 폭등하고 덩달아 사료비가 올랐기 때문이리라.

광식이에게 막걸리와 고기와 두부는 재실에 올려 보내고 두부네 모는 집에 두고 재실에 올라가는데 김희정 군이 친구들과 함께 내려오고 있다. 점심시간인데 점심을 먹고 가라고 하여 같이 재실로 올라갔다. 김희정 군의 짐을 갖다줄 겸 친구들이 따라온 모양이었다. 재실 앞마당에 방수포를 깔고 점심을 먹고 당산나무

468

터를 구경할 겸 냇가에 아직 물길을 막고 있는 불타다 남은 나무들의 밑둥치를 치우는 작업을 밥값으로 하고 가라고 웃으면서 이야기했더니 선선히 그러겠노라고 한다. 농협에 갔을 때 사슴목장 아저씨가 다시 그 문제를 거론해서 얼른 물길을 터놓아야 욕을 먹지 않겠다는 생각이 들어서 일을 시작했는데 어느 정도 만족할 만큼 작업을 하는 데 한 시간이면 될 줄 알았는데 두 시간이 넘게 걸렸다. 일을 마치고 나서 시간을 물어보니 3시 20분이라고 한다. 익산에 들러 다시 광주로 간다는 김 군의 친구들을 중산리에서 보내고 김 군과 재실로 올라왔다. 김 군은 관유 군에게 보내고 나는 집에 머물러 밀린 편지들을 썼다. 편지 다섯 통을 쓰고 있으려니 콩 심으러 울력 간 식구들이 광식이 밭 콩까지 심고 돌아와서 간장을 다시 달인다. 보리똥 따던 것을 마저 땄다. 김희정 군은 관유 군과 오랫동안 이야기를 하다가 저녁식사 시간에 돌아왔다. 저녁을 먹고 술을 마시면서 10시 30분까지 이야기 나누다가 원광대 김 군은 김희정 군과 같이 관유 군 집에 가서 자라고 하고 자리에 누웠다.

6월 27일

아침부터 비가 내린다. 하루를 오롯이 쉬었다. 6월 24일자《동아일보》‘문화와 지성’ 란에 이광표 기자가 “아나키즘이 부활하고 있다”라는 부제로 쓴 글이 마음에 걸려 편지를 써서 전송했다.

여기 옮긴다.

이광표 기자에게.

1996년 6월 24일자 당신의 기사는 나에게 큰 충격을 주었습니다. 당신이 아나키즘을 어떻게 미화하든, 또 사회주의를 어떻게 이해하든 나는 사회주의자도 아나키스트도 아닙니다.

따라서 당신의 기사 가운데 "윤구병 전 충북대 교수가 추진 중인 전북 부안군 변산반도의 실험학교도 아나키즘에 뿌리를 두고 있다"라는 추측은 당치도 않은 망발입니다.

당신이 알고 있는 아나키즘에 대한 상식은 지극히 피상적이고 순진한 것이라는 증거를 보려면 1971년에 첫 권이 나온 《철학역사 사전Historisches Worterbuch der Philosophie by Schwabe & Basel》 같은 책을 한번 훑어보십시오.

현재 나의 신분은 농사꾼입니다. 해 뜨면 일어나 지게 지고 밭에 가고 해가 지면 집에 돌아와 밥을 먹고 잠이 듭니다. 내가 《실험학교 이야기》라는 책을 쓴 바가 있습니다만 현재 나는 '실험학교'라는 표현을 후회하고 있습니다. 내가 보기로는 지난 200년 사이에 태어나 자라고 성장하여 파멸의 위기를 맞고 있는 오늘의 제도교육이 '실험학교'에 더 가깝지, 내가 꿈꾸고 있는 교육은 자연과 사람 사는 마을 전체가 배움터인 인류의 오랜 보편교육의 전통을 다시 복원하자는 뜻을 담고 있기 때문입니다.

인류가 수만 년을 두고 행해왔던 보편교육의 복원이 어찌하여 그 낱말의 의미가 당신이 해석하는 뜻으로 쓰인 지 200년도 안 되는 아나키즘이라는 말로 수렴될 수 있단 말입니까〔참고로 아나키스트라는 말로 자신을 가리키면서 거기에 긍정의 뜻을 담은 최초의 사람은 프루동이었고, 그 말이 미화된 책은 푸루동이 쓴《소유란 무엇인가Quest-ce que la propriete》였습니다(1840년 초판 발행)〕.

나는 지금 이 자리에서 아나키즘이 무엇인지에 대해서 당신과 논쟁하고 있을 겨를이 없습니다. 그리고 그럴 실력도 없습니다.

그러나 당신이 나에게 한 번도 "당신이 하는 일이 아나키즘에 뿌리를 두고 있느냐"라고 물은 적도 없이 내가 하고 있고, 앞으로 하려는 일을 그렇게 단정 지어 기사화함으로써 나에게 입힌, 또 앞으로 입게 될 정신과 물질의 손해를 보상받아야겠다는 뜻에서 지금 이 편지를 쓰는 시간의 손실을 감수하고 있습니다.

지금부터 내 요구를 들어주기 바랍니다.

첫째, 이 편지를 아무 가감 없이《동아일보》지면에 그대로 옮겨 실어주기 바랍니다.

둘째, 당신이 쓴 기사가 오보였음과 그로 말미암아 나에게 정신과 물질 면에서 큰 손해를 입혀 죄송하다는 사과문을《동아일보》'문화와 지성' 란에 싣기 바랍니다.

내가 입은 정신의 고통과 물질의 손해에 대한 보상 청구는 나 스스로 결정할 능력이 없어서 그런 문제를 잘 아는 분과 상의하여 따로 할까 합니다.

이만 줄입니다.

먼저 이 편지를 전송으로 보내고 곧이어서 당신과 동아일보사 사주 앞으로 내용증명 편지로 보내겠습니다.

1996년 6월 27일.

윤구병 서명.

새삼스럽게 아나키즘에 대한 책자를 이것저것 들춰보았지만 잡지식만 몇 개 얻었을 뿐이다. 글쓰기 회보가 부쳐져 왔는데 거기 실린 내 글 가운데 '고마와'라는 말을 '고까와'로 잘못 써놓아 노광훈 간사에게 전화해서 항의했다. 그리고 글쓰기 회원 가족 열 가족은 글쓰기회에 오래 몸담았던 순서로 뽑고, 기간도 일주일 정도로 줄여도 좋다고 했다.

방에 누워 있다가 날이 조금 개어 빨래를 하고 재실에 올라가 방수포를 가져다 문짝을 단단히 덮었다. 부안에 물건 사러 간 김희정 군과 원광대 김 군이 돌아오는 길에 순대를 사가지고 와 그것을 안주로 삼아 소주를 몇 잔 걸쳤다. 오늘은 이광표 기자에게 쓴 편지 말고도 전주대학교 김광현 씨와 시애틀의 정승찬 씨, 그리고 플로리다의 김승용 씨에게도 답장을 보내고 용란이에게 위문편지도 썼다.

이광표 기자에게 전송한 편지를 본인이 보고 묵살할까 봐서 동아일보사 이현락 편집국장에게도 사본을 보내면서 다음과 같은 덧붙이는 말도 같이 전송했다.

귀 신문사 이광표 기자가 1996년 6월 24일자 '문화와 지성' 란에 근거 없는 오보로 저의 신상에 큰 불이익을 초래했으므로 이광표 기자에게는 직접 편지를 전송하고, 편집국장인 귀하 앞으로는 참고삼아 이 기자에게 보낸 편지의 사본을 전송합니다. 1996년 6월 27일. 윤구병 서명.

저녁에 식사와 함께 막걸리를 마시기에 앞서 김희정 군과 원광대 김 군에게, 아나키즘의 역사에 대해서 묻는 대로 이야기를 해주는 가운데 아나키즘 운동이 지식인 중심으로 이루어질 수밖에 없는 까닭은 아나키스트들이 사람은 모두 저마다 자율성과 창의성을 타고나서 자유와 평등에 대한 이성적 합의가 각각의 개인 판단에 따라 이루어질 수 있다고 믿는 데 있다. 그러나 어떤 사람은 실제론 감자를 깎는 단순한 일에서 행복을 맛보고 어떤 사람은 스스로 판단하는 일에 큰 고통과 부자유를 느끼는 경우가 있다고 이야기했다. 저마다 맡은 일을 하도록 배려하고 그러면서도 어떤 사람도 그 과정에서 소외감을 느끼지 않도록 하는 장치는 옛 마을공동체에서 사려 깊은 노인들이 모여 오랫동안 쌓인 경험으로 일머리를 풀어가고, 이분들의 판단에 손아랫사람들이 믿음을 보냄으로써 자연스럽게 그 나이에 이른 노인들에게는 잘났건 못났건 모두 머리를 숙이는 그런 방식으로 이루어졌다고 이야기했다.

몸이 조금 불편해서 9시가 조금 넘어 내 방으로 건너왔다.

6월 28일

아침에 일어나 재실에 가서 보릿단을 밀차에 실어 와 닭장 안에 넣어주었다. 벼 탈곡기로 보리를 타작해서 반나마 허실이 생기고 아직 보릿단에 섞인 보리 이삭이 많아 그대로 썩히기 아깝기 때문이다. 마당에 있는 옹기그릇에 담긴 빗물도 모조리 쏟아냈다. 모기가 생기지 않도록······.

아침에 김정진 양이 떠난다고 해서 당산나무터를 구경하고 가라고 지름박골로 안내했다. 마당에 뿌려놓은 들깨가 너무 배게 움돋아서 그것을 솎아 지게에 얹었다. 지게는 김승도 군이 지겠다고 해서 그러라고 했다.

당산나무 밑에 앉아 한참 쉬다가 김 양이 떠났는데 저수지 둑까지 바래다주고 돌아와보니, 지름박골에 오는 길에 가게에 들러 김 양 갈 때 먹으라고 사준 맛동산과 틴틴이라는 과자를, 깜박 잊고 놓고 갔다.

들깨 모종을 심고, 올콩(검정콩) 심을 준비를 하고 있는데 금란 씨와 봉선 씨가 왔다. 같이 올콩을 심었다. 집에 돌아오니 아직 11시 30분이다. 쉬다가 일을 해서 그러나? 시간이 더디 가는 날이다. 김 군과 막걸리를 마셨는데 꽤 마셨다. 점심을 먹고 누웠다 일어나니 3시 반, 김 군은 아직도 곤하게 자고 있다. 재실에 올라갔다 내려와도 여전히 자고 있어서 깨워 다시 지름박골로 갔다. 오이가 덩굴을 감고 올라가도록 땅바닥을 기는 오이덩굴을 흰 비닐끈으로 묶기도 하고 받치기도 해서 지난번에 세운 막대에 걸쳤다. 호박이 자라는 곳에 무성하게 우거져 그늘을 이루고 있는 풀들을 베어주고 고추밭에 풀도 매주고 하다가 집에 오니 8시에 가까웠다.

김희정 군은 재실에서 일하고 식사하는 모양이다. 저녁을 먹고 글쓰기 회보를 들고 재실에 올라갔다. 유 군도 김 군과 거기서 밥을 먹고 있는 중이었다. 냉암소를 덮는 데 필요한 재료를 사는 데 보태라고 40만 원을 더 주었다. 포크레인 값 20만 원, 지난번에 준 30만 원, 그리고 오늘 건넨 40만 원 해서 모두 90만 원이 들어갔는데, 아직도 조금 더 들어갈 부분이 있을 것 같다.

김희정 군과 내려와서 술을 마셨다. 내일 비가 오면 김승도 군이 아침에 떠나고 비가 오지 않으면 오전에 일하고 오후에 떠난다고 해서 송별을 겸해 12시가 넘도록 마셨다. 술이 취하니 김희정 군에게서도 사람을 추궁하는 버릇이 나타난다. 김승도 군이 하는 이야기가 모두 자기 속에서 나오는 것이 아니라 여기저기서 주워들은 관념에서 나오는 빈개념이고 구체성을 띠고 있지 않아 답답하기는 하겠으나 추궁이 너무 심해 반발을 일으키지 않을까 걱정이었는데, 김승도 군이 다행히 물고 늘어지는 말마다 성의껏 대답하려는 자세를 보인다. 물론 대답마다 개념어로 된 빈말이어서 공허하게 들리고, 그것이 김희정 군이 다시 추궁하게 하는 빌미가 되었지만……

김승도 군을 오늘은 구들방에서 재울까 했는데, 관유 군 집에 가서 자도 괜찮겠다 싶어 김희정 군과 함께 보냈다. 김희정 군이 관유 군의 말을 귀담아듣고 관유 군을 좋아해서 다행이다. 둘 사이의 이야기를 듣고만 있다가 김승도 군에게 자기 말을 하는 게 서툴더라도 더 좋다고 이야기하고 김희정 군에게는 상대방의 말에 맞추어 자신의 말도 바꾸는 게 사람을 편하게 만들어주는 길이라고 이야기했다. 개념어밖에 모르는 사람에게 왜 당신 말이 그따위냐고 따지고만 들다가는 사이만 벌어지기 십상이어서 주의를 준 것인데 알아들었는지 모르겠다.

6월 29일

어제저녁에 이광표 기자가 또 두 번이나 전화를 했는데 받지 않았다. 어제아침에, 내가 보낸 글을 받아보았노라고 미안하다고 사과하면서 내가 요구하는 대로 하기는 어려우니 그 대신에 인터뷰를 통해서 내 입장을 밝히는 게 어떠냐고 제안을 해서, 처음에는 동아일보사 같은 큰 언론기관을 상대로 시비하는 게 여러모로 불이익을 가져올 것이라는 걸 예상하고 시작한 일이니 더 말할 것 없이 내가 편지에 쓴 대로 하라고 했다가 하도 간곡하게 빌듯이 요청하는 바람에 조금 더 생각해보고 연락하겠다고 했더니, 다시 전화가 온 모양이다. 나이가 이제 서른두 살이라는데, 편집국장에게 불려가 호되게 닦달을 받고, 사주에게 내용증명 편지가 날아들지 않도록 알아서 잘 처리하라는 지시를 받은 것 같은데 아직 내 마음이 정리되지 않아 전화를 받지 않은 것이다. 아침에 봉선 씨와 금란 씨에게 오늘은 이 기자한테서 전화가 오면 바꾸어달라고 이야기했다.

새로 달여서 항아리에 부어놓은 간장이 항아리가 새는 바람에 반 가까이 없어져서 부랴부랴 새 항아리에 옮겨 담았다. 새지 않던 항아리인데 재실에서 옮겨 오는 동안 금이 간 모양이다. 오늘도 김희정 군과 김승도 군의 아침 먹으러 오는 시간이 늦었다. 어제는 전날 밤 새벽 2시까지 관유 군 이야기를 듣느라고 늦었다는데 오늘도 관유 군이 붙들고 있는 모양이다. 두 김 군이 7시 반이 되어서야 집으로 왔다. 그리고 속이 안 좋다고 아침을 못 먹겠다고 한다. "아무리 술을 마시더라도 아침에 일어나 일을 할 만큼 마셔야지. 아침을 안 먹고 어떻게 일하겠나" 하고 호통을 쳤다. 민정 엄마에게 연락해서 오늘내일 비가 온다는데 어차피 밀은 벨 수 없을 것 같으니 세워놓은 채로 비를 맞히자고 하고 희정 군에게는 비닐하우스 일을 하라고 했다. 김승도 군과 2800평 올콩 심은 데 가서 살펴보니 비닐끈으로 줄을 쳐놓은 데도 새가 입을 댔다. 우리가 둘러보고 있는데 장끼 한 마리가 달아났다. 이런 장치만으로는 굶주린 새들의 눈속임을 할 수 없다는 사실이 분명해졌다. 메주콩과 들깨를 모종으로 부어 옮겨 심을 생각으로 잡초를 제거하고 땅을 파는데, 물기가 너무 많아 작업이 어려웠다. 두 두둑만 4분의 3쯤 파다가 일손을 놓았다. 집에 돌아오니 9시 30분이다.

477

이광표 기자에게 다음과 같은 요구사항을 전송했다.

  이광표 기자에게.

  앞뒤 줄이고 용건만 씁니다. 무슨 인터뷰를 어떻게 하자는 것
인지, 지면은 어떻게 할애되고 인터뷰에서 물을 것은 무엇인지 계
획의 요강을 전송해주시기 바랍니다. 인터뷰에서 묻고 싶은 것을
질문서 형식으로 작성해서 보내주십시오(자세하게). 그러면 그것
을 보고 판단하여 가부를 결정해서 다시 연락드리지요.

1996. 6. 29. 윤구병.

  《전봉준과 갑오농민 전쟁》(우윤 지음)을 읽다가 속이 거북하여
잠시 자리에 누웠다. 자리에 누워 이광표 기자에게 왜 내가 아나
키스트가 아닌지에 대해서 답변할 말들을 생각했다. 막상 실험학
교를 하려고 농촌에 들어와보니 내가 농사일에 대해서 아무것도
제대로 아는 것이 없다는 걸 발견했다. 농사일이란 자연의 주체
를 인정하고 그 이치에 따라 일을 거드는 것인데, "자연에서 배우
자, 자연은 큰 스승이다"라고 입으로만 그럴듯하게 떠벌리고 실
제로는 나 스스로가 자연으로부터 배운 바가 없으니, 어찌 아이
들에게 좋은 선생으로서 자격을 갖추고 무엇 하나 확실하게 가르
칠 수 있겠는가. 이렇게 해서 실험학교를 빨리 열 계획을 내가 농
사일을 통하여 자연으로부터 선생 수업을 충분히 받을 때까지 미
루어두고 있는 판이다. 이런 판에 무슨 국가권력에 대한 비판 안

목이 생기겠는가. 원론으로 이야기하자면 요순시절의 어떤 농부가 격양가를 불렀다는 식으로 "아침에 해 뜨면 일어나 들에 나가 일하고 배고프면 먹고 자고 싶으면 자는데 임금 따위가 나에게 무슨 상관이냐"라고 할 만큼 국가권력의 영향을 최소화하는 것이 바람직하다. 그러나 국가권력이 없어야 한다는 말은 아니다. 좋은 통치자가 정의롭게 나라를 다스리고 정당한 권위를 행사하는 것은 좋은 일이다. 그러나 좋은 통치란 국민들의 일반의지가 좋은 쪽으로 모여서 좋은 통치자를 선출할 때 이루어지는 것이므로 국민들의 일반의지를 좋은 쪽으로 바꾸는 작업이 필요한데, 이것은 상품경제 사회가 자신의 유지를 위해서 만들어낸 현재의 국가기구나 그 국가기구를 뒷받침하는 '만드는 문화'의 중심인 도시에서 생겨난 제도교육으로는 불가능하다. 따라서 '기르는 문화'가 중심인 생산공동체에 몸을 옮겨 여기서부터 정의로운 일반의지를 가진 미래 세대를 길러내고자 하는 것인데 그럴 자격이 나에게 없으니, 현재로서는 땀 흘려 일하며 자연으로부터 기초부터 배우는 것이 급선무다. ─ 대체로 이런 생각을 하다가 점심에 수제비를 먹고 재실에 올라가 냉암소 작업을 둘러보았다. 오전에 비가 올 줄 알고 밀 베는 일을 연기하자고 했는데, 이렇게 바람만 불고 비가 내리지 않을 줄 알았으면 밀 베는 일을 일찍 서두는 편이 좋았으리라는 후회가 생긴다.

늦었지만 오후부터라도 울력을 해서 밀 베는 일을 하려고 낫을 찾아서 가는데 빗방울이 후드득거리면서 바람이 미친 듯이 이

479

리저리 분다. 최광석 군한테서 곰소에서 전화가 왔다. 월요일 오
후에 들르겠다는 전갈이다. 갑오징어 140마리 사주겠다고 약속
했는데 그 갑오징어를 어떻게 처리하면 좋을지 생각을 깊이 해보
아야 하겠다.

6월 30일

   일어나니 아침 5시다. 밀차를 가지고 재실 앞밭에 올라가 보릿
대 쌓아놓은 것을 밀차에 담았다. 지난번 벼 탈곡기에 보리를 탈
곡했는데, 보리 탈곡기가 아니라서 보리목이 그대로 붙은 채로
섞인 것이 많아서 이것을 가져다 닭장 안에 깔아주면 닭똥 때문
에 생기는 닭장 안의 습기도 없애주고 또 닭모이도 생긴다는 생
각이 떠올라 닭장 안에 깔아주려고 담아 내려와서 마당 한 귀퉁
이에 부려두고 닭장 안에 들어가 지난번 바닥에 깔아주었던 볏짚
과 보릿대를 걷어냈다. 그리고 닭들을 마당에 내보내고 닭장 문
을 닫았다. 앞집 할머니가 고추꽃을 따 먹는다고 닭들을 밖에 내
보내는 걸 싫어하시지만 장마에 너무 오랫동안 습기 찬 닭장 안
에만 닭이 갇혀 있는 것이 보기에 안됐고 병이 생길지 모른다는
생각이 들어서……. 간밤 바람에 떨어진 앵두도 줍고 살구도 줍
고 하는데 김 군이 오늘은 일찍 와서 6시 조금 넘어서 아침을 먹
었다. 죽을 반 사발 먹고 커피 한잔 마시고 오늘은 재실에 올라가
밀을 베어주자고 했다. 장마철인데 날이 조금 갤 때 밀을 베지 않

으면 선 채로 썩어갈 게 염려가 되어서, 오전 내내 밀을 벴다. 오후에는 1400평(2800평 밭을 관유 군과 나누어 1400평을 내 뜻대로 농사짓기로 했다) 땅에 메주콩을 심어야 하는데 물이 아직 고여서 모종을 하기로 하고 금란 씨와 봉선 씨를 거기로 보내고 김희정 군과 나는 계속해서 밀 베는 울력을 하기로 했다. 피곤했지만 끝까지 버텨서 저녁 8시경까지 밀을 벴다. 몸은 피곤했지만 마음은 개운하고 편하다. 힘든 일을 하고 난 뒤의 느긋함이라고나 할까. 어제 밤늦도록《전봉준과 갑오농민전쟁》을 다 읽었는데, 우윤이 쓴 이 책은 북접에 대해서 지나친 편견이 있는 듯하여 북접에 연관된 연구서가 나와야 보완이 되겠다고 느꼈지만, 그래도 읽고 느낀 것이 많았다. 모르던 것을 새로 일깨운 부분도 많았고…….

저녁을 먹고 막걸리를 한잔하며 봉선 씨와 금란 씨가 지난 1년 동안 했던 고생스러운 농사일을 화제에 올렸다. 전주 MBC 기자가 전화를 했는데 KBS, MBC, SBS에 거절한 사연을 이야기하고 전주 MBC라고 해서 특별히 출연하면 형평의 원칙에 어긋난다고 했더니 알아듣는 눈치다. 일생을 농사꾼으로 지내면서 흐트러지지 않은 모습으로 산 분들이 많은데 대학교수가 농사를 짓는다니 그게 상품가치가 있다고 느낀 것일까? 참 답답하고 우스운 일이다. 희정 군과 봉선, 금란 씨에게 "내가 그렇게 잘생겼소? 배우로 전업을 할까?" 하고 웃었다. 멀리서 보면 신비화되는 모양이지, 가까이 땀 흘려 같이 일하다 보면 사라질 안개인데…….

─7월─

7월 1일

아침에 일어나 밀차를 밀고 재실에 올라가 보릿대를 한 차 싣고 오는 길에 너무 여물지 않아 베지 않고 밭에 세워둔 밀을 한 줌 베어서 같이 가지고 왔다. 어느 정도 뻐득뻐득 마른 보릿대를 닭장 안에 깔아주었다.

아침을 먹고 나서 김희정 군과 어제 베다 만 밀을 베러 올라갔다. 봉선 씨와 금란 씨는 2800평 밭에 가서 올콩 심다 남겨둔 밭에 풀을 매고 거기에 메주콩을 심겠다고 갔다.

재실 비각 아래밭에 있는 밀을 다 베고 참을 먹으러 내려오니 9시 반이다. 막걸리와 건빵 그리고 호빵으로 참을 때우고 다시 재실에 올라가 비알밭에 있는 밀을 베었다. 비알밭에는 사천에서인지 통영에서인지 보낸 밀을 심었는데 정경식 씨 집에서 그 밀로 부침개와 빵을 만들어 먹어보더니 그것이 보통 통밀보다 훨씬 부드럽다고 하더라고 민정 엄마가 전한다. 밀 두 종류 다 씨앗 할 만한 것은 따로 단을 지어 세워놓았다. 시간 나는 대로 갖다가 홀태로 훑어서 씨앗으로 보관해야겠다는 생각에서…….

밭에서 일하는 도중에 민정 아비가 오후에 밀타작을 하는 게 어떠냐고 한다. 오후에 500평 밭에 가서 망초를 뽑아내고 들깨씨를 뿌려야 하기 때문에 생각 좀 해보자고 했다. 이 생각은 아마 민정 엄마 머릿속에서 나온 모양인데, 장마에 밀이 땅에 선 채로 썩어가면서 밀알이 다 떨어져버릴까 걱정되어 서둘러 베었더니, 벤 김에 탈곡까지 하고 싶은 모양이다. 속으로 좀 언짢아졌다. 메주콩도 아직 못 심고 있고 들깨씨도 급한데, 급한 불을 꺼주었으면 무슨 도울 일 없느냐고 묻는 게 순서지 타작부터 하자는 말을 꺼내다니, 이 사람들이 자기네 생각만 하는 건지 그렇지 않으면 일의 순서를 모르는 건지……. 울력을 한 것이라고 말하고 밀이나 보리는 사 먹을 테니 여기 있는 것으로 때울 생각은 하지 말라고 했다. 밀을 다 베고 씨앗 할 것과 먹을 것을 따로 가려 세우고 내려오니 오전 11시 40분이다. 정경식 씨도 밀 씨앗을 조금 얻었으면 한다고 해서 참 먹고 올라가 벤 것은 씨앗용으로 많이 세워놓았다.

점심을 먹기 전에 마늘을 재실에서 가져왔다. 큰 것 열 접, 작은 것 열 접, 그리고 중간 것 서른 접, 점심을 먹고 김희정 군과 지서리에 나가 떡과 참기름 짜는 것 맡기고(원래 매월 초하루는 일을 하지 않는다는데 모르고 가지고 왔다니까 받아주었다), 막걸리 반 말 사고, 농협에서 150만 원을 찾아왔다. 곰소에서 최광석 군이 온다는데 상황을 보아서 돈을 먼저 주고 갑오징어는 나중에 가지고 오라고 할 요량으로……. 점심 후에 한참을 기다려도 최 군이 오

484

지 않아 김 군과 500평 밭으로 가고 있는데 최 군이 왔다. 소라와 갈치를 싸들고 와서 그 차로 다시 집에 와 봉선 씨에게 소라와 갈치를 전하고 500평 밭으로 다시 갔다. 그동안 밭에 안 와본 지 두 주일이 넘나? 깨를 심어놓은 곳까지 온통 풀밭이다. 그리고 제법 처음에 잘 났던 깨가 많이 없어졌다. 와보지 않아서 무엇 때문인지 이유도 알 수 없다.

칡넝쿨을 걷고 망초를 우듬지만 낫으로 베어 포대에 넣었다. 39킬로그램과 18킬로그램, 그러니까 모두 57킬로그램을 벤 셈이다. 김 군을 시켜 당절임을 하고 최 군과 함께 떡과 참기름을 찾아오면서 동네 가게에서 담배를 샀는데 오늘부터 담뱃값이 올랐다는데도 예전 값으로 88라이트 한 보루를 준다. 오르지 않을 때 받아놓은 것이라면서……. 시골 인심이다.

최 군과 함께 밤이 꽤 늦도록 술을 마시면서 이야기를 나누었다. 최 군이 곰소를 떠날 생각을 하기에 그러지 말라고 했다.

7월 2일

닭 한 마리가 또 죽었다. 긴 장마에 닭장에 너무 가두어두어 사료와 물로만 기르려고 해서일까. 며칠 전부터 안타까워서 닭장에서 풀어놓아주고 싶었는데, 앞집 할머니가 고추꽃을 따 먹는다고 닭장 안에만 두라는 바람에 너무 오랫동안 습한 곳에 가두어놓은 탓이리라. 지난번 한 마리 죽어 두엄 속에 묻었는데 오늘 또 묻었

485

다. 죽어가는 모습은 늘 익숙하게 느껴지지 않는다. 오전에는 마늘을 엮어 지붕 밑에 달았다. 봉선 씨가 우리는 제주도에 사나 보다, 여자는 들일 나가고 남자들은 집에서 마늘이나 엮고 있고……라는 말을 했다는데 마음에서 지워지지 않는다.

오후에 한숨 자고 500평 땅에 가서 망초를 베어 효소를 담그려는데 마을 안에서 보리타작이 벌어졌다. 어제 민정 엄마가 밀타작 먼저 하자는 걸 마음에 뜨악하게 여겼는데 마냥 밭에 세워둘 일은 아닌 듯싶다. 가서 재실 것은 타작해주지 않겠느냐 타진했다. 그러고 나서 겪은 마음의 갈등이라니…….

광식 군과 민정 아빠는 이장 집 두엄 나르러 갔고, 김희정 군과 나는 500평 효소일 하러 가다가 갑자기 동네에서 기계로 보리타작 하는 걸 보고 우리 밭 밀타작 생각이 나서 모든 걸 중지하고 그 어르신에게 부탁하여 밀타작을 했는데, 결국 15만 원이 들었다.

저녁 6시부터 9시가 넘을 때까지 밀타작을 하고 보니 용란이가 와 있다. 너무나 열심히 일해서 온 사실을 알리기가 민망해 그냥 재실 위로 올라왔다 한다. 저녁 먹을 때 막걸리 세 잔을 마시고 용란이와 우리 식구 모두 아래로 내려와 맥주를 마시기 시작했다. 김용란 위로주다.

민정이 아비와 광식 군에게 오늘 허락 없이 밀타작 한 것에 대해 사과를 했지만 마음으로는 잘못했다는 생각이 들지 않는다. 그러나 주인 아닌 사람이 일을 저질렀으니 사과를 해야지…….

7월 3일

어제 아니 오늘 새벽 4시까지 혼자 술을 마셨다. 아침에 일어나니 6시쯤 되었다. 다행히 김희정 군이 당절임을 뒤집고 내려와서 나는 밀밭에서 밀모가지 몇 개만 베어 닭모이를 주면 되었다. 오늘은 솔밭(2800평 땅을 오늘부터 이렇게 부르기로 한다), 경운기와 관리기로 갈아 콩을 심는 날이다. 오전에는 재실 식구 모두와 광식 군과 우리 식구 모두(관유 군을 뺀)가 솔밭에서 울력을 하는 날이다. 그동안 묵혀서 풀이 무성해 동네 어른들 보기 민망했는데, 조금 늦은 대로 콩을 심을 수 있게 되어 다행이다. 작년에 쌓아두어 잘 썩은 콩깍지를 밭에 고루 뿌리고 유 군은 경운기로, 민정 아비는 관리기로 땅을 갈고 나는 김희정 군과 올콩 심은 밭 두 두둑 풀을 안 매준 것을 파개(풀 밀어 없애는 수동기구)로 매주었다.

용란이가 청주로 떠난다고 해서, 또 과학기술원에서 저녁 6시까지 와달라는 부탁이 있어서 1시 반쯤 길을 떠났다. 부안에 들러 탈수기를 LG 대리점에 가져다주고(두 주일도 안 되어 타이머가 고장인 데다가 요동이 심하고 해서 바꾸어야 했는데 장마가 들어 미루어두었던 것이다), 용란이와 함께 전주를 거쳐 유성에 왔다. 용란이와는 유성에서 잠깐 다방에 앉아 이야기를 나누고, 두통이 심한 데다 기운이 없다고 해서 떡볶이를 간단히 먹여 보냈다. 과학기술원 대학원생 중심으로 '세상 속으로'라는 모임이 있어 강연을 해달라고 해서 대덕단지에 가야 하는데 길도 모르고 차편도 여의치 않아 윤형제 씨에게 전화했더니 마중 나오겠다고 한다. 대합실에서 기다리니 단아하고 선량하게 생긴 학생이 하나 와서 인사를 한다. 같이 과학기술원에 갔다. 강의 제목은 '기르는 문화와 만드는 문화'. 농담 삼아 유나바머는 과학기술자들에게 우편으로 폭탄을 보냈지만 나는 살아 있는 폭탄으로 이 자리에 왔다. 따라서 지금부터 내가 하는 이야기가 고통스럽더라도 참고 들었으면 좋겠다. 실제로는 당신들이 나에게 모두 폭탄으로 보인다. 아니 한 걸음 물러서서 폭탄을 가지고 노는 어린애들처럼 보인다. 당신들은 분석과 분해도 제대로 이해하지 못하고 있다. 당신들이, 당신네 과학자들이 현대에 들어 이제까지 해왔던 일은 직관을 통한 현상의 분석적 파악보다는 습관에 따르는 이 세상의 분해였다. 분해를 하다 보면 안에 감추어진 사물의 결이 밖으로 드러나니까, 사물의 구조나 기능을 조금 더 잘 이해할 길이 열리는 수가 있지. 그러나 깊이를 넓이로 바꾸는 작업, 이면을 표면으로 드러내는 작업, 삼차원의 세계를 이차원의 세계로 바꾸려는 노력에는 한계가 있다. 아무리 쪼개고 또 쪼개서 표면의 넓이를 무한대로 확대시킨다 하더라도 삼차원의 세계를 이차원의 세계로 환원할 수는 없다. 여전히 보이지 않는 세계는 남는다. 물질이라고 여러분들이 파악하는 '없는 것', '빈 곳', '공간'이 많은 사물들, 본디 '끊어진 것'을 안에 많이 담고 있는 것들은 그런 방법으로 이해되는 측면이 있지만 생명의 세계는 본디 이어진 것이고, 삼차원에 여러 차원이 더 중첩되어 살아 움직이는 것이기 때문에 분해하면 본질이 훼손되어 영원히 그 비밀을 파악할 수 없다. 죽거나 상처를 입어 기능의 일부가 또는 전부가 사라져버리는데 어떻게 그런 방법으로 이해할 수 있겠는가. 라디오를 분해하면 이미 라디오가 아니다. 기능이 사라져버리니까. 물질도 그러하거늘 하물며 생명체의 경우야 더 일러 무엇 하겠는가. 유전공학? 사이버네틱스? 모두 인간의 오만에서 나오는 이 세상의 해체다. 당신들은 무책임한 해체주의자들이다. 당신들이 분해하고 해체해놓은 것을 다시 조립하고 종합해서 원래 모습으로 되돌려놓을 길조차 모르고 있으면서 왜 파괴를 일삼고 있느냐. 멍청하고 어리석은 사람들이다. 당신들이 과학기술 용어라고 해서 쓰고 있는 낱말 모두가 사물을 있는 그대로 드러내기보다는 감추고 은폐하는 데 더 많은 기능을 한다.─대체로 이런 투로 이야기를 끌어나갔다. 벌떡 일어서서 나가버릴 사람들이 있으리라고 여겼는데 뜻밖에 진지하게 경청하고, 한 시간 반에 걸친 이야기가 끝난 뒤 질문하는 사람들이 많다. 열 명도 넘는 학생들의 질문을 받은 것 같다. 나중에 나는 여러분들에게 무엇인가를, 새로운 '정보'를 하나 더 머릿속에 담아주기 위해서 이 자리에 선 것이 아니라, 여러분들 머릿속에 있는, 그래서 의식을 잠들게 하는 쓰레기 정보들을 지울 지우개 하나씩 마련해주려고, 그리고 여러분들이 그다지도 명쾌하다고 여겨 한 번도 의심하지 않았던 것이 온통 의심스러운 것이라는 혼돈 상태에 빠지기를 기대하고 여기에 왔다고 했다. 내가 하는 말을 이 사람들 가운데 몇이나 알아들을까. 뒤늦게 생각하니 머리로 받아들이는 사람은 한둘 있을지 모르지만 뜻을 새기는 사람은 아무도 없으리라는 느낌이 든다. 재벌 기업이 연구비를 대 이런저런 연구를 하라고 교수진에게 의뢰하면, 교수진은 그 연구 과제가 우리 삶에 도움이 되는지 안 되는지를 판단하지도 못하고(그런 통찰력이 없으니까) 그 과제를 세분해서 학생들에게 맡기고, 학생들은 교수가 중요한 연구라고 그러니까, 또 그 연구를 통해서 학위를 받고, 교수 눈에 들어 신분상승을 꾀하고, 자기가 순응한 만큼 사회경제의 지위를 누려야 하니까 받아들이고……. 줄에 묶인 꼭두각시놀음에 익숙한 이 사람들이 좋은 것이 무엇이고 나쁜 것이 무엇인지, 과학기술 영역에서 살림에 보탬이 되는 것은 무엇이고 망치는 것은 무엇인지 단 한 시간이라도 자기 시간을 내서 그 목록이라도 우선순위에 따라 작성하고 생각해볼 겨를을 갖기를 어찌 기대할 수 있으랴.

강의를 마치고 윤형제 군과 양현모 군, 김정호 군이 나를 변산까지 차로 데려다주었다. 밤 12시쯤 도착해서, 금란 씨 깨워서(미안했다) 술상을 보게 하여, 막걸리를 마시면서 2시까지 이야기하다 자리를 파하고, 내 방을 학생들에게 내주고 나는 구들방에서 잠을 청했다.

7월 4일

아침에 늦게 일어났다. 비가 많이 내린다. 조금 그치기 기다려 어제 온 손님 셋에게 재실 감식초 담근 것, 효소실, 장독대 구경시키고 지름박골에 저수지 옆 오솔길을 따라 데려가고, 술도가에서 막걸리 한 바가지 떠서 돌려 먹인 뒤에 대덕으로 돌려보냈다. 두부 세 모와 콩나물 2000원어치, 900원으로 200원이 오른 88라이트 한 보루 사서 비를 맞고 집으로 돌아오는데 운산리 사는 김동식 씨라는 분이 차를 멈추고 태워주어서, 구태여 집에까지 데려다주겠다고 하시는 것을 구판장 앞에서 내려달라고 하여 걸어 들어왔다. 김희정 군은 관유 군 집에 가서 아직 안 돌아왔다. 12시 가까이 되어 최광석 군이 게 네 상자, 바닷가재(쏙) 한 상자를 싣고 왔다. 한 상자에 만 원씩 주었다 한다. 그러지 말라는 걸 한 상자에 1만 3000원씩 쳐서 6만 5000원을 주고, 어제 콩 심느라고 고생한 재실 식구들에게 게 한 상자, 가재 한 바가지, 앞집 할머니 댁에 가재 한 양푼, 게 그만큼 가져다주고, 광식이 시켜서 이장집에도 게 한 상자, 가재 한 양푼, 그리고 막걸리 사러 최광석 군과 함께 가면서 반 상자 조금 못 되게 게를 가져다주고, 나머지 한 상자 반 남짓 게는 젓을 담기로 하고 농협 면세점에서 몽고간장 일곱 병(한 병에 2200원), 그리고 물엿 한 통(반 말, 7500원) 사서 집으로 돌아왔다. 가재를 삶고 또 술도가에서 얻어 온 '배꼽'(골뱅이)을 삶고 국을 끓여 술 한 병과 함께 최광석 군과 봉선 씨에게 챙겨 관유 군 집에 가라고 보내고, 몸이 피곤하여 자리에 누웠다. 세 시간 넘게 잤나 보다. 윤봉선이가 아들과 딸 데리고 왔다. 유광식 군이 전화를 해서 저녁 초대를 받아 왔노라고……. 재실 효

491

소실에 올라가 당절임 뒤집고, 지난번 1일에 못 붙인 표시판 붙이고, 유 군과 윤 군에게 탈수기 실어다 놓으라고 부탁하고 재실에서 탱자술 몇 잔 얻어 마시고, 유 군과 윤 군이 탈수기 실어 나르는 걸 확인하고 집으로 저녁 먹으러 내려왔더니, 봉선 씨가 와 있다. 잠깐 다녀온다더니 분위기가 모처럼 좋아서 오래 머물게 되었다고 한다. 최광석 군이 아내와의 관계 문제로 관유 군에게 사랑이 무엇이냐고 물었다 한다. 최 군은 고등학교 다니다 가출하여 야학에서 대학 생물학과를 다닌 야학 선생을 만나 결혼해서 다섯 살 난 딸을 두었는데(둘 다 나이 이제 28세니까 일찍 결혼한 셈이다), 아내가 다시 원광대 한의학과에 들어간 뒤로 사이가 성글어진 걸 느끼는 모양이다. 봉선 씨와 금란 씨와 함께 봉선 씨 장래 문제를 놓고 길게 이야기를 나누느라고 12시 가까이 되어서야 내 방에 건너왔다. 봉선 씨는 아이 낳을 문제로 아직도 마음에 갈등이 많은 모양이다. 이제 조만간 모두가 알 터인데, 관유 군이 이 문제에 대해 공동책임을 지지 않고 훌쩍 떠나게 되면, 관유 군에 대한 주위 사람들의 눈길이 곱지 않을 것이고, 봉선 씨는 봉선 씨대로 혼자 아이를 키우면서 시골 생활을 해야 하는데, 그 모습이 현재 비야 엄마가 겪고 있는 것보다 훨씬 더 큰 어려움을 감당해야 할 것이라 답답하기 짝이 없다. 저녁에 최 선생이 고기를 듬뿍 사들고 와서 몇 해 전에 소주로 내려놓은 술(막걸리가 쉬면 스무 말도 쉬고 열 말도 쉬는 일이 여름철에는 빈번한데 옛날에는 아까워서 소주로 내려놓았으나 요즈음에는 그것도 귀찮아 밤에 몰래 쏟아버렸

492

다 한다)을 가져다줄 터이니, 한 번 더 뭉근한 불로 가마솥에서 내려 탄 냄새를 없앤 뒤에 약초와 함께 숙성시켜보라고 했다. 그러기로 하고 쉰 술도 가져다주면 소주로 내려 쓰겠다고 했다. 갑자기 귀가 울린다고 하기에 비가 오고 술을 마셔 침이 안 좋은 줄 알지만 수지침을 꽂아주었다. 자꾸 엄지발가락에도 놓아달라고 하기에 망설이다가 놓아주었더니, 역시 체침 혈을 건드리니까 격심한 통증과 함께 기가 한꺼번에 빠지는 모양이다. 얼른 다시 침을 뺐다. 그리고 일찍 가서 푹 자고 쉬면 나을 거라고 하면서 돌려보냈다. 소문이 나면 돌팔이를 명의로 알고 사람들이 찾아와 팔자에 없는 의사가 될 염려가 있어서 내가 침놓는다는 소리 아무 데서도 입 밖에 내지 말라고 신신당부한 뒤에…….

7월 5일

오전에는 끄무레하던 날씨가 오후 들어 햇빛이 났다. 어제 조원이가 전화해서 부탁한 '가을과 새' 원고를 써서 보내느라고 오전과 오후 한때를 방 안에서 보냈다. 햇빛이 밝은데 방 안에 죽치고 있는 게 마음에 걸렸지만 어제 일을 마무리 짓지 못했으니 어쩔 수 없다. 원고를 써서 전송하고 항아리에 거의 가득 찬 똥을 펐다. 오후에는 보리타작기 나온 것이 있다 하여 지서리에 갔는데 조한섭 씨가 집에 없어 두 번 찾아갔다가 포기하기로 했다. 부러 자전거를 타고 갔는데 헛걸음을 한 터라 그냥 올 수 없어서 농

493

협에 가서 통장을 찾고, 오는 길에 논일 하시는 형님과 잠깐 이야기를 나누었다. 지름박골에 다시 물이 넘친 모양이다. 사슴농장 어른이 형님 붙들고 막아놓은 보를 트지 않아서 길이 망가진다고 또 불평을 한 모양이다. 그리고 군산 어느 초등학교 교감으로 있다 정년퇴임한 교감선생님 한 분이 내가 당산나무터에 집을 짓는다는 말을 들었는지 물이 오염될 걱정을 하길래 형님이 면박을 주었다 한다.

사리분별이 바른 분이 우리 편이 되면 그만큼 힘이 됨을 느꼈다. 집에 돌아와 재실에 참을 보냈다. 유 군과 심 군과 김 군이 냉암소 천장 단열작업을 하느라 애쓰고 있는데, 봉선 씨와 금란 씨가 마침 술도가 어머님(87세)에게 옛날 살아오신 이야기를 녹취하러 갔기 때문에 내가 챙기게 된 것이다. 술과 안주, 떡을 민정 엄마 편으로 보내고 크리슈나무르티의 《삶과 지성에 대하여》 읽던 것을 다시 들추어보다가 몸이 피곤하여 자리에 누웠다 금란 씨와 봉선 씨가 들어오는 소리를 듣고 자리에서 일어났다.

저녁을 먹고 농사일을 의논하는 도중에 김교빈 선생한테서 전화가 왔다. 한철연 연수에 참여할 인원이 70명 정도인데 원광대 해양수련원에서 1박 2일 연수를 마친 학생들 가운데 26명 정도가 우리 일손을 돕기 위해 남는다는 연락이었다. 어제에 이어 필요한 것이 없느냐고 묻기에 청계천에 가서 중고로 공업용 미싱 하나 사다 주면 좋겠다고 했다. 한철연의 재단법인화 작업이 순조롭게 진행되어 오늘내일 허가서가 교육부에서 나온다고 했다. 충북대 이신호 교수한테서도 연락이 왔다. 내일 11시 30분쯤 청주를 출발하는데, 내일 중으로 다시 청주에 돌아가야 하기에 잠깐 만나보고 가고 싶다는 전갈이었다. 내일은 내 동창들이 오는 날이지만 그러자고 했다.

한철연 식구들이 오면 작업을 배분할 필요가 있어서 일요일 8시 30분에 우리 집에 모두 모여 의논하자며 민정 엄마에게 알렸다. 정경식 씨가 어제저녁 전화를 해서 9일 저녁 김복원 씨 집에 가기로 선약을 하고, 다른 여러 날에는 사람들이 찾아오고(내일모레는 친구, 8~9일에는 벤테 씨 일행, 10~11일에는 한철연 연수회) 해서 그날밖에 의논할 시간이 없다.

김 군과 술을 11시 30분까지 마시면서 일 의논을 했다.

7월 6일

김희정 군 뒤에 누가 따라오길래 누군가 하고 보았더니 김철한 기자다. 새벽 3시에 도착해서 관유 군 집에서 밤새 이야기하다가 왔다 한다. 대단한 사람이다. 아침을 먹고 재실에 올라가 일을 시작했다. 재실밭 언덕 호박 구덩이 옆 풀을 벨 겸 효소를 담글 겸 해서 풀들을 살펴보노라니 쐐기풀과의 모시풀과 머위가 눈에 띈다. 둘 다 효소를 담아보지 않은 것이어서 김 기자에게는 모시풀을 김희정 군에게는 머위를 베라 하고 나는 밀차를 끌고 재실 넘어 비야 엄마와 광식 군이 심어놓은 고추와 호박과 그 밖의 농작물 상황을 살펴보려고 갔다. 호박밭에 쑥과 어울려 익모초가 숲을 이루고 있다. 그것을 알뜰히 베어 호박밭을 말끔히 해주고 효소실에 와서 달아보니 14킬로그램이다. 당절임을 했다. 재실 뒤 냉암소 작업을 하는 심 군과 두 김 군 그리고 유 군을 위해서 참(앞집에서 준 쑥떡과 막걸리 두 병 그리고 건빵을 가지고 가고 민정 엄마는 김치와 효소물을 내왔다)을 날라다 주고, 그 작업을 하느라고 못 벤 머위와 모시풀은 내가 베기로 했다. 머위를 34킬로그램 베어 당절임을 하고 점심 먹으러 집에 돌아오니 벌써 1시가 되었다. 김 기자가 잠을 못 자고 일하는 것이 안쓰럽고 낮시간에 햇볕이 더워서 잠시 자고 일어나자고 하여 3시가 조금 넘게까지 자고 일어나 일을 나가려는데 전화가 왔다. 한샘출판사 신상철 사장과 유시춘 씨가 변산에 왔다고 연락이 왔다. 뜻밖의 방문이다. 한참을 기다려도 안 오길래 김 기자 차로 술도 한 말 받을 겸 해서 마중을 나갔다. 흔적이 없다. 아마 길을 잘못 든 모양이다. 할 수 없이 술만 가지고 올라오는데 심 사장 차가 보인다. 원광대 김 교수가 있는 데까지 잘못 간 모양이다. 집에 안내하여 재실 구경을 시키고 내려오니, 이번에는 속초 김경희 선생이 전화로 이야기한 미국 발도르프 학교 벤테 선생과 아들 엘리아스, 독일에 간호사로 파견되었다가 거기서 공부하고 독일인과 결혼하여 살면서 독일 발도르프 학교 교사 생활을 10년 하다가 얼마 전에 남편과 사별했다는 장구지 씨와, 이 세 사람을 태우고 온 중앙대 4학년 학생이 온다.

모두 데리고 손종만 어른 집터로 해서 당산나무터로 갔다. 흙살림연구소 이신호 교수와 김 대령도 만나 형님이 부탁한 중개 역할을 해야 하기 때문에 겸사겸사 간 것인데, 가보니 안용무 씨 부부도 와 있고 박찬교 씨도 와 있다. 일행이 아주 많아졌다. 당산나무 아래서 이야기하기로 하고 모두 모시고 당산나무터로 올라갔다. 가서 우리 밭과 집터를 보여주고 형님과 함께 이신호 교수 일행과 집 짓는 일 의논하고 신 사장과 벤테 선생 일행과 바닷가에 갔다. 거기서 집에 전화해 손님들을 위해 저녁을 마련해줄 수 있느냐고 물었더니 금란 씨 대답이 시원찮다. 반찬도 없고 난감한 모양이다. 그 사정을 이야기했더니 신 사장이 그렇지 않아도 저녁을 대접하고 싶었다며 격포로 가자고 한다. 격포에 있는 횟집(영광횟집)에 가서 참 귀한 고기라는 농성어 회를 먹고 술을 마시고 저녁을 먹었다.

집에 돌아와 막걸리 마시면서 벤테 선생 일행에게 우리가 여기서 하고 있는 일과 하려는 일을 길게 설명하는데 신 사장 부부는 먼저 눕겠다고 내 방으로 들어갔다. 김 기자는 희정 군과 먼저 관유 군 집으로 가라고 해서 가고, 봉선 씨와 금란 씨도 11시가 거의 다 되어 재실로 자러 올라가고, 엘리아스와 중앙대 학생도 방에 들어가고, 결국 장구지 씨와 벤테 선생과 나, 셋이서 12시까지 이야기를 나누었다.

나머지 이야기는 내일 하기로 하고 자리를 파하고 나는 구들방에서 잤다.

7월 7일

아침 일찍 잠에서 깨어났다. 5시가 채 안 되었지 싶다. 재실에 올라가 어제 담가놓은 당절임을 뒤집고 보릿짚을 밀차로 하나 그리고 밭에 세워둔 밀 모가지를 낫으로 베어 집에 돌아오니 아직 아무도 안 일어났다. 솔밭의 밑밭(1400평) 중 두 다랑이에 물이 고였다고 한 김희정 군의 어제 말이 생각나서 가보았더니 정말 물이 고여 있다. 물꼬 틀 곳을 눈여겨보고 돌아왔는데도 아무도 일어나지 않았다. 조금 있다가 유시춘 씨가 일어나고 이어서 신 사장이 일어나 두 사람을 데리고 솔밭으로 가서 구들도 보여주고 땅도 보여주었다. 김 군이 밭에서 물꼬 트는 일을 하는 걸 보고 어디에 터야 할지 이야기해주고 집에 다시 같이 오니 봉선 씨와 금란 씨가 와 있다. 엘리아스와 학생은 일어나지 못한 모양인데, 장구지 씨와 벤테 선생은 조금 뒤에 일어났다. 같이 죽을 먹고 커피 한잔 마시고 심 군 부부와 장, 벤테 선생에게 재실을 구경시켜주었다. 재실에서 신 사장 일행과 작별하고 장구지 씨 일행에게도 잘 가라고 하고 냉암소에서 흙을 나르다가 반쯤 부러져서 아래로 휜 대추나무 가지를 톱으로 자르는데 장구지 씨와 벤테 선생 일행이 다시 재실로 올라왔다. 장독대 사진을 찍겠다고 온 모양이다. 사진을 찍고 다시 벤테 선생 일행을 떠나보내고 흙일을 하다가 참을 챙기러 집에 내려왔더니 송순섭 군에게서 전화가 왔다. 선운사에서 출발하는데 김익수 군 일행이 서울에서 아직 도

498

착하지 않았느냐는 연락이었다.

집에 머물면서 기다리기로 하고 참은 봉선 씨에게 올려 보냈다. 오겠다는 사람들이 아무리 기다려도 오지 않아 마중을 나가기로 했다. 운산교까지 가니 웬 중늙은이 부부 둘이 서성거리고 있다. 아마 이들이 내 동창생들일 것이다. 중학 동창생은 36년 동안, 고등학교 동창생들은 33년 동안 보지 못하고 지낸 사람들이 대부분이니까. 그래서 누굴 찾아왔느냐고 물었더니 역시 나를 찾아왔단다. 술 먹고 자전거 타고 가다가 한쪽다리를 빗길에 차에 부딪쳐 잃었다는, 지금 모교에서 교사를 하고 있는 김준기, 랜드로버 대리점을 하고 있다는 심정택, 그리고 뒤늦게 채희경 군과 김익수 군이 서울에서 와 합류하고, 해양고등학교를 나와 목포에서 어느 회사 전무를 한다는 중학 동창생(이름이 기억 안 난다, 들었는데도). 거의 모두 동부인하고 와서(윤맹식 군도 동부인했다. 남자 여섯, 여자 다섯) 차 다섯 대는 재실 밀 베어낸 밭에 세우게 하고 집으로 와 점심 대접을 했다. 찬이 거의 없었는데 마침 11시쯤 최광석 군이 곰소 냉장창고에서 일한다는 친구(순창 사람이라 했다)와 함께 복어를 가지고 와 요리해주고 가는 바람에(원래 같이 점심 먹고 이야기하려고 했는데 손님이 너무 많이 오는 바람에 점심시간인데도 나중에 오겠다고 부랴부랴 자리를 비켜 집에 갔다) 식탁이 그나마 조금 나아 보였다. 그 친구들과 점심을 먹고 재실에 올라가 이것저것 구경시키고 당산나무터로 내려가는데 뒤늦게 송순섭 군이 식혜 한 상자를 손에 들고 걸어서 올라오고 있었다. 차를 태워 같이 가다가 송 군은 중산리 형님 댁 수맥과 안용무 씨 집 수맥, 그리고 우물자리를 보아주게 하고 김준기 군은 동각 마루에서 쉬게 한 뒤에 당산나무터에 올라갔다. 구경을 시키고 내려와 형님 댁에 잠깐 들르니, 송 군이 아직 수맥 보기를 끝내지 않았다. 수맥이 흐르지 않는 곳은 형님 집터 가운데 아주 조그마한 부분이다. 안용무 씨 집터는 수맥이 거의 흐르지 않는다고 한다. 다 마치고 형님이 맥주를 강권하다시피 하는 바람에 한잔 받아 마시고 있는데 동각 옆에서 기다리던 친구들이 차를 끌고 내려온다. 형님 집 앞에서 이별을 하고 형님 큰아들이 집에까지 차로 데려다준 덕에 정정행 군이 준 랜드로버 사은품인 컵과 송순섭 군이 가져온 식혜를 무겁게 들고 와야 하는 수고를 덜었다. 집에 돌아오니 많이 피곤하다. 누웠다가 일어나서 변소에 갔다 오는데 변소로 통하는 길로 웬 낯익은 사람이 들어온다. 처음에는 제자인 줄 알고 말을 놓았는데, 고창에 있는 어느 초등학교 교사라고 한다. 찾아온 사람 그냥 쫓아 보낼 수 없어서 데리고 재실에 올라가 재실 구경을 시키고 참때가 되어 술과 부침개로 참을 먹고 있는 김 군과 심 군과 함께 참을 들게 했다. 냉암소 비닐하우스 쇠파이프 고르지 않은 것을 망치로 하나 펴서 보인 뒤 밥값을 하라고 그 교사에게 망치를 맡기고 내려와 밀차 바퀴를 끼우고, 관리기 앞을 비추는 전구와 덮개를 재실로 가지고 올라가 전구를 붙이고 덮개를 덮었다.

어제 김희정 군이 부안에 가서 탈수기를 찾아오면서 관리기 뒤에 붙이는 트레일러도 사 오고, 소주를 내릴 버너 셋과 LPG통도 사 오고 해서 필요한 것은 얼추 갖춘 셈이다.

손님이 걷잡을 수 없이 많이 오는 통에 어제오늘은 일을 일답게 하지 못하고 신경만 썼더니 몹시 피곤하다. 이런 불상사를 막을 길이 어디 있을까. 집에 있는데 서울에서 한 학생이 내일 변산에 내려오겠다고 전화를 했다. 내일 와서 금요일에나 가겠다고 한다. 첫차를 타고 온다고 해서 같이 점심을 먹자고 했다. 저녁식사가 끝나고 나서 9시부터 11~12일 한철연 식구들 가운데 자원봉사를 하겠다는 사람들 인원배분과 작업배치를 중심으로 상의할 일이 있어서 재실 식구(민정 엄마 아비, 비야 엄마), 유광식 군, 김희정 군, 봉선 씨, 금란 씨, 나, 이렇게 여덟이 모여 의논을 했다. 작업은 비야 엄마 고추밭과 콩밭에 열 명, 유광식 군 땅콩밭과 집에 여섯 명, 솔밭 콩 심은 데 다섯 명, 그리고 나머지 일에 다섯 명 정도를 배치하기로 했다(한나절). 그리고 비가 오면 모든 인원을 재실 밀밭에 들깨 모종하는 일에 배치하기로 했다. 생각대로 될지……. 효소 덮개는 광목 누런 천으로 하기로 하고 효소를 담아 나를 통 열 개, 전기 펌프 한 대, 수동식 원심분리기 하나(유광식 조립) 구입, 효소식품을 나를 때 마포 정경식 씨 팀이 소유한 냉장차 이용하기 등을 의논했다. 동창생들이 사 온 수박을 반 덩이만 남기고 모두 먹었다. 다음 모임은 21일에 유 군의 집에서 갖기로 했다. 정례화하자는 유 군의 제안에 반대하는 사람이 없었기 때문이다. 냉암소를 본격으로 짓는 문제를 두고도 한참 이야기했다. 결국 벽을 흙벽돌로 쌓아 올리는 것으로 이야기가 끝났다. 11시가 조금 넘어 모임을 끝냈다. 모두가 안심하는 표정인데 효소를 덮은 비닐을 두고 민정 엄마가 문제를 제기하고 내가 민정 엄마 말이 옳다고 한 것에 대해 봉선 씨와 금란 씨가 뜨악해하는 느낌을 받았다. 그 문제를 지적하지 않고 있다가 한지로 할까 광목으로 할까를 의논하는 과정에서 나온 이야기인데, 효소일을 맡고 있는 두 사람에게 미리 의논하지 못했던 것이 마음에 걸린다.

7월 8일

어젯밤 술을 마신 것이 탈이 났는지 배 속이 좋지 않고 혀 왼쪽 밑에도 통증이 있다. 당절임을 뒤집고 닭모이를 재실밭에서 실어다가 뿌려주었다. 오전에는 개모시풀을 베어 효소를 담고 있는데 서울에서 신학대학에 다닌다는 김동원 군이 왔다. 냉암소 만드는 데 데리고 가 김희정 군에게 점심때까지 일 시키고 같이 오라고 이르고 집으로 내려와 우리 밭둑에 묵어 있는 것을 벴다. 처음에는 쑥을 베고(8킬로그램) 다음에는 마디풀을 벴다. 쑥은 다듬어서 밑동은 모깃불용으로 말리고 잎이 많은 쪽은 효소를 담가보기로 했다. 점심을 먹고 한숨 자는데 오후 4시가 되어서야 몸을 일으켰다. 배 속도 탈이 나고 몸 전체가 정상으로 움직이지 않는다. 조금 쉬기로 하고 읽다 둔 크리슈나무르티의 책을 펴 들었다. 베어다 두고 아직 당절임을 하지 않은 마디풀 생각이 나서 약탕관을 씻어 마디풀 한 줌에 물 두 사발 넣어 끓여 반으로 물이 준 다음 그 물을 마셨다. 맛이 괜찮고 속이 편해지는 듯하다. 재실에 올라가 마디풀 당절임을 하고 재실 올라가는 길에 지나치게 우거져 보기도 흉하고 밭에 그늘을 드리우는 억새와 쑥을 눈여겨보아 두었다가 자루 두 개에 각각 억새와 쑥대를 베어 담았다. 억새는 작두로 잘라 일부를 새 포대에 담았다. 김 군에게 막걸리 받으러 술도가에 가는 길에 가져다주어 쉰 막걸리에 넣어보라고 하기 위함이다. 그리고 쑥대는 작두에 끝부분만 가지런히 잘라 쑥대로 묶어 우리 집 방마다 걸어놓고 한 묶음은 관유 집에 가지고 가도록 따로 묶었다. 나머지는 내일 쑥과 억새를 조금 더 베어 쑥효소와 억새효소를 담그려고 남겨두었다.

냉암소 작업을 힘들게 마친 김희정 군과 김동원 군이 뒤늦은 시간에 밥을 먹으러 왔다. 저녁을 먹고 차를 마시고 막걸리를 마시면서 밤 10시 반까지 이야기하다가 자리에 들었다.

7월 9일

아침 5시가 조금 넘어서 일어났다. 어제저녁에 잘 때는 몸 상태가 안 좋아 혹시 내일 늦게 일어날지도 모르니 나를 기다리지 말고 아침을 먼저 먹으라고 했는데, 이제 일찍 일어나는 게 반쯤 습관이 된 모양이다. 재실에 밀차를 끌고 올라가 당절임을 뒤집고 밀대를 한 움큼 베고 보릿단을 실어 내려왔다.

아침을 먹고 차를 마시고 있는데 나래 엄마한테서 전화가 왔다. 그렇지만 실은, 내가 한철연 일정 때문에 이정호 선생이나 김교빈 선생 전화번호를 묻는 길에 들은 이야기다(이 선생과 김 선생 전화는 결국 번호를 알지 못해 나중에 차질을 빚는 원인이 되었다). 나래가 집을 나가 따로 살겠다고 한다고 아비를 닮아 그렇다는 원망 섞인 푸념이었다. 또 나래가 나에게 긴 편지를 했는데 답장도 해주지 않아 가정과 아내와 자식에게는 관심 없는 아비에게 의논할 필요가 없어서 아버지와는 따로 상의할 필요가 없다고 이야기했단다. 나로서는 나래의 그런 결단이 새삼스럽지 않다. 나 자신이 나래보다 훨씬 더 어린 나이에 가출을 하고 출가를 꿈꾼 경험이 있는 데다 가난한 집 아이들은 열대여섯이면 부모 품을 떠나 홀로서기를 하기 때문이다. 그런 말을 하면 모범생인 아내는 또 마음에 상처를 입고 나에 대한 원망을 한 겹 더 쌓을 것이다. 나래의 독립 이야기를 듣고 마음이 편치는 않았다. 오래 한 지붕 아래 살아서 내 팔도 안으로 굽는 것일까?

차를 마시는 자리에서 봉선 씨와 금란 씨에게 그 이야기를 했다. 나래에게 편지를 할까 하다가 그만두기로 했다. 절실한 마음에서 쓰지 않으면 빈말이 되기 쉽다는 느낌 때문에……. 그 대신 《동아일보》 '그림책 고르기' 원고를 쓰고, 내쳐서 《이웃과 생명》에 달마다 쓰는 '칼럼' 원고도 썼다. '버리지 않는 삶'이라는 제목으로……. 이렇게 하는 동안 오전 시간의 반이 갔다. 아침에 술도가에 간 김희정 군이 최 선생이 3년 전에 내렸다는 소주 두 통과 쉰 막걸리 두 통을 선물로 받아 왔다. 억새풀 자른 것을 보낸

데 대한 마음의 선물이리라. 받아서 알뜰하게 이용하면 최 선생에게도 우리 삶에도 보탬이 되리라 믿고 고맙게 받았다. 김희정 군과 김동원 군은 오늘도 냉암소 일을 거들러 가고 나는 오전 나머지 시간에 억새와 쑥을 조금 더 베어 작두에 썰어서 당절임을 했다.

효소를 담글 작은 항아리를 고르는 일에서 금란 씨와 마음으로 조금 마찰이 있었다. 금란 씨는 질그릇으로 된 새우젓독형 항아리가 새지 않을까 미심쩍어 다른 항아리에 효소를 담가야 한다고 생각했는데, 나는 그 그릇을 알뜰하게 때운 모습을 보고 괜찮으리라고 판단했다. 이 판단의 차이에서 오는 느낌의 어긋남이 말로 표현된 데 따른 것이다. 결국 항아리 작은 것 두 개를 따로 골라 물을 담아 새는지 실험하는 것으로 일은 마무리했다(귀가 달린 항아리 하나가 작고 앙증스러운데 그것은 새는 곳이 있어서 한쪽에 다시 엎어두어야 했다). 결국 처음 '새우젓독'에 효소를 담그는 것으로 일은 마무리되었으나, 말이 없지만 금란 씨 고집이 여간 아니라는 것과 내가 여전히 일을 앞세워 독선적으로 결정을 내리는 버릇을 버리지 못하고 있음을 드러낸 사건이었다.

점심을 먹고 잠시 또 음식 문제로 봉선 씨에게 싫은 이야기를 했다. 아침에 죽을 많이 끓여서 점심때 그것을 먹어야 쉬어 내버리지 않는데 금란 씨와 봉선 씨만 그 죽을 먹고 우리 밥그릇에는 새로 지은 밥을 퍼놓았다. 나도 그 죽을 달라고 해서 먹었다. 그래도 남아 있어 그것마저 내가 직접 밥통을 들여다보고 그릇에

505

퍼서 먹었다. 과식을 한 셈이다. 두부도 내놓은 것이 약간 쉬는 기운이 있고 국도 남기면 버릴 판이다. 그런데 상에는 풋고추와 들깻잎을 비롯해서 갈치 구운 것, 김치가 세 가지 더 놓여 있다. 시골에서 여름에 (옛날에) 식은 꽁보리밥에 된장과 풋고추만 반찬 삼아 점심저녁을 때운 까닭이 있다, 한창 바쁜 때에 어느 겨를에 굽고 끓이고 여러 가지 반찬 마련에 신경 쓸 틈이 있겠는가, 음식이 쉬려는 기미가 보이거든 다른 반찬 내놓지 말고 그것만 내놓아라, 그리고 많이 만들어서 음식을 쉬게 놓아두고, 게다가 한번 상에 올린 음식을 다시 올리지 않고 식탁에 변화를 주기 위해 다른 음식을 만든다는 생각은 버려라, 음식을 남겨서 버리는 것은 큰 죄악이다, 우리 할머니 어머니 들이 여름 내내 쉰 음식을 혼자 부엌에서 몰래 먹고 밥이 너무 쉬어 입에 대기 힘들면 찬물에 빨아서 먹는 모습을 보았는데 어렸을 적에는 궁상스럽게 여겼지만 지금 그 모습을 다시 떠올리니 참 거룩하게 보인다, 앞으로는 반찬도 세 가지 정도로 한정시키자…… 하는 이야기를 했다. 그런 이야기가 나오는데 분위기가 화기애애하기를 기대하기는 힘들겠지, 그러나 할 말은 해야 하지 않겠나 생각했다.

밥을 먹고 남자들은 곧 자리에서 일어났다. '도시내기' 처녀들이 이제 무얼 자꾸 내다 버리는 버릇을 고쳤으면 좋겠다. 술을 플라스틱병에 담고 건빵과 식빵 네 조각을 챙겨 당산나무터로 갔다. 몸 상태가 여전히 좋지 않아 당산나무 그늘에 누웠다가 잠이 들었다. 깨어나니 으슬으슬 춥다. 다시 볕으로 옮겨 와 누웠다가 마음을 갈앉히려고 정좌를 했는데 자꾸 생각이 흩어진다. 일주일 이상 안 와본 사이에 땅콩밭은 다시 풀밭이 되고 고추밭에 풋고추가 제법 열고 오이밭에는 오이들이 조그맣게 또 크게 달린 채로 조그만 것은 벌써 익고 있다. 오이와 고추를 따서 챙겼다. 그리고 포도밭으로 갔더니 포도가 박주가리와 칡넝쿨 그리고 크게 자란 쑥대와 달개비와 명아주와 망초에 치여 제대로 자라지 못하고 있다. 급한 대로 포도밭 풀을 뽑고 베고 있는데 금란 씨가 왔다. 한철연에서 전화가 왔는데 오늘 변산에 도착했다는 것이다. 벤테 일행이 올 날을 착각한 데 이어 두 번째다. 일이 참 난감해졌다. 부랴부랴 집에 돌아와 민정 엄마에게 조찬준 씨에게 부탁한 닭 열 마리를 네 마리로 줄이라 하고 최광석 씨에게는 고기(매운탕감) 구하는 일을 그만두라고 연락을 하려고 했는데 연락이 닿지 않았다. 김교빈 선생에게 물었더니 술도 이미 구하러 보냈고 안주도 자체에서 처리하기로 다 일을 주선해놓았다고 한다. 막걸리까지……. 할 수 없이 고구마순주 두 상자만 싣고(PT병으로 열여섯 개다), 심 군 차로 원광대학교 임해수련장으로 가서 심 군 편으로 25만 원을 주고 샀다는 공업용 미싱 중고품을 실어 보내고, 나는 고무신에 작업복 차림으로 거기 남았다. 원불교 수련원 식당에서 무공해 식품(직접 원불교도들이 가꾼 것이라는 팻말이 식당에 붙어 있었다)으로 된 깔끔한 저녁을 먹고 몇 사람을 우리 실험학교인 '해변학교'(?)로 데리고 가서 구경시키고 돌아와 모처럼 오랜만에 서해 바다로 지는 해를 오랫동안 지켜보았다. 참 아름다

507

워서 몇 번이나 감탄을 거듭했다.

8시쯤에 '기르는 문화와 만드는 문화'라는 제목으로 강연(?)을 했는데, 주로 변산에 정착하게 된 사연과 작년부터 우리가 해왔던 일, 변산 식구들 이야기를 하고 강연 주제는 짤막하게 덧붙이는 형식으로만 이야기했다. 강연 뒤에 토론이 있었다. 이제 '한국철학사상연구회'가 법인으로 등록되었고 '논리철학연구실'이 '시철'(시대와 철학의 준말) 출판사로 등록되었으니, '철학살림'을 어떻게 해야 하느냐가 화제였다. 내가 법인의 이사장으로(명의만 그렇지만) 등록되었으니 처음 이사회는 주재해야 하지 않겠느냐는 이정호 선생 말에 난색을 표했더니, 내가 서울 가는 날로 이사회 여는 날을 정하겠으니 이번만 주재를 하고 다음에는 위임해달란다. 할 수 없이 14일에 영풍문고에 강연을 가는데 그날로 돌아오겠다는 계획을 바꾸어 하루 더 머물겠노라고, 15일 오전 11시에 이사회를 하자고 약속했다.

토론을 마치고 바닷가에 평상을 내놓고 술을 마시고 해변에 불을 피우고 어깨를 걸고 노래를 부르다 보니 밤 12시다. 집으로 돌아오는 길에 이정호 선생이 운전을 하고 내일아침 일찍 출발해야 해서 운산리에 들를 틈이 없는 안규남, 이호, 박정호 선생이 동승을 했다. 늦은 시간이지만 재실에 올라가 효소실, 장독대, 냉암소(안은 들여다보지 못했다. 비닐로 덮어놓아서)를 보여주고 1시쯤 집에 내려와 효소 한 잔씩 먹여 돌려보냈다. 집에 와보니 관유 군이 봉선 씨와 희정 군과 앉아서 술을 마시고 있어서 관유 군이 술 취한

508

상태에서 하는 말을 듣고 싶지 않아 한철연 후배들을 배웅한 그 길로 재실에 올라가 광식이와 함께 잤다. 민정이네 식구는 유기질 비료(논에 낼 것)를 퍼 담으려고 내일 오전까지 집을 비운다 한다.

7월 10일

아침 5시 10분쯤에 일어났다. 당절임을 뒤집고 집에 내려와 어제 못 쓴 일기를 썼다.

어제 밖으로 외출했던 닭 가운데 검은 닭이 독성 있는 무엇을 잘못 먹었는지 어제 오후 내내 괴로워하다가 아침에 문간에 죽은 모습으로 누워 있어서 두엄 속에 파묻어주었다. 이로써 내가 두엄에 묻은 닭이 세 마리째다. 김희정 군에게 막걸리 사러 가는 길에 원광대 수련원까지 데려다달라고 하여 거기서 아침을 먹었다.

한철연 식구 중에 오전에 떠나는 사람들이 있어서 재실 구경을 시켰다. 이훈, 이병창 외에 몇 명은 언제 다시 올 줄 몰라서 솔밭과 지름박골까지 구경시켜서 떠나보낸 뒤에 다시 원광대 수련원으로 가서 거기서 우리가 늘 가는 해변까지 답사를 하고 바닷가에서 밧줄을 난파된 배의 조각에서 분리해내어 나중에 가져올 셈으로 쓰레기장 옆에 놓았다. 바닷가에서 이재원(45세) 군에게 물막이 공사가 바다의 생태에 어떤 영향을 미치는지 설명을 들었다. 이 군의 말에 따르면, 지금은 모래사장인 변산 앞바다가 곧 뻘로 뒤덮일 거란다. 이재원 군은 목수 일을 8년 동안 해서 한옥

짓는 일에 아주 밝은 모양이다. 중학교만 나오고 검정고시로 한남대와 대학원 석사과정을 마친 사람인데 지금은 경희대에서 박사과정을 밟고 있다. 새만금 공사에 대한 이야기가 나와 앞으로 2005년 이내에 이 공사를 중지시킬 것이라고 이야기했다. 재벌 기업과 정부의 탐욕과 어리석음이 국고를 낭비하며 벌이는 이 무모한 공사가 제대로 될 리도 없고 되어서도 안 된다는 생각에서다. 점심을 수련원에서 먹고 한철연 식구 중에 서울로 가는 사람들을 뺀 나머지 식구들을 재실로 실어 왔다. 오늘과 내일오전까지 농사일을 시킬 것을 한철연 쪽에서 미리 계획을 세워서 관광버스를 내일 오후 3시까지 변산 면사무소 앞에 대기시키기로 했다는 김교빈 선생의 말이 있었다. 한철연 연수가 예년에는 1박 2일이었고 서울 근교에서 이루어졌는데 올해 변산에서 한 것은 나에 대한 배려 때문임을 안다. 법인 설립 허가서의 대표자가 내 이름으로 1996년 7월 5일자로 설립 허가가 난 뒤여서, 실무는 모두 회장단에서 맡고 나는 명목상 이사장에 지나지 않지만 책임감이 어깨를 누른다.

작업반을 나누어 솔밭 올콩밭 김매기, 재실 논에 거름 뿌리기, 광식이 땅콩밭과 당귀밭 매기, 비야 엄마 콩밭 매기에 고루 배치시키고 나는 솔밭에서 일하다 재실로 올라와 비야 엄마네 콩밭을 맸다. 모두 8시가 넘도록 모기에 뜯겨가며 일했다. 한철연 후배들은 안 해보던 일이어서 무척 힘이 드는 모양이다. 그래도 열심히들 했다.

일하는 도중에 관유 군이 잠깐 이야기하자고 해서 보릿대 쌓아놓은 곳에서 이야기를 나누었다. 1~2년 나가서 일해 돈을 벌어오겠다는 이야기, 윤보라 씨와 이혼하고 봉선 씨에게 청혼하겠다는 이야기, 지름박골 내가 거처할 집은 자기 손으로 짓고 싶다는 이야기, 자연학교 한원식 씨 집에서 만났던 여자분이 스님이 되었는데 아직까지 방황하고 있다는 이야기, 그 사람들은 변산에 들어와 농사를 짓고 싶어하는데, 아무래도 자기가 있을 때 들어오는 것이 더 나으리라는 판단이 들어 50만 원을 주고 분교 같은 데 거처를 정하고 다음을 기약하자고 했다는 이야기, 지난번 왔던 남자 스님이 승복을 벗고 여기 들어와서 농사를 짓고 싶어한다는 이야기였다. 나가 있더라도 자주 연락을 하라고 하고 내 집은 임시로 지름박골에 거처하면서 진흙벽돌로 곧 헐려도 아깝지 않을 만큼 지었다가 나중에 관유 군이 와서 제대로 지을 양이면 헐어도 되지 않겠느냐고 했다. 얼굴이 초췌하고 풀이 많이 죽긴 했는데 예전이나 생각은 크게 달라지지 않은 것 같다. 두고 지켜볼 일이다.

재실에서 모두 모여 저녁을 먹고 막걸리를 마시면서 주로 막내둥이인 김웅남 군과 김대호 군과 이야기를 나누었다. 김웅남 군은 신세대다. 인터넷에 관심이 깊고 제대로 된 교육용 게임을 만드는 일을 하고 싶어한다. 이야기에 귀담아들을 것이 많아 조광제 선생을 불러 같이 들었다. 한철연, 보리, 서울무비, 푸른하늘이 함께 작업하면 무엇인가 제대로 된 게임이 만들어질 것 같

아 서울 가거든 조 사장과 함께 보리를 방문해보라고 했다. 12시
쯤 집에 내려왔다.

7월 11일

아침에 일어나니 5시 반이다. 밀차에 담긴 풀을 두엄자리에 부
려놓고 낫을 챙겨 밀차에 얹고 재실에 올라가니 홍건영 군과 조
광제 군이 일어나 있다. 아침 일찍 서울로 가야 한다고 한다. 김
우철 군도, 김호경 양도 동행해서 간다고……. 재실 뒷밭에 세워
둔 밀을 베어 한 줌 밀차에 얹고 보릿대를 퍼 담아(그 전에 재실에
올라가자마자 당절임을 뒤집었다. 이번 당절임은 모싯대풀과 쑥과 억
새와 마디풀인데 날씨 탓인지 발효가 늦다) 내려가면서 작별은 우리
집에서 하자고 했더니, 얼마 뒤에 네 사람이 내려왔다. 우리 집
구경을 시키고, 조광제 군은 시철사(시대와철학사) 사장으로 바쁜
사람이라 언제 다시 변산에 올지 몰라 당산나무는 구경시켜주고
싶은 생각이 들어 홍건영 군이 모는 차로 중산리에 가서 당산나
무터로 올라갔다. 당산나무 아래서 일행과 이별하고 그제오후에
거기 두고 온 지게(새참으로 가져간 술과 빵조각, 건빵이 그대로 있었
다)를 지고 산을 넘어 집으로 왔다가 재실에 솔 담배 한 보루를
챙겨 올라가니 한철연 식구들이 아침을 들고 있다. 아침에 우리
가 늘 먹는 죽이다. 같이 끼어 앉아 죽을 먹고 어제 조를 나눈 대
로 일터로 보냈다. 민정 네는 재실 담 옆의 풀 베는 일이 급하다

고 한다. 어제 논에 갔던 사람들을 거기에 붙였다. 아침상을 치우
는 금란 씨를 도와 어젯밤의 쓰레기까지 말끔히 치우고 집으로
내려와 어제 못 쓴 일기를 썼다.

피곤이 한꺼번에 몰려와 잠깐 자리에 누웠는데 서울 동아일보
사 이광표 기자로부터 연락이 왔다. 어제 팩스를 보내려고 했는
데 팩스가 안 되더라는 이야기와 함께 많이 늦어서 미안하다고
지금이라도 팩스를 보내도 되겠느냐고 해서 그러라고 했다. 팩스
로 편지가 왔는데 내용이 마뜩잖다. 여기에 그대로 옮긴다.

윤구병 선생님께.
《동아일보》문화부의 이광표입니다.
직접 찾아뵙고 말씀드려야 하는데 팩스로 글을 올리게 되어,
그것도 날짜가 늦어 죄송합니다.
먼저 이번 기사로 선생님께 본의 아닌 누를 끼쳐 사과드립니
다. 저는 선생님께서 충북대에 재직 중이실 때부터 선생님께 대
한 존경의 마음을 지녀왔습니다. 그런데도 이번에 선생님께 연락
을 드리지도 않은 채 선생님의 활동을 기사로 옮겨 다시 한 번 죄
송함을 표현합니다.
제가 아나키즘 기사를 쓴 기본 목적은 아나키즘이 그동안 왜곡
돼왔고 최근 환경운동 공동체운동이 부각되면서 아나키즘의 환
경친화적 자주공동체적 성격이 신사회운동의 이론틀로 적용되고
있다는 점을 강조하기 위한 것이었습니다. 물론 아나키즘을 좌파

적 테러리즘적 몽상주의적 이념으로 이해하는 사람이 남아 있다는 것도 물론 알고 있습니다. 그러나 저는 그러한 이해가 일부만 이해하는 것이라는 점을 알리고 싶었던 것입니다. 이러한 점은 국내에서 아나키즘을 연구하는 학자들의 공통된 견해였습니다. 그런 의미에서 선생님의 자연친화적 활동을 긍정적인 우리 사회의 움직임으로 소개하려는 것이었습니다. 다른 의도는 전혀 없었습니다.

또한 아나키즘 연구자, 환경운동가들도 선생님의 활동에 아나키즘의 긍정적 측면이 담겨 있다고 제게 얘기했습니다. 결코 선생님의 계획에 어떤 차질을 끼치려는 것은 아니었습니다.

거듭 사과 말을 올리며 선생님의 너그러운 양해를 구하고자 합니다. 인터뷰와 관련해 제가 특별히 질문을 드릴 내용은 감히 없습니다. 선생님께서 아나키즘과 선생님의 활동의 차이를 설명해주시는 내용을 중심으로 하겠습니다. 원고지는 4~5매 분량입니다.

다시 한 번 선생님께 누를 끼쳐 사과 올리며 이만 줄이겠습니다.

편지가 늦어 죄송합니다.

선생님의 양해를 부탁드리며.

안녕히 계십쇼.

96. 7. 6.

이광표 드림

편지가 늦은 것도 그렇지만 7월 6일에 쓴 것을 이제야 전송하는 까닭은 무엇이며 구차한 변명은 또 왜 이렇게 많은가. 누가 기사를 쓴 의도에 악의가 있다고 했다. 현실 역사에서 아나키즘이 프루동이나 크로포트킨 같은 사람의 선의의 해석에도 아랑곳없이 폭력적인 국가전복운동과 테러리즘으로 나타나 지탄의 대상이 되어왔고, 한편으로는 자기 원칙을 저버리고 세계대전의 와중에서 어느 일국의 편을 들었다는 점에서 내부 분열의 싹을 키워온 측면이 있다는 것, 그리고 작은 하나만 고집하고 큰 하나로 나아갈 길을 보이지 못함으로써 소외받는 사람들의 현실 고통을 외면하는 결과를 빚었다는 점 들에 대한 이해가 없이 아나키즘의 긍정된 측면만 부각해 앞으로 우리가 하려는 일에 큰 차질을 빚었다는 것에 대한 반성이 하나도 없다.

솔밭에 가 밭고랑과 두둑에 있는 풀을 뽑는 일을 거들다 12시 반이 넘어 집으로 왔다. 유 군과 비야 엄마, 심 군에게 일하러 간 사람들은 아직 돌아오지 않았다. 모두 불러 모아 점심을 먹기 시작한 시간은 1시 30분, 2시까지 점심을 마치고, 우리 트럭 두 대와 이한호 군의 승용차를 이용해 중산리까지 가서 거기서 돌아서 당산나무터로 사람들을 안내했다. 비가 부슬부슬 내린다. 면사무소로 데려다 관광차를 타게 한 시간은 3시 반쯤, 다 끝내고 집에 오려니 피곤이 졸음으로 몰려온다.

비도 오고 피곤도 하여 김희정 군과 내 방에 누워 자는데 봉선 씨의 놀란 목소리가 들린다. 집 뒷밭에서 마늘 캐는 일을 감독하는 젊은 남자가 허락도 없이 부엌문을 벌컥 열어젖히고 전화를 사용하는 것을 보고 놀란 것이다. 심상치 않아 일어나보니 그 꼴이어서 그 사람에게 야단을 치는데, 뻔뻔스럽게 전화기를 붙들고 통화를 계속하고 있다. 이런 몰상식한 자가 어디 있는가. 몹시 야단을 치니 그때서야 주인이 없는 줄 알고 그랬단다. 어허, 이런 일이 있을 수 있나. 나중에 또 마늘밭에서 어느 아줌마가 이 집 리어카지요 하면서 온통 흙투성이를 만들어놓은 우리 리어카를 끌고 온다. 확인해보니 아무도 빌려준 사람이 없다. 그리고 마늘밭에서 일하는 사람들도 이 지역 사람들이 아니다. 시골에서 농사철이 되면 이렇듯 제집 지키기 어려우니 나중에 흉년이 들고 식량폭동이 일어나 도둑떼들이 시골을 휘젓고 다니는 사태가 생기면 어떻게 막아낼 수 있으랴. 암담하다.

부침개를 부치고 새우를 튀겨 김동원 군 환송 겸 술자리를 늦게까지 가졌다. 대하를 최광석 군이 열 마리 넘게 가져온 모양인데, 처음 먹어본다. 먹으면서도 마음자리가 편치 않다. 내가 곰소에서 나는 물고기 가운데 값이 가장 눅으면서도 흔한 고기 있으면 연락해서 가져오려면 가져오라고 했건만 오늘아침에 분명히 가져오지 않아도 된다고 했는데 봉선 씨에게 다시 연락해 가져온 모양이다. 횟집은 죽어도 안 하겠다고 했다는 말도 걸린다. 아이 키우고 아내 학비 뒷바라지하려면 무엇이든지 돈이 될 만한 일이면 해야 할 각오가 되어 있어야 할 텐데 죽은 고기를 말려서 팔망정 산 고기에는 손을 안 대겠다니, 그렇게 해서 혹시 생계 문제가 해결되겠으면 모르되 아직 세상물정 모르고 그럴듯한 말에만 사로잡혀 있다는 생각이 든다.

김동원 군에게 신앙공동체와 이념공동체는 세우기도 쉽지만 무너지기도 쉽다고 했다. 영속가능성이 있는 공동체는 생활공동체뿐이다. 어차피 신앙공동체나 이념공동체는 특정한 교리나 이념을 받아들이는 사람들 중심으로 이루어지는 일종의 선민공동체이다. 그 나머지 사람들은 공동체 울타리 밖에 있게 된다. 이 사람 배제하고 저 사람 빼놓는 공동체만으로 어떻게 주민 전체, 인류 전체의 살림 문제를 해결할 수 있으랴. 아나키즘도 마찬가지다. 나는 이제까지 현실세계에서 아나키즘에 바탕을 둔 공동체가 성공했다는 이야기를 들어본 적이 없다. 그 사람들은 국가권력의 억압과 폭력 속에서는 그런 공동체의 성립과 유지가 불가능하니까 먼저 테러나 폭력 수단을 이용해서라도 국가공동체를 해체해야 한다고 하겠지. 그런 다음에 아나키즘에 기초한 공동체를 세울 수 있다고 하겠지. 그런 점에서 아나키즘에 바탕을 둔 공동체도 이념공동체이고, 더 나쁜 것은 현실에는 없고 꿈속에서 먼 미래의 세계로 상상하는 관념공동체라는 점이다. 생활공동체의 복원, 빛과 어두움이 공존하고 가장 좋은 사람과 가장 나쁜 사람, 가장 예민한 사람과 가장 무딘 사람, 가장 어리석은 사람과 가장 슬기로운 사람, 가장 파괴적인 사람과 가장 건설적인 사람, 가장 마음으로나 몸으로나 불구인 사람과 가장 정상인 사람들이 함께 섞여 사는 그런 공동체의 복원이다. 따로 떨어져 살 때는 서로에게 지옥인 사람들이 한데 모여 살면서 조화를 이루어 살면 극락이 되는 그런 공동체. 그런 공동체는 생활공동체뿐이다. 그리고 그런 공동체가 자리 잡을 곳은 자연과 일터가 모두에게 열려 있는 농촌뿐이다.

7월 12일

아침을 먹고 금란 씨가 서울에 다녀온다고 길을 떠났다. 오늘은 김동원 군이 가는 날이어서 김희정 군이 지서리까지 금란 씨를 태워다주고 김동원 군에게 바닷가와 당산나무터를 구경시켜주려고 트럭을 몰고 나갔다. 다리에 이상이 생긴 닭 한 마리의 움직임이 아주 둔해져서 이제 한쪽 발로 몸을 끌고 다니면서 모이도 찾아 먹기 힘든 상태가 되었다. 두 주일 전쯤 처음에는 조금 절룩거리더니 점점 더 병이 심해져서 이제 거의 완전히 불구의 몸이 되었다. 딱해서 밀을 베어다 따로 그놈 앞에 놓아주었다. 김광현 씨(전주대 사서)한테서 전화가 왔다. 오후 3시쯤 내가 일하는 곳으로 찾아오겠다 한다. 비가 오면 집에 있을 터이니 집으로 오라고 하고 오는 길을 일러주었다. 어제저녁부터 내리는 비가 오다 말다 하면서 계속해서 조금씩 내리는데, 김희정 군 말에 따르면 모레(14일)까지 온다고 기상대에서 예보했다고 한다. 용란이에게 위문편지를 썼다. 그리고 잠시 자리에 누워 있다가 크리슈나무르티의 책을 읽다가 정신이 조금 맑아져서 집 안에 있는 풀들을 베고 매어주었다. 김희정 군은 김동원 군과 함께 바닷가에 갔다가 당산나무터에 갔다가 점심때가 거의 다 되어서야 왔다. 같이 마당에 있는 풀을 뽑고 마당에 있던 철근을 나르고, 뒤늦게 점심을 먹었다. 우리가 사놓은 합판을 문 곁에 세워두었는데 그 사이 새가 세워둔 합판 위에 둥지를 틀고 알을 낳고 품어 새끼를 깠다. 참 이상한 일이다. 벽돌 틈에 알을 낳고 새끼를 기르는 새가 있는가 하면 방구들 밑에 새끼를 낳은 담비도 있고, 이렇게 언제 옮겨 갈지도 모르는 합판 꼭대기에 알을 낳고 새끼를 까는 새도 있다. 그리고 재실에서는 닭과 오리와 고양이가 늘 동무가 되어 함께 놀고……. 조유상 씨한테서 편지가 왔다. 강원도 쪽을 헤매다가 9일 날짜로 홍성에 갔다 한다. 이 여자를 이렇게 끊임없이 방황하도록 하는 것은 무엇일까? 답장을 쓰고 있는 도중에 전주대 김광현 씨가 여학생 하나와 책을 몇 권 들고 방문했다. 재실과 당산나무와 해변을 구경시켜주고 돌아오니 어느덧 오후 5시가 되었다. 김광현 씨를 돌려보내고 편지를 마무리 짓고 참을 먹었다. 빵과 건빵과 부침개로 참을 먹었는데 일을 제대로 하지 않고 배를 채운 탓인지, 그렇지 않으면 빵과 건빵에 있는 독기 탓인지 정신이 혼미해서 오래 누워 있었다. 김희정 군이 관유 군과 저녁을 같이 먹는다고 해서 봉선 씨와 둘이서 저녁을 먹었다.

저녁을 먹고 난 뒤에 재실에 잠깐 올라가 비야 엄마에게 문단속 잘하고 자라고 이르고(민정네가 민정이 외가인 서울에 다녀온다고 떠나서 재실에서는 비야 엄마 혼자 자게 되었다), 중산리 형님 댁에 가서 맥주 두 병 마시면서 형님 댁 집 짓는 일에 대해 이것저것 이야기했다. 그리고 중산리 입구 왼쪽에 혼자 사신다는 팔순 넘으신 할머니 댁을 내놓을 의사가 없는지 알아보아달라고 했다. 10시 반쯤 일어나 집으로 돌아왔다. 돌아와서 다시 크리슈나무르티를 읽었다. 내일 안용무 씨 집 상량식이 있다고 한다.

7월 13일

어제저녁 잠이 오지 않아 맥주 두 병(한철연 식구들이 남겨놓고 간 것)을 마시고 재실에 올라가 자는 비야 엄마를 깨워 살아온 이야기를 청해 들었다. 고려대를 나오고 어느 자동차 회사 영업사원을 하는 남자를 강남에서 의복가게를 할 때 만났다고 한다. 알고 보니 어떤 여자와 이미 동거를 하고 있고, 자기가 아이를 갖기 전(한 달 전)에 그 여자도 이미 아이를 가졌었다고 한다. 집에서도 알고 임신 7개월째인가 수녀원에서 경영하는 미혼모를 위한 보호시설에 한 달 반 동안 들어갔는데, 그때 수녀원에서는 아이를 낳아서 입양시키라고 권했다 한다. 그럴 수 없다는 생각에서 거길 나와서야 비야 엄마 집에서 비야 아빠(이미 그때는 부랴부랴 서둘러서 결혼을 하고 난 뒤였다고)를 혼인빙자간음죄로 보름 동안 유치장에 가두어놓고 700만 원에 합의를 보았다고 한다. 그 돈으로 책대여점을 열었는데 잘 안 되어 웅진출판사에 들어가 외판을 시작했는데 부장으로 승진하는 동안 그 승진제도의 모순 때문에 자기가 웅진 책을 사서 동대문시장에 싸게 넘기느라고, 또 고객에게 20퍼센트씩 할인해서 파는 바람에 도리어 손해를 본 모양이다. 시골로 내려올 생각을 평소 하고 있었는데, 웅진에서 내가 하는 강의를 듣고, 또 《실험학교 이야기》라는 책을 읽고 변산으로 올 결심을 했다고⋯⋯. 민정 아비의 늦잠 버릇 때문에 민정 엄마와 아빠 사이에 갈등이 있다는 이야기, 광식이가 민정네 집에 와서 밥을 먹으면서도 통 민정네 일을 돕지 않았다는 이야기, 민정 엄마는 내가 가끔 재실에 나타나 이런저런 일을 두고 이야기하는 것을 간섭으로 여긴다는 이야기, 금란 씨와 봉선 씨 역시 시아버지처럼 나를 보는 측면이 있다는 이야기 등을 들었다. 취술을 홀짝홀짝 마시면서 듣다가 시간도 늦고 취기도 돌아 잘 자라고 하고 돌아왔다. 그 바람에 오늘아침에는 늦게 일어나고 밥을 먹고 난 뒤에도 다시 자리에 누워 불편한 배를 달래야 했다. 아침 일찍 형님이 전화해서 안용무 씨 집 상량식이 10시라는 말을 들었다던데, 이신호 교수가 전화하더니 이번에는 12시라고 한다. 어느 말이 맞는지 알 도리가 없다. 9시가 넘어 재실에서 감식초를 짜고 있는 김희정 군에게 지서리에 가자고 했다. 면사무소에 들려 한 철연에서 필요한 주민등록 등본과 인감증명서를 떼고, 농협에 들러 돈 140만 원을 찾아 32만 원어치 술(약초술 담을 원료) 값을 치르고 중산리에 갔더니 12시 상량식이라고 한다. 김 군과 지름박골에 올라가 포도나무 심은 곳과 옥수수 심은 곳에서 김을 매고 12시에 맞추어 상량식 하는 데 갔더니 떡이 아직 안 와서 늦어지

521

고 있다. 상량식은 12시 30분에야 하게 되었다. 상량식을 마치고 목수들과 청주 우리살림연구소 사람들, 그리고 중산리 마을 어른들과 함께 막걸리와 떡으로 끼니를 때웠다. 김 중령과 그 밖에 몇 분이 내가 사는 곳을 보고 싶다 하여 재실과 우리 집을 구경시켜 주었다. 돌아와 이신호 교수를 기다리는데 4시가 되도록 오지 않는다. 시간을 허송하는 게 아까워 일하러 가겠다고 형님께 이야기했더니 형님이 오늘 '우리살림' 팀에 한턱 내기로 했다며 꼭 내가 있어야 한다고 한다.

4시가 넘어서야 이신호 교수가 부인과 박찬교 씨 부인 그리고 아이들 넷을 데리고 왔다. 같이 격포에 나가 농어회를 먹고 저녁도 먹었다. 청주 사람들에게 우리 해변학교(?)를 구경시키고 재실 장독대를 구경시키고 집으로 왔다. 민정 아빠 엄마가 서울에서 돌아와 있었다. 오늘은 풀 매기 좋은 날이었는데 형님 일로 말미암아 엉거주춤 일도 못하고 하루를 허송하고 말았다. 이런 일이 되풀이되지 않도록 근원 조치를 취해야겠다. 저녁식사를 막 마치고 난 후에 89학번인 장학회 20기 후배 박석일 군이 왔다. 진주에서 교육대에 중위로 있는 친구인데 서강대 철학과를 졸업하고 3년 근무 학사장교 시험을 보아서 들어갔다 한다. 박 군이 가져온 '옛鄕'이라는 41도짜리 술 한 병과 한철연 식구들이 가져왔다 남기고 간 맥주 여섯 병을 김희정 군과 박 군과 나누어 마시면서 이야기를 나누었다. 박 군은 10월에(10월 6일) 결혼하는데 나에게 주례를 부탁할 겸 의논할 것도 있고 해서 왔다고 한다. 의논할 일은 입을 떼지 않아서 다음으로 미루고 11시쯤 구들방에서 자라고 하고 내 방으로 건너왔다. 모기가 몹시 많아 처음에는 모기사냥에 나섰다가 포기하고 모기장을 쳤다.

7월 14일

오늘은 영풍문고 강의 때문에 서울 나들이를 하는 날이다. 엊그제 우리 밀타작에 문제가 있어서 밀에 많은 허실이 있었다는 말을 들은 터라 박 군과 함께 밀차를 끌고 가서 밀더미를 살피고 있는데 일찍부터 밭에 나와 김을 매고 있던 비야 엄마가 쫓아와서 밀대 밑을 들춘다. 밀들이 바닥에서 비를 맞고 싹이 돋고 뿌리가 생겨 엉겨 붙은 게 제법 많다. 갈퀴로 타작한 밀대를 옆으로 긁어내는 데 문제가 있어서 밀까지 쓸려나간 게 분명하다. 밀차에 밀대를 싣고 땅에 떨어진 설탕포대며 밀껍질과 알맹이가 섞인 것을 담아 닭모이로 가지고 왔다. 아침을 먹고 커피 한잔을 마신 뒤 솔밭터에서 콩밭을 매는데 전에 잘랐던 씀바귀 우듬지에서 다시 싹이 돋아 그냥 캐내버리기 아까웠다. 낫을 가져오지 않아서 김희정 군에게 관유 군 집에 가서 낫을 좀 빌려 오라고 했다. 같이 가져온 포대에 씀바귀 연한 윗부분만 잘라 담았다. 김희정 군과 함께 김철한 기자, 지수와 지수 엄마가 밭으로 와서 인사를 하고 곧 헤어지면서 서울에 갈 때 내가 벤 씀바귀를 양껏 가지고 가서 삶아 우려 나물도 무쳐 먹고 김치도 담가 먹으라고

했다. 집에 씀바귀를 가지고 와 비닐끈으로 묶으려다가 쑥대를
베어 묶어보았다. 묶을 만하다. 봉선 씨에게 이런 요령으로 씀바
귀를 묶으라고 지수 엄마에게 이야기해주라고 이르고 광식이를
전화로 불러 지서리까지 데려다달라고 했다. 부안에서 9시 50분
차를 타고 서울에 내리니 1시쯤 되었다. 집에 들러 양복으로 갈
아입고 영풍문고에 가서 강의를 했다. 두 시간 가까이 했는데 영
풍문고 쪽에서 15만 원밖에(?) 내놓지 않는다. 교보에서 같은 시
간 강의를 하고 받은 금액 40만 원에 견주면 반도 안 된다. 진행
자에게 이렇게 강연료가 박한 줄 알았으면 올라오지 않았을 거
라고 했다. 한샘에서 나온 사람이 교통비로 봉투 하나를 내미는
데 거기에 10만 원짜리 수표가 한 장 들어 있었다. 이병수 군과
우기동 군이 강연장에 와 있어서 끝나고 난 뒤 한샘출판사 사람
과 함께 청진동에서 생맥주를 마시고 6시쯤 헤어져 집으로 왔
다. 저녁식사가 끝나고 나서 다섯수레출판사 김경회 선배가 내
가 쓴 책《세상은 물음표로 가득 찬 것 같아요》를 가지고 왔다.
선물로 작업복(?) 한 벌도 같이 가지고 왔다. 내일 변산 갈 때 같
이 가려고 했는데 책 편집일이 아직 끝나지 않아 못 가게 되어
미안하다는 말과 함께……. 김경회 선배가 간 뒤 술을 마시면서
(오기 전에 마신 것 같기도 하다. 배갈로) 나래 엄마와 12시까지 보
리출판사와 연관된 이야기를 이것저것 했다. 너무 피곤해서 자
리에 누웠다.

7월 15일

나이면서 나 아닌 것이 내 속에 숨어 있다.

내가 아니면서 나인 것이 내 속에 숨어 있다.

내가 아닌 것이 가끔 내 몸 안에 놀면서

나 대신 말하고 일하고 웃고 운다.

내 안에 있는 그 많은 나 아닌 것들…….

그러면서 나인 것들…….

    집에 오면 늘 그렇듯이 봉길이 등쌀에 일찍 일어났다는 시간이 6시 반쯤, 변산에서라면 간단한 아침일을 끝낸 뒤 밥을 먹을 시간이다. 봉길이 산보를 시키고 신문을 보고 짐을 꾸리고…….아이들은 아직 일어날 줄을 모른다. 나래 엄마와 9시에 밥을 먹고 빗길을 걸어 큰길로 나와 택시를 타고 보리에 들러 보리 식구들의 월요회의에 참석했다. 차 사장과 춘환이가 중국에 가서 지낸 열흘 동안의 이야기를 간단히 듣고, 정낙묵 군과 김영철 군으로부터 상반기 영업 상황을 들었다. 그동안 중국 책값이 많이 올랐다는 것, 연변 조선족 출판사들 사정이 다 어렵다는 것, 특히 인민출판사는 식구가 100명이 넘는 듯한데 책은 하나도 내지 못하는 것 같다는 이야기를 들었다. 사업보다는 관광이 더 앞선 방문이 되어버린 느낌이다. 차 사장 혼자 가는 것으로 충분했을 듯한데, 춘환이가 따라가서 다행이라면 컴퓨터 손질해주고 인쇄소 잠깐 구경했다는 정도일까? 다행히 여행비용은 절약해서 비행기 표 값을 빼고 100만 원에 두 사람이 열흘간 중국에 머물고 왔다 한다. 차 사장은 하반기 경영을 사람 중심으로 해나가겠다고, 그동안 상반기에 살피지 못한 일이 많았다고 식구들에게 사과했다. 보리 책의 반품률이 5.6퍼센트가 되었다는 정 부장의 말에 유통 구조가 급격히 바뀌고 있는 증거이니 경각심을 가지라고 했다. 정 부장도 그 걱정을 했다. 보리 매출액은 지난 6개월 동안 매월 4300만 원, 수금액은 매월 3300만 원대여서 수금률이 70퍼센트 정도가 되었다고 한다. 어린이책 판매가 꾸준한 편이라는 게 드러나서 한국글쓰기회 아이들 '산문집'을 이호철 선생 반 아이들의 산문집과 따로 이번 여름방학 때 다시 착수해보라고 이야기했다. 그리고 '살아 있는 우리 역사'(열전)는 김명희·박준성 부부가 감당하기 힘들어하면 다른 사람들로 바꾸어서라도 진행하는 게 어떠냐고 했다. 11시가 거의 다 되어 김민호 군에게 차로 한철연까지 데려다달라고 했다.

이훈 선생과 이병창 선생이 부산과 마산에서 미리 와 있었다. 사단법인 인가 후로 첫 이사회가 열렸는데 김교빈, 서유석, 나, 이정호, 이병창, 이훈, 이규성이 이사로 참여했다. 이정호 선생이 회장으로 상임이사이고, 이훈 선생이 학술국장, 이병창 선생이 교육국장, 김교빈 선생이 사무국장, 그리고 한자리에 참석한 조광제 선생이 시철사(주식회사) 사장이다. 오후 3시 가까이 회의가 진행되었는데, 이병창 선생이 한철연 올해 예산이 너무 방만하게 짜였다면서 기타 경비로 매월 82만 원이 책정된 것을 예로 들어 지적했다. 나도 동감이었다. 1억 가까운 돈이 올해 집행되도록 되어 있고, 그 가운데 사무국 예산이 4500만 원이나 된다. 한참을 이야기하다가 집행해가면서 조정하기로 결론을 내고 회의를 마쳤다. 택시로 보리에 돌아와 현병호 씨에게서 마무리되었다는 문영미 씨 원고를 받았다. 강남 고속터미널에서 부안행 버스(4시 35분 출발)를 탔다. 차 안에서 문영미 씨 원고를 대강 검토하고, 밀린 어제 일기와 오늘 오전 일기를 썼다.

부안에 도착한 시간은 저녁 7시 40분경인데 변산 가는 버스는 8시 5분에 있다. 변산에 도착하니 8시 40분쯤 되었다. 휴가철이라서 도로가 막혀 우회도로로 오는 바람에 조금 더 늦었다. 게다가 휴가철에는 차가 변산 해수욕장에서 한 번 더 멎는다. 집에 연락했더니 금란 씨가 그렇잖아도 형광등도 사고 콩나물도 사야 하니 차를 내보내겠단다. 김희정 군과 박석일 중위가 마중 나왔다. 집에 돌아와 김 군, 박 군과 막걸리와 평양 술(이번에 차 사장이 연변에서 가져온 것) 한 병을 다 마시고 냉장고에 있는 맥주 김빠진 것과 새것도 마셨다(맥주는 나 혼자).

7월 16일

아침에 밀대 밑을 뒤져 닭모이를 찾아 밀차에 싣고 왔다. 박석일 중위는 오늘 오전까지 일손을 돕고 가겠다고 한다. 그래서 김희정 군과 박 중위와 같이 지름박골로 가서 일하겠다고 했더니 금란 씨가 길섶에 있는 풀들을 베달라고 부탁한다. 지름박골 넘기 전에 길을 가득 메우고 있는 칡넝쿨과 억새와 그 밖의 풀들이 가슴까지 자란 길의 풀을 모두 베고, 지름박골 우리 밭으로 가는 길을 메운 풀들도 베었다. 당산나무밭에 있는 풀들은 연한 부분은 베어 자루에 담고 나머지 그루터기들은 모두 베어서 길을 치웠다. 유광식 군과 민정 아빠 그리고 민정이와 비야와 비야 엄마가 합류했다. 나는 풀을 베고 나머지 사람들은 하우스 옮길 자리 터 닦는 데 몰두했다. 오후에는 하우스 밑에 깔 쑥대를 베어 말리고 하우스 자리 옆을 막고 있는 뽕나무와 칡넝쿨과 억새를 베어 냈다. 하우스터는 어느 정도 마무리되었다. 금란 씨가 콩 모종을 가져와서 지난번 올콩 심었다가 새들이 다 파 먹어버린 곳에 꽂았다. 물을 주면서 오늘저녁에 비가 내리고 내일은 개기를 빌었다. 백초를 담은 큰 포대를 지게로 지고 중산리 저수지 옆으로 내려왔다. 민정 아빠 차를 타고 중산리 형님 댁 근처를 지나는데 형님이 부르시더니, 내일 서까래를 큰 것과 작은 것으로 구별해서 쌓는 일을 도와달라고 하신다. 그러자고 했다.

저녁식사를 마치고 김 군과 (박 중위는 당산나무 아래서 점심을 먹고 진주로 떠났다) 재실에 올라가 막걸리를 마셨다. 우리가 당산나무터에 올라가 일하는 사이 점심 무렵에 최광석 군이 곰소에서 박태 말린 것을 가지고 와서 두고 간 것이 있어 그것을 기름에 튀겨 안주로 먹었는데 맛이 좋았다. 민주도 맛이 있는지 여러 마리를 먹었다. 술자리를 조금 일찍 끝내고 피곤해서 집으로 돌아왔다.

7월 17일

오늘은 금란 씨가 변산에 온 지 일주년 되는 날이다.

아침 5시 반에 일어나 밀차로 작두를 싣고 재실 효소실에 올라가 어제 베어 온 풀들을 썰고 있는데 김희정 군이 올라왔다. 어제 벤 풀 가운데 밤새 떠서 색이 변한 것이 군데군데 보였다. 냄새를 맡아보았더니 물크러진 것은 아니어서 처음에는 뜬 부분을 버렸다가 나중에는 함께 썰어 넣기로 했다. 모두 35킬로그램인데 항아리 두 개에 김 군과 함께 당절임을 하고 내려왔다.

논산 대건중학교 조한일 선생에게 전화가 왔다. 19일 오후 2시에 대건중학교 학생들에게 강연을 하고, 부여와 논산 지역 교사들에게 저녁 6시 이후에 이야기해달라는 부탁이었다. 어젯밤에는 서울대 이남인 선생으로부터 22일에 한전숙 선생님을 모시고 오겠다는 연락이 왔으니 손님 접대와 강연 등으로 바빠질 것 같다.

오전에 중산리 형님 댁에 가서 서까래용 통나무를 정리하는 일을 도와주었다. 심 군, 유 군, 김 군, 나, 넷이서 통나무 223개를 쌓았는데 무척 고된 중노동이었다. 형님 집에서 음료와 감자 삶은 것, 맥주를 내놓아서 그것을 참으로 먹고 당산나무터로 올라왔는데 나는 피곤해서 잠시 늘어졌다. 나머지 사람들은 잠실 하우스 걷는 일에 매달리고 비야 엄마는 감자 캐는 일, 나는 땅콩밭

매는 일에 매달렸다. 점심은 오후 2시가 되어서야 먹었다. 점심을 먹고 햇볕이 너무 따가워서 오후에는 머리에 밀짚모자라도 써야 일을 할 수 있겠기에 나는 재를 넘어서 밀짚모자와 담배를 가지러 집으로 돌아왔다. 금란 씨가 누웠다가 일어나는데 아직 점심 전이라 한다. 점심 먹기를 기다리고 또 이런저런 이야기를 하다 보니 오후 4시가 넘었다. 지름박골에 금란 씨와 함께 넘어갔다.

오후에는 수박밭, 땅콩밭을 매고 참외밭도 일부 맸다. 하우스는 완전히 해체되어 대를 한쪽에 쌓아놓는 것으로 일을 마무리하고 집으로 돌아왔다. 장어 말린 것을 굽고, 들깻잎을 따서 데쳐 기름에 볶는 일은 내가 맡았다. 저녁식사를 하고 막걸리를 한잔하고 있는데 원광대 김승도 군이 왔다. 영광 성지고등학교에 들러 오는 길이라 했다. 올 들어 처음으로 마당에 모깃불을 피우고 말린 쑥을 태워 모기를 쫓으면서 마당에서 막걸리를 마셨다. 모처럼 갠 밤하늘에 별들이 가득 깔려 있어, 부드럽게 피어오르는 모깃불 연기 사이로 정답게 반짝인다. 김승도 군은 희정 군을 따라 관유 군 집으로 자러 갔다.

7월 18일

아침 5시가 채 안 되어 일어났다. 모기들이 모기장 밖에서도 안에서도 극성이다. 모기장 안에 있는 모기 두 마리를 잡았다. 더 누워 있을까 하다가 몸을 일으켜 재실로 올라가 당절임을 뒤집고 밀대를 밀차로 한 차 싣고 내려왔다. 온 아침이 풀벌레와 산새 소리로 가득하다. 어제 불볕더위에서 낮시간에 일을 하기 고통스러워서 오늘은 조금 일찍 지름박골로 올라가기로 했다. 7시 조금 안 되어 유 군과 심 군, 나, 김승도 군, 김희정 군이 비야 엄마와 비야, 민정이를 데리고 지름박골로 갔다. 다른 사람은 하우스 뜯고 세우는 일에 매달리고 나는 수박밭과 참외밭의 풀을 베고 뽑는 일을 어제에 이어 했다. 먼저 씀바귀를 베어 한쪽에 모으고 다음에 쑥을 베어서 따로 모았다. 그 밖의 풀들은 베어 넘기거나 뽑아 밭에 도로 깔았다. 11시까지 일하다 보니 너무 더워서 더 일하기가 고통스럽다. 당산나무 그늘에서 쉬다가 점심을 먹고 글쓰기회 노광훈 군에게 전화할 일도 있고 하여 집으로 왔다. 금란 씨와 김희정 군과 함께 왔는데, 금란 씨가 어제 말린 고추를 빻겠다고 한다. 오늘 말리는 것은 '시라이'(하얗게 변색된 것)를 골라낸 뒤에 나중에 빻겠다는 걸, 어제 말리던 것 조금 더 말리고 점심시간을 이용해 시라이를 골라내고는 함께 섞어 빻자고 했다. 품질도 다르고 또 나중에 말린 것은 한 번 더 닦아야 한다고 생각해서인지 금란 씨가 자꾸 망설이는 걸 우격다짐으로 수긍시키고 고추 고르는 일을 해서 김희정 군 차로 방앗간에 보냈다. 모두 30킬로그램이다. 쉬다가 5시쯤 되어서야 지름박골로 갔다. 하우스를 새로 세워놓은 곳으로 갔더니 산 밑은 물도랑을 파기 힘들게 되어 있고 지반을 북돋아놓은 곳도 부실해 보인다. 언덕을 괭이로 깎아 내리고 삽으로 흙을 떠서 부실한 지반도 돋우고 산 밑에 도랑 팔

수 있도록 공간도 마련했다. 오랜만에 흙일을 하니 땀이 비 오듯 하는데 기분은 상쾌하다. 일을 하다 쉬러 와보니 김경철 이장이 와 있다. 6시가 넘어 이제 시원해지는 판인데 이장 때문에 유 군과 김 군이(승도) 일손을 놓고 이장 접대에 여념이 없다. 말없이 다시 하우스터로 가서 흙을 팠다. 너무 더워서 냇물에 온몸을 담갔는데 시계 벗어놓는 일을 깜박 잊어서 물속에 들어간 시계(김익수 군이 준 것이다)가 멎었다.

이장 덕분에 일은 8시 40분이 넘어서야 끝이 났다. 날이 어두워져서 나머지 일은 내일로 미루었다.

저녁에는 마당에 모깃불을 피워놓고 식구들이 모두 모여 술을 마셨다. 오랜만에 같이 모인다고, 민정 엄마가 이야기했다. 새벽 1시 가까이 술을 마시고 노래 부르고 이야기도 나누었다.

7월 19일

아침 5시쯤 일어났다. 비가 내리듯이 이슬이 내리고 산허리에 구름이 가득하다. 빨래를 하고 몸을 씻었다. 당절임 뒤집고 닭모이 가져오는 일을 김희정 군에게 맡겼다.

아침을 먹고 중산리 안용무 씨 집 짓는 데 가서 버린 나무토막들을 한 차 싣고 왔다. 땔감으로 쓸 수도 있겠지만 모아 간직해두면 아이들의 좋은 장난감이 될 것 같다. 30분 정도 세 사람이 모은 분량이 적지 않다. 마당에 부려놓은 나무들을 분류해서 쌓는 일은 내가 맡았다. 큰 것들을 내 방 옆에 쌓아놓고 나머지는 금란 씨에게 부탁한 뒤에 대건중학교 강연 때문에 아침 9시 조금 넘어 길을 떠났다. 오늘도 불볕더위일 것 같다. 중산리 형님 댁에 가서 그제 거기 벗어놓은 밀짚모자를 찾아 쓰고 지서리로 갔다. 부안에서 김제, 익산을 거쳐 강경에 오니 12시 30분쯤 되었다. 강경에서 어떤 분이 승용차를 태워주어 대건중학교 앞 큰길까지 왔다. 학교로 들어오는 길에 있는 '형제반점'이라는 중국집에서 볶음밥을 먹고 대건중학교에 와서 조한일 선생을 찾았다. 조 선생은 다른 선생님들과 함께 점심을 먹으러 가는 길에 나를 보았다. 같이 가자는 걸 1시 30분에 현관 근처에서 만나기로 하고 나는 대건중학교를 두루 구경했다. 1945년에 강습소로 출발해서 1947년에 정식 중학교로 인가받았는데, 지금 이사장은 천주교에서 보수파로 소문난 경 신부(대주교)다. 기념관에 전시된 사진과 여러 서류를 보았는데 큰 특징을 찾아볼 수 없었다.

2시에 강의를 시작했는데 중학교 1학년부터 3학년까지 강제 동원된 셈이다. 날씨는 짜증스럽게 더운데 점심 바로 뒤라 아이들이 강연을 듣고 싶어할 까닭이 없다. 산만한 아이들에게 무슨 이야기를 해도 귀담아들을 성싶지 않다. 그리고 나는 이제까지 한 번도 중학생을 상대로 이야기를 해본 적이 없다. 하물며 대중 강연은 일러 무엇 하랴. 한 시간을 횡설수설로 보내고 나머지 25분 정도를 질문에 답변하는 시간으로 정했는데, "어떻게 하면 공부를 잘할 수 있느냐?" 하는 식의 질문이 나온다. "잘 놀면 공부도 잘한다"라고 대답했다.

쩜쩜한 기분으로 강의를 마쳤는데 그래도 위안이 되는 것은 조한일이라는 선생다운 선생을 모처럼 만난 일이다. 조 선생은 중학교 담임으로 기술을 가르치는데 맹물 한 잔만 내놓도록 하는 원칙을 지키면서 학생들 가정을 빠짐없이 방문하고, 전국에서 처음으로 어머니들을 조직해서 신문을 만들게 하고, 아버지와 친교의 기회를 마련하는 등 혼신의 정열을 기울여 아이들을 교육하고 있다. 놀라운 분이다.

강연이 끝나고 조 선생이 아이들과 함께 버리는 기름으로 만든 비누를 주길래 네 장을 고마운 마음으로 받았다. 조 선생은 아이들과 함께 고구마도 심고 국화꽃도 모듬별로 가꾸기를 권장하고, 인성교육에도 각별한 관심을 기울여 한 학기에(?) 서른 시간을 교장선생으로부터 따로 얻어냈다 한다.

6시에 부여와 논산 지역 전교조 교사들이 모여 내 이야기를 듣고 싶어한다 하길래 전교조 논산지회에 갔는데 7시가 되도록 모인 선생이 몇 안 된다. 부여에서는 황금성 선생만 왔다. 저녁을 먹고 만드는 문화와 기르는 문화, 물질과학과 생명과학의 차이에 관해 간단히 발제 강연을 하고 순대에 소주를 마시면서 환담 겸 변산 이야기를 하다가 황금성 선생 집으로 가서 한산 소곡주를 마시고 김영 선생과 이은택 선생을 만나고 잤다. 최교진 선생이 오기로 했다고 해서 부여에 갔는데 결국 최 선생은 못 보았다. 윤봉선이에게 손님이 오지 않았다면 밤 열차로 정읍에 가서 윤봉선의 차편으로 집에 가려고 했는데 그렇게 하지 못했다.

7월 20일

아침 5시쯤에 일어나 바람 엄마가 새벽같이 일어나서 끓인 술 국을 한 그릇 얻어먹고 5시 반에 황금성 선생 차를 타고 부안까 지 왔다. 부안까지는 한 시간 반이 조금 더 걸렸다. 부안에서 7시 15분 차를 타고 변산에 내려 걸어서 집에 오니 8시가 조금 넘었 다. 부산에서 송영 목사한테서 전화가 왔다. 부산에서 뜻있는 종 교인들(승가회, 원불교, 천주교, 기독교)이 대안교육을 모색하면서 내 책 두 권《조그마한 내 꿈 하나》와《실험학교 이야기》를 주교 재로 삼고 그 밖에 여덟 권을 부교재로 삼아 그동안 공부해온 끝 에 올 여름 아이들 교육 프로그램을 짜고 그 프로그램에 따라 부 모와 교사 교육을 해야겠는데 7월 30일쯤 부산에 와서 강연을 해 줄 수 없느냐는 부탁 전화다. 일이 바쁘고, 그 시기가 글쓰기 회원 가족들이 변산에서 모이는 때여서 어렵겠다고, 그 대신 8월 5일 에 부산 송정에서 글쓰기 연수회가 끝나는 대로 5일 오후에는 시 간을 좀 낼 수 있을 것 같다고 했다.

김인수(김익달 회장님 셋째 아들) 군이 9시쯤 온다고 해서 집에 서 기다렸는데 김 군은 9시 30분에 왔다. 금란 씨를 통해서 어제 정삼재 군이 와서 지금 지름박골에서 일하고 있다는 걸 알았지만 거기 가는 건 잠시 미루고 김인수 군 부부에게 그동안 시험 삼아 담가놓은 효소들과 재실 장독대, 감식초를 보여주었다. 그리고 지름박골로 가서 정삼재 군을 만났다. 김 군 부부는 지름박골 당산나무 아래서 지은 밥을 먹여 돌려보내고 잠깐 나무그늘 아래 깔아놓은 멍석에서 낮잠을 한숨 잤다. 오후에는 금란 씨와 계곡 물에서 잠깐 다슬기를 잡다가 새로 하우스를 세우는 곳으로 가서 흙 파는 일을 했다. 땀이 비 오듯 하여 내의가 다 젖는다. 물에 두 차례나 몸을 담가 땀을 식히면서 흙일을 했다. 어두워질 무렵이 되어 일을 끝내고 저물어서 길이 잘 안 보이는 저수지 옆 숲길을 따라 내려왔다. 저녁은 우리 집에서 먹기로 했다. 저녁밥에 곁들여 마시기 시작한 맥주를 열한 병을 비우고 나서야 자리를 파했다. 유 군, 심 군, 정 군, 김 군이 돌아가고 나서 채인선 씨가 변산으로 보리 식구들과 함께 온다는, 채인선 씨 남편의 잦은 전화 때문에 그 식구들 맞을 채비를 하고 있는데 12시 무렵 채인선 씨한테서 또 전화가 왔다. 포항 친정인데 변산에 오려고 대구까지 나왔다가 날씨도 너무 덥고 차편도 마땅치 않아 도로 친정집에 갔다는 이야기였다. 보리 식구들과 동행한 줄 알았더니 그게 아니었던 모양이다. 밖에 켜놓았던 불을 끄고 모기장을 치고 자리에 누웠다.

7월 21일

아침에 일어나 모깃불을 피울 쑥을 베었다. 그리고 재실에서 장독을 날라 와 최 선생이 그때그때 쉰 막걸리라고 해서 보내온 막걸리(어제도 서 말을 보냈다)를 부엌에 장독을 올려놓고 부었다. 3분의 2 넘게 장독에 찼다. 언제 한가한 날 소주를 내리려고 프로판가스와 음식점에서 쓰는 가스버너를 사두었는데, 비가 내리는 날 내려야겠다. 최 선생 집에서 온 막걸리통을 깨끗이 씻어주고 있는데 빗방울이 후둑후둑 떨어진다. 정삼재 군과 김희정 군과 함께 차를 타고 중산리에 가서 당산나무터로 반은 뛰고 반은 걷고 하여 올라가 부직포를 말아 비닐을 씌우고 멍석에도 비닐을 씌웠다. 비가 내리지 않아 김희정 군은 부안에 필요한 물건을 실어 보내고(심 군과 같이 가라고) 정삼재 군과 함께 어제 어두워져서 하지 못한 흙일을 했다. 땀을 많이 흘리는 만큼 참으로 먹는 막걸리 맛이 기가 막히다. 물에 풍덩 몸을 담그는 맛도 그만이고⋯⋯. 유 군과 심 군과 김 군이 오후 1시가 넘어서 와서 같이 점심을 먹고 정삼재 군을 김희정 군 시켜서 바래다주라 하고 잠시 낮잠을 자려고 누웠는데 비가 내린다. 처음에는 지나가는 비려니 했는데 그게 아니다. 빗방울이 점점 굵어지더니 장대처럼 퍼붓는다. 음식 그릇은 당산나무 그늘 아래 평상 밑으로 치워두고 비를 맞으며 집으로 왔다. 모두 생쥐처럼 비에 젖었다. 목욕을 하고 비에 젖은 옷을 대강 빨아 빨랫줄에 널고 앉아 있으려니 폭우가 줄기차게 쏟아진다. 오전에 땀 흘리며 수로를 파놓은 것이 무척 잘한 일이라 여겨진다. 잠시 눈을 붙이고 나서 비옷을 입고 비가 조금 갠 틈을 타 당산나무터에 갔더니 이미 김희정 군이 와 있다. 계곡물이 엄청나게 불어서 우리가 막아놓은 둑 때문에 내를 타고 흐르지 못하고 길로 넘치고 있다. 한쪽 둑을 헐어낸 것만으로는 물줄기를 정상으로 되돌릴 수 없다고 느끼고 김 군과 함께 둑을 허는 작업을 했다. 비옷 속에 입은 옷이 내의까지 다 젖도록 황새괭이와 무거운 쇠지레와 곡괭이로 둑을 막은 돌을 팠다. 집에 돌아오니 6시가 넘었다. 청주 사람들이 안용무 씨 집 상량식 때 선물로 가지고 온 우리밀 밀가루로 금란 씨가 부침개를 부쳤길래 그것을 안주 삼아 막걸리를 마시고 7시 반쯤 이른 저녁을 먹고 오늘은 일찍 자기로 했다. 워낙에 오늘은 유 군이 집에 사람들을 초대하기로 한 날인데 비도 오고 경황도 없어 그런지 연락이 없다.

7월 22일

어젯밤에 작은아버지가 불의의 사고(나중에 유 군에게 들으니 열차에 몸을 던졌다 한다)로 돌아가셨다는 연락을 남기고 민정 아비는 식구들을 데리고 수안보로 갔다. 아침에도 비가 계속해서 내리는 바람에 조금 늦잠을 잤다.

날이 빤해지길래 가마솥을 씻어 최 선생이 준 쉰 술을 이용해 소주 내리는 작업에 착수했다. 처음 해보는 일이다. 솥과 솥뚜껑을 정갈하게 씻고 조그마한 단지도 씻어 솥 가운데 앉히고 그 안에 돌을 두 덩이 넣어 옆에 막걸리를 부어도 뜨지 않도록 했다. 이 단지는 증발하는 알코올을 받는 것인데 65도쯤 되는 뭉근한 불로 열을 가하면 거꾸로 엎어놓은 솥뚜껑으로 올라가는 알코올

538

이 솥뚜껑 경사를 타고 흘러내려 솥 꼭지를 타고 떨어져 단지에 고인다는 최 선생의 말을 들었다. 프로판가스레인지를 켠 채 부엌 아궁이 안으로 집어넣어 그 불로 솥을 데웠다. 그리고 재실 너머 광식이네 호박밭에 가서 호박을 열 덩이를 땄다. 재실 비각 옆 언덕에 우리가 심은 호박은 풀숲으로 뒤덮여 호박이 달렸는지 안 달렸는지도 확인하지 못할 상황이다. 온다는 한전숙 선생님과 한 선생님께 현상학을 배운 후배들은 안 오고, 서강대 역사학과 4학년에 다닌다는 고상현 군이 불쑥 연락도 없이 배낭을 메고 왔다. 며칠 동안 일하며 여기가 살 만한 곳인지 확인하러 온 성싶다. 뒤이어 오후 5시쯤 되어서 한 선생님 일행이 도착했다. 마늘 까던 일손을 놓고 그분들을 안내하여 변산 일대를 두루 보여주었다. 재실, 지름박골, 해변……. 날이 저물어 오늘은 일을 부리고 싶어도 부릴 수 없는 형편이다. 게다가 어제오늘 비로 밭에는 들어갈 수 없는 형편이고……. 저녁 대접을 재실 서쪽 방에서 '거하게' (?) 하고 막걸리와 고구마순주를 내놓았는데 일을 하지 않아서인지 많이 마시지를 않는다.

환담을 하다가 상을 치우고 나래 엄마가 보내준 모기장을 쳐서 자도록 해주고 나는 재실 부엌에서 유 군과 고상현 군과 앉아 잠깐 환담을 하며 12시까지 있다가 내려왔다.

(소주 내리는 일은 잠깐 틈을 내어 솥 안에 있는 단지를 꺼내보았는데 실패로 돌아간 것 같다. 솥 안의 녹이 완전히 씻기지 않아 녹물이 단지 안에 담긴 것이 분명하고, 알코올은 밖으로 증발되어 나가버렸는지

539

단지 안에 있는 건 물뿐인 것 같다.)

7월 23일

아침부터 경황이 없었던 날이다. 5시쯤 일어나 낫을 열 자루 갈아서 재실에 올라가니, 한전숙 선생님께서 일어나 산책을 하시다 다른 선생들을 깨워야겠다고 한다. 일어나서 정신 차리는 데 30분쯤 걸릴 것으로 알고 낫을 재실 문 앞에 호미와 함께 부려놓고 집으로 내려와 어제 소주 내리던 솥 안과 솥뚜껑 그리고 솥 안에 앉혔던 단지를 살폈다. 어젯밤에 봤을 때보다 상태가 훨씬 더 나쁘다. 솥뚜껑에도, 솥단지에도, 단지 안에도 온통 녹물이 벌겋게 피어 있다. 솥뚜껑을 닦기 시작했는데 닦아도 닦아도 녹물이 완전히 가시지 않는다. 재실 길옆 풀 베는 일 감독이 급해서 올라갔더니 현상학회 선생들 일행이 이미 길가의 풀 베는 일을 시작했다. 같이 7시 조금 넘도록 풀을 베고 아침죽을 먹었다. 커피를 한 잔씩 마시게 한 뒤 이번에는 고추가 바랭이에 가려 아예 안 보이는 두둑 넷을 골라 고추밭 풀매기를 시켰다. 풀 매는 요령을 가르쳐주면서 풀을 한꺼번에 잡아 뽑으려 하지 말고 한 가닥 한 가닥 달래듯이 어르듯이 뽑아내야 한다고 일렀건만 바랭이에 대한 적개심과 일의 힘듦에 따르는 주의력 흩어짐이 합해져 마구 뽑아서인지 고춧대까지 뽑아놓는 일이 자주 생겨난다. 10시 반 정도까지 시켰는데 얼굴 표정에서 고통스러운 빛들이 역연하다. 더 시키면 원망을 살 것 같고 고추밭도 성하지 않을 것 같아 참을 먹자면서 일을 중단시켰다. 그리고 참을 먹는 도중에 오늘 일을 여기서 마치자고 하고, 점심은 채석강에 가서 바다와 돌 구경을 하면서 드시는 게 어떠냐고 권했다.

어젯밤 잠이 모자랐던 데다 아침부터 시작한 일이 피곤했는지 참을 먹고 낮잠을 자는 선생이 여럿이다. 다시 집으로 내려와 김희정 군이 깔끔히 닦아놓은 솥과 솥뚜껑을 보고 이만하면 되겠다 싶었는데, 앞집 할머니 말씀이 기름이 솥전과 솥뚜껑에 스며서 녹이 슬지 않도록 하려면 여러 번 기름수건으로 문질러주고 볕에 말리고 다시 문질러주고 해야 한다 했다 한다.

점심 무렵에 최태신 교수가 부인과 함께 스포티지 차를 타고 왔다. 부인은 20년이 넘고 최 군도 만난 지 10년이 훨씬 넘었는데 모습이 별로 변하지 않았다. 딸과 아들은 우리 나래와 누리와 같이 호랑이띠, 용띠라 한다. 자식들에게 집을 맡기고 일손을 도우러 온 것이다. 최 군을 데리고 우리 집으로 와서 잠깐 환담을 하는데 한 선생님 일행이 떠나겠다며 차를 끌고 내려왔다. 배웅을 하고 점심을 재실에서 먹고 최 군과 부인에게 뜨거운 낮시간을 이용해 솔밭, 지름박골을 보여주고 오후 4시 무렵에 내려왔다. 재실에 올라가 아침에 매다 둔 고추밭을 최 군과 최 군 부인과 함께 매고 있는데, 이번에는 《뿌리 깊은 나무》 시절에 함께 일했던 이남수 사진기자가 낯선 분 한 분과 같이 왔다. 같이 온 사람은 아마추어 사진사라 하는데 부안에 살고 곰소에 소금을 만드는 염전을 가지고 있다 한다.

벤츠 차를 타고 온 것으로 보아 경제 여유는 있는 것 같은데 사람이 순박하여 사업가로 보이지는 않는다. 장독터를 구경시키고 같이 이야기를 나누는데, 심 씨라는 그 사람은 자기 염전이 온통 모래가 한 알도 없는 갯벌로만 이루어져 있어서 물이 아래로 스미지 않기 때문에 간수를 따로 빼주어야 하고 그 과정에서 쓴맛이 제거되어 곰소에서 제대로 젓갈을 담는 사람이나 죽염을 굽는 사람은 모두 자기 집 소금을 쓴다고 한다. 이야기를 나누는 도중에 목포 사는 영선이(올해 칠순인 수천 형님의 막내딸이니까 내 고종오촌 질녀다)가 남편과 아이들, 그리고 김제에 산다는 시동생과 그 집 아들 둘과 들이닥친다. 이거야 원 이렇게 손님들이 밀려서야 경황이 없다. 대강 내가 사는 모습을 보여주고 우리 집으로 내려와 효소물을 먹여 영선이네 식구 일행과 곰소 염전 심 씨를 배웅했다.

이남수 씨는 2~3일 남아 있으면서 일손을 돕고 가라고 했다. 재실로 올라가 최 군과 부인에게 고추밭 매는 일은 그만 쉬고 참을 먹으라 전하라고 유 군에게 일러 보내고 8시가 조금 못 되어 올라가니 최 군 부부가 참에 곁들여 막걸리를 마시면서 쉬고 있다.

저녁은 손님으로 온 최 군 부부, 고상현 군, 이남수 씨와 함께 저녁에 서울에서 돌아온 봉선 씨와 우리 가족들 모두 모여서 재실에서 먹었다. 심 군 부부는 아직 돌아오지 않았다. 저녁을 먹고 나서 처음에는 재실 서쪽 방 마루에서 술자리를 벌였다가 모기 때문에 방장房帳 안으로 들어가 12시까지 술을 많이 마시면서 환담을 했다.

오늘은 내가 이야기를 참 많이 한 날이다. 오전참 때 현상학 공부하는 선생들과 어제저녁에 나눈 교수법에 대한 이야기부터 철학사를 바탕으로 한 서구 철학의 여러 문제를 두고 이야기했는데, 같이 있던 이남연, 조광제, 그리고 부산에서 온 선생들이 진지하게 경청해주었다. 저녁에는 고상현 군에게 귀담아들을 만한 것을 중심으로 역사의 사례를 들어 이야기했는데 고 군이 흥미 있어하는 것 같았다.

최태신 선생의 장점이 다시 돋보인다. 함부로 남을 비판하지 않는 신중한 성격이다. 그리고 최 군 부인도 처음 만났을 때 보았던 맑은 기운을 잃지 않고 있다.

술을 많이 마셨지만, 기분 좋게 취하고 떠들어서 경황 없던 하루가 정리되는 기분이다. 비야 엄마도 비야 데리고 곁에 있었는데 대가 센 여자라는 게 다시 드러나 보였다.

7월 24일

아침에 조금 늦게 일어났다. 5시 반이 넘어서 재실로 올라가니 최 군 부인이 일어나 있다. 고 군도 일찍 일어났다. 자리에는 이남수 씨와 최 군이 아직 누워 있고 재실 옆방에는 유광식 군이 자고 있다. 재실 일을 두루 맡은 이천규 씨 일행이 널브러진 방 안 모습을 보면 재실 유사들에게 무슨 이야기를 할지 몰라 부랴부랴 모기장을 걷고 이남수 씨와 최 군을 깨웠다. 같이 이불을 개서 옷장에 옮겨놓고 목침들을 치우고 모기장과 그 밖에 어제 봉지에 넣어두었던 쓰레기까지 말끔하게 정리하여 본디 모습으로 돌려놓으니 안심이 된다. 아침을 우리 집에서 먹었다. 비야 엄마와 유 군은 재실에서 먹고…….

아침식사 후에 오늘 할 일을 의논했는데 오전에는 어제 힘들여 로터리를 쳐놓은 재실 비각 아래밭에 들깨 모종을 옮겨 심고 오후에는 지름박골 하우스를 마무리 짓기로 뜻을 모았다. 재실 뒷밭에 빽빽하게 자라서 이미 한참 웃자란 들깨 모종을 호미로 흙까지 깊게 떠내어 모종을 하다가 금란 씨가 호미가 없다고 하길래 얼른 내 호미를 쥐어주고 집에 내려와 어제 다 못 쓴 일기를 마무리했다. 오늘 들깨 모종하는 일에는 손님들과 우리 식구 모두가 참여했다. 심 군 부부는 어제저녁 8시에 서울에서 출발했다는데 피곤하여 자다가 오다가 하여 아침 6시경에 여산에 왔다고 전화를 했다 한다.

들깨 모종을 계속해서 하고 있는데 심 군 부부가 왔다. 그동안 잠을 못 잤을 것 같아 들어가 쉬라고 하고 모종을 하면서 이남수 씨에게는 우리가 사는 곳을 사진에 담아도 좋다고 했다. 다만 허락 없이 다른 매체에 싣는 일은 없도록 하자는 조건을 붙였다. 오후에는 집에서 쉬고 있는데 관유 군이 왔다. 관유 군은 내일 목수 일을 하러 떠난다고 한다. 방에 들어오라고 하여 봉선 씨와의 관계를 어떻게 하겠느냐고 했더니, 윤보라 씨와 이혼을 하기는 했는데 마음의 타격이 너무 크다, 그 상처를 치료하는 데 오래 걸릴 것 같다고 한다. 봉선 씨의 임신을 불신하는 듯도 했다. 내가 보기에는 임신이 틀림없는 것 같으니 봉선 씨와 아이 문제를 의논하라고 일러 보내고, 내일부터 시작될 실험학교를 어떻게 꾸려나갈지 이런저런 구상을 했다. 내일 사람들이 들어오면 아이들까지 함께 참석한 회의를 열어 결정하기로 하되, 오늘밤에 우리 식구들과 일찍 오는 문종길 선생 가족과 예비회의를 열기로 했다.

봉선 씨를 만나러 재실에 올라간 관유 군이 봉선 씨와 함께 내려와 8월쯤 혼인신고를 하기로 합의를 했다고 하는데, 관유 군 얼굴에서도 봉선 씨 얼굴에서도 기쁜 빛이 없다. 마치 하늘에서 바늘이 소나기처럼 내려 가슴에 꽂히는 참담한 느낌이 들었다. 그래서 결혼 신고가 급한 게 아니고 두 사람의 마음이 편안하여 배 속의 아이도 그 편안한 기운 속에서 자라도록 하는 것이 중요하다고 이야기했다.

저녁 무렵에 문종길 선생 가족이 왔다. 최 군과 이남수 씨는 지름박골에서 일하다 저녁에 피곤한 모습으로 돌아왔다. 저녁을 먹고 재실에 올라가 서쪽 방에 모기장을 치고 술을 마시면서 인사 소개도 시키고 내일부터 할 실험학교에서 아이들에게 어떤 놀이를 하게 할까 의논했다. 샘에 돌담도 쌓고, 계곡 올라가는 길에 나뭇잎도 베고, 바닷가에서 쓰레기도 줍고, 임시변소 구덩이도 파고, 낯선 풀로 반찬도 만들고, 흙놀이와 목공일도 하고……. 12시 가까이 되어 내려왔는데 봉선 씨와 금란 씨가 아직 자지 않고 있

545

다. 잠깐 보자고 하여 술을 마시면서 새벽 2시까지 금란 씨 있는 자리에서 봉선 씨를 비판했다. 그리고 회의에 뒤늦게 참석한 것은 내가 관유 군과 봉선 씨가 다시 합의하기를 바라서 관유 군 집으로 봉선 씨를 보냈기 때문인데, 둘이 격렬하게 싸우고 아무 합의도 없이 왔다길래 왜 그런 식으로 관유 군을 강박하여 억지결혼을 하려 하느냐고 나무랐다. 그런 두 사람의 모습이 앞으로도 고쳐지지 않으면 이 마을에서 둘 다 살길이 없다고 했다.

7월 25일

엊저녁에 술을 많이 마신 데다 봉선 씨와 이야기하느라고 늦게 잤더니, 일어나보니 아침 6시다. 재실에 올라가 문종길 선생님 가족과 이남수 씨를 깨웠다. 어제 피곤하여 먼저 잠자리에 들었던 최 교수 부부는 이미 일어나 있었다. 아침으로 죽을 먹고 재실에 올라가 남은 밭에 들깨를 마저 심고, 다른 식구들은 지름박골로 가고 나는 이남수 씨와 최 교수 부부에게 우리 해변학교(?)를 보여주려고 바닷가로 나갔다. 이남수 씨를 지서리에서 배웅하고 최 교수 부부와 지름박골에 올라갔더니 참으로 먹을 라면도 없고 라면 끓일 부탄가스도 조금밖에 없고 막걸리도 없다. 최 군 차를 타고 재실에 가서 라면과 막걸리 가지고 오고 우리 집에서는 애호박 하나와 달걀 여섯 개를 식수통과 함께 챙겨 지름박골로 가는데, 중산리 형님이 있다가 부르신다. 지하수를 파면 어떻겠느냐, 안용무 씨 집 지하수를 100만 원에 판다는데 자기 집은 60만 원에 파달라고 했더니 나중에 보자고 한다는 의논이다. 파 놓으면 좋지 않겠느냐 하고 당산나무터로 올라가 참으로 라면을 끓여 먹고 평상에 누웠다. 한 시간쯤 잤다. 하우스 짓는 곳에 가서 다시 수로 파는 일을 잠깐 하다가 점심시간이 되어 집에 가자고 했더니, 최 교수 부부는 점심 생각이 없다고 당산나무 그늘 아래서 한숨 자겠다고 한다. 그러라고 하고 문 선생 가족과 우리 식구들끼리 저수지 옆 숲길을 따라 걸어서 집으로 왔다. 점심시간에 박건 선생(성암여상)이 전화를 했다. 내일 오겠다고 한다. 박석일 군은 이번 금요일에 오겠다고(약혼녀와 함께) 전화를 했다 한다. 김희선 양이 친구랑 후배 둘이랑 내일 오겠다고 하니 이번 주에도 손님들로 무척 붐빌 듯하다. 오후부터 손님들이 하나둘 도착했다. 문종길 선생 가족은 당산나무터 아래 자리 잡고 참을 만들랴, 손님 수발을 하랴, 무척 바쁘다. 안용무 씨 가족이 도착하고 저녁 무렵에는 이철규 씨와 권용목 선생님이 도착했다. 하우스일을 마무리 짓고 당산나무 아래서 저녁을 지어 먹으려 했더니 너무 늦었다. 숙소도 아직 마련되지 않았고, 쌀도 가져오지 않아서 재실에서 자고 식사는 우리 집에서 하기로 하고 저녁에 내려왔는데, 다행히 재실에서 손님들 저녁 준비를 한다고 한다. 고영주 선생 가족은 재실에 있었다. 6시 반쯤 도착해서 작업장을 찾았는데 길을 잃었다 한다. 권 선생님 일행이 길을 잃고 헤매더니, 같은 경우를 당했나 보다.

저녁을 먹고 재실 우물터 옆에 멍석을 두 개 깔고 모깃불을 두 군데 피우고 우리 식구와 글쓰기 식구들의 상견례 그리고 고상현 군, 김승도 군의 소개가 있었다.

회의는 아이들도 참석시켜 발언하도록 했는데, 숲속학교에서는 비누 안 쓰기, 쓰레기 안 버리기, 임시변소를 만들어 거기에 대소변 보기 등을 미리 이야기해주고, 하루에 한 끼는 이제까지 맛보지 못한 풀로 반찬을 해 먹자고 제안했다. 아이들에게는 우물가에 돌 쌓기, 뗏목 만들기, 계곡길 내기, 바닷가에서 쓰레기 줍기, 갯가의 조개류와 게 잡기 등 놀이삼아 할 수 있는 일, 그리고 나무와 찰흙으로 만들고 싶은 대로 만들기 같은 것을 제안했더니 모두 좋다고 한다. 가게에서 산 과자는 건빵을 빼고는 먹지 말자고 했더니 문 선생의 작은아들 리홍이가 그러면 어른들도 담배를 피우지 말아야 한다고 해서 웃었다. 아이들과 함께 있는 자리에서는 안 피우겠다고 약속했더니 그러면 아이들도 어른과 함께 있는 자리에서만 과자를 안 먹어도 되느냐고 한다.

회의를 마치고 들어가 잘 사람은 자고 남자들만 남아 막걸리를 조금 마시다가 12시가 되어 권 선생님을 모시고 집에 돌아와 권 선생님은 내 방에서 주무시도록 하고 나는 구들방에 누웠다.

7월 26일

아침 5시에 일어나 닭모이를 할 밀짚과 보릿짚을 밀차로 실어

오고 낮으로 밀밭가에 있는 쑥과 칡넝쿨을 걷어내 재실 우물가에 던져두고 돌아다녔는데 약속한 5시 반까지 일어나는 사람이 없다. 만만한 최 교수네를 깨웠는데, 비야의 울음소리가 자지러져서 6시 조금 안 되어 모두 일어났다. 어제아침에 들깨를 비각 옆에 모두 심어서 아침에 크게 할 일이 없을 것 같아 글쓰기 선생님들과 자녀들에게 장독대와 효소실, 감식초 담가놓은 곳을 보여주며 설명을 했다. 아침으로 나온 콩죽을 먹고 내처 솔밭 2800평, 우리 집 효소 보관소, 그리고 해변학교까지 어른들에게 구경시켰다. 아이들은 나중에 볼 기회가 있을 듯하여 김승도 군에게 재 너머로 데리고 가서 저수지 옆 옛 우물터를 복원하라고 일렀다.

다 구경시키고 저수지 옆으로 해서 지름박골로 올라갔더니, 우리가 이용할 당산나무 아래 평상을 웬 낯선 사람들이 차지하고 앉아 아이들 물놀이터로 넓혀놓은 계곡 돌다리에서 비누 빨래를 하고 있다. 벌컥 치밀어 올라 여기서 비누를 써서는 안 된다, 그리고 당산나무 바로 밑 물은 우리가 식수로 쓰는 것이다, 하고 언성을 높였더니 남자 하나가 시비를 건다. 옥신각신하다가 하우스 쪽으로 올라 일을 했는데, 나중에 생각하니 그럴 일이 아니었다. 부드럽게 이야기할 수도 있었을 텐데, 그러면 서로 기분 상할 일이 없었을 텐데, 내 성질이 왜 이렇게 급하고 수양이 안 되었는지……. 아이들은 우물터에서 낫으로 풀을 베고 돌을 쌓고 또 지렛대원리를 써서 장도리로 못을 빼고 일에 몰두하는데 나는 마음이 계속해서 허둥거린다.

집에서 반찬을 나르고 그릇을 나르고……. 겨우겨우 11시 가까워 참을 먹을 수 있게 하고, 김희정 군과 차를 타고 와 프로판 가스통을 실어 보내고 그 밖에 참기름과 필요한 물건을 보내고 나니 파김치가 되었다. 찌는 듯한 더위에 고생할 선생님들과 우리 식구들 걱정에 마음은 지름박골로 가 있는데 몸이 말을 안 듣는다. 오후 5시 가까워 낫과 호미를 들고 지름박골로 나서는데 강도은 양이 점심 먹고 데리고 간 비야와 민정이를 여연이와 함께 데리고 글쓰기회 김희선, 김영자 양과 함께 오는 모습이 보인다. 청주교대 식구 넷은 먼저 지름박골로 찾아간 모양이다. 조금 전에 권영목 선생님과 어제 같이 온 이철규 씨가 떠나는 것을 배웅한 참이었다(권 선생님은 틀니를 했는데, 음식 문제와 잠자리 문제, 그리고 힘든 일을 옆에서 거들어주는 사람도 없어 견디기 힘드셨던 모양이다. 무척 미안하고 송구스러웠다).

김희선 양 일행과 강도은 양에게(여연이 엄마니 강도은은 '양이 아닌가?) 금란 씨, 봉선 씨 지시를 따라 콩밭일을 하라 이르고 재실에 전화를 해 심 군이 있느냐고 했더니 금방 떠난 것 같다고 한다. 집에서 보니 심 군이 내려오는 모습이 보여 큰 소리로 불렀다. 심 군과 함께 이불짐을 싣고 차로 지름박골에 갔는데, 이제 막 자리를 파한 아침 손님 일행과 저수지 둑 밑에서 마주쳤다. 그 가운데 아침에 시비를 걸었던 사람이 술 냄새를 풍기면서 또 시비를 건다. 내 말은 들으려 하지도 않고 아예 반말에다 나중에는 이 자식, 저 자식, 개자식으로 막 나가더니, 옆에 있는 일고여덟 명 젊은 남녀들 위세를 믿고 그러는 것인지, 일행 중 하나까지 가세하여 심 군의 가슴을 밀고…… 순간적으로 제정신을 잃고 참지 못하여 욕지거리를 퍼부어대는 남자의 턱을 주먹으로 쳤다. 치고 나니 아차 싶다. 몰매를 맞기 전에 자리를 피하는 게 상책이다. 쫓아오는 젊은이들이 퍼붓는 욕을 뒤로하고 저수지 옆길로 달아났다. 김승도 군에게 그 사람들 있는 곳으로 내려가라 이르고 문종길 선생 일행도 보내 심 군을 지원하게 했는데, 좀처럼 올라오지 않는다. 멍석을 더 날라야 할 일도 있고 내가 저지른 일이니 내가 해결해야 한다 생각하고 지게를 지고 이불도 나를 겸 작대기를 단단히 쥐고 내려가는데 청주교대에서 온 남학생이 돌아온다. 나를 데려오라 했다 한다. 내려가니 우리 식구들과 그 사람들 일행이 이제 숫자로 어슷비슷해지고 남자는 우리 쪽이 많다. 그래서 그런지 저쪽의 기세등등하던 모습이 많이 수그러들었다. 또 한 차례 언성이 높아지면서 분위기가 거칠어졌지만 내가 때린 것을 사과하는 것으로 일을 마무리 짓기로 해 사과를 했다. 사과를 했더니 맞는 사람이 무릎을 꿇으라 한다. 당신 몇 살이냐 물었더니 서른다섯이라 하는데, 그러면 내가 당신보다 스무 살 정도 연상이다. 나는 당신에게 반말을 하고 욕을 한 기억이 없는데, 내가 무릎을 꿇고 빌면 당신은 나에게 어떻게 사과를 하겠느냐고 물었다. 주위에서 그만하면 됐다고 올라가라고 해서 올라왔다.

처음 지은 하우스 바닥에 비닐을 깔고 위에 멍석을 펴는 임시 조치를 해놓았는데 아무래도 공간이 좁을지 모른다는 생각이 들

551

어 김승도 군과 함께 멍석을 더 나르기로 했다. 오는 길에 교대 엄진숙 양과 남학생을 태우고 와 엄 양을 우리 집에 먼저 가라 이르고 남학생은 우리 집에 짐을 두고 재실로 올라오라고 해서 함께 멍석을 꺼내 여덟 개를 차에 실었다. 지게를 두 개 싣고 왔기 때문에 그 지게로 멍석을 나르면 되겠다 싶었는데 저수지 둑 아래로 가는 길이 농약을 치는 경운기로 막혀 있다. 중산리 이현태 어른이 고추밭에 약을 치는 중이다(여기서 올해 현재까지만 고추밭에 일곱 번이나 농약을 친 집이 적지 않다고 한다). 할 수 없이 중산리 동각 옆에 차를 세우고 김 군과 멍석 하나씩 지게에 지고 지름박골로 올라갔다. 하우스 아래채 마무리 작업이 한창인데 아직 바닥에 비닐을 깔지 않았다. 서울에서 아들과 함께 온 박건 선생님(부인은 대전에서 따로 산다는 말을 아들한테서 들었다. 구태여 왜 여기까지 와서 아버지 곁에서 자려고 그러느냐, 다른 아이들과 함께 자면 안 되겠느냐고 했더니, 지금껏 아버지와 함께 자본 적이 없어서 그렇다고 대답하는 가운데 나온 말이다. 아마 이혼을 한 모양이고, 그렇다면 그 탓은 아마 박 선생에게 더 크게 돌아가지 않겠나 싶다)과 함께 조각난 비닐을 맞추어 바닥을 깔았다. 저녁 준비가 되었다고 내려오라 하는데 곧 깜깜해질 참이어서 사람들을 부를 수가 없다. 어두워져서야 일이 대충 마무리되어 저녁을 막걸리 한잔 곁들여 먹고, 모두 지게를 지고 남은 멍석 여섯 개를 지러 내려갔다. 김승도 군과 박건 선생 그리고 고영주 선생 남편 되시는 분이 지게로 멍석을 지고 올라오는데 여간 고역이 아닌 모양이다. 특히 박건 선생이 힘들어한다. 나중에 지게 지고 간 사람이 네 사람이어서 나는 빈 지게를 지고 다시 오는데, 박건 선생이 도중에 지게를 받쳐놓고 못 가고 있다. 빈 지게를 대신 건네주고 내가 그 지게를 졌다. 아래채 하우스에 문종길 선생과 함께 대강 멍석을 펼치고 나머지 멍석들도 하우스 안에 들여놓고 비를 맞을 만한 옷가지도 거기에 들여놓으라 이르고 당산나무 아래에 내려왔더니 술이 없다. 김희정 군, 김승도 군, 고상현 군과 함께 내려와 술도가에 같이 갔다. 팔 술은 없고 커다란 고무 '다라이' 밑바닥에 조금 술이 있어서 최 선생을 불러내어 젊은이들을 소개하고 그 술을 둘러앉아 마시는데 최 선생이 민물고기매운탕을 안주로 내놓아 우리가 산 두부는 거기에 그냥 두기로 했다. 소주 내리는 일에 대해 이 이야기 저 이야기 나누는 중에 우리가 내린 술이 맹물이 된 이유가 밝혀졌다. 알코올은 냉각수를 거쳐야 다시 응결되어 침전되는데 그 과정을 빠뜨렸던 것이다. 소주 내리는 옹기그릇을 나중에 마련하고, 더 대량으로 할 경우에는 스테인리스로 소주 내리는 기구를 따로 만들기로 하고 자리에서 일어났다. 서해슈퍼에서 냉장고에 들어 있던 막걸리 작은 것 세 병, 큰 것 두 병을 사 들고 밤길을 걸어 나는 큰 것 두 개를 가져가기로 하고 나머지 작은 것 세 개는 심 군과 고 군과 김승도 군과 김희정 군 넷이 유 군 집에서 나누어 마시라 하고 저수지 둑길로 접어드는데 문종길 선생과 박건 선생이 마중을 나오고 있다. 너무 늦어서 걱정이 되어 내려온 모양이다. 달이 휘영청 밝은 밤의 숲길을 걷는데 하늘도 달빛도 숲도 너무 아름다워 몇 번이나 탄성을 올렸다. 아래채 하우스에 넣어놓은 멍석을 달빛 밝은 밭이랑에 다시 펼쳐놓아 아직 잠들지 않은 분 있으면 술 마시러 나오라 했더니, 고영주 선생과 남편, 박 선생, 문 선생, 나, 이렇게 자리에 둘러앉게 되었다. 커다란 막걸리 사발에 술을 부어 돌려가면서 마시는데 술맛이 좋다고 감탄들을 한다. 막걸리 큰 병 하나를 비우고 나는 청주교대 학생들과 강도은이 걱정되어 재를 넘어서 집으로 돌아왔다. 부스럭거리는 소리에 금란 씨가 잠에서 깨어 나오더니 구들방에 곰팡이가 너무 심해 방바닥을 뜯었고 고구마에선 벌레가 생겨 모두 버렸다고 한다. 내 잠자리가 없어졌다고, 부엌에서 자고 있는 교대 남학생과 같이 자면 어떻겠느냐고 하기에 돗자리 펴고 구들방에서 자겠다고 하고 구들방에 자리를 깔고 이불을 펴고 누웠다.

오늘 하루는 웬 일이 그리 많았는지 모르겠다. 그리고 내 속이 좁고 하는 일에 준비가 없다는 것도 환하게 드러나는 날이었다. 쯧쯧.

7월 27일

우리 집 장닭이 우는 소리에 5시가 조금 못 되어 일어났다. 모두들 깊이 잠들어 있다. 이부자리를 개고 뒤꼍으로 해서 살그머니 내 방에 있는 일기장을 꺼내는데 볼펜이 보이지 않아 부스럭거리는 통에 김희선 양의 잠을 깨어놓았다. 다시 자라 이르고 일기장을 가지고 밭머리에 앉아 그제 오후부터 밀린 일들을 기억을 더듬어 쓰기 시작하는데 김희정 군이 온다. 같이 집에 왔더니 강 도은과 여연이는 깨어 있고 봉선 씨는 죽을 끓이고 있다. 아직 자리에서 못 일어난 교대 여학생들과, 밤새 더위와 모기와 싸우다 아예 내가 밭으로 간 사이에 마당에 자리를 펴고 곯아떨어진 교대 남학생을 깨워 같이 죽을 먹고 김희정 군에게는 부안에 나가 대형 천막 하나, 그 밖에 필요한 것들을 구하라고 70만 원을 주고, 봉선 씨에게 10만 원을 주어 필요한 것을 사라 하고 김 군에게는 당산나무터에 올라가 자율적으로 일을 하라고(오늘은 당산나무터 일을 마무리 짓자고 했다) 이르라 하고 나는 집에 남아 정리할 것을 정리하기로 했다.

아침에 원공 스님한테서 전화가 왔길래 이야기하는 가운데 내가 말했다. 위도 내원암에서 스님(여스님) 한 분이 연락을 해 왔는데 빈 절에 가보니 전화도 냉장고도 없고 숙소도 고쳐야 하고 거처할 수 없어 여스님 두 분 중 한 분과 보살 세 분 중 두 분은 다시 나가기로 하고 여스님 한 분과 보살 한 분만 남기로 했다고 하더라, 그래서 곰소에서 염전을 하는 신종만 씨(벤츠 차를 타고 이남수 씨와 함께 나에게 왔던 사람인데 인상이 졸부와는 거리가 멀었다)가 위도인가 거기에 또 다른 사업장이 있어, 배도 한 척 있다길래 그 사람에게 도울 길을 좀 모색해달라고 간접으로 말을 넣었다, 그리고 8월 6일 이후로 위도에 한번 방문할 계획이고 그 기회에 상왕등도와 하왕등도도 들를 생각이라고 했다. 원공 스님은 상왕등

555

도나 하왕등도에 터를 마련할 것을 다시 권유했다. 그리고 자기는 지금 눈병이 나서 고통을 겪고 있다고 한다. 안경을 끼지 않고 책을 본 탓이라고…….

속초에서 황시백 선생한테 전화가 왔는데 거기는 지금 날마다 비가 내려 방 안에 우두커니 앉아 밖만 내다보고 있다 하길래 여기는 비가 안 오니 가족 데리고 오라고 했다. 이상석 선생과 연수가 끝나면 오겠다고 약속했다 한다. 엊저녁에는 홍경남 선생이 일이 있어 못 오게 되었다고 연락을 했다 한다. 충북교대생들은 어제 오자마자 저녁에 두 시간에 걸쳐 밭일을 한 모양인데, 오늘도 아침을 먹자마자 봉선 씨 금란 씨와 함께 밭으로 갔고, 강도은 이도 여연이와 함께 따라갔다. 여기까지 쓰다 보니 어언간 아침 8시 10분 전이다.

어제 무리한 탓인지 발바닥이 몹시 아파 걸을 엄두가 잘 나지 않는다. 그래도 가야지 어떻게 하나. 자전거를 타고 광식이 집에 가서 뽑아 버려둔 무씨에서 난 무를 뽑고 반쯤 익어가는 오이들을 따고 쑥갓을 칼로 베고 고추를 따서 지름박골로 올라갔다. 고 선생이 물엿이나 조청을 구할 수 있느냐고 묻기에 농협에 가면 구할 수 있다고 했더니, 문 선생 부인이 나보고 독재자가 나타났다고 한다. 문 선생에게 같은 질문을 했는데 이 산속에서 나는 것으로 반찬을 할 것이지 다른 것을 바라지 말라고 했다는 것이다. 그 말이 맞다 하고 내 말은 흘려들으라고 했다. 효소물을 부어주고 괭이와 삽을 들고 아래채 하우스 배수로와 위채 하우스 배수로를 새로 마련하느라고 문 선생, 박 선생, 고 선생 남편, 나 이렇게 땀을 뺐다. 아이들은 뗏목을 만들다가, 아침에 내가 오면서 보니 우물을 참 잘 만들어놓았는데 바닥에 잔돌을 까는 것도 좋겠다고 했더니 그 일을 하려고 몰려갔다. 참을 먹고 나는 다시 재를 넘어 집으로 왔다. 오는 길에 베었던 길(논두렁)의 풀이 말랐기에 칡넝쿨로 묶어서 지고 왔다. 12시 반이 되었는데 여연이, 희선이, 봉선 씨, 금란 씨를 빼고 세 식구가 없다. 지금도 밭에서 콩밭을 매고 있다고 한다.

나머지 식구들은 1시가 훨씬 넘어서야 돌아왔다. 박석일 군이 '귀여운 색싯감'과 함께 건빵 한 상자와 양주 한 병을 들고 오고 (그 양주는 최 교수가 준 시바스 리갈과 함께 감나무 밑 다른 술독 위에 얹어두었다. 내 방에는 어울리지 않을 듯해서), 김철한 기자도 와 있었다.

오늘 점심은 한 상에 아홉 명이 둘러앉아 먹었는데, 이제까지 한 상에서 먹은 숫자로는 가장 많은 식구다.

날씨가 찌는 듯이 더워 모두들 쉬었다. 4시가 넘어서 유 군이 심어놓은 호박밭에서 애호박을 일곱 개 따 자루에 넣어 재를 넘어서 지름박골로 갔다. 배수로를 새로 하고 전에 하우스 있던 자리를 치우는데 저녁 7시가 넘어 우리 식구들이 비야네와 민정네까지 모두 왔다. 또 저녁식사 시간이 늦었다. 옛날 하우스 자리 치우고 연장은 연장대로 나무토막은 나무토막대로, 그 밖의 것들도 치우는 데 시간이 빨리 지나가 다 치우지도 못하고 어두운 데서 멍석을 깔고 밥을 먹고 술을 마셨다.

모기가 많다길래 새로 지은 위채 하우스와 아래채 하우스에 모깃불을 피우고 당산나무 밑에도 피웠다. 민정네와 비야네가 먼저 돌아가고 '여름학교' 식구들도 박건 선생과 문 선생을 빼고는 자러 갔다. 나머지 식구들이 돌아가며 노래를 부르면서 밤늦게까지 안주 없는 막걸리로 달빛에 젖은 채 놀았다. 다른 식구들은 어느 틈에 다 돌아가고 결국 박건 선생 부자, 도은이와 딸 여연이, 그리고 나만 아래채 하우스에서 자게 되었는데 모기가 어찌나 많은지 끔찍할 지경이다.

7월 28일

모기 때문에 도은이는 여연이를 지키느라고 앉아서 자기는 모기에 뜯기면서 밤새 부채질을 하고 나는 누워서 밤을 샜다. 이불을 뒤집어쓰면 덥기는 하지만 모기는 막을 수 있는데 내가 이불을 뒤집어쓰면 모기가 여연이 쪽으로 모두 몰려가 칭얼거리는 소리가 커지고 도은이의 부채 소리도 요란해진다. 윗옷을 다 벗어 모기를 유인하여 죽이는 수밖에 이 어리석은 결정(지어놓은 하우스 아래칸에서 하룻밤을 자면 좋지 않겠느냐고 제안해서 도은이를 고생시킨 것)에 책임질 다른 길이 없을 것 같다.

새벽에 일어난 박건 선생이 도은이의 그런 모습을 보고 딱해서 천막 안에서 같이 자자고 제안을 하고 밤새 지친 도은이가 천막 안으로 들어가는 걸 보고 일어서서 저수지 길을 따라 집으로 왔다. 새벽 4시가 조금 넘었을까. 산허리가 서서히 희붐하다. 새벽이 열리기 시작한다. 집에 오니, 아직 모두 잠들어 있다. 몸을 씻고 빨래를 하고 있으려니 봉선 씨와 금란 씨가 차례로 일어난다. 아침을 먹고 다른 사람들은 콩밭을 매러 갔는데 나는 자리에 누웠다. 관유 군 집에서 봉선 씨가 전화를 했다. 거기서 아침을 지었으니 먹으러 오라는 연락이다. 건빵을 주섬주섬 먹어서 배가 고프지는 않았지만 김희정 군이 안 먹고 기다리고 있다 해서 건너갔다. 밥을 먹고 김승도 군이 차를 몰아 재실로 올라가서 장구, 북, 징, 꽹과리를 챙기고 찰흙도 비료포대에 담고 또 안용무 씨 집터에 가서 나무토막도 주워 당산나무터로 올라갔다(재실에서 민정 엄마가 수박을 세 덩이 따다 준 것도 차에 실었다). 풍물 악기는 챙겨 들고 가고, 나머지는 박 선생과 문 선생에게 지게 지고 내려가 챙겨 오라고 했다. 하우스에 모기가 극성을 부리는 이유를 빨리 알아내 조치를 취하는 게 급하다. 살펴보니 문틈이 모두 모기의 고속도로처럼 벌어져 있다.

  헌 하우스에서 뜯어낸 방충망과 작은 각목을 이용해서 문짝 네 개의 틈을 모두 메우니 안심이 된다. 비닐과 방충망 사이가 떠서 모기가 들어올 만한 곳도 메꾸고 문 네 개에 손잡이도 달았다. 김철한 기자가 올라와 일을 거들었다. 김 기자는 아침에 오라고 동아일보사에서 전화가 왔다는데 고집을 부려 오전에는 콩밭을 매고 오후에는 쉬어도 되련만 가는 길에 시간을 내어 일손을 돕는다. 믿음직한 일꾼이다. 공사를 모두 끝내고 자리에 누워서 모기 오기를 기다리는데 오지 않는다. 편하게 잠이 들었다 일어나 아이들 변소를 두엄터에 다시 만드는 공사를 하고, 헌 하우스터에 널린 나무토막들을 모두 한쪽에 모아 쌓고 방수포로 덮었다. 지게도 다른 연장도 모두 방수포로 덮었다. 엊그제 계속해서 저녁식사가 늦었는데, 오늘은 저녁을 먹고 시작한 일인데도 7시 반쯤 되어 얼추 끝낼 수 있었다.

내려오는데 저녁놀이 붉게 물들어 몹시 아름답다. 우물터에서 돌을 건져내고 조금 모양을 만들다가 빗방울이 후둑거려 다시 올라가 비가 오면 냇가에 둔 것들을 위로 올리라고 부탁하려는데 문 선생과 박 선생이 내려온다. 전화를 하러 내려온단다. 같이 광식이 집에 갔는데 열쇠가 잠겨 있다. 별수 없이 집 짓는 공사장에 가는데 형님 댁 불이 환해서 거기서 부탁하려고 갔다가 술 한잔하고 가라고 붙들어서 소주 두 잔을 마시고 집으로 왔다. 모두들 저녁을 먹고 막 쉬려는 참이다. 김희선이, 서영자, 모기영이, 박석일, 이현숙, 상현이, 희정이, 승도, 금란 씨, 봉선 씨가 같이 막걸리를 마시고, 최 교수가 가져온 양주(시바스 리갈)로 술자리를 마감했다. 화기애애한 분위기여서 기생 노릇을 잘했다 싶다. 도은이가 여연이 데리고 전주로 돌아갔다. 배웅을 못한 게 마음에 안됐다.

7월 29일

자리에서 일어나니 7시가 가까웠다. 김진탁 씨가 손님을 데리고 불쑥 나타났다. 서울에서 교구일을 하는 38세 난 남자와 교직에 있다가 육아휴직한 애 엄마와 아이 둘을 데리고 왔는데, 남자는 서울에서 사는 게 싫은 모양이다. 콩밭 매고 집으로 가려고 온 청주교대 식구와 박 중위와 짝이 늦은 아침을 먹는데 끼어서 아침을 먹고 바닷가로 갔다. 김희정 군은 천막을 가지러 부안에 나가고 김승도 군과 고상현 군은 우리 아이들 데리고 바다로 가라고 보내고 손님들도 보내니 금란 씨와 봉선 씨와 나만 호젓하게 남았다. 오붓하게 앉아 커피를 마셔본 게 오랜만이다. 오후에는 제자들이 오고, 차 사장도 온다는 연락이 왔다. 바다로 가는 고군에게 굴 따는 연장들과 그물포대를 들려 보내고 효소물도 한 말 들려 보냈다. 아이들은 김진탁 씨 일행이 타고 온 봉고차로 실어 나르기로 했다. 점심 무렵 천막 문제도 걱정되고 아이들이 제대로 노는지도 걱정되어 자전거를 타고 바닷가에 갔다. 우리 아이들과 김진탁 씨가 데리고 온 손님 일행이 해변학교에서 놀고 있는데 주위가 너저분하다. 중산리 근처에서 아이들 점심을 가지고 온 선생님들과 만나 함께 아이들을 불러 모아 해변의 쓰레기들을 치웠다. 쓰레기 종류를 자세히 보아가며 치우자고 했는데 아이들은 쓰레기가 더러운 것이라는 관념이 깊이 박혀서인지 잘 주우려고 들지 않는다. 우리가 앉아서 쉴 자리니 깨끗해야 한다고 반쯤 강제하여 쓰레기를 줍게 했다. 김희정 군이 천막을 가져와서 함께 쳤다. 18만 원을 주었다는데 천막대도 조립식이고 천도 가벼워 옮기는 데 그리 큰 힘이 들지 않을 것 같다.

점심을 바닷가에서 먹고 김희정 군과 집으로 돌아왔다. 오후에 다시 바닷가로 가려는데 우희성 군이 정수기 양, 그 밖에 김하연이라는 95학번 여학생, 황성희라는 96학번 여학생과 함께 땀을 뻘뻘 흘리며 걸어오고 있다. 재실에 가서 심 군에게 손님들을 부탁하고 해변으로 갔다. 물이 거의 다 빠져 있다. 갯벌까지 가서 게와 재첩과 배꼽을 잡았다. 배꼽이 탱크처럼 갯벌을 슬슬 기어다니면서 널찍하게 입살을 벌려 커다란 재첩을 감싸고 질식시켜 살을 파먹는 모습이 보인다. 재첩은 달아나려고 껍질을 활짝 벌렸다 다시 닫는 반동을 이용해 톡톡 튀어 달아나고……. 갯벌을 잘 알려면 갯벌에 한 해쯤 날마다 나와 살 필요가 있음을 느꼈다. 백합구멍을 알았다. 조그마한 구멍 둘레에 달무리 같은 것이 둘러진 곳을 파보았더니 재첩이 나왔다. 밤에 해변에서 자겠다는 생각을 가진 아이들과 부모가 있는 것 같아서 자율로 결정하라 했더니 못한다. 결국 천막을 걷기로 했다. 그 전에 해 지는 모습을 보았는데 변산에서 몇 번이나 해 지는 모습을 보았지만 이번처럼 깨끗하게 구름 한 점 가림 없이 바닷속으로 해가 숨어들어가는 모습은 처음 보았다. 해에 대한 깊은 경외심과 숭배의 느낌이 가슴에서 피어오르고, 이어서 하늘에 덩실 떠오른 14일 달에 대한 숭배도 생겨났다. 그래, 모두 하나인데, 내 근원은 저쪽인데, 온 우주를 죽어 있는 물질덩어리로 여길 만큼 내 마음도 차가워 물질에 가까워져 있구나.

천막을 걷고 밥은 외식을 하기로 했다. 우여곡절 끝에 향촌식당에서 저녁을 먹고 내 자전거는 김희정 군 트럭에 천막과 나무 토막 같은 것을 함께 실어놓고(술 반 말과 함께), 나머지 반 말은 통을 도가에서 빌려 선생들에게 가지고 가라 하고, 집으로 왔다. 오늘은 충북대 제자들을 환영하는 날로 마음속으로 정하고 재실로 김 군과 함께 올라가 12시 반 가까이 술을 마시고 내려왔다. 차 사장 가족이 와 있었다. 한백이는 그새 더 예쁘게 자랐다.

7월 30일

아침에 금란 씨와 봉선 씨가 한백이 엄마 아빠랑 콩밭을 매러 가고 나는 집에 남아 재실에서 보릿짚과 벼 한 단을 가지고 와 아침에 깨끗이 쓸어놓은 마당 귀퉁이에 새로 닭모이를 부어놓고 닭이 알을 낳는 둥우리를 만들기 시작했다. 한백이가 일어났길래 엄마 아빠 일터로 데려다주고 솔밭 상태를 두루 살피고 김을 조금 매다가 다시 돌아와 닭둥우리를 마무리했다. 한 번도 해본 적이 없고 날림이어서 모양도 예쁘지 않지만 그런대로 암탉이 편히 앉아 알을 낳을 만한 공간은 마련한 셈이다.

아침을 먹고 지름박골로 김희정 군과 올라갔는데 선생님들이 멍석에서 아직 아침을 먹고 있다. 엊저녁에 밤 2시가 넘도록 술을 마시면서 이야기를 하다가 늦잠을 잤다 한다. 아이들이 하우스에서 풍물을 치는 소리가 들렸다. 문종길 선생에게 우리가 밭에 심어놓은 농작물들을 고루 보여주면서 나중에 아이들에게 이름을 가르쳐주라 이르고 김희정 군과 나는 환삼덩굴을 뺐다. 덩굴이 너무 우거지고 줄기와 잎이 온통 잔가시투성이여서 작업이 쉽지 않다. 한 포대 베어놓고 날이 너무 뜨거워 호박 심어놓은 데로 이어지는 길만 대강 뚫고 당산나무 아래 평상에서 잠시 쉰다는 게 잠이 살포시 들었다. 한백이네 식구랑 유 군이 어제 와서 선생님들과 인사차 같이 올라왔는데 한백이와 차 선생은 남고 한백이 엄마는 콩밭 매러 다시 돌아갔다. 어젯밤에 향촌식당에서 식사를 하기 직전에 김진탁 씨가 효소 두 병을 자전거에 묶어놓고 손님들과 함께 타고 온 봉고로 떠나면서 이야기를 길게 나누지 못한 것을 아쉬워하길래 시골에 살려고 오면 땅을 보고 와야지 언제 어떻게 변덕이 나서 바뀔지 모르는 사람 보고 와서는 안 된다는 말을 다시 해주었는데, 김진탁 씨나 김 씨가 데리고 온 사람의 마음자리가 아직 굳은 것 같지 않아 이번 만남은 찜찜하고 불쾌한 생각이 든다. 연락 없이 불쑥 손님 데리고 나타나 민폐를 끼치고 일은 하지 않고 돌아가는 손님이라니…….

점심 전에 김승도 군이 아이들과 아버지들과 함께 너럭바위로 다시 길을 낫으로 뚫으면서 갔는데, 제대로 찾았는지 걱정되어 뒤미처 쫓아갔다. 김희정 군은 너럭바위 쪽으로 와보는 게 처음이다. 김승도 군이 아이들과 너럭바위를 지나 멀리 간 것 같아 불렀더니 앞쪽에서 대답을 한다. 너럭바위는 이미 확인이 되었는데 아이들과 더 깊이 계곡을 타고 가보기로 한 모양이다. 김희정 군과 나는 너럭바위에 파인 샘에서 목욕을 하고 개구리도 잡아 관찰하고 새우도 잡고 하면서 놀다가 다시 내려오는 아이들과 함께 내려와 점심을 먹었다. 어제 바닷가에서 잡아온 게는 기름에 튀겼는데 맛이 좋았다. 재첩과 배꼽과 소라새끼를 함께 넣어 삶은 국물도 맛이 좋았다. 오늘 점심은 어제 바닷가에 나간 덕에 아주 풍성했다. 점심을 먹고 한숨 자고 있는데 전순옥 선생이 올라왔다. 세 번째 오는데 와도 일할 생각은 하지 않는다. 오늘도 마찬가지다. 왔다 재실에서 점심을 먹고 잠시 잡담을 나누다가 자리에서 일어선다. 그러는 모습이 마뜩잖아 설거지를 마친 어머니들을 안내하여 너럭바위까지 데려다주고 돌아왔더니 전 선생이 이미 가고 없다.

자고 있는 차 사장과 김희정 군을 깨워 같이 내려오는데 중산리 모정에 모여 앉아 술을 마시고 있던 동네 어른들이 술 한잔하고 가라 한다. 손님이 기다린다고 인사만 하고 오는 길에 형님 집 앞에서 봉고차로 이재관 씨 가족을 데리고 오는 유 군을 만났다. 지름박골에 올라가 있어라 이르고 김 군과 문 선생, 박 선생, 차 사장, 임 기자와 함께 안용무 씨 집터에 남은 나무들을 싣고 있는데 형님이 와서 지금 당산나무터에 와 있는 우리 글쓰기 식구들에 대한 동네 여론이 안 좋다고, 지금 공론이 붙었는데 같이 가서 해명을 하자 한다. 혼자서 나를 감싸다가 중과부적임을 느낀 모양이다.

동네 어른들 생각은 간단했다. 사람이 그 계곡에 자주 드나들면 물이 오염된다는 것이다. 나도 같은 생각이어서 거기에 대해서는 이견이 없었다. 모정 앞에 경운기를 세워놓고 당산나무(중산리 모정 앞에 서 있는 느티나무) 아래에는 팻말을 세워 거기에 차를 주차하지 못하게 한 것에도 저항감이 없다. 걸어 다니면 되니까. 그래서 환경이 오염되는 문제는 누구보다 내가 더 걱정하는 사람이어서 담배꽁초 하나 못 버리게 한다. 대소변 문제도 밭에다 누고 삽으로 파묻는데 앞으로는 제대로 변소를 지어 생똥이 저수지로 흘러드는 일이 없도록 각별히 신경 쓰겠다, 실제로 농약이나 제초제를 밭에다 뿌리는 것이 더 큰 문제인데 동네 사람들은 모두가 그렇게 농사를 짓고 있으니 그 독성은 짐짓 모르는 체하고 애꿎은 사슴목장과 놀러 오는 사람들 탓만 한다는 말이 목까지 나왔지만 참고, 지금 저수지 위에 제초제를 뿌려 농사짓는 분이 있는데 내년에는 우리가 풀을 매줄 테니 제초제는 뿌리지 말았으면 좋겠다, 월남전에서 미군이 쓴 고엽제가 제초제와 성분이 같은데 그 독성이 20년 후에도 나타난다고만 간단히 이야기했다.

　이장이 머리가 잘 안 돌고 나에 대해 의심이 아주 많아 그동안 내 뒷조사도 많이 해보았다길래 모르면 모르되 대통령도 아마 내 이름은 들어보았을 거라고만 이야기했다.

　저수지 위에 여기는 식수의 근원이고 교육장이니 낚시질이나 계곡에 올라가 취사하는 행위는 금지라는 팻말을 붙이는 게 어떠냐는 쪽으로 의견을 모으고 형님과 함께 내려왔다. 형님이 이장과 술 한잔하는 게 어떠냐고 해서 그러자고 했다. 그리고 오늘저녁에 우리가 평가회를 갖는데 저녁 9시쯤 모시러 오겠다고 하고 안용무 씨 집터에 가보니 이미 나무를 한 차 실어 나르고 두 번째로 차에 싣고 있다. 나무들을 알뜰히 모아 싣고 집으로 가서 나뭇짐을 내리고 있는데 시간이 저녁 7시에 가깝다. 평가회를 가지려면 시간이 촉박하다. 나머지 나무 정리하는 일은 김 군에게 맡겨놓고 다른 선생님들과 차를 타고 지름박골로 갔다. 가는 도중에 고추밭에 약을 치고 있는 이장을 길에서 만나 오늘저녁에 산 위로 오라고 초대했더니 약속이 있어서 못 온다 한다. 올라가 저녁을 먹고 그릇과 비닐 포장, 옷 말려놓은 것 말끔히 계곡 근처에서 치우고 평가회를 가졌다. 변소 문제가 가장 큰 문제로 나타나고 취사장 문제도 다음으로 거론되었다. 나도 동시에 느끼는 문제다. 어떻게든 해결하기로 하고 평가회를 대강 마치고 형님을 모시러 갔는데 시간이 많이 늦었다. 화가 단단히 나셨는지 방금 불꺼진 것을 봤는데도 내가 인기척을 해도 대답이 없다. 결국 형수님이 먼저 일어나시고 형님도 일어나셨는데, 실없는 사람으로 여기시는 모양이다. 아까 백문옥 이장도 동시에 초대하겠다고 해놓고 늦으니 더 화가 나신 모양이어서 이장은 아까 만나 못 온다는 이야기를 들었다, 시간을 보지 않고 이야기를 하다 보니 늦었다, 지금이라도 올라가시자 했더니 피곤하고 밤길이어서 오늘은 그냥 자고 싶다 하신다. 하릴없이 도로 올라가 술을 마시면서 덕담을 하고 있는데 신보현·이현숙 부부가 나타났다. 《한겨레 21》

567

지에 쓰는 원고 취재차 고흥, 보성에서 부록 취재를 하고 내일은 새만금 지역 취재를 하는데 재실에서 밥을 먹고 오는 길이라 한다. 또 연락 없이 불쑥 나타나 내 밥을 축내고 잠자리를 어지럽히는 군식구다. 나중에 그 말을 직접 했다. 그런 식으로 나타나 내 시간을 빼앗고 음식을 축내면 무슨 공동체를 하고 무슨 농사일을 하겠느냐고 대놓고 이야기했더니 무척 무안한 모양이다. 12시가 넘도록 술을 마시다 남은 막걸리는 너럭바위에 가서 보름달 밑에서 마시는 게 어떠냐 제안했더니 좋다고들 한다. 밤 숲길을 걸어 너럭바위에 퍼질러 앉아 노래도 부르고 술도 마시다 달빛을 받으며 내려왔다. 이재관 씨 식구는 유광식 군과 김승도 군과 아래로 내려가고 신 군 부부와 차 사장과 나는 아래채 하우스 멍석 위에 자리를 펴고 누웠다.

7월 31일

아침에 일어나니 5시 반이 조금 넘었다. 신 군 부부가 떠날 차비를 하고 있었다. 차 사장도 일어나고, 문종길 선생 부부와 안용무 씨, 그리고 박건 선생이 일어났다. 문 선생 일행과는 차 시간이 있어서 다시 못 볼지 모르니 글쓰기 연수회에서 보자고 하고 다른 선생님들은 아침을 먹고 시간 있으면 우리 집에서 작별하자는 말을 남기고 차 사장과 재를 넘어 우리 집으로 왔다. 차 사장에게 이재관 씨 자는 재실로 올라가보라 이르고 나는 나무를 치우고 있는데 봉선 씨, 금란 씨가 효소를 짜려고 온다면서 밭에서 일찍 돌아왔다. 환삼덩굴을 작두로 잘라 자루에 담아 재실로 올라가 당절임을 하고 내려와 밀린 일기를 쓰려는데 앞집 새끼고양이가 자꾸 같이 놀자고 하고 한백이는 그 고양이가 무서워서 모기장 밖으로 나오지 못한다. 앞집 할머니가 고양이를 찾으러 와서 그놈 재롱은 끝이 났다.

박준성 선생한테서 15일에 역사문제연구소 식구 여남은과 함께 와서 18일이나 19일에 가겠다는 연락이 왔다.

아침을 먹고 날씨가 더워 집에서 청탁 원고를 썼다. 《말》지에 실릴 원고를 쓰고 있는데 오후에 식구들이 모두 해변에 가기로 했다 한다. 다녀오라고 하고 남아 집을 지키고 있는데 오후 4시쯤 한소영 씨가 왔다. 동네 청년 하나가 오토바이에 태워 온 모양이다. 들어오라 하여 효소물을 한잔 대접하고 한소영 씨 데리고 바닷가로 갔다. 가서 헤엄을 치고 일몰을 보고 게도 잡았다. 충대 제자들도 이재관 씨 가족도 우리 식구들도 모두 잘 논 모양이다. 맥주가 한 상자 있기에 웬 맥주냐고 했더니 축구를 해서 진 편이 샀다 한다. 늦게 집에 들어와 라면을 끓여 먹고 차 사장 가족과 이재관 씨 가족을 내 방에서 자라 하고 술 한잔을 나눈 뒤에 11시 조금 넘어 관유 군 집으로 가서 김희정 군과 함께 잤다.

−8월−

8월 1일

아침 5시에 일어나 김 군은 밭으로 가고 나는 집에 와 리어카에 있는 통나무를 치우고 재실에 올라가 당절임을 뒤집고 보릿단과 밀대를 닭모이로 쓰려고 실어 왔다. 한소영 씨는 금란 씨, 봉선 씨 딸려 밭에 보내고 6시쯤 일어난 이재관 씨와 차 사장에게 나와 함께 냉암소 진입로 만드는 일을 하자고 했다. 처음에는 엄두를 내지 못하기에 그렇게 어렵지 않다고 하고 같이 일하려는데 문을 봉해놓은 부직포를 커터로 베어내 문짝을 연 심 군이 하우스에 손볼 곳이 있는지 서성거린다. 가서 로터리를 치라고 이르고 담배를 가지러 집에 왔는데 곧 심 군한테서 전화가 왔다. 김 군이 있느냐기에 없다고 하고 찾는 이유를 물었더니 하우스에 박을 쫄대를 지름박골에서 망치와 함께 가져와야 한다는 사연이다. 내가 가겠다 하고 당산나무터에 간 김에 지게에 산비탈을 덮어 옥수수 자라는 걸 방해하는 풀을 한 포대 베어 왔다.

작두로 썰어 이슬을 말리려고 자리에 펼쳐놓고 냉암소로 갔더니 차 사장과 이재관 씨가 땀을 뻘뻘 흘리며 하우스 안 진입로를 만들고 있다. 밖에 기왓장과 돌을 쌓고 그 안에 흙을 부었는데 일이 상당히 진척되었다. 수고했다고 이제 아침을 먹으러 집에 가자고 했다.

조금 쉬자 금란 씨와 봉선 씨가 오고 이어서 한소영 씨와 한백이 엄마가 콩밭 매는 일을 중지하고 아침 먹으러 왔다. 아침을 먹고 떠나는 이재관 씨 가족에게는 현대중공업 노조 편집실 식구들과 나누어 먹으라고 고구마순술 다섯 병을 주고 따로 마늘 한 접을 주었다. 그리고 차 사장에게는 보리 식구들에게 나누어 주라고 마늘 열 접과 고구마순술 세 병을 주어 보냈다.

이래저래 10시가 넘어 불볕더위에서 일을 할 수 없어 방 안에 앉아 원고를 썼다. 풀무원식품 원고를 하나 썼는데 다른 원고는 쓰려고 해도 머리가 움직이지 않는다. 잠시 누워 한숨 붙이고 12시에 벌떡 일어났다. 아무래도 땀을 흘려야 머리가 맑아질 것 같아서다. 냉암소에 올라가 돌을 황새괭이로 파 진입로 옆 축대를 쌓고 방수 문제가 있는 하우스 바깥쪽 손보는 작업을 시작했다. 이 하우스를 짓는 데 현재까지 들어간 돈이 120만 원이 넘는데 앞으로도 30만 원쯤 더 들어가지 않을까 싶다. 민정 엄마에게 보리와 밀과 남은 벼를 받고 싶은 값으로 나에게 넘기라고 다시 일렀다.

집에 돌아오니 벌써 오후 2시 반이다. 두 시간 넘게 흙일을 한 셈이다. 늦은 점심을 먹는데 몸에서 땀이 비 오듯 쏟아진다. 점심을 먹고 막걸리 한 잔을 곁들인 뒤에 아침에 썰어 넣었던 백초를 마대에 다시 담아 금란 씨와 소영 씨와 함께 효소실로 갔다. 백초 당절임을 하고 집에서 쉬는데 봉선 씨 가족이 왔다. 소영 씨와 금 란 씨에게 봉선 씨 가족끼리 있도록 자리를 피해주자고 해서 당 산나무터로 올라갔다. 나는 소영 씨에게 당산나무터와 너럭바위 를 구경시켜주고 금란 씨는 오랜만에 북채를 잡더니 놓을 줄을 모른다. 너럭바위에서 내려와보니 김희정 군이 와 있다. 같이 옛 날 하우스 자리를 말끔히 치웠다. 그리고 새로 만든 아래채 하우 스의 멍석을 한쪽을 걷어 농기구 놓을 자리를 마련하고 그릇들도 한쪽으로 정리해놓고 멍석도 낡고 길이가 안 맞는 것을 걷어낸 뒤 새로 깔고 쓰레기는 한쪽에 따로 모아놓았다. 나와 소영 씨는 저수지 쪽으로 걸어서 집에 오고 금란 씨는 희정 군과 함께 재 너 머에 차를 세워놓았기에 그리로 갔다.

집에 오니 봉선 씨 가족이 집 안에 가득하다. 어머니, 아버지, 오빠, 올케, 아이들 둘, 여동생, 남동생 둘인가 셋인가…… 닭을 삶고 닭죽을 끓여놓았기에 김희정 군과 나는 손님처럼 쭈뼛쭈뼛 그것을 얻어먹고 얼른 재실로 올라가 제자들과 잠시 술을 마시다 제자들을 몰고 소영 씨와 함께 당산나무터로 향했다. 오늘은 거 기서 자기로 했기 때문이다.

지서리에 술 사러 가는 길에 뒤늦게 오는 김현준 군 부부(아내 는 불문과 90학번 오현석이다), 이동화 군이 타고 오는 차를 만나 나 는 우리 트럭에서 내려 먼저 길 안내를 하여 지름박골로 올라오고, 김희정 군은 지서리에서 막걸리를 사서 다른 학생들과 나중에 올라왔다. 잠시 비닐하우스에서 회포를 풀며 술을 마시다 너럭바위로 다 함께 올라가 노래를 불렀다. 내가 제일 많이 불렀다. 취했나 보다. 〈어디로 갈까나〉, 〈한네의 승천〉, 〈부용산〉, 〈망향〉, 〈기러기〉……. 밤 2시쯤 내려왔나.

8월 2일

아침 5시 15분쯤 깨어 어제 쌓아놓은 쓰레기를 태우고, 우물터로 가서 물을 마시고 다시 올라와도 다 잠들어 있다. 당산나무 아래에 가 낫을 갈아 올라오니 김희정 군이 일어나 있다. 김 군에게 모두 깨워 먼저 재실로 데리고 가되, 김현준 군과 이동화 군은 냉암소 울력을, 제자들은 민정네 울력을, 그리고 소영 씨는 콩밭을 매도록 하라 일렀다. 오현석 양은 임신 2개월이어서 깨우지 말라고 했다. 모두 내려 보내고 낫으로 풀베기를 시작했다. 먼저 큰 강아지풀같이 생긴 놈이 씨앗을 퍼뜨리지 못하도록 목을 치고 감나무에 감고 올라오는 칡넝쿨과 다른 풀들을 벴는데, 붉나무 비슷한 것도 제법 많아 이놈은 효소를 담그기로 하고 따로 모았다. 오현석 양은 8시 반이 넘어서야 잠에서 깨어났다. 어제 사서 먹다 둔 빵에 개미가 바글거려서 그냥 둘 수 없다. 먹고 싶은 마음은 없었지만 버리기가 죄스러워서 개미를 털어내고 우적우적 씹어 먹으면서 나뭇잎과 칡넝쿨 묶은 것을 지게에 얹어 오 양과 함

574

께 유 군 집에 갔다. 유 군 집에는 주인 아들 부부인 듯한 사람들이 유 군과 함께 있었다. 거기에서 밀차를 빌려 지게에 졌던 짐을 밀차로 옮겨 집으로 오는데 햇살이 따가워 아침부터 펑 젖어 있던 옷을 다시 적신다.

집에 오니 밭일을 갔다 온 듯한 봉선 씨 가족이 아침을 준비하고 있고 금란 씨와 소영 씨는 돗자리에 앉아 땀을 들이고 있다. 자리가 불편해서 오 양과 함께 재실에 올라가서 아침을 먹었다. 그러고는 재실 마루에 누워 한숨 자고 나니 11시가 넘었는데 인천에서 여자 둘이 왔다. 한 사람은 27세, 한 사람은 28세라는데 소영 씨나 마찬가지로 앳돼 보인다. 어제 부안에 도착했는데 차편이 없어서 거기에서 자고 아침에 오는 길이라 한다. 작업복으로 갈아입으라 이르고 집에 왔다. 빨래를 했다. 두 사람 안내는 금란 씨에게 맡겼다. 빨래를 하면서 생각하니 똥도 퍼야 하고 효소도 담아야 한다. 그러려면 두엄터도 넓혀야 하고……. 금란 씨가 두 사람을 안내하여 지름박골로 넘어갔다. 점심은 봉선 씨 가족이 내소사에 갔다 오는 길로 국수를 삶아 먹기로 했다 한다. 그전에 당절임과 똥 푸는 일을 끝내야 한다고 생각하고 자리에서 일어섰다.

붉나무로 확인된 그 나뭇가지와 잎을 작두에 썰어 포대기에 담아 효소실에서 저울에 얹어 보니 8킬로그램이 나간다. 비각 뒤에서 엎어놓은 항아리를 하나 굴려 씻고 있는데 우체부 아저씨가 재실에 편지 가져다주러 오면서 우리 집에 웬 여자 손님이 한 분와 있다 한다. 소영 씨에게 항아리를 씻어달라 부탁하고 내려가 보았다. 김희정 군이 사귀는 아가씨다. 냉암소 흙 나르는 일을 하고 있는 김 군에게 데려다주고 붉나무 당절임을 마치고 똥지게를 지고 똥바가지를 들고 내려와 두엄터를 넓히려고 삽질을 해보니 흙이 여간 딱딱하지 않다. 할 수 없이 보릿단 쌓인 것을 파헤치고, 고구마 썰어 말렸다가 곰팡이가 나서 다시 버린 것(이로써 작년에 2개월 동안 애써 모았던 고구마는 모두 버리고 말았다)을 끌어다 모으고 난 뒤에 똥을 거기에 부었다. 다 푸고 곁에 있는 보릿대, 밀대를 긁어 덮고 나니 금란 씨, 소영 씨, 비야, 민정이, 그리고 인천에서 온 여자 손님 둘이 점심상을 차려놓고 내가 오기를 기다리고 있다.

점심을 먹고 우체부 아저씨가 가지고 온 소포를 뜯었다. 하나는 《이웃과 생명》이고 또 하나는 며칠 전 김진탁 씨와 함께 온 서울 오금동 천주교회 이상돈 씨 것인데 신발이 떨어져 아이에게 신겨 보냈던 슬리퍼와 88디럭스, 그리고 디스 담배 각각 한 보루를 넣어 보냈다. 편지도 들어 있어서 보니, 그날 여러 가지로 깨친 점이 많다고, 아내 쪽에서도 시골로 들어가려는 자기 뜻을 더 적극적으로 받아들이게 되었다고 써 있었다.

오후에 봉선 씨 가족이 온다기에 일기장을 챙기고, 빨아 널었던 빨래 마른 것을 걷어놓고, 김종철 선생이 보낸 《오래된 미래》 그리고 박찬교 씨가 보내준 책(*construire en Terre, Architecture de Terre*), 《이웃과 생명》 8월호를 바랑에 넣었다. 안봉선 씨 가족이 오는 걸 보고 나오는데 원고지를 챙기지 않았다는 생각이 나서 다시 방에 들어가 한 권 챙겨 나왔다. 김희정 군과 함께 차를 타고 지서리 농협에 가서 70만 원을 찾아 심 군에게 가져다주라 이르고(재실 뒤쪽 냉암소를 짓는 데 120만 원이 조금 넘게 들었다. 그 가운데 심 군이 우선 보탠 것이 32만 원, 마무리 짓는 데 필요한 환풍기값 등으로 쓴 70만 원을 주고 남으면 돌려주도록 했다), 아침에 유 군 집에서 가져온 밀차를 차에서 내려 유 군 집에 가니 아직 주인 아들 부부가 가지 않고 있다. 집 갈무리를 깔끔히 하지 못한 것을 유 군 대신 사과하고 주의를 시키겠다면서 가까운 사람이 자주 그런 이야기를 하면 잔소리로 들릴지 모르니 주인 된 처지에서 유 군에게 따끔히 한마디해달라고 부탁했다.

지름박골에 올라와 쓰레기를 마저 태우고 하우스 안을 다시 정리하고 멍석에 누웠다. 해가 저물면서 빛이 빠져나가는 계곡과 하늘을 보았다. 낮 동안에 햇볕을 받아 반쯤 상해 있는 빵이 있어서 그것으로 저녁을 때우고 아무 생각 없이 촛불을 밝히고 한참 누워 있는데 김 군과 그 아내 될 사람, 금란 씨, 소영 씨가 인천 아가씨 두 사람과 왔다. 술을 가져올 것으로 기대해서 오이 세 개, 고추, 그리고 씀바귀 잎을 따서 안주거리를 마련했는데 술은 막걸리 병으로 한 병 남아 있어서 그것만 가져왔다 한다. 모두 한 잔씩 둘러앉아 마시고 잠깐 이야기하다 김희정 군은 아내 될 사람과 집으로 돌아갔다. 김 군은 어제 재실에서 잤다 한다. 안봉선 씨 가족 중 젊은이들에게 방을 내주었다고……. 봉선 씨도 참 딱하다. 어쩌자고 열 명이 훨씬 넘는 가족을 집으로 불러들여 금란 씨와 나를 집에서 못 자게 한 것도 그런데, 김 군마저 편히 쉬지 못하게 했단 말인가. 나는 아래채 하우스에서 이불을 깔고 위채 는 여자들에게 내주었다. 누운 지 얼마 지나지 않아 소영 씨가 내 려와 자느냐고 묻는다. 안 잔다고 했더니 잠이 오지 않는다며 이 야기를 나누고 싶다고 하길래 들어오라 해서 이야기를 나누었다. 길어지면 위채에서 자는 분들에게 방해가 될 듯하여 밖으로 나왔 다. 당산나무 밑 평상에 앉아 이야기하면 좋겠는데 김 군과 김 군 아낙 될 사람에게 방해될까 해서 서성이면서 옛 하우스터에서 이 야기하다가 새로 터 닦아놓은 곳에 가서 흙을 쌓아올린 곳에 앉 아 이야기를 나누었다. 달이 떠오를 때까지만 이야기하자 했는데 달이 좀처럼 떠오르지 않는다. 나중에 풀숲을 헤치고 나뭇가지 사이로 올라오는 달빛이 무척 아름다웠다. 소영 씨가 자기는 남 의 손을 잡는 것이 좋은데 하면서 손을 잡았다. 손을 잡고 달빛을 받으면서 돌아와서 위채로 보내고 나는 아래채에 누웠다. 참 애 기 같은 처녀다. 스물여덟이나 되었다는데 야밤인데도 도무지 남 자에 대한 경계심을 찾아보기 힘들다.

지금은 딴 사람을 좋아하는데, 옛날에 좋아했던 사람에게는 자기 쪽에서 결혼 신청까지 했는데도 입 한 번 맞추지 못했다고 하고 지금 좋아하는 남자와도 마찬가지라고……

8월 3일

예정대로라면 오늘 부산으로 떠나야 하는 날이다. 그러나 불볕
더위에다 제자들, 손님들이 와서 땀 흘리고 있는데 훌쩍 떠난다는
게 마음에 꺼림칙해서 하루 늦추어 내일 떠나기로 했다.

아침에야 김 군과 그 짝이 어제 관유 군 집으로 갔다는 말을 금
란 씨에게 들었다. 금란 씨가 소영 씨에게 손님들 데리고 먼저 콩
밭으로 가라고, 나에게 의논할 것이 있다고 해서, 소영 씨는 손님
들 데리고 저수지 쪽으로 해서 솔밭골로 가고 나는 금란 씨와 남았
다. 사슴목장 아저씨가 사슴에게 풀을 주려고 올라오는 소리가 들
린다. 우리 집으로 가는 잿마루에서 이야기하기로 했다. 금잔디
위에 앉아 해가 떠오르는 모습을 보면서 이야기했다. 금란 씨는 자
기 안에서 오랫동안 유지되던 마음의 평화가 깨지는 것 같아 두렵
다고, 그 평화를 되찾고 싶다는 이야기를 했다. 하기야 이제까지
변함없이 한결같은 모습을 보여온 사람은 금란 씨뿐인데 그동안
겪은 여러 가지 일로 금란 씨도 흔들릴 만하다는 생각이 들었다.

너 떠난 자리에 환한 햇살
네 살 속에 움돋아 흔들리는 작은 풀잎들

언젠가 그저 누군가 해준 이야기를 들려주었다. ─ 몸은 하난데
머리가 둘인 샴쌍둥이가 있는데, 이 쌍둥이가 자라면서 서로 다른

579

생각과 느낌을 가지게 되어 서로 싸우더라는 이야기였다.

순간과 영원이 둘이 아니고, 따지고 보면 너, 나 없이 하나인데, 그리고 싸우는 것도 서로 떨어져 있는 게 불편하고 화가 나서 하나가 되려는 마음의 표현인데, 이 절대의 하나가 상대화하고 비교하는 마음이나 분별심의 작용으로 여럿으로 나뉘는 것 같다고, 마음의 평화를 지키려고 억지로 애쓰지 말고, 흔들림에 몸과 마음을 맡기라고 했다.

금란 씨를 보내고 다시 지름박골로 내려와 오랜만에 책을 들추어보았다. 진흙으로 짓는 집들에 관한 책 두 권을 그림 중심으로 훑어보고 있노라니 유 군이 올라왔다. 사다리를 가지고 가서 담에 둘린 대를 잘라주어야 텃밭의 작물이 잘 자랄 것이라는 주인의 말을 들은 모양이다.

유 군에게 내가 아침 5시 반이면 일을 시작하는 것은 특별히 부지런해서라기보다 동네 사람들 눈에서 벗어나지 않기를 바라는 마음에서다, 마을 어른들 눈으로 보기에는 나는 풀농사만 하는 서툰 햇내기인데 도시에서 그랬듯 늦게 잤다고 늦게 일어나면 게으른 투기꾼으로밖에 더 비치겠느냐, 부지런히 일을 하고 하루도 쉬지 않고 땀 흘리는 것 같은데 일머리가 잡히지 않고 일손이 서툴러 밭을 저렇게 가꾸는구나 하는 마음이라도 갖게 해야 나중에라도 마을 어른들과 이야기할 실마리가 생긴다, 너도 부엌 청소도 말끔히 하고 집 안도 알뜰히 정리해놓아야 누가 가끔 없는 사이에 와서 보더라도 좋은 인상을 가질 게 아니냐,

그리고 아침에 늦게 일어나는 것, 마음 내킬 때 일하고 마음 안 내키면 자리에 누워버리거나 친구들 만난다고 바쁜 철에 며칠씩 집을 비우는 버릇을 고쳤으면 좋겠다 하는 뜻으로 이야기를 했다. 당장은 알아듣는 듯싶지만 며칠 지나지 않아 또 옛날로 돌아가겠지. 유 군 같은 사람은 늘 옆에서 누군가 지키고 있으면서 일을 시켜야 하는데 지금 그럴 사람이 없는 것이 문제다.

10시 10분 전쯤 집에 돌아오니 봉선 씨 가족은 이미 떠나고 없고, 웬 전남 넘버가 붙은 승용차가 한 대 세워져 있다. 알고 보니, 목포에 배치된 해군부대의 학사장교로 서울시립대 환경원예학과를 나왔다는 온수진 중위인데, 휴가를 어떻게 보낼까 고민하다가 변산에 와서 땀 흘리자는 쪽으로 마음을 정하고 연락 없이 어젯밤 늦게 와서 우리 집 구들방에서 자고 아침에 김매는 일을 하고 쉬고 있던 중이었다.

점심때 인천에서 온 윤향미, 김영자 양과 함께 바다에 나가 우리 해변학교에서 잠깐 놀게 한 뒤에 4시쯤 돌아오는데 재실에서 냉암소 일에 매달렸던 이동화 군과 김현준 군 부부, 재실 식구, 김희정 군이 뒤미처 바다로 왔다. 먼저 데리고 온 김 군의 아낙이 될 김세윤 양은 김희정 군과 함께 오라고 하고 우리는 집으로 돌아와 다른 사람들은 콩밭을 매러 보내고 나는 원고를 쓰다가 오늘 완공된 냉암소 고사를 지내는 게 좋겠다는 생각이 들어 서해슈퍼에 돼지머리 있느냐고 물었더니 마침 한 마리 남았다 한다. 김희정 군을 시켜 돼지머리와 북어포 한 마리 사 오라 하고,

우리가 바다에서 잡아 온 게를 기름에 튀겨 저녁 늦게 고사를 올렸다. 고사 제문을 육두문자로 대강 써서 읽고 냉암소 안에 멍석들을 펴고 둘러앉아 술을 마셨는데 제법 많이 마셨다. 한소영 양이 무리하게 많이 마셔 토하는 모습이 고통스러워 보인다. 12시쯤 집에 돌아와 냉장고에 넣어둔 맥주 세 병을 더 마시고 내 방에 누웠다. 내일은 한 양과 이 군, 김현준 군 부부가 떠나는 날인데, 나는 그 친구들보다 더 일찍 글쓰기회에 참석하기 위해 부산으로 떠나야 한다.

8월 4일

늦잠을 잤다. 6시 20분에나 일어났다. 다른 사람은 다 일을 나가고 온 중위만 남아 있다. 온 중위에게 지름박골 구경도 시킬 겸 내 바랑도 가져올 겸 해서 온 중위 차를 타고 지름박골로 가는 중에 장조카 그리고 조카사위와 함께 어디 가시는 중산리 형님을 봤다. 바빠서 그러시는지 지난번 시간 약속 어긴 게 아직 마뜩잖아 그러시는지 인사를 건성으로 받으시는 것 같다. 마음으로 다시 미안하다. 돌아오면 술과 효소를 가지고 한번 찾아 뵈어야지.

지름박골에서 바랑을 챙겨 내려오는데 온 중위에게 지서리까지만 데려다달라 했더니 부안까지 길도 알 겸 바래다주겠다고 구태여 우긴다. 그러라고 해서 온 중위 차로 부안까지 와서 전주를 거쳐 부산에 오는 데 열한 시간 가까이 걸렸다. 집에서 출발한 시간으로 따지면 이래저래 열두 시간 가까이 걸린 셈이다. 도로망이 서울 중심으로 뚫려 있고 지역 간의 교통이 이렇게 불편한 것도 다 지역주민이 상호교류를 통해 삶의 문제를 해결하도록 하지 않고 서울에서 전체의 삶을 통제하는 특권계급이 자기 이익을 위해 서울을 중심으로 문어발 같은 빨판을 깐 탓이라 여겨진다.

인사를 나누고 저녁에 서정오 선생의 발표를 듣는데 연변에서 전화가 왔다. 송춘남 선생의 전화다. 이번 여름에 방문하지 못한 것이 못내 섭섭한 모양이다. 전화비가 많이 나올 것 같아 나중에 내 쪽에서 전화하마 하고 전화를 끊고 집에 전화를 하고 뒤이어 부안에도 전화를 했다. 대동놀이 시간에 잠깐 늦게 왔다 하여 따로 소개 시간을 주길래 간단히 이야기하고 다시 불러내길래 〈기러기〉를 불렀다. 마음속으로 노래에 꾸밈이 없도록. 모르겠다. 정말 꾸밈없이 불렀는지……. 대동제를 어느 정도 끝내고 김광견 선생과 함께 바닷가를 걸었다. 밤이어서 철길 넘어가는 길을 몰라 시내로 돌아서 가느라고 꽤 먼 길을 걸었다. 바닷가를 걸으며 파도가 무너지는 모습이 한번 밀릴 때마다 달라지는 걸 처음으로 유심히 관찰했다.

8월 5일

밤에 돌아와서 문간 매점에 앉아 이야기 나누는 사람들에게 붙들려 새벽까지 이야기했다. 어차피 밤을 새웠으니 바닷가에서 바람이나 쐬자는 유혹을 물리치고 한숨 잤다.

8시에 식사를 하고, 이주영 선생이 도시에서 발도르프 학교를 하겠다며 그 문제로 의논을 하길래 그 의견을 듣고, 처음 슈타이너가 그 학교를 시작했을 때는 노동자 자녀를 대상으로 했다는 말을 들었는데 지금은 중산층 자녀 이상만 받아들일 수밖에 없도록 형편이 바뀐 것 같으니 그 한계를 생각하고 일을 추진하면 좋겠다고 이야기했다.

총평 시간에 이오덕 선생님이 학년별 글쓰기 지도 사례와 이부영 선생의 그림 지도, 주중식 선생의 자기고백, 그리고 내가 농사짓는 일까지 자세히 이야기하셨다. 이오덕 선생님의 내 칭찬이 과분했다. 이오덕 선생님은 변산 자연교육 제1기 학생이라고 내 지금 배움자리를 규정해주셨다. 맞는 말씀이다. 연수 소감을 쓰는 자리를 빌려 밀린 일기를 마무리 지었다.

점심을 먹고 송영웅 목사를 기다리는데 1시 반까지 오겠다는 사람이 2시 가까이 되도록 오지 않는다. 그냥 가기로 하고 이승희 씨 차에 타자마자 송 목사가 나타났다. 별수 없이 송 목사의 차를 타고 부산 원불교 회당으로 갔다.

강의는 3시 반쯤 시작했다. 원불교 정녀들(교무라고 부른다)이

584

많이 와 있었다. 생각나는 대로 두서없이 농사짓는 이야기를 하고 실험학교의 성격을 이야기했다. 나중에 질문 시간이 있고 참석자들의 자기소개가 수박화채 먹는 시간에 있었는데, 강연 들은 소감을 이야기하는 정녀들의 수강 느낌이 참 진지했다. 교목 중에는 대구에서 온 분도 있고 서울에서 온 분도 있었는데 모두 내 강의에 호의를 보이는 것 같아서 그냥 갔으면 어쩔 뻔했나 하는 생각도 들고 좋은 인연을 맺었다는 느낌도 들었다.

국제신보사로 가는 길에 송 목사가 이번 숲속학교를 범종파 모임(기독교, 천주교, 천도교, 불교, 원불교)에서 하기로 했는데 개신교 쪽에서 가장 배타적이고 이기적인 모습을 보였고 원불교에서 가장 열린 마음으로 받아들였다고 말했다. 그리고 결혼하지 않은 원불교 여자 교무들의 헌신하는 마음도 극구 칭찬했다. 모성 본능이 가족 이기심으로 변질되지 않고 승화할 때 얼마나 아름다운 삶의 에너지를 내뿜을 수 있는지를 깨우치는 좋은 기회였다.

국제신보사 안에 있는 전통찻집에서 차를 한 잔 마시고 송 목사와 헤어진 뒤 문종길 선생 아파트에 와서 저녁을 먹고 양주 한 잔, 맥주 몇 잔을 마시고 이상석 선생은 집으로 돌아가고 황시백과 홍경남 선생은 문 선생 집에서 같이 잤다. 본디 오늘 변산에 가야 하는 날인데 황 선생이 너무 피곤해해서 내일 가기로 했다.

8월 6일

아침 5시쯤 눈을 뜨니 황시백 선생이 엎드려 담배를 피우고 있다. 모르는 척하고 다시 누웠다. 13층 마루 위에서 자고 나니 몸이 이상하다. 그리고 거리에서 올라오는 소음도 견디기 힘들다. 도시에서의 적응력이 점점 떨어지는 걸까? 기홍이 어머니가 아침 지어준 걸 먹고 7시에 황시백, 홍경남, 이상석, 나, 이렇게 아침에 온 노광훈 선생의 배웅을 받고 변산으로 떠났다.

남해고속도로로 해서 하동, 화계, 구례, 남원, 순창, 임실을 거쳐 섬진강을 따라오는데 경치가 무척 좋고 편안했다. 이상석 선생이 조수석에 앉아 한눈파는 바람에 그 길로 오게 되었는데 도리어 잘되었다는 생각이 들었다. 부안에서 계화식당 백합죽과 모주를 먹고 우리 집에 도착하니 2시가 조금 넘었다. 정현주 선생이 같은 학교에 근무하는 민 선생과 반 아이 둘을 데리고 와 있었고, 뒤미처 전채린 선생님이 황금성 선생 가족과 함께 도착했다. 재실에는 이영일 군, 김은정 양, 최용규 군이 와 있다 한다. 점심때라 더워서 일을 할 수 없어 글쓰기회 선생들, 전 선생님 일행, 그리고 재실에서 온 제자 일행, 정현주 선생 일행을 모두 데리고 지름박골로 갔다. 정현주 선생 일행과 제자들은 재실과 솔밭에서 일하도록 되돌려 보내고, 전 선생님 일행과 글쓰기회 선생들과 산언덕 더덕 심어놓은 곳에 무성히 자란 풀을 베었다. 우듬지는 효소 담그려고 자루에 담고 밑동은 베어 그 자리에 깔았다. 여자

분들은 밥을 하라고 두었다. 우리 밭에서 나는 고추, 오이, 호박순과 가지고 온 김치, 그리고 씀바귀와 칡잎이 쌈으로 나왔다. 밥을 먹고 막걸리 한잔 마시고 재 넘어 다시 집으로 왔다. 서울에서 여자 분 두 분이 또 와 있었다. 우리 집에서 박건 선생, 온 중위, 정현주 선생 일행, 새로 온 여자 분 둘과 함께 술을 마시면서 이이야기 저 이야기 나누다가 11시쯤 재실에 올라가 또 이야기를 나누었다. 제자들 중에 그제저녁에 온 제자들이 내일아침 일찍 떠난다고 해서 그렇게 일손을 도우러 오려면 오지 않는 편이 더 낫다고 따끔하게 이야기했다. 적어도 일주일쯤 같이 지내면서 일을 해야 여기에서 무슨 일이 일어나는지 충분히 알 수 있지, 그렇지 않으면 무엇 때문에 왔는지 모르고 또 나와 이야기할 기회도 없다고 말했다. 1시쯤 이야기를 마치고 재 넘어 가서 황 선생과 막걸리 한 잔 나누고 잤다.

8월 7일

오늘은 온 중위가 떠나는 날이어서 아침에 일어나 온 중위와 함께 너럭바위로 갔다. 날이 가물어 고인 물에 이끼가 생겨 며칠 전까지만 해도 기분 좋게 몸을 담갔던 연못이 뿌옇게 흐려져 있다. 같이 잠깐 앉아 동쪽 하늘이 밝게 피어오르는 모습을 보았다. 내려오니 모두 잠에서 깨어 일어난다. 온 중위와 박건 선생은 하우스 일과 찬장 만드는 일을 하고 남은 사람들에게는 고추밭에 물주기와 밭의 풀 베는 일을 맡기고 나는 초상난 집 사람들이 우리 밭 뒷산에 묘를 써서 잔디를 나른다, 음식을 나른다 하며 우리 밭으로 계속 다녀 인사하기 번거로워 재를 넘어왔다. 중산리 분들은 우리 밭의 작물과 풀의 모습을 보고 딱해하는 표정이 역연하다.

재를 넘어와 재실밭에서 일하는 정현주 선생을 불러 어제 벤 백초 당절임용 항아리 두 개하고 새로 큰 항아리 두 개를 씻어 들여놓았다. 아침을 먹은 시간이 10시 가까이 되었는데 황시백이 홍경남과 함께 재를 넘어왔다. 홍경남 선생은 2박 3일 말미를 얻어 집을 떠났는데 하룻밤을 문종길 선생 집에서 보냈으니 아쉽지만 가야 한다는 것이다. 시어머니가 대단한 분이어서 시집살이가 보통 고되지 않음을 알고 있어 마음이 많이 아프다. 황 선생이 차로 부안까지 데려다주고 오겠다고 해서 그러라고 했다. 밥을 먹고 오후에는 바람이, 해뜨리에게 바다 구경도 시킬 겸, 다른 분들에게도 구경시킬 겸 해서 자전거로 유광식 군 집에 가서 마당가에 난 무와 고추, 오이 그리고 호박 한 개를 따고 지름박골로 올라가 점심을 바닷가에서 고구마와 감자 삶은 것으로 먹자, 지금 떠나 재 넘어서 가라, 나는 유 군 집에 들렀다 가겠다 일렀다. 중산리 이장이 마을 사람들 여론 때문에 그렇다며 우리 하우스 안을 사진으로 찍어 갔다고 한다. 전채린 선생님이 이장이 변소가 어디냐고 묻는데 전 선생님답게 "아무 데나 적당히 누세요" 하고 대답했다 한다. 마음에 걸린다. 오후에는 모두 바닷가로 갔다. 이현경 씨(85학번)와 남명자 씨(서른다섯이고 열두 살 난 아들이 있다

한다. 서울에서 티코를 타고 왔는데 나중에 들으니 이현경 씨는 지역탁
아문제연구소에서 한 해 반 동안 빈민 자녀 대상으로 봉사활동을 하고
지금은 연구부서에 있으면서 대학원을 졸업하고 전임 대우를 받으며 서
울에 있는 서일전문대학에서 강의를 하고 있다 한다), 황금성 선생 가
족, 황시백 선생, 이상석 선생, 전 선생님, 박건 선생(온 중위는 봉
선 씨와 금란 씨와 일하겠다며 남았다), 김희정 군, 나, 이렇게 가서
게도 잡고, 배꼽도 잡고, 둘러앉아 저녁때까지 머물러 해가 지고
난 뒤에 돌아와 우리 집 마당에서 저녁을 먹었다. 모깃불 사이로
점점 또렷해지는 별을 보면서 술을 마셨는데, 바닷가에서 먹은
술까지 합하면 참 많이 마신 셈이다. 거의 기억이 몽롱한 상태로
김희정 군 집에 온 중위(오늘 간다더니 내일 새벽으로 가는 일정을 늦
추었다. 같이 바다에 가자고 권해도 자기는 한번 가봤으니 됐다고 사양
하며 집에 남아 봉선 씨와 금란 씨와 함께 일한 근실한 청년이다)와 김
군과 함께 가서 누웠다.

8월 8일

아침에 일어나니 6시 가까웠다. 늦잠을 잤다. 김 군은 일어나
밭에 가고 온 중위는 새벽을 도와 귀대한 모양이다. 우리 집으로
와서 황 선생과 전 선생님을 미리 보냈다. 고구마순주 한 병씩 들
려서 보내고, 지름박골에 갔다. 어제 담가놓은 채 밥을 지어먹지
못한 현미쌀과 황금성 선생이 가지고 온 김치, 그리고 황 선생 배

낭을 가져오기 위해서. 지게에 모두 지고 재를 넘어오는데 미나리 심어놓은 곳을 짓밟고 상여가 지나간 데다 그 밭에서 쓰레기까지 태웠다. 풀이 너무 우거져 묵힌 밭으로 안 모양이지만 속이 상한다. 중산리 형님한테 귀띔을 해야겠다. 지게 지고 집에 와 황 선생 가족과 이상석 선생을 배웅했다. 고구마순주 하나씩 들려 보냈다. 땀을 들이면서 밀린 어제 일기를 쓰는데 집에 남아 있던 이현경 씨가 이야기 좀 나누었으면 한다. 그래서 효소물을 한 잔 타서 주고(처음 먹어본다고 한다) 묻는 대로 이야기했다. 이현경 씨는 도시 아이들 중심으로 감각교육을 시켜보았으면 하는 뜻이 있는데 재정 문제도 있고 도시 공간의 제한성 때문에 고민이 많은 모양이다. 재실도 지름박골도 구경을 못했다길래 아침을 먹고 가보자고 했다. 일하러 갔던 사람들이 9시 반 넘어서 돌아왔다. 아침을 10시쯤 먹고 다른 사람들은 잠시 쉬다가 다시 일하러 가고 나는 남아 도로공사, 대구백화점, 《이웃과 생명》, 《동아일보》원고를 썼다. 밀렸던 원고를 다 쓴 셈이다.

홀가분한 마음으로 점심을 먹고 쉬는데 날씨가 너무 무더워 제정신이 아니다. 송순섭 군한테서 전화가 오고 청주 YWCA, 조선일보사에서도 전화가 왔다. 조선일보사 기자에게서 온 전화는 윤 선생님을 찾는 것이었다. 잠깐 기다리라 하고 금란 씨에게 수화기를 넘겼는데 금란 씨가 윤 선생님은 지금 연락이 안 닿는다고, 기자들 취재에는 일체 응하지 않는다고 천연덕스레 따돌린다. "선생님 때문에 거짓말쟁이가 다 되었어요" 하고 투정하는 모습이 귀엽다. 환경부 기자인데 전화번호를 알려주었지만 일부러 적지 않았다 한다. 누워 있다가 너무 더워 안 되겠다 싶어 다른 사람들 일하러 가는 시간에 맞추어 낫을 갈았다. 오늘 과학기술대학 박사과정 학생들이 일손을 도우러 온다 해서 그에 대한 대비를 한 셈이다.

과기대 학생들은 변산 술도가에 들러 최싱렬 선생한테서 막걸리 큰 병으로 여섯 병을 선물로 받아들고 수박도 두 덩이 들고 6시 가까이 나타났다. 재실 구경을 냉암소까지 시키고 재 너머 지름박골에 가서 잠시 그곳 구경을 시키고 더덕 심은 산비탈에 돋아난 풀들을 베어 자루에 담도록 시켰다. 그리고 나는 냇물 넓혀놓은 곳에 있는 썩어가는 낙엽을 긁어 밀차에 담고 모래가 높이 쌓인 곳 평탄작업을 했다. 날이 어두워지기 시작하여 일을 마치고 저수지 아래쪽으로 해서 집으로 돌아왔다. 오니 9시가 가까웠다. 저녁상에서 술을 마시고 저녁을 끝내고 또 마셨다. 그리고 정현주 선생 일행이 내일 간다길래 오늘저녁은 과기대 학생(그중 하나는 졸업생으로 데이콤에서 근무하는 제건호라는 직장인이고, 김정호 군과 김태석 군은 박사과정 학생이다)과 정 선생 일행이 지름박골에서 잤으면 좋겠다 싶어 김희정 군에게 안내해서 지름박골로 올라가도록 했다. 모처럼 내 방에서 혼자 자는 날이 되었다.

8월 9일

아침 5시쯤 일어나 잠깐 앉아 있다가 밀차를 끌고 재실에 올라
갔다. 당절임(백초) 세 항아리를 뒤집고 보릿대와 밀짚을 밀차에
싣고 왔다. 크리슈나무르티의 《삶과 지성에 대하여》 뒷부분을 읽
고 있는데 김희정 군과 정현주 선생 일행이 지름박골에서 왔다.
과기대에서 온 김정호, 김태석, 제건호 군은 저수지 건너편 밭에
서 일을 하고 있다고 한다. 7시까지 집에 있다가 솔밭 아래로 갔
다. 땅 형편도 보고 풀도 베어주려고. 고구마 심은 밭까지 길을
내고 고구마밭을 가리는 밭둑 풀도 베었다. 웃통을 벗고 풀을 베
는데 땀이 비 오듯 한다. 9시 10분까지 풀을 베고, 밭머리에 어느
틈엔지 와 있는 김희정 군에게 아침 먹으러 가자고 소리치고 내
려왔다. 재실 콩밭으로 간 정 선생 일행과 지름박골 과기대 대학
원생 일행은 나중에야 왔다.

아침을 먹고 정 선생 일행을 배웅하고 과기대 학생들을 바닷
가에 데려다주고 오려는데 인천에서 아이들과 함께 왔다는 교사
한 분이 나에게 시간을 좀 내줄 수 없느냐 한다. 어처구니가 없
다. 인천에서 아이들을 데려오면서 연락 한번 없이 이렇게 불쑥
나타나 시간을 내라니, 경우가 없어도 유분수지. 지금 일손 도우
러 온 사람 배웅하고 다른 일도 있어 떠나니 시간을 낼 수 없다고
하고, 김희정 군 트럭에 정 선생 일행을 태우고 떠나면서 과기대
생 일행에게는 서해슈퍼에서 만나자고 했다. 김 군이 술도가에서

술 반 말을 받아 오는데, 어제 최 선생이 보낸 막걸리 여섯 병 생각이 나서 인사차 술도가에 들렀다. 최 선생은 방금 배달을 끝내고 왔다면서 자기도 출출한 판인데 막걸리 한잔하자면서 안주를 챙기러 집에 들어간다. 하릴없이 과기대생들에게 따라오라고 해서 막걸리를 또 얻어 마셨다. 해변학교에 과기대생 일행 세 명을 떨구어놓고 김 군과 집으로 돌아왔다.

용이 형님이 형수와 함께 와 있다. 김제 처남 집에 들르는 길에 찾아오겠다고 하시더니 아침에 봉선 씨에게 전화로 찾아가는 길을 물어 온 것이다. 재실 구경시켜드리고 점심을 함께 먹고 솔밭, 당산나무터를 구경시키고 내려오는데 중산리 형님이 부른다. 할 수 없이 용이 형님 내외와 형님 방에 가서 소주 한잔, 형수님이 썰어 내놓으신 수박, 참외와 먹고 바닷가 구경시켜드리고 배웅했다. 농사에 관련된 책을 열일곱 권이나 가져오셨는데 우리의 관심 분야와 겹치는 것은 몇 권 안 되어 아쉽다.

과기대생 일행과 게를 잡느라고 시간을 많이 보냈다. 김정호 군 차를 타고 오는데 라디오에서 오후 5시를 알린다. 집에 돌아와 게를 씻고 용란이한테서 온 편지를 읽었다. 어머니 병간호 이야기를 써 보냈는데 마음고생이 얼마나 심한지가 답답한 편지 문면에 그대로 그려져 있다.

집에서 조금 쉬면서 장독 뚜껑도 닫고 오늘 일을 정리하는 중에 전화가 왔다. 귀농운동본부에서 보낸 사람들 가운데 오늘 두 사람이 먼저 오게 되었다고 한다. 신태인에서 기차를 내려 터미널에 와 있는데 어떻게 찾아가느냐고 묻는다. 신태인에서 부안 가는 7시 5분 버스를 탔다고 해서 부안에서 변산 오는 막차가 8시 40분에 끊기니 그 전에 오라고 하고 전화를 끊었다. 내일은 귀농 운동본부에서 또 다른 사람들이 올 텐데 어떻게 일을 시키고 안 내를 할지 재실 식구들과도 의논해보아야겠다는 생각이 든다. 민정 엄마에게 전화했더니 재실에는 별로 도울 일이 없다 한다. 우리가 알아서 맞아 일을 시키기로 했다.

저녁 8시쯤에 여자 두 분이 왔다. 하나는 박경임 씨라는데 나이는 37세, 서울에 사는 게 맞지 않아 제주도 군부대 식당일을 하다가 귀농운동본부에서 교육을 받는 중에 변산을 알았다 한다. 작년 5월에 제주도로 갔는데, 변산을 미리 알았다면 변산에 왔으리라고……. 또 한 사람은 정연주인데 25세로 귀농예비자 간사로 일하고 있다 한다. 박경임 씨는 16일에 가도 된다고 하고 정연주 씨는 일요일 아니면 월요일 오전에 가야 한다고 한다. 나머지 사람들은 여자 한 분에 남자 두 분인가 세 분인데 내일 와서 모레 가야 한다고 하고 그중 한 사람은 가족이 모두 온다고 한다. 하루 와서 구경하고 그다음 날 가는 사람에게 무엇을 보여줄 수 있으며 무슨 이야기를 할 수 있을 것인가. 박경임 씨와 정연주 씨는 구들방에서 자라 하고 과학기술원 학생 일행은 김 군에게 데리고 가서 자라고 했다.

8월 10일

아침에 일어나 모기장 걸개를 달고 중산리 형님 댁에 효소 두 병을 가져다드리고 거기서 톱밥을 큰 자루로 두 자루 담아 지름 박골에서 지게로 져 날랐다. 그리고 어제 과학기술원 대학원생 일행이 베어놓은 풀을 져서 집에 가져와 작두로 어제 내가 베어 온 억새와 함께 잘라 금란 씨와 봉선 씨에게 당절임을 하라고 맡겼다. 10시쯤 아침을 먹고 잠시 쉬고 있는데 부안의 신 씨(이남수 군과 함께 왔던 분)가 김종수라는, 국회의원 선거 네 번 나섰다가 떨어졌다는(이철승 씨 비서관을 했다고 한다) 사람과 다른 사람 하나와 불쑥 나타났다. 들어오라고 해서 술 한잔하고 지름박골 당산나무나 구경하자 하여 함께 갔다. 귀농운동본부에서 온 사람들은 김희정 군이 데리고 과기원 학생 일행과 함께 솔밭으로 갔다. 뒤늦게 10시쯤 인천에서 밤을 도와 왔다는, 홍천이 고향이라는 남자도 딸려 보냈다. 당산나무터를 구경시키는 동안 김종수라는 사람은 내 눈빛이 변산 정기를 받았다고, 변산은 산과 들과 물이 좋고, 저항의 땅이고 어쩌고 하면서 정치 발언 일색인데, 김종수 씨가 작가 선생이라고 부르는 사람은 조용히 있다가 내 삶의 모습을 꼭 카메라에 담아보겠다는 소망을 밝혔다. 원공 스님 부탁도 생각나고 이 사람이 배도 가지고 있다는 말이 떠올라 상왕등도와 하왕등도를 가보았으면 좋겠다고 이야기하고, 위도 내원암에 새로 들어온 비구니 스님 사정도 이야기하면서 그 비구니 스님 도울 길을 한번 찾아보라고 했다. 신 씨는 내원암 밑에 양어장이 있어서 옛날부터 자주 드나들었다 한다. 광식이 집 위에 자전거를 세워놓아서 거기서 신 씨 일행을 배웅하고 집으로 왔다.

술기운이 있어서 잠시 누웠는데 귀농운동본부에서 왔다는 사람들이 왔다. 한 사람은 도로공사에서 근무하고 또 한 사람은 다른 곳에서 근무하는데 도로공사에 있다는 사람은 결혼을 했고 다른 사람은 총각이라 한다. 내일 간다고 해서 그렇게 해서는 농사일을 알 수 없다, 차라리 오던 길을 되짚어 그냥 가는 게 낫겠다고 이야기했다. 귀농운동본부에 적어도 4박 5일을 잡지 않으면 사람 보낼 생각을 말라고 연락했건만 4박 5일 있겠다고 한 사람은 박경임 씨 하나뿐이고 나머지는 모두 1박 2일 아니면 2박 3일밖에 안 있을 사람들이다. 게다가 일행 중 한 사람은 저녁에 아이들과 가족과 차로 왔다가 내일 떠난다 하고, 여자 한 사람도 마찬가지라 한다. 도시에서 식당을 가지고 있어서 어쩔 수 없는 형편인 것은 알지만 이래서야 어찌 조금이라도 농사 경험을 할 수 있겠는가. 우리에게 폐가 되는 것은 물론, 온 사람도 말 몇 마디 얻어듣고 가기 십상이다. 김희정 군에게 그 사람들 데리고 저수지 건너편 밭에 가서 일을 시키라고 했다. 본디 점심 먹고 4시 정도까지는 햇볕이 따가워 쉬는 시간이지만 귀농 희망자들 정신 상태를 바로잡아주기 위해 강행군을 시킨 것이다.

과기원 학생 일행을 배웅하다가 내 책 《사람 사는 세상은》을 안 준 것이 뒤늦게 떠올라 잠깐 기다리라 하고 책에 서명을 하고 있는데 채찬석 선생 일행이 들이닥쳤다. 다행히 나를 보지 못한 것 같기에 따돌리라 하고 얼른 서명을 해서 책을 금란 씨에게 넘겨 과기원 학생들에게 주라 하고 뒷문으로 나와 자리를 피했다. 채 선생은 초기에 글쓰기회에서 같이 활동했으나 도무지 아이들 제대로 가르치기보다는 자기 명성 높이는 데만 신경을 쓰는 사람인 데다 글쓰기회 정신도 이해하지 못하고, 그 사람이 쓰는 글이 정직한 글이라고 볼 수 없어 마음으로 한쪽으로 제쳐놓은 사람인데, 옛날 인연을 빙자하여 집에까지 '탐방 기사'를 쓴다는 명목으로 들이닥친 것이다. 끈덕지게 금란 씨에게 이것저것 묻다가 돌아가는 것을 보고야 방 안에 들어왔다. 내 꼴이 참 우습다. 그냥 맞아들여 취재에 응하지 않는다고 하면 될 것을 남을 시켜 번거로움을 대신하게 하다니…… 그러나 얼굴조차 보기 싫은 사람인데 어쩌랴. 채 선생 일행이 가고 난 뒤 곰소에서 전순옥 선생이 왔다. 이번에는 하룻밤 지내면서 일하러 왔다 한다. 지난번에는 왔다가 그냥 일도 안 하고 가서 마음으로 뜨악했는데 그 마음이 조금 풀렸다. 금란 씨와 봉선 씨에게 데리고 가서 일을 시키라 하고 나는 지게를 지고 지름박골로 넘어갔다.

냇물이 말라 귀농운동본부 사람들 밥 짓고 마실 물이 마땅치 않을 것 같기에 냇물 흐르는 곳을 파서 식수를 할 수 있도록 옹달샘 비슷하게 만들어주고, 쓰레기 태웠던 곳에 며칠째 나뒹굴고 있는 불에 타 깨진 병과 깡통을 치워 포대에 담고, 더덕 심은 언덕배기 풀베기를 시작했다. 김 군에게 멍석을 들추고 중산리 형님 댁에서 가져온 대패밥(소나무에서 나온 것이라 향기가 좋다)을 멍석 밑에 깔도록 했는데 하우스에 가보니 깔려 있어서 그 일은 따로 할 필요가 없었다. 날이 어둑어둑해질 무렵까지 윗부분은 베어 큰 자루에 담고 나머지 밑동은 쳐서 산비탈 밭에 깔면서 자세히 보니 더덕이 성장은 더디지만 죽지 않고 그 높이 자란 풀 그늘에서 살아남아 있다. 내년에 어떻게 될지 궁금하다. 냇물 건너서 귀농희망자 일행 가운데 한 사람이(아마 박경임 씨인 듯하다) 물통을 가지고 밥을 지으러 먼저 올라오는 모습이 보이기에 포대를 지게에 지고 집으로 넘어왔다. 오는 길에 낯선 젊은 사람이 아이와 함께 양계장 근처에서 서성이는 모습을 보고 또 앞집 할머니 댁 옆 무덤가에 여자 둘이 아이 하나와 할머니와 함께 있는 것을 보고 그냥 효소실로 올라갔다. 가슴에 언짢은 기분이 쌓인다. 풀 포대기를 효소실 안에 내려놓고 내려왔더니 여자 한 사람이 윤 교수님 아니냐며 인사를 한다. "그런데요?" 하고 퉁명스럽게 대꾸하고 어쨌든 나를 따라오라 하고 집으로 데려왔다. 집에서 재울 생각을 하니 난감하다. 지름박골 하우스에 있는 일행에 합류시키는 것이 옳겠다 싶어 이미 어둠이 내려 깜깜해졌지만 내 자전거를 따라오라 하여 그 사람들이 타고 온 티코 승용차는 중산리 형님 댁 문 곁에 세우도록 하고 일행을 저수지 건너 옹달샘까지 데려다주고 돌아왔다. 손전등도 없이 깜깜한 저수지 옆 숲길을 걸어 초행길에 산길을 걷게 한 것이 마음으로 미안했지만 금란 씨, 봉선 씨가 순옥 씨와 밭일을 갔다가 내가 지게 지고 집에 오는 시간에 들어왔으니 해가 있는 동안 데려다줄 사람이 없었으므로 그렇게라도 하는 수밖에. 옹달샘에서 물 한 바가지 떠서 먹이고 하우스 찾아가는 길 일러주고 자전거를 타고 집에 오는 길에 자전거에 불이 들어오지 않는 바람에 논에다 자전거를 한 번 박았다. 다행히 몸도 다치지 않고 자전거도 무사한 것 같아 괜찮다. 집에 오니 금란 씨, 봉선 씨가 순옥 씨와 먼저 밥을 먹고 있다. 나는 지름박골에서 밥을 먹을 것으로 짐작했나 보다. 밥 먹고 막걸리를 조금 마시고 커피도 한잔 같이 마셨다. 전순옥 선생이 백반에 버무린 봉숭아꽃 다진 것을 가지고 와서 봉선 씨와 금란 씨 손톱에 묶어주는 것을 보며 이 이야기 저 이야기 하다가 피곤하여 내 방에 건너왔다. 일기를 쓰고 자려다 너무 피곤하여 그냥 자리에 누웠다.

8월 11일

일어나니 5시 20분이다. 어제저녁에 몸을 씻고 빨래를 하면서 비누를 쓰지 않았다는 생각이 난다. 그리고 봉선 씨와 금란 씨에게 전우익 선생님의 목욕법과 빨래법을 본뜨기로 했다고 말한 것도. 그동안 우리 집에 손님이 많이 왔는데 그분들이 목욕하고 빨래한 비눗물이 앞집 할머니 댁 아래로 흐르는 조그마한 개울물로 흘러들어 개울물을 많이 오염시키는 것이 늘 보기 안 좋고 또 오랜 가뭄으로 악취까지 날지 모른다는 생각에 마음이 불편하던 터였다.

일어나는 길로 재실에 올라가 당절임 다섯 항아리를 뒤집고 어제저녁에 베어 온 풀 28.5킬로그램을 항아리 둘에 나누어 당절임을 하고(효소실에는 모기가 너무 많다. 이른 아침 모기에 물려가면서 이 작업을 해야 하는 게 늘 고역이다), 보릿대를 밀차에 담고 비각 옆 호박 심어놓은 곳에 가서 애호박이 눈이 띄면 몇 개 따 오려고 했는데 그사이 호박밭이 풀밭으로 바뀌어 호박잎도 거의 눈에 띄지 않는다. 풀이 이렇게 삽시간에 자라다니 풀을 베어 당절임을 해야겠다. 호박도 살릴 겸. 겨우 애호박 조그마한 것 두 개를 따 가지고 내려왔다. 오랜만에 옛날에 쓰다 두었던 존재론 강의 원고(여섯 번째)를 읽었다. 다시 쓰기 시작해야겠다는 생각이 든다. 아침을 먹고 10시가 넘어 지게를 지고 지름박골로 갔다. 귀농희망자들은 일을 마치고 아침을 끝낸 참이었다. 수박을 한 덩이 지고 갔기에 식후 간식으로 먹으라고 했더니 이미 수박을 먹었단다. 티코 차를 타고 어제저녁에 왔던 사람에게 가족은 데리고 다니지 말아라, 귀농을 하겠거든 먼저 터를 잡고 나서 가족들을 따로 데리고 가서 보여주는 게 순서라고 이야기했다. 김 군이 오늘 떠날 사람도 있고 하니 바다를 구경시키겠다고 하기에 재실 구경을 먼저 시키는 게 어떠냐고 했다. 홍천에 땅이 있다는 친구는 바다보다는 우렁이 농법으로 농사짓는 논에 가보고 싶다는 의견을 내놓았다. 김 군에게 모든 걸 맡기고 산비탈에서 풀을 베었다. 한 자루 베어 지게에 질 때가 12시 반, 집에 돌아오니 1시가 가까웠다. 땀을 흘리고 난 뒤라 그런지 집에 와서 먹는 찬 막걸리 맛이

기가 막히다.

봉선 씨와 금란 씨는 김희정 군과 부안 장에 간다고 한다. 그러라고 하고 잠시 낮잠을 한숨 잔다는 것이 오후 4시 반이 넘게 내처 잤다. 그동안 부족했던 잠이 술기운을 빌려 한꺼번에 쏟아진 모양이다. 전순옥 씨는 깨우기 미안하여 그냥 간 모양이고, 귀농희망자 가운데 남아 있는 식구들은 아직 바다에 있는지, 자는 내 모습을 보고 자리를 피했는지 모르겠다. 5시쯤 부안에 갔던 식구들이 돌아왔다. 김희정 군과 바닷가에 있는 귀농희망자들을 데리러 갔다. 가는 길에 술도가에 들러 막걸리 반 말을 사가지고 그냥 오려는데 최 선생과 눈이 마주쳤다. 어쩔 수 없이 창새기젓을 빨간 고추 배를 갈라 넣어주는 안주에 술을 마셨다. 김 군이 바다에 갔던 사람들을 태우고 오는 길에 술도가에 들러서 나를 태우고 왔다. 귀농희망자 가운데 한 가족 네 명이 온 사람과 박경임, 정연주 씨만 남았다. 지름박골로 그 사람들을 올려 보내면서 저녁을 먹고 올라가겠다고 했다.

집에 와서 부엌의 수도꼭지를 갈아 끼웠는데 잘못되어 물이 샜다. 재실에 물을 다시 잠그라고 연락하는데 전화를 받지 않는다. 올라가서 말을 전하면서 왜 전화를 안 받느냐 했더니 방 안에 있는 전화기만 벨이 울리는데 그것도 아주 작은 소리로 울려 잘 안 들린다 한다. 언제 전화기를 갈아주어야겠다는 생각이 든다. 우여곡절 끝에 큰 공사가 될 뻔한 수도꼭지 교환을 무사히 마치고 밥을 먹고 지름박골에 금란 씨와 함께 올라가는데, 밤 10시가 넘었다.

하우스 양쪽에 모두 불이 꺼져 있다. 그래도 가지고 간 막걸리를 다시 들고 올 수가 없어서 두고 가려고 하우스에 갔더니 아직 잠이 안 들었는지 인기척을 하고 다시 일어난다. 위채 하우스는 빈채로 모두 아래채 하우스에 잠자리를 정했다 하기에 위채로 올라갔다. 귀농희망자들이 감자와 들깻잎으로 끓인 국과 수박을 가지고 와 그것을 안주로 술을 마시면서 이 이야기 저 이야기 했다. 가족을 데리고 온 사람은 귀농을 해서 자기는 농사를 짓고 애 어머니는 인근 도시의 식당에라도 나가 농사에서 소득이 생길 때까지 당분간 생계 문제를 해결하는 쪽으로 마음을 정했다기에 나도 금란 씨도 거기에 반대를 했다. 농촌에서 부녀 노동력이 얼마나 중요한가를 절감하고 있으며, 그보다도 생계 수단에 통일이 이루어지지 않으면 아이들을 두 문화가 충돌하는 가운데 키워야 하는데 부인이 도시 문화의 영향을 받아 도시인의 방식으로 아이들을 키우고자 하는 마음을 먹으면 결국 농촌에 뿌리를 내릴 수 없기 때문이다. 정연주 씨가 곧 농촌에 들어와 살고 싶다는 뜻을 비쳤다. 홀몸으로 들어오는 경우에는 살아보고 다시 삶의 길을 바꾸기도 쉬우니까 큰 문제는 없으리라고 이야기했다. 피곤해서 거기서 자고 싶었으나 집에 봉선 씨가 혼자 있는 데다 내일 봉선 씨가 서울 간다해서 늦게 집으로 돌아왔다.

8월 12일

닭이 몇 번이나 홰를 쳐도 꾸물대다가 일어나니 5시 40분이다. 오늘 새벽 물것에 많이 물려 모긴가 하고 자다 일어나 불을 켜고 한참 방장 안에 있는 모기를 찾느라 잠을 설친 탓인지 몸이 가뿐하지 않다. 재실에 맨몸으로 올라가(사실 밀차로 보릿대를 한 줌 실어 와야 하는데 그것도 잊었다) 당절임 여덟 항아리를 뒤집고, 89학번 김현숙 양이 온다고 연락이 왔다기에 당절임 끝낸 바랭이풀을 밀차에 담고 있는 비야 엄마에게 재실에 손님이 왔느냐고 물었더니 친구하고 왔다고 한다. 아는 여제자와 왔나 해서 내려오던 길을 되짚어 올라가보니 나는 모르는 남자 친구다. 잘 왔느냐고 짤막하게 말하고 내려왔다.

오랜만에 '존재론' 강의 원고를 다시 쓰기 시작했다. 200자 원고지로 17매 정도 썼다. 철학과현실사에서 《해방 50년의 한국철학》이라는 책을 부쳐 왔는데 그 안에 실린 내 원고 〈박홍규 교수의 삶과 철학〉에 오자가 많다. 특히 '형상'이라고 해야 할 것을 '현상'으로 잘못 인쇄했기 때문에 의미가 완전히 틀려버린 곳도 눈에 띈다. 책을 만들기 전에 글쓴이에게 최종 교정을 보게 하는 전통이 이제 사라져버린 것 같다. 하기야 나도 알게 모르게 많이 그렇게 오자도 내고 교열을 잘못 보기도 했으니 탓할 수는 없지.

10시 반쯤 땡볕을 받고 지름박골에 올라가 더덕 심은 산비탈에서 풀을 베었다. 포대에 넣어 집에 돌아오니 땀이 옷을 흠뻑 적

603

신다. 그러나 오늘은 바람에 가을 기운이 스며 덜 힘들었다. 일하고 난 뒤의 막걸리 한잔 맛은 어디에도 비길 수 없다. 점심 먹고 나서 잔다는 게 술과 건빵으로 배가 찬 탓인지 스르르 눈이 감겨 2시까지 한숨 잤다. 자고 일어나니 밖에 손님이 온 기척이 난다. 대한항공에서 정비일을 하는 스물아홉 살 난 임전수라는 젊은이가 금란 씨와 입씨름하는 소리다. 금란 씨는 연락 없이 오는 손님은 받아들일 수 없다고 하는데 그 총각은 휴가를 여기에서 일하면서 보내려고 왔노라, 밥도 잠자리도 없으면 텐트를 가지고 오고, 코펠과 버너도 있으니 숙식 문제는 자체로 해결하겠다, 그러니 일만 하게 해달라, 그냥 갈 수는 없다 하고 우긴다. 하는 말이 귀여워서 금란 씨가 웃는 소리가 밝게 들린다. 문을 열고 들어와 점심을 같이하자고 했다. 국수와 식은 밥으로 점심을 먹었다. 국수는 비빔국수인데 오랜만에 먹어서인지 별미다. 막걸리를 마시고 금란 씨와 함께 재실에 올라가 내가 베어 온 백초로 당절임을 하고 오라고 했다.

이명순이라는 여자에게서 전화가 왔다. 한소영 양에게 들었다면서 내일부터 한 일주일간 변산에 와서 일하고 싶다는 것이었다. 한소영 양 전화번호를 물어 전화를 했다. 이명순 씨는 장애자를 돌보는 단체에서 일했는데 장애자를 돌본다는 명분만 내세우고 착취하는 꼴을 보고 그만두고 또 비슷한 일을 하는 목사 밑에서 일했는데 일하는 사람에게 급료도 제대로 주지 않는 것을 보고 환멸을 느껴 그만두고 집에서 쉬는 중이라고 전해준다. 그러면서 자기도 월차를 내서 이번 주말에 오고 싶다고 하길래 이번 주말에는 사람들로 붐빌 것 같으니 다음이나 다음다음 주말로 미루면 어떻겠느냐고 했다.

오후 4시쯤 임전수 씨와 함께 지름박골로 갔다. 마침 귀농희망자 가운데 남은 두 사람인 박경임 씨와 정연주 씨, 그리고 김희정 군이 뒤늦은 점심을 먹고 쉬는 참이어서 임전수 씨를 데리고 가서 저수지 건너 땅 파는 일을 시키라고 일렀다. 박경임 씨와 정연주 씨도 땅 파는 일을 한 모양이다. 박경임 씨가 보여주는데 양손에 물집이 생겼다. 안쓰러운 마음이 들었다. 네 사람은 저수지 건너로 가고 나는 당산나무터에 남아 풀을 베었다. 해가 지고 난 뒤 동쪽 하늘에 부챗살처럼 붉은 노을이 깔리는데 참 아름답다. 가만히 보니 동쪽 하늘 밑 어디에선가 불이 타오르는 것처럼 구름에 불기운이 가득하다. 뜻하지 않게 아름다운 하늘, 아름다운 구름, 그리고 그 밑에 차츰 어스름이 깃드는 산들을 보니, 누구에겐지 고맙다는 생각이 든다. 우듬지를 베고 난 나머지 풀대들을 낫으로 치고 베어 한쪽에 쌓아놓은 풀은 포대에 담아 어스름을 타고 재를 넘어왔다. 포대를 효소실 앞에 부려놓고 집에 오니 금란 씨가 하우스 식구들이 모두 오는 줄 알고 상을 차려놓고 기다리고 있다. 비누 없이 샤워를 하고 빨래를 해서 널고 밥상을 대하니 어느덧 9시다. 밥을 먹고 밥상을 막 치우려는데 최광석 군이 오랜만에 곰소에서 갈치 토막을 한 그릇 들고 나타났다. 그동안 서울의 야학에서 사귄 친구들이 많이 찾아와 경황이 없어 찾아오지 못했다 한다. 애 엄마는 왜 한번 안 오느냐고 물었더니 학비를 벌려고 아르바이트를 한단다. 최 군과 막걸리를 마시는데, 재실에서 김현숙 양이 신랑 될 남자와 함께 내려왔다. 11월에 성당에서 식을 올릴 것이고 남자는 가톨릭병원 원무과엔가 근무한다고 한다. 10시 반이 넘게 같이 술을 마시면서 이 이야기 저 이야기 나누다가 모두 돌려보냈다. 임시 냉암소가 지어졌으니 젓갈 담는 것도 시험해보아야겠다 싶어 최 군에게 가기 전 다음 조금인 21일에 담을 젓갈을 알아보라고 일렀다. 최 군은 자기도 항아리에 2~3년 젓을 삭이는 일에 동참하겠다 한다. 그러라고 했다.

8월 13일

아침 5시 반에 일어나 밀차를 밀고 재실로 올라갔다. 당절임 여덟 항아리를 뒤집고, 어젯밤에 져다 두었던 풀을 당절임 했다. 효소실 안 모기가 정말 대단하다. 궁둥이는 내의까지 뚫고 피를 빨고 등허리, 정강이, 발등 가릴 것 없이 공격한다. 정말 모기 죽이는 약이라도 뿌리고 싶은 마음이다. 청정한 음식 마련하는 곳에서 이런 마음을 먹어서는 안 되지 하고 참고 일했다. 당절임을 끝내고 갈퀴로 보릿대를 긁어 내려왔다. 이제 보릿대도 안쪽은 시커멓게 삭아 더 가져오기 힘들게 되었다.

내려와서 금란 씨에게 오늘 오전은 이슬이 걷히고 난 뒤 지름박골에서 풀을 베어 오고 오후에는 혹시 나래와 나래 엄마 그리고 이명순 씨가 올지 모르니 집에서 손님들을 기다리겠다고 했다. 금란 씨는 김희정 군과 부안에 가서 당근씨와 씨감자를 구해 오기로 했다. 저수지 건너 밭에 심을 것이다. 메밀과 함께……. 저수지 건너 500평은 귀농희망자들이 망초대를 모두 베어내고 땅을 일구는 중이라는데 효소일에 매달리느라고 아직 가보지 못했다.

아침을 먹고 '존재론' 여섯 번째 강의를 조금 쓰다가 지게를 지고 지름박골로 금란 씨와 함께 갔다. 마침 정연주 씨, 박경임 씨, 김희정 군, 임전수 군이 아침 먹을 준비를 하는 중이었다. 임군은 일을 열심히 하겠다더니 가뭄에 돌덩이가 된 밭을 괭이로 일구다가 온 손바닥에 물집이 잡혀 더는 괭이질을 할 수 없게 되었다. 지친 표정이 역연하다. 아침 먹는데 비빔밥을 볶아서 먹는 걸 보고 식욕이 다시 생겨 같이 조금 나누어 먹고, 쑥과 씀바귀를 베라고 일러주고 김 군과 금란 씨, 그리고 나, 셋이 저수지 건너 500평 밭에 갔다.

이런! 과기원 학생들이 내가 애써 심어놓은 더덕을 모조리 망초대 뽑는 김에 같이 뽑아버리고는 아예 밭을 갈아버렸다. 작년에 관유 군이 애써 심어놓은 도라지를 심 군이 갈아 엎어버렸던 것이 생각난다. 밭을 살펴보고 집으로 돌아왔다. 박경임 씨 일행에게는 1시쯤 일을 끝내고 넘어오라고 해서 점심은 1시 반쯤 먹었다. 정연주 씨는 오늘이 가는 날이다. 보험회사에 며칠 출근하고 시험에 합격하면 35만 원을 주는데 내일이 그 시험날이란다.

정연주 씨를 태우고 부안에 당근씨와 감자를 사러 가는 금란 씨와 김희정 군의 차를 타고 광식이, 나, 전수 군, 경임 씨, 넷은 오전에 본 저수지에 깔린 부엽토를 긁으러 갔다. 재실에서 100킬로그램들이 포대 마흔두 개를 가지고……

무거워서 반 포대가 안 되는, 3분의 1 포대씩만 담은 부엽토 자루가 쉰 개 가까이 되었다. 저수지 옆 논에 광식이가 나르고 우리는 퍼 담고 해서 나르고, 비 올 것을 대비하여 방수포를 덮고 8시 10분쯤 해서 집에 오니 나래 엄마와 최광석 군이 와 있다. 이명순 씨도 6시쯤 왔는데 김희정 군과 당절임 하러 재실에 올라갔다 한다. 최 군은 강아지 한 마리를 가져왔는데 4만 원이라 한다. 저녁 먹고 가라고 붙들었더니 내일 오겠다면서 갔다. 김 군과 이명순 씨가 돌아왔다.

오늘은 중산리에서 어항으로 피라미를 잡은 분이 다 우리 먹으라고 주어서 그것으로 매운탕을 해 먹고 튀겨도 먹게 되었다. 인심을 잃지 않았다는 증거라서 더 좋았다.

저녁을 먹고 이명순 씨는 박경임 씨와 구들방에서, 임전수 군은 김희정 군 집에 가고, 나래 엄마와 내 방에 누웠는데 보리 일과 집안일을 이야기하다가 또 아이들에게 해준 게 무어냐, 임길택 선생과 한백이 아빠는 그래도 아이들에게 지극한 데가 있다 하는 잔소리가 나온다. 처음에는 그러려니 귀담아듣다가 나중에는 심하다 싶어 그만하고 자라고 퉁명스레 내뱉었다. 그랬더니 미안한지 "세상에 당신한테 잔소리할 사람은 나밖에 없을 거"라

고 한다. 새벽 1시가 훨씬 넘어서, 자려는데 잠이 오지 않아 몹시
뒤척였다.

8월 14일

아침 5시 반에 일어나 재실에 올라가 당절임을 뒤집었다. 어제
김 군이 이명순 씨와 당절임을 하면서 쑥과 씀바귀를 따로 담아
놓았길래 한데 합했다. 당절임 몇 개는 새콤하여 오늘 중으로 짜
야 할 것 같다. 어제 온 강아지 이름을 처음에는 복순이라고 했는
데 오늘 나래 엄마가 토실이로 짓자고 해서 그러기로 했다. 토실
이가 장난이 심해서 닭들을 쫓아다니는 바람에 닭들의 수난이 시
작되었다.

오전은 존재론 원고를 쓰고 재실에 올라가 갈치 담을 항아리
를 씻어 냉암소로 나르는 일로 보냈다. 지서리에서 150만 원을
찾았다. 최광석 군이 점심때 갈치 서른세 상자를 가지고 와서 오
전에 땅콩밭(유 군이 가꾸는 것) 가서 일하던 여자 분들이 갈치젓
을 담그는 일에 매달렸다. 꼬리와 날카로운 입 부분을 잘라내 소
금에 버무려 항아리에 담는 작업인데 소금은 네 가마를 최 군이
같이 가져왔다. 같이 젓갈 담그는 일을 돕다가 일손이 남는 것 같
아 지름박골로 올라가 어제 모아놓은 부엽토를 나르기로 하고 자
전거에 지게를 싣고 중산리로 갔다. 이 자전거는 중산리 형님 것
인데 아마 내가 잘못해서 바꾸어 온 모양이다. 우리 자전거를 김

희정 군이 찾아왔길래 형님 댁에 가져다놓고 지게 지고 올라가려
고 갔는데 형님이 붙들어서 마늘술을 얻어 마시고 저수지 쪽으로
올라갔다. 지게 작대기를 안 가져와서 부엽토 두 자루를 작대기
받치지 않고 어찌어찌 지고 올라갔다. 하우스에서 작대기를 찾았
더니 없다. 하우스 근처 죽은 나무를 톱으로 썰어 작대기 세 개를
만들었다. 만들다가 잘못해서 톱으로 엄지손가락 위를 베었다.
쑥바귀 즙으로 지혈하고 내려가 다시 이번에는 꽤 무거운 걸로
두 개를 지고 오는데 다리가 후들후들 떨리고 지게가 땅에서 떨
어지지 않는다. 용을 써서 지고 일어나 당산나무까지 갔는데 내
를 건너는 게 자신이 없어 하나씩 옮기기로 하고 자루를 하나 내
려 등에 매려고 하니 어지간히 무거워 그것도 안 된다. 겨우 끙끙
대며 등에 지고 두엄터로 날랐다. 미련한 짓이라 여겨 다음에는
한 포대씩 두 번 더 날랐다. 날이 저물어온다. 지게를 하우스에
두고 재를 넘어 집으로 왔다. 모두 갈치젓 담그기를 끝내고 집에
와 있었다. 갈치젓을 담그다 한쪽으로 빼놓은 싱싱한 갈치를 구
워 저녁을 먹었다. 술을 꽤 마셨다. 최 군이 아침에 가져온 박대
열 마리를 씻어 볕에 말린 것을 구워서 안주를 삼았다. 최 군에게
30만 원을 갈치와 소금 값으로 주었다.

   잠이 들었다 나래 엄마가 말벌에 손등을 쏘이는 바람에 소동
이 일어났다. 벌에 쏘이는 것은 흔한 일이어서 자리에서 일어나
지 않았더니, 나래 엄마는 몹시 아픈 데다 남편이라고는 일어날
생각도 하지 않으니 원망스러운 모양이다. 그 말벌이 모기장 안

에까지 들어와 윙윙거려서 두들겨 죽였다. 나래 엄마는 잠을 이루지 못하고 끙끙대며 앓는다.

8월 15일

아침에 일어나 옷을 입는데 어제 죽였다고 생각한 말벌이 내 러닝 안에 들어 있었던 모양인지, 입자마자 어깨를 쏜다. 어제 아내한테 무심했던 벌인 모양이다. 잡아서 이번에는 확실히 죽였다. 재실에 올라가 당절임을 뒤집는데 모기의 집중공격을 받았다. 드러난 발목이 얼얼하다. 오늘은 아침을 먹고 일하기로 했다. 죽을 먹었다. 나래 엄마가 오늘도 손등이 부어서 일도 못하니 서울 올라가겠다고 하는 걸 달래 집을 지키라고 했다. 앞집 할아버지가 오셔서 이렇게 가뭄이 드니 고추와 콩 농사는 망쳤다고 하신다. 우리가 제대로 정성 들여 지은 농사라고는 콩과 고추밖에 없는데 큰일이다. 커피까지 마시고 오늘은 부엽토 긁다 둔 것을 마저 긁고, 긁어놓은 것을 당산나무 두엄터에 옮기기로 했다.

부엽토를 박경임 씨와 이명순 씨가 긁어 포대에 담고, 나와 김희정 군과 임전수 군이 지게에 져 당산나무터 두엄밭에 옮겼다. 아침 7시 반부터 12시까지 중노동이다. 그래도 이렇게 중노동을 하는 게 좋다. 땀을 비 오듯 흘린 뒤에 마시는 막걸리 맛도 또 땀을 식혀주는 바람결도 기가 막히게 좋기 때문이다.

12시쯤 일을 마치고 집으로 돌아왔다. 오늘은 임전수 씨가 돌아가는 날이어서 오후에는 바닷가에 나가기로 했다. 1시가 넘도록 효소실 작업을 간 금란 씨가 돌아오지 않고, 나래 엄마가 부침개를 부치는데 식용유가 없다길래 재실에 올라갔더니, 금란 씨와 박경임 씨, 이명순 씨가 효소를 짜고 있는데 말벌과 뒤영벌까지 섞여서 벌들이 금란 씨 손에도 붙고 효소액에도 빠지고 밤나무벌까지 가세하여 기세가 자못 흉흉하다. 금란 씨는 말벌한테 발목 근처를 쏘여 몹시 아픈 모양인데 그만 철수하고 점심 먹고 하자고 해도 얼마 안 남았다고 막무가내다. 할 수 없이 재실에서 쓰다 남은 식용유를 가지고, 밀차에 효소 짜고 남은 건더기를 두엄으로 쓰려고 싣고 내려왔다. 오늘은 모두 벌에 쏘이는 날인 모양이다. 이명순 씨도 작은 벌에 쏘였다고 한다(오전에 중노동을 해서 돌아오자마자 임 군과 김 군, 나는 그대로 뻗어 한숨 잤다).

점심을 먹고 잠시 쉬다가 비야 엄마, 광식이까지 우리 식구와 손님들 모두 큰 천막을 싣고 바다로 갔다. 나는 도중에 돌아올 일을 생각하여 자전거를 싣고 갔다. 노루목에 가니 만조 때다. 파도가 상당히 높다. 광식이가 억지로 끌어들여 금란 씨도 옷을 입은 채 물속으로 들어가고 나래 엄마도 물속에 들어갔다. 나는 모래찜질을 하고 누웠다가 바다에서 헤엄도 치고 4시가 조금 넘어 자전거를 타고 집으로 돌아왔다. 박준성 선생 일행이 와 있을까 걱정되어 자전거를 타고 오는데 중산리에서 박 선생 일행이 배낭 메고 오는 것을 보았다. 집으로 먼저 와서 간단히 샤워를 하고 일행을 재실로 안내했다. 오늘은 재실에서 재우고 내일아침 일찍 지름박골로 안내하려고. 박 선생 일행은 먹을 것, 이불, 텐트까지 모두 가지고 온 모양이다. 재실 구경을 시키고, 내일 지름박골에서는 세숫비누나 빨랫비누를 쓰지 못한다고 이야기했다. 일요일에 간다고 한다. 잠시 이야기를 나누고 바닷가로 가려는데 박준성 선생과 선생님 한 분이 바다에 가보겠다고 따라나서 자전거를 타고 나갔다.

저녁 해 질 무렵인데 물이 많이 빠져 있다. 나래 엄마가 기름에 게를 밀가루 묻혀 튀기는데, 제법 많이 잡았다. 게튀김이 다시 먹어도 역시 별미다. 게를 박 선생과 다른 분과 함께 먹고 바닷가에 가서 배꼽을 잡았다. 해가 진 뒤 천막을 걷고 집에 돌아왔다. 술도가에서 산 술(병막걸리 한 상자밖에 없었다) 여덟 병을 우리 집에 남겨두고 한두 병을 재실로 올려 보냈다. 바닷가로 가는 길에 대경이가 친구와 함께 오는 걸 중산리에서 보고 우리 집 열쇠를 주었는데, 돌아와보니 기다리고 있다.

8월 16일

오늘은 임전수 씨와 박경임 씨가 떠나는 날이다. 나래 엄마도 함께. 아침에 당절임 두 개를 뒤집고 갈치젓 항아리 위에 덮을 짚을 찾아 네 단을 가지고 내려왔다. 김희정 군이 재실에 올라와 '역사와 산' 팀을 데리고 지름박골로 떠났다. 나래 엄마와 손님들이 떠나기를 기다리다가 10시에 떠난다고 해서, 앞집 개울을 김희정 군과 쳐서 썩은 물이 웅덩이처럼 고인 것을 빼내고 김 군과 함께 서정오 선생의 전래동화 세 권을 챙기고 또 지름박골 손님들에게 줄 내 책과 아이들이 읽을 책들을 챙겨 지서리로 갔다. 최 선생 도가에 가서 전래동화 전해주고 임전수 군 서울 가는 길에 가져갈 술 반 말 그리고 지름박골에 올려갈 술 한 말을 샀다. 김 군과 함께 지름박골에 갔더니 박 선생 일행이 아침 일을 마치고 밥을 먹고 있다. 조그맣게 만 김밥 두 개를 얻어먹고 먼저 내려와 '참샘'이라고 동네 사람들이 부르는 샘물이 너무 낮고 해감이 많아서 깊이 파는 작업을 했다. 손으로 하는 것이라서 한계가 있었지만 꽤 깊이 파고 흙은 될 수 있는 대로 다 긁어냈다. 부엽토 긁는 일을 하다가 유리에 가운뎃손가락을 꽤 깊이 벴다. 쑥바귀로 지혈을 했다. 밀차로 유 군 집 있는 곳까지 부엽토를 날랐다. 솔밭으로 날라 가기 위함이다. 꽤 힘이 들었다. 12시 조금 전에 일을 마치고 당산나무 아래로 가서 박 선생 일행이 아침 먹고 남겨놓은 식은 밥을 김희정 군과 나누어 먹었다. 멍석에서 한숨 자고 3시쯤 박 선생 일행은 일하러 가고 나는 재를 넘어왔다.

도은이와 용란이가 오고 이어서 봉선 씨도 왔다. 밀짚모자를 쓰지 않고 일을 한 탓인지 기운을 차리기 힘들어 도은이, 용란이, 봉선 씨가 일하러 가는데 따라나서지 못하고 집에 머물렀다. 잠을 한숨 잤으면 좋겠는데 커피 탓인지 잠도 오지 않는다. 벌떡 일어나서 재실에 가서 곡괭이를 가지고 와 두엄터를 파 길 쪽을 돋우어야겠다는 생각이 들었다. 재실에서 곡괭이를 가지고 내려오다가 재실로 올라오는 오서환 군을 만났다. 같이 내려와 두엄터 파는 일을 하고 오 군과 자전거를 타고 저수지 쪽으로 가서 오 군을 김희정 군에게 맡기고 자전거로 솔밭 두엄터를 고르려고 2800평으로 갔다. 구들돌과 돌을 치워 두엄터를 대강 정하고 물이 빠진 연못에 혹시 부엽토가 있나 살펴보았더니 없다. 논우렁이를 작년에 많이 잡아먹은 곳이라서 물이 거의 빠져 우렁이가 있지 않을까 살펴보았는데, 오리들이 다 파 먹었는지 잘 눈에 띄지 않는다. 그래도 구멍을 파서 우렁이를 꽤 잡았다. 김희정 군이 오서환 군 그리고 박준성 선생 일행으로 서양사를 전공했다는 선생님 한 분과, 차로 부엽토를 싣고 왔다. 그것을 부려놓고 자전거에 우렁이를 싣고 집으로 왔다.

왔더니 김용란이 다시 곧 청주로 떠나야 한다고 한다. 어머니 용태가 갑자기 나빠져 응급실에 실려 갔다는 연락이 왔다 한다. 김희정 군 차로 청주로 가고 싶어하기에 작업이 있어서 그건 힘들겠다, 지서리 가서 부안 가는 차를 타고, 부안에서 김제로, 김제에서 조치원으로 가서 청주 가라고 했다. 용란이한테서 김제에서 전화가 왔다. 9시 13분 차를 타고 서대전까지 간다는 연락이다. 서울 가는 차는 끊겼다고 한다.

저녁을 먹고 술을 마시다 10시 반쯤 재실로 올라갔다. 내 방은 도은이가 딸과 함께 자도록 비워주었다. 재실에 올라가 개 우는 소리(금봉이라고 한다. 사슬에 묶인 게 고통스러워서 그럴까?)를 들으며 모기장을 치고 자리에 누웠다.

8월 17일

아침 5시에 일어났다. 날이 아직 어둑어둑하다. 당절임을 뒤집
는데 벌써 벌들이 움직인다. 당절임 뒤집기를 끝내고 내려와 마
침 집에 온 김희정 군과 오서환 군과 함께 당절임을 끝내고 두엄
터에 쌓아놓은 풀을 솔밭으로 옮기려고 밀차에 담아 트럭에 싣는
일을 했다. 벌들이 너무 많아 반바지 차림의 김 군과 오 군에게
그 일을 시킬 수가 없어 내가 설탕 묻은 풀을 밀차에 실었다. 밀
차로 여덟 개인가 열 개를 싣고 일을 마쳤다. 아침을 먹었다. 용
란이한테서는 11시쯤 응급실에 도착했는데 어머니가 한고비 넘
겼다는 연락이 왔다 한다. 용란이가 도은이에게 주라는 편지를
주었는데, 안을 들여다보니 100만 원짜리 수표가 한 장 보인다.
러시아에서 너무 고생을 하니, 본인도 쪼들리지만 그렇게 배려를
했겠지. 참으로 착한 아이다. 도은이에게 쓴 편지는 보지 않았다.
나도 도은이를 도와야겠는데 부담 없이 조금 도울 길은 없을까?
짤막한 편지와 함께 며칠 전에 수표로 찾은 100만 원을 넣어 봉
투를 봉했다. 아침을 먹고 오늘 오전 중으로 떠나겠다는 도은이
와 함께 이야기를 나누었다. 일하러 솔밭으로 떠난 식구들에게
미안했지만 2년 후에나 돌아올 사람과 제대로 이야기도 못하고
보내기가 너무 안쓰럽다. 움츠러들기 잘하고 해보기도 전에 체념
하고 마는 도은이에게 조그마한 일에서도 기쁨을 느껴라, 러시아
사람 전체를 못 믿을 사람으로 보지 말고 마음 터놓을 사람들을

찾아라, 그리고 열심히 살아라 하고 얘기해주었다.

밭둑을 베다 참을 마련하러 온 금란 씨가 약초가 자라는 밭둑을 대경이, 미경이, 명순 씨에게 무차별하게 베라고 이야기했다는 말을 듣고 깜짝 놀라 밭으로 갔더니, 다행히 꽃이 피어 있는 구릿대는 베지 않아 안심하고 집에 돌아왔다. 김직수라는, 김제에 산다는 분이 박준성 씨를 찾아왔다. 재실 구경을 시키고 지름박골로 함께 갔다. 조카가 목포대에서 효소공학을 연구한다고 한다. 지름박골에서 박준성 선생 일행과 이야기하면서 술을 마셨는데 피곤이 밀려온다. 멍석에 누워 자는데 라면 먹으라고 깨워서 일어났더니, 곧바로 정농회 김복관 회장님 일행 네 분이 오고, 뒤이어 글쓰기회 김익승·이성인·주순중 선생이 왔다. 김복관 선생님 일행을 재실로 모시고 가 구경시켜드리고 집에 왔더니 민정 엄마한테서 편지가 왔다고 한다. 대강 읽어보니 재실을 떠나겠다는 사연이다. 이유는 빚 문제라고 쓰여 있으나 그동안 쌓인 마음의 상처가 더 큰 것 같다. 난감하다. 마음에 담아두고 지름박골로 가서 박 선생 일행과 주순중 선생 일행을 데리고 바다로 갔다. 오후 4시 반쯤.

가서 보니 물이 가득하다. 만조 때 도착한 셈이다. 차일遮日을 치고 선생님들과 박 선생 일행을 안돈시킨 뒤에 집에 돌아와서 민정네 편지를 금란 씨와 희정 군에게 읽혔다. 술을 마시면서 내 잘못을 곰곰이 곱씹는데(참, 아침에 전화한 종현이가 와 있어서 같이 바다로 갔다) 경제가 이유인 것 같지는 않다. 저녁을 먹고 나서 술을 마셨다. 희정이 후배인 95학번 여학생 둘이 왔고, 염오순인가 하는 사람이 곰소에서 박준성 군을 찾아오겠다는 연락이 왔다. 금란 씨에게 염오순인가 하는 여자 문제로 화를 벌컥 냈다. 어제 온다는 여자가 오늘 아침 9시 반에 온다고 일방적으로 연락했다 가 밤에 곰소에서 온다고 하는데도 매정하게 자르지 못하고 오라 고 하니, 도대체 지름박골에 그 여자 때문에 발걸음을 하는 것도 문제려니와 박 선생 일행은 내일 새벽에 떠나는데, 이제 와서 무 얼 어쩌겠다는 것인지, 참 지각없는 여자다. 그런 여자에게 자상 하게 집에 오는 길을 알려주는 금란 씨도 쓸개가 빠졌다.

　김희정 군이 9시에 박 선생 일행을 지름박골로 다시 올려 보내 고 돌아오는 길에 김익승, 주순중, 이성인 선생을 데리고 왔다. 오늘 손님들은 재실에서 자도록 해야 할 것 같다. 글쓰기회 선생 일행과 술을 마시다 재실로 올라가 재우고 민정 엄마네 부엌에서 유 군과 비야 엄마에게 먼저 올려 보낸 편지 보았느냐고 했더니 보았다 한다. 어떻게 생각하느냐고 했더니 합리적 결정은 아닌 것 같은데 민정 엄마가 빚이 오히려 더 늘었다고 하는 데는 일리 가 있다는 말을 비야 엄마가 한다. 그동안 소득 없이 지출만 있었 고 내게 갚아야 할 돈도 민정 엄마에게는 빚으로 여겨질 테니 빚 이 늘었다는 생각은 당연한 것 아니냐는 이야기다. 그 당장에는 받아들이지 않았지만, 그럴 수도 있겠다. 민정 엄마가 우리가 따 로 떨어져 살기로 결정한 뒤로 무척 소외감을 느끼고 모임이 있 을 때도 그럴 필요가 어디 있느냐는 식으로 냉소적으로 이야기해

왔다는 이야기를 비야 엄마로부터 들었다. 그러면서 비야 엄마는 이번 젓갈 담그는 일을 포함하여 민정 엄마는 공동의 일에 관심을 안 보이려고 의식적으로 차단하는 것 같지만 무척 관심이 많다고 한다. 민정 엄마가 민정 아비와 싸우는 이면에는 민정 엄마의 독립성과 민정 아비의 어쩌면 의존성으로 비칠 친화력 간의 갈등이 도사리고 있는 듯하다.

술 먹고 이야기하는데 나도 모르게 자꾸 합리성을 방패 삼아 민정 엄마를 궁지로 몰아넣는 논리를 구사하고 있다는 느낌이 들어 나 자신이 싫어졌다. 민정 엄마가 소외감을 느끼고 마음에 상처를 받고 있다면 분명히 그 이유가 있을 터인데, 표면의 이유 말고 정말 이유가 무엇일까? 말만 하면 사람의 내면에는 그 사람의 무수한 단점들을 다 메꾸고 남을 만한 장점이 있다고 해놓고 실제로는 그 장점을 찾는 데 소홀히 해온 것은 아닐까?

민정 아비와 엄마가 이런 어려움을 말도 하지 못하고 글로 쓸 수밖에 없었던 탓의 일부는 나에게 있다.

8월 18일

새벽에 내 방으로 돌아오니 방이 비어 있어서 누워 잤는데, 아침이 되어 가르치지 않은 제자 둘, 글쓰기회 선생님들, 그리고 어제 지름박골로 넘어갔던 사람들을 상대하여 일하는 것도, 민정네 일에 대한 정리도 마음속으로 가닥이 잡히는 게 없어서 오늘 오전에는 쉬겠다고 봉선 씨에게 이야기하고 자리에 누워 있었다. 민정 엄마 말대로라면 민정네가 떠나고 난 뒤에 재실 관리를 누구에게 맡길지부터, 결단을 내려야 할 일이 많은데 거기에 대해서 심각하게 마음에 다가서는 위기의식이 없다. 마음은 그냥 편하다. 어젯밤 왔다는 염오순 씨 일행 중에 아이를 데리고 온 엄마가 이 방 저 방 문을 열고 기웃거리는 모습과 냉장고와 밥통을 뒤져 밥을 먹고 장거리 전화를 하는 기척이 보인다. 땡볕에 일하기 싫다고 그늘에 앉아 하고 있는 짓이 영 마뜩잖았다. 아침에 그네들이 왔을 때 쫓아 보내지 못하고 맞이한 금란 씨의 우유부단함이 마음에 걸린다.

잠시 그네들이 새로 일터에서 온 사람들과 함께 밖으로 택시 부르러 나간 사이에 방을 정리하고 운산리에서 있는 상량식에 참석하려고 옷을 갈아입었다. 교회에 가려고 성경과 찬송가를 챙기는 이명순 씨에게 잘 다녀오라고 하고 일기를 쓰고 있는데 밖이 떠들썩하다. 처음에는 염오순 씨 일행인 줄 알고 아는 척도 안 하고 있었는데, 누가 방에 참외씨를 가지고 온다. 박준성 선생 일행이다. 그제야 반가이 맞이하여 커피를 한 잔씩 타서 마시도록 하고 내 책을 한 권씩 사인하여 나누어 주었다. 그리고 잠시 기다리라 하고 풀밭의 김희정 군에게 가서 차를 같이 타고 와 지서리까지 그 일행을 배웅해주라고 하고 나는 중산리 형님 댁 상량식에 참석했다. 점심과 술을 먹고 발바닥 찔린 곳이 불편하여 형님 자전거를 빌려 타고 집으로 돌아왔다. 점심 뒤에 모기장을 치고 자리에 누워 오후에 민정네 문제를 오전에 이어 집중적으로 생각하다 자다 했다. 저녁식사 뒤에 박미라·방지영 학생과 이명순, 오서환은 집에서 같이 이야기를 나누라 하고 금란 씨, 봉선 씨, 희정 군과 함께 재실로 올라갔다. 비야 엄마, 유 군과 함께 민정네 문제를 의논하기 위함이다.

회의에서 내가 방만하게 손님을 맞이한 데 대한 비판이 있었다. 한철연 식구, 글쓰기회 식구, 그 밖의 여러 경우에 다른 사람들 양해 없이 내가 독단적으로 손님들을 맞이해서 어려움을 준 경우가 생각나 잘못을 반성했다. 금란 씨와 봉선 씨는 우리가 먼저 농사일을 주체적으로 바로 배운 뒤에 손님도 우리 필요에 따라 맞아야 '주방아줌마'로 전락하는 일이 없지 않겠느냐는 의견인데 옳은 이야기다. 민정네 문제는 마지막으로 이렇게 정리했다.

먼저, 재실과 재실 땅에 가장 신경을 써서 울력을 하고 재실 농사가 잘되도록 한다. 부안 김씨들과의 관계뿐만 아니라 마을 여론을 의식해서도, 또 재실에 우리가 설비해놓은 장독대나 효소실이나 냉암소를 떳떳이 이용하고 경우에 따라 부안 김씨 재실 방들을 자유롭게 쓰기 위해서도 부안 김씨 문중의 신임을 얻어야 하는데, 그러려면 민정네 일을 도와 심리적으로 경제적으로 어려움을 벗어나게 한다는 뜻도 있지만 재실 땅을 알뜰하게 가꾸어 마을 사람들에게 귀감이 되어야 한다. 두 번째로, 솔밭 농사를 제대로 짓고 내년부터는 우리 집 뒤 1200평 땅도 잘 가꾸어야 한다. 산속에 있는 1600평 땅과 500평 땅은 우선순위의 맨 뒤에 놓자.

개별로 사는 것도, 공동으로 사는 것도 현재 상태에서 극단의 경험이었는데, 저마다 구성원이 지닌 장점을 최대한 살리고 단점은 보완하는 쪽으로 일의 배치와 배려를 하도록 하자. 어차피 공동체로 출발했으니까 초기 정신으로 다시 돌아가자. 민정네가 그래도 떠나겠다면(우리가 일손 부족한 것을 돕고 경제적 궁지에서 벗어나도록 최대한 배려를 하겠다는데도) 재실은 포기한다.

이 말은 비야 엄마가 민정네에 전하기로 하고, 그 뒤 민정네와 다시 만나 이야기하기로 했다. 12시 가까이 되어서야 회의가 끝났다.

8월 19일

아침에 늦게 일어났다. 처음에는 일어난 시간이 오전 5시 10분인 줄 알았는데 나중에 다시 확인하니 6시 10분이다. 재실에 올라가 당절임 세 항아리를 뒤집었다. 내려오니 모두 밥을 안 먹고 내가 오기를 기다리고 있다. 특별한 일이 아니면 기다리지 말고 자연스럽게 밥을 먹고 할 일을 하라고 했다.

밥을 먹고 솔밭으로 모두 풀을 베러 가고 나는 탱자나무 옆에 마련한 두엄터 넓히는 작업을 했다. 9월이면 우리 밭을 빌린 사람이 쪽파를 심는다는데 그 전에 밭에 난 풀을 제초제를 뿌려 없앨 것이 걱정되어 오후에 비가 내리지 않으면 쇠비름과 바랭이를 뽑아내는 작업을 하자고 김희정 군에게 말했다. 11시쯤에 이양재 선생이 성환이와 함께 왔다. 나래 엄마가 보낸 국수 빼는 기계와 그릇을 가지고 와서 고춧가루 열다섯 근을 보냈다. 나래 엄마는 공짜로 얻은 것으로 여길지 모르지만 한 근에 1만 원씩 15만 원을 내가 대신 치를 작정이다.

점심을 먹고 이양재 선생은 떠나고, 그동안 수고한 충북대 제자들과 우리 집 식구 모두 오늘이 마지막일지 모르니 바다에 나가 몸을 담그라고 하고 나는 자리에 누워 잠깐 잤다. 안 떠나고 있는 이명순 씨와 봉선 씨, 금란 씨도 유 군이 재실에서 내려와 성화를 해대는 바람에 같이 떠나고 나만 있었는데 오후 2시 50분쯤 잠에서 깼다. 다시 두엄터 작업을 했다. 바닥을 50센티미터 이상 파서 두엄터를 만들고 그동안 쌓아놓았던 두엄을 다시 새로 판 두엄터에 쌓고, 비 올 것을 대비하여 도랑을 파고 하는데 남쪽 하늘이 어두워지더니 소나기가 올 낌새. 빗방울이 몇 방울 떨어지기에 집으로 뛰어와 장독을 덮고 빨래를 걷고 비 맞을 만한 것을 대강 치우고 비에 흠뻑 젖은 몸을 씻고 옷을 다시 입고 있는데, 바다에 나갔던 식구들이 뛰어 들어온다. 맨 먼저 장독으로 가는 걸 보고 웃었다. 심한 폭우성 소나기가 바람과 함께 집중적으로 내려, 뒤늦게 장독 덮어봐야 간장, 된장, 고추장은 이미 버렸기 십상이기 때문이다. 잔뜩 뻐기면서 내가 미리 조치를 취했노라, 앞으로는 놀러 나갈 때 장독이나 비 맞는 것 다 미리미리 손보고 놀러 가기 바라노라 하고 설교를 했다. 비가 이렇게 고마울 수가 없다. 집 뒷밭의 풀을 잡는 일은 못했지만 그동안 타들어가던 콩과 고추, 들깨 그리고 앞으로 심을 당근, 감자, 메밀에게는 더할 수 없이 좋은 생명수기 때문이다.

비가 그친 뒤에 곧 채인선 씨가 남편과 함께 왔다. 재실 구경을 시키고 동네 구경을 하라고 내보냈다. 오후에 땀을 많이 흘려 큰 주발로 술을 한 잔 가득 따라 마셨더니 아직도 알딸딸하다.

저녁을 먹고 식구들과 술을 마시면서 노래하고 춤을 추었다. 저녁 10시 반쯤 되어 이제 그만 자자고 자리를 파하고 재실에 올라가니 아이들 재잘거리는 소리가 들린다. 민정네가 돌아온 모양이다. 재실 서쪽 방에 모기장을 치고 이불을 가져다 폈다. 생각하면 작년에 여기 모였던 식구가 다 '나머지' 사람들이다. 민정네는 빛에 쫓겨 등에 진 짐이 산더미 같고, 관유 군은 광기가 있고, 종현이는 모자라고, 광식이도 제 앞가림을 주체적으로 해나가는 사람은 아니고, 왔다가 떠난 종환이는 꿈꾸는 사람이고, 비야 엄마는 미혼모고……, 봉선 씨도 정신적으로 불안한 데다 관유의 아이는 가졌지만 미혼모나 다름없고, 금란 씨와 내가 가진 결함도 또 지금은 가려져 있지만 언제 드러날지 모르고……. 이 사람들이 서로 도우며 함께 살길을 찾을 수 있다면 이 땅에서 버림받는 모든 사람이 살길이 열릴 터인데…….

이 생각 저 생각 하고 있는데 민정 엄마가 와서 "다녀왔습니다" 하고 인사를 한다. 자리에 누운 채 "내일 보세" 하고 보냈다.

8월 20일

아침에 일어나니 5시 반이다. 이불을 개켜 재실 남쪽 방 장롱에 넣고 모기장은 책꽂이 있는 방에 넣었다.

당절임(환삼덩굴과 쇱바귀)을 뒤집고 내려와 두엄터를 정리하고 있는데 김희정 군 집에서 잔 식구들이 왔다. 오 군은 우리 집 똥을 푸려고 똥지게를 지고 왔는데, 그 일은 뒤로 미루자고 했다. 오 군과 두엄터 새로 만들 자리를 보았다.

오늘은 솔밭골 로터리를 치고 저수지 건너편과 솔밭 나머지 밭에 당근과 메밀을 심고, 가능하면 감자를 심어야 하는 날이다. 그 일이 끝나면 우리 집 뒷밭에서 쇠비름과 그 밖의 바랭이 같은 다른 풀들을 뽑아 도지를 한 사람이 제초제를 뿌리지 못하게 해야 한다.

재실에 올라가 유 군에게 솔밭 밑의 감자 심을 곳에 로터리를 쳐달라고 부탁하고 내려와 김 군에게 감자는 어디 심을 거냐고 물었더니, 작업장 지을 터를 갈아서 거기에 심겠다고 한다. 나만 남기고 모두 저수지 건너편 밭으로 갔다. 당근과 감자와 메밀을 뿌릴 모양이다. 그 밭에 모든 씨앗을 다 심을 생각은 말라고 이야기했다.

재실에 전화해서 민정 엄마 아빠한테 아침을 먹고 우리 집에 오라고 전화하고 다시 유 군에게 오늘 로터리 칠 곳을 일러주었다. 유 군이 경운기의 쟁기를 갈아 끼울 때 잡아줄 사람도 있어야 하고, 어디에 어떻게 로터리를 쳐야 할지도 알아야 할 것 아니냐고 하기에, 내가 같이 가겠다고 이야기했다.

민정 엄마와 아비가 내려왔다. 1982년에 내가 대학 강단에 더는 머물 의미가 없다고 생각하여 학장에게 구두로 사표를 내고 동료 선생들에게 이런 시대 상황에서 대학 선생 노릇을 한다는 게 무슨 뜻이 있느냐, 나는 그만두겠다 하고 반은 자랑삼아 떠들고 다니고, 나래 엄마와 몇 날 며칠을 두고 싸우고, 관악산 산꼭대기 빈민 지역에 방을 얻고……. 그러다가 박홍규 선생님에게 불려가서 "이 세상이 너 혼자 사는 세상인 줄 아느냐, 너는 개인이 아니라 이미 한 가정의 가장이고, 교수사회의 일원이고, 서울대 동문이고, 전라도 사람이고…… 이런 총체 관계 속에서 자신의 자리를 숙고하고 이런 결정을 내렸느냐, 너 같은 사람만 모여 있다면 어떻게 사회가 이루어질 수 있느냐……"라는 호된 꾸지람을 듣고 마음을 돌렸다고, 그때 공인으로서 한 약속을 저버리고 다시 교단에 섰을 때의 참담함은 지금 자네들이 여기 식구들에게 사과하는 것에 견줄 바가 아니었다고, 오늘저녁 회의 시간에 무조건 사과하라고, 광식이는 민정 아비를 친형보다 더 가까이 의지하고 있고, 비야 엄마는 겨우 마음의 안정을 얻어가고 있는데, 자네들 떠나면 어디로 갈 것이며, 내 마음의 상처도 치유될 길이 없을 거라고……. 자네들보다 처지가 나은 사람들이 여기에 누가 있느냐고, 혼자서는 살 수 없으니까 이렇게 모여서 도우며 살자고 온 것이 아니겠느냐고 이야기했다.

그리고 이런 말 저런 말 변명 삼아 늘어놓을 것 같아, 아무 말도 듣기 싫다고, 오늘 저녁 다 모인 자리에서 사과하고 난 뒤에 이야기를 듣겠다고 했다. 민정네를 보내고 참을 들고 솔밭으로 갔는데 아무도 없다. 경운기 쟁기날에 문제가 생겼다더니 희정 군과 유 군이 그걸 고치러 간 모양이다. 웅덩이에서 우렁이나 주울까 하고 가보았더니 우렁이 구멍이 눈에 띄지 않는다. 그사이 유 군이 돌아왔다. 희정 군은 배가 고파서 집에 라면을 끓이러 갔다 한다. 희정 군 집에 가서 라면 두어 젓갈 맛본 뒤에 집으로 돌아와 중산리 형님 댁에 자전거도 돌려줄 겸 죽엽청주(지난번 주순중 선생이 실크로드 갔다 올 때 가져온 것이다)를 들고 갔다. 마침 참을 먹는 때여서 출출한데 떡과 돼지고기볶음 그리고 맥주 세 잔을 달게 먹었다.

중산리 당산나무에서 동네 어른들이 울력을 끝내고 술을 한잔하고 있다면서 형님이 그냥 지나갈 수 없을 터이니 술 한잔 얻어먹고 돈을 좀 부주하고 가라면서 3만 원을 주신다. 내게 돈이 있다고 거절하고 동막을 지나는 길에 술 두 잔 얻어먹고 3만 원을 부주했다. 비싼 술이다.

형님이 챙겨주신 수박과 참외 그리고 떡을 가지고 저수지 건너 밭에 올라가니 12시가 넘었는데 아직도 일들을 하고 있다. 떡과 수박을 펴놓으니 출출했던 참인지 잘 먹는다. 점심 먹으러 가라고 보내고 연장을 챙겨서 지름박골로 저수지 주위를 따라가는데 우리 지게 둘과 포대들이 비를 맞은 채 저수지 옆 묵은 논에

627

방치되어 있는 것이 눈에 뜬다. 지고 가던 지게에 지게 둘과 포대 그리고 연장을 실으니 어깨가 뻐근하다. 하우스에 가보니 어제 소나기에 아래채 하우스가 많이 젖었다. 멍석이 썩지나 않을까 걱정이다. 포대들을 접어 하우스 안에 쌓아놓고 쇠스랑 두 개, 황새괭이 하나, 그리고 낫과 호미들을 지게바작에 얹고 돌아오니 벌써 2시 가깝다. 식구들은 다시 밭으로 나갔다 한다.

늦은 점심을 먹고 막걸리 두 잔을 걸치고 나니 노곤하다. 4시 넘도록 누워 있다가 5시쯤 참을 가지고 솔밭으로 갔다. 참을 내려주고 잠깐 있다가 다 먹은 참 그릇을 챙겨 밀차에 넣어 돌아왔다. 와서 방수포 흙을 걸레로 닦아 마당에 펼쳐놓았다. 쇠비름을 뽑아 거기 쌓기 위한 준비였다. 밀차를 끌고 뒷밭으로 나가 쇠비름을 뽑는데 갑자기 하늘이 어두워지더니 빗방울이 뿌린다. 급히 쇠비름 뽑은 것을 밀차에 싣고 집에 돌아왔다. 조금 뿌리던 비가 다시 그친다. 오락가락하는 비다. 오늘은 저녁을 일찍 먹고 민정네 문제로 회의를 해야 하기 때문에 재실에 저녁 8시 30분부터 9시 30분까지 회의를 하자고 연락을 했다. 비야 엄마가 전화를 받기에 민정네에 전하라고 일렀다. 저녁을 먹고 재실에 올라갔다.

민정 엄마 아빠가 사과를 하고 우리 곁에 머물러 있으리라는 예상은 빗나갔다. 강원도 대관령 삼양우유(고원우유) 생산지라는데 우선 9월 중순부터 일용직으로 들어가기로 결정하고 왔다고 한다. 일용직 때의 한 달 품삯은 60만~70만 원 선이라는데 그것으로 어떻게 생활을 하고 빚을 갚으려 하는지 도무지 이해되지 않는다. 그런 비합리적 결정을 한 이유가 뭐냐고 캐물었더니 민정 엄마가 여기에 온 날부터 지금까지 하루도 삶에 기쁨을 느껴본 적이 없다고 한다. 큰 충격이었다. 아하, 그랬던가. 대답이 너무나 충격적이어서 모두 할 말을 잊었다. 무슨 문제가 있으면 털어놓고 이야기해야 의논 상대가 되는데 이렇게 말문을 막는 대답이 나오면 그것은 내 삶에 간섭을 하지 말라는 선언이지 어려움을 털어놓고 같이 해결할 길을 모색하는 태도가 아니다.

8월 21일

아침 5시 반에 일어나 재실 서쪽 방 마루턱에 걸터앉아 동쪽 산을 바라보았다. 구름이 옅게 한 줄기 산으로 피어오르듯 흩어진다. 어젯밤 민정네의 행동에서 본 석연찮음의 원인이 나에게 있는지도 모르겠다는 생각을 했다. 내가 무심결에 농담처럼 내뱉은 말이 모두 가시나 칼끝이 되어 민정 엄마와 아비의 마음을 저민 것이나 아닐까. 누군가 이성으로 이해할 수 없는 행동을 보일 때 그 사람 탓을 하지 말고 자신을 돌아보아야 하는데 그 일이 쉽지 않음을 느낀다. 감정의 힘이 이성의 판단력보다 훨씬 큰 경우를 가끔 본다. 그래, 사랑도 감정이지.

당절임을 뒤집고 종현이를 깨워 집으로 내려왔다. 오늘은 충북대 여학생들, 이명순 씨, 채인선 씨 부부가 떠나는 날이다. 어제 세윤 씨(김희정 군 짝)가 왔으니, 밥상에 앉은 식구가 모두 열둘이다. 아침에 떠날 사람은 떠나라고 했더니 모두 오전까지는 일하고 오후에 떠나겠다고 한다. 고마운 일이다. 밥을 먹고 글쓰기회보 원고를 써서 전송하고 집 뒷밭에 가서 두엄터를 새로 만들며 거기에서 파낸 흙으로 무너져 내린 밭둑을 다시 쌓았다. 땀이 비 오듯 흐른다. 갈증이 나 집에 와서 막걸리 한잔으로 목을 축이는데 민정 아비와 이야기해야겠다는 마음이 문득 들었다. 건빵과 어젯밤 먹다 남은 돼지고기를 안주 삼아 민정 아비를 불러 이야기를 나누었다. 정신이 올바른 경우에도 여자의 말은 반쯤만 귀담아듣고 반은 흘려야 할 경우가 있다, 그렇지 않으면 판단을 그르칠 우려가 있다, 이건 선생으로서가 아니라 인생의 선배로서 하는 말이다, 종현이가 어제 자네네 일을 걱정하는 내게 가고 싶으면 보내주고 그 대신 돌아오면 그때 다시 맞이하면 되지 않겠느냐고 해서 느낀 바가 크다, 재실 일은 우리가 함께 도와서 관리하겠으니 한 3개월 그곳에 가서 생활해보고 어려움이 있으면 그때 돌아오도록 하는 방법도 있다, 자네는 내가 각별하게 아끼는 점이 있어 주례까지 섰기 때문에 어느 정도 자네 삶에는 내 책임도 있다고 느낀다, 대강 이런 이야기였다.

민정 아비를 보내고 다시 두엄터 일을 했다. 점심을 먹고 채인선 씨 차로 채 씨 부부와 충북대 여학생들이 떠났다. 잠시 방에 들어와 누웠는데 잠이 깊었나 보다. 금란 씨와 봉선 씨가 부안에 광식이와 장 보러 가는 길에 이명순 씨를 태워 갔다는데 작별 인사도 나누지 못했다. 잠에서 깨어 두엄터 만들다 남은 걸 마무리 지으러 갔더니 누군가 이미 마무리를 지어놓았다. 오서환 군과 김희정 군이 함께 했겠지.

4시쯤부터 뒷밭에서 6시까지 쇠비름과 바랭이 뽑는 일을 했다. 담배를 피우려고 집에 왔더니 부안에서 돌아온 금란 씨와 봉선 씨가 김칫거리를 다듬고 있다. 어젯밤에 황시백 선생이 전화를 해서 집으로 전화해달라기에 아침에 전화했더니 감자를 다섯 상자 보냈다고 해서 토요일쯤 찾을 수 있을 터이니 이제 감자 걱정은 없겠다고 금란 씨에게 말하니, 세윤 씨가 옆에서 양파를 다듬다가 "감자는 강원도 감자가 맛이 좋지요?" 하고 묻는다. 그렇다고 대답했다.

오후부터 집에서 어정거리는 종현이에게 서정오 선생의 옛이야기 책과 《강아지똥》 그리고 《폭죽소리》를 건네주며 읽으라고 했다. 종현이에게 대구 집에 있을 때 무얼 하며 보냈느냐고 물으니 책을 읽었다고 대답한 생각이 나서.

6시 반쯤 경운기로 밭을 갈려고 솔밭에 간 희정 군과 오 군이 돌아와 오 군은 청주에 약속이 있어 가겠다고 작별 인사를 했다. 어젯밤 늦게까지 회의를 하고 어제오늘 땅 파는 일을 했기 때문에 피곤해서 일찍 자자고 하고 저녁을 먹고 잠자리에 들었는데 서울에서 한소영 씨 전화가 오고 이어 장성에서 이명순 씨가 금란 씨 찾는 전화를 하는 바람에 잠에서 깨버렸다. 막걸리 몇 잔을 마시고 금란 씨와 이야기를 나누고 다시 자리에 들었다.

8월 22일

아침에 일어나니 날이 끄무레하다. 시계를 보니 5시 40분이 좀
지났다. 재실에 올라가 당절임을 뒤집고 내려왔다. 아침을 먹기
전에 들깨를 솎아 종현이와 함께 잎을 땄다. 아침을 먹고 변소에
서 똥을 치고, 마당에 널려 있는 보릿대와 볏짚 그리고 모깃불 피
운 재를 두엄에 얹었다. 김희정 군은 솔밭에 유 군과 로터리를 친
다고 가고 종현이, 세윤 씨, 금란 씨는 유 군 콩밭에 풀을 매러 갔
다. 나는 집 뒷밭의 쇠비름을 어제에 이어 걷었다. 오전 참때에
김종덕 씨에게 전화를 했다. 안 그러면 도지를 도로 내놓을 테니,
우리 밭에 비닐을 깨끗이 치워달라고 했다. 마늘밭에 깐 비닐을
걷지 않고 로터리를 치는 바람에 땅을 조금만 파도 비닐조각이
무더기로 올라오는데, 이렇게 비닐밭이 되어버린 곳에서 어찌 제
대로 농사를 할 수 있단 말인가. 김종덕 씨가 다른 밭도 그렇게
비닐 깔린 채 로터리를 쳐도 말이 없었다고, 너무한다고 시비를
걸어서, 나는 투기하러 그 땅을 산 사람이 아니고 농사지어 먹고
살려고 산 사람이다, 그리고 운산리에서는 아무도 남의 밭이라고
비닐을 깐 채 로터리를 치는 사람이 없다, 직접 와서 눈으로 봐라
하고 전화를 끊었다. 점심때까지 쇠비름을 뽑으면서 비닐이 보이
지 않는 땅을 손으로 파보니 비닐조각이 너덜너덜 하얗게 깔린
다. 집에 돌아와 식구들에게 언제 김종덕 씨 오거든 쇠스랑을 주
어서 한번 스스로 파보라고 하라고 일렀다.

점심을 먹고 한숨 자고 재실 장독대에서 물이 새는 큰 항아리 다섯 개와 조금 작은 것 하나, 그리고 유약 묻은 상태가 특별한 것 두 개를 날라다 김희정 군과 함께 씻었다. 조금 비는 시간에는 금란 씨, 종현이, 세윤 씨와 함께 뒷밭을 맸다. 아침에 조카 건이가 전화를 한 모양인데 오후 1시쯤 전화하라는 말을 듣더니 주소만 물었다 한다.

저녁에 광식이 친구가 와서 같이 밥을 먹기 전에 감잣국이 제대로 끓는 동안 술을 마셨다. 조금 많이 마셨다 싶은데 재실에서 민정 엄마한테 전화가 왔다. 할 이야기가 있다 한다. 남은 술(막걸리)이 플라스틱 1.8리터짜리 한 병밖에 없어서 이걸로는 모자라겠다 싶어 소주 한 병을 더 들고 재실에 올라갔다. 민정 엄마가 재실 문 앞에서 기다리고 있었다.

따로 할 이야기가 있다 한다. 재실 서쪽 방에 앉아 이야기를 나누었다. 아무래도 떠나야겠다 한다. 민정 아비가 타율을 통해서라도 가정을 책임지는 가장의 모습을 보여주어야 안심하고 민정·민주를 키울 수 있겠다는 뜻이었다. 모든 것을 두고 간다기에 3개월 정도만 한번 시험 삼아 밖에 나가 살아보라고 하고 이것저것 계산하기 복잡하니 그냥 정착 자금으로 500만 원을 주겠다, 그것이 내가 임의로 쓸 수 있는 한도액이다, 하는 말을 했다. 원고료나 인세로 충당이 되겠지. 몹시 취해서 몸을 가누지 못해 나중에 온 민정 아비가 모기장과 이불을 가져다 잠자리를 마련해주었다.

8월 23일

아침에 많이 늦게 일어났다. 일어나서 한참 동안 그대로 앉아 헝클어진 머릿속을 정리하다 다시 누웠다. 결국 8시가 되어 모기장을 걷고 이불을 개켜 정리하고 재실 문을 나섰다. 금란 씨가 효소물을 짜고 있었다. 환삼덩굴인데 11킬로그램을 당절임 했더니 15킬로그램의 효소물이 나왔다 한다. 당절임 할 때 설탕을 100퍼센트 넣어서 설탕 무게가 첨가된 것이다. 금란 씨와 함께 냉암소에 효소물을 날라 항아리를 새로 비워 환삼효소 지난번에 담근 것 5킬로그램과 함께 담고, 당절임을 뒤집고 내려와 밥을 먹었다. 오랜만에 서울의 생활습관이 되살아났다 싶어 쓴웃음이 나온다.

9시가 되어서야 아침죽을 먹고 오랜만에 월간 《말》지 9월호를 보며 그동안 바깥세상에서 무슨 일이 있었는지 뒤늦게 확인한 것이 많았다. 김경환 기자가 쓴 〈각하, 한 명도 없다던 양심수가 왜 이리 많은가요〉라는 기사가 인상에 남았다. 오전에는 책을 읽으며 보냈다. 밭에 일을 나간 사람들이 1시 반쯤 되어서야 돌아와 늦은 점심을 먹었다. 점심을 먹고 세윤 씨가 갔다. 부안에 장을 보고 황 선생이 보낸 감자가 어제 도착했다는 연락이 와서 희정 군과 봉선 씨가 세윤 씨와 부안까지 같이 갔다. 유 군이 이발기구를 가지고 와서 머리를 깎았는데 너무 짧게 깎아 나중에 봉선 씨가 보고 독일 병정 같다면서 웃었다. 민정네가 밀농사 지은 것을 가지고 와서 어제 재실에서 가져온 닷 섬들이 항아리에 부었더니 가득 찼다. 쌀도 네 포대 실어 오고 보리도 열여섯 포대 가져왔다. 종자용 밀도 가져오고……. 쌀은 검은 비닐로 두 번 싸서 항아리 안에 넣고, 보리는 바구미가 생겼다고 해서 다시 말려 항아리에 넣으려고 토방에 쌓아놓고, 세 포대는 방수포를 깔고 볕에 말렸다. 오전에 농협에 나가 500만 원을 찾아서 민정 엄마한테 전했다. 농사지은 걸 모두 두고 가겠다고 해서 일일이 값으로 치기 그렇고 해서 한꺼번에 준 것이다. 민정네에게는 마음을 돌이킬 수 없으면 한 석 달 밖에 나가 살아보는 것도 괜찮을 것이라고 했다. 유 군이 재실에 사는 데 관심을 보여 비야 엄마와 사는 게 어떤가 하고 엊저녁에 민정 엄마에게 말했더니, 유 군도 비야 엄마도 싫다는 의사표현은 없었다고 한다. 비야 엄마가 야무진 구석이 있으니까 같이 살면 유 군을 다잡고 살 수 있겠다 싶다.

자전거를 타고 우리 집 앞 도랑을 건너오다가 다리 사이 홈에 앞바퀴가 박혀서 나가 떨어졌는데 그때 다친 다리에 동통이 오고 속도 안 좋고 하여 개포시풀을 베어 효소를 담그겠다는 계획은 포기하고 금란 씨에게 북엇국을 끓여달라고 하여 먹고 난 뒤 자리에 누웠는데 봉선 씨와 김철한 기자가 같이 들어온다. 지수 엄마와 지수도 함께 왔다. 반가웠다.

저녁 7시 반에 모두 우리 집에 모여 저녁을 먹자고 종헌이를 시켜 연락했다. 최광석 씨에게도 연락하라고 했다. 구들방에 잠간 누워 있는 사이에 최광석 씨가 꼴뚜기처럼 생긴 꼬록을 가지고 왔다. 술안주로 삶아서 먹었더니 맛이 좋다.

유 군은 인천에서 온 친구와 함께 노루목에 송종철 어른이 가꾸어놓은 끝물 수박을 자루에 담아 왔는데, 아주 많이 가져왔다 한다. 오면서 갈라진 수박이 있어 잘라 먹어보았더니 몹시 달다. 저녁은 어른 열셋, 아이 넷, 튀김과 오징어볶음, 표고버섯과 채소 튀김, 잡채 등으로 아주 풍성했다. 어제 술을 많이 마셔 고생한 탓으로 오늘은 자제해야겠다고 생각했는데 김철한 기자가 막걸리를 마시겠다고 하여 맥주를 막걸리로 바꾸어 먹다 보니 많이 마셨다. 게다가 집에 외삼촌이 왔다고 돌아간 최광석 군이 처를 데리고 다시 나타나 이런저런 이야기를 하면서 술을 마시다 보니 새벽 1시 40분까지 마셨다. 나는 구들방에서 자고 내 방에는 김철한 기자 가족을 재웠다.

8월 24일

아침에 일어나니 6시쯤 되었다. 새벽에 빗방울이 후두둑거려 마당에 그냥 방수포로 덮어둔 보리 걱정이 되었는데 비가 적게 내려 피해는 없었다. 마지막 암탉이 죽었다. 두엄터에 얹고 바랭이 뽑은 것을 밭에서 가져다 덮고 그 위에 구덩이에 있던 똥이 삭은 흙을 고루 덮어주었다. 수탉만 남은 셈인데 가엾다. 잡아먹는 게 좋은지 내년까지 놓아두고 병아리를 맞아들이는 게 좋은지 판단이 서지 않는다.

아침을 먹고 재실에 올라가 익은 고추를 따는데, 거의 다 탄저병에 걸렸거나 고자리가 먹었다. 농약 한 번 안 치고 고추 농사를 짓는다고 했을 때 글쓰기연수회에서 임길택 선생이 의아한 표정으로 쳐다보던 기억이 나 쓴웃음이 나온다. 고추를 따다 말고 김희정 군에게 개모시풀 효소를 담가 내년을 기약하자고 했다. 밭마다 여러 작물을 시험 삼아 심어 어느 작물이 어느 토양에 맞는지 확인할 필요가 있다는 말도 했다.

홍순옥이 부쳐 온 《자연농업》 9월호를 보았다. 양계에 관한 기사를 읽었는데 병아리 때부터 현미를 먹이고 바닥을 보송보송하게 해서 닭이 흙 속에 있는 미생물도 먹어야 한다는 이야기가 나와 있었다.

모든 것이 다 시험이다. 섣부르게 농사를 짓겠다고, 그것도 유기농이나 자연농으로 짓겠다고 생각하고 이삼 년 버틸 기본 재력 없이 나섰다가는 망하기 십상이라는 생각이 들었다. 농사 되는 꼴을 보더니 떠나겠다고 한 민정네 심정이 이해가 간다.

효소를 짜는 금란 씨에게 차라리 고추는 익기를 기다리기보다 풋고추로 따서 염장을 하는 게 낫겠다고 이야기하고, 우선 한 자루 풋고추를 따달라고 부탁했다. 서울에 가지고 가 보리 식구들에게도 주고 김 기자에게도 주고 싶어서였는데, 금란 씨가 또 벌에 두 번이나 쐬었다 한다. 방에 있는데 웬 여자 손님이 찾아왔다. 신문이나 책을 보고 온 사람이겠는데 어제 변산에 와 있다고 찾아오겠다 해서 정성이 가상해서 만나주었으면 싶지만 이미 봉선 씨가 선생님은 집에 계시지 않는다고, 서울에 일이 있어서 갔다고 따돌린 후다. 방을 기웃거리는 여자 손님에게 등을 돌리고 앉아 이걸 쓰고 있다.

11시쯤 되어 고추를 따고 있던 김 기자 가족에게 올라가 서울 갈 준비를 하자고 내려오라 했다. 어제 광식이가 친구와 송종철 어른 수박밭에서 따 온 수박 가운데 여섯 통은 보리 식구들, 네 통은 김 기자 몫으로 자루에 담고 김 기자에게 줄 익은 고추와 풋고추 챙기고 금란 씨가 따 온 풋고추와 내가 딴 익은 고추를 보리 식구들에게 줄 요량으로 챙겨 김 기자 차 트렁크에 넣고 점심을 일찍 먹고 길을 나섰다. 11시 10분께 집을 나섰으니, 서울에는 4시쯤 도착하리라고 예상했는데 선바위에서 전철을 탄 시간이 4시 47분이다. 교육 모임에 도착한 시각은 오후 5시 40분쯤. 도중에 승용차가 4중 충돌을 하는 바람에 차가 밀려 늦어진 것이다. 다행히 참석자들 가운데 오지 않은 사람들이 있어 덜 미안했지만 시간을 못지킨 것을 사과했다. 낯익은 얼굴로 박원순 변호사, 김종찬 뉴스 캐스터가 보이고 나머지 사람들도 예상했던 대로 재력과 학력을 두루 갖춘 사람들이 중심이다.

변산에서 사는 내 생활을 중심으로 이야기를 풀어갔다. 김영태 위원장이 아들 이야기를 하는데 솔직 담백한 사람이라는 인상을 받았다. 식사는 호화판이어서 한 끼에 2만 원어치는 되어 보였다. 이것저것 조금씩 맛보다 보니 밥은 손도 안 대게 되었다.

강연 사례비로 수표로 30만 원을 받아 들고 저녁 9시 30분쯤 토론회 자리를 나서, 걸어서 종로 2가로 와 전철을 타고 시청에서 내려 66번 버스를 타고 집으로 오니, 누리와 나래는 없고 나래 엄마가 명노철 선생과 세훈이와 함께 있다. 둘 다 아르바이트에서 돌아오지 않았다고 한다. 누리가 와서 같이 맥주를 마시면서 이런저런 이야기를 나누다 보니 12시가 넘었다.

8월 25일

아침에 일어난 시간이 늦었다. 6시쯤에야 일어났다. 봉길이 산보를 시키고 돌아와 잠시 앉아 있다가 다시 자리에 누웠다. 잠자리가 바뀌어서인지 꿈자리도 뒤숭숭하고 마음이 안정되지 않고 몸이 욱신거린다. 11시 가까이 되어 만두로 아침을 때웠다. 나래 엄마가 보리에서 겪는 여러 어려움을 하소연하는데 그 가운데는 마음의 준비 없이 직장으로 내몬 내 처사에 대한 원망이 많이 깔려 있다. 달래기도 하고 야단도 치면서 나이 든 사람이 더 넉넉하고 분별 있게 처신해야 한다고 이야기했더니 한 번도 자기편을 들어준 적이 없다면서 이제까지 한 번도 자기 뜻으로 삶의 길을 선택한 적이 없는데, 늦었는지 모르지만 이제부터라도 보리와 윤구병의 그늘을 떠나서 죽이 되든 밥이 되든 자기 길을 가겠다며 나선다. 그게 그렇게 절실하다면 그렇게 하라고, 그러기에 30대 중반부터 자기 일을 찾으라고 그렇게 권하지 않았느냐고, 옆에서

적극 도울 뜻이 있다고, 그렇지만 1년은 채우고 보리를 떠나더라
도 떠나는 게 좋지 않겠느냐고 했더니, 그건 그렇다고 한다. 나중
에는 많이 수그러들었다.

오후 5시경에 한소영 씨한테서 전화가 왔는데 나래 엄마가 없
다고, 나중에 전화하라며 끊었다. 내가 눈짓을 해서 바꿔달랬더
니 말을 하고 난 뒤라 말 바꾸기 어려웠는지 동네에 나갔다고 단
서는 달아서 전화를 끊으면서 30분 뒤에 전화해보라고 했다.

30분 뒤에 소영 씨한테서 다시 전화가 왔는데 강서구청 근처
라고 한다. 우리 집 근처로 오라고 하고 마중을 나갔다. 22번 버
스도 41번 버스도 올 기색이 없는 가운데 한 20분 남짓 기다린 뒤
에야 택시를 타고 왔다. 버스를 기다리다 안 올 것 같아 택시를
탔다 한다. 어제 인천 대부도에 들어가 생협 식구들 열여섯 명이
함께 자고 나오는 길이라 했다. 대부도 가는 길에 시화호를 막은
방조제를 지나게 되었는데 갯벌이 다 썩어서 방조제 왼편과 오른
편의 물빛마저 현저히 다르더라는 이야기를 하고, 대부도에서 돼
지 한 마리를 16만 원을 주고 잡았는데 그 돼지를 판 사람이 대부
도살리기운동 대표를 하고 있어 시화호의 참상이 어떤지 자세히
들을 기회가 있었다 한다. 산과 바다마저 마음대로 옮기고 사람
뜻대로 할 수 있다는 이 오만이 어떻게 생길 수 있는지. 동네 근
처에 있는 채플린이라는 생맥주집에 가서 골뱅이에 국수사리 얹
은 것을 안주로 함께 청하 세 병을 마시면서 이 이야기 저 이야기
나누었다. 스물여덟이라는데도 아직 중학생처럼 앳돼 보이는 얼

굴이 보기에 참 편하다.

이야기 시간이 길어져 고강동 집에까지 바래다주려는데 교통
공원에서 잠깐 바람을 쐬다 들어가겠다고 해서 그러자고 했다.
벤치에 앉아 엄마를 구타하는 아버지에 대한 미움의 감정을 숨기
기 힘들다고 했다. 그리고 결혼한 여동생이 아이를 가진 지 5주째
인데 배 속에 사랑을 가득 담고 있어서인지 얼굴 모습이 무척 행
복하고 맑고 경건해 보인다는 이야기도 했다. 나래도 엄마와 아
빠의 관계에서 나에 대해 비슷한 미움의 감정을 가지고 있을지
모른다는 생각이 들었다.

11시가 조금 넘어서 집에 돌아왔다.

8월 26일

바다가 호수처럼 산으로 둘러싸이고, 바다 밑에서 별들이 솟아
오르리라. 하늘에서도 별들이 비처럼 쏟아져 내리리라. 그 사이
에 연꽃이 바다 한가운데서 피어나리라.

어린 사슴의 눈이 있어 그 눈빛에 어리는 세상의 때를 씻어 내
리리라. 눈길 닿는 곳마다 풀과 나무, 벌레와 짐승, 흙과 바람, 물
과 하늘과 땅이 죽음을 떨치고 살아 숨 쉬리라.

높고 낮음 없이, 크고 작음 없이, 깊고 얕음 없이, 안도 밖도 없
이 모두가 세상의 중심에서 다른 중심들과 손길 맞잡고, 늑대와
토끼가, 고양이와 쥐가 서로 얼싸안고 기쁨의 춤을 추리라. 믿음

이 의혹의 장막을 들추고, 사랑이 미움의 껍질을 깨고, 희망이 불안의 안개를 걷고 모든 살아 숨 쉬는 것의 가슴속에서 하나로 무르녹으리라. 어린 사슴의 눈길이 닿는 곳마다 모두 그렇게 되리라…… 그리고 죽음의 순간을 모두 기쁜 마음으로 축제의 날처럼 기다리리라.

누가 있어 나에게 이렇게 이르느냐, 사랑이니라. 고통 속에서 키워온 큰 사랑이니라. 앞으로도 상처받아 아파할 큰 사랑이니라.

아침부터 비가 내린다. 뒤늦게 낡은 신문들을 보면서 김영삼 정부의 어리석음과 탐욕스러움을 본다. 어리석고 탐욕스러운 사람의 가슴속에는 미움과 분노밖에 없다. 구속 학생이 452명이라니. 전경을 죽인 것도, 학생들을 굶기고 다치게 한 것도, 신문쟁이들을 기계앵무새로 만드는 것도 궁극으로는 김영삼의 어리석음이 낳은 것이다.

나래 엄마와 택시를 타고 보리에 나가는 길에 간단히 변산 상황을 이야기했다. 침묵 속에서 다소곳이 듣는 품이 어제 투정을 부린 것이 후회되는 모양이다. 보리 아침 회의에 참석하고 차 사장 방에 가서 민정네와 연관되는 이야기를 꽤 길게 했다. 그리고 현병호 군이 보리 조합원으로 가입하고 싶어하는데 편집부 여자 식구들의 저항감이 만만치 않다는 말을 듣고 강순옥을 차 사장이, 심조원을 내가 설득하기로 했다. 점심을 이태수 군과 심조원과 함께 먹으면서 현병호의 조합원 문제를 꺼냈더니 의외로 심조원은 받아들이자는 쪽이고, 이태수도 아직 보리 식구들과 서먹서먹하기는 하지만 받아들이는 것이 좋겠다고 한다. 정조합원이 되면 그것을 빌미로 다그쳐서 허물없는 관계를 유지하면서 혼자 판단하고 일하는 바람직하지 않은 버릇을 고쳐주라고 했다. 현병호 군으로부터 '청송 간디학교'와 '민들레 만들래'가 위기에 봉착했다는 말을 들었다. 호용수가 간디학교에서 김광하 군과의 불화 때문에 나올지 모른다는 말도 들었다. 그럴 수밖에 없으리라고 짐작했기 때문에 놀라지는 않았다. 일로 배우는 것이 먼저인데 그 과정을 생략하거나 형식적으로 때우고 머리에 든 것으로 학교 틀을 만들려고 하니 될 법이나 한 일인가.

점심을 먹고 심조원, 이태수와 나눈 이야기를 차 사장에게 전했다. 차 사장이 현병호 군과도 이야기를 나누어보는 게 어떻겠느냐고 해서 현 군과 이야기를 나누었다. 현 군과 부인인 옥영경 씨 사이에 갈등이 심화되고 있는 듯하다. 올 음력 7월 칠석이 결혼 일주년이었는데 1년 살아봐서 결혼신고를 그날에 맞추어 하자고 약속했던 모양이다. 그러나 관계가 악화되는 바람에 올 결혼신고일에 신고를 하지 않았고, 결혼관계를 재고하자는 단계에까지 이른 모양이다. 현 군은 지금 출판사일도 의미는 있고, 도시에서라면 이만한 일을 따로 찾기 힘들다고 여기지만 언젠가 시골에 들어가 아이들에게 대안교육을 시키고 싶다고 했다. 변산에서 좋은 선생이 될 수 있을 거라고 했다. 임시로 공익위원 회의를 열어 변산 사정을 잠깐 이야기했다. 그리고 세밀화가들의 화실을 서울 근교 시골에 얻어주는 문제를 놓고 되도록 빨리 조처를 취하기로 결정하고 김미혜·박영애의 신분은 보리 금고의 조합이 따로 결성되기 전에는 보리출판사 협동조합원으로 머물기로 결정했다. 김민호 군이 차를 합정동까지 태워다준다기에 아무래도 변산 가는 막차를 부안에서 타기 힘들지 모른다는 생각이 들어 아예 터미널까지 태워달라고 했다. 차는 20여 분 만에 터미널에 도착하고 부랴부랴, 차표도 끊지 않고 부안 가는 4시 35분 차를 탔더니 차가 떠날 시간이다. 그때 봉선 씨가 나를 불렀다. 서울에 온 모양이다. 병원에 가야 할 일이 있어 서울에 왔다 한다. 자세한 이야기는 전화로 하겠다 했다. 죽암 휴게소에서 변산으로 전화를 했다. 부안에서 내린 시각이 7시 50분, 변산 가는 버스는 8시 5분에 있다.

변산 가는 버스를 타고 창밖을 내다보면서 시인이란 무엇인가를 잠깐 생각했다. 시인이란 무엇인가? 시인은 낡은 말과 글의 굳어져버린 껍질을 깨고 말과 글 그리고 거기에 비친 생각과 느낌의 새로운 결을 드러내고, 그 생각과 느낌을 뒷받침하는 삶의 새순을 키워내는 사람이다. 죽어버린 말과 글의 질서에 매달려 예쁜 시어로 꾸미기나 하는 사람은 참 시인이 아니다. 참 시인은 비유하자면 운수행각을 하는 떠돌이중이나 제대로 농사짓는 농부 같은 사람이다. 운수행각을 하는 중들은 이틀 밤을 한자리에 머물지 않는다. 하룻밤이 지나면 벌써 그 자리에 있는 것들이 낯익

644

은 것으로 바뀌어 있고 그렇게 되면 주변의 사물에 관심이 적어지기 때문이다. 늘 낯선 것 사이에서 온몸과 마음을 활줄처럼 팽팽하게 긴장시켜 주위의 모든 것에 주의 깊게 관심을 기울여 접촉하는 자세, 새롭지 않은 것이 아무것도 없는 세상에 늘 자신을 내던지는 것, 그렇게 해서 온몸과 가슴이 새로움으로 가득 차게 함, 이것이 길 걷는 사람의 마음가짐이고 시인의 눈이다. 삶은 늘 새로운 것이다. 낯익은 것, 편안한 것, 익숙한 것이 생겨난다는 것은 머문다는 것, 움직이지 않는다는 것, 느슨해진다는 것, 타성에 젖는다는 것이고 그것은 죽음에 길든다는 것이다. 어린애의 눈은 늘 호기심에 차 있다. 살아 있다. 이 눈을 가져야 시인이 될 수 있다. 늘 새로운 느낌, 새로운 눈으로 세상과 만나는 사람이 시인이다.

참 농사꾼도 마찬가지다. 진짜 중도 마찬가지고……. 시의 궁극 지점은 깨우친 순간 중들이 읊는 오도송悟道頌(깨우침의 노래)이 아니던가. 그런데 이 깨우침의 노래는 낡은 말과 글의 질서 속에서 말뜻을 찾는 사람들에게는 전혀 의미를 알 수 없는 수수께끼고 요령부득이고, 기존의 논리나 사고나 느낌의 어떤 통로로도 받아들일 수 없는 모순된 표현으로 가득 차 있다. 삶의 흐름이란 그런 것이다. 순간순간 비약이고 창조다. 이미 만들어진 어떤 그물로도 그 살아 뛰는 고기를 건져 올릴 수 없다. 사랑이 삶의 궁극 표현인 것은 사랑하는 사람의 눈에 비치는 세상은 사랑이 없는 사람의 눈에 비치는 세상과 딴판이기 때문이다. 낯설게 만들기, 낯선 세상 속에서 낯선 나그네로 살아가기, 끊임없이 사랑 속에서 일을 놀이로 만들기, 그 과정에서 생기는 상처와 고통을 온 가슴으로 끌어안기.

변산에서 내려 걸어오면서 춤을 추었다. 춤추는 내 그림자를 보면서 내가 참 춤을 잘 추는 사람이라는 생각이 들었다. 그래, 춤의 최고 경지는 원효가 추었다는 무애춤이다. 달빛과도 놀고, 가로등 불빛과도 놀고, 겨드랑이를 스미는 초가을 산들바람에도 어깨가 들리고, 개구리와 풀벌레 울음에도 발걸음이 그때마다 달리 건들거리고…….

아이들에게 식물도감이나 약초도감에 나오는 풀이나 나무 이름을 일러주어 무엇 하리. 예쁜 풀, 마음에 드는 나무뿌리들 냄새도 맡아보고 맛도 보고 올라가보기도 하고 꺾어보기도 하면서 스스로 이름을 짓게 만들자. 나중에 그 나무를 세상 사람들이 어떻게 부르는지도 가르쳐주고 세상이 부르는 풀이나 나무 이름이 마음에 안 들거든 새로 지은 예쁜 이름으로 그 풀과 나무를 부르도록 하자. 새 이름을 붙이고 새 이웃을 만들고 그 새로운 관계의 그물을 새로 떠서 살아 생동하는 생명의 고기들을 건져 올리게 하자. 죽은 세상을 산 세상으로 바꾸는 길이 그 길이 아니랴.

집에 와보니 김희정 군과 박종현이와 김금란 씨가 기다리고 있다. 미국에서 편지 보낸 일가족 다섯 명이 오늘 울산에서 왔다 내일 다시 오겠다고 하고 갔다 한다. 목포 온 중위도 여자 친구와 함께 일손을 돕고 갔다고 하고……. 이명순 씨는 내일 오겠다고 하고…….

우리 아침, 점심, 저녁 인사법을 바꾸자고 했다. 날마다 새롭고 또 날마다 새롭자日新又日新는 말이 있지 않은가. 아침에 만나서는 새롭자는 뜻에서 '새롬', 낮에는 '새로워', 저녁에는 새로운 마음으로 내일 다시 만나자는 뜻에서 '새롭게'라고 인사하면 어떻겠느냐고 했더니 금란 씨는 우습다고 한다. 그래서 새로움에 대한 긴 이야기를 했고, 먼저 아이들에게 가르쳐 어떤 반응을 보이는지 보자고 했다. 결국 헤어질 때는 '새롭게'라는 말을 서로 쑥스럽게 하고 헤어졌다.

8월 27일

새롬, 아침 인사다. 날이 끄무레하다. 아침을 먹고 바랑을 짊어지고 김희정 군에게 격포까지 데려다달라고 했다. 위도를 가야겠다는 마음이 들었다. 7시 50분에 떠날 예정이던 위도-격포 카페리호가 8시 35분이 되어서야 떠난다. 어딘가에서 오는 배가 늦어 그걸 기다린다나. 이런 참, 배 상갑판 쪽에 앉아 밀린 일기를 썼다. 내가 못 듣는 사이 이 배는 너무 늦으니 완도 페리호로 옮겨 타라는 안내가 나온 모양인데 나는 못 듣고 있어서 그냥 위도 페리호에 앉아 식도를 거쳐 벌금항에 도착했다. 본디 파장금에 배를 대는데 방파제 공사 때문에 못 대고 여기에 댄다 한다. 내려서 승선장에 와 내원암 가는 길을 물으니 한 시간 반쯤 걸린다고 한다.

7000원 달라는 택시요금을 깎아 5000원에 내원암으로 갔다.

내원암 앞 큰길에서 내려 걸어가는데 엄지발이 빨간 게들이 길을 비킨다. 내원암은 암자만 번듯하지 요사채는 없다. 그동안 비구니 한 분과 보살 한 분이 여름을 난 모양인데 냉장고만 하나 새것이 덩그러니 천막집 안에 놓여 있고 부엌 하나 제대로 되어 있지 않다. 무척 고생했겠다는 생각이 든다. 내원암에서 멀지 않은 바닷가에서는 돌을 잘게 부수어 세석을 만드는 공사가 한창이다. 시끄럽고 먼지가 날려 견디기 힘들었겠다 싶다. 한참 우두커니 있다가 돼지막 같은 임시 종각 안에 들어 있는 범종을 울려보았다. 혹시 근처에 있으면 듣고 쫓아오겠거니 해서 울렸는데 기척이 없다. 생각대로 집을 비운 지 여러 날이 된 것 같다. 우물터 옆에서는 빨간 집게발 게들이 슬슬 기어 다닌다. 마당가에 빨간 꽃을 흐드러지게 피운 나무 한 그루에서 떨어진 꽃송이들이 손님을 맞는 듯하다. 《사람 사는 세상은》에 왔다 간 사연을 간단히 적어, 다 말라 바닥으로 떨어져 있던 무명천 수건을 걷어놓고 그 위에 이 책을 얹어두었다.

돌아오는 길에 동네 아주머니 한 분이 밭가에 있길래 내원암 비구니 스님 어디 갔느냐고 물으니, 칠월 칠석을 지내고 떠났는데 언제 다시 올지 모른다고 한다. 이 암자가 사람 살 만한 곳으로 바뀌려면 남자 손이 가야겠고 몇 해는 걸려야 할 것 같다. 앞뒤 산도 절집이 자리 잡기에 썩 알맞은 모습을 하고 있지 않다. 걸어서 다시 벌금항에 가기로 하고 길을 나섰다. 길가에 메꽃, 달

맞이가 시나브로 피어 있다. 지름길로 오니 벌금항까지 50분 정도 걸린다. 벌금에서 격포 가는 배는 낮 12시 20분에 있다 한다. 승선장 옆 간이식당에서 라면을 하나 시켰다. 라면을 먹고(아줌마가 밥과 김치도 내주었다. 승선장에서 차표 파는 아저씨의 부인인 모양인데 참 착한 분이어서, 위도 공사판에 나와 일하는 아저씨들이 2박 3일에 세 사람이 얼마나 주면 되겠느냐고 물으니 4만 원이면 된다고 하고, 나에게도 라면 값을 1500원 받는데 잔돈이 없으면 1000원만 달라고 했다. 잔돈이 있어서 1500원을 냈다) 헬레나 노르베리-호지의 《오래된 미래》를 읽었다.

격포 가는 배를 타고 선창 밖을 내다보다 빈자리가 많아 잠깐 길게 누워 잤다. 변산에 와 비가 많이 내려서 집에 전화 걸어 희정 군에게 데리러 오라고 할 겸 술도가에 들렀더니 최 선생이 부인과 함께 친구 부부와 동반하여 위도에 놀러 가기로 했다고 길을 나서는 참이었다. 내가 위도에 갔다 오는 사실을 알고 있었다. 집에 돌아와 부침개를 부쳐 먹었다. 오후에 동일고무벨트와 진로 사외보에서 청탁 온 원고를 쓰고 저녁을 먹고 나서도 거기에 매달렸다. 이명순 씨와 우리 식구들은 밤에 격포를 나갔다 뒤늦게 비를 몰고 돌아왔다.

8월 28일

오늘 아침에는 명순 씨가 제일 먼저 일어났다. 새벽에 비가 내리더니 아침에도 부슬거린다. 김희정 군과 종현이가 와서 아침을 먹고 커피도 한잔 마셨다. 내가 가던 날 딴 재실 고추밭의 붉은 고추를 하우스에 말렸는데 계속해서 날씨가 흐리고 비가 와서 물크러진다고 해서, 구들방에도 습기가 차 있다는 말을 들은 뒤라 구들방에 불도 넣을 겸 고추를 구들방에서 말리기로 했다. 안용무 씨집 짓는 데서 가져온 나무 부스러기들을 때서 방을 데우고 재실에 밀차를 끌고 올라가 고추를 가져다가 명순 씨와 물크러진 것을 고르고 있으려니 오늘이 백중날이라 동네잔치에 참석하려고 집에 가서 새 옷으로 갈아입고 김 군과 종현이가 왔다. 김 군이 고추를 같이 골라주었다. 서울에서 나래 엄마에게서 아침에 전화가 왔길래 고추 걱정을 했더니 다시 전화를 해서 고추 배를 따서 말리는 것이 좋고 선풍기가 있으면 말리면서 선풍기를 틀어놓으라 한다. 김 군이 재실에 가서 선풍기를 가지고 유광식 군과 함께 내려왔다.

대강 물크러진 고추와 벌레 먹은 고추를 고르고 금란 씨의 몸이 좋지 않아 명순 씨와 금란 씨는 집에 있으라고 이른 뒤 나, 유광식, 김희정, 박종현이 동각에서 열리는 잔치에 참석했다. 동각에서 그동안 뵙지 못했던 동네 할아버지들을 많이 뵈었다. 관유 집 주인으로 격포에서 장군족발집을 한다는 분(나보다 한 살 위인 말띠라 한다)도 보고, 양계장과 양돈장을 하는 사람도 보았다. 나중에 동네 어른들에게 인사가 늦어 미안하다고 농한기가 되면 집집마다 찾아뵙고 인사를 드리겠다고, 지금은 일머리도 안 잡히고 일손도 서툴러서 농사일에 매달리다 보니 경황이 없어 예절을 차릴 겨를이 없다고 이야기했다. 청주에 한 이틀 다녀오겠다는 김희정 군을 먼저 밥을 먹여 보내고, 유 군도 덩달아 사라졌기에 미적거리는 종현이에게 먼저 가라고 곧 뒤따라가겠다고 했다. 비야네와 민정네가 뒤늦게 잔치에 참여해서 안심하고 조금 있다가 집으로 돌아왔다. 아침에 소영 씨에게 편지를 썼는데 우체부 아저씨 편에 부치고, 김정덕 수사에게 편지를 썼다. 잠깐 낮잠을 자는데 김진탁 씨한테서 전화가 왔다. 서울에 있다고 했다. 며칠 여기 와서 농사를 같이 지으며 이야기를 하고 싶다고 하길래 그러라고 했다. 어제저녁 늦게 황금성 선생이 중국에 다녀왔노라고, 오늘 퇴근시간이 오후 5시이니 퇴근 후 바로 변산으로 와서 하룻밤 자고 내일 변산에서 출근하겠다고 해서 그러라고 했는데, 김진탁 씨와 겹치니 김진탁 씨는 종현이와 함께 재우고 황 선생은 나와 함께 자야 하겠다. 봉선 씨가 마침 내일 온다고 전화를 했으니, 구들방에서는 계속해서 고추를 말리고, 명순 씨는 금란 씨와 자면 되겠다.

오후 3시쯤 되어 종현이와 솔밭에 가서 밭 상황을 살폈다. 밭둑과 밭에 풀도 베어야겠고, 여기저기 베어서 쌓아놓은 풀도 두엄터에 옮겨 쌓아야겠다. 먼저 두엄을 쌓기로 하고 종현이와 관정管井을 해놓은 곳 바로 옆에 따로 쌓아놓은 풀들을 먼저 쌓아놓은 두엄더미 위로 옮기고, 밭둑과 밭에 베어놓고 버려둔 풀들을 모아 두엄더미를 새로 쌓았다. 5시 20분까지 일하고 종현이와 냇가에서 손발을 씻고 삽도 씻고 집으로 돌아와 찬 막걸리 두 잔씩 마셨다. 부침개를 안주 삼아 마시는데 일하고 땀 흘린 뒤에 마시면 늘 그렇듯이 술맛이 기가 막히다. 더 마시고 싶었지만 손님들 접대용으로 남기고 두엄을 나르고 쌓느라고 수세미가 된 옷을 빨았다.

8월 29일

어젯밤 황금성 선생과 함께 중국에서 황 선생이 가져온 분주汾酒라는 53도짜리 술을 다 비우고 막걸리도 두 되가량 마셨더니 아침에 속이 좋지 않아 6시 넘어서야 자리에서 일어났다. 어제저녁 7시쯤 황 선생이 송춘남 선생이 보낸 것이라며 청심환 두 곽을 가져오고 8시쯤에는 김진탁 씨가 와서 같이 저녁을 먹고 술을 마시기 시작했는데 너무 독한 탓인지 김진탁 씨도, 종현이도, 금란 씨도 조금 맛만 보고 말아 결국 황 선생과 다 마시게 된 것이다. 아침을 먹고 솔밭터로 가서 종현이와 김진탁 씨는 어제 나르다 만 풀을 나르라 하고(황 선생은 아침 7시가 조금 넘어 장항에 있는 학교로 출근했다) 나는 지난번 오수환 군과 김희정 군이 쌓아놓은 두엄이 너무나 위쪽으로 좁게 쌓여 있어서 다시 쌓았다. 두엄을 쌓고 밭둑을 베다가 쉬고 있는데 금란 씨가 명순 씨와 참을 가지고 왔다. 속이 메슥거려서 씀바귀잎을 따서 우적우적 씹고 난 뒤라 참을 맛있게 들지 못했다. 12시 40분까지 밭에서 김진탁 씨와 풀을 베고 집에 돌아와 점심을 먹었다. 어제 금란 씨가 서울대 대학원생과 교수들이 11월 6일에 강연을 해달라고(오전 11시 30분부터 오후 2시까지라고 들었다) 부탁을 해 왔다며 어떻게 하겠느냐고 해서 강연 요청을 받아들이겠다고 하라고 했는데 오늘 전화가 와서 그 뜻을 전했다고 한다.

점심을 먹고 잠시 누웠는데 우체부 아저씨가 왔다. 한소영 씨가 편지를 보냈다. 여기 와서 같이 일하면서 살고 싶다는 사연이 적혀 있었다. 편지를 읽고, 속을 다스리려고 다시 누웠는데 이번에는 이지연 씨한테서 전화가 왔다. 추석 때 변산에 있으면 선운사에 갔다가 오는 길에 들르겠다는 말을 해서 그러라고 했다. 자리에서 일어나 《오래된 미래》를 조금 읽다가 3시가 조금 넘어서 종현이하고 관유 집에 있는 김진탁 씨와 함께 솔밭터로 올라가 오전에 베던 풀을 마저 베었다. 이제 밭둑을 빼고는 밭의 풀은 다 벤 셈이다.

속이 출출한데 참이 오지 않는다. 5시 반쯤 일을 마치고 집에 돌아오는 길에 관유 집에 들러 맷돌 아래짝 가운데에 박을 쇠를 빼 왔다. 김진탁 군과 종현이는 나중에 오겠다고 관유 집에 남았다. 가지고 온 쇠를 우리 집 맷돌에 맞추어보니 쇠가 너무 길다. 줄톱을 찾아 윗부분을 잘라내고 감나무 마른 가지를 베어 아래짝 맷돌 가운데에 나무를 박고 그 위에 쇠를 박아 맷돌이 제구실을 하게 만들었다.

지서리에 가서 막걸리를 받아 오겠다고 했더니 금란 씨가 오늘은 막걸리 마시지 말고 내일 김희정 군이 청주에서 돌아오면

사 오라고 해서 마시라고 한다. 그러기로 했다.

어제 마신 술 후유증이 있어서 오늘은 일찍 자기로 하고 9시 반쯤 자리를 파했다.

8월 30일

새벽에 두 차례에 걸쳐 비 내리는 소리를 들었다.

아침에 구들방에 고추를 말려야겠다는 생각이 들어 불을 지폈다. 어제 말리던 보리를 포대에 담아 검은 비닐포대에 두 겹으로 쌓아 항아리에 넣은 일은 잘한 것 같다. 바구미가 생겨서 다시 말렸던 것인데 그렇게나마 보관하면 바구미가 생기지 않을지 모른다. 점심 조금 전에 쑥과 밀가루를 버무려 만든 밀개떡을 먹었는데 조금 쉰 듯한 냄새가 났다. 재실에서 조금 많이 했다고 버무린 반죽을 주었는데 당장 만들어 먹지 않고 며칠 냉장고에 넣어두었더니 맛이 변했다는 봉선 씨 말을 듣고 음식을 버리면 무간지옥으로 떨어진다는데 하는 말로 나무람을 대신했다.

앞집 할머니가 오셔서 우리 집 강아지를 묶어놓으라고 하신다. 쪽파씨를 말려놓은 하우스 안에 두 군데나 똥을 쌌다는 것이다. 묶어 기르기는 싫은데 어떻게 하면 좋을까 궁리하다가, 지서리 농협에 가서 대구에서 부친 제분기 값 90만 원을 송금하는 길에 막걸리도 반 말 사 오고 철물점에 들러 대문을 해 다는 데 필요한 못과 돌쩌귀도 사 오는 게 좋겠다는 생각이 들어 자전거를 타고 나섰다.

　장을 보고 볼일 마치고 술도가에 가서 주인을 찾으니 최 선생이 나온다. 막걸리 한잔하고 가라고 붙들어서 못 이기는 체 부엌으로 들어가 생선찌개와 빨간 고추 배를 갈라 갈치창자젓을 넣은 안주를 곁들여 막걸리를 마셨다. 아이들 교육 문제와 어떻게 살지 이야기를 나누었는데, 이야기가 통하는 데도 있었고 엇갈리는 부분도 있었다. 마시고 일어서려는데 집까지 바래다주겠다고 해서 닭장용 철사망까지 사서 최 선생 차에 싣고 왔다.

　같이 술을 마시는데 도가에서 최 선생 부인이 전화를 하고 이어서 면사무소에서도 전화가 왔다. 최 선생 찾는 전화다. 얼른 일어서라고 했다. 안용무 씨 집 짓는 일을 관리하는 청주 박찬교 씨가 중산리 형님을 통해 술 마시러 오라고 연락이 온 데다가 제분기를 찾으러 부안에도 다녀와야 하고, 저녁 7시부터는 재실에서 민정네 떠나고 난 뒤의 문제로 회의를 해야 하고…… 나도 시간이 빠듯하다. 문짝 만들 각목을 관유 군 집에서 싣고 온다고 유광식 군이(어젯밤 원공 스님이 거처하는 무문관에서 자고 오늘 오후에 돌아왔다) 재실로 차를 가지러 갔는데, 그 차를 타고 부안에 다녀왔다.

　오는 길에 안용무 씨 집에서 박찬교 씨를 만나 목수들이 합숙하는 임시 숙식소에 가서 농어회를 몇 점 곁들여 소주를 두어 잔 마시고 회의가 있어서 가봐야겠다고 일어섰다.

　재실에서 저녁을 먹고 재실 서쪽 방에 모기장을 치고 회의를 했다. 심 군 부부가 재실을 떠났다는 말은 연말에나 부안 김씨 종친회 쪽에 알리기로 하고 그동안 재실 관리를 유 군이 맡아서 하면 좋겠다고 의견을 모으고, 내년에도 재실 관리를 계속하게 된다면 유 군의 경우 개별 살림으로 꾸려갈 것이냐 공동체 살림을 할 것이냐를 의논하려는데, 이장이 왔다. 김종덕 씨한테 도지를 준 우리 밭을 이용해 양파 모종과 쪽파를 심는 일에 다리를 놓으려고 찾아온 것이다. 이장이 책임지고 농사를 짓겠다면 그 땅을 쓰도록 하겠지만 다른 사람이 그 땅에 농사를 지으려면 먼저 땅에 파묻힌 비닐을 몽땅 걷어내지 않으면 쓰지 못하게 하겠다고 했다.

회의는 내일 다시 하기로 하고 이장과 술을 마시면서 환담을 했다. 이장에게 짐짓 나는 깡패여서 주먹다짐도 곧잘 한다, 경우가 어긋나면 아무나 패는 버릇이 있다고 농담 삼아 이야기하면서 오늘부터는 자네라고 부르기로 하겠다고 했다.

12시까지 술을 마시고 내려왔다.

8월 31일

한소영 씨가 아침 6시 15분에 서울역에서 기차를 타고 온다고, 10시쯤 도착할 예정이라고 봉선 씨가 이야기한다. 비가 오는데 할 일이 없으니 오지 말라고 하지 그랬느냐고 했더니 미리 예약을 한 차표여서 그냥 오라고 했다고, 마늘 까기를 시키면 된다고 하여 웃었다. 《동아일보》 '그림책 고르기' 마지막 원고를 써서 이성주 기자 앞으로 전송하고 나래 엄마에게 전화를 걸어 그 사실을 알렸다. 재실에서 유 군이 회의는 안 하느냐고 물어와 9시에 우리 집에서 하자고 했다.

비가 계속해서 내려 오늘은 밭일을 하지 못할 거라 여겨《우리교육》원고를 쓰기로 했다. 독서 교육의 철학적 의미를 써달라는 청탁인데 철학적인지 아닌지는 모르지만 나름으로 말과 글의 관계, 주인으로서의 글쓰기와 책읽기, 그리고 종살이 훈련으로서의 책읽기와 글쓰기를 연관 지어 생각을 풀어나갔다. 원고를 쓰는 도중 재실에서 회의를 하려고 사람들이 와서 회의를 했다. 공동체 살림으로 돌아가고 밥상공동체부터 시작하자는 말이 나왔다. 유 군의 생각이 아직 공동체의 의미를 이해하지 못한 데서 출발하고, 비야 엄마의 효소 담기에 대한 생각에도 섣부른 점이 있었지만 잠자코 들었다. 모든 일을 자기들끼리 의논하여 스스로 결정하고 나는 뒷바라지나 하는 게 마음이 편한데 자꾸 일을 챙겨야 하는 쪽으로 상황이 가고 있어 답답하다. 민정네가 일찍 이삿짐을 챙겨 떠날 생각을 하기에 9월 중순에 떠나는 게 어떠냐고 했다.

점심을 먹고 쓰다 만《우리교육》원고를 마무리하고 김희정군, 유광식 군, 심장섭 군과 함께 논에 차를 타고 가는데 모두 빈손으로 차를 타고 있다. 혀를 차면서 삽을 한 자루 챙기려고 집으로 되돌아왔다. 유람 가는 길이 아닌데 손에 낫이나 삽 없이 맨손으로 가는 것이…… 아직 멀었다 싶다. 심 군이 가꾼 논에는 올들어 처음 가보는데 우렁이들이 많이 번식하고 피도 작년처럼 많지 않은 것 같아 반가웠다. 이웃 논으로 이사 간 우렁이들도 많다. 논둑이 낮아 이웃 논에서 물이 들어오는 곳이 많아 삽으로, 손으로 대강 물을 막았다. 저수지 건너편 밭에 가는 길에 안용무씨 가족을 보았다. 나중에 우리 집에서 만나자 하고 안용무씨 집을 함께 조금 둘러보고 저수지 건너편 밭에 올라가 당근 심고 덮어놓은 짚을 걷어냈다. 다음에 당산나무터에 갔는데 아래채 하우스에 비가 많이 들이쳐 멍석 두 개에 습기가 차서 썩어가고 있다. 심 군과 유 군과 함께 멍석을 밖으로 들어내 말렸다. 다행히 위채 하우스는 멀쩡하다.

개구리참외가 하나 남았던 기억이 나서 씨앗을 받으려고 따러 갔더니 두 개가 있다. 다 따서 하나는 내려오는 길에 형님 댁에 전해주고 더 잘 익었지만 흠집이 있는 다른 하나는 가지고 왔다. 솔밭터에 가서 거기 심은 파와 당근 밭의 짚을 거두어주고 집에 돌아왔다. 참여연대 시민포럼에서 만난 여자 발명가 김남선 씨가 보낸 편지와 그분이 발명한 걸레의 소개문을 재미있게 읽었다. 씨앗 뿌리는 기계를 연구해보고 싶다는 내용이 들어 있어서 반가웠다.

재실 감자밭에 바랭이싹이 파랗게 덮여 있어서 종현이를 데리고 올라갔더니 민정 엄마, 비야 엄마, 희정 군, 광식 군이 이미 밭에 나와 있다. 바랭이를 매는데 안용무 씨 가족이 올라왔다. 아래로 내려와 효소물을 대접했다. 그사이 보원 스님이 또 나타났다. 송광사에서 석 달 전에 떠나 지금은 수원 용주사에 있다 한다. 반갑게 맞아 앉아 계시라고 하고 안용무 씨, 오두한 씨와 막걸리와 생선을 사러 곰소로 지서리로 들러 오겠다 했더니 산보를 하겠다 한다. 재혁이와 경민이를 딸려 당산나무 구경을 시켜드리라 하고 곰소로 가서 최광석 군이 일하고 있는 중개인 집에 가 안용무 씨가 갈치와 조기를 사고 나는 바닷가에서 망둥이를 5000원어치 살아 있는 것으로 사서, 오는 길에 술도가에 들러 막걸리를 사는데 최 선생이 한잔하고 가라고 붙든다. 막걸리 상자를 의자 삼아 둘러앉아 한 바가지 나누어 먹고 집에 오니 7시 반이다. 그때부터 갈치를 굽고 망둥이회를 썰어 막걸리와 밥을 먹었다.

밤 10시가 넘어 안용무 씨 가족과 한소영 씨를 재실로 안내해 잠자리를 마련했다.

가을

/

秋

1996년 9월~11월

-9월-

9월 1일

아침에 일어나 당절임을 하고 우리 집에 내려오니 내 방에 자도록 한 보원 스님이 안 보인다. 또 갔나 싶어 봉선 씨에게 물었더니 아마 산보를 갔을 것이라 한다.

보원 스님이 아침을 먹고 큰절을 한다. 절을 나와서 속인으로 환속하여 고향에 가서 농사를 짓겠다는 말을 해서 이번에는 내가 큰절을 하고 고향에서 농사짓는 일이 편하고 손쉬울 수도 있지만 도리어 낯선 곳에서 농사일을 새로 배워 고향에 돌아가는 것도 한 방법일 거라고 이야기하면서 재실 구경을 못했다기에 감식초, 효소, 장독대, 냉암소를 구경시키면서 우리가 하려는 농사의 방법을 일일이 설명해주었다. 그랬더니, 자기는 결정이 빠른 사람이라면서 자연스럽게 사는 걸 바라고 어차피 물욕은 없으니 여기에서 같이 농사짓고 살겠다 한다.

안용무 씨 가족에게 아침 먹고 잠깐 이번 토요일에 오면 무슨 일을 하겠느냐고 물어 우선 300평에 무, 배추, 쪽파 같은 것을 심

663

어도 좋으리라고 의논한 뒤에 배웅하고 재실에 올라가 두엄터를 새로 만들어 쌓았다. 심 군이 풀을 효소와 감식초 찌꺼기와 함께 아무렇게나 던져놓아 바랭이와 명아주대는 마른 채 그대로 썩지 않고 있고 다른 것도 썩은 상태가 일정하지 않다. 보릿대, 밀대도 마찬가지고 그 밖의 것도 마찬가지다. 콩을 심어놓은 곳도 콩은 십 리 가다 하나씩이고 바랭이 천지다. 유 군에게 제초기로 고추밭 아래쪽을 모두 베라고 해서 버려진 풀과 퇴빗감들을 차곡차곡 밟아가며 켜켜이 쌓았다.

점심을 먹고 잠깐 누웠는데 단비 엄마가 남편과 아들과 함께 왔다. 순창에서 신부 한 분의 부탁을 받고 고추장 만드는 일을 하다가 신부가 처음 약속과는 달리 고추장에 미원을 넣는 등 믿을 수 없는 일을 하기에 그만두고 순창에서 중학생을 대상으로 고등학교 입시 영수학원을 하고 있다 한다. 점심을 먹지 않고 왔다기에 봉선 씨에게 우리밀 라면을 끓여 끼니를 때우도록 하고 재실은 구경했다 해서 당산나무터로 데리고 갔다. 갔다 오는 길에 노루목 해변 가는 길을 일러주고, 이들 식구가 간 뒤 재실로 올라갔더니 김 군과 유 군이 오전에 이어 새로 두엄터 만드는 일을 하고 있다. 엊저녁에 잠을 거의 자지 못한 데다 오전에 무리를 해서 더는 무리하면 안 될 듯싶어 감자밭 바랭이 뽑는 일을 하겠다고 했다. 7시까지 풀매기를 하고 일을 마치자고 한 뒤 효소실에 올라가니 금란 씨와 소영 씨가 아직 일을 마무리 짓지 못하고 있다. 걱정스러워 오늘 못 가는 게 아니냐고 했더니 소영 씨는 회사에 내일 첫차로 간다고 연락했다 한다. 금란 씨도, 소영 씨도 효소 찌꺼기가 담긴 항아리들을 비워 퇴비장에 쌓는 일을 거드느라 하루 종일 중노동을 한 날이다.

집에 와보니 보리와 고추 널어놓은 것이 방수포에 덮여 이슬을 맞지 않도록 갈무리되어 있다. 봉선 씨가 혼자 한 모양이다. 해지기 전에 들어와 집안일 살피고 내가 챙겨야 할 것이었는데 봉선 씨가 무리를 해서 미안한 마음이 들었다(보원 스님은 점심 뒤에 옥천 고향에 들렀다 곧 오겠다고 하면서 바랑을 지고 떠났다).

저녁을 막걸리 곁들여 먹고 잠깐 소영 씨와 산책을 했다. 내 방에서 종현이가 자고 있고, 또 내일 부안에서 첫차로 소영 씨가 서울 올라간다고 김희정 군에게 부안까지 차를 태워다달라고 해서 김 군도 같이 내 방에서 자라고 이르고 나는 구들방에 자리를 폈다.

우리를 적시는 것이 어찌 물뿐이랴.
달빛과 별빛에도 젖고, 안개에도 젖고,
눈물에도 젖고, 피에도 젖는 것을. 한숨에마저.
젖는 것이 어찌 옷깃뿐이랴.
가슴도 젖고 뱃속도 젖고 눈도 젖는 것을.

9월 2일

아침에 소영 씨가 떠났다. 종현이가 늦잠을 자서 깨워 일으켰

665

다. 아침을 먹고 나자마자 소영 씨를 데려다주러 부안까지 갔던 김희정 군이 돌아왔다. 오전에 김 군과 유 군은 어제 하던 두엄 쌓기를 다시 시작하고 나는 감자밭 바랭이를 맸다. 며칠 전부터 금란 씨가 리듬을 잃은 것 같다. 어제는 미친 듯이 과로를 하더니 오늘은 집에서 쉬는 모양이다. 도리어 금란 씨보다 봉선 씨가 더 안정이 되어가는 것 같다. 점심을 먹고 아침까지 말리던 보리(사실 더 말릴 필요가 없는데 토실이가 자꾸 거기에 오줌을 싸서 다시 말리는 것이다. 토실이는 고추와 보리 말리는 데 오줌을 자꾸 싸고 신발을 물어 나르고 더럽힌 죄로 어제저녁부터 매이는 신세가 되었다)를 김 군과 함께 포대에 담아 검은 비닐포대로 이중포장을 하여 항아리에 넣었다. 모두 여섯 포대. 그리고 고추와 나머지 보리 일곱 포대를, 마당은 오후에 햇볕이 제대로 들지 않아 변소 옆쪽 밭에 널었다.

이상석 선생의 긴 편지가 오고 녹색평론사에 내가 시켜 나래 엄마가 주문한 책《오래된 미래》열여덟 권이 왔다. 한철연에서《시대와 철학》12호도 보냈다. 이상석 선생이 변산에 와보고 자기반성을 많이 하는 모양인데 아직은 충분히 마음을 열고 이야기하는 것 같지 않다. 자기고민의 심도도 낮고……. 아직은 때가 아닐까?

김희정 군이 유 군이 끌고 갔던 차를 가지고 와서 면사무소에 들러 호밀과 봄밀과 겉보리(종자)를 신청했더니, 면사무소 산업계에 근무하는 여자 직원이 호밀과 겉보리를 잘 모른다. 농협에 가서 부탁하라고 해서 농협에 갔더니 이번에는 농촌지도소에 가보라고 한다. 정부에서 탁상공론하는 관리들이 관심을 갖는 작물 씨앗만 농민에게 보급되고 있다는 게 눈에 환히 보인다. 그래도 농촌지도소에서 상담소장으로 있는 이조병 씨가 유기농에 관심을 가진 사람이어서 그 사람에게 부탁해놓고 토종돼지 기르는 사람의 연락처도 알아놓았다.

집에 돌아와 곧 밭에 올라가 다시 감자밭 김매기에 매달렸다. 6시 넘어서 집에 잠깐 들러 밭에 널어놓은 보리를 봉선 씨와 함께 모아 방수포로 덮어놓고 다시 밭을 매는데 7시쯤 되어 모기가 정강이, 종아리, 엉덩이를 찌르면서 극성을 부린다. 일을 마치자고 했다.

집에 돌아와 저녁을 먹고 유 군은 집으로 가고 이상석 선생 편지를 돌려 읽으며 술을 마시고 있는데 김진탁 씨가 산청에서 왔다. 감물 들일 땡감과 잇꽃 씨앗을 가지고 왔다 한다. 내일 감자밭 마저 매는 일, 두엄 쌓는 일, 그리고 모레는 무와 배추 심는 일, 모레나 글피쯤 지름박골 두엄 옮겨 쌓는 일…… 해서 이번 주는 후딱 지날 것 같고 집 짓는 일은 9월 중순에야 시작할 수 있을 듯하다.

김진탁 씨에게 내일 이야기하자 하고 내 방으로 돌아왔다. 많이 피곤해서 일찍 자야겠다.

9월 3일

어젯밤 자는데 관유 군 목소리가 들리는 것 같았으나 내처 자고 일어나 물어보니 관유 군이 왔다 한다. 김진탁 씨가 가져온 풋감이

한 자루 가득이다. 뒷밭에 나가 유 군과 함께 종현이 피부병 난 데 붙여주려고 쇠비름 뽑아 말린 것 중에서 성하고 농약이나 제초제 성분이 적은 듯싶은 땅에서 난 것으로 골라 절구에 찧었다.

아침을 관유 군 집에서 자고 온 김진탁 씨와 관유 군, 희정 군, 종현이가 늦게 와서 조금 늦게 먹고 관유 군이 이야기를 하자는 걸 조금만 듣고, 감자밭의 풀을 뽑아야 한다고 재실로 김진탁 씨와 함께 올라갔다. 관유 군은 한 3년 더 밖에서 목수일을 배워야겠다 한다. 그리고 재실 문제에 대해서 김군호 군 부부 이야기를 하기에 아직은 유 군이 관심을 가진 듯하니 두고 보자고 했다. 관유 군에게는 밖에 마련한 부뚜막에 방수액을 마르라고 일렀다.

참을 10시 조금 안 되어 먹었다. 아직 물이 마르지 않아 방수액 바르는 일은 제쳐두고 절구에 김 군이 산청에서 가져온 풋감을 빻는 일을 관유 군이 금란 씨, 봉선 씨와 하고 있다. 참을 먹고 관유 군이 다시 길을 떠난다고 하길래 솔밭에 만들 냉암소 자리를 한번 보라고 김희정 군과 함께 보냈다. 참을 먹고 관유 군과 잠깐 이야기하다가 말이 길어져 한숨 돌리는 참에 또 풀을 매러 가야 한다고 일어섰다. 봉선 씨가 관유 군이 돈을 가져왔는데 얼만지 헤아려보지 않았다고 했다. 아마 태어날 아이와 봉선 씨 생활비 조로 가지고 온 모양이다. 서둘러 일하러 일어서는 게 봉선 씨나 관유 군에게는 섭섭하게 여겨지겠으나 이제 일을 한 옆으로 제쳐놓고 낮시간에 토론을 벌이는 일은 삼가야 할 것으로 여겨 그냥 감자밭으로 가 김진탁 씨와 다시 풀을 맸다. 비야 엄마가 참도 먹지 않고 일을 하고 있었다.

풀을 매다가 12시가 넘어 아래로 내려왔다. 점심이 아직 마련되지 않아 내 방 앞에 널어놓은 감자를 한쪽으로 치웠다. 상자에 다시 담아놓으려고 했더니 금란 씨 말이 앞집 할머니 말이라면서 말려도 상자에 담아두면 물크러진다고 그냥 그늘에 말리면 어떠냐 한다. 그래서 대강 내 방문 앞길이 터지는 정도로 해서 한쪽에 널어놓은 것이다. 관유 군과 솔밭으로 간 희정 군이 돌아오지 않는 걸 보니 관유 군과 또 이야기가 길어지는 모양이다. 봉선 씨에게 우리끼리 먼저 밥을 먹자고 했다.

잠깐 내 방에 누워 점심 차리기를 기다리는데 김희정 군이 돌아왔다. 관유 군과 이야기가 길어졌던 모양이다. 관유 군은 격포에 가서 집주인을 만나보고 여주로 간다고 했다 한다.

점심을 먹고 광목에 감물을 들이느라고 김진탁 씨가 가져온 땡감을 돌확으로 빻은 걸 함지에 담고 거기에 광목을 담갔다. 발로 몇 차례 꾹꾹 밟아 짜서 집 안의 닭장용 철망에도 널고 앞집 할머니 집 옆 무덤가 양쪽에도 널었다.

그 일이 끝나고 나서 재실로 올라가 오전에 매다 만 감자밭을 맸다. 그리고 두엄을 쌓았다. 한 골 정도 풀을 남겨놓고 뉘엿거리는 해를 보니 보리 널어놓은 걸 담아야겠다는 생각이 들었다. 금란 씨와 함께 일곱 포대를 다시 담아 검은 비닐을 두 겹 씌워 항아리에 넣었다. 오늘은 힘든 일을 참 많이 한 셈이다. 희정 군과 진탁 씨, 광식 군도 두엄 나르랴, 똥 퍼서 두엄 위에 끼얹으랴, 내

669

일 무량 배추 심을 밭 로터리 치랴 무척 힘든 날이었을 것이다. 일을 다 마치고 담배 한 대 피우고 있으려니 김진탁 씨가 내려왔다. 관유 군 집에 가서 몸을 씻고 빨래하고 오겠다고 갔다. 나도 위아래 옷과 팬티를 빨아 널었다.

저녁 먹고 잠깐 이야기하다가 서울 집에 전화해 오늘 피곤해서 일찍 잘 터이니 엄마한테 전화하지 말라고 부탁하고 잠자리에 들었는데 11시쯤 전화벨이 요란하게 울린다. 열 번도 넘게 울리다가 끊기더니 전화가 다시 와서 나래 엄마이리라 싶어 전화를 받았더니 이제야 집에 왔다며 누리가 아르바이트를 가서 얘기를 못 들어 전화한다고 한다. 배추 200포기, 무 100개를 주문한다고 한다. 쪽파도 심지 않느냐고 물어서 생각해보겠노라고 했다.

9월 4일

아침에 일어나 낫을 갈고 있으려니 김희정 군 일행이 왔다. 아침을 먹고 나는 지름박골 저수지 너머 밭과 지름박골 그리고 솔밭 상태를 보고 오기로 하고 김진탁 씨와 유 군은 로터리를 치고 나머지 식구들은 봉선 씨 빼고 고추를 따기로 했다.

지서리 안용무 씨 집에 가니 박찬교 씨가 이따 나무토막들을 가지고 가라고 한다. 집으로 전화해 금란 씨더러 로터리 치러 간 남자 식구들을 차 태워 보내라고 했다. 나무토막을 모두 실었다. 포대를 가져가지 않아 톱밥을 싣지 못해 한 번 더 오기로 하고 나

670

무는 재실로 가져다두라 이르고 나는 지름박골로 올라갔다.

저수지 윗밭은 메밀만 잘 자라고 당근은 잘 나지 않는다. 시금치와 갓이라면 될까? 한번 뿌려봄직 하다는 생각이 든다. 당산나무터에 가서 고추와 피망 조금, 오이 다 익어 물크러진 것 하나, 자라다 만 옥수수를 꺾었다. 자루를 턴 곳에서 저절로 싹튼 고추가 제법 자라 개중에는 고추가 열린 것도 있다. 씨를 그냥 밭에 흩뿌리는 것도 고추를 키우는 한 방법이라는 생각이 든다. 재 넘어 오는 길에 칡꽃을 조금 땄다. 술을 담가 시험 삼아 마셔보려는 뜻이다. 지나는 길에 동네 담 곁에 핀 분꽃 그루 아래서 분꽃 씨앗을 여남은 알 주어 왔다. 집에 오니 아직 고추를 널지 않았다. 감물도 포목도 그대로 마루에 있다. 봉선 씨가 이제야 이슬이 걷혀 고추를 너는 모양이다. 무덤 앞에 감물 들인 광목 네 자락을 널었다.

배가 출출해 소영 씨가 가져온 딸기잼을 빵에 발라 먹고 막걸리 한 잔, 효소 한 잔을 마셨다. 김진탁 씨가 아침에 대전에 가서 흙벽돌 찍는 기계를 이삼일 안에 빌려 오자고 해서 그러자고 아침에 의논했는데, 중산리에서 다리 저는 아저씨가 유광식 군에게 김제 가서 쌀겨 가져와달라는 부탁을 하러 찾아오셨다. 우리에게 저수지에서 잡은 물고기를 두어 차례 주신 분이다. 부안에 나갈 일이 있는데 겸사겸사 다녀오면 좋겠다고 했다. 그 아저씨는 면사무소로 유 군을 만나러 간다고 가고 나는 솔밭으로 가서 우리 밭 상태와 전 씨 묘지 근처의 땅들을 살펴보았다. 감나무들이 칡넝쿨에 감겨 죽기 직전인 것이 여럿이고 산소 근처는 모두 묵밭

671

이 되어 있어 아까웠다. 돌아오는 길에 똘개아짐한테 물어보니 관리하는 사람이 이 동네에 살지 않는다고 한다. 땅을 이 동네 사람한테 사서 묘를 쓴 지 얼마 되지 않는 모양이다. 옛날에는 소를 쳐서 풀들을 먹였는데 요즈음은 소 치는 사람이 없어 그렇다는 게 똘개아짐의 말이었다.

관유 집에 가서 맷돌들 가운데 한 짝 쓸 만한 것을 맞추느라 무거운 맷돌을 이리저리 옮기니 힘이 들었다. 집에 돌아오니 12시가 넘었는데도 재실에서 일하는 식구들이 아직 돌아오지 않았다. 가서 점심을 먹자고 했다. 점심을 먹고 보리똥나무의 가지를 잘랐다. 그 가지에 대추나무가 치여 제대로 자라지 못하는 걸 보고 옛날부터 잘라주어야겠다고 생각했는데 금란 씨가 "우리 집에도 대추나무가 여기 있었네요" 해서 생각이 난 것이다. 다른 식구들은 재실로 일하러 올라갔는데 몹시 피곤하여 구들방에 누웠다. 3시 반 가까이 되어 낫을 들고 재실로 올라가니 모두들 열심히 일하고 있다. 마음으로 미안했다. 재실 뒤로 가보니 온통 바랭이밭이다. 여기도 염소 몇 마리 칠 수 있겠다는 생각이 든다. 내년에 밀과 보리와 호밀을 심어 풀을 잡아야겠다는 생각도 들고…… 지름박골과는 달리 그래도 여기는 포도가 잘 살아 비닐끈을 감고 올라가 있다. 내려와 감물 들인 것 가운데 두 개의 광목을 거두어 하나는 물에 빨아 어제 물들이고 남은 감물에 다시 적셔 널고 하나는 물에 빨지 않고 그냥 새로 감물에 적셔(둘 다 발로 충분히 밟았다) 널었다(물에 빨지 않은 것을 먼저 감물에 담갔다). 새참을 먹고 감물 들인 광목 말리는 일을 끝마쳤다. 이불과 요가 습기에 젖어서 말렸는데 날씨가 끄무레해 잘 마르지 않을 것 같다.

잠깐 시간을 내서 《한국과 그 이웃 나라들》(비숍 지음)을 읽고 있는데 저녁밥 먹을 때쯤 종현이가 비가 내린다 한다. 널어놓은 광목을 걷고 김희정 군과 지름박골로 갔다. 비가 들이치지 않게 문단속도 하고 밖에 내다 말린 멍석도 들여놓으려고 중산리까지 트럭을 몰고 가 산길을 뛰다시피 해서 갔다 왔는데 숨이 가쁘지 않다. 그동안 몸이 많이 단련된 것 같다.

저녁을 먹고 유 군이 할 이야기가 있다기에 같이 재실에 올라갔다. 비야 엄마와의 문제를 의논하고 싶어하는 눈친데 말을 꺼내기가 어색한지 자꾸 딴 이야기만 하다가 나중에야 비야 엄마를 책임질 수 없다 한다. 사이가 좋을 때는 괜찮겠지만 싸울 때 비야 엄마의 상처를 덧나게 할 우려가 있다는 것이다. 그리고 원공 스님이 비야 엄마를 박복한 사람이라고 했다 한다. 장가들어본 적 없는 중이 하는 일반론이지, 비야 엄마 인물 좋겠다, 부지런하겠다 그만하면 괜찮다고 반은 우스개 삼아 이야기했다. 집에 돌아온 시간이 11시가 넘었다. 금란 씨를 잠깐 불러 이야기를 나누었다.

9월 5일

아침 5시 40분쯤에 유 군이 내려와 노루목에 가서 수박을 가져오자 해서 이불도 개지 못하고 노루목에 갔다. 수박들을 골라 쉰 개 넘게 싣고 왔다. 쪼개봐서 익지 않은 것은 거름으로 하리라 생각하고 성한 것은 모두 거두어 왔다. 오는 길에 바닷가에 나가보자고 하여 원광대 해양수련원 앞으로 갔더니 해수욕철에 마련한 무대를 해체하여 한쪽에 모아놓은 나무들이 있다. 버리는 것 같기도 하고 그렇지 않은 것 같기도 하여 가게에 가서 물으려 했더니 가게 문이 닫혀 있다. 그냥 싣기로 했는데 한참 싣는 도중에 웬 남자가 나타나서 캠프파이어할 것이라며 도로 내려놓으라 한다. 별수 없이 실었던 것 다 내려놓고 사과하고 돌아왔다.

오는 길에 중산리 형님 댁에 들러 쪽파 심고 남은 씨앗을 얻어오고 어제 송종철 어른에게 쪽파씨 부탁해놓은 것이 있어 집에 찾아갔더니 안 계시고 안어른만 계시길래 손종만 어른에게 쪽파씨를 조금 얻었지만, 그래도 부탁드린 게 있어서 왔다고 했더니, 그렇잖아도 쪽파씨 남은 것이 별로 없어서 걱정했노라며 일단 그것부터 심고 모자라면 연락하라고 한다. 어제아침 안용무 씨 집에 가는 길에 송종철 어른 만나서 1킬로그램에 1000원씩 50킬로그램을 부탁해놓아 약속을 파기하는 것 같아 마음이 무거웠는데, 잘된 일이다 싶다(중산리 들르기 전에 유 군과 논에 가서 벼 상황을 둘러보았다. 벼꽃이 다 져서 논에 들어가 피사리를 해도 되겠다 싶어, 씨앗을 다 심으면 피사리를 하기로 했다).

오늘은 어제 심던 무씨와 배추씨 그리고 쪽파씨를 심고 시간이 남으면 고추를 따기로 했다. 나는 해가 나는 걸 보아 지름박골에 올라가보기로 했다.

광목을 널고 자전거를 타고 지름박골 가는 길에 안용무 씨 집에서 토방을 쌓고 있는 박찬교 씨를 만나 저녁에 송 군과 함께 와서 저녁을 먹자고 이야기하고, 지름박골에 가서 멍석을 다시 내다 널었다. 위채와 아래채 하우스의 문 쪽 비닐도 걷어 올렸다. 저수지 옆 밭으로 가려다가 멍석에 잠시 누웠다. 사람들 두런거리는 소리가 들려 밖에 나가보니 사슴목장 주인이 묵밭이 된 자기 밭으로 가는 길을 내는 모양인지 나무 베는 소리가 들린다. 일어난 김에 프랑스에서 나온 *Construire en Terre*를 다시 들추어보았다.

　오전 시간은 그 책을 보느라고 다 보낸 셈이다. 집에 돌아와 보리로 연락해서 프랑스 박신의 씨 전화번호를 용란이에게 전송해 달라고 해서 전화를 했더니 다행히 박신의 씨가 집에 있었다. 팩스로 전환해달라고 해서 사 보낼 책 목록과 간단한 편지를 전송했다. 박신의 씨가 오늘 중으로 책을 사서 부치겠다고 했다. 보낼 주소를 빠트려 다시 전화해 주소를 알려주었다. 김희정 군과 김진탁 씨는 오후에 대전에 흙벽돌 찍는 기계를 실러 간다고 한다. 하룻밤 대전에서 자고 내일 온다고……. 아침에 따 온 수박을 챙겨 가라고 하고 내 책《사람 사는 세상은》세 권을 따로 주었다.

　점심을 먹고 밭에 심을 쪽파 씨앗을 다듬다가(뿌리와 순 나올 곳을 가위로 다듬는 작업인데 송종철 어른이 쪽파를 가져가라고 연락을 해 와서 광식이에게 2만 원을 주어 가져오라 했는데 21킬로그램을 가져왔다. 형님이 주신 쪽파보다 더 알이 굵어서 그것을 먼저 다듬어 쓰기로 했다), 날이 끄무레하고 멀리서 천둥 치는 소리가 들려 아무래도 지름박골 문단속과 멍석 널어놓은 것을 다시 들여놓아야겠다는 생각에 지름박골로 자전거를 타고 갔다.

어제부터 피곤한 몸이 풀리지 않아 잠시 누워 있는다는 게 지름박골 하우스 위채에서 오후 4시가 조금 넘도록 잤다. 일어나 아래채 하우스 찬장을 정리하고 물독 위에 얹어놓았던 쌀을 보니 한쪽이 시커멓게 썩어간다. 마늘과 멸치, 그 밖에 썩기 쉬운 것과 쌀을 챙겨놓고 멍석을 다시 깔고 문단속을 철저히 해서 비가 들이치지 않게 조치를 한 뒤에 쌀과 챙겨놓은 양념과 책 두 권을 마대에 넣어 지게에 지고 저수지 아래까지 내려와 자전거에 실었다. 무게가 20킬로그램 남짓 되는 것 같은데 뒤에 싣고 언덕을 내려오니 앞바퀴가 번쩍 들리면서 뒤로 주저앉는다. 다시 일으켜 세워 조심스레 안장에 올라 페달을 밟는데 무게중심이 뒤로 이동해서인지 손잡이와 앞바퀴가 조금만 힘을 주어도 마구 흔들린다. 위태위태하게 자전거를 몰고 집에까지 왔다. 감물 들인 광목이 한쪽에 젖은 채로 바구니에 담겨 있어, 내가 없으니까 이걸 가져다 너는 사람도 없다 싶어 우물가와 자전거를 이용해 널고 있는데 금란 씨가 "그것도 너는 것이었어요? 선생님이 일부러 그래놓은 줄 알았어요" 한다. 그 말을 들으니, 진탁 군이 비누빨래만 해놓은 것을 물을 빼느라 쌓아놓은 생각이 나서 다시 걷어 감물이 든 대야에 넣고 밟아 다시 감물을 들여 채반에 얹어놓았다.

저녁에는 박찬교 씨와 송기수 군(나의 학다리중고교 후배라는 것이 밝혀졌다)이 왔다. 같이 저녁을 먹고 막걸리와 대추술을 마시

676

면서 이런저런 이야기를 나누었다. 송 군은 10월 12일엔가 결혼한다는데 부인이 나이가 일곱 살이 더 많은 39세이고 문화센터에서 가요를 지도하는 가수라 한다. 요가를 한 2년 배울 때 알게 되었는데 사귄 것은 금년 2월이라고. 여자 쪽에서 송 군에게 반해 자꾸 함께 살자고 졸라댄 모양이다. 결혼 결심을 하고 서른다섯 난 큰형에게 신붓감 나이를 이야기했더니 "전화 끊자" 하고, 작은형에게 연락했더니 "니 형수하고 의논해라" 하고 전화를 형수한테 넘기는데, 어머니한테 연락했더니 어머니만은 "그래, 그렇잖아도 네 신붓감은 나이가 많아야 한다고 생각했다"라고 이야기하시더란다.

박찬교 씨는 낭성에서 농사를 지으며 살려는데 아이의 친구가 없어 걱정이라고 해서 아이 친구가 꼭 또래일 필요는 없다, 새들도 짐승들도 친구가 되고 할아버지 할머니도 친구가 될 수 있다고 이야기했지만, 역시 같은 또래 친구도 필요할 거라는 생각이 든다. 내일아침에 일을 해야겠다면서 10시 반쯤 박찬교 씨와 송 군이 떠났다.

9월 6일

아침에 어제 밟아놓은 광목을 널었다. 비가 부슬부슬 내려서 풀밭에 널면 안 될 것 같아 우리 집 처마 끝에 압정을 박아 길게 옆으로 늘어뜨렸다. 유 군은 지난 사흘 중노동을 하더니, 종현이한테 8시까지는 깨우지 말라고 하고 내처 자는 모양이다. 우리가 차를 마시는 시간에 유 군이 일어났다.

오전에는 재실에 올라가 당근밭을 맸다. 유 군에게는 엊그제 갈아놓은 밭에 로터리를 치고 예초기로 재실 뒷밭의 바랭이풀을 베면 좋겠다고 이야기했다. 당근밭을 매기가 뜻밖에 힘들고 까다롭다. 골은 그런대로 맬 만한데 당근 사이에 뿌리를 내린 바랭이를 실낱보다 더 가는 당근뿌리를 건드리지 않고 하나하나 뽑으려니 신경도 쓰이고 일손도 한없이 더뎌진다. 처음에는 당근밭 두 골을 오늘 중으로 다 맬 것으로 알았는데 하다 보니 무리한 욕심이었음을 알겠다.

참으로 장떡(고추장과 묵은 김치를 밀가루에 섞어 부친 빈대떡)이 나왔는데 참을 먹고 있는 사이 솔밭 연못 위에 사시는 할아버지가 마침 영지버섯을 따러 재실 뒷산으로 가시는 걸 보고 불러서 같이 들고 가시라고 했다. 영지버섯은 5년 이상 된 참나무 뿌리 썩은 데서 자라는데 한 해에 100만 원어치쯤 되게 딴다고 하신다. 지금이 따는 계절인데 인공 재배하는 영지버섯과 자연산 영지버섯 값은 천양지차가 있다고 한다. 자연산과 인공을 구별하는 기준은 자연산은 대가 쑥 올라와 주먹처럼 웅크리고 있고 인공 영지는 그냥 퍼져 있다고……

자연산은 몹시 맛이 쓴데 물을 두 사발 붓고 대추 한 줌 넣고 다려서 먹으면 간에 특효가 있다 한다. 꼭 중탕을 해서 먹는 것이 좋다는 말씀도 하셨다. 좋은 참고가 된다. 유 군에게 할아버지 살아 계시는 동안은 할아버지께 따시라고 하고 돌아가시면 우리가 영지를 따자고 했다.

12시가 가까이 되니 아랫밭에서 고추를 따는 마을 아줌마들의 노랫가락이 높아진다. 처음 딸 때는 유행가를 부르더니 일이 힘들어질수록 합창으로 민요를 부른다. 우리 민요가 시름과 힘든 일에서 생기는 피로를 가시게 하는 것은 일하는 사람의 맥박과 호흡에 일치하는 가락을 지니고 있기 때문이 아닌가 한다.

12시 반이 조금 못 되어 김매기를 끝내고 점심을 먹으러 내려왔다. 처마 밑에 차일처럼 널어놓은 광목에 들인 감물이 다른 광목에 들인 것보다 더 짙은 까닭이 비누빨래를 해서인지, 풀밭에 펼치지 않고 늘어뜨려서인지, 새 감물에 밟아 널어서인지 잘 모르겠다. 《해인》지에 김영옥이 쓴 설정 스님에 관한 기사를 읽었다. 잘 쓴 글이다. 글쓰기 회보를 어제 부쳐 와서 어제 몇 편 읽고 오늘 또 몇 편 읽었다. 홍경남 선생의 고등학생 글쓰기 지도, 강승숙 선생의 어렸을 때 이야기, 이오덕 선생님이 현덕 동화에 관해 쓴 글, 황금성 선생이 쓴 '편지로 만난 아이들' 같은 글이 기억에 남는다.

당근밭을 매려고 다시 일어서는데 최태신 교수가 부인과 함께 왔다. 정읍에서 유기농으로 거봉 포도를 기르는 집에서 포도를 사 가는 길에 한 상자 주려고 왔다 한다. 곧 아내와 유럽에 3개월 동안 다녀오겠다고, 비용은 두 사람 것 합해서 1000만 원 예상을 한다고 해서, 갈 때 김과 고추장 쇠고기와 볶은 것 그리고 미숫

679

가루를 가지고 가고, 가서 고기는 푸줏간에, 빵은 빵집에 가서 사고 술이나 다른 종류의 음료 같은 것은 슈퍼마켓에서 사라고 일러주었다.

최 교수 부부가 돌아가고 나서 다시 당근밭을 매는데 이번에는 이신호 교수가 충대 농공학과 동료 교수 한 분과 동행해서 찾아왔다. 최 교수도 이 교수도 당산나무터를 먼저 들렀다가 온다고 했다. 마침 참을 먹을 때라 재실 구경과 비각 구경을 시키고 장떡과 막걸리를 몇 컵 마시고 가게 했다. 당근밭 두 두둑을 매리라 예상했는데 결국 한 두둑 마치는 것으로 끝냈다. 6시 10분 전에 집에 돌아와 감물 들인 광목에서 압정을 뽑았다. 압정이 닿은 곳이 시커멓게 변해 있다. 김진탁 씨와 김희정 군이 대전에서 벽돌 찍는 기계를 가지고 왔다. 이충세 씨가 주었다는 방수포 세 개도 함께…….

《한국과 그 이웃 나라들》을 잠깐 읽다가 피곤하여 누워 있는데 저녁을 먹으라고 종현이가 이야기했다. 막걸리를 곁들여 저녁을 먹었다.

종현이가 무슨 이야기 끝에 전쟁이 한번 터졌으면 좋겠다고 한다. 이북 놈들이 나쁜 놈들이어서 혼내주어야 한다는 것이다. 세상에는 좋은 사람 나쁜 사람이 없고, 좋은 순간 나쁜 순간이 있고, 좋은 관계 나쁜 관계가 있을 뿐이라고 이야기했는데 알아들었는지 모르겠다. 북한에 사는 동포가 우리 형제들이라는 것을 종현이가 어떻게 이해할 수 있겠는가. 피곤하여 8시 20쯤 내 방으로 건너

왔다. 건너와서 《한국과 그 이웃 나라들》을 잠깐 읽었다.

9월 7일

아침에 재실 하우스에서 고추를 가져와 우리 집 옆밭에 널고 항아리 큰 것을(옛날에 틀림없이 변소에서 쓴 것인 듯하다) 가져와 김진탁 씨와 함께 땅을 파고 묻었다. 다음에 김진탁 씨가 김희정 군과 대전에서 가져온 흙벽돌 찍는 기계를 시험해보았는데, 아무리 해도 잘 안 된다. 마찰이 심해서 그런가 하여 재실에서 그리스 grease를 가져다 기계를 해체하여 덕지덕지 발라 다시 조립해보아도 마찬가지다. 기계를 잘못 다루었거나 워낙 만들 때부터 결함이 있어서 제대로 작동하지 않는다는 게 밝혀진 것은 오전 시간이 다 가고 나서다. 손으로 찍는 것이 좋겠다는 결론을 얻고, 김진탁 씨와도 널빤지로 벽돌 찍는 기계를 만들고 담틀도 만들자고 결론을 냈다.

술도가 최 선생이 소주 내리라고 갖다 준 쉰 막걸리는 솥에 녹이 많고 또 냉각수를 부어주는 방법도 뾰족하게 생각나지 않아 식초를 만들기로 하고 항아리를 구들방 부엌 한쪽에 들여놓고 부어두었는데 햇볕이 들기도 했고 제대로 봉해놓지도 않아 변해버렸다. 김진탁 씨와 점심을 먹고 모두 퍼내서 두엄더미 위에 부었다. 오늘은 온통 시행착오의 쓸쓸한 맛을 보는 날이다.

3시가 좀 넘어 김진탁 씨에게 안용무 씨 집에 가보자고 했다.

유 군과 솔밭에 제초하러 가자고(문화 유씨 산소) 했는데 늦게까지 오지 않아 자전거를 타고 중산리에 갔는데, 이삿짐이 산더미인 데다가 방도 아직 마르지 않아 경황이 없는 듯하다. 형님 집 짓는 데 구경 갔다가 형님이 맥주를 권하는 바람에 송종규 어른과 형님과 함께 술을 들면서 저수지 막던 이야기, 동네에 흉년이 들어 쌀 한 말 반에 밭 한 되지기가 넘어간 이야기 들을 들었다. 안용무 씨 집에 가서 저녁은 우리 집에서 먹자 하고 돌아와 김진탁 씨와 어제 매다 남은 당근밭을 매러 가는데 박석일 중위가 왔다. 진주에서 일곱 시간 걸려서 왔다 한다. 같이 밭을 매러 갔는데 조그마한 각다귀가 사정없이 발목과 잔등을 문다. 참고 나머지 밭을 다 매고 돌아와 안용무 씨 집에 줄 현미쌀을 꺼내고, 널어둔 고추를 다시 방수포로 덮어놓고, 들깻잎과 고추를 땄다. 막걸리는 밖에다 내놓은 지 오래되었는지 잔에 따르려니 부글부글 끓어 넘친다.

저녁 7시 반까지 기다려도 안용무 씨 가족이 오지 않아 다시 전화를 해보니 동네에 떡을 돌리러 갔다 한다. 우리끼리 먼저 먹기로 했다. 밥을 먹는 도중에 안용무 씨 가족이 왔다. 같이 저녁을 먹는데 재혁이가 밥을 아주 맛있게 잘 먹는다. 요즈음 우리 집 부엌에 파리가 하도 많아 끈끈이를 붙여놓으니 파리가 온통 앞뒤로 까맣게 붙어 죽어 있다. 그런데 그새 익숙해졌는지 경민이와 재혁이는 파리가 많다고 불평은 하면서도 심상한 표정이다. 광식이가 아이들에게 "서울은 공기가 나빠서 파리도 못 살고 모기도 못 사는 거여" 하면서 웃었다. 딴은 맞는 말이다. 안용무 씨 오빠가 왔다고 경민이네는 먼저 가고 박 중위가 붙들고 술판을 오래 벌이는 바람에 같이 11시쯤까지 술을 마셨다. 박 중위와 10월 6일에 결혼할 이현숙 양은 국민학교 때부터 알고 지낸 사이란다. 가족들도 한동네에 살아 어렸을 때부터 서로 아는 사이고……. 좋은 맺어짐이라는 생각이 들었다. 한양대 안산캠퍼스에서 신문방송학과를 나왔다고……. 박 중위는 서강대 철학과고……. 주례를 하고 금방 가지 말고 학원장학회 후배들과 술자리를 같이해달라고 간곡히 부탁해서 그래보자고 했다. 결혼은 오후 4시에 공군회관에서 한다 한다. 내일 오전은 논에 나가 피사리를 하고 오후에는 김진탁 씨와 형님 집 목수 작업장에 가서 흙벽돌 찍는 틀을 짜기로 했다. 안용무 씨 집에서 떡을 많이 가져와서 그것으로 아침과 새참을 때우기로 하고…….

9월 8일

아침에 일어나 공동체 삶과 개별 삶과 연관된 생각을 꿈속에서 하듯 했다. 비몽사몽간에 이루어지는 생각의 경험을 다시 하게 된다. 이런 걸 옛 분들이 '현몽'이라고 부르던가. 어제 안용무 씨에게 유명인사 중에 일하고 땀 흘리면서 우리와 함께 어울리지 못할 사람은 식객으로 안 선생 집에 유숙시키겠다고 하고, 옷에 물을 들이거나 그 밖의 일도 관심을 가져달라고 해서, 술까지 일부 책임을 지겠다는 언질을 받았는데, 안 선생 가족 같은 경우가 공동의 삶과 개별 삶을 어떻게 결합시켜야 할지 고민해야 하는 경우다. 이불을 개키고 시계를 보니 6시 10분이다. 긴 바지를 입고 긴 팔소매 옷을 찾으니 없다. 종현이 방에 있다는데 종현이 방문을 당기니 안에서 고리가 잠겨 있다. "종현아" 하고 나지막하게 불러도 대답이 없기에 내 방으로 돌아왔다. 아침은 여기서 먹고 논에 나가야 할 모양이다. 아침을 먹고 나, 김진탁 씨, 유광식 군, 박석일 중위, 네 명이 논에 피사리를 하러 갔다. 처음에는 무척 힘들었지만 참을 먹고 다시 하니 점점 몸에 익어 웬만큼 견딜 만했다.

12시 10분 전에 일을 마치고 술도가에 가서 막걸리 반 말을 시켜 오려는데 최 선생이 부른다. 전어를 구워놓고 한잔하고 가라 하기에 우리 식구들이 많아 술 한 잔에 전어 한 마리씩 구운 것을 먹고 술을 받아 오려 하니 또 한 바가지 떠 주면서 마시라 한다. 한 순배 돌려 마시고 최 선생 모친이 나오셔서 인사를 드리고 먹던 떡 애들 먹으라고 건네주고 집으로 왔더니 김희정 군과 최광석 군이 와 있다. 점심을 먹고 김희정 군은 최광석 군과 곰소로 일 도와주러 가고 박 중위는 최 군의 차를 타고 지서리로 나갔다. 진주에 귀대하려면 밤 9시가 넘을지도 모르겠다. 나는 잠깐 쉬다가 김희정 군이 사 온 옥양목 한 필을 반으로 잘라 감물에 넣고 발로 밟고 나서 유 군과 함께 참을 가지고 피사리를 하러 갔다. 김진탁 씨는 흙 벽돌 만드는 틀과 토담틀을 만들려고 중산리 형님 댁에 갔다.

피사리를 6시 15분까지 했는데 빗방울이 굵어져 아무래도 더는 무리라는 생각이 들었다. 그래서 유 군과 차를 타고 오다가 옛날에 김재형 씨와 함께 왔던, 부안에서 농사짓는다는 분을 길에서 만나 같이 집으로 왔다. 이상돈 씨가(오금동 성당 사무장) 오늘 오는 데 같이 만나기로 한 모양이다. 이분은 나중에 알고 보니 계화도에서 10년째 논농사를 짓고 있는 염정우 씨인데 올해는 5000평을 짓고 있다 한다. 저녁을 먹고 김진탁 씨와 염정우 씨, 그리고 유 군과 종현이, 나, 이렇게 둘러앉아 막걸리를 마시면서 이야기를 했다. 염정우 씨가 지식인들 가운데 일부러 힘들고 어려운 삶의 길을 택한 사람들을 대단하게 여겨 존경심이 지나친 데 대하여 세상에는 그다지 존경받을 만한 사람도, 경멸받을 만한 사람도 없다고 이야기했다. 특히 어떻게 들었는지 산청의 양회규 선생이 양식이 없어서 고구마로 끼니를 때우면서 일한다고 하기에 내가 알기로는 그렇게 형편이 어려운 분이 아니다, 일부러 고행을 사서 하고 있다면 모르되……, 멀리 있는 훌륭한 사람 찾아다니지 말고 이웃에 사시는 노인들에게서 배우라고 했다. 나이가 서른넷인데 아직 장가를 들지 못했다면서 자기는 비록 유기농으로 농사를 짓지 못하여 부끄럽고 미안한 마음은 있지만 시골에서 사는 게 좋다고, 서울 같은 데는 아무래도 자기 같은 사람이 살 곳은 못 되는 것 같다고 한다. 목공일에 관심이 많다기에 내일 김진탁 씨를 도와 흙벽돌 찍는 도구와 메방망이, 토담틀을 만드는 게 어떻겠느냐고 했더니, 봉사하기 좋아한다며 그러겠다고 한다. 참 순박하고 진실해 보이는 사람이다. 밤 10시가 넘어 자리를 파하고 김진탁 씨와 함께 재실로 올려 보냈다.

9월 9일

새벽에 오줌이 마려워 일어났는데 비가 오고 있어 변소 가기가 번거로웠다. 뒷문을 열고 마당가에 오줌을 누다가 갑자기 "넌 농사꾼이 아니야. 농사꾼이 되려면 아직 멀었다" 하는 소리를 들었다. 옛날에도 가끔 탱자나무 울타리에 오줌을 누거나 감나무 아래 누었는데 마음에서 이런 소리가 울려오기는 처음이다. 비가 무서워서 아까운 거름을 빗물에 씻겨 내려보내다니, 그러고도 유기농으로 농사짓겠다고 하다니, 소가 웃을 일이다. 다음부터는 절대로 이런 느슨한 모습을 보여서는 안 되겠다는 생각이 들었다.

소영 씨 생각을 했다. 마음에 나무 한 그루 키우겠노라고, 그래서 정성 들여 심었노라고 나한테 편지를 했는데, 이 애의 사랑스럽고 맑은 눈빛이 흐려지지 않고 세상을 복되고 밝게 살아가게 하려면 어떻게 해야 할지, 작은 사랑이 큰 사랑으로 바뀌어 모두에게 빛이 되도록 하면 좋을 텐데……

아침에 재실에서 김진탁 씨 일행이 오지 않아 우리끼리 아침을 먹었다. 아침을 먹기 전에 고추를 말리려고 구들방에 불을 넣었다. 아침을 먹고 구들방에 고추를 넣고 비가 조금 덜 내리는 듯싶어 재실에서 온 이상돈 씨와 여자 두 분, 그리고 유 군, 김 군, 나 이렇게 여섯은 논으로 피사리를 하러 가고 김진탁 씨와 염정우 씨는 중산리로 흙벽돌 틀을 만들라고 보냈다.

논으로 가는 길에 비가 멎어 일하기 좋은 날씨가 되었다. 어제 하루 종일 피사리를 하느라고 밤에는 힘이 들어 조금 앓았는데, 그래도 논을 피밭으로 놓아두면 작년에 이어 또 말이 많을 것 같아 무리를 해서라도 피사리가 끝날 때까지 논에 붙어 있어야 한다는 생각이 들었다. 일해본 게 어제 하루지만 그래도 피사리 하는 속도는 내가 제일 빠를 것 같다. 참을 먹고 점심때까지 전체 논의 4분의 1쯤(어제 한 것까지 합해서) 피사리를 했다. 점심을 먹고 해가 나서 구들방에 널어놓았던 고추를 마당에 널고, 오늘 두 차례에 걸쳐 밟은 옥양목을 풀밭에 널었다. 중산리 형님 집에 가서 김진탁 씨가 만들고 있는 흙벽돌 찍는 기구를 잠깐 살펴보고 봉고차를 타고 온 이상돈 씨 일행, 스물세 살 난 정은희 씨, 스물여덟 살 난 김성미 씨, 그리고 염정우 씨, 김희정 군, 유광식 군과 함께 다시 논으로 나가 피사리를 했다. 강행군을 해서 6시가 훨씬 넘어서야 논에서 나와 막걸리와 부침개, 미숫가루 탄 물로 참 아닌 참을 먹고 노루목으로 잠깐 가서 여자들에게 바다 구경을 시켜주었다.

집에 7시 반쯤 와서 저녁을 먹고 술을 마시면서 노래를 불렀다. 용란이와 김병순이 내가 노래 부르는 동안 전화를 해서 노래를 마치고 난 뒤 내가 전화를 했다. 병순이는 조원이가 아들을 낳아서 이름을 지어달라는 부탁 전화를 했다 한다. 용란이는《뿌리와 날개》라는 도서정보 전문지에 쓴 원고를 검토해달라는 전화였는데, 전송해놓은 원고를 읽어보니 대체로 잘 써서 따로 손볼 것이 없었다.

10시 20분경에 술자리를 마치고 이상돈 씨 일행은 서울로 떠나고 김진탁 씨와 염정우 씨는 재실로 올라갔다.

9월 10일

새벽에 일어나 가부좌를 틀고 한참 앉아 있었다. 처음에는 불편하더니 차츰 편해졌다. 아침을 먹고 차를 마시는 시간에 우리교육 정광호 군에게서 전화가 왔다. 27매 원고를 18매로 줄이겠다는 사연이었다. 그러라고 했다. 보리 책 중심으로 책 소개를 한 것이 거슬렸나 보다. 어쩔 수 없지. 교사들에게는 필요한 정보일 테지만 우리교육에서 나오는 단행본도 팔아야 하니까.

김진탁 씨는 어제에 이어 중산리로 가고 염정우 씨와 김희정 군, 나, 유광식 군은 피사리를 하러 갔다. 오전에 강행군을 했다. 세 골씩 맡아서 왔다 갔다 두 번을 했으니 모두 마흔여덟 골, 한 사람 앞에 열두 골을 맨 셈이다. 몹시 피곤하다. 지서리에서 두부와 돼지고기 세 근을 사서 돌아와 돼지고기를 곁들여 점심을 먹었다.

점심을 먹고 난 뒤 염정우 씨는 내가 준 《오래된 미래》와 《사람사는 세상은》을 가지고 집으로 돌아갔다. 참 고마운 사람이다. 잠깐 누웠다가 3시쯤(점심을 1시 반에 먹기 시작했다) 다시 논으로 나갔다. 냇가에 오리 새끼 네 마리가 다니는 걸 아침에 보았는데 그걸 잡자고 했다. 내가 한 마리 잡았는데 무심히 차에 얹어놓았더니 유 군이 김 군과 또 다른 오리 새끼를 찾다가 허탕을 치고 와서 보고 오리 새끼가 아니라 한다. 그러고 보니 발이 유난히 긴데다 물갈퀴도 없고 주둥이도 뾰족하다. 그냥 우리 논에 풀어주었다. 오후 작업은 힘들고 더뎠다. 한 번 왔다 갔다 하니 벌써 6시다. 효소물만 한 잔씩 마시고, 오늘 장닭을 잡아 민정네 식구 초대해서 저녁 먹자 하여 일찍 돌아왔다.

김희정 군과 유광식 군이 닭을 잡았다. 나는 내의를 벗어 빨고 거기에 감물을 들여 넣었다.

어제부터 감물 들여 말리기 시작한 옥양목에 든 감물이 조금 잿빛이 나는데 유 군과 김 군이 색깔이 광목보다 더 좋다고 그만 들이자고 한다. 광목은 모두 두 번씩 물을 들였는데, 옥양목은 그대로 말려보기로 하자.

김진탁 군이 만든 흙벽돌 찍는 기계가 아주 무거워서 두 사람이 힘들게 들고 와야 할 만하다. 나중에 찍어보면 성능을 알 수 있겠지.

논에서 일하는 내내 그러지 말자고 생각하는데도 민정네에 섭섭한 마음이 줄곧 떠나지 않았다. 이가 아파 병원에 다니는 사정을 알지만, 이 바쁜 시기에 외부에서도 일손을 도우러 오는데 밭이나 논에 얼씬도 하지 않는 게 괘씸하기까지 하다. 이삿짐을 꾸려 12일 새벽에 떠난다지만, 간편하게 꾸려가고 나머지는 한가할 때 실어 갈 수도 있잖은가. 그리고 우리 차로 이삿짐을 일부 날라주어야 하는데 그렇게 되면 장정 둘이 이틀이나 일손을 놓게 된다(유 군에게 이삿짐 싣고 심 군과 같이 가라고 했다). 스무 날이 넘게 농사일에서 일손을 떼고 있다니 말이 안 된다. 또 한편으로 생각하면 민정네인들 나에게 섭섭한 마음이 없을까 싶기는 하다. 더 많겠지. 빚에 쪼들려 허덕이는 사정을 알면서도 나 몰라라 했다고 여기겠지. 그런 점이 없지 않다.

언제나 내 마음이 무심의 경지에 이를 수 있을까? 그 경지를 찾고자 하는 것도 욕심이겠지. 일이 피곤하면 생각이 흩어지는 게 이상하다. 일을 지나치게 서둘러도 안 되고 지나치게 느슨하게 해서도 안 되겠다는 마음이 든다. 하기야 지난 사흘 무척 심한 중노동에 시달린 셈이다.

저녁은 8시 이후 재실 식구들과 함께했다. 장닭은 닭도리탕으로 맛있게 만들었는데도 김진탁 씨를 빼고는 즐겨 먹는 사람이 별로 없다. 술도 잘 마시지 않고……. 유 군은 몸살기가 있는지 춥다면서 두꺼운 옷을 걸치고 잠시 앉아 있더니 집에 가 쉬겠다면서 먼저 내려갔다.

도중에 김용란이가 원고를 보아달라고 전송을 했는데 통신이 잘 안 되어 네 번인가 다섯 번인가 시도한 끝에 겨우 다 받아볼 수 있었다. 그것도 자리를 산만하게 만든 한 원인이다. 떠나보내는 사람이나 떠나는 사람이나 즐거운 기분으로 마지막 자리를 함께 할 수 없는 게 자연스러운 걸까. 그럴지도 모르겠다. 민정 아비가 이장에게 재실을 떠난다고 알린 모양이다. 그럴 수밖에 없었겠지. 밤 11시에 자리를 파했다.

9월 11일

어젯밤 저녁식사를 하는데 차 사장한테 전화가 와서 의정부에 세밀화 화가들을 위한 화실을 따로 마련하는 김에 세금 문제도 있고 하니, 아예 세밀화 파트를 독립된 회사로 하고, '작은책'도 사무실을 따로 얻어 독립시키고, 사무실은 10월 10일까지 임대 기간이니 1층은 세를 내놓고 2층만 써서 살림 규모를 축소하고…… 하면 어떻겠느냐고 한다. 그러면서 독립된 회사의 사장은 누구로 할까까지 의논한다. 회사 틀을 크게 바꾸는 문제여서 간단히 전화로 이야기할 사항이 아닌 것 같아 내일 논일을 마치고 오후에 서울로 올라갈 테니 그때 의논하자고 했다. 차 사장이 서두르는 품이 심상치 않다. 회사를 현재 상태로 유지해서 좋은 점이 있고 독립시켜서 좋은 점이 있겠지. 면밀하게 비교하고 나서 내리려는 결정인지 의심스럽다. 차 사장의 심경 변화의 원인이 무엇인지 모르겠다.

아침에 일어나 김희정 군이 왔기에 유 군의 건강이 좋지 않은 것 같으니 심 군 이사가는 데 따라가라고 했다. 가는 길에 영대리에 들러 흙벽돌 찍는 기계 돌려주라는 말도…….

오늘은 서울 가는 날이어서 아침을 먹자마자 커피 마시는 시간을 줄이고 논으로 나갔다. 김진탁 씨가 합류해 네 사람이 피사리를 했는데 마지막 골에 피가 별로 없어서 10시가 조금 안 되어 피사리가 끝났다. 집으로 돌아와 피사리에 더럽혀진 작업복과 내의를 빨고 양복에 구두 신고 서울로 향했다. 부안에서 11시 55분 차를 탔다. 쑥빵 다섯 개와 물 한 병을 사서 점심을 때우기로 했다. 서울 강남역에 내리자마자 검문을 받았다. 주민등록증을 보자고 하더니 간이파출소로 가자 한다. 그냥 씩 웃고 따라갔다. 워낙 얼굴이 새까만 데다 구두며 옷이며 손에 든 가방이며 몸과 따로 놀고 구색도 맞추어지지 않았으니 눈에 띌 만하다고 여겼다. 보리에 도착한 시간이 4시 반쯤. 차 사장 방에 직접 올라가니, 차 사장이 나래 엄마와 이야기를 나누고 있다가 뜻밖이라는 표정이다. 왜 연락도 없이 왔느냐고 하기에 그렇게 되었다고 이야기했다. 차 사장의 이야기를 들어보니, 세밀화와 '작은책'을 독립시켜 따로 사무실을 얻어 내보내는 일이 타당한 일면이 있다. 그래서 5시에 조합원 회의가 있을 때 차 사장의 의견을 지지했다. 너무 갑작스러운 결정이었던 모양으로 조합원들도 나래 엄마도 세밀화 쪽 독립을 먼저 시키고 '작은책'은 이다음에 천천히 해도 괜찮지 않겠느냐는 의견을 냈으나 내가 거들어 시작한 김에 밀어붙이자고 했다. 6시에 회의를 끝내고 전체 회의는 내일로 미루기로 했다. 내일 예비조합원들과 술을 한잔하기로 하고 인천행 전철을 탔다.

9월 12일

아침 9시 반쯤 보리에 오는 도중 치과에 가는 용란이와 상주를 길에서 만났다. 오늘 치과에 단체검진이 있어서 가는 길이란다. 아침에 사람들이 모여 이야기를 나눌 줄 알았는데 아마 오후로 미루어진 모양이다.

오랜만에 《동아일보》를 보니 지면이 바뀌어 있다. 《중앙일보》처럼 이른바 '섹션 신문'으로 바뀐 모양인데, 지난번 김철한 기자가 와서 《동아일보》 열독률이 《중앙일보》에 견주어 떨어져서 신문사에 비상이 걸렸다는 말을 한 기억이 난다.

이명박 의원이 법정 선거비용을 초과해서 선거비용을 쓴 것이 보좌관의 고발로 탄로가 나서 의원직을 잃게 될지도 모른다는 기사가 어제에 이어 큼직하게 나 있다. 이명박이라는 사람은 거짓말이라는 거짓말은 다 하고 있고……. 이런 사람들은 논에 들어가 한 열흘쯤 피사리를 하라고 하면 정신을 차릴 텐데…….

글쓰기 회보와 《이웃과 생명》에 원고를 써서 전송했다. 점심을 먹고 몸이 많이 피곤해 사우나에 가서 몸을 씻고 한숨 자고 왔다. 오후 5시부터 회의가 있다는데 오후에 오겠다던 문영미 씨가 5시 가까이 되도록 나타나지 않았다. 이주영 선생이 루돌프 슈타이너 책을 현병호 군에게 빌리러 오고, 곧이어 문영미 씨가 왔다. 마침 다행이다 싶어 회의가 있어 잠깐 들어가니 같이 이야기를 나누라고 하고 나는 사장실에서 열리는 회의에 들어갔다. 젊은 사람들과 경영진 사이의 갈등이 증폭된 증거가 여기저기서 불쑥불쑥 드러나는 가운데 회의가 진행된다. 나중에 임금 문제가 거론될 때쯤 김환영이도 밖에 와 있어서 그냥 밖으로 나와 손님들과 술을 마셨다. 환영이의 그림풍이 달라져 있다. 선이 고와지고 만화처럼 외곽선이 규격화된 걸 보니 그전 삽화보다 정감이 떨어진다. 선 속에 숨은 채로 드러나는 기氣, 다시 말해 흐름으로 나타나는 무수한 섬세한 관계들이 생략되고 관계항들이 단순해져 생기는 느낌일까? 걱정스러워서 환영이에게 그 이야기를 했다. 정성 들이기는 했는데 자기만의 독특한 맛은 사라진 것 같다, 이것을 진보라고 생각하지 말고 왜 진솔한 그림풍이 꾸밈으로 바뀌는지 반성할 필요가 있다는 내용의 이야기였는데 환영이의 기분이 상했을지도 모르겠다. 나중에 김종도 씨가 합류했다. 부인이 미술학원을 한다 한다. 엽서를 하나 주는데 그림이 아주 좋다. 여섯 살짜리 꼬마가 그렸단다. 황토색 땅에 검은 씨앗이 묻혀 있고 그 씨앗에서 푸른 잎과 줄기가 나고 여러 가지 꽃이 피어 있고 하늘에서 파란 비와 황토색 비가 내리는 그림인데 그림 그린 순서가 재미있었단다. 땅을 먼저 그리고 씨앗을 다음에 그리더니, 비가 내리는 걸 그리고, 그 비를 맞고 솟아오르는 꽃대를 그리더란다. 아이를 통해서 표현되는 생명의 합리성과 어른의 의식이 꾸며내는 기계의 합리성이 아이가 그리는 그림 하나를 보아도 드러난다고 생각하니 가슴에 와 닿는 것이 있다. 회의가 끝나고 젊은 애들이 나와서 아래층으로 자리를 옮겨 젊은 애들과 술을 마셨다. 위층에는 문영미, 김환영, 김종도와 함께 나이 든 사람들이, 아래층에는 젊은 사람들이 모였는데 민희, 영철이, 유경이, 대경이, 윤정열이 남고 상주는 처음부터, 그리고 우균이는 도중에 빠졌다. 회사가 셋으로 분리된다는 이야기를 듣고 폭탄선언으로 받아들인 모양으로 모두 할 말을 잃고 있었다. 뒤늦게 젊은 사람들만 남기고 위층으로 올라가 술을 마시다 파하는 자리에서 문숙이와 또 싸웠다. 글쓰기 회보에 실린 내 글 〈손님들〉이 가혹하다는 것이었다. 무슨 뜻인지 알았지만, 직접 당하지 않으면서(문숙이는 자기는 시댁 식구들한테 날마다 당한다고 항변했다) 태평스럽게 비평가 노릇을 한다는 생각에 울컥 화가 치밀어 마구 퍼부어댔더니, 문숙이도 지지 않고 대거리를 한다. 그것으로 나머지 손님도 다 쫓아 보내고, 아래층에 내려와 정낙묵 군이 김영철 군을 붙들고 시비하는 걸 보고 문숙이와 나와서 길에서 화해하고 집으로 돌아왔다.

9월 13일

아침에 나래 엄마와 이런저런 이야기를 많이 나누다 나래 엄마는 치과에 가고 나는 보리로 나갔다. 회사가 셋으로 각각 독립하면 자연히 보리 금고가 생기고 공익위원회의 기능이 커지는데, 오늘 간담회라도 해서 일 조정에 대한 의견을 모을 필요가 있어서 아침에 조원이에게는 전화로 대강 사정을 이야기하고 차 사장에게는 자리를 비우지 말라고 했다. 강순옥 씨가 11시 넘어서야 출근하는 바람에 공익위원회 회의가 늦어졌다. 보리 금고의 기능, 공익위원회 회의와 보리 금고를 맡을 실무자(김미혜, 박영애)의 관계, 3사로 분리될 때 나타날지 모르는 소집단 이기주의를 극복하는 문제, 길게 보아 각 회사 단위로 새로운 조합이 결성될 일의 전망에 관한 이야기를 나누었다. 춘환이와 이태수가 불광동으로 사무실 찾아보러 가고 나는 강순옥, 김민호와 함께 점심을 먹고 회사 근처에서 '작은책'이 입주할 사무실을 물색했다. 16.5평짜리 반지하 건물을 하나 보았다. 나는 그런대로 쓸 만하게 여겼는데 강순옥 씨는 마음에 들지 않는 모양이다. 알아서 더 찾아보라고 하고 김민호 군이 봉고로 태워주는 차를 타고 강남 터미널에 와서 4시에 출발하는 부안행 고속버스를 탔다. 부안에서 내려 간고등어를 5000원어치 사고 변산에 와서 가방이 무거워 집에 전화를 해서 서해슈퍼로 차로 데리러 나오라고 했다.

저녁을 먹고 있는데 유 군이 이장을 길에서 잠깐 만나 재실 관리 문제를 자기에게 맡기면 어떻겠느냐고 의사를 타진했더니 난색을 표하더라고 한다. 밥을 먹자마자 술 두 병을 챙겨 들고 광식이와 이장 집에 가서 심 군 부부가 떠나기 전후의 정황을 비교적 상세히 이야기해주었다. 그제야 이장도 짚이는 데가 있는지 그렇잖아도 지난번 심 군에게 500만 원 융자를 해달라고 할 때 농협 직원의 반응이 탐탁지 않았다고 하면서 밀린 빚에 대한 언급을 하더라는 말을 했다. 그러면서 아무리 농사를 망치더라도 2년 만에 5000만 원 빚을 지는 건 이해가 안 된다는 말을 여러 차례 되풀이했다. 이장에게 심 군 빚까지 합하면 작년과 올해 사이 재실에만 해도 1억 가까운 돈이 투자되었는데 그냥 버려두고 나오기 힘드니, 이장이 잘 말해서 우리가 재실을 집단으로 관리하도록 종친회 유사들에게 말을 넣어달라고 부탁하고 돌아왔다.

9월 14일

새벽에 좋은 꿈을 꾸었다. 거름을 주어 좋은 것과 좋은 것이 자꾸 섞이면 기름진 흙이 된다는 꿈이었다. 내 안의 밭도 그러하겠지.

아침을 먹고 일을 나누었다. 김희정 군과 김진탁 씨는 김제에 참나무를 톱으로 키러 가는 길에 유성과 조치원 사이에 들러 흙벽돌 기계를 돌려주고 오기로 하고 나와 유 군은 재실 정리, 그리고 금란 씨와 종현이는 감자밭 김매기, 봉선 씨는 집안일.

담벽을 고치면서 널어놓은 깨진 기와와 버려진 기왓장을 치우고 내친김에 재실 가는 길가에 쌓아놓은 기왓장도 재실 뒤로 옮겼다. 그리고 재실 방 안에 들여놓은 책상, 목공 기구, 재봉틀을 재실 서쪽 마룻방으로 옮기고, 종현이의 형한테 받아 실어 온 유리문 달린 책장 세 개는 재실 본채 뒷마루에 올려놓았다. 그러다 보니 오전 시간이 다 갔다. 광주에서 건이가 전화를 했다. 14일 동안 미국에 다녀왔다면서 죽은 인병 형의 나이와 죽은 시기를 묻기에 잘 모른다고 대답했다. 형수 기억에 의하면 올해 나이 쉰아홉에 아마 가을철에 죽었으리라고 하는데, 내가 내 손으로 묻은 형의 죽은 철도 모르는 걸 보면 나도 어지간히 무심한가 보다. 나에게는 손자뻘인 대충이가 남총련에서 활동하다가 이번에 연

697

세대에서 열린 한총련범민족대회에 참석하여 시위를 하다 잡혀 구속되었는데 그 소식을 아느냐기에 안다고 대답했다. 안들 시골에서 농사짓는 사람이 무얼 어떻게 도울 수 있겠는가.

점심을 먹고 잠시 낮잠을 잤다. 교육신문사에서 전화가 왔다. 안봉선 씨를 통해 취재를 1차 했는데 오늘저녁에 와서 내일오전까지 머물면서 잠깐 일손을 돕고 취재를 하면 안 되겠느냐고 해서 안 되겠다고 거절을 했다. 보원 스님한테서 편지가 왔는데, 노부모님이 눈물로 붙잡아 올해까지는 고향에 머물러야겠다는 사연이었다.

오후에는 재실 동쪽 방 옆에 붙어 있는 광 두 개를 치웠다. 깻묵 40킬로그램짜리가 넘는 것을 유 군과 다 들어내서 두엄터에 옮기고, 온갖 잡동사니를 다 끄집어내느라고 먼지를 어지간히 뒤집어썼다. 나중에는 지쳐서 6시도 안 되었는데 일을 마치고 내려오려니, 김희정 군과 김진탁 군이 나무를 켜서 왔다. 참나무와 가죽나무를 켰는데 아주 두껍게 켜서 저걸로 담틀을 만들면 옮길 수나 있겠나 싶다. 감물 들인 광목과 옥양목은 햇빛을 받을수록 색이 짙어지는 것 같다. 무덤을 벌초한다기에 그 위에 널어놓았던 천을 개어 집으로 가져왔다. 방에 앉아 잠깐 일기를 쓰려는데 손님이 찾아왔다. 나중에 알고 보니 한 사람은 이리 출신으로 부안에서 홍내과라는 큰 내과병원을 하는 홍찬표 씨이고(46세) 다른 사람은 태권도 도장을 차려 11년 동안 교관을 하다가 지금은 15톤 정도 저장할 수 있는 냉장저장고를 가지고 여섯 군데에 양파 군납을 한다는 김영조(?)(41세) 씨다. 신문에 난 내 기사를 읽고 우연히 내 이야기를 하다가 김영조 씨가 운산리 출신이어서 작년 추석 전날 재실에 다녀갔다가 내가 운산리에 있다는 소식을 접하고, 자기 마을에 살고 있다고 홍내과 의사에게 이야기를 해 한번 찾아가보자고 해서 왔다 한다. 사람들 얼굴이 그런대로 순박해 보여 들어오라고 했다. 재실에서 감자밭을 매던 금란 씨가 내가 외출했다고 따돌렸는데, 작년에 그중 한 사람과 안면을 익힌 유 군이 있다 하여 우리 집에 왔는데 봉선 씨가 또 따돌리려고 해서 관문을 세 개 돌파하고 왔노라며 웃는다.

잠깐 이야기 나누다가 안용무 씨 집에 데리고 가려는데 마침 안용무 씨가 우리 식구 모두 회를 먹으러 오라고 초대하는 전화가 왔다. 밥때가 가까워 다른 식구들에게는 밥 먹고 오라 이르고 손님들과 중산리 안용무 씨 집에 가서 막걸리를 마시며 이야기를 나누었다. 뒤늦게 합류한 김희정 군이 우리 집에 오는 손님들을 길에서 만났다 한다. 오전에 현병호 군과 채인선 씨 그리고 채 씨의 두 딸 해빈이, 해수가 온다더니 저녁 늦게 도착한 모양이다. 집으로 전화해 봉선 씨에게 손님들 저녁 대접하고 기다리라고 이야기해놓고 내려오라 했다.

막걸리를 마시고 새우와, 홍내과 일행이 따로 송포에서 떠 온 도미회를 안주로 김삿갓 소주도 마셨다. 술을 많이 마셔 술기운도 오르고 집에서 기다리는 현병호 군 일행을 너무 오래 기다리게 한다 싶어 혼자 먼저 걸어서 집으로 돌아왔다. 채인선 씨 딸들을 보니 참 귀엽다. 잘 키웠다 싶다. 술이 너무 취해 이야기를 오래 나누지 못하고 구들방에 가서 잤다(채인선 씨 가족에게 내 방에서 자라고 하고는 모기장을 쳐주었다).

9월 15일

꿈자리가 사납다. 내 마음공부가 얼마나 형편없는지가 꿈에서 여지없이 폭로된다. 아직도 춘환이와 한백 아비를 못 미더워하는 구석이 마음 한구석에 뿌리 깊이 남아 있구나 싶으니 참괴한 생각이 든다. 억지로 의식이 있을 때 반성한다고 해서 무의식 심층에 자리 잡고 있는 나 아닌 것에 대한 집착이 사라질 리가 없으니 정말 산에라도 들어가 용맹정진, 태어날 때 빈손 움켜쥐고 태어났듯이 갈 때도 마음에도 몸에도 아무것도 지니고 가지 않도록 공부를 다시 해야겠다는 생각이 든다.

소유가 사람의 마음을 이렇게 황폐하게 할 수 있구나, 정말 무소유가 생활화되려면 매사에 투명한 삶을 사는 길밖에 없구나, 그런데 아직 나는 내 저금통장에, 내 호주머니에 딴 전대를 차고 시혜를 베풀듯 공동체 성원들을 대하고 있구나 하는 생각을 하니, 겉과 속이 이렇게 달라서야 어찌 공동생활을 제대로 해나갈까 싶다.

아침을 먹고 재실에 올라가 현병호 군, 나, 유광식 군, 비야 엄마, 넷이 재실 정리를 어제에 이어 하고, 채인선 씨와 종현이, 금란 씨는 감자밭 바랭이풀을 매고, 김희정 군, 김진탁 씨는 흙담틀을

700

만들라고 했다.

오전 일과를 끝내고 나서 점심을 먹고 곧 현병호 군, 채인선 씨 가족을 희정 군이 운전하는 트럭에 태워 김진탁 씨와 함께 중산리로 갔다. 안용무 씨 가족에게 채인선 씨 가족을 소개하고, 커피를 한잔 얻어 마시고 지름박골로 채인선 씨 가족, 경민이, 재혁이, 현병호 군과 함께 가는 길에 형님 댁에 들렀다. 잠깐 집 이야기를 나누다 지름박골에 올라가니 모두들 당산나무에 올라가 놀고 있다.

하우스에 가보니 겉으로는 멀쩡한데 이불을 들추어보니 그 밑에 습기가 차서 맨 아래 이불부터 해서 곰팡이 핀 것이 많다. 멍석이 썩으면서 이불을 적셔 이불까지 썩기 직전이었다. 밑에 있는 것 세 개는 빨려고 따로 챙기고 습기 찬 다른 이불들은 멍석 위에 펴서 말렸다. 가스가 떨어진 프로판가스통을 현병호 군과 함께 가지고 내려와 광식이 집에 두었다. 채인선 씨가 광식이 사는 집을 무척 마음에 들어한다.

유 군 집 마당에서 밀차를 끌어다 이불을 싣고 집으로 돌아왔다. 유 군 집에 다듬이 방망이가 있기에 가져온 김에 재실에 올라가 거기 쌓아놓은 다듬잇돌 가운데 하나는 대강 다듬어놓은 것 또 하나는 매끈하게 다듬어놓은 것으로 쑥돌 두 개를 밀차에 싣고 내려와 수돗물에 닦아 하나는 부엌방에 두고 또 하나는 토방 평상에 올려놓았다. 다시 재실로 올라가 오전에 하다 만 비닐끈 정리 작업과 청소한 창고에 물건들을 차곡차곡 쌓는 일을 했다.

현병호 군과 채인선 씨 가족은 오두한 씨 차로 내일 새벽 5시 반에 서울로 가기로 약속이 되었는데, 오두한 씨 차에 이상이 생겨 제대로 갈지 모르겠다.

9월 16일

5시에 현병호 군을 깨웠다. 시계를 맞추어놓았다며 꾸물거리는데 갑자기 벼락같은 소리가 난다. 내 생체시계가 기계시계와 일이 분밖에 차이가 나지 않은 셈이다. 유 군이 와서 차로 현 군을 중산리까지 배웅했다. 어젯밤에 구들방에서 곰팡이 냄새가 난다고 현 군이 문을 열어놓고 자는 바람에 모기가 들어왔는데, 그래선지 방의 습기가 이불에까지 옮아와 불을 때야겠다. 몸이 찌뿌둥하다. 아침에 일어나자마자 아궁이에 불을 넣었다. 김진탁 씨가 부엌에 참나무를 켠 각목을 들여다 놓았는데 그게 휜다고 합판으로 아궁이 쪽 가까운 데를 가렸다.

오룡 성당 이상돈 씨가 여자 분을 넷 데리고 왔다. 엊저녁에 도착했다 한다. 오늘 아침 밥상머리에 앉은 사람들은 손님 열에 우리 식구 여덟까지 합해 모두 열여덟 명이다.

오전에 이상돈 씨와 김진탁 씨는 흙담틀을 함께 만들라고 하고 김희정 군은 유 군과 비야 엄마 그리고 나와 함께 재실 정리를 하기로 했다. 이상돈 씨와 함께 온 안나, 파트리샤, 수산나 그리고 박도주 씨는 재실 둘레의 풀 뽑기를 시켰다. 오후 3시쯤 되어 재실

풀매기가 어느 정도 끝났다. 나는 비닐새끼끈 정리를 하고 연장통 정리를 하고 나서 재실 정리를 더 하는 게 큰 의미가 없는 것 같아 오룡 성당 여자들과 함께 논에 피사리를 하러 가자고 제안했다. 유 군과 김희정 군도 지겨운지 같이 따라나서 논에 일곱 명이 함께 갔다. 지난번에 어지간히 꼼꼼하게 피를 뽑아 거의 없는 줄 알고 한 시간쯤 해서 피사리를 끝내고 노루목 바닷가에 갔다가 당산나무로 갈 계획을 세웠는데, 웬걸 피가 다시 무척 많이 눈에 띈다. 결국 일부만 매고 6시쯤 노루목으로 갔다. 바닷가에서 술을 마셨는데 많이 마셨다.

집에 와서 저녁을 먹고 있는데 비가 제법 많이 내린다. 지름박골에 가서 하우스에 비닐을 덮어주어야겠다는 생각이 들어 자전거를 타고 지름박골로 가다가 안용무 씨 집에 잠깐 들러 이야기를 나눈다는 게 시간이 좀 지체되었다. 이야기를 나누는 동안 다시 하늘이 맑아지고 별이 총총해졌다. 그 길로 자전거를 타고 집에 돌아왔더니 김진탁 씨가 막걸리를 앞에 놓고 혼자 술을 마시고 있다. 같이 권커니 잣거니 마시다 보니 시간이 꽤 오래되고 많이 취해서 나중에는 인사불성이 되었다.

9월 17일

어제 마신 술로 몸을 일으키기가 힘들다. 금란 씨가 아침 먹으러 오라고 부르는 바람에 겨우 몸을 일으켰다. 어제는 종현이가 내 방에서 자는 바람에 구들방에서 잤는데, 이불을 부엌방에서 자는 김진탁 씨에게 가져다주어서 요를 깔고 덮고 자는 바람에 잠자리가 조금 불편했다. 아침을 먹고 어젯밤에 중산리 형님이 집 짓는 일을 도와달라고 했던 말이 기억나서 김희정 군과 유광식 군과 중산리에 갔다. 김진탁 씨는 집에서 흙담틀을 만드는 일을 계속하라고 했다. 여자 분들은 오늘 변산초등학교 운동회가 있는 날이라고 거기 가겠다고 한다.

중산리 형님 댁에 가서 중방 쌓는 일을 했다. 김 군도, 유 군도, 나도 몸을 사리면서 일하는 성미가 아니어서 오후 4시가 못 되어 중방을 모두 쌓고 참을 먹고 방에 흙을 채우는 일을 했다. 목수 가운데 한 분이 우리 일하는 모습을 지켜보더니 보통 사람들 이틀에 할 일을 하루에 했다고 혀를 내두른다.

형님이 삶아주신 내장에 막걸리를 곁들여 마시고 오려는데 송기수 군이 품삯을 챙겨준다. 한 사람 앞에 5만 원씩……. 막일을 한 대가로 품삯을 받아보기는 난생처음이다. 어제오전에 잠깐 한 시간쯤 시간 내서 원고를 써 12만 원을 벌었는데, 오늘은 하루 종일 중노동을 한 끝에 5만 원을 받았으니, 돈으로 따지면 일은 몇십 곱절 힘들고 시간도 열 배 가까이 들어 원고 쓰는 일보다 반도 안 되는 품삯을 받은 것이지만 그래도 정직한 돈이어서 무척 소중하게 여겨졌다.

집에 돌아와 벌어 온 품삯을 김 군이 안봉선 씨에게 넘겨주었다. 저녁에 곁들여 강원도 감자술(유 군과 김 군이 민정네 이삿짐을 날라다 주고 오는 길에 샀다는 술이다)을 두 잔 마시고 피곤해서 모두들 일찍이 자러 갔다.

오늘부터는 종현이와 내 방에서 자기로 해서 종현이 잠자리를 펴놓고 일기를 쓴다. 곧 자야겠다.

9월 18일

어제 일이 힘들었는지 밤새 끙끙 앓았다. 목이 말라 새벽에 일어나 냉수를 마시고 잠깐 가부좌를 틀고 앉아 있다 다시 자리에 누웠다. 이제 아침 6시가 되어도 밖이 완전히 환하지는 않다. 6시쯤 재실에 올라가 재실 주변을 살펴보면서 정리해야 할 것들을 눈여겨보고 내려왔다. 오전에 잠깐 재실 정리를 하고 피사리를 하러 가야겠다. 봉선 씨와 금란 씨에게는 재실 정리를 도우라고 했다. 그래야 재실 살림들이 어디에 무엇이 있는지 알 수 있을 것 같아서……. 진탁 씨에게는 우선 변소 짓는 일을 먼저 시작하자고 했다. 그러려면 땅을 파 돌을 넣고 위쪽으로도 돌을 쌓아올려야 한다. 마음은 바쁜데 일은 끝이 없는 듯하다.

오전 내내 재실 정리하는 일과 나무 전지하는 일을 했다. 참을 먹고 나니 한숨 자고 싶고 꼼짝도 하고 싶지 않은데, 그래도 다른 사람만 일을 하라 해놓고 혼자 쉴 수가 없어서 내처 일을 했다. 피사리는 오후에 가기로 했다. 점심때 집에 내려오니 김진탁 씨가 담틀 만드는 일에 아직 매달려 있다. 집 짓는 일도 빨리 시작해야 하는데 농사일하랴 집안 정리하랴 경황이 없다.

　오후에 점심 먹고 잠시 누워 있는데 곰소에서 최광석 군이 왔다. 김희정 군에게 건어물가게 내부 일 같이 하자고 온 모양인데 피사리 때문에 엉거주춤하는 꼴이어서 오늘은 비야 엄마, 금란 씨까지 함께 피사리를 해서 일찍 끝내고 김 군과 유 군은 곰소에 보낼 생각을 하고 논에 함께 갔다. 피사리를 일찍 끝내기는 틀렸다. 4시쯤 최광석 군과 김 군, 유 군, 비야 엄마를 먼저 보내고 금란 씨와 둘이서 6시까지 피사리를 계속해서 했다. 그리고 금란 씨와 노루목에 가서 바다와 해 지는 모습을 보았는데 해가 구름 속으로 져서 바다 밑으로 갈앉는 모습은 보지 못했다. 물이 거의 만조에 가까웠다. 밤길을 걸어 돌아오는 길에 구판장 아저씨가 차를 태워주어 그 차로 구판장까지 왔다. 운산교 넘어 집에 오는데 반딧불이가 참 많이 날아다닌다.

　집에 오니 다른 식구들은 저녁을 이미 먹었다. 유 군과 김 군은 곰소에서 술을 마시고 있는 모양이고, 우리도 곰소에 간 줄 알고 기다리지 않았다 한다.

　윤석빈 군이 독일에서 학위를 마치고 돌아왔다고 전화했다. 이경원 양도 마찬가지로 학위를 마쳤다 한다.

9월 19일

　새벽에 빗방울이 후두둑거리는 소리를 듣고 벌떡 일어났다.

마당에 그대로 놓아둔 흙담틀을 부랴부랴 처마 밑과 부엌에 옮겨 놓았다. 봉선 씨가 나오고 이어서 종현이를 불러내고 금란 씨도 나와 일을 거들었다. 얼추 치워놓은 다음에 자전거를 타고 당산나무터로 갔다. 널어놓은 이불이 젖었다. 아래채 하우스에서 멍석 두 개를 말아놓고 그릇장을 가운데로 옮겨 거기에 이불을 쌓았다. 위채 하우스 멍석도 가운데로 옮겼다. 비가 어지간히 내리더라도 습기에 차지 않도록 모든 조처를 취하고 저수지 바닥 쪽으로 내려왔다. 저수지 물은 가뭄이 들어 거의 밑바닥까지 내려갔다. 조금 더 빠지면 물고기들이 떼죽음을 당할지도 모르겠다. 물이 더 불어나려면 비가 많이 내려야 할 텐데…….

집에 돌아오니 아침을 먹고 있다. 내가 오기를 기다리다가 너무 늦게 오니까 포기하고 먹기 시작한 모양이다. 가장이 일을 나갔는데 밥상머리에서 기다리지 않고 먼저 먹는 법이 어디 있느냐고 농담을 하고 같이 밥을 먹었다. 차까지 한잔 마시고 나니 비가 오락가락해서 길을 떠나고 싶은 마음이 든다. 솥에 넣고 삶은 감물 들인 천조각이 생각나서 구들방 솥을 열고 보니 녹물이 가득하다. 이런이런! 녹물을 퍼내고 솥을 닦으면서 이 기회에 아예 솥에 녹이 쓸지 않게 근본 조처를 해야겠다는 생각이 들어 일을 시작했다. 솥을 닦아내고 재실에서 비누 만들려고 보관해놓은 돼지기름 양동이를 가져다가 금란 씨에게 솥과 솥뚜껑에 기름을 바르라고 했다. 시작한 김에 농협에 마늘을 사러 갔다 온(1킬로그램에 2200원씩 모두 13만 5000원어치를 샀다 한다) 김희정 군에게 담벽에 붙여 지은 부뚜막에 걸린 솥도 닦자고 했다. 철수세미로 솥바닥을 닦고 돼지기름을 바르고 불을 때서 돼지기름이 구석구석 스미도록 했다. 구들방 솥은 불을 때서 기름을 태운 뒤에 다시 물을 부어 철수세미로 한 번 더 닦아낸 뒤에 돼지기름을 발랐다.

김희정 군이 기왕 솥을 이렇게 닦아놓았으니 돼지고기를 구워 먹자고 해서 냉동실에서 꽁꽁 언 돼지고기를 꺼내 맷돌에 쳐서 일부를 떼어낸 뒤 솥에 넣고 구웠다. 마늘 까는 일을 돕겠다고 안용무 씨가 와서 다듬이질을 시키다가 돼지고기를 먹자고 했더니 먹어보고는 맛이 좋다고 한다. 막걸리를 곁들여 돼지고기를 구워 먹었다. 먹는 동안에 경진이한테서 연락이 왔다. 10월 말까지 전래동화 그림을 그리기 때문에 놀러 오고 싶어도 올 수 없다는 안부 전화였다.

오후가 되니 몸과 마음이 모두 만신창이가 된 느낌이다. 나를 찾는 여행을 하는 게 필요하다는 생각이 들었다. 오후 3시에 집을 나섰다. 정처도 없이 목적도 없이 길을 떠나는 것은 이번이 처음이다. 이번 여행에서는 평소 같으면 그냥 무심히 지나쳐버렸을 조그마한 사건들이 증폭되어 전달되어왔다. 부안에서 《동아일보》를 샀는데 간첩 한 명을 생포하고 또 열한 명을 시체로 발견했다는 기사가 있었다.

내가 느끼기에는 어쩌다 잠수함에 불이 나 내부 통신장비나 그 밖의 방향계기판 따위가 고장 나 강릉 앞바다에 표류하게 된 북한 잠수함에서 사흘 동안 굶은 승무원들이 배가 고파 더는 배에 머물지 못하고 밖으로 나왔는데 처음 보는 남한 땅인데다 남북관계가 극도로 악화된 상황이니 발각되면 틀림없이 간첩이나 무장공비로 몰려 토끼몰이가 되기 십상이라서 한 사람은 살아남을 길이 있는지 알아보느라 어정쩡한 자수를 하고, 나머지 사람들은 그렇게 해서도 살아남을 길이 희박하다 여겨 집단자살을 하고, 그 밖의 몇 사람은 그래도 목숨이 아까워서 잠시 살길을 찾고 있는 게 아닌가 싶었다. 아아, 한 동포 한 형제가 어쩌다 외부의 강권에 의해서 이렇게 남북으로 나뉘어 총부리를 마주 대고, 총을 권력의 도구로 이용하는 자들의 부추김에 의하여 이렇듯 무고하게 죽어가는가. 조난을 당해 굶주리고 죽어가는 동포가 있으면 사정을 알아보고 따뜻하게 맞아 살길을 찾아주는 게 옳거늘 미리 간첩이다 공비다 규정하고, 눈에 띄는 대로 쏘아 죽이려고 권총 한 자루 제대로 갖고 있지 못한 사람 셋을 중화기로 무장하고 산과 들을 온통 다 뒤져 토끼사냥을 하고 있으니, 이러면서도 천벌을 면할 길이 어디 있겠는가.

　서울행 버스가 평소에는 쉬던 죽암 휴게소에서 쉬지 않고 옥산 휴게소에서 쉬어 이상하다 여겼는데 이것도 이상할 게 없었다. 휴게소의 불공정거래 관행을 막으려고 버스마다 일정한 거리에 있는 휴게소에서 쉬도록 규정했는데 개중에는 운전사를 꼬이거나 버스회사와 담합해 그 규정을 어기는 사례가 나타나고, 그러다 보니 단속을 하게 되어 일시 눈가림으로 단속반을 피하려고 옥산에 선 것뿐이었다. 어리숙한 단속반들은 미리 귀띔을 받아 어쩌다 규정을 지키는 이 버스들을 확인하고 공정하게 법이 집행된다고 보고하겠지.

이명박 의원 비서관으로 있었던 김유찬 씨가 가족과 함께 감쪽같이 홍콩으로 잠적하고, 중앙우체국 소인이 뒤늦게 찍힌 장문의 편지를 이 의원과 국민회의 쪽으로 보내 자기주장을 번복했다는 신문기사도 마찬가지 맥락으로 받아들여진다. 권력의 편에선 이 의원이 난국을 벗어나려고 온갖 재주를 다 부려 법망을 벗어나려 들었을 것이고, 한 석의 의원 좌석을 잃는 것도 큰 손실로 받아들이는 신한국당과 그 하수인이 된 검경이 서로 짜고 손바닥으로 하늘을 가리는 식으로 그런 짓을 저질렀겠지. 그 뒤를 받쳐주는 힘은 독선적인 김영삼으로부터 나왔을 터이고…….

이렇게 판단하고 비판하는 나는 뭐냐? 내 마음도 갈기갈기 찢겨 하나로 통일되어 있지 못하여 길을 떠나는 것 아니냐? 그리고 상대를 이렇게 객관화하고 대상화하여 비판의식으로 거리를 두고 나와 떼어냄으로써 그 떨어진 거리에 내가 주체로서 통일성을 유지하고 있다고 분열된 자신을 외면하려는 잔꾀를 부리는 건 아니냐? 모든 판단을 정지하고 자신의 내면을 있는 그대로 정직하게 응시하지 못하는 이 껍데기만의 자의식은 어떻게 해야 없앨 수 있단 말이냐? 대상화하지 말 것. 스스로도 대상화되지 말 것. 흐르면서 스밀 것. 스미면서 빈 곳을 채워 하나의 세계를 이룰 것.

9월 20일

서울 나들이는 결과로 보아 좋았다. 집에도 알리지 않고, 변산에서도 행적을 알리지 않고 마음이 시키는 대로 떠난 길이지만, 합리나 객관이나 윤리나 그 밖의 어떤 과학에 근거를 둔 이른바 분석의 방법, 사물의 겉모습을 보고 관계의 항에 집착하여 '하나'를 이루려는 방식은 모두 실패로 돌아갈 수밖에 없다는 것을 깨우치는 계기가 되었다. 안이 밖으로 환원될 수도 없고, 질이 양으로 바뀔 수도 없는 것을. 있는 그대로 받아들이고, 주고받고, 스며들고 스며오는 것을 고즈넉이 받아들이는 게 소중한 것을……. 베르그송이 삶의 널뜀에서 한 걸음 더 나아가 사랑의 널뜀으로 표현한 뜻을 알겠다. 내 찢겨 피 흘리는 모든 부분을 있는 그대로 사랑의 눈으로 보고 찢겨진 사회, 찢겨나간 생명체들 사이의 틈도 사랑으로 메꾸어나가야지.

어제는 서울 윤이 집에서 자고 오늘은 주안에 왔다. 혼자 있고 싶어 낮부터 여관에 들었는데 바랑과 옷차림이 이상해서였는지 방에 들어선 지 얼마 안 되어 임검臨檢 순경 둘이 다녀갔다. 한 사람은 허리에 권총을 차고 있었다. 숙박부와 주민등록증 주소와 주민등록번호를 대조해보고 무엇 때문에 왔느냐 하고 물어 저녁에 여기서 만날 손님이 있는데 피곤해서 자려고 여관에 들었다고 했다. 요즈음 세상이 뒤숭숭한 데다 신고가 들어와서 검문을 한다고 하고 바랑에 든 것을 궁금해하길래 보여주었다. 어제 신문,

그리고 책 한 권 《한국과 그 이웃 나라들》, 일기장. 들여다보고 미안한지 잘 쉬라고 하고는 나갔다.

오랜만에 TV를 켜보았다. 학훈단(학생군사교육단) 훈련을 받다가 죽은 아들의 죽은 경위를 탐문하다 자살로 삶을 마감하면서 학훈단과 경찰, 검찰, 언론기관을 원망하는 유서를 남긴 아버지의 죽음을 다룬 〈PD수첩〉을 보았다. 중간부터 보아 자세한 사연은 알 수 없었지만 제도화된 권력집단 속에서 한 사람의 죽음이 갖는 뜻이 무엇인지를 생각하게 하는 내용이었다. 어제 죽은 이른바 '무장공비'와 '학훈단' 훈련에서 선배들에게 맞아 죽은 학생의 죽음 사이에 본질의 차이는 없다. 그리고 성차별 때문에 승진에서 누락한 한 여성 노동자의 싸움도 보았다. 칠남매의 둘째로 태어나 15년 동안 신용금고에서 일하던 똑똑하고 성실한 여자가 다만 여자라는 이유로 부장 승진에서 징계 맞은 경력까지 있는 4년 후배 남자에게 밀리고 난 뒤 자기는 희생당하더라도 후배 여성들에게는 힘이 되지 않을까 하여 우리나라에서는 처음으로 경영주를 법정에 세운 사연이었다. 보는 김에 내처 〈가요 톱10〉이라는 프로그램을 보았는데 이런 프로그램을 본 게 몇 해 만인지 모르나 가수들도, 노래도 딴 세계의 사람, 딴 세계의 음악인 것 같았다. 아무 판단을 하지 말자. 그저 느끼고 그 느낌이 정리되기를 기다리자고 생각하며 처음부터 끝까지 보았다. 음악비디오를 찍는 MV라는 직업이 새로 생겼다는 것도, 또 음악비디오 하나를 만드는 데 3억이라는 돈이 드는 경우도 있다는 것도 처음 알았다.

늘 그대로인 땅, 산과 계곡과 바다와 하늘 아래서 바뀌는 것이라고는 별자리와 자라는 곡식과 풀뿐인 세계에서 1년 가까이 살다가 바뀌지 않는 것이라고는 아무것도 없어 보이는 세상에 나온 셈이다. 떠나면서 윤이에게 남긴 쪽지에 썼듯이 정말 소중한 것은 바뀌지 않는다. 하늘도, 땅도, 바다도, 해도, 달도, 별도, 이름 없이 피었다 지는 작은 들꽃들마저도. 바람도, 물도, 가끔 사람들 손에 더럽혀지지만 제 모습을 늘 되찾는다. 사람의 관계에서 바뀌지 않는 건 무엇일까? 또 관계 일반에서 바뀌지 않는 건 무엇일까? 하나라고 부르는 것, 관계 속에서 하나를 찾는 게 가능한 일일까? 어쩌면 관계 속의 하나는 찾을 수 있는 게 아닐지도 모른다. 살아내는 것, 살면서 깊이 몸으로 느끼는 것, 모든 의식의 칼날이 무디어질 대로 무디어져 이것과 저것을 가르지 않고 한 덩어리로 고즈넉이 받아들이는 것, 어쩌면 그것이 관계 속에서 하나를 찾는 유일한 길인지도 모른다.

나도 바람과 물이 흐르면서 스스로 맑아지듯 그렇게 흐르면서, 어디에도 머물지 않으면서 살 만큼 자신을 가볍게 만들 수 있을까? 의식과 무의식의 무게를 떨쳐버릴 수 있을까?

9월 21일

가출한 나를 찾아 떠난 지 이틀 만에 가출의 원인을 어렴풋이 알아차리면서 다시 변산에 왔다. 지혜는 결국 사랑의 산물이다.

아니, 사랑의 선물이다. 마음에 사랑이 없는 사람이 머릿속에 든 것이 많으면 많을수록 화근일 따름이다. 나는 이제까지 사랑 속에서 관계의 그물을 짜왔는가? 그게 아니라면 무슨 어리석은 짓을 그렇게 오랫동안 해왔는가.

강남 터미널에서 10시 20분 우등고속버스를 탔다. 일반고속버스가 11시인데 그때까지 기다렸다 타고 싶지가 않았다. 부안에 와서 어제 술로 망가진 위장을 달래려고 계화식당에서 백합죽을 먹었다. 쇠도리깨를 철물점에서 하나(6000원) 사 들고 변산에서 내려 집으로 오는 도중에 안용무 씨 집에 들렀더니 오두한 씨가 와 있다. 차를 한잔하고 안용무 씨가 고인돌 있는 곳을 보고 싶다기에 기억을 더듬어 안내했는데 처음 안내했던 그곳은 아니었다. 중산리 동수와 춘분이를 같이 데리고 가서 겨우 찾았더니 주위가 그사이 바뀌어 있다. 고인돌을 보고 동네를 둘러보는 동안 보리 타작기 망가진 것이 눈에 띄었다. 그것을 가져가려고 주인을 찾으니 돈을 주고 사 가라 한다. 멀쩡하게 버려진 망가진 물건도 관심을 갖고 물어보니 돈을 달라고 하다니, 나중에 쓰레기로 버리려면 돈을 주고 버려야 할 텐데 하는 생각이 든다. 나중에 다시 오기로 했다. 돌아오는 길에 술도가에 들러 술을 사는데 최 선생 모친께서 나오신다. 어머니께서 5000원 받은 돈 가운데 1000원을 되돌려주시며 아이들 과자를 사주라 하신다. 늘 베풀면서 사는 버릇이 몸에 밴 탓이다. 안용무 씨 집에 와서 새우와 김치와 두부로 막걸리를 마시는데 유 군 집에서 일하고 오는 길에 유 군과 비야 엄마가 비야와 함께 들렀다. 술을 많이 마시고 유 군이 모는 차를 타고 집에 왔다. 밥을 먹겠다고 하니, 먹고 오는 줄 알았단다. 김진탁 씨가 김겨락 씨와 함께 산청에서 와 있어서 반갑게 맞아 농사 이야기를 하다가 자리에 들었다.

9월 22일

아침에 일어나 재실에 올라가니 김겨락 씨가 벌써 일어나 있다. 효소실과 감식초 담아놓은 곳을 보여주고 장독대를 보러 가는데 김진탁 씨 목소리가 들린다. 임시 냉암소를 그동안 보지 못했다 하여 보여주려 했더니 이미 보았다고 한다. 김겨락 씨와 다시 냉암소에 가서 구경을 시켜주었다.

아침 먹고 변소 짓는 일을 시작하기로 했다. 가로 2미터 세로 3미터 넓이로 짓기로 했는데 통벽으로 토벽을 치려고 하니 자그마치 넓이가 50센티미터가 되는 통벽을 쳐야 하게 됐다. 변소를 짓는데 그렇게 넓게 칠 필요가 없지만 집 지을 연습을 변소를 상대로 하자니 그렇게 되었다. 땅을 30센티미터 깊이로 파고 잔돌을 넣어 다지고 경운기로 동네에서 큰 돌을 모아 오기로 했다.

돌이 있을 만한 곳을 이리저리 찾아보았는데 결국 냇가와 이천규 씨가 포크레인으로 파놓은 곳만 눈에 띄고 돌을 가져올 만한 곳이 뾰족이 없다. 경운기 바퀴에 바람이 빠져 김진탁 씨는 경운기 몰고 지서리로 가고, 김겨락 씨와 제주도 출신으로 중앙대

문창과에 들어갔다는 이순호 군이 금란 씨와 파밭의 풀을 뽑는 동안, 나는 김희정 군이 혼자 하고 있는 두엄 다시 쌓는 일을 도왔다. 김진탁 씨가 경운기를 가지고 다시 와서 그걸 타고 냇가에 나가 돌을 실어 왔다. 그것으로 부족해서 이천규 씨 집 뒤에 쌓아놓은 흙에서 돌을 캐내 다시 실어 왔다. 그것으로 기초를 쌓는데 돌이 또 모자란다. 그래서 오후에 밥 먹고 다시 돌을 실으러 갔다. 점심을 먹고 돌을 쌓고 있는데 건너편 집에서 불이 났다. 무슨 일로 화가 난 주인아저씨가 홧김에 방 안에 기름을 붓고 불을 붙인 모양이다(동네 사람들은 자기들끼리는 그렇게 수군거리면서 누전에 의한 실화로 돌리자고 공론을 세운 모양인지 자세한 사정을 물어보면 전기가 잘못되어 불이 났다고 딱 잡아뗀다). 일을 하다 말고 모두 달려갔으나 불길이 하도 맹렬해 접근조차 할 수 없다. 그 집 아주머니는 실신해 있고 아저씨는 중화상을 입은 채 누워 있다가 동네 사람들이 병원으로 실어 갔다. 실신 상태에서 깬 아주머니가 집 쪽으로 가려는 걸 옆에서 붙들고 말리는 모습을 보다가 할 일이 없어 집으로 돌아왔다. 변산 소방서에서 꼬마소방차가 하나 와서 물을 조금 뿌렸으나 불길은 잡히지 않고 격포에서 소방차 두 대가 왔을 때는 이미 집은 다 타서 지붕마저 내려앉은 판이었다.

오후까지 줄곧 돌을 주워 기초 쌓는 일을 했다. 저녁 무렵이 되자 힘이 들고 지쳐서 또 손을 돌에 두 번이나 찧고 나니 더는 일하고 싶은 마음이 들지 않는다. 기초 쌓는 일도 잘 안 된다. 일손을 놓고 방 안으로 들어왔다.

용란이한테서 편지가 오고 금성이한테서도 편지가 왔다. 15일에 주중식 선생 약혼식이 있는 걸 깜박 잊고 참석하지 못했더니 금성이는 상석이와 함께 나를 많이 기다리고 섭섭한 마음으로 돌아간 모양이다. 일이 많아 참석을 못했으니 어쩔 수 없지. 지난 일기를 보니 그날은 현병호 군과 채인선 씨가 채인선 씨 딸들과 온 날이고 하루 종일 경황없이 일한 날이었다. 용란이는 몸져누우신 어머니가 아직 의식을 회복하지 못하고 있는데 그사이 바뀐 환경에 적응하며 출근을 하자니 많이 힘이 드는 모양이다. 하기야 나도 이래저래 힘이 드는데 너는 오죽하랴 하는 마음이 들었다. 주 선생은 10월 3일에 낮 12시 한국과학기술원 대강당 뒤뜰에서 결혼식을 갖는다 한다. 그날은 어떻게 해서든지 꼭 참석을 해야 한다.

9월 23일

방 안에 앉아 있는데 밖이 시끌벅적하다. 나가보니 이상돈 씨와 안나, 파트리샤가 와 있다. 새벽 1시 반쯤 도착했다고 한다. 반가웠다.

아침을 먹고 지름박골에 가서 하우스 안 환기를 시켜주어야겠다는 생각이 들어 그동안 지름박골은 한 번도 가보지 못한 안나, 파트리샤 그리고 김겨락 씨와 함께 중산리로 해서 지름박골을 갔다 산 넘어 돌아왔다.

변소 짓는 일을 시작했는데 어제 쌓아놓은 석축 가운데 이순호 군이 쌓은 윗부분이 너무 좁아 보이고 김진탁 씨가 쌓은 뒤쪽 부분도 너무 작은 돌로 쌓아 불안정해 보여서 다시 뜯어내 고쳤다. 이 군도 김진탁 씨도 애써 쌓아놓은 걸 다시 뜯어내니 기분이 좋지 않아 보였으나 어쩔 수 없다. 기초가 탄탄하지 않으면 그 위에 아무리 정성 들여 무얼 쌓아 올리고 세우더라도 말짱 헛것이다.

드디어 흙담틀을 세우고 흙을 다지는 작업을 할 시간이 왔는데 흙담틀 아래쪽에 끼워 담틀의 거리와 균형을 유지해준 받침대가 경사 각도가 없이 밋밋하게 그대로다. 김진탁 씨한테 여러 차례 책까지 보여주면서 한쪽이 얇고 한쪽이 두껍게 깎고 또 마찰이 적게 표면을 매끄럽게 대패질을 해야 나중에 메로 쳐서 빼낼 때 벽이 흔들리지 않는다고 이야기했는데 김진탁 씨가 고집을 부려 그대로 놓아둔 모양이다.

일꾼들이 대목 말을 듣지 않으면 대목은 사라지는 수밖에 없다고 능치고 버팀대 가운데 나머지를 모두 중산리에 가지고 내려가 형님 집에서 일하는 송기수 군에게 쉬는 시간에 목수들에게 부탁해 전기 대패로 조금 깎아달라고 맡겼다.

형님이 술을 권하고 또 밥을 먹고 가라고 하시는 바람에 술도 좀 많이 마시고 점심도 형님 댁에서 먹고 솔 담배도 한 보루 주시길래 챙겼다. 어제는 유광식 군 편으로 '사과배'(북녘에서 사과와 배를 교배해서 얻은 과일)와 포도를 보내주시더니(보리밭 들뜬 것을 가라앉히는 시멘트 원통과 포트도 함께 보냈다) 오늘은 또 담배다. 형님한테 돈을 다른 데서 아끼고 문간채 대문과 돌담 위 기와는 본채 기와 그대로 쓰고 시멘트 기와로 얹을 생각을 버리라고 강력하게 주장했다. 나중에 두고두고 후회할 일을 모른 척하기가 안돼서…… . 형님이 그러겠다고, 돈이 문제는 아니라고 하더니 그 자리에서 기와 얹는 사람에게 전화를 하는 걸 보고 돌아왔다.

안용무 씨가 변소 짓는 아침 무렵에 와서 인사를 하더니, 점심을 먹고 집에 와도 그대로 있다. 금란 씨와 봉선 씨에게 안 선생과 함께 술맛을 보고 평가하라고 했다.

오후에 이상돈 씨 일행, 김거락 씨, 그리고 이순호 군이 떠났다. 김진탁 씨와 둘이 남아 변소 흙담을 쌓아야 하는데 술기운이 완전히 가시지는 않은 데다 어제의 피로도 남아 있고 해서 잠깐 자리에 누웠다 3시쯤 일어나 일을 시작했다. 흙을 틀 속에 쏟아 붓고, 메질을 해서 다지고, 재실에 올라가 흙을 퍼서 싣고 내려와 다시 메질을 했다. 도중에 재실 앞밭에 뿌린 무와 배추를 보니 검은 벌레와 배추벌레가 너무 많이 달려들어 만신창이가 되어 있고, 금란 씨가 종현이 데리고 비야 엄마와 함께 벌레를 잡느라고 밭에 엎드려 경황이 없다.

김진탁 씨와 변소 한 모서리를 다지고 난 뒤에 틀을 떼내고 받침대를 뽑고 해서 담의 모습을 보았다. 돌과 맞닿는 데에서 흙이 많이 떨어져나가고 흙을 다시 부어 다진 곳도 충분히 다져지지 않아 성긴 데가 있긴 해도 다행히 받침대를 빼내느라고 메질을 한 데에서 오는 충격으로 담에 금이 가거나 무너지지는 않았다.

719

김진탁 씨는 실망해서 헐고 다시 짓자고 하지만 나는 성공했다고
돌과 흙이 맞닿는 부분만 보강하자고 했다. 오늘 일은 이것으로
마치자 하고 손을 씻었다.

저녁을 먹고 비야 엄마의 언니가 거창에서 보낸 사과를 깎아
먹고 막걸리를 마시면서 내가 부추겨 이 사람 저 사람 노래를 부
르게 했는데, 내가 가장 많이 불렀다.

밤에 나래 엄마한테 전화를 했다. 영옥이가 와서 같이 잔다기
에 지난 호 《해인》에 쓴 글 잘 썼다고 전해달라고 했다. 나래 엄
마가 또 잔소리다. 다달이 1000만 원씩 들여 취미생활을 한다는
욕을 먹기 쉬우니 매사를 알뜰하게 처리하고 야무지게 살라고 한
다. 이번 추석에 손님이 일손 도우러 온다 하니 갈 수가 없겠다고
다시 말했더니 뜻밖에 선선히 그러라고 해서 안심이 되었다. 나
래와 누리는 여전히 아비를 닮아 잦은 외박에 12시가 넘어도 안
들어오는 날이 많아 포기했다고 한다. 웃음이 나왔다.

9월 24일

새벽에 목이 뻣뻣하고 방이 추워서 몸을 여러 번 뒤쳤다. 봉선
씨와 금란 씨가 아직 젊어서인지, 서울에서 태어나 추위에 단련
이 되어서인지 가끔 이렇게 불을 안 올려놓아 새벽잠을 설치게
한다. 오늘은 종현이가 집에 가는 날이다. 어젯밤 하나에 5만 원
씩 여비를 넣은 봉투 여덟 개를 준비하고 따로 봉선 씨에게 40만

원을 주면서 돈이 더 필요한 사람에게는 조금씩 더 챙겨주라고
했는데, 종현이는 집에 가는 게 그렇게 좋은지 목소리가 벌써 들
떠 있다.

아침을 먹고 김희정 군이 종현이를 부안까지 데려다주려는 걸
지서리까지만 데려다주고 혼자 가게 하라고 했다. 지난번 부안까
지 데려다주고 전주까지 가는 차표까지 끊어주었는데, 이제 차츰
혼자서 그런 문제를 해결할 때도 되었다고 여겼기 때문이다. 종
현이를 보내고 변소 짓는 일을 다시 시작했다. 'ㄱ'자로 꺾이는
부분에 충분히 수평을 잡아 평탄작업을 하고 시작했는데도 짚을
섞은 점토로 도배를 해서 담틀 구멍을 막지 않은 탓에 흙이 담틀
과 돌 사이의 빈틈으로 흘러내려 모서리가 많이 무너져서 그것을
복원해야 했다. 부스러진 흙을 말끔히 긁어내고 부스러진 곳에
물뿌리개로 물을 충분히 뿌려 습기를 머금게 한 뒤에 짚과 황토
를 섞어 발로 잘 밟아 그것으로 허물어진 곳을 메꾸었다. 그리고
새로 담틀을 세워 구멍이 생긴 곳은 마찬가지로 짚과 황토를 섞
은 흙으로 막고 메질을 하도록 했다. 오전은 이렇게 짚을 썰어 덩
이진 황토를 잘게 부수어 섞고 발로 잘 이겨 허물어진 담벽을 바
르는 일로 소일했다. 조그맣기는 해도 변소를 짓는 거나 집을 짓
는 거나 원리는 같다. 이 일이 성공하면 집 짓는 일도 성공할 것
이고 이 일이 실패로 돌아가면 그 이유를 찾아내기까지는 집 짓
는 일도 미루어야 한다. 흙을 밟고 있는 데서 기쁨이 솟아올랐다.
옆에서 지켜보는 사람에게는 중노동으로 보이겠지만 이런 기쁨

때문에 아무 생각 없이 힘든 일을 하나 보다.

일을 하면서 김진탁 씨는 계속해서 황병기 씨의 가야금 산조부터 서울대 작곡과 출신 젊은이들의 모임인 '살으리'에서 작곡했다는 국악곡을 틀어 듣는데 한편으로 '살으리' 노래가 '아니다'라는 생각이 들면서 계속해서 자연의 소리에 귀를 막고 인공의 노래에 빠지는 김진탁 씨의 정서가 불안하기도 하고 또 한편으로는 그렇게 어설픈 흉내나 그 흉내에서 소중한 정신의 유산을 찾으려는 노력이 가상하다는 생각도 했다.

김진탁 씨가 오전참 시간에 나에게 부탁하기를 저녁에 자기 부모에게 연락해서 김진탁 씨가 내 제자인데 여기 와서 잘 살고 있고 곧 가정을 이루고 안정된 생활을 할 것이라고 위안해달라 한다. 그리고 금란 씨 같은 사람이면 결혼해서 여기서 살 수 있으리라 여긴다고 했다. 광식이가 금란 씨에게 목을 매더니 이번에는 김진탁 씨가 빠진 모양이다.

점심을 먹고 힘이 들어 쉬고 있는데 진탁 씨는 계속해서 경운기를 재실로 몰고 올라가 흙을 파서 실어 내렸다. 경운기가 오는 소리에 더 누워 있지 못하고 밖에 나가 오전에 바르다 놓아둔 흙을 담벽에 바르고 나머지 흙을 마르지 않게 짚으로 덮고 그 위에 다시 비닐을 덮고, 진탁 씨와 함께 흙을 퍼 날랐다. 내일 유 군과 비야 엄마만 남고 모두 오전에 서울로 간다는데 그동안 변소 짓는 일을 계속하려면 흙을 쌓아놓을 필요가 있어서 그런 것이다. 흙을 퍼서 내리는 동안 진탁 씨는 벽에 메질을 했다. 다시 흙을 붓고 이번에는 저녁때까지 내가 메질을 했다. 잠깐 떡볶이를 먹는 동안 봉선 씨가, 소영 씨가 나에게 약과를 속달로 보냈다고 전화를 해 왔다 한다. 두 상자를 보냈는데 한 상자만 먹고 한 상자는 자기들 먹으라고 한 것이니까 돌아올 때까지 먹지 말라고 해서 우스갯소리로 오는 즉시 다 먹어버리겠다고 했다.

메질을 할 때 금란 씨가 잠깐 구경을 왔길래 김진탁 씨가 한 이야기를 귀띔했더니 농담으로 알고 웃는다. 한쪽에서는 진심을 이야기하는데 다른 쪽에서는 농담으로 들어 넘기려 하니, 참 이래서 짝을 맺는 게 쉽지 않은 모양이다. 아침에 떠난 종현이가 저녁 때 대구 집에 잘 도착했다고 전화를 했다. 종현이는 점점 더 물정이 생기는 것 같아 반갑다.

저녁을 먹고 술 마시며 노래하는 시간을 가졌다. 김진탁 씨에게 노래를 시켰더니 자꾸 뜸을 들인다. 자연스럽게 느끼는 대로 표현하는 데 서툴다. 그리고 일할 때와 마찬가지로 사람 관계에서도 외곬인 점이 눈에 띈다. 나중에 김진탁 씨 어머니에게 전화를 해보고 어머니 목소리를 듣고야 어머니와의 관계에서 김진탁 씨가 기를 펴지 못하고 움츠러드는 습성이 붙었구나 하는 느낌을 받았다. 어머니가 18세 때 여섯 살 더 많은 아버지와 혼례를 올렸는데 아버지 집안은 부자였고 어머니 집안은 무척 어려워서 나이 어린(?) 어머니가 거의 팔려오다시피 한 모양이다. 김진탁 씨 기억으로는 부모가 사이좋게 손잡고 이야기를 하거나 정겨운 눈으로 서로를 보는 모습을 한 번도 본 적이 없다 한다.

그나마 남아 있던 흥취마저 유 군이 먼저 가고 이어서 금란 씨도 술 취함을 빙자하여 방 안으로 들어가버리고 나니 진탁 씨 마음에서 사라졌다. 금란 씨에게 쓴 쪽지를 봉선 씨에게 남기고, 올라가겠다고 갔는데 나중에 그 쪽지를, 봉선 씨가 뒤늦게 나온 금란 씨에게 전해주었다. 어눌한 표현으로, 그러나 분명하게 용기 내서 쓴 짧은 연서다. 그걸 금란 씨가 낭독을 했다. 참, 이런! 한쪽은 다가서고 한쪽은 한발 물러서고……

김희정 군이 끝까지 남아서 같이 비야 엄마와 유 군을 결합시킬 궁리, 진탁 씨와 금란 씨의 사귐을 이야기하다 재실에 심어놓은 메밀꽃을 보러 가자고 했다. 재실 입구에 있는 가로등 때문에 메밀꽃의 눈부신 하얀 빛이 살아나지는 못했지만 그런대로 아름다웠다.

9월 25일

새벽에 꿈을 꾸었다. 꿈에서 처음으로 눈밭에서 골프를 쳤다. 눈송이를 뭉쳐서……. 나중에 정주영·정세영 형제와 커다란 고깃국 끓이는 네모난 쇠궤짝 앞에 앉았는데 정세영이 건너편 끝에 앉은 형에게 고기 건더기를 전해주느라 무진 애를 쓰다 나중에는 철판 너무 가까이 목과 얼굴을 대고 건더기를 건져 올리느라 목과 한쪽 뺨에 화상을 입었다. 그제야 정주영이 동생의 정성이 갸륵하다는 듯, 그러나 그 말을 바로 하지 못하고 우스개 비슷하게

"난 네 목살은 먹고 싶지 않은데" 식으로 말했다.

형상이 모두 사라지는, 관계의 그물 속에서 이런저런 형상이 거품처럼 떠오르다 없어지는 그런 경지를 체험했다. 왜 스님들이 그렇게 '무無' 자 화두를 붙들고 늘어졌는지 알 수 있겠다. 깨어나 깨우침의 마당이 조금 더 넓어졌음을 느꼈다. 면벽하고 숨길을 고르는 데서만 참선이 이루어지는 게 아니로구나, 그냥 하루 종일 흙을 퍼 나르고 땅을 다지는 데서도 모르게 참선이 이루어지는구나 하는 생각이 든다.

아침에 추석 쇠러 길 떠나는 식구들(봉선 씨, 금란 씨, 진탁 씨, 희정이)에게 커피를 타주었다. 일찍 떠나면 나는 변소 짓는 일을 하려고 하는데 자꾸 꾸물거린다. 할 수 없이 작업복을 갈아입고 새로 짓는 변소의 통벽에 흙을 채우고 공이로 다지고 있는데 9시쯤 되어서야 모두 새 옷으로 갈아입고 가겠다고 인사를 한다. 유 군과 비야네와 나만 남았다.

오전에는 유 군이 잠깐 공이질을 도와주었는데 비야 엄마를 도와 민정네가 살던 방으로 이삿짐을 나르겠다고 해서 그 일이 급하니 그렇게 하라고 했다. 참에 막걸리가 없어서 국향 두 병 있는 것 가운데 하나를 따서 과자부스러기와 사과와 함께 먹고 다시 흙일을 했다.

점심은 유 군과 비야네와 함께 우리 집에서 먹었다. 먹으면서 추석 때는 내가 재실에 올라가 밥 먹으면 어떻겠느냐고 했다. 그랬더니 반찬이 없단다. 유 군 집에서 냉장고를 날라다 놓고 우리 집에 있는 반찬을 갖다 먹으면 되지 않겠느냐고 했다.

점심을 먹고 많이 피곤해서 3시까지 방 안에 누워 있었다. 소영 씨가 부친 약과와 감잎차가 속달 소포로 도착했다(소포 요금이 자그만치 7400원이나 된다). 약과를 이것저것 맛보고 소영 씨에게 고맙다고 전화를 했다. 보리 식구들에게도 추석 잘 지내라고 전화를 했다.

오후 3시부터 6시까지 내처 흙일을 했다. 그리고 혼자서 담틀을 옮겨 다시 짜놓고 방에 들어와 글쓰기 회보를 읽었다. 10월호 회보 가운데서 이승희 선생의 〈지금도 늘 내 곁에 있는 아버지〉와 김경희 선생 반 학생들의 글이 참 좋았다.

저녁에 안용무 씨가 육개장을 끓여 보냈다. 아주 맛이 있었다. 오늘 저녁은 유 군이 제사용 소고기 한 근을 가져와서 프라이팬에 구워 먹고 육개장에 모과주를 곁들여 푸짐하게 먹었다.

경민이가 내일 집에 가서 같이 송편을 빚자고 해서 그러자고 약속을 해놓았는데 아침에 유 군한테 내일 나 서울 간다고 동네 사람들에게 이야기해놓으라 하고 유 군이 그렇게 중산리 형님한테도 이야기해놓는 바람에 아무래도 경민이와의 약속을 취소해야 할 것 같아 저녁을 먹고 모과주를 몇 잔 마신 다음 유 군과 비야 엄마는 재실로 올려 보내고 나는 자전거를 타고 안 선생 집에 갔다. 안용무 씨가 막걸리를 내놓는데 마셔보니 맛이 쉬었다. 지서리에 가서 술 네 병을 사 와서 권커니 잣거니 하다 보니 다 마셨다. 새벽 2시가 넘어 걸어가라는 안 선생 말을 거절하고 자전

거를 타고 오다가 다섯 번인가 길바닥과 밭에다 박았다. 전혀 균
형이 잡히지 않아 나중에는 입술과 볼에 생채기가 나고 부풀어
오를 만큼 심하게 박았다. 많이 취했나 보다.

9월 26일

아침 늦어서야 일어났다. 엊저녁에 금란 씨 방에 온 중위가 엎
드려 자고 있는 것을 보았는데 아침이 늦어도 내가 일어날 기미를
보이지 않으니 먼저 재실로 올라간 모양이다. 8시가 넘어서야 자
리를 개고 재실에 올라가 육개장 국물 한 그릇으로 속을 풀었다.

온 중위와 내려와 흙담틀에 흙을 붓고 메질을 하다 참때가 되
어 비야 엄마가 가져온 호박 찐 것, 효소물, 사과를 먹고 기운을
차려 다시 메질을 했다. 땀을 빼야 술독이 빠질 것 같아 힘들어하
는 온 중위와 함께 땀이 옷에 배도록 계속해서 메질을 하다 11시
반쯤에 오전 일을 끝마쳤다. 잠시 방에 누워 있는다는 게 잠이 들
었던 모양이다. 12시 반쯤 되어 재실에 올라가 점심을 먹고 내려
와 방에 누워 있었다. 온 중위도 엊저녁 술이 과했는지 금란 씨
방에서 잠이 들었다.

안용무 씨가 경민이와 재혁이를 데리고 송편을 빚으러 와서,
가져온 잡채와 김치와 돼지고기 수육에 막걸리를 몇 잔 마시고
송편을 빚었다. 송편을 예쁘게 빚어야 예쁜 딸을 낳는다면서 온
중위, 비야 엄마와 비야까지 함께 빚었는데, 나는 만두피처럼 넓

적하게 펴서 빚다가 안용무 씨한테서 핀잔을 들었다. 나중에는 제법 예쁘게 빚어졌는데 유 군이 최 선생 댁과 송종철 씨, 그리고 형님 댁에 효소 배달을 하고 와서 참여하는 기회를 타서 온 중위를 불러내어 흙을 퍼서 치는 일을 했다. 덩이진 흙을 메질하고 삽으로 체에 던져 치노라니 땀이 다시 솟는다. 그리고 기분이 좋아진다. 공사판에서 막일을 하는 데 재미를 붙인 사람들이 한곳에 머물러 일하려 들지 않는 이유를 알겠다. 흙일을 마치고 목욕을 하고 빨래를 했다. 내의와 작업복 그리고 외출용 개량한복 윗옷을 빨아 널고 있는데 안용무 씨가 국을 가져온다면서 아이들을 데리고 집으로 갔다.

대한항공 정비과에 다니는 임전수 군에게서 전화가 왔다. 그리고 송순섭 군도 안부전화를 했다.

집에 전화를 해서 도시에서 멀쩡한 가스레인지를 버리고 오븐을 사는 경우가 많은데 혹시 그런 것이 눈에 띄거든 주워놓으라고 하고 냉장고와 빵 굽는 기계도 알아놓으라고 했다. 아무래도 10월 초에 유 군과 함께 서울에 가서 이것저것 실어 와야 할 것 같다.

유 군과 원 중위는 부안으로 떡을 사러 갔다 오고 안용무 씨는 집에서 국그릇과 반찬을 들고 올라왔다. 맹감잎에 싼 흰 송편과 모싯잎 송편을 쪄서 먹었다(안용무 씨가 송편 대부분을 놓아두고 자기 집에는 조금밖에 안 가지고 갔다). 저녁을 먹고 술을 마시고 있는데 이장 김경철 군이 오고 뒤이어서 최싱렬 선생이 왔다. 술자리가 길어져서 김 이장은 12시가 조금 못 되어 집으로 가고 최 선생은 1시가 넘어서 일어섰는데, 경민이와 재혁이가 졸음이 와서 집에 가자고 졸라대는 바람에 안용무 씨는 11시 조금 넘어서 일어섰다. 다 보내고 설거지를 하고(비야 엄마도, 유 군도 12시쯤 해서 재실로 올라갔다) 잠자리를 폈다. 온 중위는 금란 씨 방에서 잤다.

9월 27일

새벽에 온 중위가 인사를 하고 떠났다. 아침은 재실에 가서 먹었다. 밥 먹기 전에 변소 흙담틀을 떼어냈더니 아무래도 흙을 다진 상태가 고르지 않아 만족스럽지 못하다. 다른 방법을 찾아야겠다.

밥을 먹고 유 군은 차를 끌고 고향으로 떠나고 나는 아래로 내려와 오전에는 방에서 쉬었다. 비야 엄마한테는 점심때 찾지 말라고 미리 이야기를 해두었고 방에 누워 뻣뻣하게 굳은 어깨를 이리 뒤척 저리 뒤척 하면서 다스렸다. 오후 1시쯤 되니까 어깨가 조금 풀리는 것 같았다. 점심 대신 송편을 김치에 곁들여 먹고 2시쯤 재실로 올라가 유 군의 등산화를 신고 영지버섯을 따러 뒷산에 올랐다. 영지버섯은 썩은 참나무 둥치 곁에서 자란다는데 가뭄이 워낙 심해서 그런지 하나도 찾을 수 없다. 두 시간 가까이 산을 헤매다 내려오니 비야 엄마가 점심 겸 저녁을 먹자고 한다. 내가 올라가지 않는 바람에 점심을 걸렀나 보았다.

4시가 조금 넘은 시각에 식사를 하고 칡술을 조그마한 잔으로

석 잔을 마시고 집으로 내려왔다.

저녁 7시가 넘어 김영자 양에게서 지서리에 친구와 함께 왔다고 전화가 왔다. 재실에 식사 준비가 되느냐 물으려고 전화를 했는데 받지 않는다. 우리 집에도 밥이 없다. 별수 없이 안용무 씨 집으로 전화를 해서 밥이 남아 있으면 두 사람을 그리 데리고 갈테니 조금 달라고 했더니 선선히 데리고 오라고 한다. 자전거를 타고 구판장 쪽으로 해서 중산리 내려가는 길에 오토바이를 타고 오는 비야 엄마와 비야를 만났다. 월명암 쪽으로 해서 지동리로 걸어서 산책하고 오는 길이라 했다. 같이 안용무 씨 집으로 갔는데, 갑자기 식구가 늘어서 밥을 새로 지어야 했다. 비야는 배가 고픈지 가장 많은 밥이 담긴 밥그릇을 차고 앉아 밥을 먹는다. 그 바람에 안용무 씨와 오두한 씨는 새로 지은 밥을 비야 엄마와 함께 먹었다.

밥상에서 두부와 전으로 막걸리를 마셨다. 처음에는 거실에서 마시다가 나중에는 난간이 있는 누마루로 옮겨 마셨다. 안용무 씨 집에 있는 술이 다 떨어져 우리 집으로 옮겨 와 술을 마셨는데, 모두 많이 마셨다. 안용무 씨는 어지간히 술이 오르는지 졸다가 잠깐 바람 쐬러 간다고 나가더니 들어오지 않는다. 나도 그 전에 잠깐 변소 짓는 곳에 가 누워 있었는데 그냥 달을 보고 왔다고 시치미를 뗐다. 오두한 씨가 안용무 씨를 찾으러 밖으로 나가는 것으로 자연스럽게 술자리가 끝났다.

9월 28일

아침에 일어나니 5시 반쯤이다. 부스럭거리면 금란 씨 방에서
자는 손님들이 일찍 깰까 봐 다시 불을 끄고 조금 더 누워 있다 창
문이 환해져 자리에서 일어났다. 솔밭으로 가서 녹두와 팥 그리
고 대파밭 상태와 고구마 상태를 둘러보았다. 산 밑에 있는 고구
마는 무엇이 땅을 파고 헤쳐서 그랬는지 모르겠지만 많이 파여
뒤집혀 있었다. 집에 돌아오니 비야 엄마가 반찬거리를 들고 마
당으로 들어서고 있다. 다시 재실에 올라가 올콩밭 상태를 보았
다. 너무 오래두어 콩이 튄 빈 콩깍지가 많이 눈에 띈다. 오늘 콩
을 꺾는 일부터 해야겠다.

다시 집에 내려와 낫을 갈았다. 아침을 먹기 전에 네 자루를 갈
았다. 밥을 먹고 잠깐 내 방에 들어와 어제 일기를 쓰고 차를 마
셨다. 그리고 낫 세 자루를 다시 갈아 김영자 양과 정명미 양과
함께 재실에 올라갔다. 콩대 베는 법을 가르쳐주었는데 낫질이
처음이라서 그런지 잘 베지 못 한다. 콩대를 베라고 하고 하우스
안에 바랭이풀을 베어내는데 비야 엄마가 거든다. 밖에 나가 콩
대를 베라고 하니 하우스 안이 더워 해가 내리쬐면 일하기 거북
할 테니 해가 없을 때 같이 베면 되지 않겠느냐고 한다. 마음씀씀
이가 고맙다. 나중에는 쫓아내고 혼자 다 베고 나서 아무렇게나
버려놓아 썩어가는 부직포를 펴서 말렸다. 일을 끝내고 담배를
한 대 피우고 있으니, 콩대도 다 벴다. 두 여자 분에게 냉암소 구

731

경을 시켜주고 떨어진 호두와 감을 줍고 참을 먹었다. 원향미 양
이 담배 한 보루(THIS)만 보낸 줄 알았는데 북어쩜도 보냈나 보
다. 그리고 명절 전이라 반찬이 없을 거라고 여겼는지 잡채와 전
과 도라지무침 같은 것도 함께 챙겨 오는 바람에 그것으로 참을
먹었다.

  참을 먹고 나서 솔밭으로 가서 녹두와 팥을 땄다. 12시가 조금
넘어 집에 가자고 했더니 일을 더 하고 가겠다고 한다. 대파밭을
매는 일을 시작했는데 흩어 뿌린 데다 가뭄으로 흙이 딱딱해져
맬 수가 없다. 조금 하다 포기하고 집에 오니 공주에서 농민회 간
사 일을 한다는 여자 분이 하나 와 있다. 어제저녁에 염정우 씨
집에서 자고 오는 길이라 한다. 뒤늦게 올라온 안용무 씨 가족도
함께 점심을 먹었다. 오후에는 3시 반까지 쉬었다. 오두한 씨와
나머지 분들은 먼저 일하러 갔다. 오두한 씨는 새로 짓는 변소 기
초 위에 깔아놓은 흙을 다시 걷어내는 일을 시켰는데 일어나보니
다 마치고 어디 가고 없다. 나중에 짚을 썰어 흙과 섞고 있는데
내려왔다. 내가 일어나지 않아 여자들과 함께 밭일을 했다 한다.
같이 흙을 물에 개서 짚과 섞어 밟는 일을 했다. 일이 힘들어 조
금 하다 맥주 두 병과 그제 안용무 씨 가족이 빚어 맹감잎에 싸서
쪄놓은 송편으로 참을 먹고 다시 일을 했다. 유 군이 점심 뒤에
방울토마토 한 상자를 가져왔는데, 재실에 갔다 다시 합류해서
함께 흙일을 했다. 그 덕에 흙일은 조금 일찍 끝났다.

  안용무 씨는 경민이를 데리고 저녁을 지어야 한다고 미리 가

고 재혁이는 기다렸다가 아빠와 함께 가겠다고 해서 일을 마치고 내 방에 들어와 잠깐 이야기를 나누었다.

어젯밤 달구경을 하러 나간다고 했던 안용무 씨가 술에 취해 그길로 집에 갔는데 신을 신고 간다는 게 한 짝은 남의 신을 신고 가고 그것도 짝이 맞지 않은 신발을 끌고 간 것이 발견되어 지난번 내가 술내기에서 졌는데 어젯밤에는 이긴 셈이라고 하며 웃었다. 저녁을 먹고 유 군이 맥주를 마시자 하여 맥주를 마시면서 이런 얘기 저런 얘기를 했다. 양은주 씨가 삶에 꼭 필요한 것만 갖고 적게 쓰는 생활태도를 가져야 한다는 말을 한 것이 빌미가 되어 여러 가지 이야기가 나왔다. 양은주 양은 올해 스물일곱이고 공주에서 농민회 간사를 하는데, 전통 방법으로 농사를 짓고 옷을 만들고 하는 데 관심이 많은 처녀. 김영자 양은 스물여덟이고 기획실에 다니는데 우리가 사는 모습과 도시에서 사는 사람들의 모습을 비교해보면 늘 마음이 편치 않아 여기를 다녀가고 나면 며칠 동안은 마음몸살을 앓는다고 한다. 정명미 양은 스물아홉인데 간호학과를 나와 약국에서 근무한다고 한다. 아버지는 정년퇴직을 하여 주변의 텃밭을 가꾸고 낚시질로 소일을 한다고……. 모두 어떻게 사는 게 사람답게 잘 사는 것인지를 알고자 이렇게 먼 길을, 추석 명절인데도 찾아와 일손을 돕는데 제대로 삶의 길을 일러줄 능력이 없다. 그저 사는 것으로 보여주는 수밖에 없는데, 내 삶이라는 게 얼마나 구멍이 많은지.

유 군이 정명미 양과 메밀꽃 구경 간다고 나가더니 돌아와 모두 바닷가에 가자고 한다. 나는 일찍 자리에 누웠다.

9월 29일

아침에 일어나 재실을 둘러보고 떡메를 찾았는데 없다. 흙벽돌 틀과 괭이와 흙삽을 가지고 내려오는데 유 군이 올라오더니 떡메는 아래에 내려다두었다고 한다. 볏짚을 썰고 흙을 칠 체를 다시 철판 위에 세우고 떡메를 부엌에서 찾아 흙에 메질을 조금 했다. 7시 반쯤 밥이 마련되었는데 양은주 씨가 북엇국을 끓였다가 벌레가 너무 많아 다시 미역국을 끓였다고 한다. 북엇국은 버릴 생각일랑 말고 우리 달라고, 유 군과 함께 이야기했다.

북엇국에 밥을 먹으면서 옛 어른들이 여름철에 벌레 서 말은 먹어야 겨울을 날 수 있다고 말씀하셨다고, 음식에서 혹시 벌레가 발견되더라도 남 눈에 띄지 않게 가려내고 입 밖으로 말을 내지 않는 게 식사예절이라고, 눈이 너무 밝은 것도 병, 귀가 너무 밝은 것도 병, 생각이 너무 빠른 것도 병이라고 했다. 그리고 복숭아는 워낙에 벌레가 많은 과일이어서 옛 어른들은 복숭아를 먹을 적에는 밤에 먹으라고 말했다고도 했다.

아침을 먹고 유 군과 흙일을 했다. 마른 흙만 담틀에 넣고 메질을 하여 쌓은 담이 여기저기 금이 가고 고르게 메질이 되지 않은 곳에서 흙이 부스러져 내리고 메질을 하는 데 시간이 많이 걸릴 뿐 아니라 힘이 엄청나게 들고 해서 좋은 방법이 아닌 것 같아 같은 담틀을 이용하여 체질한 흙에 짚 썬 것을 넣고 물을 부어 잘 개서 그것을 쌓아 올려 말린 뒤에 담틀을 세우고 그 속에 마찬가 지로 짚이 섞인 무른 흙을 개서 쌓기로 작정하고 기초를 닦는 일 을 했다. 오전 중으로 기초를 만드는 일을 끝냈다. 이제 흙이 마르기를 기다리면 된다.

흙일을 하는 동안 앞집 현숙이 아버지가 작업장에 와서 동네 사람들이 우리 농사짓는 것을 걱정스러운 마음으로 지켜보고 있 다는 말을 전해주었다. 그래서 그런 줄 안다, 몇 해 동안 이렇게 농사를 짓고 이런 방법으로도 소득이 더 높아질 수 있다는 것을 보여줄 수 있게 연구를 해서, 실제로 소득이 높아진 뒤에야 동네 어른들에게 우리의 농사짓는 방법을 설득해낼 수 있지 않을까 여 기고 있다, 어차피 농약과 제초제와 화학비료 써서 농사를 잘 지 어도 값이 미친년 널뛰듯 하면 뽑아서 버리는 경우도 많지 않느 냐, 그래서 모두들 빚더미에 앉아 있는데, 씨앗이며 비료며 약이 며 기계를 쓰지 않고 우리처럼 농사지으면 빚을 질 염려는 없다, 그리고 환금작물 중심으로 농사짓지 않고, 주곡 중심으로 지으면 시장에 의존하지 않아도 되어 이런저런 걱정에서 벗어날 길도 있 다고 본다고 이야기했다.

참을 먹을 때 이장이 와서 잠깐 맥주 한잔 마시면서 이 이야기 저 이야기 하고 갔다. 맥주값을 하겠다며 트랙터로 재실밭을 조 금 갈아 우리가 파서 쓸 흙을 마련해주고 갔다. 착하고 고마운 사 람이다.

점심때 경민이 엄마한테 전화를 해서 산에 같이 가자고 했다. 산초나 초피도 따고 머루도 따고, 산살림을 하려는 뜻이다. 어젯밤 바다에 갔던 유 군이 조금때가 되어 동네 사람들이 불을 밝혀 들고 바위 위에서 꽃게도 잡고, 물속에서 낙지도 건지더라는 이야기를 해주었다. 우리도 전등을 여러 개 사서 이마에 고정시키고 갯가에 나가 갯살림 하는 길을 찾아야겠다는 생각이 든다. 산살림과 들살림과 갯살림을 제대로 하면 의식주 걱정 없이 살 만한 곳에 자리 잡았다는 생각이 절로 든다.

점심을 먹고 산으로 떠나려는데 관유 군이 왔다. 봉선 씨 집에도 가고 봉선 씨 데리고 장성에도 갔다 한다. 나를 붙들고 하고 싶은 이야기가 있는 것 같기에 마주 앉아 이야기했더니, 예전에 하던 이야기 그대로다. 내가 예전과 달라지지 않아 꼭 같은 말을 되풀이할 수밖에 없었던 걸까? 안용무 씨가 암적 존재가 될지도 모른다는 말, 재실을 새로 들어오는 사람에게 맡기라는 말, 금란 씨, 봉선 씨, 김희정 군 중심으로 일을 풀어나가라는 말……. 듣다못해 자네가 꿈꾸는 건 선민들의 특수 공동체고 나는 혼자서는 도무지 살 수 없는 사람만 끌어안겠다고, 혼자 잘 살 수 있는 사람에게는 공동체 생활은 필요 없다고 다시 말했다. 참 답답하다.

김희정 군이 온 것을 빌미로 삼아 나가서 짓고 있는 변소를 보여주었다. 그리고 투명한 비닐호스를 이용해 수평 잡는 법을 관유 군에게 배웠다. 그 간단한 원리가 머리에 떠오르지 않다니, 나 역시 머릿속에 든 잡다한 지식이 도리어 원칙을 잊게 하는 점이 많다. 관유 군에게 잘 가라 하고 두 시간쯤 늦게 먼저 산으로 떠난 일행을 찾아 나섰다. 월명암 가는 길에서 일행을 따라잡았다. 쌍선봉에 올라 막걸리를 땅콩 안주에 마시고 배도 몇 쪽 먹고 지는 해를 보고 내려왔다. 산길에서는 유 군이 비야를 업고 내려오고 큰길부터 오르막길은 내가 업었다. 비야 엄마는 밥을 짓는다고 먼저 서둘러 내려갔다. 도중에 양은주 씨가 한참 동안 비야를 업고 내려오다 나둥그러져서 다시 내가 업었다.

집에 와서 막걸리와 부침개를 저녁 대신 먹었다. 식은 밥이 모자라 끼니를 일부러 걸렀다. 안용무 씨가 나를 피지컬한 나이로는 20대라고 하고 양은주 씨가 내가 비야를 업고 걷는데 하도 빨리 걸어서 맨몸으로 따라오기 힘들었다고 이야기할 때 마음속으로 변산에 와서 많이 건강해졌구나 하고 생각했다.

10시 넘어 안용무 씨 일가가 중산리로 내려가고 김영자 양과 정명미 양도 내일 새벽 6시 이전에 일어나 가야 하는 터라 일찍 재우기로 하고 내 방으로 들어왔다. 지금은 12시가 넘었다.

9월 30일

아침에 조금 늦게 일어났다. 새벽에 김영자, 정명미 양이 서울로 가야 해서 5시 40분쯤 깨어 배웅하고 다시 잤는데 7시 조금 넘어 일어난 것이다. 아침을 먹고 장독 뚜껑을 열었다. 콩을 베어낸 자리에 로터리를 친다고 김희정 군과 유광식 군과 비야 엄마, 양은주 씨는 재실로 올라가고, 나는 디딤돌에서 청탁한 원고의 마감일이어서 그것을 쓰겠다고 집에 남았다. 오전에 원고를 다 썼다. 어제 땀에 절었던 내의를 빨고 《작은책》과 《새벽의 집》을 읽고 있는데 점심때가 넘어도 사람들이 나타나지 않는다. 점심은 오후 2시 가까워서야 먹었다. 점심을 먹고 잠깐 누웠는데 중산리에서 안 여사가 왔다. 별수 없이 일어나 커피 한잔하고 그길로 재실에 올라가 은행 떨어진 것을 안 여사와 함께 주워 집으로 와서 함지박을 씻어 플라스틱체에 은행을 담아 함지박 위에 얹어놓았다. 은행살이 썩어 흘러내리는 즙을 받아 염료를 만들거나 방부제로 쓸 길을 찾거나 작년처럼 효소로 담아볼 생각에서다. 일을 마치고 안 여사와 앉아 막걸리를 참으로 마시면서 우리 식구들 이야기를 했다. 안 여사는 당장 경민이 문제와 재혁이 문제가 있어서 교육에 가장 큰 관심을 가지고 있는데, 다른 식구들은 농사일을 제대로 익히고 기초재원을 마련하는 게 급선무라 생각하고, 또 관유 군이나 봉선 씨 같은 경우는 마음공부가 더 중요하다고 여겨 서로 생각이 다르다고 이야기했다. 겨울학교 문제는 식구들과 의논해보겠다고 했다.

안 여사를 보내고 솔밭골로 갔더니 김희정 군이 두엄을 다시 뒤집어 비닐을 씌워놓았다. 밭둑을 깎아 만든 건초로 쌓은 퇴비는 썩지 않아 뒤집는 일을 다음으로 미루기로 하고 함께 집으로 왔다. 비야 엄마가 저녁을 재실에서 마련한다고 해서 갔더니 마늘 일부는 심고 일부는 다시 까고 있다. 비가 오지 않아 마늘싹이 돋지 않아 마늘밭에 물을 주기로 했다. 내일은 감식초를 냉암소로 옮기기로 뜻을 모으고 저녁 전후에 맥주를 몇 잔 마시고 집으로 내려왔다.

오늘 보리로 전화해서 나래 엄마와 통화를 했다. 김영자, 정명미 양이 잘 도착했다고 전화를 했다. 이상돈 씨 일행이 변산 식구 모두에게 선물을 알뜰히 싸서 편지와 함께 보냈다. 문영미 씨와 보리에서 《새벽의 집》이 동시에 도착했다. 청주에서 은경이가 전화하고 인천에서 한소영 씨가 전화를 했다. 그리고 서울에서 김희선 양이 전화를 했다. 원광대 경영학과 이 교수가 《실험학교 이야기》 가운데 일부를 발췌해서 회보에 싣겠다고(회보 이름은 '맥지麥志'라고 한다. '보리알의 뜻'이라는 한자) 해서 그러라고 했다. 산청에서 김겨락 씨가 콤바인에 달아 씨앗(보리와 밀)을 뿌리는 통이 있다고 가지러 오라고 전화해서 시간이 나는 대로 연락을 하고 가겠다고 했다.

김희정 군의 이야기를 통해 비야 엄마와 봉선 씨, 금란 씨의 관계가 아직도 풀리지 않았음을 확인할 수 있었다. 답답한 일이다.

—10월—

10월 1일

오늘이 개천절인가. 하늘을 여는 날. 엊저녁에 《작은책》을 읽고 존재론 강의 여섯 번째 원고를 다시 읽었다. 그리고 일곱 번째 원고 구상을 하려고 자리에 누웠다. 일곱 번째부터는 '있음과 없음' 대신 '함과 됨'으로 제목을 달고 운동의 문제를 다루자. 전체로서 책이 완성되었을 때 제목은 그냥 '있고 없고, 하고 되고'라고 하면 어떨까. 학문 용어에 익숙한 사람들에게는 귀에 거슬리겠지만 그렇게 달면 자연스러운 우리말 질서에는 크게 어긋나지 않을 듯하다.

간밤에 꿈을 꾸었는데 무척 행복해서 그만 이쯤 죽어도 되지 않을까 하고 생각한 적이 있다. 꿈속에서.

아침에 일어나 오늘 할 일을 생각했다. 간장과 된장과 고추장 독을 열고 은행열매를 줍고 밭둑에 나 있는 여뀌를 베어 삶아서 옷감에 풀물도 들일 겸 오래 불을 안 땐 구들방에 불도 넣고, 그리고 감식초를 옮겨야 한다. 거창 임길택 선생 집에 전화를 해서 빛이랑 어머니한테서 주중식 선생 결혼식이 12시임을 엊저녁에 확인했는데, 무슨 선물을 할까? 우리가 빚은 칡술을 한 병 들고 갈까?

재실에 올라가니 은행열매는 새로 떨어진 것이 없고 밥은 아직 준비가 덜 되어 있다. 어수선한 장독대 장독들을 옮기고 곡식을 널 터를 마련했다. 아침을 먹으면서 우리도 이제 조금 한가해지면 회보를 만들 생각을 해야겠다고 했더니 모두 부담이 되는 모양이고 비야 엄마는 그걸 지금 할 필요가 있겠느냐고 한다. 다시 여럿이 모인 자리에서 의논하기로 했다. 이해를 못하는 사람들에 대한 저항이 내 마음에도 생기는 걸 보니, 아직 선생으로서 자질이 모자라도 한참 모자란다. 밥을 먹고 내려와 여뀌를 밀차에 한 차 베어 솥에 넣고 불을 지폈다. 그리고 재실에 올라가 감식초를 다시 걸러 냉암소에 옮길 준비를 하는 일을 거들었다. 유 군이 막걸리를 받으러 지서리에 가고 김희정 군과 함께 일하는데 유 군이 돌아왔다. 셋이 할 일은 아닌 것 같아 여뀌 삶아놓은 것 걱정도 되고 하여 집으로 내려왔다. 오는 길에 양은주 씨가 술 한 잔하고 일하라고 큰 소리로 불러 대강 집을 살펴보고 재실로 올라가 부침개에 곁들여 막걸리를 마셨다. 나래 엄마가 재실로 전화를 했다. 유 군이 받더니 바꾸어준다. 별 이야기는 아닌 것 같아 다시 가스레인지와 냉장고와 빵 굽는 오븐을 부탁하고 전화를 끊고 식초 담을 큰 항아리를 장독대에서 보아두고 아래로 내려왔다. 나래 엄마한테서 다시 전화가 왔다. 사모님 집에 오븐을 부탁했다는 것(옥산 선생 부인), 그리고 400리터짜리 냉장고를 20만 원 쯤이면 중고로 구할 수 있겠다는 것, 그 대신 고춧가루와 배추를 달라고 해서 배추는 효소를 가뭄에 잘못 쳐서 다 말라 죽었다고 이야기했다. 정말 배추가 깡그리 말라 죽고 무도 마찬가지가 되었다. 유 군 가는 길에 김옥진 선생님 사모님께 고춧가루, 효소 술, 그리고 혜자 누이께 마늘 다섯 접을 보내기로 했다.

대경이와 함께 왔던 미영이, 송순섭 군에게서 전화가 왔다. 안부 전화다.

점심시간이 되어 재실에 올라갔더니 안용무 씨가 돼지고기와 상추를 가지고 올라왔다. 호박죽에 돼지고기를 먹었다. 먹고 나서 감식초 담글 항아리를 유 군과 김 군에게 일러주고 내려와 한숨 쉬려는데 그때마다 전화가 와서 잠을 못 자게 한다. 2시가 조금 못 되어 양은주 씨가 대파밭이 있는 솔밭터와 지름박골을 보고 싶어해서 같이 솔밭에 가서 대파밭을 맸다. 두 시간 가까이 맸더니 반나마 맸다. 양은주 씨 일솜씨가 보통이 아니다. 4시 조금 넘어 지름박골로 가서 하우스와 집터와 두엄을 보여주고 당산할매도 보여주었다. 저수지 쪽으로 내려와 광식이 집에서 호박 두 개를 따 와 하나는 안용무 씨 집에 주고 원두커피와 포도를 얻어 먹고 그곳에 두었던 쇠도리깨를 챙겨 집으로 올라왔다. 토실이가 걱정이다. 며칠 전부터 밥을 먹지 않아 목에 맨 끈을 풀어주었더니 물만 마시고 밥을 새로 갖다주어도 밥을 먹지 않는다. 탈이 나도 단단히 난 모양이다. 단식을 통해 몸 상태를 고치려는지 또는 아예 먹지 못하게 큰 병이 났는지 알 수가 없다. 자꾸 칭얼거리면서 졸졸 따라다니고 안기고 올라타려는 걸 말리면서 마음이 아팠다. 얼른 나아 밥을 잘 먹어야 할 텐데……. 점심 전에 김진탁 군이 나타났는데 머리를 빡빡 깎고 나타나 한바탕 웃었다. 제천에서 오는 길이라면서 머루랑 보리똥을 가지고 와서 오랜만에 산에서 나는 과일 맛을 보았다. 강원도는 벌써 가을이 깊었나 보다. 여기는 아직 머루가 익지 않았는데 그곳은 다 익은 걸 보니…….

저녁을 먹고 재실에서 일찍 내려왔다. 영옥이한테서 전화가 오고 새벽 2시쯤 민정 엄마한테서도 전화가 왔다. 친구랑 술 마시다 전화를 했다 한다. 걱정스럽다. 어디에도 마음의 뿌리를 내리지 못하는 것 같아서……. 민정 아비는 새벽 4시에 나가 저녁 6시에나 일이 끝난다는데 언제까지 건강이 버텨줄지도 의문이고, 갇혀 사는 느낌이 민정 엄마에게 언제까지나 편안함을 보장해줄지도 잘 모르겠다.

10월 2일

새벽에 빗방울이 후두둑거리는 소리를 들었으나 곧 그쳤다. 밤에 내놓은 물건들이 비를 맞지 않게 들여놓아야 한다는 생각은 들지 않았다. 아침에 일어나 하늘을 보니 구름이 엷어 큰비가 내릴 것 같지는 않다. 재실에 올라가는 길에 김희정 군과 함께 은행을 주워서 망자루(양파 담는 용도로 만들어진 것)에 담아서 집에다 갖다 두고 또 주웠다. 어제 김진탁 씨와 양은주 양은 새벽 1시 넘어 돌아와 은주 양은 6시 반쯤 아침 짓는 일을 도우러 재실에 먼저 올라가고 김진탁 군은 아직 자리에서 일어나지 못하고 있었다. 오늘은 유 군도 8시에나 일어났다. 비야 엄마, 나, 양 양, 김 군만 먼저 밥을 먹었다. 어제 솥에다 삶은 여뀌가 물을 붓지 않고 삶았더니 아래쪽은 다 타버려서 물감용으로 진액을 뽑아내는 일은 실패로 돌아갔다. 아침을 먹고 내려와 솥을 비워내 삶아진 여뀌는 탄 재와 함께 두엄자리에 갖다 두고 물로 솥을 씻고 돼지기름이 묻은 걸레로 솥을 다시 말끔히 청소했다.

청소가 끝난 뒤 솔밭 대파밭을 맸다. 곧 양은주 양이 오고 꽤 시간이 지나서 안용무 씨가 왔다. 밭을 매는데 다 매지 못했는데 비가 와서 경민 엄마와 양 양은 먼저 돌려보내고 풀이 많이 자란 곳을 비를 맞으며 매다가 풀이 적은 곳은 남겨두고 내려왔다. 비가 제법 많이 내려서 김희정 군 집 툇마루에 잠깐 앉아 비긋기를 기다리는데 토실이가 마루 밑에 있다가 꼬리를 흔든다. 비가 조금 그쳐 집으로 오다가 다시 많이 내리는 바람에 중간 돌담 허물어진 집 처마 밑에 잠깐 서서 있다가 비가 웬만해지기에 비를 맞으며 집에 돌아왔다. 재실에 전화해서 아랫집에 있다고 연락했더니 곧 안용무 씨한테서 전화가 왔다. 선운사 있는 곳에 가서 장어를 먹자는 전화다. 마음속으로는 뜨악했지만 나중에 그러지 말라고 단단히 이를 셈을 치고 그렇다면 식구들과 내려오는 길에 경적을 울리라고 했다. 옷을 갈아입고 책상머리에 앉았는데 양 양

745

이 다시 전화를 했다. 20분쯤 후에 재실로 점심을 먹으러 오라는 연락이었다. 안심이 되었다. 식구들이 안용무 씨를 달래 집에서 점심을 먹자고 한 모양이어서.

점심때 김희정 군이 안 왔다. 몸살이 나서 집에 가서 쉬고 있다고 한다. 토실이가 관유 집에서 따라나서지 않은 까닭이 이해가 되었다. 김 군이 부엌으로 들어가서 방에 누워 있었기 때문에 김 군을 지키느라고 그랬구나 싶다. 나는 비가 내릴지 나보다 더 먼저 알고 비 그치기를 기다려 오려고 그러는 줄로만 여겼는데……

점심을 먹고 잠시 쉬었다가 지서리에 가려고 하는데 변산 농촌상담소장 이조병 씨가 찾아와서 같이 이야기를 나누었다. 면사무소로 호밀이 20킬로그램 나왔는데 300~400평 밭에 뿌릴 수 있는 양이라 한다. 박배진 씨가 기르는 토종닭과 장수 쪽 토종돼지를 다시 부탁하고 단수수 씨앗과 그 밖에 이 지역에서 심는 여러 토종 씨앗이 있으면 눈여겨보았다가 구할 수 있게 해달라고 부탁했다.

지서리에 나가 농협에서 50만 원을 찾아 유 군에게 30만 원을 주어 호밀값과 그 밖에 서울에 오갈 때 쓸 비용을 충당하라고 하고 부안으로 나갔다. 나가는 길에 변산초등학교 여선생 둘과 마포초등학교 조향미 선생을 만났다. 모두 부안에서 자취를 하고 있다고 한다. 요즈음 교통이 편리해지고 또 많은 선생이 차를 갖게 되면서 학생들과 지역주민과 교사의 관계는 점차 고리가 느슨해지고 있거나 아예 끊어져버린 경우가 많다.

10월 3일

그제 10월 1일을 개천절로 여겼는데 사실은 오늘이 개천절이다. 주중식 선생의 재혼 날인데 왠지 가기가 싫다. 억지로 참여하기보다는 차라리 가지 않는 편이 낫겠다는 생각이 들어 청주에 긴한 일이 있다는 핑계로 신부 댁 전화로 못 간다는 연락만 하고 가지 않았다. 우주를 옮길 길을 찾아냈다. 관계에서 생겨나는 어쩔 수 없는 강제에 순응하는 때를 빼고는 어떤 것도 마지못해 하지 않는 것이 중요하다. 하고 싶은 것을 하고 싶을 때 하고 싶은 곳에서 하는 것이 자신을 지켜내는 길이다. 누군가 너에게 우주를 옮기는 방법을 묻거든 이렇게 대답하라. 단순한 호기심이 아니라 정말 옮겨야겠다고 생각하느냐? 그 소망이 정말 절실하다면 그때 옮길 길을 찾아도 늦지 않다. 그 소망의 절실함이 우주를 옮기는 힘이 될 것이다. 현재 나는 우주를 옮길 생각이 없다. 내 우주는 나로 충만해 있다. 안에도 밖에도 공간이 없다.

내 존재론 강의는 다 쓴 다음에 '기쁨의 철학'이라고 제목을 붙이기로 했다. 부제는 '슬픔의 강을 건너서'라고 붙일까. 도대체 '기쁜 철학'과 '기쁨의 철학'은 어떻게 다르지? '기쁜 철학'이 우리말법에 맞고 '기쁨의 철학'은 맞지 않는 것은 아닐까? 왜 갑자기 내 그 어렵고 골치 패는 존재론 강의를 '기쁨의 철학'이라는 이름으로 부르고 싶은 강렬한 충동이 드는 걸까? '있음과 없음', '함과 됨'이라는 두 개의 장으로 구별하고 존재와 운동의 문제를 집중해서 다루려고 한 이 논문에서 숨은 주제가 '기쁨'으로 드러나다니 참 이상한 노릇이다. 그렇지만 제목으로는 그게 가장 알맞을 듯하다.

하루 종일 열린 하늘 아래서 몸과 마음을 쉬었다. 아무것도 하지 않고 게으름을 피우는 것도 무척 행복한 일이지. 그동안 이래저래 쌓이고 쌓인 피로가 많이 풀려나가는 듯하다.

떠나는 일에, 떠나보내는 일에 대범할 것.

온 우주는 사랑의 보이지 않는 그물로 덮여 있어서 어느 한 끈을 당기는 순간 어느 곳에선가 불이 밝혀지고 그 불을 따라 또 달도 되고 저 하늘에 무수한 별들로도 피어나겠지. 그리고 그 많은 풀잎과 꽃잎으로도……

10월 4일

마치 죽기 전에 신변 정리를 하는 사람 같다. 은경이와 영경이를 보았다. 그리고 수정이를 보았다. 수정이는 자기 이름을 영문으로 바꾼 카페를 열었는데 카페 이름이 '크리스탈K'다. 김수정을 번역하면 그렇게 된다나. 카페가 아주 잘 정돈되어 있다. 장식도 단순하면서 세련되었다. 똑똑한 앤데, 고등학교밖에 못 나오고 그렇게 해서 활동공간이 제약되어 억눌려 살아온 게 옆에서 보기에 안타깝다. 보통 남자 열이라도 당하지 못할 만큼 재주도 있고 머리도 총명하고 감수성도 풍부한 앤데…….

은경이는 '여성의 집' 관장으로, 영경이는 YWCA 간부로, 아이 하나씩 낳고 도시 환경 속에서 삶의 그림자놀이에 바쁘다. 그나마 죄 안 짓고 착하게 산다는 사람들 모습이 이렇다. 어제 버스에서 어느 라디오 MC라는 친구가 어느 외국 유행가 가수의 노래를 틀어주면서 마치 중요한 정보라도 알려주는 듯 "이 가수가 얼마 전에 축농증 수술을 했다는데 알고 계세요?" 하고 질문하는 걸 듣고 가슴에 메마른 바람이 한 줄기 지나가는 걸 느꼈는데, 온 세상이 이런 식이다. 정말 중요한 문제는 아무도 이야기하지 않고 아무도 건드리려고 하지 않는다. 모두들 비듬을 털어내듯이, 머리칼에 염색을 하듯이, 가볍게 가볍게 있어도 그만 없어도 그만, 해도 그만 안 해도 그만인 일들을 하면서 살아가는 흉내를 낸다.

학교에 가서 오랜만에 정동호 선생을 보고 구 선생과 술을 마셨다. 자폐증 증세가 퇴화를 동반해 열 살인데도 이제 똥오줌조차 가릴 줄 모르게 된 아이, 여든 가까운데도 며느리들이 귀찮아해서 자식들에게 유산만 남겨주고 어느 아들 집에도 발을 붙이지 못해 혼자 연립주택 단칸방에서 밥을 끓여 먹는 아버지, 그 아버지를 모셔오자고 하니 큰아들을 버린 자식으로 치고 유산도 남겨주지 않은 사람인데 유산 많이 받은 동생들더러 모시라고 하지 왜 우리가 모셔야 하느냐고 대드는 아내, 그 아내가 섭섭하여 술을 먹고 욱한 마음에 정신없이 식칼로 죽이겠다 위협하는 남편,

749

아이들과 개들까지 모두 데리고 보름 이상 집을 비운 아내……
첫 단추부터 잘못 끼워져 이렇다는 구 선생의 온통 하얗게 변해
버린 머리칼과 그나마 몇 오라기 안 남아 대머리가 된 머리를 보
고 마음에 슬픔이 가득 고인다.

멀리서 온 나를 붙들고 아무에게도 털어놓지 못하는 이야기
를, "선생님은 남들은 명사라고 그러는데 빈 구석이 많아 만만하
다" 하면서, 털어놓느라 밤새는 줄 모른다.

10월 5일

김제를 거쳐 부안에서 점심을 먹고 일손 도우러 온다는 한소
영 씨를 만나 같이 집으로 왔다. 소영 씨를 재실로 올려 보내고
방 안에 누워 잠시 쉬는데 벌써 바람길이 찬 데다 방에 불기가 없
어 조금 누워 있었더니 살과 뼈에 살얼음이 박히듯 소름이 끼치
고 오슬오슬 추워진다. 지난 2~3일 무리를 한 탓이리라. 이러다
가 큰 병 나겠다 싶어 목욕탕에 뜨거운 물을 틀어 몸을 담갔다가
나와서는 이불을 감싸고 누웠다. 요즈음은 떠도는 것이 모두 나
를 찾는 마음의 여행인 것 같다.

죽을 때가 가까웠나. 이불 속에 누워 식은땀을 몸 밖으로 흘려
보내면서 존재론 일곱 번째 강의를 생각했다. 실마리가 잡혀간
다. '있었던 것'과 '있는 것'과 '있을 것', '없었던 것'과 '없는 것'
과 '없을 것'의 존재론적 고리가 얽히기 시작한다. 근사하다. 내

죽음의 순간이 아름답게 다가서는 것 같다. 그래, 그래서 '기쁨의 철학'이라고 이름 붙일 생각이 들었나 보다.

'과거'도 관계의 이름이다. 그래서 '있는 것'은 그 관계 속에서 '있었던 것'으로 불린다. '있었던 것'도 '없는 것'과의 관계 속에서 그렇게 불린다. '있을 것'도 관계의 이름이다. 미래도 '있는 것'이 곧 '있을 것'과 동일시되지 못하는 것은 '있을 것'이 '없는 것'과의 관계 맺음 속에서 드러나기 때문이다. '있을 것'은 없기도 하다. '있을 것이 없다' 함은 '없는 것'이 있다 함과 같은 뜻으로 쓰이는 경우도 있다. '빠진 것이 있다'라는 말은 '있을 것이 없다'라는 말의 다른 말이고, 그 말은 또 '없는 것이 있다'라는 말과 동의어이기 때문이다. 또 '없을 것이 있다'라는 말은 '없을 것'이 '있는 것의 영역'에 깊숙이 침투되어 있는 사정을 반영한다. 존재의 무화→'있을 것이 없다'의 짝은 무의 존재화→'없을 것이 있다'이다. 이것은 다만 현재의 영역에서 관계 맺음의 결과로만 나타나는 것은 아니다. 참고: 존재의 무화→있는 것이 없다 & 무의 존재화→없는 것이 있다.

있을 것이 없다는 결핍과 상실감은 없을 것이 있다는 과잉, 역겨움의 짝인데, 실제론 이 우주에는 있을 것은 다 있고 없을 것은 하나도 없다. 문제는 관계 맺음의 방식에서 생긴다. 이 세상에 평등, 평화, 우애, 사랑, 관용 같은 것이 '있을 것'으로 규정되는 까닭은 불평등, 전쟁, 갈등, 미움, 편협함 같은 것이 '없을 것'으로 규정되기 때문이다. 한편에서 결핍이 있기 때문에 다른 한편에서 과잉이 생겨나는 것이다. 둘 다 사라진 세계가 세상의 진면목이다. 이 모든 것은 관계 맺음의 잘못 혹은 관계 맺음을 제때, 제자리에서 보지 못해 생기는 것이다.

어수선하게 정리하면 대체로 이런 생각이 오간 셈인데, 문득이 원고가 완성되면 그때 나는 딴 세상으로 옮아가도 된다고 하는 내면의 소리가 있었다. 다 완성되었다. 아름다운 모습으로 눈부시게 기다리고 있는 저 세계로 들어가는 문이 열렸다. 뜻하는 것은 모두 이루어질 것이다. 아니, 이미 이루어졌다.

잠깐 정신을 차려 재실에 올라갔다가 내려왔다. 소영 씨가 콩타작 일을 거들고 있었다. 아마 죽음은 소영 씨의 어린애 같은 맑은 눈빛으로 나를 맞을 것이다. 됐다. 두려움은 사라졌다.

저녁을 먹으러 올라오라는 전화를 받고 저녁을 먹고 맥주를 오징어에 곁들여 마셨다. 유 군이 서울에서 냉장고와 오븐과 그밖에 필요한 것들을 싣고 왔다. 그리고 10시가 조금 못 되어 금란 씨와 봉선 씨가 대구 운문사에서 돌아왔다. 우리 식구가 다 모인 셈인가? 부엌에 앉아 맥주와 산딸기술 남은 것(이장이 와서 거의 다 비웠다고 유 군이 말해서 우리 모두 '의리 없는 놈'이라고 욕해주었다), 그리고 모과주를 놓고 자축을 했다.

10월 6일

아침부터 비가 내린다. 오늘은 서울공군회관에서 박석일 중위가 혼례를 올리는 날이다. 어제 부안에서 오늘 아침 8시 20분 버스표를 끊어놓아서 아침부터 서둘러 어제 유 군이 실어 온 냉장고와 전기오븐을 내려놓고 소영 씨와 함께 유 군이 모는 차를 타고 지서리까지 나와 버스를 타고 부안에 도착했다. 차 시간까지 40분 정도 남아 있어서 계화식당에 가서 백합죽을 먹었다. 곁들여 모주도 한 잔씩 마셨다. 빗길에다 계룡 휴게소 근처에서 고속도로 교량공사를 다시 하는 바람에 차가 밀려 서울에 1시 20분이 넘어서 도착했다. 예상보다 한 시간 반이 더 지체된 셈이다. 소영 씨에게 점심도 사주지 못하고 전철을 타고 집에 들러 서둘러 한복으로 갈아입고, 나래 엄마가 이야기해서 차를 가져온 김경회 선배와 함께 공군회관에 갔다. 다행히 오후 4시에 시작하는 혼례식에는 10분 전쯤 도착할 수 있었다. 생각나는 대로 주례사를 했다. 사랑만이 서로 분리되어 있는 개체, 분열되어 있는 세상에서 하나가 되는 유일한 길이니, 두 사람 사이에 사랑을 키워 분단된 나라, 분열된 세계를 하나가 되게 하는 힘을 얻으라고 했다.

집에 들렀을 때 나래 엄마가 나래를 쫓아냈다고 하는 바람에 뒤늦은 점심만 간단히 먹고 맥주 네 병과 믹스넛 한 깡통을 편의점에서 사서 집에 일찍 돌아와 나래 엄마의 사연을 들었다. 모든 탓을 가정적이지 못한 나에게 돌리는 바람에 적잖이 화가 났지만 이야기를 끝까지 들었다. 누리는 일주일에 툭하면 한두 번씩 외박을 하지, 나래는 밤 1시, 2시도 넘는 시간에 전화통을 붙들고 앉아 어떤 때는 수화기를 내려놓지도 않고 끌어안고 잠이 들지, 아침에는 세 사람밖에 안 되는 가족이 자식들 늦잠 때문에 한 번도 밥상머리에 제때 앉는 적이 없지, 아침 늦잠을 자고 학교 수업 시간에 빠지기를 밥 먹듯이 하여 나래 학점은 F가 성적표에 깔려서 학교 들어간 지 5년째인 올해도 졸업을 못하고 내년까지 학교에 다녀야지, 무슨 일이든지 시작만 해놓고 끝마무리를 짓지 못하지, 제 양말과 내의도 빨 줄 모르지, 잘못을 나무라면 빡빡 대들지…… 구구절절 골치 아픈 이야기다. 김경회 선배는 요즘 아이들이 다 그렇다고 달래고, 나는 아이들 삶을 대신 살아줄 수 없는 노릇이니 그렇게 사는 게 나중에 자기 삶에 도움이 되지 않는다는 걸 느끼면 스스로 고치지 않겠느냐고 태평스럽게 이야기하고……. 분위기가 술자리에서도 풀리지 않자 김 선배는 먼저 일어나고, 나래 엄마와 나는 저녁도 먹지 않고 12시가 넘도록 입씨름 반, 나래 엄마 하소연과 원망, 그리고 내 설득과 신경질 반으로 시간을 보냈다. 12시가 넘어 나만 밥 한술 뜨고 회사 이야기를 잠깐 하다가 밤 2시쯤에야 이불을 깔고 잠이 들었는데 꿈자리가 너무 사납고 내가 온통 물것투성이인 진흙구렁에 빠진 채로 괴로워하며 잠을 자는 것이 현실보다 더 생생한 꿈으로 나타나 잠을 설쳤다.

10월 7일

아침에 일어나 봉길이 산보를 시키면서 신문을 보았다. 지면 구석구석 광기와 의미 없는 너스레로 빼곡 채워져 있다. 한 사회와 한 세상의 몰락의 징후가 이러한 것이라고 생각하니 마음이 산란하여 견딜 수가 없다. 아침을 챙겨 먹고(나래와 누리는 집에 오지 않았다) 나래 엄마와 함께 전철을 타고 나래 엄마는 회사로, 나는 강남 터미널로……. 터미널에서 10시 20분에 떠나는 우등고속버스를 탔다. 차에서 내내 흐트러지는 생각에 지친 머리를 의자에 대고 졸다가 깨다가 하면서 부안까지 왔다. 부안에서 변산 오는 길에 다시 기가 한데 모이고 힘이 생겨나는 걸 느꼈다. 변소를 짓고 두엄을 다시 옮기고 지름박골의 밭을 정리하여 호밀과 보리 씨앗을 뿌리고……. 이런저런 일 생각으로 마음을 정리하고 지서리에서 내려 집 짓는 데 쓸 로프를 굵은 것 20미터, 가는 것 30미터를 사고 두부 세 모를 사고, 재실로 전화해 유 군에게 마중 나오라 하여 그 차를 타고 들어왔다. 그동안 염정우 씨와 정일우 씨가 다녀갔다는 이야기를 듣고, 또 금란 씨와 봉선 씨가 아래서 따로 밥을 끓여 먹겠다고 하더라는 이야기도 들었다.

저녁에는 식구들이 모두 모여 내년 농사일 의논도 겸하여 이런저런 의논을 할 필요가 있음을 느꼈다. 봉선 씨가 12일 해산 때까지 서울에 올라가 있겠다고 한다는 말을 듣고 그동안 서울에 있으면서 빵 굽는 법과 옷 짓는 법을 배워두라고 이야기했다. 유 군이 사 온 랜턴과 고기잡이 기구들을 보았다.

전주 전북대 사대에 전화를 해서 내 강연 시간을 알아보려 했으나 전화를 받지 않아 알아보지 못했다. 그때그때 메모를 해놓았으면 이런 일이 없을 텐데 내 일하는 게 늘 이 모양이니 쯧쯧.

봉선 씨와 금란 씨에게 앞으로 해나갈 살림의 계획을 묻고, 내가 없는 사이 사람들 사이에 오간 우리 살림에 관한 이야기를 듣느라고 시간이 많이 갔다. 저녁식사 후에 긴 회의를 하기로 했다.

재실에서 저녁을 먹고 잠깐 내려와 전북대 사대 학생회에 전화를 걸어 내 강연이 9일 오후 2시와 4시 사이에 있다는 것을 확인했다. 그리고 현병호 씨에게 연락하여 10일에 있을 내 강의 시간과 장소를 전송으로 알려달라고 장길섭 씨에게 부탁을 하도록 조처를 취했다. 29일 오전 오후에 청주, 31일에는 춘천교대에서 강의를 하기로 정해져 있어 자칫 10월 한 달은 밖에서 떠도는 날이 더 많을지 모르겠다. 저녁 회의 시간은 정말 길어져서 밤 2시까지 계속되었는데, 중간에 김진탁 씨와 유 군은 자리를 떴다(나중에 이 문제를 놓고 다시 회의를 해서 회의 시간을 정해 밤 10시가 넘으면 무조건 그만한다든지, 그렇지 않으면 힘들더라도 자리를 지킨다든지 정해야 할 것 같다).

일을 가지고 하는 회의는 시간이 크게 걸리지 않았다. 추수해 놓은 쌀, 보리, 밀 남은 것의 처리 문제, 재실밭, 솔밭, 1200평, 지름박골밭, 저수지 너머 밭 문제는 무슨 농사를 지을지 큰 테두리가 정해졌다. 시간을 끈 것은 외부 손님 문제였다. 회의를 주재하는 사람이라는 처지를 잊고 내 고집을 부리는 못된 버릇이 다시 나타났다. 사실 바깥손님 문제는 작년과 올해 일을 되돌이켜 보면 나머지 사람들에게는 내부 리듬을 끊임없이 깨뜨리는 교란 요소인 측면이 더 컸다. 이를테면 생색은 내가 내고 고생은 다른 사

756

람들에게 안긴 꼴이 되었는데, 이야기를 하다 보니 아직도 나는 그 관행이 지속되기를 바라고 다른 사람들은 개선되기를 바라는 데 내 고집을 피운 셈이다. 그러는 과정에서 김희정 군과 김금란 씨에게 상처를 많이 주었다. 말은 내부의 힘을 모아 일을 처리하는 것을 원칙으로 삼자고 하면서 나는 끊임없이 외부 일손을 맞아들이는 문을 더 크게 열자고 고집을 세우고 다른 사람들은 문을 더 닫아야 한다고 해서 의견이 엇갈린 것이다. 결국 김희정 군과 김금란 씨는 솔밭에서 바깥손님들의 교란을 받지 말고 농사를 지어보도록 하자는 것이고, 재실 쪽 의견(비야 엄마, 유 군)은 우리 힘만으로는 안 되니 선별해서 바깥손님을 받자는 의견이므로, 그에 따라 외부 인력은 재실 쪽으로 집중 배치하자는 타협안이 제시되기는 했으나 이것은 김 군과 김 양이 바라는 해결 방법이 아니다.

내일 다시 이 문제를 마무리 지어 내부결속을 다지면서 바깥손님들에게 우리가 닫힌 공동체라는 느낌을 주지 않을 길을 찾아야겠다.

10월 8일

재실에 올라가 어제 내가 무리한 고집을 피운 것을 사과했다. 내년 농사를 두고 김희정 군과 금란 씨는 우리끼리 해나갈 수 있다는 낙관을 하는 데 견주어 비야 엄마와 나는 그럴 수 없다는 비관을 하고 있는 데서 문제의 한 자락이 엉켜 있다는 게 밝혀졌다. 김 군의 낙관은 부지런히 농사에 몰두하고 제초기를 쓴다거나 작물 선택을 제대로 한다거나 해서 한 사람당 농사 면적을 넓혀나 가면 된다는 데 기초를 두고 있다. 김 군은 올해 재실 농사가 그렇게 된 것은 심 군 부부가 일손을 놓아버렸기 때문이라고 판단하고 있다. 금란 씨의 낙관은 조금 다르다. 지을 만큼, 감당할 만큼만 짓고 나머지 밭은 묵히더라도 한 해 농사를 주체적으로 해보아서 제힘이 어느 정도 되는지 가늠해보는 게 중요하다는 데서 출발한다. 이와 반대로 비야 엄마는 올해 농사를 지어보니 아무리 몸을 부지런히 놀리더라도 300평 농사를 짓는 데도 허덕이게 되더라는 체험에 바탕을 두고 비관론을 편다. 그래서 민정네가 일손을 놓고 떠난 것도 3000평 땅을 도저히 두 사람 힘으로는 가꿀 수 없다는 절망이 원인이라고 본다. 처음에 자신만만하고 희망에 부풀어 이런저런 농사계획을 세웠던 민정네가 막상 하다 보니 이건 우리가 감당할 수 있는 일이 아니구나 하고 판단했으리라는 것이다. 나도 비야 엄마의 말에 동의한다. 올해 그랬던 것처럼 내년에도 농사일만 우리를 기다리고 있는 게 아니다. 하우스 설치, 냉암소 공사, 토담집 짓기, 물감 들이기, 계절학교, 지름박골 변소 짓기부터 여러 시설 갖추기, 옹기가마 놓기, 효소와 식초, 젓갈의 가공…… 많은 일을 동시에 해나가야 한다. 그렇게 되면 어떤 때는 농사일의 시기를 놓칠 수도 있고 일손이 부족해서 제대로 농작물을 돌보지 못할 수도 있다. 그런 것을 모두 당분간 중단하고 농사일만 하면 되지 않느냐는 게 봉선 씨와 금란 씨의 생각이지만 그럴 수 없다는 게 내 생각이다. 실험을 해야겠지만 언제까지나 실험에 매달릴 수는 없다. 그 실험이 소득과 연결되어야 하고 그래야 그것을 재원으로 우리가 하고자 하는 일을 할 수 있다. 그러나 올 한 해 손님에 치여 많은 사람이 고통을 받은 건 사실이므로 내부 사람이 중심이 되어 일을 추슬러나가자는 데는 동의했다.

어제 격앙이 되어 김 군과 금란 씨에게 너희들은 선민의식을 가지고 있다, 안과 밖이 어디 따로 있느냐, 너희들에게는 이것이 바른 삶의 길을 찾는 수도의 과정만 되어도 가치가 있을지 모르지만 비야 엄마와 비야, 종현이, 광식이에게는 생활의 근거가 되어야 한다, 누군가를 선택해야 한다면 나는 종현이, 비야, 광식이를 선택할 수밖에 없다고 퍼부었던 게 금란 씨에게는 깊이 상처를 입혔던 것 같다. 봉선 씨는 그렇게 되면 카리스마가 생겨난다고 했다. 내부 구성원 사이의 평등은 원칙이고 지향해야 할 목표이지만 어느 시점까지는 카리스마가 작용하는 걸 어쩔 수 없다. 인위적 카리스마가 자연스러운 생물학적 집단 카리스마로 전환되려면 꽤 오랜 시간이 필요할 거라는 느낌은 옛날부터 가지고 있었다. 현실 분석에 기초를 두지 않고 삶을 소꿉놀이로 여기는 것도 절박함이 모자라는 탓이다. 그렇지 않아도 보리에서는(보리뿐만 아니다) 나를 두고 한 달에 1000만 원이 드는 호화판 취미생활을 한다는 비판이 있다. 이 비판이 올바른 것이 아니라는 사실

을 증명해 보이기 위해서라도 살림을 제대로 야무지게 해나가야
한다.

오전에는 풀무원 원고를 쓰고, 안용무 씨가 재료를 마련해 온
수수부꾸미를 구워 먹었다. 그리고 진탁 씨가 다시 시작한 변소
담벽 굳히는 메질을 했다. 점심때는 김희정 군이 금란 씨와 함께
가서 어제 저수지에 놓았던 어망에서 빙어를 꽤 많이 건져 와서
그것을 밀가루에 묻혀 기름에 튀긴 것과 묵은 김치를 넣어 전 붙
인 것을 안주 삼아 막걸리를 곁들여 식사를 했다. 우리 집에 와서
잠깐 메질을 하다가 자리에 누웠는데 다시 오한이 들어 몸이 불
편하다. 그대로 내처 누워 있었다. 저녁을 거르고 쉬었다. 풀무원
에서 원고를 다시 써달라는 전화가 와서 15일까지 다시 써주겠다
고 약속했다.

나래한테서도 전화가 왔다. 나래는 나래대로 엄마가 자기에게
너무 심하게 해서 엄마가 사과하지 않는 한 집에 안 들어가겠다
고 버틴다. 한번 변산에 내려오라고 했더니, 돈도 떨어지고 지금
은 시험 때라서 어렵단다.

10월 9일

9시에 전주로 김희정 군과 유광식 군과 함께 가서 광명당에 들
르기 전에 건너편 골동품상에 들렀다. 내가 어렸을 때 보았던 생
활용구가 많이 있다. 예전에는 골동품상에서 주로 사대부나 양반

집 사랑방이나 안방에서 쓰이던 도자기나 서화나 수놓은 것, 자개장 등속을 가져다 팔더니, 이제 서민들 집에서 쓰던 것들이 더 많이 눈에 띈다. 풍구 값을 물어보았더니 10만 원을 부르고, 조금 더 성한 것은 35만 원을 달라고 한다. 광명당에 들러 조그마한 그릇들을 옥상에서 골라 모두 물을 부어놓고 새는지 살펴보고 주인을 따라 풍구가 있다는 박물관 쪽으로 차를 타고 갔다. 거기에서 풍구, 쟁기 두 개, 호롱기 낡은 것, 나무활, 논에 쓰는 제초기와 밭에 쓰는 제초기, 조그마한 항아리 등속을 모두 22만 원어치 구하고, 광명당으로 돌아와 다시 옥상에 올라가 물 담아놓는 그릇 가운데 새지 않는 것으로 4만 원어치 구했다. 광명당 아저씨가 사주는 볶음밥을 먹고 전북대로 가서 《실험학교 이야기》와 관련해 강연을 했다.

강연은 내가 느끼기에도 썩 만족스럽지 않았다. 강연을 마치고 전북대 학보사에서 나온 학생과 함께 인터뷰를 하고, 사대 졸업하고 임용고시를 준비하고 있다는 여학생이 강연을 들으러 와서 같이 이런저런 이야기를 했다.

10월 10일

아침에 보리에 갔다. 10시가 넘어 공익 회의가 열렸다. 차를 타고 오면서 그동안 보리가 공익에 진 빚을 탕감해주자는 생각이 들어서 그 이야기를 했다. 보리가 보유하고 있는 현금자산(집세,

외상매출금, 저축 포함)을 모두 보리 금고에 옮기고, 자산 평가를 하여 손실분을 모두 탕감하고, '작은책'과 세밀화 작업에 이제까지 들어간 돈도 모두 빚에서 빼자고 발의를 했다. 그리고 세밀화는 이태수가 공익 직영의 사장으로 '작은책'은 강순옥 씨가 역시 직영의 사장으로 빚 없이 출발하고, 출발한 다음에 소요되는 비용은 빚으로 잡자고 했다. 그렇게 되면 보리출판사는 머지않아 수지가 균형을 이루겠지만 세밀화나 '작은책'은 몇 년간 빚더미에 앉을 게 뻔하니, 보리출판에서 보리 아기 세밀화 시리즈에 대한 인세는 세밀화 쪽에, '작은책 문고'에 대한 인세는 '작은책' 쪽에 주는 것으로 하고 인세율은 따로 공익 회의에서 정하자고 했다. 각 사가 정식으로 출판사 등록을 마치고 새로 출발하는 시기를 내년 1월로 보고 그동안 자산 평가와 앞으로 소요될 경비 예산을 뽑아보자고 했다. 이야기는 원만하게 마무리된 것 같다.

점심을 먹고 용심이가 쓴 〈오델로〉라는 시나리오를 보았다. 사흘 만에 써서 1000만 원 상금을 주는 영화진흥공사 시나리오 공모에서 당선된 원고인데 아주 재미있어서 단숨에 읽었다. 좋은 시나리오다. 강순옥 씨가 서정홍 씨 원고를 보여주면서 '작은책 문고'로 낼 것이라고 서문이나 발문을 써달라고 한다. '아무리 바빠도 아버지 노릇은 해야지요'라는 제목인데, 채인선 씨 동화(채인선 씨가 나에게 동화 원고를 보이려고 딸을 데리고 보리에 왔다)를 읽을 때나 마찬가지로 마음에 안정이 없어 잘 들어오지 않아 나중에 써주겠다며 가방 안에 챙겨 넣고 우리말살리기본부 안에 있다는 귀농운동본부에 현병호 군과 함께 걸어갔다. 거기서 이병철 귀농운동본부장과 장길섭 씨, 정연주 씨를 만났다. 잠깐 함께 이야기하다가 이촌동에 있는 농업기술진흥원(?)에 가서 '대안교육' 강연을 했다. 시간이 촉박한 데다 차분하게 마음이 갈앉지 않아 원고를 앞에 놓고 반쯤은 읽는 형태로 강연을 했다. 내용이 압축되어 있는 데다 말투 또한 편하지 않았으니 반응이 좋기를 기대하기는 힘든 노릇이다. 아무튼 하고 싶은 말을 압축해서 했다는 느낌은 가졌다. 거기서 취산이라는 노인을 만났는데, 이분은《지금 여기》라는 격월간 잡지의 고문으로 우주의 섭리를 우주인의 가르침에 따라 여러 방식으로 지상에 전파하려는 사람들의 일원이다. 변산에서 밭을 50~100평쯤 잠깐 빌려 우주의 기운으로 구조를 바꾼 물에 담근 오이와 토마토 씨앗을 뿌리고 그것이 성장하는 모습을 검증하고 싶다고 했다. 절기가 맞지 않는데 그래도 괜찮겠느냐고 했더니 영하 17도까지 기온이 내려가지 않으면 문제가 없다고 했다.

자연의 질서에 맞지 않는 이런 실험이 온당한지 저항감도 있고 해서 변산에 가서 식구들과 의논을 해보겠다고 했다. 전주에 젊은 친구들이 있어서 자주 가는데 그 길에 변산에 찾아와도 되느냐고 해서 그것마저 거절할 수는 없어서 그러시라고 했는데 아무래도 석연찮다.

11시 무렵에 모든 행사가 끝나고 뒤풀이에 참석할 사람들이 많아 현병호 씨와 집이 고강동인 한소영 씨와 미리 자리를 떴다.

41번 버스가 노선을 옮겼고 화곡동이라고 쓰인 버스를 탔더니 오목교가 종점이고, 택시나 버스가 오지 않고 하여 소영 씨를 고강동까지 데려다주니 1시 가까이 되었다. 그냥 헤어지기가 아쉬워 한잔 나누면서 이야기를 하다 보니 새벽녘에야 집에 들어가게 되었다. 소영 씨에게 나와 변산에 대한 환상을 갖지 않게 하는 데 얼마쯤은 도움이 된 시간이었던 것 같다.

10월 11일

오전에 보리에 나가 차 사장과 잠깐 이야기를 나누었다. 차 사장도 나도 돈을 만지기를 극도로 싫어하고 이재에는 관심이 없는 사람들이니 그 일을 야무지게 해낼 나래 엄마와 춘환이에게 모든 걸 맡기고 지켜보면서 둘 사이에 일을 둘러싸고 갈등이 생기더라도 그렇게 해서 견제와 균형이 생기는 것이니 두고 보자고 했다. 작은책 사무실은 결국 전에 보고 온 반지하 빌라에 얻기로 계약을 했다 한다. 강순옥 씨의 저항감이 컸는데, 강순옥 씨가 잘 적응할지 걱정이다.

조원이 차를 타고 용란이, 문숙이와 함께 불광동 세밀화 쪽 사무실을 찾아갔다. 새로 지은 5층 건물의 5층에 5000만 원에 전세로 얻은 사무실이라는데 널찍하고 아주 좋다. 모두 만족해하는 것 같다. 잠깐 이태수 군과 이야기를 나누면서 어제 공익 회의에서 결정된 사항을 알려주었다. 그리고 어차피 출판사로 등록할 터이니 세밀화 그리기 기초 같은 책은 여기서 출판해도 괜찮지 않겠느냐고, 전부터 계획했던 것이니 시간이 나면 추진해보라고 했다.

주순중 선생을 만나러 갔던 대경이가 뒤늦게 합류하여 함께 근처에 가서 점심을 먹고 시장 구경을 하고 조원이와 문숙이, 용란이는 그길로 합정동 사무실로 갔다. 나는 다시 태수와 대경이와 함께 불광동 사무실로 올라가 서정홍 씨 책 원고를 원고지 7매쯤으로 마무리 짓고 고속터미널로 와서 4시 출발 우등고속을 탔다.

집에 오니 밤 8시 반이 넘었다. 재실에 올라가 늦은 저녁을 먹고 집에 내려와 밤늦게까지 논에서 물을 빼고 온 김희정 군과 유광식 군, 그리고 재실에서 내려온 종현이와 비야 엄마, 금란 씨와 봉선 씨와 함께 막걸리와 모과술을 마시면서 이야기를 나누었다. 우리 논에서 자란 우렁이는 맛이 없었다.

10월 12일

어젯밤에 집에 오면서 변소 작업이 어느 정도 진척되었는지 궁금해 일부러 밭으로 접어들어 왔는데, 아침에 보니 역시 토담집은 기초를 단단히 만들고 흙만 잘 다져 넣으면 제대로 세울 수 있다는 확신이 선다. 김진탁 씨가 혼자서 일했다는데 생각보다 일이 빠르게 진척되고 있다. 아침에 김희정 군, 김진탁 씨, 유광식 군은 벼를 베러 논에 나갔다. 나는 보리와 다른 곳에 연락해야 할 일이 있고, 밀렸던 일기도 쓰느라 나중에 자전거 타고 가겠다고 말한 뒤 집에 남았다. 양은주 씨가 공주에서 우리가 들인 갈옷 옷감으로 나를 위해 개량 한복을 한 벌 지어, 자상한 배려가 담긴 편지와 함께 소포로 부쳐 왔다. 그걸 입고 어젯밤에 술을 마셨다. 그리고 제주도에서 박경임 씨가 10월 22일쯤 이곳으로 살러 오겠다는 연락이 왔다. 내 방을 내주고 유 군이 살던 곳으로 이주해야겠다는 생각을 했다. 9시가 조금 넘어 김혜경 씨와 통화하면서 KBS 박기완 PD와 함께 일하고 있노라고, 대안교육에 대한 라디오 다큐멘터리를 만드는데 변산 취재를 하고 싶다고 해서, 3박 4일 예정으로 낮에는 땀 흘려 일하고 밤에 이야기 나누는 조건이라면 와도 좋다고 했다. 김혜경 씨와 잠시 정담을 나누었다. 보리에도 불광동에도 집에도, 전화를 받는 사람이 없다. 어제 나래에게 삐삐로 연락을 취했는데 나래한테서도 전화가 없다.

9시 반쯤 보리와 연락이 되어 나래 엄마에게 보리 식구는 25일에 와도 좋다고 했다. 논에 나가다가 중산리 형님 댁에 들렀다. 참때니 막걸리 한잔하고 가라고 해서 막걸리를 두 사발 마시고 벼를 경운기에서 내려 하우스 안으로 나르고 논에 나갔다. 물을 빼는 중이어서 괭이로 물길을 냈다. 점심때가 되어 우렁을 좀 잡아서 광식이 편에 형님 댁에 가져다드리고 마침 길에서 만난 장유진 아버지와 정읍에 있는 내화벽돌 공장에서 일한다는 일행을 모시고 재실로 갔다. 재실에서 점심을 먹었다. 내화벽돌로 도자기 가마를 만드는 데 1세제곱미터(가로·세로·높이가 각각 1미터)에 1000만 원쯤 든다는 이야기를 들었다. 내년에 옹기가마를 지

766

을 때 도와달라고 했다. 유진이 아버지에게 지름박골 구경을 시켜주고 논에 나갔더니 경민이, 재혁이, 중산리 현영호 씨 아들 딸인 동수, 춘순이가 경민이 아버지와 함께 논에 와 있었다. 물꼬를 파고 넓히고, 일찍 돌아왔다. 저수지에 가서 어항을 건져 고기를 잡았는데 얼마 들어 있지 않았다. 저녁을 먹고 잠깐 '우주인' 이야기를 하다가(귀농운동 모임에서 만난, 《지금 여기》라는 격월간지 고문으로 있는 박취산이라는 분 이야기에 자연스럽게 연결되었다), 집에 돌아와 자려는데 안용무 씨한테서 전화가 왔다. 부안에서 홍내과의원의 홍 선생이 막걸리를 사 들고 손님들과 함께 와 있다는 것이다. 내려가겠다 하고 자전거를 타고 갔더니 안용무 씨 오빠가 대구에서 와 있고 홍 선생이 따로 손님 세 분과 와 있는데 우리와 뜻이 맞는 사람들이 아니어서 자리가 어색했다. 안용무 씨 얼굴에도 난감한 표정이 감돈다. 미안한 노릇이다. 묻는 말에 대답하는 식으로 그 사람들의 하나 마나 한 이야기들을 귀담아듣다가 늦게야 집에 돌아왔다. 손님들, 놀러 다니는 한가한 손님들 문제. 참 골치가 아프다.

10월 13일

오전에는 나래가 번역한 원고를 손보는 데 보내고 오후에는 《대중불교》 원고를 쓰다가 낮잠을 자다가 김희정 군이 있는 집 연탄을 내려 저장하고 저녁식사 뒤에는 오늘 나래 엄마가 전화로 알린 마음의 고통을 주제로 이야기를 나누었다. 느낌이 이성보다 더 큰 힘을 발휘하는 현상세계의 '관계'에서 삶이 얼마나 중요한 몫을 하는지에 대해서도……. 오늘 진탁 군이 금란 씨에게 그동안 애써 새긴 목각판을 여러 사람 있는 자리에서 전달하면서 구애를 했다. 아름다운 광경인데, 느낌도 함께 전달하고 전달받으면 서로에게 큰 기쁨이겠는데, 이런저런 판단이 느낌의 순수성을 해치는 경우가 많으므로 서로 어찌 느끼는지 잘 모르겠고 걱정스럽다. 집에 돌아와 나래 엄마에게 오랜만에 편지를 썼다. 나래 엄마가 요즈음 들어 마음에 기쁨보다는 고통이 훨씬 더 크다는 걸 느끼면서도 그 탓이 나와 아이들에게 돌려지기 때문에 어쩔 줄 모르겠다, 조금 더 배려할 수도 있었는데, 그게 그렇게 큰 노력이 필요한 것도 아니었는데, 나에게 그럴 마음이 없다는 게 가장 큰 문제라면 문제다, 내가 있는 그대로 당신을 보듯이, 왜 나를 있는 그대로 보고 받아들일 수 없는가 하는 마음이 앞선다.

10월 14일

오전에 지름박골로 올라가 보리 씨앗에 소금을 섞어 풀이 무성한 다랭이밭과 냇가 귀퉁이에 뿌렸다. 한 말쯤 거의 되는 양이다. 고추를 따고 땅콩은 아직 덜 여물어서 두 그루만 캐다가 그냥 두기로 했다. 운산교 다리에서 싹이 터 시들어가는 쪽파씨와 시금치 씨앗을 가져다 묻고 들깨와 콩을 뺐다. 그리고 저수지에 내려가 구절초를 베고 어망을 건져보았더니 하나는 입구 부분이 터져 있어 임시로 꿰맸다. 어망 아홉 개에 가지고 간 된장과 멸치 가루를 일부는 섞어서, 일부는 된장만, 먹이로 넣었다. 미끼인 셈이다. 오후 1시 반이 넘어 집에 돌아오는데 웬 차가 온다. KBS 하종란 PD가 대안학교 다큐멘터리 취재차 온 것이다. 3박 4일 머물지 않으면 오지 말라고 했는데 김혜경 씨를 앞세워 편지를 전송하더니 1박 2일만 해도 된다는 허락을 받고 왔다. 오후 시간은 내내 하종란 씨 인터뷰에 응하느라고 보냈다. 김광희 군이 청주에서 낯선 젊은이 둘을 데리고 불쑥 나타나고, 이조병 씨가 부안 토종 육쪽마늘을 한 접 가져왔다. 취재 때문에 접대를 못하고 이조병 씨는 차 한잔하시라 하고 그냥 보내고 김광희 군은 떠나려는 걸 저녁이나 먹고 가라고 붙들어 저녁을 먹여 보냈다. 여행사를 하는데 학부모와 아이들의 역사기행을 중심으로 여행사를 꾸리고 있다 한다. 같이 온 사람들도 여행사 식구들이다. 불교방송에 있던 김현숙 씨가 3박 4일 일정으로 변산에 방문하고 싶다는 연락이 왔다. 박석일 중위한테서도 내일 중으로 오겠다는 연락이 오고, 교원대학 학생이 목요일에서 일요일까지 방문하고 싶다는 연락이 왔다.

안용무 씨가 우리 식구들을 저녁식사에 초대했는데 모두 뜨악한 태도로 탐탁잖게 여겨 손님을 빙자하여 거절하고 나만 저녁을 먹고 가기로 약속했다. 곰소까지 가서 장을 보아다 반찬을 마련했다는데 안됐다. 저녁에 내려가 안용무 씨가 내놓은 버섯, 새우, 쭈꾸미 데친 안주에 막걸리를 마셨다. 밤 12시 가까이 마시고 안용무 씨 배웅을 받고 오면서 밭에 서 있는 담뱃대를 안용무 씨가 직접 베거나 뽑으면 어떻겠느냐고 했다. 그리고 마루에 있는 소파도 너무 위압적이니 어디 줄 사람 있으면 주고 집에 어울리는 것으로 마련하면 어떻겠느냐고 했는데 어찌 받아들였을지 모르겠다.

10월 15일

오전에 상서에 갔다 왔다. 하종란 씨에게 아버지가 사시는 마을에 쓰지 않고 버려둔 보리 탈곡기가 있는지 알아보라고 시켰는데 둑 쪽에 버려진 탈곡기가 한 대 있다고 해서 쓸 만한지 보려고 유 군과 김희정 군과 갔는데, 지석묘 근처에 버려진 탈곡기까지 세 개를 보았는데 모두 너무 낡고 고장이 많아 쓸 수 없는 것이었다. 지석묘 근처에 비닐 덮인 쓸 만한 탈곡기가 있기에 그 주인을 하종란 씨 부친을 통해 알아내고 그 주인이 콤바인으로 벼를 베고 있는 논에까지 가서, 팔지 않겠느냐고 했더니 처음에는 안 팔겠다고 했다가 나중에 밤에 연락하라는 언질을 받고 돌아왔다. 오는 길에 농협에 들러 돈 70만 원을 찾고, 논에 가서 물이 어느 정도 빠졌는지 살펴보고 두부 다섯 모 사 들고 집에 돌아왔다.

풀무원식품 원고를 다시 써서 전송하고 《대중불교》 원고도 전송했다. 오후에 점심때 온 김현숙 씨와 박석일 중위와 신부는 콩대를 꺾도록 놓아두고 집에 돌아와 쉬고 있는데 이조병 씨가 부안 농촌지도소 젊은이와 함께 왔다. 면사무소 산업계에서 유 군이 호맥 20킬로그램을 가지고 왔는데 캐나다산이다. 이조병 씨가 어제 가져온 변산 토종마늘은 콩대를 벤 자리에 오늘 심었다. 사진기를 들고 온 이조병 씨가 우리 토담으로 짓고 있는 변소 사진을 찍고 장독대와 간이 효소실 사진도 찍었다.

이조병 씨를 보내고 재실 뒷담 곁에서 호두를 줍고 있는데 안용무 씨가 왔다. 어제 박종배 씨가 경희대 한의대에서 한약 조제에 쓴다고 호두 10킬로그램을 까서 이번 주 내로 보내 달라고 해서 종현이가 부지런히 까고 있어서 나머지 4킬로그램(아침에 그동안 주워놓은 것을 달아보니 6킬로그램쯤 되었다)을 주워서 마저 채워주고 나머지를 줍는데 얼마 줍지 못했다. 재실 시제용으로 호두 두 말을 따로 남겨두어야 하는데 그 양이 나올지 모르겠다. 안용무 씨가 오늘 변산초등학교 소풍이라고 김밥을 쌌는데 남았다며 가지고 와서 식구들이 새참으로 먹었다. 은행 떨어진 것을 줍고 난 뒤에 안용무 씨는 콩대 꺾는 사람들에 합류하고 나는 내려와서 김진탁 씨와 변소 흙을 다지고 경운기 흙을 퍼 올렸다.

저녁때 재실에 올라가 저녁을 먹기 전에 오늘 일을 정리하고 있는데 이장이 토지세 고지서를 들고 왔다. 솔밭 땅 종합토지세는 5200원, 저수지 건너편 땅은 1270원, 우리 집 땅은 3010원이 나와서 1만 원이 채 안 되는 돈이다.

이장과 재실에 올라가 같이 저녁을 먹었다. 유 군과 박 중위가 저수지에서 고기를 건져 와 튀김을 했는데 소금이 좀 많이 들어가 조금 짠 듯했으나 먹을 만했다. 밥을 먹고 난 뒤 술을 마시면서 이장 이야기를 들었다. 농사 이야기인데 귀담아들을 이야기가 많았다. 투기영농을 하는 사람들 마음을 이해할 만했다. 3~4년 농사를 망치더라도 한 번 잘하면 몇 해 농사에서 손해 본 것을 벌충할 수 있어서 계속해서 투기영농을 하게 된다는 말이었다. 이장은 벌써 올해로 두 해째 대파 농사를 지어 재미를 못 보고 있는데 (올해는 대파 9000평을 지어 900만 원에 넘겼는데, 이것저것 빼고 나면 손해나 안 보았는지 모르겠다. 열다섯 마지기이니까 한 마지기당 소득이 60만 원인가?) 그래도 내년에도 주곡농사로 전환할 생각도 유기농을 할 생각도 없는 모양이다.

이장과 이야기를 나누면서 삶은 밤을 앞니로 까서 먹다가 이 하나(예전 서울대에서 해 넣은 것이니까 한 25년이 넘었나 보다)가 깨져서 부랴부랴 집으로 내려왔다. 내일 서울로 올라가 치과에 갈 일이 생긴 셈이다. 집에 내려와 보리 탈곡기를 가진 상서 사람 집에 전화했더니 아직 집에 오지 않았다 한다. 나래 엄마에게 내일 서울 가겠다는 전화를 했다. '작은책'과 영업부 식구들이 이사를 했다는 소식을 들었다.

교원대 학생들(여학생 셋, 남학생 하나)이 목요일에 변산에 온다는 연락이 왔다. 유 군은 19일에 한마음공동체에 나와 함께 가겠다고 연락을 해놓아서 내가 그때 못 오면 난처한 입장에 처한다고 해서 그때까지는 오도록 하겠다고 했다. 그리고 장길섭 씨를 통해 김민정 씨라는 분이 11월에 와서 그때부터 변산에 당분간 거주하겠다고 해서 그러라고 대답했다는 유 군의 전화가 재실에서 왔다.

나래에게 삐삐를 쳐서 내일저녁 8시 이후에 집에서 보자고 했다. 유 군에게는 내일 첫차로 서울에 가는데 이유는 묻지 말라고 했다. 앞니 빠진 것에 이렇게 신경을 쓰다니 참 우습다. 그러나 나래 엄마와 이야기도 나누고 나래 문제도 의논하자고 이가 상한 것이라 생각하기로 했다.

삼성출판사에서 전래동화 원고를 읽고 원고지 7~8매를 써달라고 해서 보리에서도 전래동화가 나와 그럴 수 없노라고 거절했다.

10월 16일

유 군이 아침 5시쯤 내려왔다. 첫차가 부안에서 6시 50분에 있는데 너무 이른 시각이다. 왜 이렇게 일찍 왔느냐고 물었더니 3시부터 깨서 잠을 자지 못했다며 불면증인 것 같다 한다. 혹시 김진탁 씨가 옆에서 잔 것이 원인이 아닐까. 본인은 아니라고 하지만 마음에 두고 있던 금란 씨에게 진탁 씨가 공개구애를 했고 그 자리를 유 군이 술 취함을 빙자하여 피했던 것으로 보아 충분히 가능성 있는 이야기다.

짐을 챙겨 유 군이 모는 차를 타고 부안에 왔더니 천천히 왔는데도 30분 가까이 시간이 남았다. 어젯밤 박석일 중위와 이야기를 2시 넘게 나누었으니 세 시간이 못 되게 잠을 잔 셈이다.

서울로 오는 내내 그냥 눈을 감고 왔다. 천안에서 우동을 한 그
릇 사 먹는데 어젯밤 빠진 이가 우동그릇에 빠졌다. 마지막 우동
국물을 다 마시고 나서야 찾을 수 있었다. 반이 쪼개져 떨어진 것
이어서 그냥 나머지 반쪽에 끼워 입안에 담고 있었는데 국수가락
을 무는 순간 우동그릇에 빠진 것이다.

서울에 도착하자마자 명보극장 옆 금성치과로 가서 다시 붙일
수 있는지 물었더니 선선이 해보자고 한다. 꽤 시간이 걸려 다시
붙였다. 김규문 선생이 돈을 받지 않겠다면서 겨울에 한번 놀러
오겠다고 한다. 웃으면서 현물거래를 하자고 했다. 보리에 가 나
래 엄마를 잠깐 보고 작은책 사무실로 갔다. 새로 이사를 했는데
어떻게 지내는지 궁금해서다. 갔더니 유경이만 방을 지키고 있
다. 아직 전화도 없다. 강순옥 씨가 차지하고 있는 공간이 너무
좁아 보인다. 그에 견주어 정낙묵 군과 강우균 군이 차지하는 공
간은 너무 넓다. 책꽂이에서 책들을 빼내고 자리를 다시 배치했
다. 탁자도 다시 배치하고 김영철 군 책상 옆도 넓혔다.

문숙이와 용란이를 불러 뒤늦게 온 강순옥 씨와 함께 보리밥
집에 갔다. 보리밥과 감자전과 동동주를 먹었다.

보리 사무실에《화엄경》을 가지러 갔더니, 오전에 DRT 에이전
시에 갔다는 차 사장과 조원이가 돌아왔다. 나래 엄마 방에 윤중
호 군이 와 있다 해서 잠깐 보고 집에 가겠다고 했더니 윤 군도
따라나선다. 그냥 헤어지기 그래서 근처 생맥주집에 같이 가서
맥주 네 병을 마시고 택시를 타고 집에 왔다. 잠깐 누워 있는데

나래 엄마가 돌아왔다. 같이 저녁을 먹었다. 나래한테서 전화가 왔기에 집에 오라고 했더니 한 시간 후쯤 오겠다고 한다.

맥주 네 병을 사서 마시고 있는데 나래가 왔다. 엄마가 목욕탕에 있을 때 왔는데 나래 엄마는 목욕이 끝나고도 내려오지 않는다. 같이 이야기를 했다. 엄마가 불행해하는 것 같은데 나로서는 어찌할 바를 모르겠다고 했다. 나중에 누리도 와서 같이 이야기하다가 엄마를 데려오라고 했더니 누리가 2층에 올라갔다 혼자 내려왔다. 엄마가 그냥 자고 싶다고 불을 끄라고 했다 한다. 오랜만에 나래 엄마와 나 사이에 있던 갈등을 아이들에게 알리고 의논할 수 있었다. 엄마는 이혼을 했으면 하는데 너희들 생각은 어떠냐고 했더니 누리가 내용으로 보면 사실상 헤어진 거나 다름없지 않느냐고 한다. 그래서 형식과 내용을 일치시키겠다는 게 엄마 생각인 모양이라고 했다. 누리는 자기들에게 큰 상처가 되리라고 하고, 나래는 전에 한번 엄마가 비슷한 이야기를 하길래 그러라고 했다면서, 그러나 엄마한테 정말 이혼할 뜻이 있는지는 잘 모르겠다고 한다. 아무튼 나도 엄마에게 잘하려고 노력하겠으니 너희들도 잘하라는 말로 이야기를 마쳤다. 2층에 오니 나래 엄마는 불러도 대답이 없다. 잠들었는지, 잠든 체하는지 모르겠다.

10월 17일

마음이 무척 아프다. 아침에 나래 엄마와 이야기를 나누느라고 변산 가기 전에 잠깐 들르겠노라고 한 윤이와의 약속을 어겼다. 얼마나 실없는 사람으로 여길까. 10시 20분 부안행 버스를 타기 전에 사무실로 전화했더니 서점에 들러 오겠다고 하고 아직 나오지 않았다 한다. 더 마음이 아프다. 10시 20분발 부안행 우등버스를 타고 부안에 내려 고등어 2000원어치, 게 3000원어치를 사고, 변산에 내려 두부 다섯 모를 샀다. 재실에 전화를 했다. 비야 엄마가 받아 안용무 씨가 와 있다고 했다. 차를 가지고 마중 나올 수 있느냐고 물었다. 마중을 나왔는데 김승도 군이 운전석에 앉아 있고 차도 티코다. 어제 왔다 한다. 익산으로 가는 길에 잠깐 마중 나왔다고 했다. 마침 최 선생이 지나다가 보고 한잔하고 가라고 해서 술도가에서 한잔 마시고 집으로 올라왔다. 식구들은 모두 콩타작을 하러 솔밭으로 갔다 한다. 윤이에게 편지를 써서 우체국에 가서 부치고 솔밭으로 갔더니 이미 일을 끝내고 집으로 돌아갔다. 저녁에 교원대 학생들이 왔다. 조임희는 중등 국어교육과 2학년, 최지혜는 중등 역사교육과 1학년, 강채언은 초등 음악교육과 1학년이다. 저녁은 먹고 왔다고 한다.

이야기를 나누고 있는데 이장이 정경식 씨와 함께 왔다. 아이들 교육 문제, 농촌 현실 문제를 두고 이야기를 나누었다. 정경식 씨는 아들이 공부를 너무 잘해서 고민인 모양이다. 아내와 주변에서는 그 아이 능력대로 좋은 공부 시켜야 한다고 하고, 정경식 씨는 아이를 농사꾼으로 기르고 싶고……. 실험학교 프로그램이 구체화하여 지금 마포에서 유기농을 하는 사람들 자제들부터 당

장이라도 교육시켰으면 하는 것이 정경식 씨와 안용무 씨 소망
(안용무 씨는 경민이를 중학교에 안 보내겠다고까지 한다)이고, 나는
아직 시기가 이르다, 훌륭한 선생으로서 준비가 갖추어져 있지
않다 하고……. 내일 김복원 씨 집에서 저녁 7시에 우렁이 농법
에 대한 반성과 부안 지역에서 누군가 우렁이를 키워 자급하는
문제를 의논하려는데 참여해달라고 해서 생각해보자고, 유 군과
김희정 군을 보낼 수도 있고, 내가 참여할 수도 있지 않겠느냐고
했다. 이장과 정경식 씨, 안용무 씨가 이장 트럭을 몰고 12시 가
까이 되어 떠났다.

집에 내려와 누웠는데 소영 씨한테서 전화가 왔다. 선본 남자
와(중학교 교사라 한다) 술을 좀 많이 마셨노라고, 선을 보았는데
도 별 느낌이 없노라고 해서 사귀다 보면 정이 붙는 경우도 있지
않느냐, 우리 옛 할아버지 할머니들은 시집 장가 갈 때 얼굴 한
번 못 보고 맺어졌어도 의좋게 잘 사는 가정을 이루지 않았느냐
고 했다. 다음 주 주말쯤 변산에 오게 될지 모르겠다고 해서 그러
라고 했다.

10월 18일

어제는《이웃과 생명》에 밀린 원고를 전송하고 아침에는 글쓰
기 회보에《우리교육》10월호에 난도질당한 채로 실린 원고(27매
를 18매가 안 되게 줄여 실었다)의 원본을 덧붙이는 말과 함께 보냈

다. 재실에서 아침을 먹고 교원대 학생들과 우리 식구 모두 비야 엄마만 빼고 논으로 나가 벼를 벴다. 김진탁 씨는 새참을 먹고 산청으로 떠났다. 새참때 안용무 씨가 왔다(벼를 묶는 짚단은 중산리 형님 댁에 이야기하고 형님 논에서 가져다 썼다). 같이 새참을 먹고 벼를 다시 베는데 이장이 왔다. 이장에게서 볏짚으로 띠를 빨리 튼튼하게 묶는 법을 배웠다. 비가 내려서 일을 중단하고 집으로 돌아와 점심을 먹었다. 점심 뒤에 집으로 내려와 있는데 김희정 군이 왔다. 벼르고 온 게 분명하다. 안용무 씨 사는 모습이 도무지 마뜩잖아 견딜 수 없는데, 내가 안용무 씨에게 휘둘리고 있다고 여기는 모양이다. 안용무 씨는 그 나름으로 쓰임새가 있다고 이야기했는데도 생활태도를 용납하기 힘들다고 한다. 그리고 나도 농사일을 철저히 배울 필요가 있다고, 동네 어른들을 만나 농사일을 배우는 게 어떠냐고 한다. 그러고 싶지만 아직 때가 이르다고 했다. 박경임 씨가 들어오는 걸 계기로 해서 밥상공동체를 둘로 나누고 나는 박경임 씨, 유 군, 비야 엄마와 함께 재실에서 밥을 먹고 손님도 재실에서 맞고 금란 씨, 희정 군, 종현이는 김진탁 씨와 함께 아래채에서 먹기로 하자고 임시로 정했다.

유 군은 교원대 학생들과 땅콩을 캐러 가더니 비가 많이 내려 3분의 1쯤 캐고 돌아왔다. 자리에 누워 생각을 정리하려는데, 비야와 종현이, 유 군, 김 군이 번갈아 집에 오는 바람에 정리가 안 되어, 일어나서 재실에 올라가 교원대 학생들에게 인터뷰를 하려면 지금 하는 게 어떠냐고 했더니, 잠깐 쉬고 싶은 모양인지 저녁으로 미루자고 한다. 오는 길에 감 홍시를 따서 먹는데 그제 치과에 가서 애써 붙인 이빨이 또 떨어져 나가 참 난감한 생각이 든다. 오늘내일 사이 또 서울에 가야 할 모양이다.

저녁에 교원대생들과 방에서 따로 앉아 인터뷰를 꽤 길게 했다. 궁금한 게 많은지 번갈아가면서 이것저것 묻는다. 글쓰기회 이야기를 하면서 좋은 예비교사가 되려면 글쓰기 동아리를 한번 만들어보는 게 어떠냐고 권했다.

10월 19일

아침에 강채언 양이 미리 가고, 나와 김희정 군, 유 군, 그리고 마포의 정경식 씨가 함께 장성 한마음공동체에 갔다. 트럭을 줄포 윤봉선 군 집에 두고 윤 군의 승용차를 빌려 타고 장성에 10시 조금 넘어 도착했다. 우렁이 양식장, 벼 키우는 곳, 딸기 키우는 하우스 등을 방문했다. 한마음공동체는 유통과 소비와 생산을 결합시키는 데 어느 정도 성공하고 있는 듯하다. 거기서 광주까지는 차로 15분밖에 안 걸린다고 한다. 가까운 곳에 대도시가 있어서 유통에 큰 도움을 얻고 있는 듯하다. 논우렁 키우는 것은 김 목사라는 분이 맡고 있는데 지난 2년 동안 시행착오를 거쳐서 이제 내년에는 대량 생산할 채비가 갖추어진 듯하다. 본디 식용으로 들여온 이 우렁이가 맛이 없는 것은 영양 상태가 나쁘고 조리법도 서툴기 때문이라는 것을 알았다. 제대로 영양이 공급되어

살이 차면 맛이 우리 재래 논우렁 못지않게 좋다고 한다. 일본에
서 가져왔다는 네 종류의 벼 이삭을 몇 개씩 승낙을 얻고 꺾어 왔
다. 집에 돌아와서 방 안에 좀 누워 쉬다가 재실로 올라갔더니 교
원대 학생들이 밭에서 캐 온 땅콩을 우리 식구들과 둘러앉아 까
고 있다. 유 군 방에 들어가 책꽂이에 꽂혀 있는 책들을 이것저것
점검했다.

저녁을 먹고 김희정 군과 안용무 씨 문제로 약간 언쟁을 했다.
김 군은 안용무 씨의 사는 모습이 못마땅한 데다 나도 일머리를
잡아 주곡 농사 중심으로 농사를 지을 생각은 않고 효소 같은 본
질적이지 않은 것에 신경을 쓰고 있어서 못마땅하게 보는 모양이
다. 우주인 이야기를 하면서 이런저런 판단이 앞서면 결국 사람
과 사람 사이를 벌어지게 할 우려가 있으니 잠깐만 두고 지켜보
라고, 사람의 변화 가능성을 믿지 못하면 어떻게 운동을 하겠느
냐고 했다. 정명미 씨가 가져온 이강주에 막걸리를 곁들여 어지
간히 마셔서 김희정 군도 조금 취하고 나도 취해서 서로 말을 조
심하지 못하고 언성이 높아졌다. 김 군이 부자들에게 갖는 적개
심은 대단하다. 나도 지난날에는 가난했을지 모르나 지금은 부자
여서 가난한 농민의 삶을 처절하게 체험할 생각을 않고 실험학교
와 공동체라는 간판을 앞세우고 적당히 살려고 한다고 여기는 기
색이 역연하다.

요즈음 김 군이 일하는 모습이 지나치게 과로를 하는 것 같아
걱정이 되었는데, 피곤한 데다가 요즈음 들어 내가 일머리를 놓

는 듯이 보여 몹시 짜증스러운 모양이다. 사람관계에서나 일에서나 김 군은 김 군 나름으로 생각이 있는데 일을 제대로 하고 싶어도 유 군과 비야 엄마의 시큰둥한 반응에 부딪쳐 마음대로 할 수 없는 데다 나이가 어리고 여기 들어온 지도 얼마 되지 않아, 옳다고 여기는 것을 하려 해도 자꾸 막히니, 그럴 수밖에 없을 듯도 하다.

조금 더 참고 기다려보고 일이나 사람은 나중에 평가해도 늦지 않다고, 안용무 씨나 비야 엄마 같은 경우 대단한 결심을 하고 배수의 진까지 치고 들어온 사람들인데 섣불리 이러니저러니 하면 도리어 자네가 다치기 쉽다고 했다.

다른 사람들도 있는 자리에서 언쟁을 하게 되어 모양은 좋지 않았지만, 이런 모습을 보여주는 것도 참고가 되리라고 믿는다. 저녁식사 전에 안용무 씨가 곰소에서 반찬거리를 사 왔다고, 가지고 올라올까 하고 물어서 나중에 내가 시간이 되면 내려가겠다고 했는데, 12시 가까워서야 자전거를 타고 중산리 안용무 씨 집에 갔다. 먼저 많이 취해 있었던 데다 막걸리를 또 마셔 많이 취했다. 유 군이 정명미 씨와 함께 트럭을 타고 데리러 왔다.

10월 20일

아침에, 온 중위가 갑자기 일이 생겼다고 갔다. 엊저녁에 임전수 군이 오고, 김승도 군이 여학생 하나를 데리고 와서 아침에 모두 벼를 베러 갔다. 교원대 학생 세 명, 임 군, 김승도 군과 여학생, 금란 씨를 포함한 우리 식구 모두 8시 조금 넘어 트럭을 타고 논에 가 볏짚 묶는 법을 가르쳐주고 벼를 베는데 뒤늦게 경민이 어머니 아버지가 합류했다. 벼 베는 일을 오후 1시까지 하고 집에 돌아와 점심을 먹었다. 점심 뒤에 김승도 군과 여학생이 떠난다고 하기에 교원대 학생들에게 지름박골과 바다를 구경시켜주라고 부탁했다.

오후 3시에 다시 벼 베러 갔다. 가는 길에 중산리 형님 댁에 들러, 점심 먹으러 오는 길에 형님이 벼 도정하는 기계를 사겠느냐고 했는데 생각해보겠노라고 대답했기에, 식구들에게 물어보고 그래도 되겠다는 뜻이 있는 듯싶어, 중산리에 가져다놓았다는 도정기를 미리 좀 보고 결정하기로 하고, 사면 60만 원짜리로 사자고 결정했음을 알려주려고 했는데, 형님이 없었다. 논에 가보니 경민이 엄마 아빠가 미리 와 있었다. 같이 벼를 베었다. 오후에는 시간이 짧아 저녁 6시가 되니 벌써 어둑어둑해졌다.

일을 마치고 오는 길에 도가에 들러 술을 사려는데 최 선생과 얼굴이 마주쳤다. 별수 없이 술도가 안으로 끌려가 식구들과 술을 얻어먹고 저녁 7시 넘어서야 집으로 출발했다. 모두 썰물처럼 빠져나가 오후에는 임전수 군과 우리 식구만으로 저녁식사를 마쳤다.

내일은 이태수 군과 대경이가 오고, 덩달아 윤봉선 군이 합류하기로 했다 한다.

10월 21일

아침 7시에 밥을 먹고 7시 30분에 논으로 나갔다. 벼 베기는 생각보다 빨리 오전에 끝났다. 나, 종현이, 김희정, 유광식, 임전수, 김진탁 그리고 나중에 경민 엄마가 벼 베기에 합류했다. 벼 베기를 끝내고, 건빵과 삶은 땅콩을 안주 삼아 막걸리를 마셨다. 낮술치고는 많이 마신 셈이다. 점심때 집에 돌아와 또 막걸리를 마셨다. 집에 돌아와 잠깐 쉬고 있는데, 이태수 군과 대경이가 서울에서 왔다. 대경이가 오징어와 북어포를 가지고 왔다.

낮잠을 한숨 자고, 그동안 써서 여기저기 실린 원고 세 꼭지를 묶어 국민대학교와 서울대 정치과에 전송을 했다. 자료집을 만드는 데 쓸 것이라고, 다른 데 실린 원고나 이미 써놓은 원고도 괜찮다고 해서 그렇게 한 것이다.

저녁 무렵에는 김진탁 씨가 짓고 있는 변소 흙 메질을 했다. 저녁식사를 하기 전에 이태수 군과 유광식 군이 술도가에 가서 막걸리를 한 말이나 받아왔다. 지난번 유 군이 서울에 가서 이삿짐을 날라다 줄 때 이 군이 막걸리 한 말 사준다고 약속을 한 모양이다. 식사를 하고 있는데 윤봉선 군이 왔다. 윤 군은 밥을 먹고 왔다 해서 막걸리를 마시도록 했다. 오늘 저녁 술자리는 김진탁 씨가 맨 먼저 빠져나가고, 그다음에 김희정 군이 종현이를 데리고 가고, 또 대경이가 내려가고 해서 유광식, 윤봉선, 이태수, 나만 남았다. 11시 반이 넘도록 마시다가 비야 엄마가 옆방에서 잠을 이루지 못할 염려도 있고 해서 아래로 내려가자고 하고 먼저 내려와서 종현이가 따 놓은 단감 네 개, 그리고 대경이가 가져온 북어포와 오징어를 불에 구워 술상을 보아놓고 사람들과 술이 오기를 한참 기다렸는데 오지 않는다. 자기들끼리 앉아서 할 이야기가 있는 모양이라고 여기고 기다리기로 했다. 이태수 군 이부자리는 내 방에 마련했다. 윤봉선 군도 술을 마셔서 집에 갈 수 없을 경우를 생각해 요와 이불을 넓게 깔았다.

10월 22일

이태수 군 일행은 내려오지 않았다. 재실에서 자기들끼리 할 이야기가 있는 모양이라는 생각이 들었다. 윤봉선의 작업이 안정을 찾지 못하고 있다는 이태수의 말이 걸린다. 엊저녁 술자리에서는 자연에 대한 애정이 모자라서 생기는 문제라고 이야기했지만, 사랑이 강요로는 생겨날 수 없으니, 그리고 합리적 판단의 길이 아니고 느낌의 길을 따라오는 것이니, 없는 애정 가지라고 강요할 수도 없고 참 난감한 일이다. 누구보다 일찍 아침에 사무실에 출근하겠다는 발상(서울에 가서 사는 경우)도 문제. 세밀화를 그려야 할 사람이 아침저녁으로 산과 들을 헤매도 사물의 윤곽이 마음에 그려질지 말지인데, 사무실에 나오라는 말을 듣는 것에 대해 저항감을 느껴야 할 텐데, 어쩌자고 아직 마음자리가 그러한지. 그림이 좋아졌다 나빠졌다 갈피를 잡을 수 없다는 이태수의 말이 어느 정도 이해가 간다.

아침 6시쯤 일어나 재실에 올라가서 낫을 갈았다. 열 자루쯤 되는 낫을 다 갈고, 변소 휴지통에 가득 찬 밑 닦은 휴지를 아궁이에 넣고 불을 지폈다. 그리고 낫으로 재실 아래쪽에 있는 메밀밭의 메밀을 베기 시작했다. 한참 있다 임전수 군이 내려와 같이 베고, 뒤이어 김희정 군과 종현이가 같이 베었다. 자라다 만 메밀을 남기고 메밀은 다 베었다. 아침을 먹고 잠깐 집에 내려왔다가 다시 올라가 이태수 군(윤봉선 군 집에서 자고 아침에 유 군과 함께 왔다. 나중에 유 군에게 들으니 윤 군이 자기 집으로 가자고 했다 한다)과 함께 재실 묵혀놓았던 논에 유 군이 심은 벼를 벴다. 두 다랭이를 베는데 땀이 바짝 났다. 참을 먹고 아랫다랭이를 베고 있는데 박경임 씨가 부모님과 함께 왔다고 김희정 군이 와서 전한다. 잠깐 기다리시라고 전하라 이르고 아랫다랭이를 마저 베고 집에 돌아왔더니 광주 번호판이 달린 프린스 승용차가 재실 문 앞에 서 있다. 박경임 씨 부친은 깐깐해 보이고 모친은 마음씨가 착한 분으로 보였다. 점심 반찬이 푸짐했다. 알고 보니 안용무 씨가 망둥이회와 게를 사와서 꽃게탕을 끓여 냈다. 점심을 먹고 박경임 씨 부친과 모친이 떠났다. 떠나기 전에 부친이, 어려운 일 시작했는데 지금 식구로는 일손이 달리겠다고 계획한 일을 제대로 해나가려면 무척 힘들겠다고 해서, 처음 들어온 사람들에게는 무척 힘든 세월이 앞에 가로놓여 있다고 동의했다. 모친은 박경임 씨가 고생길에 접어들었음을 예감하는지 눈물바람을 했다.

집으로 내려와 잠깐 쉬고 있는데, 대경이와 이태수 군이 가겠다 한다. 아침에 임전수 군이 갈 때 감과 호두를 주었는데 이태수 군과 대경이에게는 아무것도 준 것 없이 보냈다. 재실에 올라가보니 박경임 씨와 안용무 씨가 고춧대를 뽑고 있다. 고추 말목을 옆에서 뽑다가 하우스 안에 대강 널어놓은 콩대를 밖으로 내다 말릴 필요가 있어서 벼타작기를 덮어놓은 방수포를 벗겨내 밭에 깔고 콩대를 밀차로 실어다 말리고 있는데 중산리 형님이 오셨다. 엊그제 도정기를 하나 구하라고 하시더니 친구와 친구사위와 함께 도정기를 가지고 오셨다. 친구사위가 도정기 영업사원인데 아마 내가 구입할 생각이 있다고 말씀하신 모양이다. 100만 원이라고 하기에 구입할 의사가 없다고 잘라 말했다. 60만 원 정도면 구입하겠는데 100만 원은 너무 값이 비싸다 싶었다. 형님이 중간에 들어 85만 원에 하나 들여놓으라고 하신다. 거절할 수가 없어서 그러라고 했다. 오후 시간은 도정기를 설치하고 형님 댁에서 가져온 벼 한 가마니를 도정하는 것으로 보냈다. 형님은 그 쌀을 우리 먹으라고 하시는데 그럴 수 없다고 다시 실어 보냈다. 형님이 가고 난 뒤 어둑어둑할 때까지 달빛을 받으며 고추 말목을 다 뽑고, 뽑은 것을 밀차로 날라다가 재실 문간 추녀 끝에 쌓았다.

집에 내려와 벼 벨 때 입어 진흙이 많이 묻은 작업복 위아랫도리를 다 빨고 내의도 빨았다. 저녁을 먹고 박경임 씨가 제주도 식당 주인에게서 선물로 받았다는 참치 한 마리를 가져온 것이 있어서 그것을 유 군이 회로 뜨고, 참치회와 낮에 먹다 남은 망둥이회를 안주 삼아 모과주를 마시면서 박경임 씨가 온 것을 축하했다. 내일부터 밥상공동체를 나누어 나와 비야 엄마, 유 군, 박경임 씨는 재실에서 밥을 먹기로 하고 김진탁 씨, 금란 씨, 희정 군, 종현이는 아래에서 먹기로 했다. 손님은 재실에서 받기로 하고⋯⋯.

10시 반쯤 집으로 내려왔는데, 얼마 지나지 않아 유 군이 편지를 한 장 가지고 내려왔다. 정명미 씨가 유 군에게 보낸 연서다. 어떻게 파악해야 할지 모르겠다고 해서, 마음이 시키는 대로 자연스럽게 사귀어보라고 했다. 유 군은 수줍어하면서도 좋아하는 모습을 감추지 못한다. 명미 씨의 신장이 나쁘다는 이야기를 들었다고 하길래 같이 살면서 고쳐주면 되지 않겠느냐고 했다.

10월 23일

무척 바쁜 하루였다. 6시쯤 일어나서 재실에 올라가 유 군을 깨웠다. 같이 중산리 저수지에 가서 어망을 건져보니 모두 텅텅 비었다. 아마 누군가 건져 간 모양이다. 건지면서 줄을 너무 세게 당겼는지 어망 하나는 줄이 끊어져 저수지에 가라앉았다. 이제 열 개 중에서 여덟 개만 남은 셈이다. 된장에 멸치(사료용)를 고물로 넣어 미끼로 써서 자리를 옮겨 어망을 던져 넣었다. 그다음에 당산나무터에 올라가 하우스 위아랫동을 둘러보고, 조금 말려놓은 들깨와 콩을 포대에 담고, 방수포 세 개를 지게에 지고 내려왔다. 집에 오니 아침 8시 30분이다. 유 군과 둘이 늦은 아침을 먹고 전화로 일기예보를 확인했다(131번). 그랬더니 내일 비가 내리리라 한다. 날씨가 끄무레한 게 그 전조다 싶어 김진탁 씨와 비야 엄마만 남기고 온 식구가 다 논에 나가 논둑에 벼를 세워 쌓았다. 12시쯤 모든 벼를 논바닥에서 날라 논둑에 쌓았다. 무리를 해서인지 나중에 오른팔에서 손가락까지 마비가 온다.

점심을 먹으러 오는 길에 중산리 형님 댁에 들러 지푸라기 써는 기계(커터를 제거하면 콩도 아주 잘 털린다고 한다)를 싣고 재실로 왔다. 점심을 먹고 너무 피곤하여 집으로 돌아왔는데 쉴 틈도 없이 전화가 울린다. 송순섭 군, 김정관 군 전화에 경기대 학생, 안용무 씨 전화까지……. 조금 쉬다가 오후 2시 30분경에 재실로 올라가니, 이미 다른 식구들이 중산리에서 가져온 기계로 콩을 털고 있다. 합세해서 마른 콩은 다 털었다(그 기계에 넣어도 마르지 않은 콩은 콩깍지에 그대로 남아 있어 털리지 않았다). 잠깐 한숨 돌리려는데 빗방울이 후두둑거린다. 마당에 널었던 땅콩, 콩, 고추…… 모두 자루에 담아 광에 넣느라고 경황없이 움직였다. 겨우 일이 어느 정도 마무리되어 곰소에서 온 최광석 군이 가져온 쭈꾸미 얼린 것을 물에 녹여 데친 것을 안주 삼아 막걸리를 마셨다. 오전에 농협에서 140만 원 찾은 돈 가운데 50만 원을 최 군에게 갑오징어 백 마리 값으로 주었다. 백십 마리를 가져왔다는데 열 마리는 그냥 먹으라고 주었다 한다. 갑오징어는 나에게 아직은 필요하지 않은 물건이지만 최 군을 돕는다는 뜻에서 샀다.

막걸리를 마시고 안용무 씨와 최 군은 집으로 돌아가고, 종현이와 함께 논에 나가 비닐을 벼 위에 씌우고 갓 돌아온 김희정 군은 유광식 군과 함께 중산리 형님 댁 볏가마를 날라주러 다시 갔다. 김진탁 군은 하루 종일 집에서 벽돌 찍는 일을 했는데, 열두 개를 찍어놓았다. 두세 명이 찍으면 하루에 쉰 개는 찍을 수 있다고 한다. 벽돌 찍는 기계 설계가 기능적이 아니어서 일이 더디다. 김진탁 군도 그걸 인정하고 개량해보겠다 한다. 한소영 씨와 양은주 양 그리고 김철한 기자한테서 편지가 왔다. 모두 진지하고 맑은 젊은이들이다.

10월 24일

새벽에 비가 두 차례에 걸쳐서 왔다. 일찍 일어나 간밤의 꿈을 생각했다. 얽혀 있기는 하지만 비교적 생생한 꿈이다. 장엄한 밀교 의식을 형상화한 꿈, 약을 뿌리면 베어낸 우듬지에서도 눈부시게 싹이 자라 아름다운 꽃과 풀로 자라는데 결국 그 모두가 치명적인 독이 되는 식물의 꿈, 그리고 몇 번이나 예전에도 꾸었던 낯설고 불편한 내 집과 사무실 꿈……. 내가 아직도 허영심이 있다는 게 꿈에서 역력히 드러난다. 평상시에는 거의 평정한 마음이 유지된다 싶다가도 꿈의 세계에 이르면 마음이 왜 그렇게 어지럽혀지는지…….

불을 끄고 다시 잠을 청했다. 6시 넘어서 일어나 잠깐 우두커니 앉아 있다가 재실로 올라갔다. 밥을 먹고 내려와 비가 온 뒤고 하늘도 흐려 그 핑계로 대구백화점 사보 원고를 쓰고 변소에 찬 똥을 퍼서 재실밭에 쌓아놓은 깻묵에 끼얹었다. 똥지게를 몇 차례 지고 나니 땀이 난다.

날씨가 갠다 싶어 어제 방수포를 덮어두었던 콩을 다시 말렸다. 오후에는 조금 늦게 재실에 올라가 경운기에 선풍기를 달아 콩껍질을 날려 보내는 풍구질을 유 군과 함께 했다. 일이 저녁 늦게 끝나고 다시 비가 내릴 것 같아 방수포로 콩을 다시 덮었다.

어젯밤에 김진탁 군이 소주를 물 마시듯 마시고는 우리 식구들에게 무슨 목적으로 모여 사느냐, 나는 이렇게 살고 싶지 않다고 했다는데, 밤에 김진탁 군이 몹시 토하는 소리를 들었다. 김 군은 잠깐 바깥에 다녀오겠다며 아침에 떠났다.

저녁 늦게 경기대에서 남학생들이 와서 유 군과 함께 자라고 김희정 군을 딸려 보내고, 금란 씨와 모과주를 한잔했다. 종현이는 졸음이 오는지 자꾸 하품을 하는데 김 군이 재실에서 늦게 돌아와 또 모과주를 마시면서 자리가 늦어지자 종현이가 시위하듯이 몇 번이나 시계를 보고 또 보고 한다. 10시쯤 술자리를 마쳤다. 밤에 안용무 씨가 내려오지 않겠느냐고 해서 피곤하니 내일 밤에나 보자고 했다.

10월 25일

오늘 밤에는 현대중공업 노보 편집실 식구와 보리 식구들이 오는 날인데 새벽부터 내린 비가 아침에도 계속해서 내린다. 벼르고 있던 벼타작과 반쯤 하다 만 콩타작은 물 건너간 것 같다. 유 군은 하느님이 우리 일에 협조를 하지 않는다고 갈아치워야겠다고 투덜거린다. 그동안 열심히 일했으니 하느님이 쉬라고 배려해주는 거라 이야기하고 아침을 먹은 뒤 집으로 내려왔다.

비가 그치면 고추밭에 민정네가 쳐놓은 비닐을 벗겨내는 일과 감 따는 일은 할 수 있을 것 같다. 벼타작은 논바닥이 마를 때까지 꽤 오래 미루어지리라는 예감이 들고, 비가 이렇게 내리면 밭을 갈고 보리와 밀을 뿌리는 일도 뒤로 미루어질 것 같다.

마침 비가 어느 정도 그치고 나서 재실에 올라가 비닐 벗기는 일을 시작했다. 김 군과 경기대생들은 땅콩을 까고 있다가 나중에 박경임 씨와 함께 비닐 걷는 일에 합류했다.

점심을 먹고 나서 잠깐 쉬었다가 콩대를 널어놓은 곳에서 떨어진 콩을 주웠다. 오후 내내 주운 것이지만 두 되가 미처 안 되는 양인데 아마 돈으로 치면 5000원어치도 안 될 것이다. 그 시간에 원고를 쓰면 아마 20만~30만 원은 벌 터이니 효율성으로만 따지면 미친 짓이다. 그러나 비 온 뒤 찬바람에 덜덜 떨면서 아픈 허리를 두들겨가며 콩을 줍는 내 꼴이 한심해 보이거나 미련한 짓으로 여겨지지는 않으니 마음공부가 얼마쯤 된 셈일까.

6시 조금 안 되어 경민이네 집에 내려갔다. 저녁에 현대 손님과 보리 식구들을 접대하려면 어제 재혁이와 한(오늘 저녁에 들르겠다고 한) 약속을 지키기 힘들 것 같아 같이 저녁이나 먹으려고 갔는데 경민 엄마가 막걸리를 큰 병으로 두 병이나 내놓는 바람에 9시가 조금 안 되어 유 군한테 현대 손님들 왔다는 전화 받고 경민이네 집에서 나올 때는 어지간히 취했다.

재실에 올라가니 현대 식구들과 우리 식구들이 술판을 벌여놓고 막걸리를 마시고 있었다. 이재관 씨와 박철모 씨밖에는 모두 처음 보는 사람들인 듯하다. 나를 닮아 못생긴 사람도 둘이 끼어 있었다. 미리 온 정낙묵 군이 그 가운데 한 사람 보고 "정말 못생겨도 너무 못생겼다"라고 놀리면서 술잔을 돌리는 바람에 한바탕 웃었다. 10시가 넘어서 보리 식구들이 왔다. 신옥희 씨와 유문숙 양, 현병호 군, 김민호 군, 한백이 엄마 아빠. 잠깐 더 술을 마시다 많이 취한 것 같아 아래로 내려왔다.

10월 26일

아침 6시 반쯤 일어나 밖에 나가니 찬바람이 분다. 어젯밤에 이슬이 내리지 않아 콩과 벼를 말리기에 아주 좋은 날이다. 김희정 군이 오거든 논에 나가 볏짚 위에 덮어놓은 비닐을 걷으러 가라고 하라고 금란 씨에게 이르고, 재실에 올라가 방수포를 벗기고 콩대를 널기 시작했다. 먼저 일어난 현대 식구들이 우르르 달려들어 콩대를 고루 펴는데 시간이 걸리지 않았다. 그 일이 끝나고 나서 감을 따도록 시켰다. 7시가 지나도 일어나지 않는 보리 식구들을 두들겨 깨워 같이 감을 따도록 하고 아래로 내려왔다.

아랫집에서 콩나물국에 밥을 한술 뜨고 위로 올라가니 모두 밥을 먹고 일을 하러 가고 없었다. 비야 엄마가 주는 누룽지 한 그릇을 고추볶음을 반찬 삼아 먹고 콩들을 넣었다. 깍지와 함께 있는 콩에서 알콩만 남기고 엊그제 모두 콩깍지를 턴 콩까지 고루 말리고 고추와 들깨도 말렸다. 엿기름도 장독에 내다 말렸다.

곡식을 말리기에 오늘처럼 좋은 날이 있을 성싶지 않아, 감을 따고 나서 쉬고 있는 현대 식구들 몇을 데리고 아래채에 내려와 항아리에 담아두었던 밀과 보리를 모두 다시 꺼내거나 퍼내서 말렸다. 10시 반쯤 일이 다 끝났다. 재실에 올라가 참을 먹었다. 멍석 두 개를 펴고 호박 넣은 범벅, 건빵, 맥주, 막걸리, 단감을 고루 내놓았다. 11시에 참을 마치고 감을 딸 사람은 따고 또 밭을 갈 사람은 갈게 하고, 집으로 내려왔다.

참을 먹는 중 부안 김씨 문중 유사들한테서 전화가 왔는데 심 군이 아무 이야기 없이 떠났다고, 문중을 무시하는 것 같아 불쾌하다고 했다. 유광식 군이 없어서 내가 받았는데, 도지 문제와 곶감 같은 실제 재실에서 해내야 할 것을 제대로 하지 못할까 걱정되어 하는 전화 같아서, 염려 말고 재실에 와서 한번 관리 상태를 보고 잘 안 되고 있다 싶으면 그때 딸 사람을 구하든지 하고, 잘된다 싶으면 우리에게 재실 관리를 맡기면 되지 않겠느냐고, 도지나 그 밖에 관리인으로서 해내야 할 것에 관해서는 염려 말라고 했더니 한시름 놓는 것 같았다. 재실 논 문제는 경지정리가 제대로 되지 않아 소출이 형편없다고 하니 마치 도지를 내지 않으려고 그러는 것처럼 듣고 심 군이 논에 문제가 없다고 했는데 무슨 문제가 있느냐고 자꾸 따지기에 나중에 이야기하기로 했다.

점심을 먹고 집에 내려와 있는데 황금성 선생이 왔다. 글쓰기 연수회 연구위원회 모임에 데러가려 온 것이다. 이번에는 이오덕 선생님도 오시지 않으니 꼭 참석해야 한다고 해서 그러자고 했더니 이상석 선생이 황금성 선생에게 차로 데려오라고 부탁한 것이다. 보리의 차 사장과 현병호 씨와 함께 오후 3시가 조금 안 되어 황 선생 차로 대전에 갔다. 대전 시내에서 차가 막혀 6시가 넘어서야 도착했다. 대전역 왼쪽에 있는 현대관광호텔인가 하는 곳인데 시설도 형편없고 건물도 을씨년스럽다. 저녁을 먹고 회의를 했다. 내년도에는 사단법인으로 등록하고 이사장에는 이오덕 선생님, 그리고 지금 이상석이 맡고 있는 회장 역할인 상무이사는 주중식 선생이 맡고, 편집부장은 이성인 선생이 맡도록 의견을 모았다.

글쓰기회 정회원은 181명, 자료회원은 866명이라고 한다. 그리고 회보는 전교조 지부에 판매하는 것이 2000부 가까이 된다고 하고, 기금은 그동안 6000만 원 정도가 모였다. 내년에는 편집부와 본회 사무실을 서울 보리출판사 가까운 곳에 얻기로 했다.

원종찬 선생과 이상석 선생이 입시 위주 교육에 진력이 나서 교직에 무척 회의를 느끼기에 차라리 고문관(꼴통) 선생이 되는 게 어떠냐고 제안했다. 황금성 선생도 대전에 가는 길에 공고생 가운데 자기가 맡는 지리 과목 교과서를 가지고 오는 애가 40명 가운데 5명 정도밖에 안 된다고, 그리고 한 반에서 열에 하나는 결석을 하고 선생님들의 학생들 구타가 심해서 최근에는 부모가 병원에서 진단서를 떼서 선생을 고발한 사례가 있다면서 어떻게 하면 옛날과 달라진 요즈음 아이들을 제대로 가르칠 수 있을지 모르겠다고 고민하던데, 원 선생과 이 선생도 비슷한 고민을 안고 있는 모양이다.

정부에서는 전교조를 노조로 인정하지 않고 특별법을 만들어 단결권만 허용하기로 방침을 정했는데, 이런 사태에 어떻게 대응할지도 현 집행부의 고민이라 한다. 이런저런 이야기를 새벽 5시까지 나누었다.

10월 27일

한 시간 반쯤 눈을 붙이고 아침 6시 반에 일어나 차광주 군을 깨웠다. 7시쯤 되어 택시를 타고 서대전역에 나오니 김제 가는 첫차가 아침 8시 5분에 있다 한다. 해장국을 먹고 차 한 잔을 자판기에서 뽑아 먹고 김제로 해서 집으로 돌아왔다. 지서리에서 내려 논에 잠깐 가보니 볏단도 없고 사람도 없다. 마음이 급해서 차 사장과 함께 택시를 타고 재실까지 왔다. 차 사장을 미리 재실로 올려 보내고 나는 내 책《사람 사는 세상은》과 주소록을 챙겨들고 재실로 나중에 올라갔다. 보리 식구들과 현대중공업 식구들이 논에서 가져온 볏단을 탈곡하고 있었다. 경기대 이원식 군과 김건우 군이 낮 12시 10분 기차표 끊어놓은 것까지 버린 채 나를 기다리고 있어서 같이 이야기를 나누다가 점심을 먹었다.

점심 먹고 현대 식구들에게 감 두 자루, 쑥, 모과, 보리똥, 칡술을 효소와 함께 챙겨서 주고 내 책도 한 권씩 주었다. 점심을 먹고 보리 식구들과 현대중공업 식구들을 배웅하고, 그제 온 이순호 군과 어제오후에 왔다는 온 중위와 함께 아침에 탈곡하다 만 벼를 마저 탈곡했다. 볏단을 묶느라고 경황없이 일하다 일이 어느 정도 마무리되어 집으로 내려와 목욕을 하고 양말을 빨았다.

내가 너를 사랑하듯이 나를 사랑한다면
아,
내가 너와 하나가 되듯이 나와 하나가 될 수 있다면
아,
내가 네 몸의 부드러움 느끼듯 내 몸 부드러움 느낄 수 있다면
아,
내가 너를 보는 타는 눈으로 나를 볼 수 있다면
아,
내가 너를 안고 편한 잠 이루듯이 나를 안고 편히 잠들 수 있다면
음.

같이 정읍에서 부안 오는 길에 차 사장은 내가 사보에 글 쓰는 것이 마음에 걸리는지, 그러지 말고 자연과 생태에 관한 그림책을 기획해보는 게 어떠냐고 해서 생각해보겠노라고 했다.

어제오늘 작은 하나와 큰 하나를 하나로 꿰뚫는 고리에 대해서 생각의 실마리가 풀림을 느꼈다. 그리고 강증산이 천지공사天地工事라는 말로 무엇을 표현하려 했는지도 짐작이 갔다.

없을 것과 있을 것은 관계가 팽팽하게 긴장될 때 생기는 극한의 상대 항으로서 전쟁↔평화, 억압↔자유, 착취↔평등 따위로 실체의 모습으로 나타나는데, 실제로 이 긴장관계가 해소되면 둘 다 사라지게 됨을 이론화할 필요를 느낀다. 대상과 그 대상을 지칭하는 개념은 우리 의식이 걸려 넘어지는 장애물 같은 것이라고 볼 수 있다.

목욕을 끝내고 방에 누워 있는데 오한이 든다. 저녁은 모두 재실에서 먹기로 했는데 올라가지 않고 자리에 누웠다.

10월 28일

아침 6시가 채 안 되어 일어났다가 잠깐 앉아 몸을 가누는데 아직 불편하다. 다시 자리에 누웠다. 6시 40분쯤 김희정 군이 박종현 군과 와서 다시 일어나 재실에 올라갔다. 뒷밭과 옆밭을 살펴보면서 비닐 덜 걷은 것 확인하고 뒷밭에 심을 농작물을 생각해보았으나 뾰족하게 떠오르는 것이 없다. 넓기는 한데 경사가 너무 급해 경운기로 갈 수가 없다.

아침을 먹고 콩대를 베려고 했는데, 깎아놓은 감을 먼저 곶감으로 말려야 한다는 생각이 들어 재실 서쪽 마루에 감을 늘어놓는 작업을 시작했다. 어제 탈곡한 쌀은 변산 해수욕장 주차장에서 말리기로 해 이승호 군과 유 군과 김희정 군과 종현이가 차에 실린 벼와 재실 문 앞에 쌓아놓은 벼를 일부 실어 가져갔다. 유 군이 돌아와서 유 군과 나 둘이 나머지 벼를 실었다. 벼를 널고 다들 돌아왔다. 곶감을 널다 말고 생활비가 동이 났다 하여 도정기 값을 손종만 어른 통해 판 사람에게 전할 겸, 또 유 군이 볏짚 써는 기계를 콩타작 하려고 가져왔었기 때문에 그것도 돌려주고 다시 볏짚 써는 날을 달아줄 겸 중산리 형님 댁에 갔다. 가서 배와 솔잎꿀차를 얻어먹었다. 형님 집 토방 축대는 형님이 직접 다 쌓으셨다는데 앞쪽은 가지런히 되어 있었으나 뒤쪽은 일이 조금 거칠게 마무리되어 있었다.

지서리에 나가 200만 원을 찾고 두부도 사 왔다. 재실에서 감을 고르는 금란 씨에게 200만 원을 전해주고 곶감을 마저 널었다. 나 없는 사이 그젯밤에 보리와 현대 식구들이 우리 식구들과 둘러앉아 깎은 감이 2800개 정도 되었다. 이 가운데 열다섯 접 1500개가 재실 제사에 쓸 것이므로 나머지는 우리가 먹을 몫인 셈이다.

다른 식구들은 콩타작 한 것 까지 날리기와 볏단 묶은 것 세워 말리기에 경황없이 움직인다. 내가 없는 사이에도 콩대를 베랴, 덜 마른 콩깍지에 든 콩을 털랴, 밭을 갈아 보리와 밀 씨앗 뿌리랴, 감자 캐랴, 고춧대 베랴 모두 경황이 없을 것 같다. 게다가 곡식 말리는 것도 다 갈무리해야 한다. 한창 바쁠 때인데 길을 떠나게 되어 식구들에게 무척 미안하다.

점심을 먹고 곧 지난번 타작할 때 덜 말라서 콩이 덜 빠진 콩대 말린 것에 도리깨질을 시작했다. 무척 힘이 들었으나 4시 가까이 도리깨질을 해서 먼저 말린 것을 다 털었다. 집으로 내려와 길 떠날 준비를 했다. 변산 해수욕장 주차장에 말린 벼를 다시 담으러 가는 남자 식구들과 함께 트럭을 타고 지서리에 내렸다.

10월 29일

오전 11시 30분에 청주 YWCA에서 부모 교육 '실험학교 이야기'를 한 시간 이십 분에 걸쳐서 했다. 그길로 점심을 거른 채 '여성의 집'에 가서 독서지도사 및 글쓰기지도사 교육을 두 시간 동안 꼬박 했다. 강의를 마치고 3시에 구내식당에서 늦은 점심을 한 뒤에 그길로 대전으로 가서 대전대학에서 '기르는 문화와 만드는 문화'를 주제로 강의했다. 청중에게 지극한 애정을 가지고 강의에 임해야 하는데 아직도 그동안의 딱딱한 왼뇌 위주의 사고를 벗어나지 못하여 마음에 부담을 주는 이야기를 많이 한 것 같아 미안하다. 지난 토요일 밤에 이성인 선생이 왼뇌 위주의 사고는 남성적이며 폭력성을 지니고 있다고 하면서 재미있는 예화를 들었는데, 이를테면 직선과 지름길을 찾는 것은 왼뇌의 기능이어서 왼뇌는 자연에는 없는 직선거리를 찾아 끊임없이 노력하는 과정에서 '성욕 충족의 지름길 → 강간', '국가 간 문제 해결의 지름길→전쟁', '돈 버는 지름길→은행강도', '권력 획득의 지름길 →군사쿠데타'로 생각한다는 것이었다.

도시의 모든 건물, 창문, 설비, 거리가 직선이라는 것은 현대문명이 왼뇌의 소산임을 증언한다. 뇌 단층 촬영에서 드러난 바와 같이 이제까지 언어는 왼뇌의 기능이라고만 여겨왔는데 여성의 경우 말을 할 때 왼뇌와 오른뇌가 동시에 작동하는 것으로 보아 아직도 여성들은 폭력적인 현대문명을 바꾸어낼 힘을 지녔다는 게 그나마 남은 인류의 희망이다.

내 내부에 여성성을 풍부하게 하는 길을 찾는 노력을 게을리 하지 말아야지.

12시가 넘어서 집에 돌아와 누리와 함께 담배를 피우면서 학교생활에 관해 새벽 2시가 넘게 이야기를 나누었다.

10월 30일

아침 10시쯤 집을 나서 을지로 금성치과에 가서 떨어진 이를 다시 붙였다. 김규문 박사가 간호원에게 수도본드를 찾아오라는 걸로 미루어 변산에서 문방구에 가 본드를 사서 내가 직접 붙이는 게 어떨까 하고 생각했던 것이 전혀 터무니없는 발상은 아니었던 것 같다. 입을 벌리고 본드로 접착하는 동안 코끝에 본드 냄새가 진동했다. 워낙 본드로 붙여놓으면 황소가 끌어도 떨어지지 않는다는데, 지렛대 원리가 작용하면 그렇게 손쉽게 떨어지기도 한다면서 다시 붙여주고 자기가 지은 책까지 한 권 변산에 비치해놓으라고 주었다. 고마운 일이다. 치료가 예상보다 일찍 끝나 시간이 나서 〈박봉곤 가출사건〉이라는 영화를 종로3가까지 걸어가 피카소 소극장에서 보았다. 아주 실망할 정도는 아니었지만 기대만큼 그렇게 품격 있는 코미디는 아니었다. 다만 감독의 따뜻한 마음이 이 영화를 저질로 떨어지지 않게 만든 점은 돋보였다.

영화를 보고 토주골에 가서 선희 엄마를 보고 점심을 먹었다. 낙원동에서 함바집 비슷한 밥집을 시작한 지 꼬박 10년이 된다는데 그동안 알뜰하게 모은 돈으로 조금 깨끗한 밥집을 시작하려 해도 3억 이상의 돈이 필요해 아직 엄두를 못 내고 있다 한다. 근간에는 누구에게 돈을 빌려주었다 부도가 나는 바람에 5000만 원을 떼이기도 했다 한다.

'작은책'은 출판사로 등록을 했다 한다. 작은책 사무실에 가서 《작은책》 11월호 발송 작업을 돕고, 조합원 평의회를 하는 자리에 참석했다. 신옥희, 김유경, 유문숙이 생일을 맞이해서 생일잔치 겸해서 떡을 하고 술을 받아 마시면서 이 이야기 저 이야기 나누는 중에 여자와 남자의 차이를 두고 긴 이야기를 하게 되었다. 의사소통을 할 때 왼뇌만 기능을 하는 남자와 왼뇌와 오른뇌가 동시에 작동하는 여자 사이에 대화의 통로가 차단되는 일이 많고 그 결과 여자들이 일반적으로 남자들과의 대화에서 벽을 느낀다는 것이 여자들의 주장이었다. 이야기를 나눌 때 판단 언어보다는 정서를 나타내는 말로 대화하는 게 문제 해결을 위한 디딤돌이 되리라고 이야기했다.

술을 많이 마신 유문숙이 또 무차별로 남자들 공격을 하면서 혼자만 이야기하는 바람에 자리가 그렇게 오붓하지는 못했다. 나래 엄마를 먼저 보내고 나는 2시 가까이 되어서야 집에 돌아왔다.

10월 31일

오늘은 춘천교대 학생생활연구소 강의가 있는 날이다. 오후 4시에 강의가 있어서 오전에는 이것저것 신문을 들추며 집에서 시간을 보냈다. 장세동이가 전두환에게 하사금으로 받은 30억을 재판 비용에 보태 쓰라고 고스란히 되돌려준다는 기사가 있었는데 어처구니가 없었다. 국민에게 도둑질한 돈을 서로 주고받으면서 그걸 마치 큰 의리를 지키거나 선심을 쓰는 것처럼 꾸미다니, 재벌 기업 대우가 국방장관 이양호를 뇌물로 매수해 군사기밀을 빼내고 이권을 주었다는 기사도 가관이었다. 개혁을 앞세우는 문민정부가 뽑은 국방장관이 이 모양이라면 권력층의 부패는 평화로운 방법으로는 고칠 길이 없을 만큼 골수에 이르렀다는 생각이 든다. 김구를 살해한 안두희를 죽인 사람의 전례가 심상찮다. 사법권에 대한 국민의 불신이 이 지경이라면 이제 스스로의 힘으로 정의를 실현하겠다는 테러리즘이 얼마든지 나타날 수 있겠다 싶다.

12시쯤 집에서 나와 전철로 청량리에 오니 1시 반쯤 되었다.

차표(1시 30분발 통일호)를 사고 어묵과 호두과자를 사서 점심으로 때우고 차를 탔다. 남춘천에 내리니 3시 20분이 조금 넘었다. 택시를 타고 춘천교대에 갔더니 학생생활연구소 이주한 간사가 기다리고 있다. 글쓰기회 동아리 학생 둘도 길에서 만났다.

총장실로 안내해 총장을 만나보니 내년이 정년이라는데 뜻밖에 생각이 많이 트인 분이다. 학생들에게 큰 복이라 여겨졌다. 강의는 오후 4시 10분부터 시작했다. 제목은 '기르는 문화와 만드는 문화'로 붙였지만 편안하게 내가 사는 이야기를 섞어서 왜 아이들에게 자연과 살림터에서 기초 살림에 대한 살아 있는 공부부터 시켜야 하는지를 이야기했다. 구십 분쯤 이야기하고 삼십 분쯤 질문을 받았는데 학생들이 모두 진지하게 질문을 한다.

내가 생각하기에도 편안하면서도 열정적으로 한 강의였고 학생들의 반응도 좋았다. 이대에서 이어령 선생 밑에서 박사학위를 받았다는 이상신 선생이 처음부터 강의를 들었는데 나중에 눈물이 나더라는 이야기를 했다. 학위를 받고도 6년 동안 대학 시간강사를 하느라고 많이 지쳐서 다른 쪽으로 일자리를 알아보려 했는데 지난해 교육대에 전임으로 오게 되었다고 한다. 나이는 꽤 들어 보이는데 마음이 애기 같은 구석이 있다.

−11월−

11월 1일

서울역에서 오전 10시 5분발 새마을호를 타고 김제에서 내렸
다. 김제 도착은 오후 12시 50분. 역에서 기차시간을 확인하고 밖
으로 나오니 비가 제법 많이 내린다. 가게에서 우산을 7000원에
샀다. 부안 가는 버스는 한참 만에 왔다.

부안에 내려 1000원짜리 국수 한 그릇을 먹고 쑥이 섞인 찐빵
4000원어치를 사 변산행 버스를 타고 지서리에서 내렸더니 유 군
이 기다리고 있다. 두부를 사러 가게에 갔는데 콩나물은 떨어지
고 두부도 두 모밖에 없어서 그것을 사 들고 왔다. 옷을 갈아입고
재실에 올라가 곶감에 곰팡이가 피어 방에 불을 피우고 말려야겠
다고 유 군이 재실 문간방에 불을 지피고 곶감을 김희정 군과 말
리고 있어서 헌 마분지 상자를 찢어 불을 때고, 은행 떨어진 것을
주웠다. 그리고 호두도 주웠다. 변산을 떠난 지 며칠 안 되는데
어제오늘 비로 은행잎이 노랗게 물들어 많이 떨어지고 벚나무 잎
도 빨갛게 단풍이 들고 집 앞 석류나무 잎사귀도 노란 물이 무척

짙어졌다. 그사이 가을이 깊어진 느낌이다. 춘천은 이제 낙엽이 지고 북녘 산에는 초겨울 기운이 완연한데, 길 떠날 때만 해도 푸른 잎이 많아 변산은 아직 여름 기운이 머뭇거리고 있다 싶더니 어느새 이렇게 되었나.

지난번 귀농회 졸업식 강연에 갔을 때 박취산이라는 할아버지가 준 〈프타아 테이프〉라는 《지금, 여기》(격월간지) 부록을 조금씩 읽고 있는데, 플레이아데스 성좌에서 왔다는 프타아라는 여자의 말 가운데서 마음에 와 닿는 말이 많다. 승복을 입어야 귀 기울이는 사람들에게는 승복을 입고, 성경을 펼쳐 들어야 솔깃해하는 사람들에게는 성경구절을 읽어주고, 우주에서 왔다고 해야 마음이 움직이는 사람들에게는 우주에서 왔다 하고……. 이런 식으로 깨우치는 방편이야 다양해도 상관없다는 생각이 든다.

11월 2일

아침에는 6시쯤 일어났다. 재실에 올라가 은행 떨어진 것을 줍다가 아침을 먹었다. 잠깐 줍는다는 것이 꽤 시간이 흐른 모양인지 다른 식구들이 기다리고 있다. 밥을 먹고 유 군과 지서리에 나가 농협에서 9시에 이장을 만나 같이 부안 김씨 대종회에 갔다. 회장과 종무국장 이사를 만나 심 군 내외가 종친회에 아무 말 없이 떠난 것을 대신 사과하고 공동으로 재실을 관리하겠다는 승낙을 얻어냈다. 종무국장이 비교적 합리적인 사람이어서 관리에 큰

어려움은 없겠다 싶었다. 이장에게 고마움을 표시할 겸 계화식당
에 함께 가서 모주 한 잔씩 곁들여 백합죽을 먹었다.

오후에는 3시가 조금 못 되어 유 군에게 지서리까지 차를 태워
다달라고 해서 지서리에서 부안 나가는 버스를 타고, 마침 그 버
스가 전주 가는 것이어서 내처 전주로 갔다. CBS 방송국에는 4시
반쯤 도착했다. 5시 35분에 전북대 정치외교학과 송기도 교수와
함께 변산공동체학교에 관해 대담을 나누었다. 시외버스터미널
이 가까운 줄 알고 6시에 대담이 끝나 걸었더니 40분 가까이 걸
리는 먼 길이다. 막 떠나는 부안 가는 직행버스를 6시 42분에 타
고 부안에 와서 8시 5분 차를 타고 지서리에 내렸다. 안용무 씨
집에 전화하니 유 군이 와 있다 한다. 재실과 우리 집에 전화를
걸어 늦겠다 하고 안용무 씨 집에서 술을 밤 12시까지 마셨다. 나
중에 송기수 군이 부인과 함께 합류했다. 송 군의 부인이 송 군보
다 나이가 일곱 살이 더 많다는데 그렇게 보이지 않는다. 안용무
씨가 너럭바위에 가자고 졸라대는 걸 다음으로 미루자 하고 집으
로 돌아왔다.

11월 3일

아침에 재실에 올라가 밥을 먹고 식구들 모두 모여 재실밭, 솔
밭골, 지름박골, 저수지 건너 밭, 그리고 재실 재 너머 묵은 밭과
논을 경작할 의논을 했다. 그림을 그려가며 뿌릴 씨앗을 밭마다

결정해나갔다.

회의가 끝나고 재실 본채 마루에 쌓여 있던 엿기름, 호박, 땅콩, 들깨를 차례로 내다 말리고, 곶감 깎은 것도 서쪽 마루로 날라다 말렸다. 그리고 재실 뒤꼍 청소도 하고 짐도 정리했다. 경민이 아버지가 와서 일을 거들었다. 재실 일이 웬만큼 마무리되어 경민이 아버지와 금란 씨와 솔밭에 가서 고구마를 캤는데, 고구마 뿌리가 들자마자 보니 짐승들이 다 파 먹어 고구마 농사는 완전히 망친 셈이다. 캔 것을 다 모아도 우리 식구 한 끼니 쪄 먹고 나면 없어질 만큼밖에 안 된다.

오후에 잠깐 쉬다가 흙벽돌을 하나 메질을 해서 찍어보았는데 물기가 너무 많아 꺼내는 순간 두 동강이 났다. 흙을 김진탁 군이 후배와 함께 경운기로 세 차 날라 왔는데 모레쯤부터 벽돌 찍는 일을 시작해야 할 모양이다. 모레는 장두석 선생이 청주에 연 치료소에 종현이를 데리고 가기로 되어 있어서 벽돌 찍는 일은 결국 내 몫으로 돌아오지 못할 공산이 크다. 일을 해보니 꽤 고생스럽던데 김 군이 후배와 함께 고생하게 생겼다.

오후에 바삐 할 일이 없다고 해서 김진탁 군과 그 후배라는 젊은이와 함께 지게를 지고 지름박골에 갔다. 호박과 감을 따고 미나리밭에 풀도 베었다. 그리고 김진탁 군이 너럭바위에 가보지 못했다고 해서 같이 너럭바위에 갔다. 어제와 그제 내린 비로 너럭바위 위에 물이 흘러 보기 참 좋았다. 해가 뉘엿뉘엿 지는 걸 보고 지게에 호박과 감을 얹어 돌아오는데 올해 감도 몇 개 안 열리고 호박도 익은 걸로 세 덩이밖에 따지 못했다. 다행히 호박 하나는 무척 커서 우리가 이제까지 딴 어느 호박보다도 더 실하다.

집에 돌아와 재실에 올라가서 아침에 널어놓은 벼, 대추, 땅콩, 들깨, 엿기름, 고추, 호박 등속을 모두 거두어들이거나 방수포를 덮어 이슬이 맞지 못하도록 했다.

마늘밭에 나물이 자라고 두엄터에도 명아주가 가득 돋아 박경임 씨한테 마늘밭 나물을 뜯어다 무쳐 먹으라고 하고 두엄터 명아주는 내가 한 움큼 되게 뜯어 금란 씨한테 갖다주었다. 비야 엄마가 반찬거리를 따로 많이 심을 필요가 없겠다고 지나가는 말로 하는데 실제로 들에 돋아나는 풀들을 그때그때 뜯어 반찬거리를 하면 따로 채소농사를 할 필요가 많지 않을 듯하다.

11월 4일

아침에 재실 올라가는 길에 들머리에 몇 포기 남아 있는 무와 배추를 뽑았다. 비야 엄마가 가꾼 것인데 땅이 워낙 박한 데다 벌레들이 극성을 부려 거의 다 가뭄에 말라 죽고 드문드문 채 제대로 자라지 못하고 박혀 있던 것이다. 제초제와 농약과 화학비료를 먹으면 그렇게 잘 자라는 놈들이 제 몸에 해로운 것들을 쓰지 않고 기르려면 이렇게 몸살을 하고 자라지 못하는 까닭이 있기야 하겠지만, 안타깝다. 그대로 놓아두면 며칠 전 내가 집을 비웠을 때 아침이슬을 맞으며 애써 베어놓은 메밀을 바닥에 그대로 놓아

둔 채 밭을 갈아버렸듯이 또 이걸 그대로 둔 채로 갈아버릴까 봐 뽑아 올라갔는데 비야 엄마는 "아직도 김치가 많은데" 한다.

아침을 먹고 곶감을 싸릿대에 꿰어 걸어놓을 새끼를 꼬았다. 얼핏 다른 급한 일이 많을 것 같아 지서리에 나가 나일론 새끼를 몇 발 사다가 꿰면 되지 않겠느냐고 했더니 유 군이 한 시간이면 새끼를 꼴 수 있을 텐데 그냥 새끼를 꼬자고 한다. 그 말이 맞다. 지서리에 오가고 새끼줄을 고르고 하는 시간에 볏짚을 가져다 꼬면 그게 그거고 또 이렇게 농사일을 기본부터 배워 자립심을 기르는 것이 뒷날을 위해 훨씬 좋다는 생각이 든다. 오늘은 유 군이 내 스승이다.

새끼를 꼬려면 짚을 잘 골라야 한다. 볏짚이 긴 것으로 골라야 하지만 비바람에 쓰러졌던 것은 아무리 길더라도 새끼 꼬는 용도로 쓰기에 알맞지 않으므로 제쳐놓아야 한다. 짧아도 비바람을 견디며 꿋꿋하게 서 있던 놈이 쓰러진 긴 놈보다는 더 튼튼한 새끼줄 감이다. 고른 짚은 다시 손가락을 갈퀴처럼 펴서 모가지 부분을 붙잡고 거꾸로 훑어내려 심만 남기고 곁가지는 없애야 한다. 나무를 베어 기둥을 세울 때 원 줄기만 남기고 나머지는 모두 잘라버려야 하는 것과 같은 이치다. 볏짚 원 줄기를 감싼 북데기는 힘을 쓰지 못하고 새끼줄만 괜히 두껍게 만든다. 그리고 새끼를 쉽게 삭아버리게 한다. 우리 옛 어른들이 손가락 마디마디에 옹이가 박이고 굳은살이 붙어 있는 것은 이런 작업을 계속해왔기 때문이다. 볏짚을 한참 훑고 있으려니 볏짚이 닿는 손가락 마디에 통증이 오고 나중에는 쓸려서 피가 났다. 그래도 이것을 게을리하면 제대로 된 새끼를 꼴 수 없으니 아파도 해야 한다.

이렇게 원 줄기만 남은 볏짚으로 새끼를 꼬는데 본디 볏짚 하나하나의 크기는 1미터 내외인데 이것을 이어 긴 줄을 만들되 굵기가 일정하고 튼튼하게 이어 꼬려면 언제 새 볏짚을 새끼줄에 끼워 넣어야 하는지 잘 판단해야 한다. 그러지 않으면 굵기도 일정하지 않으려니와 새끼도 힘을 쓰지 못한다. 하나하나 갈라져 있는 사람들을 엮어 더불어 사는 세상을 만드는 원리도 이와 다를 바 없지 싶다. 새끼에 묶이는 볏단이나, 그 밖의 여러 가지 것들은 이것저것 한데 뒤섞여 있어도 상관없지만 묶는 끈만은 기초부터 잘 골라 정성 들여 꼬아야 한다. 그러지 않으면 아무리 하나로 묶인다 하나 겉만 하나이지 머지않아 터져 나가 흩어지고 만다. 오전 9시 반까지 새끼 꼬는 일을 하다가 집으로 내려왔다.

날이 흐리다. 오후 늦게나 밤부터 비가 내려 내일 오전까지 비가 내리겠다는 일기예보가 있고, 밭은 아직 지난번 비로 젖어 있어 보리갈이는 당분간 뒤로 미루어야 할 것 같다.

참 먹으러 올라오라는 연락을 받고 재실에 갔더니 안용무 씨가 와 있다. 우리 식구들이 안용무 씨를 거북하게 여기기 때문에 참을 먹자마자 안용무 씨에게 산국화꽃을 따러 지름박골에 가자고 했다. 나와 김진탁 군, 그리고 김 군의 후배인 임명섭 군은 지름박골 보리 씨앗 뿌려놓은 곳에 풀 베러 가자고 하고 금란 씨는 씨앗을 할 율무를 훑으러 가자고 해서 길을 먼저 나섰는데 김 군과 임 군은 합류하지 않고 안용무 씨와 금란 씨만 따라와 같이 산국화를 땄다. 꽃향기가 아찔할 만큼 짙다. 한참 산국화를 따다 보니 밭에 낫질할 생각이 떠오르지 않았다. 점심때가 한참 지나 뒤늦게 금란 씨를 도와 율무씨를 훑고 나서 집에 오니 오후 2시가 조금 넘어서 있다. 다른 식구들은 기다리다 막 식사를 시작한 참이었다. 오후에 보리씨를 뿌리자고 하고 오늘 오후와 내일 오전에 비가 내린다는 일기예보가 있어 말리던 곡식을 거두어들이고 곶감도 곰팡이가 생기지 않도록 꿰어 새끼줄에 늘인 것 가운데 너무 밑으로 처진 것은 다시 빼서 올려 달고, 미처 널지 못하고 둔 것은 임시로 말린 채반에도 널고, 감 껍질 위에도 놓고, 따로 채반 두 개를 찾아 널기도 했다.

이리저리 일을 끝내고 집에 가 있는데, 집에 가서 막걸리를 가져온 안 여사가 재실에서 전화를 했다. 오늘까지 《신동아》 수필 원고를 써야 했는데 그렇다고 거절할 수도 없어 결국 글쓰기를 미루고 재실에 올라가 안 여사, 박경임 씨, 비야 엄마와 술을 마셨다. 저녁을 거르고 술만 마시다 커다란 주전자에 담긴 술이 다 떨어지고 나서야 술자리를 파했다. 집으로 돌아가는 안 여사를 배웅하는데 비가 추적추적 내렸다. 중간쯤 배웅하려니 어느 틈에 알았는지 유 군이 차를 끌고 왔다. 그 차로 돌아와 술기운도 오르고 몸도 나른하여 자려고 하는데 재실에서 비야 엄마가 다시 술을 마시자고 부른다. 할 이야기가 있는 모양이구나 싶어 올라갔더니 박경임 씨와 비야 엄마가 술상을 차린다. 유광식 군 결혼 문제로 거처 문제가 불편해진 두 여자의 거취 문제가 중심 화제였다. 비야 엄마의 말하는 품이 사람들 사이를 갈라놓는 구석이 엿보여 걱정이다. 비야 엄마도 다른 사람들에게 따돌림받는다고 여기는지 개별 살림을 하겠다는 뜻을 비추어서 한 5년 살아보면서 그때그때 알아서 하기로 하자고 눅이고 집에 돌아왔다. 또 밤 12시가 넘었다.

11월 5일

종현이를 데리고 청주에 가는 날인데 새벽부터 배 속이 거북하더니 두 차례에 걸쳐 설사를 했다. 좍좍 내리쏟는 맹물 설사다. 탈진 기운이 있어 아침밥을 거르고 9시 가까이 자리에 누워 있었다. 9시경에 출발하자는 약속 때문에 자리에서 일어나 온몸에서 끈적이는 식은땀을 더운 물로 씻어 내리고 속옷을 갈아입고 입었던 속옷은 빨아 방에 널었다. 제법 비가 많이 온다. 유 군이 모는 트럭을 타고 지서리에서 내려 부안, 전주를 거쳐 청주에 왔다. 충북 신협중앙회는 충북대 뒤쪽 외진 곳에 자리 잡고 있었다. 막상 민족생활학교에 가니 등록금이 47만 원이나 한다고 한다. 난감해서 장두석 선생을 따로 만나 돈이 없어 그냥 돌아갈까 생각한다고 했더니, 그렇게 교육비가 비싼 것은 집세와 강사료 때문이라면서, 이익을 위해 이 일을 하는 것은 아니라고 한다. 20만 원을 봉투에 넣어 종현이를 등록시켰다. 그래도 왠지 마음이 개운치 않다. 언제든지 놀러 오라면서 장 선생이 문밖까지 배웅해주었다. 윤영규 선생님 부인께서도 장 선생이 그냥 오라고 한 말을 듣고 와서 보고 교육비가 비싸 쩔쩔매고 당황해했다. 처음에 되돌아갈까 하고 생각할 때 종현이가 장 선생을 보는 눈이 원망에 차 있더니 등록이 확인되는 순간 밝아지는 것을 보고 마음이 아팠다.

11월 6일

아침에 서울대에 갔다. 조금 일찍 도착해서 김영무 선생 방에 가서 잠깐 환담을 나누었다. 11시 30분에 정치과 대학원생들을 상대로 점심식사 겸 강연을 했다. 강연은 12시에 시작하여 1시 반에 끝났다. 이정복 선생, 김세균 선생이 반갑게 인사했다. 나누어 준 강연 요지는 무시하고 생각나는 대로 하고 싶은 이야기를 했다. 학생들의 반응은 좋은 편이라 느꼈다.

강연을 마치고 국민대에 가서 4시에 대학원장을 만나 농사짓는 이야기를 잠깐 했다. 공법학을 전공한 분인데 본래 농업학교를 다녀서 농사일에 관심이 많아 지금 양평에 남의 땅을 200평쯤 빌려서 채소 농사를 하고 있다 한다. 그래서 주말 사흘은 그곳에서 보낸다 했다.

강연은 하고 싶은 말을 했는데 대부분 도시에서 살 수밖에 없는 학생들에게 조금 가혹한 도시 비판을 해서 기를 죽였다는 느낌이 든다. 마침 윤철호 군이 강연장에 나와 있었다. 국민대에 들렀다가 강연이 있다는 포스터를 보고 왔다 한다. 윤 군과 새로 옮겼다는《길》지 사무실에 들렀다.

11월 7일

아침을 먹고 나래 엄마와 동사무소에 들러 주민등록 등본 세 통을 떼고 주택은행에 가서 내 청약예금을 나래 엄마 앞으로 이전하는 수속을 했다. 7년 동안이나 청약예금을 부었는데 내가 변산으로 주민등록을 옮기는 바람에 그대로 놓아두면 무효가 된다고 해서. 강남 고속터미널에 가서 호남선 버스 타러 가는 길에 외국 서적 파는 곳에 들렀다. 전날 경부선 터미널에서 세바스티아노 살가도Sebastiao Salgado의 *Au Uncertain Grace*를 4만 원 주고 샀다. 1시 버스를 타고 부안에 왔다. 변산 도착은 5시 25분. 가방도 무겁고 발등도 부어서 걸어가기 힘들어 전화를 했다. 유 군과 함께 집으로 왔다. 정명미 씨는 2월에 변산에 온다고 했다 한다. 내가 없는 사이 보리와 밀을 일부 뿌리고 장독대 항아리를 모두 엎어놓았다 한다.

11월 8일

아침부터 비가 내린다. 오늘 김희정 군, 유광식 군, 김금란 씨가 저마다 일이 있어서 다음 주 화요일에 온다고 하면서 길을 떠났다. 그동안 내가 해야 할 일을 목록으로 작성하니 다음과 같다.

1. 장독 관리.
2. 솔밭 콩 뒤집기와 타작.
3. 검정콩 말리기.
4. 효소실 산국화 뒤집기. 맛보기. 짜기.
5. 닭과 개에게 밥 주기.
6. 할머니 집 뒤 탱자 주워서 썰어 효소 담그기.
7. 쪽파 심은 밭 아래쪽에 거제 밀 뿌리기.
8. 메밀밭에 호밀 뿌리기.
9. 갑오징어 관리.
10. 양파 모종을 확보하고 양파밭 사이에 밀과 보리 뿌리기.
11. 솔밭 퇴비장 위쪽 밭에 호밀 뿌리기.
12. 감자 캐기.
13. 하우스 옆 장독 엎기.
14. 냉암소 문 여닫기.

오전에는 임명섭 군에게 한복 바지 재단과 재봉틀 쓰는 법을 설명 들었다. 점심때 경민이 엄마가 낙지와 아귀찜을 해가지고 와서 칡술과 함께 먹었다.

오후에 직접 한복 바지 재단을 해보았는데 실수를 해서 제대로 되지 않았다. 재봉을 배우려는데 이미영 선생이 왔다. 전에 글쓰기회 연구위원회에서 강승숙 선생이 이야기한 분이다. 자궁에 육종이 생겨 그로 말미암아 복수가 차올랐는데, 자궁육종 수술을 하고도 경과가 좋지 않아 항암 치료를 계속하고 있다 했다. 약을 먹는데 한번 먹고 나니 머리칼이 다 빠져 가발을 쓰고 있노라고 했다. 세 번 받았는데 그때마다 건강이 현저히 나빠지는 것을 느낀다고, 그래도 12월 말일까지 세 번 더 받아보겠다고 해서, 암으로 죽은 두 처형 생각이 나서 그만두라고, 그냥 공기 맑은 이곳에 머물러 있으면서 알맞게 일하고 즐겁게 살면서 식이요법으로 치료해보는 게 어떻겠느냐고 물었다. 우리 집으로 데려와 살가도의 사진첩과 콜비츠의 그림을 보여주었다. 살가도를 보고 아주 냉정한 사람 같다기에 반대라고, 아주 따뜻한 사람만이 사탕발림하지 않고 진실을 증언할 수 있다고 했다. 살가도 사진에서 느껴지는 성스러움은 그래서 생겨난다고, 고통받는 사람, 죽어가는 사람, 힘든 노동에 찌든 사람의 모습이 우리 가슴속에 깊이 새겨지는 까닭은 그 때문이 아니겠느냐고 했다. 이미영 씨는 박경임 씨와 같이 지내도록 했다(월요일까지). 온돌방이어서 그편이 더 건강에 좋을 것 같다.

11월 9일

아침을 먹고 임명섭 군이 갔다. 재실에 연락해 술과 효소 한 병을 챙겨주라 하고 내 책《사람 사는 세상은》을 주었다. 그리고 언제든지 오라고 했다. 변소 지으러 왔건만 비가 계속해서 내리는 바람에 이런저런 다른 일만 하고 가도록 해서 속으로 미안했다. 이미영 씨에게는 은행 주우라고 시키고 나는 탱자를 주웠다. 우리 밭 둘레와 무덤가에 있는 것까지 낫으로 가시덩굴을 쳐내며 알뜰히 주웠다. 호두 떨어진 것도 주웠다. 11시에 재실에 유사들이 온다고 해서 본채 마루에 널린 여러 가지를 동쪽 방과 서쪽 방의 마루로 옮기고 비로 마루와 토방을 쓸고 집으로 내려왔다. 대구 김영원 장로에게서 연락이 왔다 한다. 제분기 체에 이상이 있어 하나를 새로 가지고 오신다고……. 한 번도 뵌 적이 없는 것 같기도 하고 지난 1월 정농회에서 뵌 분 같기도 하다. 서울에서 오시는 도중에 전화했다는데 김진탁 군이 받았다.

집에 있는데 비야 엄마한테서 전화가 왔다. 경민이 어머니가 떡을 가져왔다고 올라와 먹으라고 한다. 집에 있는 진탁 군에게 같이 올라가서 먹자고 하고, 먼저 올라가서 떡을 먹었다. 인절미를 먹고 다시 내려와 할아버지 댁에 들러 탱자를 주워 가도 되겠느냐 했더니, 할머니가 주워 가라고 한다. 마대를 챙겨 탱자를 주우러 가다가 부안 김씨 재실 관리하는 종무국장을 만났다. 유 군에게서 각서를 받고 김경철 이장과 내가 보증인이 되어주어야겠다고 하기에 선선히 그러시라고 했다. 각서라는 게 부안 김씨 재실을 사사로운 용도로 이용하지 말라는 내용이 중심이다. 유 군이 오면 도장을 찍고 나도 보증을 서겠다고 했다.

할머니 집 탱자나무 울타리 밑에서 탱자를 줍고 있는데 김진탁 군, 비야 엄마, 이미영 씨가 왔다. 같이 주워 재실로 올라갔다. 가서 이미영 씨와 은행열매를 또 줍다가 2시에 점심을 먹고 내려와 있으니 비야를 데리고 재혁이와 경민이가 오고 경민이 아빠가 뒤따라왔다. 같이 재실에 올라가 효소실 앞의 독들에 담긴 물을 부어낸 뒤 독들을 엎어놓았다. 가을비가 끝나고 언제 추워져 독이 얼어 터질지 모른다는 생각이 들어 서두른 것이다.

독 엎는 일이 끝나자 이미영, 경민이 엄마 아빠, 비야 엄마, 박경임 씨, 그리고 내가 합류하여 탱자들을 반으로 잘라 효소를 담았다. 오후 5시가 넘어 대구 김영원 장로가 제분기 기술자인 정 사장이라는 분과 함께 결함 있는 제분기를 고쳐주려고 왔다. 애써 제분기를 고치고 자리를 옮기고 해서 제분기를 더 기능 있게 바꾸었다. 주무시고 가라 하니 김 장로님은 생각이 있는 모양인데, 같이 온 분이 임실 근방을 저녁을 도와 갔다 오는 중에 함양으로 가야 한다고 한다. 겨우 식은 밥과 식은 호박죽만으로 손님을 모셨다. 저녁식사가 끝나고 난 뒤 나, 박경임 씨, 오두한·안용무 씨 부부와 함께 술을 마셨다. 비야의 재롱이 나날이 늘어난다. 내가 싫은 소리를 하면 할아버지 안 좋고, 곶감 위에 눕혀버렸으면 좋겠다는 이야기를 한다. 박경임 씨는 안경 벗어놓고 가시밭으로 가라고 하고……. 비야 재롱에 넋이 팔렸다가 9시 넘어 집에 돌아왔다.

11월 10일

아침에 일어나 닭모이 주고, 장독 뚜껑을 열고, 검정콩을 넣고, 재실에 올라가 밥을 먹었다. 밥 먹고 난 뒤 재실 마루에 있던 대추, 고추, 호박 썬 것…… 해서 볕에 말릴 것은 널고, 김진탁 군과 솔밭에 가서 콩과 팥을 경운기에 싣고 와 비각 앞 밭에 널었다. 그리고 저수지에 물이 차기 시작해 전에 던져놓은 어망이 모두 물속에 잠겼을까 걱정되어 경민이 아버지와 저수지에 갔다. 콩깻묵과 된장과 멸치를 섞어 새로 미끼(이깝)를 마련하고 갔는데, 가보니 정말 돌에 매어 던져놓은 어망이 보이지 않는다. 물속을 들여다보니 돌이 깊이 잠겨 있다. 종아리와 팔소매를 걷고 물속에 들어가 꺼내서 보니, 고기가 하나도 들어 있지 않고 이미 들어가 있던 고기는 어망 안에서 썩어가고 있었다. 두 번째인가 세 번째 어망을 건지니 꽤 큰 뱀장어가 들어 있다. 이 저수지에 민물장어가 산다는 게 우선 놀랍고 또 뱀장어가 걸렸다는 게 무척 기뻤다. 여덟 개 어망을 모두 찾아 이번에는 저수지 위쪽으로 멀찌감치 줄을 맨 돌을 옮겨놓고 새로 미끼를 넣어 다시 저수지에 던졌다. 이삼일에 한 번씩 와서 검사를 해야 하는데 그렇게 될지 모르겠다.

자전거를 타고 재실로 돌아와 은행을 주웠다. 식구들은 김진탁 군을 빼고 모두 감자 캐기에 매달렸다. 김진탁 군은 비닐하우스 문을 만들었다.

점심을 먹고 집에 와 한 시간 좀 못 되게 쉬다가 솔밭으로 갔다. 가기 전에 장독을 덮고, 콩을 토방에 옮겨 이슬 맞지 않도록 조처를 했다. 김진탁 군은 경운기를 몰고 나는 지름길로 먼저 가서 밭 상태를 살폈다. 지난번 김희정 군과 김금란 씨가 보리를 뿌린 밭 바로 아래 남겨놓은 빈 묵밭에 밀과 호밀과 겉보리를 그냥 뿌려보았다. 밭을 갈지도 않고 무엇을 덮지도 않고, 새들이 먹다 남은 것이 뿌리를 내리나 시험해보기 위함이다. 김 군은 솔밭 가장 넓은 곳을 로터리 치고 그동안 나는 내년에 다시 논으로 바꿀 곳에 가서 보리를 네 두둑 뿌렸다. 물뿌림을 하고 긁쟁이로 긁었다. 마지막 두둑은 새로 풀이 무성하게 자라 그냥 두어보기로 했다. 어느새 날이 저물어 물이 불어난 냇물에 발을 씻고 재실에 가니 아침에 왔던 전순옥 선생이 떠나는 참이었다. 아침에 차로 데리고 온 남동생이 다시 차를 가져왔다.

잘 가라고 인사를 하고 부엌에 들어가보니 경민이 아버지 어머니가 아직 가지 않고 막걸리잔을 상에 놓고 기다리고 있다. 고구마 부침개, 밀개떡, 밀가루로 부친 전, 땅콩조림을 안주로 술을 마시다 보니 저녁 생각이 없다. 저녁은 막걸리와 안주로 대신하고 내 밥을 복실이와 토실이 밥으로 남겼다.

술자리를 마치고 일어서 집으로 돌아와 집에 전화하니 누리가 전화를 받는다. 엄마가 아직 안 왔다 한다. 마산 처가에 전화를 했다. 나래 엄마가 전화를 받더니, 유광식 군이 엊저녁에 처가에서 자고 서정홍 씨를 만나러 갔다 한다. 유 군 편으로 치자를 보냈으니 치자물을 들여보라고 하면서 먼저 광목을 물에 담가 불순

물을 빼낸 뒤에 치자 껍질을 까서 양파자루 같은 데 담아 찬물에 담가놓으면 물이 우러날 터이니 그 물에 소금을 넣되, 광목 삶는 물에 조금씩 타서 물이 드는 모양을 보아가며 더 넣으라고 한다. 솥의 치자물이 다 광목으로 스며들어 맑은 물이 될 때까지 삶았다가 널면 된다고 한다. 치자나무는 따로 부탁을 해놓았다 한다.

11월 11일

아침에 뉴스를 들으니 오늘은 가끔 비가 내리고 내일은 흐리다고 한다.

오전에는 내내 비가 뿌리다 말다 했다. 콩대 널어놓은 것을 덮고, 솔밭에 어제 씨 뿌리려다 못 뿌린 씨앗을 옮겨 김희정 군 집에 두고 중산리에 가서 형님 댁 둘째 아들이 교통사고 낸 것 어찌 되었는지 알아보고, 저수지에 가서 어망 건져 올려보고(고기는 들어 있지 않았다), 지름박골에 가서 흰 끈과 양은그릇 챙겨오다 광식이 집에 들러 독 엎어놓고, 집에 와서 뒷밭에 탱자나무 울타리를 경계로 양파 모종 해놓은 사이로 보리를 뿌렸다. 경황없이 오전이 지나갔다. 점심을 삶은 감자와 고구마로 때우고 술 한잔 경민 엄마와 함께 들고 재실 파밭 아래쪽에 골을 타고 밀을 뿌렸다. 오후 2시 반쯤 되니 배가 고파 더는 일을 할 수 없어 늦은 점심을 먹고 이미영 선생을 보내고 다시 밀밭에 매달렸다. 그사이 해가 져서 집에 내려와 장독을 덮고 재실 장독대와 뒷마당에 널어놓은 것들을 다 거두어들이고 나서 밀밭 일을 모두 마무리하고 나니 저녁 6시가 넘었다.

오늘은 정말 힘들게 일한 날이다. 저녁에는 라면을 먹고 잠깐 내일 할 일을 의논하고 집으로 돌아왔다.

11월 12일

아침에 효소를 둔 냉암소에 가보니 선풍기가 돌아가고 불도 켜 있었다. 아무도 냉암소에 가본 사람이 없다 한다. 그렇다면 내가 어제아침에 둘러보고 그냥 나왔나? 박경임 씨에게 냉암소 문 관리를 맡으라고 했다. 아침을 먹고 대추, 고추, 엿기름, 호박 등속을 내다 말리고 집에 와서 콩을 넣었다. 장독을 열고, 닭에게 모이를 주고, 옛날에 보리 넣었던 곳에 보리알이 떨어져 저절로 자란 보리싹과 다른 풀을 뜯어다 경임 씨에게 주었다.

오전에는 솔밭 집터에 흰 비닐끈을 쳐서 골을 잡은 뒤(나중에 콩을 뿌리려고 널찍하게 간격을 둔다는 게 아무래도 너무 좁은 것 같다) 괭이로 골을 파나갔다. 비야 엄마와 경임 씨는 흰 줄을 직선으로 치고 그 줄에 따라 골을 파는 데 저항감이 있는 모양이다. 하기야 직선을 선호하는 것은 남성들의 독특한 문화인지도 모른다. 오전에 집터 방향으로 왼쪽에는 호밀을 뿌리고 아래쪽에는 밀, 위쪽에는 겉보리를 뿌렸다. 겉보리는 반은 골을 파지 않고 흩어 뿌리고 반은 골을 파서 뿌렸다. 나, 김진탁 군, 비야 엄마, 경민이 어머

823

니, 박경임 씨가 함께 일하다가 비야가 추운 날씨에 너무 떨어서 비야 엄마는 중간에 집에 들어갔다. 힘이 많이 들었다.

점심을 먹고 오후에는 쉬자고 했더니 경민이 어머니가 모항과 곰소에 다녀오자고 하고 박경임 씨는 노루목에 가보고 싶다 해서 그러자고 했다. 원래는 오후에 집 뒤 양파밭에 보리를 흩뿌릴 생각이었는데, 오전까지 일이 너무 고되었기에 한나절쯤 쉬어도 괜찮겠다는 생각이 들었다. 오후 3시 반에 경민이 어머니가 차를 가지고 왔다. 장독을 덮고, 콩을 토방에 들여놓고, 재실에 올라가 널어놓았던 것도 같이 마루에 들여놓았다.

차를 타고 나가는 길에 집에 갔다 돌아오는 금란 씨를 만났다. 현숙이와 함께 오고 있었다. 노루목에 같이 가지 않겠느냐고 했더니 집에서 정리할 것이 있다 한다. 차 안의 자리도 차서 더 권하지 않고 우리끼리 갔다. 노루목에 가니 물이 가득이라 게 잡기는 틀렸다. 태풍에 휩쓸리는 거친 물결을 한참이나 보다가 다시 차를 타고 모항에 들러 곰소로 갔다. 최광석 군 가게에 갔더니 아무도 없다. 어시장에 가서 죽상어 네 마리에 5000원, 그리고 도다리 두 마리를 1만 5000원에 샀다. 1만 원은 경민이 엄마가 냈다. 곰소 가는 길, 송광사 스님들의 염불을 녹음했다는 녹음테이프를 경민이 엄마가 틀어주는데 어느 노랫소리보다도 좋게 들렸다. 저런 목소리의 어울림은 수행을 통해서만 얻어질 수 있는 것이구나. 지금도 어디에선가 어지럽혀진 세상의 질서, 온 우주의 질서를 바로잡으려고 저렇듯 좋은 기운 밖으로 흘려보내는 숨은 보배들이 열심히 마음공부를 하겠지 하는 생각이 들었다.

4시쯤 나갔다 6시쯤 돌아왔으니, 두 시간 바깥바람을 쐰 셈이다.

밥은 우리 집에서 먹었다. 금란 씨, 김진탁 군, 나, 셋이서.

저녁을 먹고 김진탁 군이 금란 씨와 할 이야기가 길어질 것 같아 재실로 올라가 자리를 피했다. 재실에서 칡술을 몇 잔 마시고 유 군 방에 가서 15매짜리 원고 하나, 9매짜리 원고 하나를 썼다. 집에 돌아오니 아직 두 사람 사이에 이야기가 끝나지 않고 있다. 자야겠다.

11월 13일

오전에는 집 뒤 1200평 밭에 호밀(캐나다산 수입품이다. 포대에 해골바가지가 그려 있고 그 포대에는 다른 것을 담을 생각 말고 폐기처분하라고 쓰여 있었다)과 겉보리와 보리를 뿌렸다. 점심을 먹고 오한이 들어 잠깐 자리에 누워 있다가 오후 4시 가까이 금란 씨와 중산리 형님 밭으로 밀차를 끌고 가서 무 열 포기, 배추 열 포기를 뽑아 왔다. 김희정 군이 오후 늦게 돌아오고 유 군은 저녁에 왔다. 그동안 급한 파종은 다 끝낸 셈이다. 저녁에 최광석 군이 왔다. 김제에서 농사짓는 후배를 만나러 가겠다고 오후에 나간 김진탁 군도 같이 왔다. 저녁에 밥을 먹으러 재실에 올라가는데 산(저수지 위쪽)에 초사흗달이 걸려 있었다. 손톱 같은 달이 떠 있는데, 가려진 부분이 꽤 뚜렷하게 동그랗게 검푸른 하늘을 배경으로 그려져 있었다. 무척 아름다운 모습이었다. 초승달의 새 모습을 본 느낌이 들었다. 초승달의 완전한 모습이 가려진 저 나머지 원이 있기에 그렇겠다는 생각이 들어 무척 행복했다.

저녁을 먹고 재실에서 산딸기술을 가지고 오니 김희정 군이 가지 않고 있어서 같이 마시는데 유 군이 내려오고 최광석 군도 합류하여 술판이 크게 벌어졌다. 안용무 씨가 재실에 가져다놓은 막걸리 반 말 조금 못 되는 것도 가져다 거의 다 마셨다. 최광석 군이 곰소에 미르라는 건어물 겸 생선 파는 조그마한 가게를 냈는데 어제 곰소에 가서 보니 유리문에 자연산 왕새우 20마리에 만 원이라고 써 붙여놓아 속으로 조금 걱정스러웠는데, 탈이 생겼다 한다. 곰소 가게들이 파는 값보다 그 값이 훨씬 쌀 뿐만 아니라 바다에서 나는 생선이라는 게 늘 일정한 물량을 공급할 수 있을 만큼 잡히는 것도 아니고 많이 잡힐 때와 적게 잡힐 때 가격 진폭이 큰 법인데 그 요량을 못하고 그렇게 써 붙여놓았으니 탈이 안 생길 수 없겠다 싶었다. 그래서 다른 가게보다 더 싸게 팔 수 있으려면 자본도 많아야 하고 일정한 고객이 있어 박리다매의 길이 있어야 하는데 그렇지도 못하거니와 도대체 관념에 사로잡혀 실제로는 자가용 타고 돌아다니면서 관광이나 하는 사람들에게 물건 싸게 팔면서 곰소에서 생선 팔아먹고 사는 다른 사람들 장삿길을 막는 셈이니 그게 될 법이나 한 일이냐고 나무랐다. 곰소 사람들이 함께 잘 사는 장사 방법을 찾지 못하면 오래 그곳에서 버틸 수 없으니 차라리 물건 잘 고르고 정성 들여 가공하여 다른 집에서 파는 것보다 훨씬 비싼 값으로 팔라고 했다. 자본주의 경쟁 원리를 본떠 장사하면서 공동체를 지향한다는 것은 말이 안 된다, 다른 사람들과 경쟁할 생각 말고 빠진 고리가 무엇인지 잘 살펴 그 고리를 메꾸어주는 방식으로 장삿길을 찾아라, 보리출판사가 불황 속에서도 그대로 견디는 힘을 비축할 수 있었던 것도 다른 출판사에서 하지 않거나 할 수 없는 일을 하고 그 결과를 책으로 묶어내기 때문이었다, 어떻든 곰소 상인들과 사이좋게 지내면서 그분들이 더 잘 살 수 있도록 배려해주고, 돈 많은 뜨내기 고객들이야 맨 나중에 챙겨도 된다, 다만 다른 가게보다 물건값이 비싸려면 그에 합당한 까닭이 있어야 하고 고객도 그 까닭을 알아야 하니 창문에다 싱싱한 생선을 이렇게 저렇게 정성 들여 가공한 것이니, 값이 비싸도 이해하라는 방을 붙이는 것도 한 방법이겠다…… 이런저런 이야기를 하는 가운데 술기운이 많이 올랐다.

최 군이 부안에 나가 한겨레신문사 지국장을 만났는데 지하형을 자꾸 내세우면서 내가 다른 뜻있는 분들과 연대해 일할 생각은 않는다는 이야기를 해서 화가 났다고 말하길래, 지하 형이나 한겨레신문사 지국을 하는 분이나 전교조 부안지회 선생님들이나 농민회 분들은 다 그분들 나름으로 해내는 중요한 몫이 있으니 섣부르게 비판할 게 못 된다, 다만 나는 내 몫이 또 따로 있어서 당장 연대하지 못하고 있는 것뿐이지 그분들과 큰 뜻에서는 다름이 없다, 몇 달 전부터 서울에서 비슷한 이야기를 들었는데 나에 대한 이런저런 비판이야 시간이 지나면 없어질 것으로 알고 크게 괘념하지 않는다, 그 사람들 처지에서는 그렇게 비판할 만하다, 그 사람들을 상대로 싸우는 것은 나를 두둔하는 일이 아니니 내가 그러듯이 그냥 맞장구치거나 웃어넘기면 된다고 했다. 나중에는 많이 취해서 김진탁 군이 먼저 자리를 뜨고 다음으로 유 군이 자리를 떠서 술자리를 끝내야겠다 싶어 김희정 군에게 최 군을 데리고 집에 가서 자라고 했다.

11월 14일

아침 일찍 유 군이 내 방문을 두드리지도 않고 벌컥 열어젖히다 안으로 잠겨 있어서 안 열리니까 부엌으로 해서 내 방에 들어왔다. 참 사람도, 성급하기는. 웬일이냐고 했더니 마산에서 서정홍 씨가 여비에 보태 쓰라고 3만 원을 주고 또 울산에서 이재관 씨가 결혼축의금 명목인 듯 10만 원을 주었는데 아무래도 금란 씨에게 주어 공동기금으로 써야 할 듯해서 가지고 왔노라고 한다. 그래서 간직하고 있으라고 했다. 정명미 씨와 결혼 준비 문제로 이번 주말에 밖에 나갈 일이 생겼다고 걱정하길래 이제 급한 일은 얼추 끝났으니 걱정 말고 자유롭게 다니라고 했다. 유 군 결혼 문제를 식구들과 의논해야겠다는 생각이 든다. 이래저래 비용도 수월찮게 들 터인데 혼자 알아서 하라고 내버려둘 수는 없는 노릇.

오늘 할 일을 묻기에 비야 엄마와 경임 씨에게 그냥 집에서 쉬

828

라고 했다. 오전 10시쯤 해서 김희정 군과 유 군이 부안에 가스레인지 고치고, 갈퀴 사고, 초배지 사고, 부안 김씨 대종회에 들르고…… 하려고 가는 길에 지서리에서 내려주기에 농협에서 이성인 선생 명의로 된 돈 70만 원을 찾고 식빵과(금란 씨 부탁) 경민이랑 재혁이 먹을 빵을 사고 술도가에 들러 막걸리를 두 병 사서 안용무 씨 집에 전하려고 주인을 찾았더니 최싱렬 씨 모친이 나오셨다. 2000원을 드렸더니 굳이 안 받겠다고 시골 와서 고생하는 걸 보고 그렇잖아도 술 몇 병 주려고 했다면서 그냥 주신다. 추운데 괜히 어르신 고생만 시킨 셈이다.

경민이 집에 들러 커피 한잔 얻어먹고 경민이 엄마와 함께 재실로 오는데 돼지 치는 집 아저씨가 차를 타고 지나다가 보고는 차를 세워 우리 집 앞까지 태워다주었다. 참으로 빵과 감을 먹고 조금 있으려니 재실에서 점심을 먹으라는 연락이 왔다.

점심을 먹고 식곤증이 일어 집에 내려와 누워 있는데 이장이 놀러 왔다. 조금 누웠다가 일어나 이장과 이런저런 이야기 나누다 재실로 올라가 콩타작을 시작했다. 바다에 갔다가 물이 차서 돌아온 비야 엄마와, 박경임 씨가 콩타작을 같이하고 나중에 김진탁 군이 일을 거들어 해가 질 때쯤 콩타작을 다 끝냈다. 출출해서 집에 돌아와 금란 씨와 감을(장두감) 반쪽씩 나누어 먹고 꿀물도 타 먹었다.

재실에 올라가 유 군에게 30만 원을 주면서 주말에 결혼 문제로 오갈 때 여비로 쓰라고 했다.

경민이 엄마한테서 전화가 왔다. 경민이를 중학교에 안 보내고 싶은데 시골에서는 의무교육이라 보내야 한다고 해서 고민이라 하고 또 경민이도 중학교에 갈 생각이 없어 선생님이 입학원서를 쓰라고 할 때 안 쓰겠다고 했더니 부모님을 모시고 오라고 했다 한다. 그래서 입학을 하고 나서 다니다 말다 하거나 안 다녀도 되지 않겠느냐, 변산서중으로 일단 입학 원서를 쓰라고 일러주었다.

서해슈퍼에 30도짜리 소주 스무 상자를 부탁했다. 40만 원 한다고 해서 오늘 찾아온 돈 나머지 40만 원을 금란 씨에게 주었다.

저녁 7시에 문영미 씨가 부안에 도착해서 7시 5분 차를 타고 변산으로 출발하겠노라고 전화를 했다. 김희정 군과 함께 마중을 나갔다. 함께 재실로 올라가 저녁을 먹고 막걸리를 마시면서 밤늦게까지 이야기를 나누었다.

이야기를 나누는 가운데 일을 처리하는 과정에서 다른 사람과 의논하지 않고 나 혼자 무슨 일을 결정해버리는 독선이 두드러진다는 사실이 밝혀졌다. 나는 의논을 했다고 여기는데 왜 그럴까 하고 생각하다가 한편으로는 그것이 내 단점이기도 하다는 생각이 들고 해서 한번 날을 잡아 내부 토론을 하기로 했다. 모든 것을 민주 방식으로 결정하되 집단의 지혜를 모아 삶의 문제를 더 잘 풀어나갈 길을 찾는 것을 목표로 하자.

11월 15일

아침에 문영미 씨를 깨워 재실을 두루 구경시키고 아침을 먹고 솔밭 구경을 시켰다. 그리고 저수지 가는 길에 유 군이 거처하던 집을 구경시키고 저수지 아래로 내려가 어망을 살폈더니 고기가 들어 있지 않다. 어망 두 개를 다시 물속에 던져 넣고 지름박골로 가서 지름박골을 두루 구경시키고 너럭바위까지 같이 갔다가 노루목 바닷가로 갔다. 10시가 조금 넘어서였다. 썰물때여서 드러난 바윗돌들을 들추어 게를 잡았다. 김진탁 군과 금란 씨가 게와 소라를 아주 많이 잡았다. 문영미 씨와 나도 잡는다고 잡았다. 어지간히 게를 잡아 걸어서 집으로 오는 길에 안용무 씨 집에 들러 술을 마시고 점심을 얻어먹었다. 커피까지 얻어먹으며 꽤 오랜 시간을 지체하다가 집으로 와서 재실에 올라가서 콩을 털었다. 어두워지도록 일해서 올콩(검정콩)을 거의 다 털었다. 두 가마쯤 되는 양이다. 160킬로그램이 조금 넘는 콩이다. 다 털고 식사를 하기 전에 막걸리를 두 잔 마셨더니 기분이 좋다. 땀 흘려 일하고 나서 마시는 막걸리 맛은 늘 좋다. 비야 엄마가 바닷가에서 잡아온 게를 기름에 튀겨 안주 겸 반찬으로 내놓았는데 참 맛이 좋다. 그리고 청국장을 끓였는데 이번에는 청국장을 만드는 데 성공을 했다 한다. 점심때 경민이네 집에서 먹었던 것보다 훨씬 더 맛있었다. 술을 마시고 있는데 현병호 군이 오늘 못 와서 미안하다는 전화를 했다. 그리고 한소영 씨가 내일 온다는 연락이 왔다 한다. 뒤미처 마산에서 오는 여자 분들이 격포까지 당도했다고 전화해서 김희정 군을 마중 보냈다.

마산에서 여자 분 열 분과 남자 분 한 분이 왔다. 모두 소니 사에 근무하는 분들이라 한다. 그 가운데 참글패라는 단체에서 활동하는 분들이 많다고…… 마산 여자들이어서 그런지 무척 시끄럽다. 같이 식사를 하고 술을 조금 마시고 일찍 자라고 이야기한 뒤에 집으로 돌아왔다.

11월 16일

아침에 재실 주변을 둘러보며 어디서 나무를 베고 낙엽을 긁을까 살피다가 재실 뒤가 적당하겠다는 생각이 들었다. 거리도 가깝고 밭 주변에 햇볕 가리는 나무들을 쳐준다는 명분도 있고, 나중에 재실 유사들이 와서 보고 말할 경우에 다른 데는 구차한 변명이 필요하지만 나중에 밭을 더 넓혀 과수를 심겠다는 말을 할 수도 있고……. 여러모로 생각하여 유 군과 김희정 군에게 재실 뒷밭 주변으로 정하자고 했다. 이의가 없었다. 이번 나무 베기는 세 가지 이익이 있다. 겨울 땔감 마련이 하나, 낙엽을 긁어 밭에 깔 수 있는 게 하나, 밭 주변 정리가 하나다. 게다가 많은 식구가 한꺼번에 움직여도 외진 데 있어 구설수에 휘말릴 염려도 없다.

나무 베기는 뜻밖에 아주 중노동이다. 그래서 10시에 비야 엄마에게 참을 마련해달라고 했다. 홍시감, 막걸리, 고구마와 감자 삶

832

은 것으로 푸짐하게 참을 먹고 다시 일을 시작하여 1시쯤 끝냈다.

점심 무렵 소영 씨가 오고, 점심을 먹고 문영미 씨가 갔다. 점심을 먹기 전부터 몸이 몹시 피로하더니 점심을 먹고도 풀리지 않아 집에 내려와 3시 40분까지 누워 있다가 그냥 까라지면 못 일어날 것 같아 억지로 몸을 일으켜 다시 나무 베는 일에 참여했다. 재실 뒷밭 주변 나무들을 대강 다 베고 미나리꽝 주변 감나무 두 그루를 못 살게 구는 칡넝쿨을 베어냈는데 그중 한 나무를 감고 있는 것은 수도 많거니와 두께가 지름 10센티미터 이상 되는 것들이 있어 톱으로 잘라내야 했다.

5시쯤 해서 종현이가 돌아오면서 사 온 빵과 만두를 참으로 먹었다. 날이 어두워와 일을 마치기로 하고 낫과 톱과 장갑 들을 챙겨 먼저 내려왔다.

집에 들르니 김진탁 씨가 벽돌 찍는 틀을 철거해 처마 밑으로 올리고 있다. 마당에 쌓아놓은 흙이 마르지 않아 벽돌을 찍을 수 없다 한다. 변소 짓는 일이 내년으로 미루어질 수도 있겠다는 생각을 했다. 김진탁 군은 아무래도 공동의 일에 스스로도 잘 참여하려 하지 않고, 또 마음 놓고 참여시키기도 만만치 않다. 아침 참때 마산 소니 사 이야기를 잠깐 들었는데 노조가 1988년에 만들어지기는 했으나(회사가 설립된 것은 1972년이라 한다) 만들어질 때부터 지금까지 어용노조가 바뀌지 않고 있다 한다. 노조 상근자와 간부들이 노무관리를 다 하는 회사라고……. 참 유능한 어용노조도 다 있구나 싶었다.

저녁을 먹고 나서 술을 마시며 마산 처녀들이 묻는 대로 변산 공동체의 성격과 앞으로 이 공동체가 지향해야 할 일들을 이것저 것 이야기해주었다. 더 질문이 나오지 않을 때까지 대답해주고 《사람 사는 세상은》을 한 권씩 주었다.

술자리는 다른 식구들에게 맡기고 안용무 씨가 손님이 왔다고 두 차례나 전화를 했기에 뒤늦게라도 찾아가기로 했다. 잠깐 소 영 씨와 이야기 나누고 중산리에 가니 안용무 씨 시누이의 남편 이라는, 동양사학과 출신 부산대 교수와 전북대 영문과의 최준석 선생이 기다리고 있는데, 낮 12시부터 시작했다는 술에 많이들 취해 있었다. 최 선생은 평소에는 대단히 진지하고 맑은 사람인 데 술에 취하니 입이 험하다. 나에게 이 새끼, 저 새끼, 개새끼 해 도 그냥 웃어넘겼다. 나중에 12시부터 기다렸는데 왜 이제야 오 느냐 하는 폭언을 금란 씨에게 전화로 했다는 이야기를 듣고 화 를 벌컥 내면서 그래 낮 12시부터 술을 퍼먹을 시간이 있는 놈이 일하고 있는 사람에게 일찍 안 왔다고 술주정하는 법이 어디 있 느냐, 지금 온 것도 멀리서 온 손님 배려에서 왔다, 나를 보고 싶 으면 당연히 나를 찾아와서 같이 일을 도와야지 이게 무슨 짓이 냐고 야단쳤다. 밤 12시 가까이까지 소주와 맥주를 마시고 집에 돌아오는데 경민이 어머니가 걱정스러운지 운산교회까지 배웅 해주었다.

11월 17일

아침에 가랑비가 내렸다. 어제 마산 처녀들이 갈퀴로 긁어놓은 낙엽을 재실 밀 심은 밭에 깔기로 했다. 오늘 마산 식구들이 가는 날이어서 아침에 김희정 군에게 재실과 지름박골과 노루목을 구경시켜주라고 부탁해놓고 돌아와 집에 전화를 했다. 나래 엄마와 공익 자금과 보리 자산 평가에 관해 오랫동안 이야기를 나누었다. 마산 식구들이 인사차 집에 와서 배웅을 하고, 재실로 올라가 감자밭에 밀씨 뿌린 곳에 콩대와 콩깍지를 깔았다. 거의 일을 끝낼 무렵 최 선생과 부산대 선생이 와서 집에 데려와 같이 효소물을 마시면서 농촌의 장래와 농촌 경제 문제에 대해 이런저런 이야기를 나누었다. 점심때쯤 최 선생 일행을 보내고 재실에 올라가 절구에 땅콩을 넣어 껍질을 부숴서 키에 쳐 알을 가려내는데 땅콩껍질이 덜 마른 탓인지, 지나치게 힘을 주어 절구질을 한 탓인지 부서진 게 참 많았다.

점심을 먹고 나니 비가 내려서 오후에는 그동안 담가놓은 술을 고루 꺼내 마시면서 품평을 하자고 했다. 모두 좋아했다. 금란 씨가 점심 먹기를 기다려 금란 씨와 소영 씨가 가지고 온 술을 우리 식구 모두 둘러앉아 섞어 마셨다. 쑥술, 앵두술, 보리술, 엉겅퀴술, 환삼덩굴술, 국화술, 살구술⋯⋯. 한 컵 가득 따라다 유리컵에 저마다 칵테일을 해서 둘러가며 맛을 보는데, 섞는 비율이나 양에 따라 저마다 맛이 달라졌다. 여자들은 보리술을 가장 좋아했다. 나는 보리똥술이 가장 맛이 있었다. 쑥술과 국화술은 향이 아주 짙었다. 품평이 거의 끝나갈 무렵 경민이 엄마한테서 전화가 왔다. 최준석 선생과 오상운 선생이 가지 않고 지서리 월명암회관에서 술을 마시고 있는데 내려오라는 것이었다. 곰소 최광석 군이 생선끝물을 가져갈 수 없겠느냐고 연락해서 차편을 알아봐서 가겠다고 약속해놓은 게 있어서 경민이네 차로 가면 되겠다 싶어 가겠다고 했다(우리 차는 유 군이 김제에서 오후 5시에 출발하는 기차로 인천에 가는 정명미 씨와 한소영 씨를 배웅하러 몰고 나갔다).

월명암회관에 갔더니 경민이 엄마와 최 선생, 오 선생이 술을 마시고 있었다. 경민이 아버지가 모는 차를 타고 곰소에 갔다. 최 군 일행 네 사람이 가게에 있다가 반갑게 맞아 술자리를 벌였다. 백합 날것, 쭈꾸미회, 홍합국, 방어회를 소주 두 병 큰 것(1.8리터)과 함께 먹었다. 아직 가게 자리가 잡히지 않고 회를 해보는 것은 처음인지 서툴고 그릇과 양념도 제대로 갖추어진 것이 없었다. 그래도 정성껏 차려내서 잘 먹고 값을 물으니 받으려고 하지 않는다. 2만 원인가 3만 원을 떠안기다시피 하고 경민이 엄마 아빠는 미리 집으로 떠났기에 최 군이 모는 트럭 앞자리에 세 사람이 비비고 타 경민이 집에 와서 또 맥주를 마셨다. 오 선생은 내가 마음에 들었다 안 들었다 하는 모양이고 최준석 선생은 어제보다는 덜 취한 것 같았다. 더 마시면 실수할 것 같아 잠깐 자리에 눕는다는 것이 잠이 들었나 보다. 경민이 엄마가 흔들어 깨워 일어나서 경민이 아버지가 태워주는 차를 타고 집으로 왔다.

11월 18일

　아침에 속이 좋지 않아 누룽지만 한술, 국만 한 그릇 먹었다. 유 군은 아침 일찍 일을 도와달라는 손종만 어른의 부탁을 받고 차를 몰고 나가 식사시간에도 나타나지 않았다. 재실과 우리 집 식구들에게 오후에는 박경임 씨 방에서 전화도 손님도 받지 말고 내부연찬을 갖자고 했다. 이병창 선생한테서 전화가 왔다기에 부산으로 전화를 했더니 철학 대중강좌를 열기로 했다면서 12월 16일부터 여덟 차례에 걸쳐 '농사꾼의 철학'이라는 제목으로 강의를 맡아달라고 한다. 강의 시간은 저녁 7시부터 10시까지인데 매주 서울에 올라가기가 난감해 식구들과 의논을 하고 난 뒤 결정하겠다고 했다. 오전 내내 내부연찬을 위한 자료 찾기에 시간을 보내고 점심을 먹고 나서도 그동안 2년 동안 변산에서 쓴 비용을 계산하느라 3시까지 시간을 보냈다.

　3시에 박경임 씨 방에 모두 모여 의논을 했다. 참, 좋음, 아름다움이 공동체 내부 질서를 바로잡는 기준이 되어야 한다는 이야기를 먼저 하고, 있어야 할 것이 있어야 할 때에 있어야 할 자리에 있어야 하기 위해서 어떻게 해야 할지, 또 없어야 할 것이 없어야 할 때에 없어야 할 자리에 없게 하기 위해서는 또 어떻게 해야 할지 저마다 생각해보자고 했다. 먼저 하루에 한 끼는 모두 모인 자리에서 다음 날 일도 의논할 겸 같이 먹자는 의견이 나와 저녁식사는 모두 재실에서 하되 남녀 구별 없이 당번을 정해 식사를 마련하고 설거지를 하자고 했다. 남자가 일이 바쁠 때는 여자가 당번을 바꾸어주기도 하고 또 여자가 일이 바쁠 때는 남자가 바꾸어주기도 하기로 했다. 다음으로 재정보고를 했다. 지난해에 8000만 원 정도가 쓰였고 올 들어 11월 17일 현재까지 6000만 원 정도가 쓰였다고 여겨지는데 자세한 것은 정확한 계산을 뽑아 보아야 할 듯하다. 이 재원은 보리 공익 자금과 내 인세, 원고료에서 충당되고 있는데 시급히 재정자립을 하려면 우리가 가꾼 농작물을 가공해야 하고 그 가공된 것들을 내다 팔려면 담는 그릇 문제를 해결해야 하는데, 솔밭 땅을 마음대로 이용할 수 없으니 고민이다. 우선 내년에는 그릇을 주문해서 쓰기로 했다. 가마를 만드는 일이나 냉암소를 짓는 일이나 공동취사장과 그 밖의 설비를 갖추는 일은 아마 내후년 이후로 미루어지지 싶다.

다음으로 주곡 중심의 농사만이 살길인데 현재로서는 주곡 중심 농사를 지어 농민들이 살 수 없는 현실임을 이야기하고, 이러한 현실 속에서 주곡 농사를 주로 하면서도 부산물을 가공하여 재정자립의 기초를 세울 길이 어디 있을까를 의논했다. 유 군이 논농사 밭농사를 중심으로 일을 풀어나가야 한다고 해서, 당연한 이야기이지만 자급의 범위를 어디까지로 볼 것이냐, 쌀과 채소의 자급밖에도 현금이 많이 필요한데 주곡은 돈이 안 되는 세상이니까 환금되는 것도 생산하고 가공해야 하는데, 그러자면 식초나 효소나 그 밖에 옷감 물들이기, 실험학교 운영, 집짓기, 도자기 굽기…… 장기간에 걸쳐 기술을 익히고 그 기술을 바탕으로 재원을 마련할 길을 찾아야 하지 않겠느냐고 했다.

농사짓는 사람들이 이 세상에서 누구도 따라갈 수 없는 수많은 삶에 필요한 기술들을 지니고 있으면서도 못 사는 사회현실을 어떻게 바꾸어나갈지도 농사지으면서 함께 풀어나갈 과제라고 했다. 밤 10시가 넘도록 이야기했는데, 아직도 할 이야기가 많아 내일 밤 8시에 다시 시간을 내서 이야기하고, 그 밖에 또 의논해야 할 것은 계속해서 시간을 내서 이야기하기로 했다. 유 군의 형이 다쳐서 유 군은 내일 홍성에 가기로 했다. 그리고 나머지 사람들은 지름박골과 효소실 비닐과 부직포 덮기, 낙엽 긁기, 항아리 청소하여 곡식 담기, 낙엽 긁기를 여자들이 할 경우에 남자들은 베어낸 나무를 쓰임새에 따라 가르면서 나뭇단 묶기를 하기로 했다. 도중에 보리 사무실에 전화해 나래 엄마에게 공익 관련 서류를 전송하지 않아 궁금하다고 했더니 아직 다 해결되지 않은 것이 있어서 그렇다면서 내일 보내겠다고 한다. 서둘지 말고 28일에 천안 전교조 강의가 있고 30일에는 한철연 심포지엄이 있으니 29일쯤 공익 회의를 하면 좋겠다고 했다.

11월 19일

오전에 큰 항아리들을 옮겨 눕혀놓고 안을 깨끗이 닦아 물기를 말리고 다시 정리해놓았다. 모두 여덟 개인데 닷 섬들이 항아리에서 석 섬들이까지 큰 항아리들이다. 이 안에는 벼와 검정콩, 메주콩 일부를 담을 것이다. 그 일이 끝나고 검정콩 턴 것을 말리고 대추도 말리고 땅콩도 말렸다. 그리고 비각 옆 둔덕에서 익은 호박 아홉 개를 따고 낙엽이 긁을 만한지 그그제 나무 벤 데를 살피고 은행 떨어진 것을 주워 그동안 주워 비닐포대와 양파자루에 넣어두었던 은행과 함께 독에 담았다. 은행 알맹이를 감싸고 있는 살이 비록 냄새는 안 좋지만 즙을 내놓으면 어디 쓸모가 있을지 모르겠다는 생각이 들었다.

점심을 먹고 잠깐 재실 본채 마루에 누워 후쿠오카 마사노부의 《짚 한 오라기의 혁명》(이것은 한소영 씨가 주고 갔다)을 읽다가 낮잠이 들었다. 오후에는 모두 지름박골 너럭바위에 가서 가을빛을 즐기자고 해서 홍성에 다친 형님 병문안을 간 유 군만 빼고 비야까지 온 식구가 어제 최광석 군이 곰소에서 가져온 꼬막을 삶은 것, 우리 집 뒤꼍에서 딴 단감과 당근, 효소, 막걸리 한 병, 이렇게 들고 산에 올랐다.

산에서 까먹는 꼬막 맛이 무척 좋았다. 막걸리가 조금 부족해 아쉬웠지만 너럭바위 위로 흐르는 물을 보면서 한나절 쉬는 맛도 썩 좋았다. 어두워질 무렵에는 불을 피워 몸을 녹였다. 생솔가지를 태우면서 맡는 알싸한 솔향기와 어두워오는 하늘로 날아가는 솔잎 불티에 취해 꽤 오래 장독 덮는 일, 널어놓은 곡식 들여놓는 일도 잊고 산에 머물렀다.

동쪽에 떠오른 반달이 차츰 노란 빛을 더해가는 걸 보면서 저녁 6시쯤 자리에서 일어나 집으로 돌아왔다. 오늘은 널어놓은 곡식을 서리를 맞히기로 했다.

저녁을 먹고 8시부터 다시 어제에 이어 내부토론을 했다. 일기장을 들추어 변산공동체학교의 구성안을 읽어주고, 내년 농사계획을 세우자며 금란 씨와 유 군에게 이야기를 시켰는데, 이야기가 자연스럽게 작년에 관유 군과 민정네 사이의 갈등에서 빚어진 살림 형태의 변화로 이어졌다. 금란 씨와 유 군이 옛 상처를 덧들이는 것이 두려운지 추상적으로 얼버무리려고 하기에 구체적으로 이야기하라 하여 상당히 깊은 정도까지 갈등 상황이 재현되었다. 우리가 농사지은 것 가운데 쌀 석 섬과 콩 두 말(검정콩)을 보리 식구들에게 보내기로 결정했다.

11월 20일

오전에 항아리에 벼와 콩 넣는 작업을 했다. 닷 섬들이 두 개, 넉 섬들이 두 개, 석 섬들이 한 개에 벼를 넣고, 석 섬들이 한 개에는 메주콩을 넣었다. 김영원 장로님한테서 전화가 왔다. 정경식 씨 집에 와 있는데 오늘 일정이 빈다는 이야기였다. 내일 전주에서 강연이 있어서 하루를 변산에서 묵으시는 모양이다. 마침 잘 됐다 싶어 차를 보낼 테니 우리 집으로 오시라고 했다. 유 군을 보내 차로 모시고 와서 재실 살림을 두루 구경시켜드리면서 이런저런 말씀을 듣고, 나중에 우리 식구 모두를 유 군 방에 모이라 하여 유익한 이야기를 꽤 많이 들었다. 식초는 가장 맛이 좋을 때 가마솥에 뭉근한 불을 때서 60도로 고정시키라는 것(초산균이 60도에서 안정된다고 한다), 효소식품을 만들고 난 찌꺼기에 물을 자작하게 부어놓으면 초산 발효가 되어 식초를 얻을 수 있다는 것, 목초액이 약이 되는데 사람 몸에 좋은 것은 다른 식물 몸에도 좋다는 것, 막걸리를 희석해서 뿌려주면 식물이 건강하게 자란다는 것, 숯에서 전자파가 발생하여 움 안에 묻어두면 겨울에 저장하는 감자나 고구마나 채소가 쉽사리 썩지 않고 맛도 안 변한다는 것, 효소 찌꺼기를 짤 때 컨테이너 상자 세 개를 포개놓으면 2~3일이면 효소액이 깨끗이 짜진다는 것⋯⋯. 다 우리와 연관이 있으면서 우리 살림에 도움이 되는 실용적인 지식이었다.

점심을 먹고 우리 집으로 와서 잠깐 이야기를 듣고 최광석 군이 숭어를 가지고 왔기에 최 군에게 중산리까지 데려다달라고 부탁해 김 장로님과 지름박골에 갔다. 김 장로님은 서경원 전 의원이 카농의 회장을 할 때(아니, 박재일 선배 때인 것 같다) 기독교농민회장을 맡아 지속적으로 오랫동안 농민운동을 해온 분이라는 것을 뒤늦게야 알았다. 10월부터 11월 중순까지 김 장로님 댁에 다녀간 사람만 700명이 넘는다고 했다. 지름박골에 갔다가 노루목 구경을 시켜드리고 오후 4시가 넘어 정경식 씨 집에 모셔다드렸는데 정경식 씨는 집에 없었다. 부인이 마침 집에 있어, 쉬시도록 인사를 하고 언제 한번 의성으로 찾아뵙겠다 하고, 집에 오는 길에 안용무 씨 집에서 막걸리 한잔한다는 게 조금 늦어져 5시 반을 넘겨 집에 왔더니, 쌀 도정을 하고 있었다. 그동안 최 군과 술을 마시고 또 윤봉선 군이 유승희 씨와 함께 내일 문경으로 이사 간다고 인사차 와서 같이 저녁 먹고 술 마시느라고 내부연찬은 뒤로 미루기로 했다.

저녁 8시경 집에 내려왔다가 안용무 씨 집에 갔다. 연찬 때문에 며칠 집에 오지 못하게 해서 조금 미안한 마음이 들고, 또 김 장로님을 정경식 씨 집까지 모시고 가는데 차로 수고를 해주어서 말로나마 위로를 해주고 싶었다.

11월 21일

아침에 저수지 옆 솔숲으로 밀차에 큰 포대 열세 개를 싣고 갈퀴 두 자루(대갈퀴 하나, 쇠갈퀴 하나)와 낫을 들고 솔잎을 긁으러 갔다. 오전 내내 솔잎을 긁어 일곱 포대를 담고 나니 배가 고팠다. 중산리 형님 댁에 가서 시간을 물으니 11시 30분이라 한다. 바삐 일하는 형수님이 배가 고프다 하니 일손을 놓고 국을 데우고 상을 차려 내오는데 무척 미안했다. 현대전자에 다니는 작은 아들이 음주운전으로 교통사고를 내고 뺑소니를 해서 큰 걱정을 하더니, 그럭저럭 잘 수습이 된 모양이다. 다친 사람은 백도 없고 뒤에 밀어줄 사람도 없어서 억울하게 치료비조차 보상받지 못한 채 병상에서 고생하고, 사고를 낸 측은 여러모로 피할 길을 뚫어

843

빠져나가는 품이 마뜩잖았지만, 형사책임은 없고 도의적 책임만 있는 처지에서 그 도의적 책임마저 후환을 걱정해서 지지 않는 방향으로 일이 풀린다 하니, 형님 댁 일이라서 적게 보아 걱정은 덜리나 무어라고 따질 수도 없고 해서 그저 그러냐 하고 말았다.

이른 점심을 얻어먹고 다시 일하러 가는데 김희정 군과 유광식 군이 차를 가지고 와서 같이 숲길에 쌓인 솔잎을 다 긁어 왔다. 점심때 막걸리 세 잔 마신 것이 부담이 되었는지 몸이 나른하다. 집에 돌아와 잠깐 누우려는데 보리에서 나래 엄마가 팩스로 보낸 보리 자산 보고서가 오기 시작해 살펴보다가 졸음이 와서 한숨 잤다. 어둑해질 무렵에 불을 켜고 다시 보고서를 검토하고, 의문 나는 점을 물으러 보리에 전화했다. 나래 엄마가 불광동 도토리 사무실로 갔다기에 거기로 전화해서 물었더니, 의문 나는 점은 나중에 공익 회의에서 서로 확실히 하라 한다. 그러기로 했다.

이장이 찾아와서 먼저 재실에 올라가 있으라 하고 뒤따라 올라갔다. 저녁은 수제비(어제 빻은 밀가루로 만든 것이다)로 먹고 보리에 보낼 검정콩을 고르고 땅콩을 까면서 이야기를 나누었다. 모두 모여 앉아 밤에 일하면서 정담을 나누는 게 허물없이 자유롭게 친교를 나누는 기회가 된다는 것을 절실하게 느꼈다. 밤에 자주 술자리를 벌이기보다는 일자리를 벌이는 게 좋겠다 싶다. 내일아침 일찍 버섯 재배하다 버려둔 참나무 썩은 것 실어올 것과 보리에 보낼 쌀 도정 그리고 샘플로 보낼 젓갈과 효소식품, 식초 담을 일을 의논하고 헤어졌다.

내일 유광식 군과 김희정 군이 같이 길을 떠나기로 했다. 나는 내일 포도 줄기를 땅에 묻고, 지름박골에 가서 야콘을 캐고, 베어 놓은 잡목을 가지 쳐 땔감으로 쓰도록 묶어 말리는 일을 하기로 했다. 이장이 온 것은 중산리 저수지 위쪽에 체력단련장을 만들 겠다고 원광대 체육학과 교수라는 사람이 와서 중산리 사람들과 술을 마시면서 사업동의서를 얻어 가려고 하는데 그 사람들과 무슨 연관이 있는지 알아보겠다는 뜻이었다. 어제 새벽에 중산리 형님이 그렇잖아도 그런 이야기가 돌아 개발위원들 모임이 밤에 있다고 귀띔을 해주셔서 오늘아침에 확인을 했더니, 오마 하던 사람이 오지 않아 회의가 없었다는 이야기를 해서, 그 일이 생각 나 짐작 가는 바를 이야기해주었다. 국립공원 안에 체력단련장을 만들겠다고 하는 게 사실이라면 재벌 기업이 연수원 형태로 짓거 나 원불교 같은 종교단체가 변산을 성지로 여기므로 종교 관련 사업을 할 목적으로 고위층과 줄을 대고 벌이는 일이겠는데, 중산리 주민들 개인이나 나 개인으로 보면 그렇게 해서 땅값이 오른다면 손해 볼 것은 없으나 문제를 길게, 크게 보면 저수지 물이 오염되어 농업용수로 부적합하게 되는 사태가 빚어지고, 또 운산 리 인심이 바뀌는 등 피해가 많아 저지할 수밖에 없겠다는 생각 이 든다 했다. 그렇잖아도 김영원 장로와 어제 지름박골을 갔다 오는 길에 그게 사실이라면 서울에 올라가 김근태와 최열 같은 사람도 만나고, 그 줄로 전북지사나 변산 지역 국회의원(부안 김 진배)과 부안군수를 만나 환경오염과 국립공원 훼손을 내세워 싸워야겠다는 말을 한 게 있어서 그렇게 호락호락 자기들 뜻대로 될지 두고 볼 일이라고 했다.

이장이 중산리에 논과 밭을 내놓은 사람이 있다며 살 의사가 있느냐고 묻기에 동네 사람들 사이에서 거래되는 값보다 조금만 높은 값으로 살 수 있다면 모르겠으되, 손종만 어른이 안용무 씨한테 판 값을 기준으로 해서 땅을 팔려 든다면 살 뜻이 없다고 이야기했다. 안용무 씨가 너무 비싼 값을 주고 형님 댁 땅을 산 것이 아마 중산리 땅값을 올려놓은 계기가 된 듯하다.

11월 22일

아침에 일어나 표고버섯밭 주변을 둘러보며 버려진 폐목이 어느 정도인지 가늠해보았다. 한곳에 모여 있지 않아 차에 옮겨 싣기에는 시간이 걸릴 것 같아 이 작업은 나중으로 돌리기로 했다.

재실에 올라가니 아직 유 군이 안 일어났다. 깨워서 현미를 찧기로 하고 나는 옆에서 찧는 방법을 익혔다. 재실 뒤꼍에 있는 포도를 땅에 묻는데 줄기가 굽으면서 우둑우둑 꺾이는 소리가 들려 불안해서 황간모 군에게 전화를 했다. 황 군은 상황이 잘 이해되지 않는 듯했다. 어떻든 포도 줄기가 흙에 깊이 묻히지 않더라도 묻혀 있기만 하면 동해凍害를 입지 않는다고 해서 바닥에 그냥 눕히고 그 위에 흙을 덮어주기로 했다. 그 작업을 끝내고 오니 비야 엄마가 여러 가지 효소와 갈치젓을 병에 담아 챙기는 일을 마무리 짓고, 쌀 도정도 끝나고, 또 현미 8킬로그램, 검정콩 1킬로그램씩 각각 따로 담아(검정콩은 벌레 먹은 것이나 깨진 것을 따로 골라 내느라고 우리 식구가 밤늦게까지 일했다는 생색을 내고 오라고 했는데 어쩔지 모르겠다) 스물두 개로 포장을 만들고 해서 유 군과 김희정 군은 서울로 떠났다. 잠깐 쉬러 아랫집에 내려왔더니 김환영 군 한테서 전화가 왔다 한다. 부안에 와 있는데 서울 가는 길에 들르 겠다고 했다 한다. 늦어도 한 시간 후쯤 도착할 것 같아《녹색평론》과《짚 한 오라기의 혁명》을 읽으면서 기다렸는데 점심때가 넘고 3시가 가깝도록 연락이 없다. 오면 붙들고 일을 시킬 수도 없고 또 예고 없이 오는 손님을 식구들과 마주치게 하는 것도 그렇고 해서 안용무 씨한테 술자리 좀 보아달라고 했는데, 사람이 안 오니 안용무 씨도 기다리기 뭐했는지 전화를 했다. 3시 넘어서야 지서리에 왔다고 전화하기에 안용무 씨 집으로 오라고 하고, 술도가에서 술을 반 말 사 오라고 일렀다.

김종도, 김용만, 김환영 셋이 김종도 군 차를 타고 왔다. 김종도 군 할머니가 돌아가셨는데 (정읍에) 문상 온 김에 들렀다는 것이고, 말이 잘못 전달되어 기다리게 해서 미안하다고 했다. 김종도 군은 할머니 상 뒤처리 문제로 다시 돌아가고 환영이, 용만이, 나, 셋이서 막걸리 반 통을(반 말이 넘는 양이다) 모두 마셨다. 김용만 군이 몹시 취해서 토하고 땅바닥에 드러눕고 하는 걸 겨우 안용무 씨 차에 태워 재실 유 군 방에 김환영 군과 함께 눕혔다. 밤 11시 넘어서 집으로 돌아왔다.

성스러운 곳 따로 없다네

사랑이 머문 곳,

노닐다 솔바람과

달빛과 파도 속에 스며든 곳,

바로 그곳이 성지라네.

사랑 속에서만 순간과 영원은 하나라네.

사랑을 가슴에 잘 간직하게나.

머리로 기어 올라오지 못하게.

가슴속에 꼭꼭 묻어두게나.

그래야 사랑은 과거로 흩어지지도

미래로 달아나 애태우지도 않고

지금 여기 나와 함께 온 우주와 함께 있다네.

11월 23일

오전에 김환영·김용만 군과 함께, 김진탁 군도 같이 재실 뒤
곁 산에서 베어낸 잡목을 땔감으로 알맞게 잘라 묶는 일을 했다.
붉나무가 물감 들이는 데 쓰인다는 것을 알고 있어서 붉나무를
작은 토막으로 잘라 토방에 놓았다.

점심을 먹고 김환영 군이 안용무 씨 집에 카메라를 놓고 왔다고
해서 안용무 씨 집으로 갔다. 거기서 카메라를 찾고, 경민이 아버
지와 함께 지름박골에 올라갔다. 환영이도 용만이도 당산할매한

테 반한 모양이다. 같이 포도나무를 묻고 야콘을 캤다. 야콘은 별로 뿌리가 없었다. 아마 햇볕을 제대로 보지 못한 탓인 듯싶었다. 미나리밭에 베어놓은 풀을 태우고 같이 내려와 유 군이 살던 대나무숲 집에 지게를 부려놓고 안용무 씨 집에 다시 들렀다.

경민이 아버지가 모는 차를 타고 안용무 씨와 김환영 군, 김용만 군과 함께 노루목으로 갔다가 곰소에 다녀왔다. 곰소에서 안용무 씨가 준치와 왕새우를 사고 나는 쭈꾸미 5000원어치를 샀다. 오는 길에 술도가에 들러 거르지 않은 진국술을 한 바가지 섞어 넣은 술 한 말을 싣고 왔다. 최 선생 부인이 진국술 값을 따로 받지 않아 1만 원만 주고 가져왔다.

술상이 벌어져 밤 12시를 넘겨서까지 술을 마셨다. 김종도 군이 뒤늦게 합석해서 마셨다. 술에 취해 의자에 몸을 눕혔다가 일어났는데 다른 사람들도 어지간히 취한 것 같고, 경민이 엄마가 꾸벅꾸벅 졸아 미안했다. 우리 집으로 가자고 마시다 남은 막걸리를 김종도 군 차에 싣고 올라왔다. 그냥 자리에 눕자니까 조금만 술을 더 마시자 한다. 갓김치와 갈치젓을 안주로 찾아내고 큰 대접 하나와 젓갈 네 개를 들고 유 군 방에 둘러앉았다. 새벽 4시가 넘도록 마신 것 같다. 아마 5시쯤까지 마셨는지도 모르겠다.

어지간히들 취해서 잘 자라 하고 집으로 내려왔다. 김용만 군에게는 어리석은 사람과 같다는 뜻으로 '여치'라고 호를 지어주고 김환영 군에게는 자꾸 한계를 찾아서 시간과 공간이 없으면 한계도 드러나지 않는다는 뜻에서 '때가 다함' 곧 '시궁'이라는 호를 지어주면서 한바탕 유쾌하게 웃었다.

김용만 군과 갑자기 아주 친해져서 자연스럽게 형, 아우 하기로 했다.

11월 24일

아침 8시가 넘어서야 일어섰다. 여기 와서 이렇게 늦게까지 자리에 누워 있기는 아마 처음이 아닌가 싶다. 비야가 아침 먹으러 오라고 전화를 해서 재실에 올라갔더니, 모두 아침을 먹지 않고 기다리고 있다. 김진탁 군을 찾아온 김윤철이라는 젊은이를 보았다. 목소리가 아주 좋았다.

뒤늦게 일어나 상을 두 번 차리게 번거로움을 끼친 환영이와 용만이를 나무라고, 밥 먹고 어제 하던 나뭇단 추려서 묶는 일을 하자고 했는데, 환영이와 용만이는 머리가 흔들려 더 자고 싶다고 한다. 그러라 하고 뒷산에 올라가 일을 시작했다. 소나무에 박힌 관솔을 톱으로 떼어내다가 이 관솔을 쓸모 있게 이용할 길이 없을까 하는 생각이 들어 떼어낸 관솔을 모아 재실로 가져왔다. 감식초에 하나, 녹두 효소에 하나, 막걸리 주전자에 하나…… 이렇게 넣다가 나머지 관솔은 30도짜리 보해소주와 함께 꿀병에 담아 재실 주방 선반에 놓았다.

점심때까지 시간이 조금 남아 붉나무 껍질을 벗겨놓고 떨어진 은행을 주웠다.

1시가 넘어 늦은 점심을 먹고 막걸리를 돌려 마셨다. 역시 맛이 좋다. 점심을 먹은 뒤 집에 돌아와 잠깐 쉬었다. 정경식 씨가 귀농희망자 다섯 명을 데리고 와서 두 사람은 재실에 떨구어놓고 나머지 세 사람은 나에게 인사차 데리고 왔다. 정연국 씨와 또 한 사람은 구면이고 나머지 두 사람은 초면인데 한 사람은 대전에서 교사를 하고 있다 한다. 홍시감을 하나씩 먹으라고 주고 작별을 했다. 재실에 올라가보니 차가 와 있다. 김희정 군이 온 모양이었다. 금란 씨가 팥타작을 하고 있기에 같이 거들어 타작을 마치고 키질을 해서 갈무리했다. 그리고 온 식구가 달려들어 차에 싣고 온 나무들을 내렸다.

　저녁식사가 끝나고 나서는 박경임 씨 방에서 땅콩(미리 발로 밟아서 껍질을 까기 좋게 해놓은 것. 한국통신에 다니는 김영일 씨와 컴퓨터프로그래머인 안병서 씨가 나와 함께 저녁을 먹고 밟았다)을 까면서 이 이야기 저 이야기 나누다 9시가 넘어서는 술자리를 마련해서 큰 사발로 술을 돌려가며 마셨다. 어지간히 취해서 그만 끝내려는데 저녁 먹고 자리에 들어가서 자던 김환영과 김용만 군이 뒤늦게 술자리에 다시 참여했다. 젊은 사람들끼리 마시라 하고 김희정 군과 종현이와 함께 내려왔다.

　저녁을 먹고 가라고 했는데 결국 김윤철 씨가 그냥 지서리에서 김진탁 군과 김희정 군과 저녁을 먹고 떠났다. 하루 종일 일하고 그렇게 떠나서 좀 섭섭했다.

11월 25일

아침에 일어나 유 군 방을 들여다보니 김환영 군과 김용만 군이 어제 안병서 씨와 김영일 씨와 술을 더 마시다 잔 듯 땅콩과 다른 안주가 촛농이 떨어진 작은 상에 어지럽게 흩어져 있고 담배꽁초가 재떨이가 넘쳐나게 수북이 쌓여 있다. 무서리가 눈처럼 하얗게 내린 날 아침이라 조금 일찍 일어나 집 둘레를 둘러보면 눈이 조금 트이런만 밤늦게까지 술 마시고 늦잠 자는 버릇을 고치지 못하니 딱하다. 큰소리로 불러 일어나라고 하니 눈만 떴다가 다시 눕는다. 안병서 씨와 김영일 씨는 일찍 일어나 산에 올라갔다 한다.

김진탁 군이 일주일 말미로 산청에 다녀온다고 한다. 아침은 먹지 않고 떠났다. 금란 씨 이야기를 들으니 홍화씨 문제도 있고 벌꿀도 따야 하는 모양이다. 금란 씨에게 전주에 같이 나가는 게 어떠냐고 의사를 타진한 모양인데 금란 씨가 다음 기회에 가자고 했다 한다.

어제 양파 모종이 탱자나무 밑에 조금 있었는데 동네 아주머니가 캐 가고 또 오늘은 아침부터 똘개아짐이 그나마 남은 것을 캐고 있어서 이렇게 내버려두었다가는 우리가 심은 모종이 하나도 남지 않겠다 싶어 금란 씨와 부지런히 모종을 캐고, 재실에 올라가 비야 엄마와 경임 씨도 불러왔다. 안병서 씨와 김영일 씨가 밭을 쇠스랑으로 일구어 평탄하게 골랐다. 안용무 씨한테도 전화를 해서 양파 모종을 하러 오라고 했다.

땅을 파다가 김희정 군이 종현이를 치과에 데리고 갔다 돌아왔기에 김 군에게 쇠스랑을 맡기고 변소에 가득 찬 똥을 퍼서 재실 콩깍지 쌓아놓은 두엄터에 냈다. 세 번 지게질을 하니 똥 푸는 일은 끝났다. 모종이 모자라서 다시 밭 이곳저곳을 돌아다니며 캤다. 점심때가 되어도 김환영 군과 김용만 군이 일어나지 않아 억지로 깨워 점심을 먹이고 점심이 끝난 뒤 집에 내려와 조금 쉬는데 환영이와 용만이가 이제 서울에 가겠다며 내려왔다. 배웅을 하고 다시 방에 들어왔다.

오후 4시쯤 다시 밭에 나가 양파 모종을 심다가 해가 떨어지는 것을 보고 재실에 올라가 마당에 널어놓은 팥, 대추, 엿기름, 고추 들을 거두어들이고 재실 뒤꼍에 가서 나뭇단 묶은 것과 낙엽 긁은 상태를 살펴보았다.

유광식 군이 돌아왔다. 중산리 형님이 유 군에게 합판 실으러 부안에 같이 나가자는 부탁을 하려고 오토바이를 타고 오셨다. 유 군은 싫은 기색이 역연한데 이웃과 사이좋게 살려면 가끔 고달픈 일도 있는 법이라고 가벼운 마음으로 다녀오라고 일렀다.

종현이가 밥 먹으러 오라고 전화를 해서 금란 씨와 올라가려는데 마침 동쪽 하늘이 환하게 밝아온다. 달이 떠오르고 있는 게 분명하다. 조금 기다리면 달 뜨는 모습을 구경할 수 있을 것 같아 마당에 서서 조금만조금만 하고 기다리는데 좀처럼 떠오르지 않는다. 한번 마음먹은 것, 밥이야 늘 먹는 것이지만 달 떠오르는 모습이야 쉽사리 볼 수 있는 게 아니다 싶어 아예 툇마루에 앉아 기다리기로 했다. 한참 뒤에 산 그림자를 디디고 숲 사이로 별처럼 빛을 뿌리다 조금씩 두렷이 황금빛으로 떠오르는 보름달의 모습은 황홀했다. 더 두렷이 떠오를 때까지 넋을 잃고 보다가 재실에 올라가니 모두 밥을 먹지 않고 기다리고 있다. 국이 싸늘하게 식었다. 무척 미안했다.

재실은 산 밑이라 아직 달이 떠오르지 않았기에 저녁을 먹고 난 뒤에 모두 달이 뜨는 모습을 나가서 보자고 했다. 그래서 비야까지 모두 달구경을 했다. 밥상을 치우고(설거지는 안병서 씨와 김영일 씨가 했다) 땅콩을 까고 있는데 경민 엄마한테서 전화가 와서 집 구경하러 안 오느냐고 했다 한다. 알고 보니 김영일 씨가 경민이네 집 구경을 하고 싶다고 하니까 경민이 엄마가(양파 모종을 하면서 일어난 일인 모양이었다) 그러라고, 저녁에 놀러 오라고 해서 그러기로 한 모양이었다.

약속을 했으면 지켜야지, 그래서 한 번도 경민이 집 구경을 못 했다는 박경임 씨, 안병서 씨, 김영일 씨를 데리고 걸어서 중산리에 갔다. 집 구경을 하고, 술을 한잔 얻어먹고, 내일 물때가 궁금하여 노루목에 같이 나가 밤바다를 구경했다. 썰물때여서 달빛아래 모래사장과 갯벌이 작은 밭이랑처럼 골이 져 반짝이고 있었다. 바닷물이 아직도 갯벌을 어루만지는 곳까지 가서 밀물인지 썰물인지 가늠했다. 잔잔한 물이(이렇게 잔잔한 물살은 변산 와서 처음 보았다) 조용하게 찰싹이는 소리를 들었다. 내일 게를 잡으러 오려면 아무래도 10시쯤 바다에 나와야겠다는 말을 하며 달빛을 안고 돌아오는데, 둑에서 웬 시커먼 그림자가 나타나더니 "야호!" 한다. 유 군이 우리를 찾아온 것이다. 유 군의 차를 타고, 중산리에서 안용무 씨 차를 탔던 손님들도 유 군 트럭에 다시 실어 집으로 돌아왔다.

11월 26일

비야 엄마와 박경임 씨가 잠깐 집에 다니러 갔다. 박경임 씨는 조금 빨리 오고 비야 엄마는 늦어지리라 한다.

나머지 식구들은 김영임 씨와 안병서 씨를 데리고 노루목에 가기로 했다. 유 군이 살던 집에 열린 감을 따러 김희정 군과 금란 씨와 종현이는 중산리로 가고, 김영임 씨와 안병서 씨는 산을 넘어 나와 함께 지름박골로 갔다. 그리고 유 군 집에서 합류하여 노루목으로 가서 저마다 흩어져 게를 잡고, 피조개도 캐고, 굴도 땄다. 점심은 변산반점으로 오랜만에 외식을 하러 갔다. 간짜장 곱빼기 여섯 개, 중국산 배갈 60도짜리 한 병, 탕수육 해서 3만 5000원어치를 먹었다.

유 군이 몰고 온 트럭을 타고 돌아오는 길에 중산리 경민이 집에 잠깐 들러서 커피와 유자차를 얻어먹었다. 집에 돌아와 한철연에 전화했다. 이병창 군이 '농사꾼의 철학' 강좌를 배정하고 금요일 아니면 토요일에 하라고 하기에 금요일 7~9교시로 정해서 한철연에 연락하고 재실에 올라갔다.

땅콩을 까는데 비가 내리기 시작했다. 노루목에서 잡은 운지리(망둥이, 꼬시래기로도 불린다) 세 마리를 유 군이 회로 만들고, 또 게 잡아 온 것을 튀김으로 만들어 막걸리를 마시면서 저녁을 먹고 있는데, 오서환 군이 여자친구를 데리고 왔다. 김영일 씨는 게튀김도 운지리회도 못 먹고 먼저 떠나고 나머지 사람들이 모여 앉아 운지리회와 게튀김과, 게를 넣은 매운탕을 안주 삼아 막걸리를 마셨다.

어지간히 술기운이 올라 먼저 집으로 내려왔다.

11월 27일

어제부터 내린 비에 널어놓은 볏짚이 다 젖었다. 노루목에 가서 게 잡고 굴 따고 운지리 잡느라고 시간을 보낸 탓에 비 올 것에 대비해 미리미리 치워놓지 못한 탓이다. 한나절 일손 비운 것이 이렇게 부작용을 일으킨 것이다. 오후에 비가 내려 콩을 가렸지만, 땅콩을 키질해서 마지막까지 다 까고 콩을 가리기로 한 것도 이 손실을 메꿔줄 수 없다. 아침에 바람이 불어 길바닥에 널려 있는 은행을 줍고, 아침식사를 하고 난 뒤에는 콩을 나르고 가리는 일을 오전 내내 했다. 마침 내가 식사 당번이어서 점심밥을 앉히고 마늘 심어놓은 밭에 난 풀을 뽑아 정성껏 씻고, 서리 맞아 시들거나 누렇게 된 잎을 떼어내 쌈 싸 먹을 반찬을 마련했다.

안용무 씨가 올라왔길래 콩을 가리라 했다. 안용무 씨가 병어를 가져왔다. 점심을 먹고 나서 씨 뿌려놓은 재실밭, 우리 집 뒷밭, 그리고 솔밭골 밭들을 안용무 씨와 살피면서 뿌린 씨가 어느 정도 싹이 났는지를 보았는데, 늦게 씨를 뿌린 밭에는 흙을 덮어준 것은 뾰족뾰족 밀이나 보리나 호밀, 겉보리의 싹이 돋는 데 뿌려놓고 그냥 그대로 둔 곳에는 낟알이 그대로 있었다. 10월 중순에 뿌린 것들은 흙을 덮어주지 않았어도 싹이 나고 뿌리를 내렸다. 앞으로 자연농으로 밀과 보리를 가꿀 때는 씨 뿌리는 시기가 빨라야겠다는 것을 느꼈다. 우리 집 새로 변소를 짓는 자리 근처에는 여름철에 곡식을 말리면서 흘린 보리알이 싹트고 뿌리를 내려 무척 자란 것을 볼 수 있는데, 이로 미루어 어쩌면 8월이나 9월 이전에 보리 씨앗을 뿌려야 할지도 모르겠다는 생각이 들었다.

솔밭골 언덕 오솔길에 쌓인 솔잎들을 긁어 불쏘시개를 하면 좋겠다는 생각을 했다. 집으로 돌아올 때 당근밭에서 조금 빽빽이 났다 싶은 당근을 뽑았는데 제법 크고 뿌리가 깊다. 스무 개 남짓 뽑아 시냇물에 씻어 집에 와서 몇 개 남겨놓고 나머지는 재실로 가지고 올라갔다.

오후에도 줄곧 콩 고르는 작업을 했다. 메주 쑬 콩을 가리는 일이었다. 오후 5시쯤 안용무 씨가 돌아가고, 곧이어 이명순 씨와 한방에 산다는 처녀가 왔다.

날씨가 무척 차져서 일기예보대로라면 아마 오늘 저녁에 눈이 내리지 싶다. 웅진 〈씽크빅Think Big〉이라는 사보를 담당하는 여자가 인터뷰를 하겠다 해서 거절했다. 원고를 써달라면 쓰겠는데 원고지 한 매당 2만 원을 주어야 쓰겠다고 했다. 황금성 선생한 테서 전화가 와서 내일 오후 1시까지 집으로 데리러 오라고 일렀다. 그리고 백산고등학교에서 강의 요청이 와서 12월 5일 오전 11시에 하기로 하고 아침 9시에 승용차를 가지고 오겠다고 해서 그러라고 했다.

저녁에는 풀무원에서 전화가 왔다. 내년 풀무원 회보에 6회 정도 연재할 기사가 없느냐는 의논 전화였다. 유기농법으로 지은 농산물 가공을 중심으로 여섯 번쯤은 쓸 수 있겠다고, 확정되면 청탁서를 전송하라고 했다.

점심 무렵 심조원이한테서도 전화가 왔었다. 내가 서울에 오는 김에 그림책 기획과 관련해 기획회의를 같이 했으면 좋겠다는 이야기를 해서 그렇다면 월요일 하루 더 시간을 내는 것을 고려해보겠다고 했다. 아침에 전화했던 이병창 군에게는 금요일 7~9교시로 강좌 시간을 정하라고 했다. 12월 중순부터는 매주 한 번씩 서울에 올라가야 하는 번거로움이 8주에 걸쳐 생기는 셈이다.

저녁을 먹고 콩을 고르다가 집으로 내려왔다.

11월 28일

새벽에 잠을 깼다. 며칠 전부터 배 속이 이상하다. 처음에는 위에 탈이 났나 싶어 걱정스럽더니, 도대체 위장 속에서 일어나

858

는 이 이상한 느낌을 주는 것의 정체가 무엇일까, 어디가 나쁘면 이런 느낌이 날까 하는 느낌에 신경을 집중하다 보니 차츰 위가 편안해졌다. 몸에나 마음에나 무엇인가 이상한 느낌이 들 때는 관념의 창고에서 이런저런 병명이나 치료법을 찾느라 부산떨지 말고 느낌에 온 신경을 집중시킬 것. 모든 것에 주의를 집중하고 들여다보되 느낌을 성급하게 판단으로 전환시키려 하지 말 것, 판단은 어쩔 수 없을 때 마지막으로 내리고, 그러기 전에는 판단을 내리지 말고 살아갈 것.

엊저녁에 《신동아》와 《남민》 5호를 읽었다. 《남민》에서는 돌아가신 장일순 선생님과 최준석 교수의 대담, 그리고 한원식 씨와 최준석 교수의 대담을 읽었다. 최 교수는 대담자로서 무척 성실한 사람이라는 느낌을 받았다. 원고를 청탁하면 써주어야겠다고 마음먹었다. 《신동아》에서는 '시공사'의 전재국 씨(전두환의 큰아들) 이야기를 흥미롭게 읽었다. 나머지 시사에 연관된 글들도 읽었지만, 김한길 씨가 쓴 수필 〈그래도 해야 하냐?〉가 가장 기억에 남았다. 초등학교에서 영어 교육을 서둘러 시키려 하는 데 대한 비판인데 아주 잘 쓴 글이라 여겨졌다.

아침을 먹고 메주 쑬 콩을 오전 내내 골랐다. 고르다가 최광석 군이 배추 500포기를 싣고 서울로 가는데 우리 차가 자기 차보다 조금 더 크니 우리 차를 끌고 가겠다고 해서 그러면 그 차에 안병서 씨를 싣고 가라고 했다. 김희정 군과 유광식 군이 배추를 차에 실어주러 갔다.

어제 인천에서 온 이세란 씨와 꽤 긴 이야기를 나누었다. 그동안 몸이 건강했는데 갑자기 시름시름 앓기 시작한 게 3년이나 된다고 해서 가만히 들어보았더니 전형적인 무병巫病이다. 갑자기 온몸 마디마디가 아픈 증세가 사흘 넘게 계속된다는 것이다. 신학을 공부해서 해결될 일이 아니라고, 주변 생명체들이 아파하는 것이 몸으로 감응되는 것이고, 이런 증세가 있는 사람은 제도 종교에서는 서양 중세 마녀사냥에서 보듯이 남성이 지배하는 종교적 합리성(?)을 해치는 사람으로 보아 배척을 하니 차라리 산 좋고 물 좋은 곳을 찾아 마음 편한 곳에 머물러 진짜 '공부'를 하는 것이 가장 좋은 치료법이라고 이야기해주었다. 그리고 생명의 기운이 충만한 자연에서 힘을 얻고 병을 치료하면서 병의 근원인 아파하는 중생들 사이에 나아가 치료 기능을 하는 것이 좋다고, 죽음의 땅과 삶의 땅을 번갈아 들어가며 사는 길밖에 없겠다고 했다.

점심 후 집에 와서 황금성 선생을 기다렸다. 황 선생한테 우리가 지은 당근을 스무 뿌리 캐서 주겠다는 마음이 들어 내 손으로 뽑아 새끼줄에 묶어놓았다. 1시 30분쯤 황 선생이 와서 차 한 잔과 홍시감을 먹여 같이 2시쯤 천안으로 떠났는데, 도중에 차가 막혀 6시 30분에 시작해야 할 강연을 40분이나 넘겨 7시 10분에 시작했다. 그럴 생각이 아니었는데 두 시간 가까이 전교조 선생님들이 중심이 된 교사 집단을 '자격증'은 있으되 '자격'은 없는 선생으로 매도하는 강연을 하게 되었다. 대부분 기가 꺾이고 의기

소침해진 모습이었다. 이 사람들도 희생자인 것을…… 너무 심했다는 자책감이 들었다.

11월 29일

아침에 작은책 사무실에 도착한 시간이 10시 10분이 넘었다. 작은책 사무실에서 유자차를 한잔 얻어먹고 '보리'로 가서 나래 엄마에게 공익 회의 할 때 필요한 자료에 대한 설명을 들었다. 11시부터 공익 회의를 해서 보리 자산 평가를 했다. 보리 자산이 6억쯤으로 확정되었는데, 그동안 6억 이상의 돈이 공익 자금에서 제공되어 손실을 본 셈이다. '작은책', '세밀화', '변산'에 들어간 돈까지 치면 더 많이 들어갔다. 자산으로 '보리' 심벌과 출판사 이름값이 1억 원, 시디롬 값이 5000만 원, 그리고 지형 38종 값이 1종에 500만 원씩 모두 1억 9000만 원, 이렇게 3억 4000만 원이 계산되었고, 나머지는 사무실 집기, 재고 상품, 서점에 깔린 외상 등이다.

오후에는 작은책 경영 문제로 의논했다. 또 심조원이 세밀화를 이용해서 만든 감각 그림책 시안을 보고, 또 내 나름으로 생각하는 감각 그림책을 제안했다. 벼, 보리, 밀, 콩, 조, 기장, 팥 등을 아이들에게 직접 보여주고 그림으로도 보여주는 것, 옷감 종류를 보여주는 것, 냄새를 맡도록 하는 것, 흙, 모래, 규토, 뻘(개흙) 등을 보여주는 것, 나뭇잎을 보여주는 것 등이다. 기술 문제가 해결되면 새소리나 풀벌레 울음소리를 들려주는 책도 만들자고 했다.

오후 5시가 넘어 이화실이 와서 이화실로부터 '자연에 미친 사람들' 이야기를 들었다. 화실이에게 그 사람들을 주제로 글을 써보라고 했다. 6시쯤부터 저녁 8시가 넘도록 《작은책》 12월호 발송 작업을 하고 나서 보리 사무실로 되돌아와 술을 마셨다. 김병순 군과 화실이도 같이 참석해서 12시 가까이 술을 마셨다.

11월 30일

아침에 일어나보니 눈이 많이 내렸다. 봉길이 산보를 시키고 아침을 먹고 방송통신대에서 열리는 심포지엄에 참석하러 길을 나섰다.

한철연이 사단법인으로 발족한 뒤 처음 열리는 심포지엄으로 1970~1980년대 변혁의 시대를 이끈 대표 지성 네 분의 사상을 조명했다. 리영희, 박현채, 백낙청, 김지하의 사상을 발제하게 한 뒤 논평을 하고 종합토론을 하는 자리다. 박현채 선생의 민족경제론에 담긴 '민족적 생활양식'이라는 개념을 깊이 생각해볼 필요가 있음을 느꼈다. 점심때는 풀무원에서 원고를 청탁하러 온 기자와 이야기를 나누었다. 내년에 여섯 차례에 걸쳐 쓸 '자연식과 건강' 칼럼 주제에 관한……

심포지엄이 끝나고 나서 근처 '남강'에 가서 소주와 맥주를 마시고 뒤풀이를 했는데, 과음을 해서 고생했다. 아침녘에는 심장

박동 이상으로 한참 고통스러웠는데 밤에는 대장에 냉기와 함께
꼬임이 일어나 또 고생했다. 겁먹지 않고 아픈 느낌을 계속해서
음미함으로써 고비를 넘겼다. 갑자기 왜 몸 상태에 이런 교란이
생기는지 모르겠다.

다시, 겨울 / 冬

1996년 12월

─12월─

12월 1일

　스웨덴 태생 잉마르 베리만의 영화 〈화니와 알렉산더〉를 보았다. 상영 시간이 세 시간 반이 넘는 영화다. 조그마한 도시에서 유복하게 살면서 대대로 연극을 사랑하는, 그리고 삶이란 어차피 연극이 아니겠느냐고 생각하는 가족의 아들로 태어난 알렉산더가 연극배우이자 극장장인 아버지가 죽고 난 뒤 마을 주교와 재혼하는 엄마를 따라 주교관에서 살면서 자유분방한, 그러면서 풍요로운, 그리고 여러 가지 삶에 활기를 주는 죄와 악덕이 적당히 용서 되는 가정에서 갑자기 청빈과 도덕과 진실만을 말할 것이 요구되는 주교관의 억압적 분위기에 짓눌리다 결국 다시 주교관에서 어머니와 함께 탈출하여 본래의 자기 집으로 되돌아오게 된다는, 겉으로 보면 대단히 단순한 줄거리를 가진 영화인데, 감독은 이 작품의 구석구석에 삶이란 무엇인가, 무엇을 해야 할까, 왜 세상을 하나의 탈만 쓰고 살아서는 안 되고 다양한 탈을 바꾸어 쓰며 살아야 할 필요가 있는가, 무엇이 왜 좋고 무엇이 왜 나쁜

가…… 이런 무수한 문제를 상징적으로 깔아놓아, 그 상징을 읽어내지 못하면 그냥 재미없고 눈요깃거리만 풍성한, 그리고 장면 전환이 너무 느려 지루한 영화로 비치기 쉽다. 주교로 대표되는 '남성성'과 할머니로 대표되는 '여성성'의 대비, 그리고 '나는 이 세상을 하나의 탈만 쓰고 살아왔는데 그것이 너무나 깊이 살에 박혀버려 벗고 싶어도 벗어버릴 수가 없다는 주교의 말이 가슴에 남았다.

다가올 위대한 '부드러움의 시대', 이성이 패배하고 감성이 승리하는 세계에 대한 전주곡을 예감하게 하는 영화였다.

12월 2일

아침에 보리에 들러 공익 간사들과 이춘환 군, 차 사장과 함께 보리출판사가 내년 1월 1일부터 공익 자금에 기대지 않고 어떻게 자체 수지균형을 맞추어가야 할지, 그동안 공익에서 보리에 무엇을 어떻게 얼마나 기여했는지, 보리 식구들에게 이야기해주어야 할 기본 가닥을 추렸다.

보리출판사는 현재 형성된 자산 '서점 미수금, 어음, 재고도서, 그리고 지형, 시디롬 타이틀, 보리 상표'를 최소가로 쳐서 공익에 대한 빚으로 보고 그 밖에 자료비, 시설비, 그동안 투자된 유무형의 온갖 재산 가치가 있는 것은 무료로 사용한다는 점을 확실히 했다. 그 대신 6억에 대해, 그리고 사무실 임대료에 대해 은행이자

보다 더 싼 이자를 1997년 1월부터 공익에 내놓기로 정했다.

점심을 먹고 불광동 도토리 사무실로 가서 용란이, 조원이와 함께 내년 그림책 개발 계획과 도토리에서 개발해야 할 책과 그 밖의 여러 세밀화를 이용한 작품에 대한 중장기 대책을 의논했다. 오후 5시가 넘어 도토리에서 내놓은 술과 안주로 한잔하고 있는데 뒤늦게 문경에서 윤봉선 군이 올라왔다.

잠깐 같이 술을 마시다 용란이와 문숙이와 베리만 영화 〈제7의 봉인〉을 보자고 약속했기 때문에 도중에 일어섰다.

〈제7의 봉인〉은 상징성으로 도배된 영화인 데다 자막도 영어로 되어 있고, 그나마 자막이 미처 읽기도 전에 사라지는 경우가 많아 한 번 보고 다 이해하기는 힘들었다. 죽음보다 죽음의 관념이 주는 두려움이 더 크고 죽음을 가슴으로 느끼는 일이 중요하다는 생각이 들었다. 영화를 보고 나서 문숙이, 용란이와 함께 맥주를 마시면서 영화 내용을 분석해나갔다. 재미있었다.

12월 3일

김영철 군이 새마을호 표를 끊어 와서(1만 4000원) 10시 5분 차를 타고 서울역에서 출발했는데 아침부터 이상하게 차 시간을 기다리게 되고, 또 차를 타려고 서 있는 곳이 잘못되고, 차가 늦어지고 하는 바람에 서울역에는 타는 시간 5분 전쯤에야 도착해서 가파른 계단을 뛰어오르고 뛰어내려야 했다. 나중에 알고 보니 영등포역에도 새마을호가 서는 걸 안 서는 줄 알고 서울역으로 가서 타려다 더 급박해져버렸다. 차를 놓치고 그런 사정을 알았으면 더 황당할 뻔했다. 김제에서 12시 54분에 내렸다. 점심을 군산집이라는 식당에서 3000원짜리 백반으로 때우고 집으로 오는 길에 경민이 집에 잠깐 들렀다. 재혁이와 경민이와 잠깐 재미있는 시간을 보냈다. 재혁이는 자동차 모형에 관심이 아주 많아 어른이 보는 자동차 잡지를 볼 정도였다.

집에 와서 이병창 선생이 팩스로 보낸 요청서에 따라 12월 20일부터 할 강의안을 작성하느라고 재실에는 늦게 올라갔다. 가보니 새 손님이 한 사람 와 있었다. 곰소에서 새우를 사 온 경민이 엄마와 함께 온 식구가 김장 준비에 매달렸다. 아랫집 할머니네에서 얻은 무와 우리가 억지로 억지로 모종을 해서 길러낸 무, 유군이 집에서 싣고 온 배추…… 이렇게 해서 올해 김장은 거의 모두 남의 덕으로 하게 되는 셈이다. 경민이 어머니가 곰소에서 따로 사 온 쭈꾸미 회와 데침을 안주로 소주를 마시다 막걸리를 마시면서 새 손님과 이야기를 나누었다. 야마기시공동체 연찬에 관한 흥미로운 이야기를 들었다. 말하자면 일본 선불교 전통에 바탕을 둔 자기각성이 연찬의 주요 목표로 여겨지는데, 일을 하지 않고 하루 종일 화두를 받아(이를테면 '왜 화가 나는가' 같은) 그 해답을 찾고 저마다 찾아낸 해답을 중심으로 이야기를 나누는 식이라 했다.

손님으로 온 윤 군은 서른한 살 총각인데 공동체에서 영성의 중요성에 주목할 필요가 있음을 이야기하고, 자기각성에서 출발할 때만 공동체의 기틀이 굳건해지지 않겠느냐고 했다. 그래서 내가 때로는 우주와 대자연이 사람 대신 명상을 해주는 때도 있고 밭에서 김을 매면서 곡식이나 풀에게 "너는 왜 화를 내지 않니?" 하고 물어보는 것이 방 안에 똬리 틀고 앉아 "왜 나는 화를 내는가?" 하고 자문하는 것보다 깨우침에 이르는 더 빠른 길인 경우도 있지 않느냐고 했다. 그리고 깨우침은 인간의 노력으로 얻기도 하지만 대부분 깨우치지 않으면 살 수 없게 만드는 자연과 사회의 변화에 따를 때 있다고 했다.

우리의 경우 일할 때 음담패설을 하며 웃고 지내는 것을 더 중요하게 여기지만, 필요하다면 가끔 영성이나 각성의 시간들을 갖기도 한다. 깨우침을 삶의 목표로 하는 순간 생활공동체의 자연스러운 모습은 사라질 가능성도 있다.

12월 4일

오전에 몸이 불편하다는 핑계(발등에 화농이 있고 그래서 전신에 열이 있는 것은 사실이지만 몸을 일으키지 못할 정도는 아니었다)로 내 방에서 움직이지 않았다. 이병창 선생에게 팩스를 보내고, 해리 팔머의 《뜻대로 살기》(김진탁 씨가 읽어보라고 준 것)를 읽었다.

점심을 먹으러 올라갈 때까지 비가 계속해서 줄기차게 내렸다. 경민 엄마가 김장을 돕고 있었다. 오후에는 온 식구가 달려

들어 김장에 매달렸다. 김희정 군은 배추 1000포기를 싣고 서울로 떠나는 최광석 군을 따라 서울에 갔다 오겠다고 해서 그러라고 했다.

점심을 먹고 잠깐 시간을 내서 유 군 결혼 비용으로 120만 원, 그리고 20만 원을 따로 쓰려고 농협 카드로 140만 원을 뽑았다. 내일 우리 도지 104만 원을 내야 하는데 통장이 사용 중지라고 되어 있고, 또 깜빡 잊어서 뽑지 못했다.

김치 담그는 일은 처음이다. 내가 없는 사이에 모두 다듬고 절이고 해서 속 넣을 것까지 마련해놓아 처음부터 보지 못한 것이 아쉽다. 대파, 쪽파, 청각, 마늘, 생강, 멸치액젓, 나박지, 채까지 온갖 것이 김치 속으로 들어간다. 내가 없는 사이에 콩 네 가마니를 삶아 메주 300개를 만들었는데, 한 가마니 더 삶아 메주를 만들겠다고 한다.

은경이한테서 전화가 와서 21일에 1박 2일로 영경이랑 그 밖에 YWCA 사람들 일고여덟 명이 방문하겠다고 해서 그러라고 했다. '진리와 겸손' 사람들이 14~15일에 방문한다는 것은 거절하기로 했다. 염정우 씨에게서 전화가 와서 미안하지만 그때 손님 맞을 겨를이 없을 것 같다고 했다.

12월 5일

아침에 백산고등학교에서 장낙현 선생이 9시 5분쯤 차를 가지고 데리러 왔다. 학교 행사가 있는데 두 시간쯤 학생들에게 이야기를 들려주라는 뜻에서다. 같이 백산고등학교에 갔다. 교장실에 갔더니 머리가 허연 노인 한 분이 계신다. 김제에 사시는 할아버지인데, 나를 만나러 오셨다고 한다. 나중에 들었더니 일제시대 때 독립운동을 하셨던 분으로 해방 후에는 좌익운동을 하시다가 1955년에 잡혀 옥살이를 하다가 1991년 36년 만에 출옥한 장기수 할아버지시라 한다(나중에야 그분이 허영철 선생님인 것을 알았다). 이사장님도 오셔서 반갑게 맞아주셨다.

학생들에게 무슨 이야기를 할까 생각하다가 어려서부터 살아온 이야기를 하는 게 좋겠다는 생각이 들어 허심탄회하게 살아온 이야기를 했다. 아버지가 열다섯 살 때 조랑말을 타고 장가가던 이야기부터 내가 대학 다닐 때까지 이야기를 했다. 한 시간쯤 걸려 이야기를 마치고 30분에 걸쳐 질문을 받는 형식으로 강연을 끝냈다.

장낙현 선생님, 역사 선생님 한 분, 이용범 선생님, 허영철 선생님, 그리고 이사장님, 이렇게 함께 점심을 먹고, 허 선생님이 전에 한번 변산에 와보셨다면서(한겨레신문사 부안지국 고영주 씨와 함께) 다시 들러보고 싶다고 하셔서 이용범 선생님 차를 타고 같이 왔다. 마침 식구들이 모과주와 칡술과 억새술을 마시고 있는 중이라길래 선생님들과 함께 술을 마셨다.

허 선생님이 옥살이를 하실 때 고혈압으로 전신마비가 된 정치범을 간호하던 일을 이야기하는데 너무나 감동스러워서 나도 몰래 눈물을 흘렸다. 억새술을 한 병 담아 허 선생님께 드리고, 우리 집에 내려와 효소물을 한 잔 대접하고 길을 떠나시도록 했다. 감옥에서 36년 동안 하루도 지루하지 않게 보냈노라고, 날마다 계획을 세워 공부를 하는데, 그 공부가 미진하여 밤에도 자리에 누워 공부를 하셨다고 했다. 수학과 물리학에 관심이 많아, 공식을 풀고 응용문제들을 풀려고 몰두하다 보면 밤에도 골똘히 연구를 하게 되고 문제가 풀리면 그렇게 기쁠 수가 없었다고 한다. 허 선생님 장인어른도 독립운동을 하셨던 분이라고…….

거창에 갔던 비야 엄마가 돌아와 저녁에는 재실에서 비야 엄마가 집 떠나 지낸 이야기를 들었다. 유 군은 결혼 문제로 점심 먹고 홍성으로 떠나고, 김희정 군은 대전에서부터 눈이 너무 많이 내려 청주에서 자고 오겠노라고 전화를 했다.

내가 백산고등학교에 가 있는 동안 한겨레신문사 부안지국 고영주 씨를 시켜 지하 형이 전화를 했다 한다.

점심때 재실 종친회 분들이 일곱 분 오셨는데, 경민 엄마가 준치와 병어를 사서 요리하여 대접을 잘해서 돌려보냈다고…….

12월 6일

아침에 일어나보니 눈이 많이 쌓였다. 눈발이 아직도 흩날린다. 중산리까지 걸어갔다. 경민이네 집에서 차 한잔하고 잠깐 이야기를 나누다가 형님 댁에 갔다. 벽지 바르는 것 빼고는 집은 거의 마무리된 듯하다. 안방, 마루방, 화장실까지 기초는 다 되어 있다. 수도는 아직 공사가 끝나지 않았다. 경민이 엄마가 지름박골에 같이 가보고 싶다 하기에 저수지 옆 솔숲길을 걸어 지름박골로 올라갔다. 소나무 잎과 가지에 눈이 꽃처럼 활짝 피어 있다.

지난 밤 소나무숲 무슨 바람 지나갔을까.

솔잎마다 눈부시게 피어난 하얀 꽃송이 송이송이……

당산나무에도 가지마다 눈이 얹혀 있고, 그 사이에서 이름 모를 산새 소리 들렸다.

팽나무 가지에 걸린 작은 산새 소리

여린 가지마다 스며들어 눈발 사이로 잦아들어

겨울눈 키워내는구나.

너럭바위까지 갔다. 물이 많이 불었다. 저수지 물도 얼마 안 있어 가득 찰 듯하다. 다시 내려오는 길에 불어난 물에 몸을 씻고 있는 징검돌을 건너 비닐하우스를 살펴보고 지난여름에 쓰다 둔 부탄가스통을 양동이에 담아 집으로 가져왔다. 올 때는 산 고개를 넘어왔다.

점심을 먹고 억새술과 막걸리를 마시다 집으로 돌아왔다. 전화기 코드를 빼놓고 이불을 깔고 오후 내내 쉬었다. 저녁에는 충북대학교 농과대학에서 할 강의 원고 '생명을 살리는 농업'을 구상하여 쓰기 시작했다.

세란 씨와 명순 씨와 소영 씨한테서 전화가 왔다. 세란 씨는 아침에 눈 때문에 길이 막힐까 봐 미리 가느라고 인사하지 못하고 갔다고 미안하다는 전화를 했고, 명순 씨는 금란 씨와 이야기하고 싶어서 전화한 것이다. 전순옥 선생한테서도 전화가 왔다.

12월 7일

눈이 무척 많이 내렸다. 비를 들고 재실까지 길을 내느라 한참 쓸고 나니 몸에서 땀이 부적 난다.

아침을 먹고 희정 군, 경임 씨, 나, 셋이 눈길을 내려가 동네 개울로 가서 어젯밤에 갈라놓은 파를 씻었다. 물이 많아서 발이 젖었다. 고무신을 신고 눈길을 걸어서 발가락이 시려웠는데 냇물에 발을 담그고 파를 씻는 동안 통증이 가셨다. 다 씻고, 발목까지 젖은 양말을 빨아 다시 신고, 밀차에 실은 파를 경임 씨에게 맡겨 재실에 먼저 올라가라 이르고, 집에 와서 어제 시작한 '생명을 살리는 농업' 강의 원고를 계속해서 써나갔다. 점심을 먹고 집에 돌아와 원고를 이어 쓰려는데 대구 아우구스띠노 선교회 수사로 있는 김정덕 씨가 방문했다. 원래 변산면 지서리 출신인데 천주교에 귀의한 사람으로 몇 번 편지를 했던 분이다. 오후에는 이분과 계속해서 이야기를 나누었다.

저녁식사 때는 경민이네 식구가 모두 와서 같이 저녁을 먹고 술도 함께 마시며 즐거운 한때를 보냈다. 나중에 최광석 군이 딸 문조를 집에 두고 다시 술을 마시러 와서 잠깐 같이 마시다가 10시쯤 되어 집으로 내려왔다.

《녹색평론》에 그동안 썼던 시 몇 편을 전송했더니 잘 보이지 않는다고 우편으로 보내달라는 연락이 와서 그러기로 했다. 시 비슷한 것을 발표를 위해 보내는 것은 처음인데, 글쎄 잘한 일인지 모르겠다.

12월 8일

경민이 엄마가 어제 쌀이 떨어졌다고 쌀자루를 들고 왔는데 그냥 돌려보낸 것이 마음에 걸려 오전에는 김희정 군과 벼를 풍구에 넣고 돌려 지푸라기를 날려 보내고 도정기에 넣어 현미쌀로 만들었다. 경민이네 줄 것 20킬로그램, 우리 먹을 것 24킬로그램 해서 모두 44킬로그램을 찧었다. 참으로 홍시감을 먹고, 김정덕 수사를 보내고, 우리 집으로 내려와 메주를 볏짚으로 묶었다. 매달아두려고 묶었는데 금란 씨가 앞집 할머니가 가르쳐주셨다며 매듭지어 묶는 방법을 가르쳐주는데 몇 번이나 가르쳐주어도 계속해서 틀리는 바람에 일이 더디어졌다. 1시 반쯤 점심을 먹고 다시 내려와 남은 메주 몇 덩이를 묶을 요량을 하고 있었는데 군에서 정홍규 씨와 상서면 재무계에 있으면서 발효식품에 관심이 많다는 박백룡이라는 사람이 찾아왔다. 임시 냉암소와 우리 집을 구경시켜주면서 발효식품과 술 담그는 방법에 대해 이야기를 나누었다.

항아리를 소독하면서 동시에 새는 곳을 확인하려면 항아리 안에 볏짚과 솔잎을 넣고 불을 붙이는 방법이 있다는 이야기를 귀담아들었다. 그리고 소주를 내릴 때 탄내가 나지 않으려면 뭉근한 불로 알코올을 증류시켜야 한다는 말과, 먼저 받은 소주는 두 컵 정도는 버리는 것이 좋다는 말을 들었다. 역시 도자기 소줏고리를 구하는 게 좋겠다는 생각을 다시 했다.

김희정 군과 격포에 가서 나무를 살펴보자고 했는데 비가 내려 취소하기로 했다. 손님들과 이야기를 나누는 동안 김 군이 종현이를 데리고 나무를 하러 갔다 오는데 장독대 있는 곳에 차바퀴가 묻히는 바람에 이장에게 연락해 이장 차로 겨우 꺼냈다.

12월 9일

'생명을 살리는 농업' 강의 원고가 급했지만 격포로 모두 나무를 실으러 가자는 데 빠질 수가 없었다. 은행이 이번 눈으로 말끔히 다 떨어졌다. 은행 줍는 일은 금란 씨에게 맡기고 김진탁, 김희정, 비야 엄마와 비야, 경임 씨, 종현이, 나, 이렇게는 트럭을 타고 격포로 갔다. 채석강 바로 위에 있는 조그마한 산의 나무들을 사이사이 베어내고 그 사이에 동백을 심는다는 계획으로 군에서 벌채한 나무를 실어가도 좋다는 승낙을 김희정 군이 받아 와서 같이 간 것이다. 오전에는 길옆으로 나무를 끌어내고, 한 차를 싣고 오는 것으로 일을 마쳤다.

점심을 먹고 잠깐 누웠다. 몸이 몹시 피곤하여 눕자마자 잠이 들었나 보다. 오후에 나무하러 가는데 선생님을 깨우라는 김희정 군의 말소리에 벌떡 일어났다. 1시 반쯤에 출발하여 다시 나무를 끌어냈다. 오전에 끌어내린 나무 한 차를 김희정 군이 종현이와 실어 나르는 동안 나머지 사람들(경임 씨, 금란 씨, 김진탁 군, 나)은 산 밑에 있는 나무를 길로 끌어 올리는 작업을 했다. 가지고 간 막걸리와 커피를 참으로 먹으면서 일을 했는데 잠깐 위쪽으로 가서 똥을 싸고 베어놓은 나무 양을 가늠하는 사이 모두 어디로 가고 없다. 혼자 다시 일을 하고 있는데 박경임 씨가 뒤늦게 왔다. 같이 채석강으로 내려갔다가 경임 씨만 살짝 올라왔다 한다. 어느 정도 나무가 길에 쌓였다는 생각이 들어 오늘은 이만하자 하고 있는데 그때 금란 씨와 진탁 군이 돌아왔다. 뒤미처 나무를 부려놓고 차가 다시 와서 그 차에 욕심껏 나무를 실었다. 싣는 도중 산꼭대기 커피집 주인인 듯한 사람이 지프차를 타고 가다가 멈추어 서더니 무어라고 한다. 건성으로 "네네" 대답하고 옆에 있던 종현이에게 무어라고 하더냐고 물었더니, 자기네들이 땔 나무니까 오늘만 실어가고 내일부터는 오지 말라고 했다 한다. 그럴 수도 있겠다 싶었는데 나중에 생각하니 무척 괘씸하다.

군청 산림과 사람은 나와서 많이 실어 가라고 격려를 하고 갔는데 국유지를 임대하여 산봉우리에 겉만 번드르르한 커피집(이 집이 참 고약하다. 산봉우리를 모두 차지하고 있을 뿐만 아니라 그 커피 집에 커피 마시러 들어가야만 바다가 보이도록 지어놓았다)을 지어놓 고 장사하는 주제에 100트럭분도 넘을 듯싶은 나무를 혼자 어쩌 겠다고 텃세를 하는지……. 내일 그 말 무시하고 다시 실으러 가 자고 의견을 모았다. 오는 길에 노루목에서 차가 멈추었다. 트럭 꼭대기에서 김진탁 군과 떨면서 달렸는데 차가 멎으니 살 것 같 았다. 박경임 씨가 바닷가에서 저녁놀을 보다 가자고 한 모양이 다. 경임 씨는 감성적으로 무척 예민한 구석이 있는 듯하다. 바닷 가를 구경하는 동안 나는 파도에 밀려온 플라스틱통 세 개, 그물 과 밧줄 토막, 그리고 댓가지 몇 개를 스티로폼통과 함께 주워 모 아 차에 싣고 왔다. 나무를 내리고 저녁을 먹은 뒤 내년 농사와 겨 울에 할 일들을 의논했다. 겨울에 할 일들로는 지름박골에 변소 짓는 일, 포크레인 작업을 할 필요가 있으면 돌을 치우고 흙을 더 쌓아놓는 일, 닭장과 돼지우리 짓는 일, 나무와 가랑잎 모으는 일, 서당 공부, 도자기 굽는 사람에게 효소·식초·술 담을 병 제작주 문 하는 일이 떠오르고, 또 솔잎과 겨울에 나는 풀들로 효소 담그 는 일도 떠오른다. 내년 농사 계획도 세워야겠다는 이야기를 했 다. 그리고 내년 여름에 열 계절학교 계획도……. 일주일씩 4회에 걸쳐 돈을 받고 열자는 뜻을 피력했다. 여유 있는 사람들에게는 돈을 더 받고 여유 없는 사람들에게는 그만큼 덜 받고 하는 방식 으로……. 그리고 우리 식구들이 번갈아가며 한나절이나 하루,

선생님 노릇을 하면 어떻겠느냐는 이야기도 했다. 반대하는 사람
은 없었다.

10시 가까이까지 이야기하다 다음에 또 이야기하기로 하고
헤어졌다.

12월 10일

오전에 다시 격포로 가서 나무를 싣고 왔다. 커피집 주인이 시
비를 걸러 나타나지 않아 다행이었다. 시비를 걸면 한판 단단히
붙으려고 벼르고 갔는데⋯⋯. 김희정 군이 거창의 비야 엄마 친정
에서 부안으로 보낸 사과를 천일화물에서 찾고, 닭장 철망 사고,
TV 고치고⋯⋯ 하는 일로 격포에 우리를 내려놓고 가더니 12시
20분이 넘어서야 다시 왔다. 그래서 나무를 다 싣고 집에 왔을 때
는 벌써 오후 1시가 되었다. 점심을 먹고 나는 원고를 쓴다고 집
에 남고, 비야 엄마와 경임 씨는 경민이네 김장을 도우러 가고 남
자 식구들은 오전에 이어 나무를 하러 격포에 갔다. '생명을 살
리는 농업' 원고를 '생명을 죽일 수밖에 없는 농촌 현실' 부분까
지 마무리 지었다. 원고지 50매 분량이다.

저녁을 먹으러 재실에 올라갔더니 경민이 어머니가 쭈꾸미와
다른 생선(이름을 가르쳐주었는데 잊었다)으로 회를 하고 고등어를
졸여놓고 기다리고 있었다. 저녁과 막걸리 그리고 억새술을 곁들
여 먹다 보니 자연스럽게 술판으로 바뀌어 노래 부르고 농담을

주고받으면서 즐거운 한때를 보냈다.

12월 11일

오전에 한 차례, 오후에 한 차례 채석강에 가서 나무를 실어 왔다. 오전에 차에 나무를 실어놓고 바닷가에 나가 막걸리를 마시면서 밀려오는 바닷물을 보는 기분이 썩 좋았다. 점심은 온 식구가 다 경민이네 집에 가서 먹었다. 비야 엄마와 경임 씨가 경민이네 김장을 도우려고 오전에 경민이네 집에 머물렀고, 금란 씨는 가마솥에 소금을 구웠다. 돼지고기와 절인 배추와 배춧속으로 보쌈을 해서 점심을 먹었다. 자동차 뒷바퀴 하나가 바람이 빠져 유군이 정비소에 갔다 왔는데 타이어에 펑크는 나지 않았다 한다. 경민이네 집에서 20분쯤 눈을 붙였다. 오후 2시에 다시 트럭을 타고 나무를 실었다. 벌목장에서 오래 일하던 북한 동포 가운데서 탈출을 기도하는 사람이 나온다는 말이 이해가 갈 만큼 고된 일이다. 한 시간만 일하면 겨울인데도 땀이 비 오듯 한다. 차에 나무를 다 실어놓고, 오전에 술도가에서 받아 온 막걸리를 다시 들고 바닷가에 갔다. 오후에는 참을 챙기지 않았기 때문에 격포 길거리에 배꼽을 썰어놓고 파는 아주머니에게서 5000원을 주고 배꼽 한 접시를 사서 그것을 안주 삼아 바닷가에 앉아 술을 마셨다. 오후 4시쯤인데 물이 격포 해수욕장 횟집 담벽까지 들이치도록 만조때였다. 건너편으로 어떤 아저씨가 물에 밀려온 굵은 통

882

나무를 밧줄로 묶어 고정시키려 애쓰고 있었다. 가서 보니 반듯하고 굵은 통나무여서 욕심이 났다. 돌아오는 길에 교통경찰에게 걸려(나무 위에 앉아 있었다는 죄) 2만 원짜리 딱지를 뗐다. 서울 넘버를 붙인 값을 톡톡히 하는구나 싶었다.

나는 집에 와서 원고를 쓰고 있는데, 김희정 군은 곰소에서 온 최광석 군과 그 친구(만영 군)와 함께 복실이를 잡았다 한다. 저녁도 경민이 집에서 먹었는데 김진탁 군과 개 잡는 데 정신이 팔린 김희정 군과 곰소 청년 둘은 재실에 머물렀다. 저녁을 먹고 나서 식구들을 먼저 돌려보내고 경민 엄마한테서, 박문기 씨가 쓴《본주本主》를 화제로 삼아 사람들 병을 낫는 신통력을 지닌 박문기 씨 어머니가 본주 밑에 있었던 적이 있다는 이야기와 정읍 입암산에 박문기 씨 일가가 본주를 모시는 집을 아주 크게 잘 지어놓았다는 이야기를 들었다. 본주는 여자였는데 증산교에서 갈라져 나온 차천자교車天子敎와도 연관이 있는 것 같다 한다. 그리고 본주는 자기가 죽더라도 종교는 만들지 말라고 했다고 한다. 11시쯤 집에 돌아왔다.

12월 12일

조원이와 용란이가 오는 날이다. 8시 20분 차를 탔다 한다. 집에까지 오려면 1시쯤 되어야 할 것 같다. 아침 7시 반쯤 자리에서 일어나 어젯밤 꿈을 생각했다. 리영희 선생과 백낙청 선생을 꿈에서 보았는데, 백 선생이 내가 자기에게 비판을 했다며 항의하는 꿈이었다. 꿈에서 아무래도 리영희 선생이 백 선생보다 더 당당한 구석이 있다고 여겼는데, 이상한 꿈이다. 어젯밤 술을 마시고 무슨 이야기 끝에 경민이 엄마한테 "지렁이 한 마리가 꿈틀거려도 우주의 별자리가 바뀐다"라고 이야기했던 기억이 난다. 그리고 은하수는 한 줄기가 아니라 여러 줄기이고 지금도 길을 바꾸어 흐르는 중이라고 말한 것도…….

솔밭으로 가서 밭 상태를 살펴보았다. 우리 집 뒷밭도 보았다. 역시 보리나 밀 씨앗은 일찍 뿌리는 게 좋겠다는 판단이 섰다. 11월 중순에 뿌리고 흙을 덮어주지 않은 보리는 아직도 움이 돋을 생각을 않고 통보리로 남아 있는 것이 많다. 내년에는 보리, 밀, 호밀 같은 주곡으로 풀을 잡을 길이 열릴 듯하다.

아침을 먹고 격포로 가서 나무를 싣고 왔다. 이번에는 김희정 군, 나, 유광식 군, 김진탁 군만 갔다. 차곡차곡 실어 무척 많은 나무를 싣고, 참을 가져가지 않아서 격포 슈퍼에서 빵 2600원어치와 맥주 두 병(3000원) 그리고 우유 한 팩(800원)을 사서 먹고 돌아왔다. 돌아오는 길에 손종만 어른 댁에 들르려고 했더니 부인네들이 많이 모인 모양이 김장을 담그고 있는 것 같았다. 경민이 집에 가서 점심과 차를 얻어먹고 있는데 나래 엄마한테서 전화가 왔다. 선물을 보냈는데 남자와 여자를 착각해서 남자 선물은 세 개, 여자 선물은 네 개를 보냈으니, 여자 선물(기초화장품) 가운데 하나는 어디 줄 데 있으면 주고 남자들 가운데 유 군 선물은 나중에 사줄 테니 우선 짐진탁 군을 주라는 이야기였다(아침에 농협에서 90만 원을 찾아 유 군에게 재실 도지 91만 원 대신 치른 걸 메꾸는 것이라고 하며 내 지갑에서 만 원을 꺼내 보태서 주었다).

조원이 일행이 오지 않은 것 같아 집에 와서 누웠다가 재실에 전화해보니 12시 조금 넘어서 왔다고 한다. 내려오라고 해서 기획회의를 하려는데 재실에서 막걸리 마신 것 때문에 많이 졸리나 보다. 자라고 하고 나도 자리에 누웠다가 3시 반쯤 일어났다.

먼저 일어난 조원이와 도토리에서 하고자 하는 일을 의논하고, 뒤늦게 일어난 용란이와도 보리에서 하고 싶어하는 1~2세용, 3~4세용, 5~6세용 그림책에 대해 의논했다. 모든 그림책을 될 수 있으면 우리가 지닌 세밀화 자산을 최대로 이용하는 쪽으로 만들자고 했다. 펼친그림과 붙이기(스티커), 짜 맞추기(퍼즐)는 개발하자는 이야기를 나누었다. 오랜만에 《올챙이 그림책》과 《달팽이 과학동화》를 함께 만들었던 짝꿍들이 만나 이야기를 나누니 여러 좋은 생각이 한데 어우러져 그럴듯한 기획안이 만들어졌다.

12월 13일

어제에 이어 오전에 다시 기획회의를 했다. 용란이는 세밀화뿐만 아니라 다른 방식으로도 그림만으로 이루어진 이야기 그림책을 만들고 싶은 모양이다. 구체안을 마련해보라고 했다. 12시쯤 회의를 마치고 중산리에 내려가 안용무 씨 차를 얻어 타고 모항으로 갔다. 박배진 씨 집에 들러 박배진 씨 부인에게 인사하고 닭 한 마리를 잡아달라고 해서 점심을 먹었다. 토종닭도 닭죽도 맛이 있었다. 닭을 묶는 칡넝쿨과 닭죽에 들어 있는 대추와 약초들도 흥미로웠다. 박배진 씨 집 닭들을 잡아 가다 잡힌 수리부엉이 한 쌍도 보았다. 박배진 씨 부인이 선물로 준다고 토속주 한 병을 상에 내놓고 또 한 병은 조원이에게 주었다.

부안 가는 길에 개암사에 잠깐 들렀다. 돌담이 인상적이고 대웅전 안이 옛 상태로 잘 보존되어 있었으나 석등이나 요즈음 손댄 곳은 조악했다. 부안에서 조원이와 딸 다솔이를 배웅하고 청호 저수지를 한 바퀴 빙 돌고, 내변산 댐 막아놓은 곳을 들러 노루목에서 지는 해를 보려고 했는데 산둥성이에 가려 볼 수가 없었다. 고사포 해수욕장에 가서 해 떨어지는 모습을 보았는데 먼 하늘에 구름이 끼어 있어 물속으로 빠지는 모습은 보지 못했다.

집에 돌아와 재실에 모여 밤 10시 가까이까지 곶감을 손질해 초배지에 열 개씩 싸서 다시 신문지에 싸 상자에 넣었다. 일을 마치고 최광석 군, 김희정 군, 유광식 군, 용란이, 나, 이렇게 다섯이서 소주를 마셨다. 감기 기운을 다스린다고 고춧가루와 식초와 생강을 푼 소주를 거푸 다섯 잔쯤 마시고 나니 많이 취했다.

12월 14일

아침에 일어났는데 감기 기운이 떨어지지 않았다. 오늘 하루는 방 안에 누워 몸조리를 해야겠다는 생각으로 이불도 개놓지 않고 재실로 올라갔다. 올라가는 길에 당근을 열댓 개 뽑아 씻어서 용란이에게 주었다. 아침에 서울 가는 유광식 군과 함께 청주로 가겠다고 해서, 안용무 씨가 마침 부안에 장 보러 갈 일이 있다고 연락을 했기에 그 차로 가라고 했다. 김희정 군은 동창생 서영우 군이 안양에서 결혼을 한다고 하여 미리 떠났다. 아침식사를 마치고 솔잎차를 마시고 있는데 안용무 씨가 차를 가지고 와서 그 차로 유 군과 용란이가 떠났다.

집에 내려와 사보 원고 두 편을 썼다. 오후에도 그 작업을 계속하려는데 문밖에서 인기척이 난다. 오랜만에 김철한 기자가 왔다. 같이 재실에 올라가 점심을 먹이고, 냉암소로 가려는데 경임 씨가 제분기가 헛돈다며 고쳐달라고 한다. 한 번도 고쳐본 적이 없었지만 유 군도 없고 해서 헛도는 바퀴를 뜯어보기로 했다. 헛도는 이유를 발견하기는 했지만 나사를 풀고 조이는 과정에서 피댓줄이 걸리는 바퀴의 나사 홈이 망가졌다. 나사를 자세히 살펴보니 휘었다.

지서리에 나가 여기저기 철물점에도 가보고 오토바이 상회에도 들렀는데 나사는 취급하지 않는다 한다. 카센터에 가서 헌 나사 모아놓은 통을 뒤져 비슷한 모양의 나사를 몇 개 골랐다. 돈을 치르려 하니 그냥 가져가라 한다. 술도가에 들러 막걸리 한 말 사가지고 가자고 하다 오랜만에 최 선생에게 붙들렸다. 꼬막과 감자채를 내와 술을 마시고 가라 하더니, 마침 맛(가리맛조개)이 한

줌 있는데 그걸 매운탕으로 끓여 먹으면 맛이 기가 막히다고 더 붙드는 바람에 큰 바가지로 막걸리를 두 바가지나 마시고 어둑어둑한 무렵에야 술도가를 나섰다.

제분기 고치는 일은 내일로 미루자 하고 저녁을 먹었다. 윤종진 선생이 전교조 활동을 하는 선생님들 가족과 함께 임해수련원에 와 있다고 연락이 왔다. 깜박 잊고 막걸리를 가져가지 못해서 서해슈퍼에서 네 병을 사가지고 갔다. 막걸리 네 병을 다 마시고 자리에서 일어났다. 윤 선생과 다른 선생 한 분이 재실까지 차를 태워주어 그 차로 막걸리 한 통을 보내고 자지 않고 기다리고 있는 경임 씨와 비야 엄마와 억새주를 마시면서 남성과 여성의 '성 문제'를 토론 주제로 삼아 이야기를 나누었다. 금란 씨와 진탁 군 이야기가 나왔다. 진탁 군이 산국 말린 것을 감물 들인 천에 곱게 싸서 베개를 만들어 선물한 것부터 치면 목각 선물 두 개, 또 이번에 뜨개질한 목도리 한 개까지 금란 씨에게 모두 네 번을 선물한 셈인데, 그것을 받고도 금란 씨의 마음이 움직이지 않는 것 같아 뜻밖인 듯했다.

술이 많이 취해 내려오다 쌓아놓은 나뭇등걸에 걸려 넘어지면서 신발 두 짝이 다 벗어졌는데 어둠 속에서 하나는 찾을 수 있었지만 하나는 아무리 찾아도 없다. 결국 재실로 다시 가서 고무신을 신고 내려왔다.

12월 15일

아침에 김밥을 싸서 식구들 모두 지름박골로 해서 신선대로 간다고 나섰다. 김철한 기자도 따라나섰다. 집에 혼자 남아 윤종진 선생 일행이 승용차 네 대를 타고 왔길래 안내를 하고 아이들에게 곶감을 주었는데 질색을 하고 입에 대려고도 않는다. 큰일이다 싶었다. 따로 대접할 것이 없어 밭에서 당근을 뽑아 씻어서 하나씩 권했다. 전주에서 낯선 손님 일행이 네 명 찾아왔길래 재실이나 구경하다 가라고 했다.

경민이 아버지 어머니가 경민이와 재혁이를 데리고 와서 자꾸 외식을 하자고 권하는 바람에 선운사 근처에 가서 풍천장어와 복분자술을 마셨다. 다시는 외식을 하지 않겠다고 지난번에 경민이 어머니에게 말했는데 어긴 셈이어서 다시 말했다. 오는 길에 반계 유형원 선생의 유적지에 들렀다. 집은 잘 지어놓았는데 관리가 제대로 되고 있지 않아 흉가같이 보였다. 반계 선생이 왜 그곳을 거소로 정했는지 잘 이해되지 않았다.

집으로 오는 길에 중산리 근처에서 산에서 미리 내려와 집으로 돌아가는 김철한 기자를 만났다. 배웅을 하고 집에 돌아와 조금 있으니 식구들이 산행에서 돌아왔다. 운호리까지 가지 않고 신선봉 중턱에서 놀고 왔다 한다.

저녁을 먹고 원고를 마무리해야겠기에 일찍 집으로 내려왔다. 어제오늘 사이에 사보 원고 두 개, 글쓰기회 원고 하나, 《이웃과

889

생명》 칼럼 하나를 쓰고 '생명을 살리는 농업' 결론 부분을 써 내려가다 자리에 누웠다.

12월 16일

오전에 쓴 원고들을 전송하고 지서리에 유 군과 함께 가서 유 군은 방앗간에 콩 불린 것과 묵은 현미쌀 불린 것을 방앗간에 맡기고 나는 면사무소에 들러 인감증명을 떼러 민원실에 들렀다가 마침 면장이 보고 자꾸 자기 방에 올라가 차를 한잔하자는 바람에 꽤 오래 앉아 이런저런 이야기를 나누었다. 나이가 젊은 사람인데 사리가 밝고 확인 행정을 하는 사람이라는 느낌을 받았다. 나와보니 유 군이 이미 콩 간 것을 가지고 집에 갔다. 가래떡 뽑아놓은 것 가지러 오기를 기다렸다 같이 집으로 왔다.

우리 집 담벽에 관유 군이 걸어놓았던 가마솥에 앞집 할머니와 경민이 엄마, 경임 씨, 금란 씨, 비야 엄마 모두 붙어 앉아 두부 만드는 일에 매달렸다. 콩물이 끓어오르면 쌀겨를 뿌려 삭히는데 체의 구멍이 너무 넓어 왕겨까지 섞여 있다. 경임 씨는 비지를 못 먹게 되었다고 아쉬워했다.

내가 점심에 두부를 먹고 출발하겠다고 해서 아침부터 두부 만들기를 서두른 것이다. 미안한 생각이 들면서도 흐뭇했다.

점심을 먹고 2시쯤 집을 나섰다. 내일 청주로 가려면 차편이 불편해서 오늘 출발하기로 했는데, 너무 늦어지면 안 될 듯싶었다.

890

12월 17일

충대 농업경영학과에서 개최한 농업경영자 과정에서 '생명을 살리는 농업'이라는 제목으로 강연을 했다. 강연 원고 90매를 80분이라는 시간 동안 응축해서 전달하다 보니 나중에는 정작 하고 싶은 말은 생략해서 할 수밖에 없었다. 반응이 별로 크지 않다. 참석한 사람들이 거의 대부분 '생명을 죽이는 농업'으로 돈을 버는 사람들이라는 인상을 받았다. 나중에 들으니 연수입 4000만 원 이상인 사람들이 많이 참석했다 한다. 농사와 축산을 주로 하는 사람들이 청강생이었던 셈이다. 수강생이 '최고경영자 과정생' 70명, '창업경영자 과정생' 30명, 기타 관심 있는 교직원과 학생으로 이루어져 있었다. 강연료로 25만 원 가까이 받았지만 사실 원고료에도 훨씬 못 미치는 돈이다. 아무튼 원고료나 강연료는 그렇다 치더라도(원고는 나중에 책으로 출판해서 팔 예정이라 들었다), 내가 하는 이야기가 현실에서 내 삶과 농사를 기초로 해서 한 것인데도 이상주의자의 꿈같은 이야기로 받아들여지는 것 같아 씁쓸했다. 차병진 선생이 유기농에 관심이 있어 내 강의를 끼워 넣은 것 같은데 어쩐지 다른 강의들과 이가 맞지 않는 듯하다.

강의를 마치고 차 선생과 점심을 먹고 서울에 왔다. 도토리에 들르니 사람들이 많이 와 있다. 보리, 디딤돌, 재미마루, 우리교육 식구들이 오고, KBBY 신경숙 씨, 박재동 화백, 박혜준, 오성

윤, 이원우, 김환영도 왔다. 새벽 1시 반에 나래 엄마와 함께 집에
돌아왔다. 김성민 군과 유진희 씨가 전래동화를 그리는 데 어려
움을 겪고 있다고 해서 풀어나갈 길을 잠깐 함께 모색했다. 오관
기 씨가 나중에 나갈 때 나를 보자더니 한창기 사장이 간암으로
입원 중인데 위독하다고 귀띔을 한다. 몹시 걱정이 되어 나래 엄
마에게만 그 사실을 알리고 내일이라도 문병을 가겠다고 했다.
그 양반 아직 돌아가시면 안 되는데…….

12월 18일

도토리에 가서 그동안 그려놓은 세밀화 그림들을 보았다. 저
마다 정성 들여 그린 흔적이 보여서 좋았다. 윤봉선이 그림도 아
직 미숙한 데는 있지만 발전 가능성이 보여 안심이 되었다.

오후 4시 30분에 시작되는 〈마이크로 코스모스〉를 도토리 식
구들, 그리고 뒤늦게 허리우드극장으로 온 김용란이랑 함께 보았
다. 곤충들과 꽃의 세계, 그리고 대자연의 세계를 곤충들이나 그
밖의 더 작은 생명체의 눈으로, 시간을 인간의 생체리듬에 맞추
지 않고 볼 때 어떤 모습이 보이는지 아주 정교한 카메라 작업과
꼼꼼한 관찰력으로 잘 형상화해냈다.

영화를 보고 같이 허리우드극장 옆 허름한 밥집에서 한 그릇
에 1500원 하는 해장국을 먹었다. 소주도 곁들여 여섯 식구가 먹
었는데 모두 1만 500원이 들었다.

12월 19일

오전에 명문당에 들러 서당을 열 때 아이들과 또 어른들과 어떤 책을 중심으로 할지 살펴보려고 안국동에 있는 출판사로 직접 찾아갔다. 명심보감, 계몽편, 대학, 중용, 소학, 맹자, 논어, 주역을 두루 살펴보고, 그 가운데 두 권 산 것도 있고 한 권만 산 것도 있다. 일부러 변산에서 이 책들을 사려고 출판사까지 왔으니 싸게 달라고 했더니 30퍼센트씩 할인해주었다. 보리에 들러 계몽편을 20부씩 복사해달라고 했다. 그리고 대학과 중용을 열 권 더 사놓으라고 나래 엄마에게 부탁했다.

작은책 식구들과 같이 점심을 먹고 정낙묵 군 부인이 차렸다는 조그마한 화실에 갔다. 공간이 비좁고 초라하지만 그래도 정 군의 부인이 서늘한 구석이 있어서 화실은 앞으로 괜찮을 것 같다는 예감이 들었다.

오후에 황학동에 가서 소주 내리는 고리를 보았는데 새로 만든 것도 30만 원을 부른다. 한 곳에 갔더니 23만 원을 불러서 그 집 명함을 받아놓고, 다듬이 방망이 한 쌍을 만 원 주고 샀다. 그리고 불은 콩을 빻고 고추와 생강 들을 빻는 기계를 샀는데, 콩기계는 10만 원짜리 중고로 양념 빻는 기계는 5만 원짜리 새것으로 모두 15만 원을 주고 사서 부안으로 부쳐달라고 했다.

보리로 되돌아와 5시에 나래 엄마와 압구정동에 가려고 길을 나섰다. 란 스튜디오라는 곳에서 커다란 가족사진을 찍기로 해서

다. 장모님과 장인어른 70세 때인 칠순에 가족사진을 못 찍었는데 마침 상한이도 방학이 되어 올라왔고 인도네시아에 나가 있던 처남도 휴가를 받아서 온 김에 가족들이 모여 찍자고 의논이 된 모양이다. 한 장 찍는데 35만 원이나 드는데 마침 정은이가 촬영권을 하나 어디서 구한 모양이었다.

장모님, 종영이, 종영이 처, 나래, 정은이, 상한이 그리고 우리 부부가 함께 찍었다. 누리는 망년회 사회를 보아야 한다고 해서 빠졌다.

찍고 나서 근처 경복궁이라는 뷔페식당에서 저녁을 먹었다. 한 사람당 1만 8000원인가 한다는데, 식당에 들어갈 때 몸에 오는 기운이 썩 달갑지 않다. 채소와 생선 종류로만 먹었는데, 그래도 과식을 했다.

집에 돌아와 나래 엄마와 보리 일을 두고 꽤 오랫동안 이야기했다. 나중에 또 서로 말이 안 통하여 '꽉 막힌 사람'이라는 비난을 듣는 것으로 이야기가 끝났다.

12월 20일

새벽에 엊저녁 나래 엄마와 나눈 대화를 되새겼다. 나래 엄마는 잘했다고 해주어도 그런 칭찬을 끊임없이 들음으로써 자기가 하는 일의 가치를 느끼려 하는 반면에 비판은 거의 생리적으로 못 받아들이는 측면이 있는데, 가만히 생각해보니 이것이 바로

20년 가까이 길들어온 제도교육 탓이로구나 싶었다. 그 제도교육 기관 속에서 끊임없이 우등생으로서 칭찬받고 또 칭찬받기 위해 공부를 열심히 하고…… 이런 버릇이 습관으로 깊이 자리 잡았구나, 그리고 그동안 제대로 한 번도 따끔한 비판을 받아본 적이 없어서 비판에 관한 한 면역이 전혀 형성되어 있지 않구나 하는 생각이 들었다. 그런 사람을 칭찬에는 인색하고 비판은 엄격히 하며 대해왔으니 남편에 대한 원망을 키울 수밖에 없었겠구나 하는 생각도 들었다.

며칠에 걸쳐서 박문기가 쓴 《본주》라는 책 1, 2권을 다 읽었다. 박문기 씨 어머니 최영단이라는 분에게 관심이 있었고 또 정읍에서 유기농으로 농사를 짓는데 옛 우리 토종 볍씨 다마금多摩錦을 찾아내 농사를 백 마지기 정도 혼자 짓는다고 해서 언젠가 한번 만나볼 마음도 있어서 겸사겸사 읽었는데, 읽고 느낀 점이 참 많았다.

부처나 예수를 객귀客鬼로 표현하고 서구인을 개로 보는 관점이 강한 민족의식과 결합하여, 사태를 판단하는 큰 줄거리에선 그릇됨이 없으나 자칫 읽는 사람이 이런저런 군더더기를 자기 나름으로 쳐내는 비판의식 없이 그대로 받아들이면 해독도 있겠구나 하는 느낌을 받았다. 오후에 보리에 들렀다. 신옥희 씨가 《휠체어를 탄 아이》 서문을 써달라고 한다. 차 사장이 썼는데 마음에 안 차는 구석이 있다고……. 그리고 조직판매를 이용해서 팔아야 하는데 내 이름이 더 나을 것 같다고……. 생각해보기로 했다.

서정오 선생의 여섯 번째 옛이야기 책 《박박 바가지》의 그림을 강우근 씨가 그렸다는데 참 좋다. 나중에 만화를 그려도 되겠고, 연출력이 좋아서 그림책도 잘 만들 수 있을 것 같다. 시간 있으면 길게 이야기해볼 욕심이 생긴다.

저녁 7시부터 한철연 사무실에서 '기르는 문화와 만드는 문화' 첫 강의를 했다. 수강 신청생은 열여섯 명. 교사들이 많다. 참과 거짓, 좋음과 나쁨, 자연과 삶의 조건에 따르는 생활양식 차이와 그에 따른 가치관 변화를 두 시간에 걸쳐 이야기했다. 반응은 괜찮은 듯했다.

12월 21일

새벽에 길을 떠나 11시 조금 넘어 변산에 왔다. 어제저녁에 쑤었다는 팥죽을 먹었는데 맛이 좋았다.

점심을 먹고 집에 있으려니 경민이 아버지가 찾아왔다. 지름박골에서 일한다고 해서 가보니 없어서 찾아왔다 한다. 경민이 집에 가서 이런저런 이야기를 나누며 술을 마시다 보니 하루가 다 갔다. 김희정 군과 박경임 씨가 옛날 유광식 군이 살던 집으로 이사를 했다기에 궁금해서 들렀더니, 굴뚝에서 연기는 나는데 사람은 없다(경임 씨 부엌에는 새로 솥을 걸었다). 아마 재실로 올라간 지 얼마 안 되는 모양이다. 경민이 어머니 아버지와 함께 재실에 올라와 팥죽으로 저녁을 때웠다.

열아홉 살 때부터 서울에 올라가 사진관 일만 했다는 전북 순창 분이 귀농을 결심하고 며칠 동안 와 있겠다고 연락이 왔다더니, 집에 와보니, 와 있었다. 말은 좀 많지만 순박한 사람이다. 잠깐 이야기를 나누다가 낮부터 마신 술에 여독까지 겹쳐 오래 자리를 지키기 힘들었다. 일찍 내려와 자리를 펴고 누웠다.

12월 22일

오전에는 그동안 밀린 우편물을 보고, 서울에서 사 온 가구 만들기 책을 보고 또 박형진 씨의 고향 이야기 《호박국에 밥 말아 먹고 바다에 나가 별을 세던》을 들춰보느라 집에 있었다. 뒤늦게 11시쯤 지름박골로 가려고 일어섰더니 금란 씨가 점심시간 가까우니 점심이나 먹고 가라고 한다.

오후에 지름박골로 갔다. 바람이 몹시 불고 비와 눈이 가끔 뿌리는 날씨다. 나무를 쌓아놓고 비닐로 덮어놓은 것 그리고 부직포 덮어놓은 것이 비닐이 다 바스라져 눈비에 무방비 상태로 방치되어 있다. 밀차도 녹이 슬고 있고……. 지름박골의 밭 전체를 살피고 나서 각목과 통나무를 날라 아래채 하우스에 저장했다. 그리고 잠깐 위채 하우스에 앉아 박형진 씨의 책을 읽다가 오한이 들어서 내려왔다.

대나무집에 들렀더니 김희정 군과 경임 씨가 부엌 아궁이에 불을 넣고 있었다. 곁불을 쪼이다 손종만 어른 댁에 잠깐 들러 이제 공사가 다 마무리된 집 안을 둘러보고, 잠깐 머물렀다. 저녁 먹고 가라는 형수님의 말을 뿌리치고 경민이네 집에 갔더니 막걸리를 내놓는데 몇 잔 마시다 김희정 군이 데리러 와서 같이 재실로 올라가 밥을 먹었다. 취기도 오르고 몸도 좋지 않고 해서 일찍 내려왔다.

12월 23일

어젯밤 자리에 누운 뒤로 내내 내의와 요와 이불이 몇 번씩 젖도록 식은땀을 흘리며 끙끙 앓았다. 어제 찬바람 속에서 일한 것이 서울에서 안고 온 여독과 함께 상승작용을 한 모양이다. 아침을 거르고 누워 있다가 몸 상태가 웬만해져서 농협에서 오전에 140만 원을 찾아 금란 씨에게 주었다. 점심때 무안에서 송순섭 군이 전화를 했다. 60만 원만 온라인으로 넣어달라는 부탁이었다. 그러마 하고 부안에 화물 찾으러 가는 김 군에게 금란 씨에게서 60만 원을 받아서 우체국에 가 송 군에게 부치라고 했다.

오후에는 줄곧 갈퀴로 솔잎 긁는 일을 했다. 낮으로 잡목을 군데군데 베어내 갈퀴 들어갈 자리를 만들고, 위에 쌓여 아직 썩지 않은 솔잎을 갈퀴로 살살 긁어 커다란 포대에 담아 밑에 있는 오솔길가에 세웠는데 5시 가까이 긁었더니 큰 포대 일곱 개를 만들 수 있었다. 쉬는 짬에 한 30분 동안 저수지가 바위에 앉아 박형진 씨 책을 읽었다. 일하고 땀을 들이면서 책을 읽을 수 있고 아름다운 경치에 둘러싸여 맑은 공기를 호흡할 수 있다는 게 큰 행복감을 안겨주었다.

갈퀴와 남은 포대와 낫을 대나무집에 내려놓고 지게를 지고 올라가 우선 두 포대를 져 날랐다. 하나는 김희정 군 부엌에 놓고 또 하나는 박경임 씨 부엌에 놓았다. 어두워지는 산그늘 따라, 또 그에 따라 차츰 또렷해지는 열사흘 달빛에 젖으며 집으로 돌아왔다.

금란 씨 조카(중학교 1학년 사내아이다)를 데리러 면 소재지에 나갔던 김희정 군이 막걸리 한 통과 최 선생이 육회 해 먹으라고 주었다는 쇠고기 한 뭉치를 들고 와서 육회를 김진탁 군과 경임 씨가 만들고, 나는 땅콩을 볶고…… 하여 술판이 벌어졌다.

내 평생에 요즈음처럼 잘 먹고 잘 살 때가 없다는 이야기를 하고 웃었다. 오늘 만든 고구마 조청은 성공이었다. 금란 씨가 할머니 말씀을 듣고 그대로 만든 모양인데 달고 맛있었다.

나 자네 안으니 참 좋네
자네도 나 안으니 좋은가

자네 고운 숨결 머지않아
봄바람으로 자랄 걸세
내 따뜻한 체온 땅속에 스며
겨울보리 키우는 모습 보이나

살과 살이 만나도 기운 흩어지면
온 세상 함께 허물어지고

이렇게 꼭 보듬어 눈빛
서늘해지면
가장 멀리 떨어진 별들도
서로 얼싸안는다네

12월 24일

가래떡과 조청을 참 겸 점심으로 삼아 저수지 옆 솔밭에 갈퀴
나무를 하러 갔다. 오전과 오후 3시 무렵까지 내처 솔잎을 갈퀴
로 긁어 꾹꾹 눌러서 큰 포대자루로 열 포대를 만들었다. 모두 저
수지 아래쪽으로 날랐다. 어제 것까지 열세 포대가 쌓였다.

일하다 배고프면 저수지가 바위에 앉아 바람에 잘게 부서지는
저수지 물을 보면서, 또 산 너머로 떠가는 토끼꼬리 같은 구름을
쳐다보면서 조청에 가래떡 찍어 먹고, 일하다 피곤하면 바위가
바람을 가려주는 솔숲 양지켠에 누워 겨울햇살이 감은 눈두덩 위
로 발갛게 흘러드는 것을 보았다. 아직은 혼자 있는 게 그저 편할
뿐이지만 익숙해지면 깊은 생각에 잠길 기회가 많을 것 같다.

3시쯤 일을 마치고 희정이가 사는 대숲집에 밀차와 갈퀴와 낫
을 두고 걸어서 집으로 왔다.

소영 씨한테서 편지가 오고 어린이도서연구회에서 책이 왔다. 이주영 선생과 원종찬 선생이 지상논쟁을 벌이고 있는데 지난번 이주영 선생이 무척 강경한 톤으로 논전을 이끌어 그에 대한 원 선생의 대응이 궁금했는데, 아니나 다를까 이 선생의 글을 읽고 머리가 뜨거워져버린 게 여실하다. 무슨 이야기를 중언부언 많이 해놓았는데 졸가리가 없다. 차라리 핵심 문맥 하나만 짚어 짧게 대응했더라면 더 좋을 뻔했다. 그리고 말투도 흥분하다 보니 예의에 벗어난 것이 군데군데 눈에 띈다. 원 선생한테 언제 이야기 해주어야겠다.

재실에 올라가 볏짚 묶어 쌓아놓은 것을 확인하니 모두 썩어서 쓸 만한 것이 거의 없다. 그냥 그대로 썩힐 수는 없어서 한곳에 모아 쌓아나갔다. 처음 쌓아보는 것이라서 어설프다. 동네 어느 집 볏짚 쌓는 일 도우면서라도 배워두었더라면 하는 생각이 들었다. 쌓다가 어두워져서 일을 마치고 재실 부엌방에 갔더니 경민이 어머니가 피자 두 판과 곰국을 만들어놓고 기다리고 있었다. 또 비야 어머니는 통밀로 만든 팥빵을 만들어놓고……. 푸짐하게 저녁을 먹고 막걸리 술판을 벌였는데, 처음에는 내가 자꾸 기운이 처져서 분위기가 무겁다는 불평을 들었다.

술을 마시다 보니 흥이 나서 나중에는 크게 취해 혼자 주정하 듯 노래를 불렀다. 예수가 태어나기 전에 자리를 파했다.

12월 25일

아침에 밭에 말린 볏짚을 묶으려고 살펴보니 밑쪽에 습기가 그대로 남아 있고 군데군데 썩은 곳도 보인다. 모두 뒤집어서 다시 말리기로 했다. 정협이와 순창 친구, 그리고 김희정 군과 함께 볏짚 뒤집는 일 끝내고 볏짚 쌓는 일을 했다. 한쪽은 네모로, 다른 한쪽은 둥글게 쌓았다. 다 쌓고 집으로 내려왔다. 바다에 갈 때 나를 부르라고 했다. 집에 전화를 했다. 보성 할아버지가 만든 조그마한 소줏고리를 나래 엄마가 보았는데 값이 7만 원이라고 한다. 소영 씨한테서 안부전화가 왔다.

집에 와서 얼마 안 있었는데 김희정 군이 바닷가에 가자고 왔다. 경민이 엄마 차를 타고 가기에는 식구가 너무 많아 걱정이었는데 김희정 군이 정협이와 함께 자전거를 타고 먼저 바닷가로 가서 별수 없이 경민이 어머니가 세 번에 걸쳐 식구들을 바닷가로 날랐다. 나와 진탁 군, 용태(오용태: 순창 출신 사진사) 씨, 경임 씨가 먼저 타고 가고 다음에 금란 씨, 비야 엄마, 비야가 오고, 그 다음에 재혁이, 경민이가 왔다. 바닷가에서 게를 잡고, 굴은 그 자리에서 따서 먹고, 바닷가에 밀린 댓가지를 밧줄과 함께 걷고, 또 소라새끼를 잡고, 그다음에 술을 마시고(억새술), 많이 취해서 집에 왔다. 와서 점심을 먹고 나무하러 가자고 했는데 쓰러져 자는 바람에 나무를 하러 가지 못했다. 송순섭 군이 멀리 무안에서 왔는데도 몸을 일으킬 수가 없어서 우선 재실에 올라가 밥을 먹

902

으라고 보낸 뒤 더 잤다. 나중에 송 군이 다시 내려왔다. 가야 할 시간이 되었다 한다. 미안했다. 유광식 군이 부안까지 송 군을 바래다주고 식사를 같이하고 왔다.

저녁에는 콩나물국 끓기를 기다렸다가 세 그릇이나 먹었다. 밥은 거의 먹지 않았다. 방 안에서 이야기를 나누다 밖에 나와 보니 달이 아주 밝다. 장독대 위에 마련한 둥근 멍석처럼 생긴 마당 가운데 불을 피우고 둘러앉아 달구경도 할 겸 거기에 술자리를 마련하는 것도 좋겠다 싶어 김희정 군에게 장작을 가져오라고 했다. 내가 긁은 솔잎 한 포대도 날랐다. 장작을 쌓고 솔잎으로 불 쏘시개 삼아 불을 피웠다. 큰 막걸리잔을 차례로 돌려가며 술 마시고 노래를 불렀다. 순창에서 온 오용태 씨는 어제에 연이어 술 자리가 벌어져 조금 어리둥절한 모양이었다.

점점 하늘 위로 마른 나뭇가지에 기대 떠오르는 달을 보면서 솔잎과 소나무장작이 타면서 피워 올리는 작은 불똥이 사위는 순 간 별로 바뀌는 것이라고 정협이, 경민이, 재혁이한테 새로운 학 설(?)을 내세우며 술을 마시노라니 참 행복했다.

경민이와 재혁이를 시켜 장작을 더 날라 오게 했다. 유 군한테 시켰더니 나무 아깝다고 그만 피우자고 하고 술에 취하는지 방에 들어가 자버려서 유 군을 '경제주의자'로 놀림감 삼아 애써 땀 흘 려 나무를 해 온 것은 가끔 이런 행복을 맛보기 위해서지 꼭 부뚜 막 안에 가두어 방만 덥히기 위해서만은 아니지 않느냐고 시시덕 거리면서 오래오래 불세례를 받았다. 나중에는 모두 신을 벗고 양말도 벗고, 가장자리까지 널찍하게 비켜 앉으며 불꽃이 길고 짧은 선을 이루면서 타오르는 모습에 넋을 잃었다.

11시가 넘어 경민이와 재혁이를 시켜 물을 가져오라 해서 불을 끄고, 마지막에 김희정 군이 오줌으로 마지막 불길을 다스리고 난 뒤 환한 달빛을 받으면서 집으로 내려왔다.

12월 26일

오전에 저수지 옆 솔숲으로 가서 갈퀴로 솔잎을 부지런히 긁어 경임 씨가 점심 먹자고 데리러 왔을 때 모두 큰 포대로 여덟 포대를 긁었다. 점심을 먹고 2시 반쯤 경민 엄마가 부안 가는 길에 데려다주는 차로 부안에 가서 서울 가는 우등버스(3시 출발)를 탔다. 보리에 들렀더니 《작은책》 발송 준비를 이미 끝내고 조합 결성 문제로 예비 조합원들과 이야기를 나누고 있었는데 상주, 민호, 정희, 대경, 영철이 같은 젊은 애들과 차 사장 사이에 정서의 오감이 어쩐지 장애를 받는 것처럼 여겨졌다. 거꾸로 하면 좋을 텐데, 이성보다는 감성을 중요시하고 일보다는 일상생활 정서를 더 앞세우는 자리가 되었으면 싶은데, 하는 생각이 들었다. 자본이 인간을 도구화한다면, 인간 하나하나의 전 역사적 과정을 소중히 여겨 한 사람 한 사람 역사적 실존으로 대접하면 일이 풀릴 텐데…….

그리고 오늘 새벽에 안기부법과 노동법이 정부 여당에 의해

꼭두새벽에 날치기로 통과되었고, 그것이 '작은책'을 비롯해서 우리의 조그마한 살림뿐 아니라 나라 전체 살림에도 엄청난 파장을 몰고 올 우려가 있는데, 그런 문제에 대한 긴급한 의논 없이 소집단의 이해관계가 더 중요시되는 것도 이해되지 않았다.

나중에 제자 이동화 군과 서재성 군과 이영일 군이 있는 자리에서 잠깐 노동법이 안고 있는 문제, 개악된 안기부법이 악용될 소지에 대해 이야기하고, 아주 치밀한 계산에 따라 도구적 합리성을 극대화한 정치 놀음이었지만 그 결과가 바라는 대로 나타나지는 않을 것이라고 이야기했다.

12월 27일

오전에 보리에서 공익 회의를 했다. 보리를 판 협동조합의 자산가치와 조합원 출자금 증가를 최종 확정하고 1월 17일에 새해 예산과 공익위원회 정관 초안을 마련하여 다시 의논하자고 했다. 점심을 먹은 뒤 공익 간사들 모인 자리에서 오전 회의 결과를 정리해주고 4시가 넘어서는 원종찬, 이성인 선생이 같이 참석한 자리에서 보리에서 앞으로 낼 책들에 대해 의논했다. 《작은책》 편집자 한 사람 구하는 문제, 보리에서 중등 쪽 일을 맡을 편집자 구하는 문제가 의논되었다. 초등학교 1~2학년 그리고 중학생들에게 필요한 책들이 현재 우리 출판계에서 빠진 고리인데 이 고리를 어떻게 메꾸어갈까가 토의의 중심이 되었다.

연말이고, 요즈음 보리 책이 잘 나가는 추세고 해서 조금 무리를 해서 저녁은 '청정해역'에서 회를 먹기로 했다.

서정오 선생이 현암사에서 낸 《우리 옛이야기 100가지》의 많은 부분이 보리의 '옛이야기 보따리' 시리즈와 겹친다는 말을 듣고, 그것은 상식에 어긋나는 일이니 서정오 선생에게 연락해서 현암사 책을 절판하도록 조치를 취하라고 했다. 서정오 선생의 책이 그런 방식으로 나온 것을 이해하기 힘들어 화가 많이 났다. 어떻게 꼭 같은 원고를 두 출판사에 동시에 보내 출판이 되게 할 수 있단 말인가. 기초 양식에 어긋나는 일이다. 독자 대상이 다르다고 할지 모르지만 그렇지 않다. 열 권에 담길 내용을 한 권에 모아 값싸게 출판하면 먼저 비싼 값으로 낼 수밖에 없었던 쪽의 공신력에 문제가 생긴다. 나라도 값싼 책 한 권을 사서 보지, 비싼 책 열 권을 사서 보지 않겠다. 그리고 아이들에게 권할 때도 마찬가지지…….

8시경에 한철연에 가서 후배들 망년회 자리에 참여했는데, 거기서 이정호 선생으로부터 조광제 군과 우기동 군 사이에 큰 감정의 알력이 있었고 그것이 이제는 돌이킬 길 없을 정도가 되어 큰 문제가 되었다고 들었다. 우 군을 따로 불러 변산에 한번 놀러 오라고 했다. 아직은 조 군과 우 군이 한철연을 위해 머리를 맞대고 일할 필요가 있다. 그리고 마음이 더 상한 쪽이 우 군이다. 마음결도 고우므로 우 군을 설득할 필요가 있다. 이정호 선생에게도 같은 이야기를 했다.

12월 28일

아침에 이화실 씨 가족과 변산에 가기로 하고 강남 터미널에서 10시 반에 만나기로 했는데, 서로 조금 늦고, 주차장에 혼동이 있어서 11시가 넘어서야 변산으로 출발했다.

오후 4시경 변산에 도착해 막걸리 한 통을 받아 가자고 술도가에 들렀는데 최 선생이 있었다. 붙들려 석화젓을 안주로 술을 많이 마셨다. 6시가 넘어 집에 오니 금란 씨는 진탁 군과 전주에 갔다 하고, 진주에서 박석일 중위 부부가 서울대 철학과 대학원에서 내 강의를 들었던 오 군(공군에 입대해서 박 중위와 같이 있다고 했다)과 함께 오고, 목포에서 온 중위도 와 있었다. 또 순창에서 단비 엄마 아버지가 단비와 민철이를 데리고 왔다. 죽암에서 2시경에 연락을 했을 때만 해도 우리 식구밖에 없다고 했는데 갑자기 식구가 많이 늘어난 셈이다. 나중에 대숲집에 사는 경임 씨, 희정 군, 그리고 정협이까지 와서 밤늦게까지 환담하면서 막걸리를 마셨다.

단비네와 주용이네 식구 그리고 박 중위 부부를 우리 집에서 자라고 하고 다시 재실에 올라가 오 소위, 온 중위와 우리 식구 남은 사람들이 술을 더 마셨다. 온 중위가 맥주를 가지고 와서 그 맥주를 나누어 마시다 나는 먼저 자리에 누웠다.

12월 29일

단비네 가족, 주용이네 가족, 이현주 씨와 함께 저수지와 당산나무 구경도 시킬 겸 갈퀴나무도 할 겸 지름박골에 갔다. 아이들과 여자들은 보내고 김판섭 군, 신동일 군, 그리고 나중에 온 경민이 아빠와 나, 넷이서 갈퀴나무를 긁었다. 12시쯤 뒤늦은 참으로 막걸리 두 되, 당근, 가래떡, 곶감을 먹고 오후 2시까지 내쳐 갈퀴나무를 긁어 큰 포대로 여덟 포대를 담았다. 나중에 경민이 어머니가 와서 점심을 먹으라고 해서 일을 끝내고 재실로 왔다. 뒤늦은 점심과 함께 막걸리를 마시면서 이야기를 나누다 옆방에 들어가 한숨 잤다. 내가 자는 사이에 어제 전주에 갔던 김진탁 씨와 금란 씨가 돌아온 모양이다. 집으로 내려와 우편물을 보고, 동의학 사전에서 약초들의 효능을 조금 찾아보고, 재실로 다시 올라갔다.

유 군이 장독대에 세워놓은 항아리에 든 벼가 곰팡이가 슨다고 이야기해서 같이 가보았다. 비닐을 덮어놓은 게 문제인 모양이다. 전에도 비닐에 쌓아 보관했던 쌀에 문제가 생기더니 이번에도 마찬가지다. 내일 처마 밑으로 모두 옮겨야겠다는 생각이 든다.

저녁을 먹기 전에 다시 막걸리를 경민이 아버지가 받아 와서 함께 마시는데, 그 뒤로 장독대 위에 모닥불을 피우고 둘러보니 우리 식구들이 보이지 않는다. 피곤한 탓도 있지만 내가 손님들을 대하는 품이 흐트러졌다고 여기는 데서 그렇게 행동하지 않았나 하는 생각이 뒤늦게야 들었다. 자리도 이상하게 잘 어우러지지 않았다. 밤 9시경 모닥불을 끄고 집으로 왔다.

12월 30일

아침에 박 중위와 오 소위(오승훈), 김희정, 김진탁 군과 함께, 장독대 독에 담아놓은 벼와 콩을 모두 퍼내서 마당에 말리고 빈 독은 재실 뒤 처마 밑으로 날랐다. 어제 유 군이 장독대에 놓아둔 닷 섬들이, 석 섬들이 독에 담아놓은 벼에 파란 곰팡이가 폈다고 걱정하는 것을 들었는데, 전화 131을 돌려 일기예보를 들었더니, 오늘 날씨가 하루 종일 구름이 많이 끼고 흐리다고 했지만 비나 눈은 오지 않는다고 했고, 며칠 늦추면 눈이 많이 내려 벼가 어찌 될지 몰라 강행하기로 했다. 땀을 뻘뻘 흘리며 독을 나르고 내친 김에 도정기 자리가 잘못된 것을 제자리에 앉히기로 해서 또 한참 낑낑거리며 작업을 했다. 그 과정에서 김희정 군이 손을 다쳐 피가 났다.

그 일이 끝난 뒤 우리 집 변소 일을 하기로 하고 지서리에 나가 대못 스무 근을 샀다. 못은 300그램을 한 근으로 친다는 것을 처음 알았다. 한 근에 500원이니 스무 근에는 1만 원이다. 신동일 군 차를 타고 지서리에 나왔는데 신 군이 우리 식구 먹으라고 소고기를 6만 원어치 샀다. 서해슈퍼에서 샀는데 주인아저씨가 1

만 원을 깎아주어 5만 원만 신 군이 지급했다. "소고기값 깎아주는 곳도 있네요" 해서 인심을 잃지는 않았다는 증거가 아니겠느냐고 했다.

집에 오니 점심시간이어서 점심을 먹고, 박 중위 일행과 주용이네와 함께 바닷가에 나갔다(김판섭 군 내외와 가족, 이현주 씨는 새벽에 순창으로 출발했다). 노루목에 가서 굴을 따 그것을 안주로 삼아 가져간 억새주를 마셨다. 노루목에서 박 중위 일행과 주용이네 가족과 헤어지고, 경민이네 집에 들러《한겨레신문》을 꼼꼼히 읽었다. 파업의 진행 과정을 보기 위함이다. 정부 여당은 정월 연휴를 앞뒤로 해서 파업의 열기가 가라앉기를 바라는 소망 겸 예측을 하고, 공권력 투입과 근로자 생활조건 개선 방안 마련이라는 채찍과 당근 요법으로 문제가 해결될 것을 기대하는 모양인데 문제가 그렇게 단순하지 않다. 이번 노동법 개악의 경우 지금까지와는 달리 정리해고제는 생산직 노동자뿐만 아니라 사무직 노동자 가운데 관리직에 속하는, 연봉 서열이 높은 부장이나 이사의 자리까지 위태롭게 하는 내용이 담겨 있을 뿐 아니라 변형 근로제는 열악한 작업환경 속에서 잔업과 시간외수당에 기대 생계를 해결할 수밖에 없는 공공부문(예를 들어 철도) 노동자들까지 들쑤시는 결과를 빚어 민주노총뿐만 아니라 한국노총까지도 상부 기관에서 산하 노조를 설득할 길이 없는 내용이 담겨 있음을 정부 여당은 너무도 안이하게 간과하고 있다. 게다가 엎친 데 덮친 격으로 안기부법까지 개악을 하여 정부 여당 측에서는 이번 날치기 법안을 통하여 재벌들로부터 선거자금을 끌어내고, 노동계와 재야의 진보 성향을 가진 사람들 입에 재갈을 물려 대통령 선거를 유리하게 이끌 양손의 칼을 든 것으로 자축할지 모르나, 길게 보면 이 손의 칼로 저 손을 찍고, 저 손의 칼로 이 손을 잘라내는 무서운 역효과를 낼 것을 조금도 생각하지 않는 눈치이니, 이 정권이 이러다가는 나중에 수습하기 어려운 국면을 맞아 그 국면을 계엄령 같은 극한 조치로 해결하려 들지 않을까, 그리고 그러한 조치가 결국 자신을 파멸시키는 쪽으로 귀결되지 않을까 하는 예감이 든다.

우울한 마음으로 집으로 와, 황토라도 파내 금란 씨와 비야 엄마에게 옷감 물들이는 시험을 해보라고 할 생각으로 밀차를 찾았는데 재실에 없어서 다시 우리 집으로 내려오니 관유 군이 와 있다. 처음에는 평상심으로 이야기를 나누었는데, 관유 군의 장광설과 다른 사람 말에 귀를 기울이지 않고 도중에 말머리를 자르고 자기 할 이야기만 하는 버릇에 다시 속이 뒤집혔다. 그래서 "자네는 왜 입은 열려 있는데 귀는 그렇게 막혀 있단 말인가" 하고, 관계의 일편만 고정시켜서 보고, 여러 관계의 항을 폭넓고 심도 있게 파악하는 안목이 부족함을 꾸짖었다. 여기 살러 온 식구들이 처음부터 확고한 결의를 가지고 일에 임한다면 더 바랄 나위가 없겠으나, 살아가면서 결의를 다져가는 것도 못지않게 중요하다는 생각을 왜 못할까.

내가 마음만 좋아서 치열한 생존 문제를 간과하는 경향이 있다고 하길래, 나는 그렇게 마음이 좋은 사람은 아니다, 나에게 여러 측면이 있어서 그 가운데 어떤 측면이 전면에 나타나는가는 상황에 따른다고 했다. 2800평에 옹기가마를 짓는 일을 두고, 이런저런 이유로 우리 식구들의 삶에 직결되는 문제이니 재고하기 바란다고 했더니, 결국 2800평은 자기가 숨어 살기 위한 공간이고, 사람공포증이 있고, 여러 사람이 자기 뜻과는 달리 살림을 해나갈 경우 마음이 불편해서 그럴 수 없노라고 한다. 봉선 씨는 언제 변산에 오느냐고 했더니 그것도 시기를 기약할 수 없겠다 한다. 봉선 씨가 나에 대한 저항감과 변산 식구들 가운데 금란 씨와 희정 군을 뺀 다른 사람들에 대한 저항감이 있는 데다 출신이 밑바닥이 아니다 보니 그럴 만도 하다는 느낌은 들었으나 관유 군의 생각, 삶에 임하는 봉선 씨의 태도, 그 어느 것 하나 확실한 것이 없어 언제까지 나를 관념론자로 몰아붙이면서 스스로 관념의 함정에 빠져 있을 거냐 하는 느낌에 언성이 높아졌다. "봉선 씨 언제 올 건가. 자네는 2800평 땅을 어찌할 것인가. 자네 언제 변산에 와 농사를 지을 건가. 차라리 나에게 그 땅을 파는 게 어떤가." 현실 문제를 놓고 하나하나 확정을 짓자고 해도 그 어느 것에 대해서도 확실한 대답이 없고, 땅을 팔더라도 나에게는 안 팔겠단다. "이 사람아, 그렇게 대답하는 건 온당하지 않아, 땅을 팔때는 가장 높은 값을 부르는 사람에게 팔겠다면 또 모를까 나에게는 팔지 않겠다니 그게 무슨 이야기인가" 했더니 나에게 팔면 자기가 욕을 먹게 된단다. 이런 참.

나중에 마음이 적이 풀려서 김희정 군 집에 가서 자라고 했지만 간이 상해서 헛구역이 날 만큼 화가 났다.

김희정 군에게 지서리에 가서 관유 군과 저녁을 먹으라 이르고는 옆에서 같이 앉아 이야기를 듣고 있던 금란 씨, 진탁 군과 함께 재실로 올라갔다. 다른 식구들은 벌써 식사를 끝냈고 밥과 반찬은 싸늘하게 식어 있다. 밥을 먹고 막걸리를 마셨다. 밤 9시가 넘어 이세란 씨와 이명순 씨가 다른 여자(이은순 씨?) 분 하나와 함께 왔다. 같이 환담을 나누다 밤 12시 가까이 되어 집에 돌아왔다. 온 지 얼마 안 되어 유 군이 할 말이 있다고 찾아왔다. 비야 엄마와 싸우는 과정에서 비야 엄마에게 "내가 나갈 테니 당신이 재지기 하라" 하고, 그 말을 들은 비야 엄마는 "내가 나가겠다"라고 한 모양이다. 유 군에게 비야 엄마한테 사과하라고 했다.

12시가 넘었는데 유 군이 금란 씨와 손님들을 깨워 커피를 청하는 바람에 나도 커피 한 잔을 시켜 마셨다.

(어젯밤에 온 방영자 씨는 성대 조경학과를 나와 안산 밝은어린이집 교사로 있는데, 한 달 급료가 60만 원이고, 40명 정도 되는 어린이들을 오전 오후에 걸쳐 돌본다고 한다. 어린이 한 사람 한 달 수업료가 13만 원이라고…….)

12월 31일

오늘은 이해를 마지막으로 보내는 날이다. 새벽에 눈을 떠서 한 해 동안 내가 살아온 모습을 돌이켜본다. 썩 탐탁지 않다. 건강도 요즈음 많이 상했다는 느낌을 갖는다. 오늘부터 한 일주일 단식을 할까 하는 생각을 했다. 술도 담배도 함께 끊는 계기가 될지 모른다. 새벽 내내 서정오 선생 문제로 고민을 했다. 어제 보리 차 사장한테서 전화가 왔는데 구두계약은 우리와 먼저지만 서류로 된 계약은 현암사가 먼저라고 한다. 따라서 현암사와 법으로 대응하는 데는 문제가 있겠다는 판단이 든다는 이야기와 아울러, 소송으로 끌고 갈 경우에 서정오 선생의 이름이 거론되고, 그렇게 되면 서정오 선생의 인격에 신뢰감이 없어지면서 동시에 책에 대한 신뢰감도 떨어지지 않겠느냐, 현암사 책과 겹치는 부분을 헤아려보았더니 반수 이상인데(54퍼센트) 7, 8권 책은 발행 날짜를 늦추고, 이미 화가에게 부탁한 그림을 중단시켜서라도 겹치는 원고를 빼고 9, 10권은 완전히 새 원고를 써달라고 하는 쪽으로 문제를 마무리 지으면 어떻겠느냐, 서정오 선생도 잘 모르고 그런 실수를 저지른 모양으로 백배사죄를 하더라는 사연이었다. 알겠노라고 서정오 선생한테 전화 오면 알아서 이야기하겠노라 했고, 어젯밤에 서 선생한테서 전화가 두 차례 왔지만 공교롭게 받지 못할 처지에 있어서 받지 않았다.

생각해보니 법으로 대응한다 해도 우리가 문제 될 것은 없다. 우리 책이 처음 나오기 시작한 것은 5월부터고 현암사의 책은 12월에야 선을 보였는데, 현암사에서 나온 책의 저자 소개에 보리에서 나온 책으로 《옛이야기 들려주기》와 '옛이야기 보따리'

시리즈가 명시되어 있어서, 현암사에서 중복 출판임을 모르고 했노라고 발뺌하기 힘들다.

그뿐 아니라 계약 체결 날짜와 책 제목이나 줄거리로만으로는 누구의 권리가 먼저라고 주장할 근거를 삼지 못한다. 게다가 현암사에서 나온 책 안에 '옛이야기 들려주기'에 나오는 옛이야기 열 편이 고스란히 그대로 들어 있다고 하니, 《옛이야기 들려주기》는 계약이 현암사 책보다 훨씬 더 앞선다. 그 책을 보고 책 계약을 했다고 현암사에서는 주장했다 한다. 서정오 선생이 현암사에 초판만 팔고 재판부터는 중단해달라고 했더니 이미 재판 5000부를 찍어놓아서 그럴 수 없다고 했다는데, 보리에서 절판을 시킬 수도 있지만 한두 권짜리라면 모를까 이미 여섯 권이나 나와 있고, 현암사 책보다 훨씬 먼저 나와 팔리던 것을 절판시키는 데 따르는 손실이 엄청나고, 또 삽화도 특별히 부탁하여 많은 선인세를 주고 그 밖에 인세를 따로 지급하겠다는 계약까지 해놓은 상태여서 그렇게 하기 어렵게 되어 있다. 시디롬이 정품으로 시장에서 유통되고 있는데 터무니없이 싼 가격으로 같은 제품이나 유사제품이 나와 정품이 팔리지 않게 만드는 일과 비슷한 경우인데, 서정오 선생이 잘못한 것으로 여기면 현암사에 연락해서 겹치는 54퍼센트를 바꾸어주고, 그에 따르는 비용은 감수하겠으니, 재판 찍은 것과 초판 합해서 7000부를 판 것은 어쩔수 없다 치더라도(사실 이것도 용납할 수 없는 일이다) 개정판이 나올 때까지 판매를 중단하겠노라는 약속을 받아내는 것이 양식에 따르는 일처리가 될 것 같다.

오늘은 보리 식구들(아이들까지 열세 명?), 인천에서 연락한 분들(대여섯 명), 그 밖의 손님들이 올 것 같고 해서 어지간히 붐비겠다.

아침 7시 20분경에 서정오 선생한테서 전화가 왔다. 사과 전화였는데 이런저런 변명을 하는 것이 서 선생으로서도 구차스러울 것 같고 또 듣는 사람으로서 나도 거북할 것 같아 새벽에 고민하면서 머릿속으로 정리한 내용을 이야기해주고, 현암사 원고 가운데 보리에 준 것과 겹치는 부분 54퍼센트를 바꾸어주는 것이 해결 방법인 듯하다고 일러주었다. 들어보니 현암사에서 초판 2000부 재판 3000부를 찍었다 한다. 어쩌면 현암사에서 차 사장에게 한 말과 서정오 선생에게 한 말이 다를지도 모르겠다. 서 선생이 나에게 편지를 써서 보냈노라고 해서 그 편지는 반갑게 받아 읽겠노라고 했다.

오늘부터 단식을 하기로 하고 힘이 아직 남아 있을 때 힘든 일을 마무리 짓자는 생각을 했다. 그래서 비야 엄마와 금란 씨 황토물 들일 황토를 재실 옆 언덕배기에서 파서 밀차로 실어놓고, 솔잎효소 담을 솔가지를 꺾어서 끌고 왔다. 그리고 김진탁 씨와 김희정 군을 불러 변소에 목책 세우는 일을 시작했다. 돌의 경사각도를 맞추어 목책 세우는 일이 쉽지 않음을 알았다. 나중에 그런 작업을 할 때는 판판한 돌을 수평으로 놓아야겠다는 일깨움을 얻었다. 점심때가 조금 못 되어 지서리 농협에 가서 70만 원을 찾아

50만 원을 금란 씨에게 주었다. 인천에서 박재현이라는 여자 분이 친구들과 함께 1월 1일에 온다고 하여 3박 4일쯤 머물다 갈 사람만 오라고 했더니 다시 전화하겠노라고 전화를 끊었다.

금란 씨가 더 붉은 황토흙이 필요하다 하길래 밀차를 끌고 재실 쪽으로 올라가는데 앞집 할머니가 물메기매운탕이라면서 한 양푼을 주신다. 재실에 전해주고 아침에 황토흙을 가져왔던 곳으로 가서 길바닥에 깔린 황토흙을 위만 살짝 걷어내고 붉은 것으로만 골라 가져왔다. 그러고 나서 목책 세울 나무를 자귀질해서 공이들을 없애고 나란히 세웠다. 김희정 군이 와서 같이 못질을 해 목책을 다 세우고 그 목책이 쓰러지지 않도록 토담 위에 나무를 얹고 목책과 토담 위의 나무를 못질해 고정시켰다.

이제부터 벽에 나무를 쌓고 짚과 진흙을 섞어 외벽을 치고…… 하는 일들을 해야 하는데 오늘은 한 일이 너무 많아 오후 3시경에 일을 마치고 쉬기로 했다.

자리에 누웠는데 경민이 엄마가 떡을 가지고 왔다. 단식을 시작하니 온갖 먹을 것이 다 들어온다 싶어 우습다. 나중에 해 질 무렵에 노루목에 같이 나가 '송구영신'하자고 했다. 결국 구름이 많이 끼어 지는 해는 볼 수 없었지만 내소사까지 드라이브를 한 셈이다.

집에 돌아와 재실에서 아침에 꺾어놓은 솔잎을 따고 있는 손님과 식구들을 거들어 솔잎을 따고 서쪽 방에 둘러앉아 덕담도 나누고 노래도 불렀다. 이은순 씨가 끝까지 수줍음을 타서 노래를 부르지 않는 게 아쉽고 그 때문에 속상한 명순 씨가 은순 씨를 야단쳐 자리가 어색했지만, 나는 〈짜증은 내어서 무얼 하나〉를 부르고 김희정 군은 〈립스틱 짙게 바르고〉를 불러 자리를 편하게 만드느라 애썼다. 경임 씨는 아침부터 감기몸살을 앓아 방에 누웠고, 비야 엄마는 저녁에 피곤하다고 미리 자기 방에 가서 불러도 나오지 않아 안타까웠다.

    11시 가까이 되어 집으로 내려오는 길에 하늘을 보니 습기 머금은 별이 빛나고, 재실 주위에는 바람소리가 스산한데 마을은 안개에 젖어 한 해가 마감되는 시간이 그다지 밝아 보이지는 않았다.

    사랑이 찾아오면
    온몸과 마음으로 껴안아요
    놓치지 말아요
    이 순간 이 느낌
    그래요, 바로 그거지요
    사랑 속에 녹아버려요
    과거도 미래도 녹여버려요
    사랑이 무너지면
    온 세상 함께 무너져요
    기다리지 말아요
    미루지도 말아요

온몸과 마음 활짝 열어

그냥 받아들여요

문밖에서 서성이게

하지 말아요

윤구병 일기 1996

지은이   윤구병

■

2016년 11월 28일 초판 1쇄 발행

■

책임편집   남미은

기획·편집   선완규·안혜련·홍보람·秀

기획·디자인 아틀리에

■

펴낸이   선완규

펴낸곳   천년의상상

등록   2012년 2월 14일 제2012-000291호

주소   (03983) 서울시 마포구 동교로 45길 26 101호

전화   (02) 739-9377

팩스   (02) 739-9379

이메일   imagine1000@naver.com

블로그   blog.naver.com/imagine1000

■

■

ISBN   979-11-85811-27-7 03810

■

이 도서의 국립중앙도서관 출판예정도서목록(CIP)은 서지정보유통지원시스템 홈페이지(http://seoji.nl.go.kr)와 국가자료공동목록시스템(http://www.nl.go.kr/kolisnet)에서 이용하실 수 있습니다. (CIP제어번호: CIP2016026761)

■ 이 책은 많은 분들의 도움으로 나오게 되었습니다. 20여 년 전의 윤구병 선생님과 변산의 풍경을 직접 찍은 슬라이드를 찾아 제공해주신 이남수 선생님, 2016년 촬영한 윤구병 선생님의 사진 사용을 허락해주신 권혁재 기자님, 종이에 쓴 윤구병 선생님의 손글씨를 입력해주신 윤나래 선생님, 1996년 초기 변산공동체의 밑그림을 그려준 신민하 님, 그 밑그림을 바탕으로 그림지도를 그려주신 김성희 작가님, 책의 외형에 물심양면 힘을 보태주신 경일제책의 이선재 사장님. 그리고 보리출판사 분들, 변산공동체학교 김희정 선생님에게 감사의 말을 올립니다.

1. 6